LES DÉSŒUVRÉS

Du même auteur

Trois Figure
La Camera Verde, Rome, 2013

PHOTOGRAPHIE

Sul Sepolcro di François Truffaut
La Camera Verde, Rome, 2001

Andante Duras
En collaboration avec Élise Gruau
La Camera Verde, Rome, 2004

ARAM KEBABDJIAN

LES DÉSŒUVRÉS

roman

ÉDITIONS DU SEUIL
25, bd Romain-Rolland, Paris XIVᵉ

ISBN 978-2-02-118824-0

www.seuil.com

À Pierre Martin,
In memoriam

PREMIÈRE SÉRIE

Pierre Kantorovitch

La Cram, 60 000 m^2, 7 bâtiments

À l'est de la ville, le long de la Maleine, la Cité radieuse des artistes modernes est implantée au cœur d'un dédale de pelouses et d'arbres centenaires. Voilà quelques décennies, à l'heure du grand essor, ce terrain avait vu fleurir l'une des plus belles usines automobiles. Chaque jour par milliers, les voitures sortaient des chaînes de construction, étincelantes et colorées – pour irriguer le pays en remontant le cours de la Maleine. Les ouvriers vivaient sur l'autre rive – ils arrivaient à pied et mangeaient dans des gamelles. Mais la grande crise eut raison de cette merveille. L'entreprise périclita, les murs cédèrent – en bleu de travail et désœuvrés, les ouvriers erraient le long des berges. Plus loin sur le quai, des monuments de sable, de graviers, des sacs de plâtre ou de ciment, en pyramide sous les abris, attendaient les péniches qui alimentaient le centre. À l'ouest, sur la partie libre du terrain, une entreprise de pompes funèbres avait traversé le siècle. Les cercueils défilaient sur les tapis roulants. Quatre ou cinq hangars se serraient comme des gisants. L'un des plus beaux – dévolu aux crémations et embaumements – connut une seconde vie. Réaménagé en centre culturel, ce mausolée de verre et de métal est aujourd'hui couru des amateurs qui se pressent à l'Aquarium, pour voir s'exposer les artistes en résidence à la Cité.

La vue depuis les chambres du bâtiment C est admirable – le béton, les herses et les vigiles qui se relayent aux portes de la Cité font penser aux créateurs qu'ils habitent une forteresse. Dédiée à la recherche et à la conception, la vie dans la Cité est reposante. Trop rapide pour que de véritables amitiés se nouent entre ces artistes venus du monde entier, le roulement des pensionnaires dans l'institution préserve leur nécessaire solitude. En quête d'inspiration, ils cheminent dans le jardin, hantent la bibliothèque, invoquent l'esprit de leurs aïeux – mais évitent de se parler. Dans chaque appartement, une baie vitrée ouvre sur la cour centrale. Cette ouverture, pour attiser l'émulation, permet aux artistes d'observer les ateliers voisins sans interrompre leurs investigations.

Le plan de la Cité a été conçu par Pierre Kantorovitch. Contre toute attente, il remporta ce concours auquel il avait participé presque par hasard, étant lui-même loin de se considérer comme un spécialiste des équipements à vocation culturelle. D'éminents architectes avaient soumis leur projet aux membres du Jury – l'appel d'offres étant le plus ambitieux que l'État, la Région et la municipalité réunis pour l'occasion, eussent mis sur le marché depuis plus d'un demi-siècle. Les sommes allouées à la construction de ce bâtiment semblaient d'autant plus extravagantes à l'époque qu'il s'agissait d'affaires culturelles qui, comme chacun sait, ne jouaient pas encore le rôle qu'on leur connaît à l'heure actuelle. Respectés et renommés, ces architectes avaient proposé d'admirables esquisses. Kantorovitch gagna avec un projet de facture classique. Son style avait été attribué à l'une des célébrités d'alors, et ce fut au bénéfice de ce quiproquo qu'un petit spécialiste des constructions carcérales truffées d'outils de surveillance et répondant aux normes modernes d'incarcération, remporta l'un des concours les plus disputés de l'après-novembre.

Conçue comme une petite ville où les créateurs pourraient vivre et consommer en gaspillant le moins de temps possible, cette Cité accueille six cents artistes en résidence, ainsi qu'un important contingent administratif. Cinq bâtiments sont disposés au centre du jardin. Le bâtiment A abrite quatre cents jeunes artistes dans de petites cellules individuelles. Les habitants de ces studios disposent de vingt-trois mètres carrés pour vivre et travailler. La salle de bains et la cuisine sont fonctionnelles. Le mobilier est invariable. Une table, un bureau, un lit simple, deux chaises et un valet muet – tout aménagement supplémentaire nécessite une demande expresse et motivée auprès de l'intendance. Ces studios, pour des périodes allant de six mois à trois ans, accueillent de « jeunes artistes prometteurs » (pour employer la terminologie *ad hoc*), ayant entre dix-huit et trente et un ans, et à qui l'administration donne la chance de s'élever au grade de « Grand Artiste ».

Le bâtiment B compte cent cinquante petites suites, de soixante-douze mètres carrés, destinées à héberger des « artistes dont la renommée est confirmée ». Chacune de ces suites dispose d'une chambre à coucher dont la terrasse regarde le parc, d'un salon/salle à manger ainsi que d'un atelier. Les résidents ont le droit de se meubler comme ils l'entendent. Cette différence de traitement s'explique par la fragilité du talent des jeunes artistes que la Cram entend préserver et bonifier. L'autorité administrative, loin d'être aveugle, s'exerce avec discernement, selon le statut de chaque artiste. Le bâtiment C, plus petit, mais aussi plus beau, compte cinquante suites, composées d'un appartement de cent cinquante mètres carrés et d'un atelier de même surface. Ici sont reçus les « grands artistes à renommée internationale ». Leurs indemnités mensuelles sont dix fois supérieures à celles des artistes prometteurs et deux fois plus élevées que celles des artistes confirmés. Ils disposent d'un personnel qualifié et d'un service de restauration à domicile. Leur liberté est totale – ils ne sont pas même tenus de résider au sein de l'institution.

Le bâtiment D héberge les surveillants et le personnel d'entretien ; le bâtiment E l'administration ainsi que les membres du Jury. Pierre Duval, le directeur de l'institution, habite l'appartement du dernier étage, dont la vaste terrasse offre un panorama spectaculaire sur la ville et les rives de la Maleine.

Un cinquième bâtiment, achevé depuis peu, est destiné aux hôtes occasionnels. Conçu pour être rentable, cet espace permet à toute personne – touriste, simple curieux ou amateur d'art – de résider une ou plusieurs nuits dans ce lieu de création, pour profiter de l'atmosphère de la Cité et découvrir l'institution. Les ateliers des bâtiments A et B sont ouverts l'après-midi, et le public s'entretient librement avec les artistes. La réussite de ce système donna l'idée à Pierre Duval, conseillé il est vrai par Philippe Ixent, le ministre des Affaires culturelles, d'étendre l'expérience en organisant plusieurs fois dans l'année des séminaires, ouverts aux cadres dirigeants. Le programme consiste à stimuler l'esprit d'initiative, à développer l'imaginaire des collaborateurs et à élargir leur vision du monde. Ce dispositif souleva une vague d'indignation au moment de sa mise en service. Mais l'afflux de séminaristes fit taire les mauvaises langues. On sait ce que la mise en œuvre de ce programme doit à Markus Stein – l'éminent membre du Jury de la Cité. Il trouve les mots justes « pour expliquer le sens de l'art contemporain » et ouvrir cette « *terra incognita* esthétique » au plus grand nombre. De fait, des liens solides se sont tissés entre le monde de l'art et celui de la finance. Et, sans mauvais esprit, personne ne peut s'en plaindre.

Romain Beaulieu

Auteur présumé, poésies polyglottes
Appartement 356, bâtiment A

« L'écriture en nom propre est impensable. » La résolution, griffonnée sur le carnet, vient de trouver sa place dans le corps du texte. Romain Beaulieu est assis à son bureau, dans le salon du petit appartement. Depuis une heure, il corrige un avant-propos qu'il reprend en boucle. « Ce n'est pas *moi* qui écris – encore moins *mon* œuvre que je tente de mettre à jour. » Humide quelques instants, l'encre bleue sèche en perdant de son éclat. Lucinda Hernández, sa voisine – une de ces étrangères accueillies dans la Cité –, éreinte le refrain qu'elle serine depuis des jours ; son accent, ses paroles, la bêtise de sa voix dérèglent le poète dans sa quête de la syllabe juste. « Déporté, on pense à côté, en direction d'une œuvre possible, envisageable ou simplement faisable. » L'écriture de Romain est finement contorsionnée – à l'école, personne ne voulait le lire, depuis, on enfouissait ses lettres dans les tiroirs. Cet « à côté » lui semble en trop, « envisageable » ne sonne guère mieux. Devant lui, la baie vitrée plonge dans la cour, vaste comme la gueule d'un monstre. Derrière les rideaux, l'ombre de ses collègues travaille. Au sol, le linoléum crasseux, gris-vert et barbouillé de veines noirâtres, crisse sous le poids de ses semelles en caoutchouc.

Romain Beaulieu a postulé une petite bourse d'État voilà une dizaine de jours ; son droit de résidence à la Cram court pour quelque temps encore, un an tout au plus, et rien au monde ne l'y ferait renoncer. Romain s'accroche à toutes les chances que la vie lui offre. Il tenta le concours de la Fondation pour l'essor des arts et la résidence à la Fondation Weill, puis il s'affilia à la Maison des poètes sinon pour toucher une allocation mensuelle, du moins pour se faire rembourser certains frais inhérents à sa pratique. À force de solliciter les aides à la création, les financements de projet, les fonds pour le développement, les remboursements de santé, les logements de fonction, Romain avait appris les langues de l'administration générale – et ses amis, lorsque eux-mêmes cherchaient des fonds, recouraient à ses talents de traducteur. La démocratie culturelle incitait à la libre expression des individualités – il suffisait de s'acclimater à ce mode d'expression abscons, parfois absurde, mais toujours amusant qu'exigeait la machine bureaucratique pour que l'on vous ouvrît les Champs-Élysées de la création. Un photographe pouvait financer son tour du monde, un musicien produire un opéra, un plasticien fondre ses bronzes, avant même d'avoir la première idée de sa réalisation – car l'essentiel tenait à la qualité de sa lettre d'intention.

Dans l'appartement où il vit depuis six mois, Romain Beaulieu dispose d'un lit simple, d'un bureau et d'une petite table. La salle d'eau ouvre sur la chambre et Romain, obligé de calfeutrer sa porte pour stopper les exhalaisons sonores qui remontent les canalisations, vit dans l'angoisse du goutte-à-goutte de la douche qu'il n'arrive pas à museler. Collé à la porte d'entrée, un réduit obscur – qu'on ose à peine nommer cuisine – sert à accommoder des repas frugaux (en règle générale, des fins de stock, des produits périmés et les fruits blets offerts à la fin du marché sur la Grand-Place). À la Cram, tout a été fait pour se sentir heureux et œuvrer sans se préoccuper du quotidien – et Romain vit en harmonie dans cette Babel désolée, labyrinthe défraîchi où tout le monde court après son idée.

Issu d'un milieu bourgeois, Romain Beaulieu, du côté de sa mère, descend d'une grande famille de commerçants. Son trisaïeul, au mode de vie si dispendieux, possédait plusieurs immeubles de rapport, un des plus beaux hôtels particuliers de la ville – l'hôtel Boulanger pour ceux qui le connaissent – et mille autres merveilles, comme cette collection de peintures, dont la renommée faisait la jalousie du prince lui-même. Cent cinquante ans plus tard, il restait aux parents de Romain suffisamment d'argent pour loger toute la famille et vivre sans se préoccuper du lendemain. Mais Romain ne pense pas comme tout le monde. Aussi loin qu'il se souvienne, la poésie lui est toujours apparue comme la seule issue possible. Les biens matériels le dégoûtent et, jusqu'à l'obtention de cette bourse, Romain vivait de riens, négligeant les millions qui dormaient sur le compte de son père, dont il n'acceptait les intérêts qu'à condition de les placer là où il fût absolument sûr de ne jamais les retrouver. Pendant des années, Romain avait préféré louer une infâme chambre de bonne grâce aux cours de langue qu'il prodiguait, plutôt que d'habiter l'appartement que sa mère lui destinait – parce qu'il semblait contraindre sa vie où tout devait respirer la liberté. Aujourd'hui encore, les pantalons élimés du poète, que Romain s'obstine à porter dans son appartement crasseux aussi bien que dans les grandes occasions et qu'il a dénichés pour trois sous, font le malheur de ses parents, qui peinent à partager la passion de l'artiste pour le décadentisme vestimentaire. Quoi qu'il en soit, l'enfant dépenaillé, blême et mal rasé, depuis qu'il vit à la Cram, oublie de prendre des nouvelles de ces rentiers que l'état civil s'obstine à définir comme ses parents. Ingratitude d'autant plus cruelle que M. et Mme Beaulieu, en vrais amateurs d'art, avaient commencé à familiariser leur fils aimé à cette langue universelle dès son plus jeune âge – ce qui leur faisait penser, lorsqu'ils désespéraient de revoir un jour leur fils, qu'ils avaient creusé le trou où il mourait bêtement. Sur les murs de l'appartement familial, il y avait ces tableaux de maître – des toiles achetées au prix fort pour recomposer la collection dispersée – que ses parents contemplaient avec un goût amer. Mais Romain n'a que faire de ces considérations – sa seule nourrice étant la poésie.

En général, il cherche à se lever tôt – pour profiter au calme des premières lueurs. Romain prend une douche rapide, après avoir mis son café en train. Et il le boit, propre, sur sa table, avec un soupçon de lait. Il ne mange pas, pour garder la tête claire le plus longtemps possible. Mais la matinée passe si vite. Romain range son lit, taille ses crayons, remet ses affaires en ordre, descend chercher la presse. Quelques coups de fil à passer, une lettre à rédiger. Puis il finit par se mettre au travail et avoir faim.

De temps à autre, lorsqu'il a suffisamment travaillé, Romain sort faire un tour. Il s'installe à une terrasse, carnet en main. Le plus souvent il dîne à la maison, seul et vite, quoiqu'il se soit fait quelques amis. Il les rencontre au hasard de ses promenades, les jours de portes ouvertes, dans les musées municipaux. Iouri Vassilieff habite l'étage du dessus ; Adrien Estève commence à se faire un nom ; Magnus Paoli n'est pas beaucoup plus loin. Tout le monde dispose de sa niche à un endroit ou à un autre de la Cité. Vassilieff refuse de croire que ce grand échalas tout élimé rencontré sur un banc public, qui signe ses poèmes « Romuald », et refuse de payer sa tournée, puisse être à la tête de plusieurs millions. Le gosier sec, on discute d'art et de modernité. Magnus Paoli est le plus jovial, le plus lumineux du groupe. Son stock d'histoires est inépuisable, mais il parle sans poésie. Il grommelle ses récits sur tous les tons, agite les bras en comédien, et communique une hystérie affable sans contenu lisible. Les autres sourient par complaisance. Les fautes grammaticales de Vassilieff agacent Romain qui se mord les lèvres à chaque entorse. À bien des égards, Adrien est le plus déconcertant. À la recherche de ses mots, il hésite, emmêle ses phrases et lasse son auditoire. Son goût de la précision ne parle qu'à lui-même. Le plus souvent, Romain reste dans son coin. Arrogant, il n'aime pas se mettre en lumière – on risquerait de mal le juger. Il accouche de quelques jeux de mots qui font ricaner ses amis – car c'est là leur dialecte commun. Le plus timide, lorsqu'il s'agit de jouer du sens, trouve le courage de se lancer. Ce n'est pas lui qui parle, mais la langue à travers ses lèvres l'oblige à s'amuser.

Romain Beaulieu a bien des projets en cours. Mais ce qui le préoccupe depuis des mois, c'est la notion d'auteur, de signature et de propriété. L'idée de pseudonyme l'a toujours séduit et il entend pour une fois la mettre à profit. Les trois poèmes qui doivent paraître bientôt dans une revue seront signés « Romuald Carpio ». Il serait en effet aussi absurde de croire être l'auteur d'un poème, d'un vers ou d'une phrase quelconque, que l'inventeur d'une langue. Pour Romain, qui considère les choses en face, les modes d'expression vernaculaires, dans leur infinité géniale, sont *in fine* les véritables géniteurs de chaque poème et de toute œuvre littéraire en ce qu'ils les contiennent tous potentiellement – le gratte-papier n'étant qu'un intermédiaire obscur, moine copiste, humble passant dans l'Œuvre qu'il traverse comme une fourmi dans une cathédrale. La vanité de l'écrivain, qui met en avant son individualité, l'idée que l'artiste ait à marchander sa « production », dont il serait propriétaire par le fait de son travail, l'arrogant espoir d'une langue propre, l'idiosyncrasie du style, cette petite comédie du monde de l'art dégoûte Romain qui préfère, et de loin, son relatif anonymat. Ses idées commencent d'ailleurs à trouver un certain écho dans son entourage – ce dont il se félicite.

Dans le dossier de candidature adressé à la Cram, Romain Beaulieu avait exposé en détail sa thèse qui faisait de la poésie un universel. Fort de son succès, Romain Beaulieu commença, voilà quelques mois, à transcrire les langues du monde entier sous forme poétique. Son *modus operandi* consiste à enregistrer des fractions de discours à la radio, qu'il note phonétiquement sans comprendre un traître mot. Ce canevas une fois mis en place, Romain commence la transcription à proprement parler. Il s'agit, dans ce magma de notations absurdes, par mouvements successifs, comme un chercheur d'or séparant les scories des belles pépites, de faire émerger du sens. Être phonétiquement proche de l'original et dire quelque chose dans la langue cible : cette double contrainte transforme son travail en grand cauchemar. Au comble du désespoir, Romain ajoute une ou deux syllabes, ou intervertit les sons pour découvrir un mot plus familier. Pour se rassurer, il se répète que la règle est opérante à condition qu'on lui soit infidèle. Jusqu'à présent, Romain a transposé du vénédais, de l'aneuvien, du wardesân, du brithenig, du láadan, du kobold, du kobaïen, du khuzdûl, la langue de tlön, du volapük, du nadsat, du tsolyáni, du quenya et du zaoum. Le travail à venir est considérable. Rarement satisfait, Romain passe et repasse les enregistrements captés à la radio, plonge dans son dictionnaire et empile les ratures sur ses brouillons. Il voudrait simplement que l'on entendît vibrer, dans ses jets sémantiques débridés, l'accent caractéristique d'un ailleurs. En deux heures d'études, il transpose trois secondes de zaoum. Vassilieff accepta le rôle de cobaye.

Faille-été, ta côte est fanatique.
Va, Lisa y dîne à haut verni d'aoûta :
Fane, le cou n'a au nez goût
Touche aoûts où latte la haine ;
Bâts-là.

Le peintre exigea qu'on lui relise le texte. Il se fit servir un autre verre, puis médita. Vassilieff sentait une présence étrange, mais peinait à découvrir l'armature conceptuelle et grammaticale de la chose. Romain lui expliqua derechef son point de vue. Casser le réseau de significations linéaire, rompre les nœuds sémantiques, il fallait lacérer sa propre langue pour faire briller les sonorités lointaines et passer les frontières sans sombrer dans l'exotisme.

Vassilieff félicita son ami en vidant son verre. Mais le poète était blessé dans son amour-propre. Depuis l'enfance, Romain ne supportait rien de moins que de se voir juger autrement que comme il estimait devoir l'être – ce qui signifie qu'il n'aimait ni les compliments (toujours intéressés), ni les critiques (toujours hors sujet) et surtout pas l'indifférence, qui le rendait violent. Pour autant, il était dans l'incapacité d'écrire la moindre ligne sans solliciter l'avis de tout son voisinage. Romain chassa donc son hôte et rangea son poème sans savoir qu'en penser.

Fort heureusement, Romain sentait parfois vibrer en lui les premiers germes de l'authentique beauté. Assez satisfait de son essai sur une phrase en vénédais, il envoya son texte à deux poètes avec lesquels il avait sympathisé :

L'hélium erre rame et six voiles à Sèlima.
Ta voix cette ouate c'est toi mais tard là-bas :
Elle jouit, étoile et ciel ailleurs, où gausse la vie ou ta joie
Sale à dix où Annie n'a canine et tête.
Tape doux ! Elle braille, elle le vit :
Aime, laisse billet lime.

Jean-Baptiste Bracquemont et Marc Teuniaux dirigeaient *L'Anémie*, une revue de poésie qu'ils avaient fondée, et recevaient plusieurs centaines de textes par mois. Romain leur était tombé dessus, lors d'une petite réception chez des amis communs. Il leur servit de l'alcool, les accabla de compliments et leva son verre à l'amitié dans un excès de sentimentalisme qui masquait mal l'idée qu'il avait derrière la tête. Les directeurs de *L'Anémie* firent un effort pour se donner une idée plus précise du projet de ce Romain, qui se présentait comme le cousin de Dolorès. Mais, comparé à l'enthousiasme inquiet dont le poète avait fait preuve pour parler de son œuvre, ce qu'ils lurent leur sembla flasque. Ils firent une réponse mitigée, encourageant Romain à poursuivre, tout en lui suggérant de relire les traductions homophoniques d'un groupe d'écrivains ludiques, pour écarter à demi-mot l'éventualité d'une publication dans *L'Anémie*.

Romain fut enchanté par la réponse. Il la fit lire à tout le monde – Dolorès le félicita beaucoup. Publier dans les colonnes d'une aussi belle revue devait assurer l'édition prochaine de son recueil. Prétextant un rendez-vous urgent, sa cousine refusa pourtant d'écouter l'un de ses plus beaux poèmes. Cette folle prenait un air supérieur pour venir vous raconter ses malheurs – jouant des doubles ou triples implications que chacune de ses phrases recélait – mais disparaissait dès qu'il s'agissait de se rendre utile. Tout au plus tournait-elle les yeux au plafond lorsqu'on arrivait à lui faire entendre un ou deux petits vers de rien du tout.

Romain travailla d'arrache-pied pour être à la hauteur de ses espérances. En un mois d'intenses efforts, il produisit deux très bons poèmes, en plus des naturels déchets, dont il ne tenait plus compte – le bois mort est fait pour être sectionné. Auguste Griffin lui faisait face. Romain se racla la gorge.

Vis au sol yiddish, chemin féminin.
Les veaux ne te virent, ma hyène en niche.
Dis Pourquoi : « Notes, vergues ferlées ornent la haine. »
Faux mails et ailes te scient en elle.

L'ancien professeur de sa cousine, bouleversé par le texte, lui conseilla d'organiser un repas en l'honneur de Teuniaux et de Bracquemont – pour adoucir, pour amadouer. Romain jugeait le stratagème imparable. Depuis, il remanie l'avant-propos à ses poèmes, qu'il veut remettre aux directeurs de la revue entre la poire et le fromage. Il tient en quelques pages. « Auteur présumé » – le titre ne changera plus. Romain aborde la question du sens, de l'ailleurs et la plasticité du verbe. Mais l'horrible Lucinda crie, ou chante, à faire perdre la raison. Romain lui dirait bien son fait, mais il n'ose pas l'approcher. De l'autre côté du couloir, la situation n'est guère meilleure. Christian Nguyen, un artiste sans vocation, reçoit ses amis jusqu'au petit matin. Ils parlent dans toutes les langues. Un charabia sans queue ni tête. Romain finirait bien par trouver un moyen de faire taire cette cacophonie et de redresser la grande architecture qu'il entend échafauder.

Marion Minkowski

Maux, 38 photographies, tirage cibachrome, 180 cm × 220 cm
Espace Culture du Grand-Hôpital

Le mercredi est jour de vernissage. De façon rituelle, des légions d'amateurs d'art se pressent aux portes des lieux d'exposition. Ils font la queue pendant des heures, mais désertent les lieux aussitôt à l'intérieur. Par définition profuse et multiforme, l'offre ouvre à chacun le chemin vers son bonheur et la ville entière semble honorer le culte de l'esthétisme. Les fidèles passent du fond obscur d'une crypte réaménagée au quatrième étage d'un immeuble chic, pour retrouver la vitrine d'un espace qui vient de faire peau neuve. Ils sillonnent les quais de la Maleine, où les galeries en vogue sont regroupées, puis remontent l'avenue du Concile en direction du chantier de la Nouvelle Bibliothèque, et visitent les repaires de l'avant-garde. Des troupes curieuses, entre les murs blancs de ces galeries, espèrent l'épiphanie du nouveau talent. Les impressions s'échangent autour d'un verre – puis un dîner mondain ou une soirée dansante disperse ces colloques. Alexandre Sorrus, journaliste professionnel, avait croisé Tiano qui lui recommandait la dernière exposition de Marion Minkowski. Poussé par une curiosité naturelle, il s'y rendit sans états d'âme.

Boursière de la prestigieuse Fondation pour l'essor des arts (FEA), Marion Minkowski s'était fait connaître grâce à ses portraits de célébrités qu'elle avait exposés dans le monde entier. Sollicitée de toutes parts, elle répondit positivement, voilà plus d'un an, à l'Administration centrale des hôpitaux publics (ACHP) qui lui proposait d'exposer entre ses murs. Jean-Paul Montesson, le directeur de l'ACHP, attendait de cette expérience qu'elle modifiât le regard sur la maladie. Le directeur des hôpitaux avait fait la connaissance de Marion Minkowski lors d'un repas chez Evariste Marlon, président de la FEA, et il pensa naturellement à elle pour satisfaire les exigences de l'ACHP.

Alexandre Sorrus pénétra donc, ce mercredi-là, dans l'enceinte du Grand-Hôpital sans précisément s'attendre à rien. À droite, les urgences, réputées pour être les meilleures de tout le pays ; en face, les ascenseurs trimballaient leur charge de grands malades. Les mains fleuries, des visiteurs attendaient leur tour. Rien ne laissait penser que la porte de gauche ouvrait sur un espace dédié aux arts. Marion Minkowski inaugurait ce lieu d'un genre nouveau, saturé d'amateurs bienveillants – on aurait dit un lavis de Daumier-Smith. Un buffet était dressé. Alexandre Sorrus reconnut Pierre Duval, le directeur de la Cram ainsi que Stéphane Courtois, le créateur de la galerie Titus. Il alla saluer la belle Dolorès Klotz qu'accompagnait Auguste Griffin, un vieux professeur des Universités. Sorrus aperçut aussi Magnus Paoli, peintre en résidence à la Cram, qui échangeait quelques mots avec Iouri Vassilieff. Mike Bromberg, le bioartiste, tenait la main de Valérie Hornstedt, dont le journaliste avait entendu dire qu'elle faisait de la photographie, elle aussi. Près du buffet, Evariste Marlon et Jean-Paul Montesson parlaient aux invités. Le ministre des Affaires culturelles avait fait une courte apparition et tout ce monde était en effervescence.

Alexandre découvrit une quarantaine de photographies en couleur de très grand format. Sur chaque image, un homme, une femme ou un enfant, debout, fixait le spectateur. Ils posaient nus devant un fond gris. L'éclairage direct, cru, parfois violent, jetait une lumière dérangeante sur cette réalité dénuée de toute sensualité. Les femmes les plus belles avaient les seins trop lourds et la peau rougie. La nudité des hommes était honteuse. Lorsqu'il lut le texte d'introduction, Sorrus comprit pourquoi.

Marion Minkowski avait photographié une centaine de malades. Certains étaient gravement atteints, d'autres moins – ils connaissaient des problèmes d'ordre psychiatrique, neurodégénératifs, cardiaques, oncologiques ou gériatriques. L'artiste les avait photographiés nus, pour exhiber la maladie dans son plus simple appareil. Impossible d'ignorer leurs maux – leur indicible souffrance et leur mal-être.

En toutes lettres, deux ou trois fois agrandis, on voyait se dessiner les caractères de la maladie – la peau flasque de l'âge, les mains tremblantes, les rictus de la douleur, les plaies des interventions. En même temps, la construction et l'indéniable qualité plastique de ces images conféraient aux malades une sorte de noblesse. Ces regards, empreints de majesté, témoignaient d'une force de caractère incomparable. Leurs tares rayonnaient de vie.

Alexandre Sorrus approcha encore. À chaque fois différente, l'expérience pathologique était restituée dans sa singularité. Un homme atteint du cancer souriait en découvrant avec pudeur les traces de sa récente opération. Lorsque Sorrus déchiffra le titre, il fut surpris de constater que le cartel ne mentionnait rien, sinon l'appellation scientifique de la pathologie qui rongeait le sujet, et une date – comme si cet être se réduisait à l'état d'avancement de sa maladie. Il en allait de même avec l'ulcère – une femme d'une quarantaine d'années, maigre et toute fripée –, la phlébite, le glaucome ou la sclérose en plaques. Cette tension entre l'humanité palpable du portrait et la froideur médicale du titre était choquante. L'éventail des maux représentés avait la froideur d'un catalogue de médecine. Les consciences inquiètes pouvaient mourir dix fois avant de quitter la salle. Sorrus imagina que certains modèles avaient dû rendre l'âme depuis la prise de vue. Puis, il s'arrêta devant un emphysème.

Le malade avait une cinquantaine d'années. Le teint rose – il semblait s'accommoder avec sa souffrance. Bien fait, grand, quelque chose de séduisant flottait dans son regard. Sorrus, en surpoids depuis des années, avait le souffle court et souffrait de fatigue chronique. Sans s'être pressé pour se rendre à l'hôpital, il avait encore la respiration d'un homme qui a couru. Face à lui, le malade ouvrait la bouche d'un air dégagé, et c'est à peine si l'on pouvait discerner les signes de sa maladie. Un œil expert aurait tout au plus remarqué une légère distension du thorax et peut-être une cyanose des mains et des membres inférieurs. Sorrus, à chacune de ses respirations – qu'il trouvait d'ailleurs peu profonde et haletante –, croyait entendre la photographie souffler dans ses poumons. Il distingua une forme de râle bronchique. Il toussa pour s'éclaircir la voix et vida un verre en tournant les talons.

La foule était compacte – presque étouffante. Mais Sorrus put malgré tout entendre Marion Minkowski répondre aux questions des visiteurs. Elle n'avait aucun penchant pour la maladie – mais l'expérience humaine avait bouleversé l'artiste. Mme Minkowski s'était laissé transpercer par leur courage. En un sens, ces maladies étaient les siennes.

Les invités sirotaient leur champagne. Ceux qui n'écoutaient pas l'artiste approchaient des amuse-gueules. Sorrus constatait qu'une nouvelle population avait pris place dans l'assistance.

Derrière les costumes cravatés, entre les coiffures excentriques et les tenues à la mode, des silhouettes obscures sillonnaient l'espace. Les deux pieds dans le plâtre, une chaise roulante se frayait un passage, tandis qu'un tripode traînait sa perfusion en aspirant son jus d'orange. À quelques pas, un petit crâne chauve tenait la main de sa mère. Comme pour compléter sa collection, Mme Minkowski prenait des photographies. Les bras cassés, les borgnes, les vieilles poussées par leur gendre, les semi-clochards en souliers troués, ces gens n'avaient fait qu'emprunter l'ascenseur pour visiter l'exposition. Jean-Paul Montesson réussissait son pari : il élargissait de quelques centimètres le champ d'accès à la culture.

Entre un anémique et un grand brûlé, Sorrus reconnut Christian Nguyen. Il attendait Stéphane Courtois, son galeriste. Après quelques verres de vin, Nguyen commençait à trouver le temps long. La gravité componctueuse de ces malades agaçait l'artiste. Figé, conventionnel, l'ensemble manquait cruellement d'irrévérence. La gueule de saint supplicié de l'hémiplégique au sourire triste était un sommet de mièvrerie. Nguyen voulait du sang, il aimait la lutte. Néanmoins, la sclérose en plaques lui avait causé un choc et la leucémie un haut-le-cœur.

Un essaim d'artistes flottait autour d'Evariste Marlon. On évoquait ses projets. Dolorès Klotz commençait une série d'objets décalés. Nguyen était à deux doigts de passer derrière les barreaux. Sorrus évoqua l'exposition de Knud Oddson à l'Aquarium.

– Avez-vous vu celle de Wilkinson ? interrogea Victoire Albanel. Ce type est tout simplement génial. Il a fait le tour du monde, il s'est mis en danger pour questionner de l'intérieur notre conception du confort bourgeois. Il vous met face à votre propre mort avec une rare agressivité. Allez-y, vous ne le regretterez pas. Je peux vous dire que c'est autrement plus subversif que ces misérables photos de malades…

Se rappelant les avoir vues à plusieurs reprises ensemble, Sorrus était surpris d'entendre Victoire si ouvertement hostile à l'œuvre de Minkowski. Mais l'auditoire n'attendait que cela pour s'engouffrer dans la brèche.

– Marion Minkowski est une artiste médiocre, sans personnalité. Je n'arrive pas à m'expliquer ce succès, renchérit Nguyen.

La chasse était ouverte, chacun trouva son bon mot. Dolorès remarquait que les malades, comparés au public, n'avaient pas l'air si mal-en-point. Griffin s'étonna de ne pas voir quelques-uns des modèles boiter dans la salle d'exposition. Étaient-ils tous morts ?

Marlon avait son petit sourire aux lèvres. Sorrus approcha de lui. Le président de la FEA ne parut pas même entendre ce que disait le journaliste. Victoire Albanel multipliait les remarques acerbes. Tout le monde riait – Marion Minkowski ne s'apercevait de rien.

– Personne ne semble habité par son mal, remarqua Valérie Hornstedt. Du coup, cela ne m'a pas émue.

Mike Bromberg, le compagnon de Valérie, pensait que le portrait était un sous-genre, fait pour les magazines et les communiqués de presse.

– Mais regardez donc ce gros Môsieur ! C'est toujours le directeur d'un hôpital qui a l'air le plus malade ! cria Victoire Albanel.

Jean-Paul Montesson, à l'autre bout de la salle, souriait à une baronne. Il suait à grosses gouttes et paraissait fiévreux.

– Il est vrai que notre chère Marion aurait pu faire figurer Jean-Paul dans son bestiaire, ironisa Marlon. Ce qui n'aurait pas manqué de piquant. Mais ce n'est pas là le plus savoureux dans l'histoire.

Le président de la FEA souriait ouvertement. Sa révélation, le plaisir ultime qu'elle lui procurerait, mordait ses lèvres. On l'observait, sans savoir où il voulait en venir.

– Imaginez, chers amis, que Marion, pour ne pas déplacer son matériel et profiter de la lumière qui inonde son studio, préfère travailler chez elle. Cette contrainte, évidemment, restreint le champ des possibles. L'hôpital n'a pu mettre à sa disposition que les pathologies les plus bénignes – ce que l'artiste regretta très sincèrement.

Une porte s'entrouvrait – il suffisait de faire tomber les dernières cloisons. Dire que certaines des images étaient montées de toutes pièces serait un euphémisme. Marlon en voulait pour preuve la ressemblance, manifeste, entre l'emphysème et le mari de Marion, qui, aux dernières nouvelles, se portait comme un charme. Pour d'évidentes raisons déontologiques, les enfants photographiés ne pouvaient être que ceux de l'artiste, tout au plus leurs camarades de classe – ne serait-ce que pour solliciter un accord à l'amiable.

– Vous voulez dire que ces portraits ne sont pas malades ?

– Pas tout à fait. Du moins, pas tous, ou pas encore. À moins qu'ils ne le soient tous, jusqu'à preuve du contraire. En tout état de cause, la distinction entre malades et bien portants perd de sa netteté dans l'univers de Minkowski. Car personne, hormis elle – et Marion entretient sur la question un flou artistique des plus savants – personne ne sait qui était assez valide pour se rendre au studio.

On savait tout au plus que la leucémique était une amatrice déshéritée de musique électronique à qui Marion Minkowski avait proposé quelques billets en échange de sa prestation. Le cancer de l'utérus était une vieille amie, qui avait vécu quelques grossesses difficiles. Pour le reste, dur à dire.

Dolorès avait le souffle coupé. Christian Nguyen s'en doutait depuis le début. Victoire Albanel beugla comme une démente. Les autres semblaient pris d'une crise de fou rire.

Alexandre Sorrus refit le tour de l'exposition. Ces gigantesques images d'un mètre sur deux le contemplaient. Elles étaient si belles – certaines des femmes si désirables. Il n'arrivait pas à s'imaginer où se logeait le mal – où se cachait la mort. Sans un mot, il quitta la salle pour se rendre au prochain vernissage.

Dolorès Klotz

La Collection, trois sculptures
Marbre, bronze, plomb, tour Elstir

Dolorès arrivait tard. L'ascenseur, en un éclair, la fit monter au sommet de la tour Elstir. Son cœur l'oppressait comme un avion au décollage – ses jambes flageolantes cédaient sous son poids. Une voix métallique indiqua le numéro de l'étage. Les portes s'ouvrirent. Depuis les nouveaux quartiers, à l'est de la ville, la vue du soixante-cinquième étage était époustouflante – sans doute l'une des plus belles. Au couchant, sur les collines mangées d'ombre, les lumières rose, bleue, violette, les arbres et les calcaires zébrés de vert offraient un tableau des plus touchants. Prise de vertige, grelottante d'inquiétude, Dolorès Klotz détourna les yeux. Elle avait plus d'une heure de retard.

Fatiguée par la matinée passée dans l'antre de Magnus Paoli, Dolorès s'était laissé absorber par les fissures qui lacéraient le plafond de son musée pariétal, au-dessus de son lit. Les bras en croix, la tête de côté, ses yeux exprimaient toute sa détresse. De chaque côté de la crevasse, les feuilles écailleuses de peinture, comme les vélins d'un vieux grimoire ou la toile d'un tableau crevé, enroulaient leurs volutes morcelées. Des auréoles de moisissure mouchetaient le plâtre gorgé d'eau. Des lavis bistre et noirs progressaient aux encoignures – on aurait dit la fourrure d'un grand félin. Mais la peinture de Paoli était plus fascinante encore. Dolorès avait fait sa connaissance le matin même. L'animal s'acharnait à polir sa toile vierge comme un miroir. Il superposait d'impeccables couches de couleur qui donnaient vie à ses motifs, sans que subsistât l'impression physique laissée par la peinture. Trois petites noix, une gerbe de blé, quelques fruits, des baies sauvages, une traînée de plumes, un œuf brun, c'était l'archaïque régime auquel s'astreignait l'illusionniste pour transformer l'inconséquente présence des choses en un éclair de fatalité. Dolorès, écœurée par sa matinée, mais consciente que la peinture ne pouvait appartenir qu'à un monde révolu, avait pourtant le sentiment de n'être plus bonne à rien. Elle oublia l'heure.

Pour sortir de son trou et reprendre pied dans son agenda, Dolorès avait tenté d'imaginer ce qu'il lui faudrait dire à Allan-Bertrand de Sainte-Croix pour faire bonne impression. Gabriel Garousse, le galeriste de Dolorès, parlait de la vue depuis les appartements du collectionneur comme de quelque chose de stupéfiant. Les jours de grand beau temps, lorsque l'horizon était dégagé et l'air pur, on devinait le scintillement de la mer. Dolorès avait fait mine d'être ébahie. Mais le plus vertigineux, d'après le marchand d'art, c'était la collection de Sainte-Croix. Éclectique, son client appréciait aussi bien les productions récentes que les œuvres de grand style. Naturellement, Sainte-Croix avait acquis la plupart de ses pièces maîtresses à l'Espace Garousse – ce dont le marchand ne se privait pas de tirer quelque prestige. Dolorès aurait donc à feindre la curiosité en même temps qu'elle s'assurerait de la provenance de chaque pièce, pour louer le goût éclairé de l'amateur sans faire d'ombre à la vanité du marchand. Afin de se ménager une issue de secours, Dolorès avait imaginé une suite de ponts qui lui auraient permis de relier la collection de Sainte-Croix à la collection de peinture de ses propres aïeux, les Waldemar-Sachsman. Mais Dolorès, à force de tourner et retourner les phrases flatteuses qui lui auraient permis de séduire son hôte, s'était demandé s'il ne lui aurait pas mieux valu prendre les choses avec plus de hauteur et piquer à vif l'amour-propre du collectionneur.

D'un autre côté, la perspective d'avoir à affronter la vue depuis le soixante-cinquième étage de la tour Elstir lui ôtait jusqu'à l'envie de s'y rendre. Dolorès Klotz avait toujours eu peur de l'altitude. Peur du vide, peur d'être en apesanteur. Dans l'avion, la tête en l'air et les yeux fermés, elle prenait son pouls. Elle n'avait aucune notion de cardiologie, mais préférait s'assurer que son sang coulait dans son organisme. C'était tellement étrange de savoir cette matière en elle continuer de se diffuser. Et son cœur en train de battre. Elle détestait l'avion – et l'altitude en général. Les voitures lui faisaient peur. La vitesse, la prise de risque, l'incertitude, l'absence de contrôle, les machines et les insectes. Lorsqu'elle n'était pas inquiète, l'idée qu'elle pourrait avoir peur l'envahissait aussi violemment que s'il s'était agi d'une inquiétude véritable. Dolorès ne voulait pas aller à ce rendez-vous. Elle avait froid, elle avait mal, elle n'avait pas le courage de parler, elle voulait se faire porter malade. Garousse, à l'autre bout du fil, ne lui laissa aucune échappatoire.

Un majordome vint lui ouvrir la porte. Dans le hall, sur un mur face à l'entrée, de magnifiques armoiries accueillaient le visiteur. Une rose et un serpent couronné meublaient l'émail d'or et d'azur qui couvrait un écu en bannière. Sur une banderole, la devise familiale s'inscrivait en lettres noires : « Ex nihilo nihil ». Le majordome débarrassa Dolorès. Il pointa une paire de patins. Dolorès glissait pour suivre à bonne allure.

Spacieux, l'appartement était plongé dans une obscurité quasi totale. Des faisceaux lumineux surgissaient du plafond pour éclabousser les pièces maîtresses de la collection. Dans la pénombre, vis-à-vis d'un retable figurant les scènes de la vie d'un martyr que l'on aurait pu attribuer à Tebaldeo Freccia, à Cornelius Berg ou à Moretto da Brescia, Dolorès devina un sceau impérial, sculpté dans le jade, qu'une cloche en verre gardait de la poussière. Un petit bateau mécanique, dans un état de conservation irréprochable, voguait sur une commode dont les panneaux de bois de rose étaient enrichis de bronzes en forme de satyre. Un éventail de soie et d'ivoire, incrusté d'or et de nacre, représentait des nuées d'oiseaux et de papillons – sans doute un Rodolphe de Gerolstein. Épinglée au mur, dans un caisson blindé, cette miniature flanquait une toile géante sur laquelle la nudité stylisée de ces grandes femmes allongées donna à Dolorès le sentiment de ne compter pour rien – on aurait dit un Horacio Diaz. Posés sur une table basse, en face d'une banquette couverte de tapisseries anciennes, deux sujets en porcelaine blanche représentaient des esclaves noirs. Les muscles noueux, le visage angélique, ils avaient les mains liées derrière le dos et les pieds menottés à un tronc d'arbre – une triste beauté émanait de ces corps dont la force était soulignée par ces attaches. Un peu plus loin, Dolorès aperçut une vitrine pleine de belles poupées. Certaines grimaçaient, d'autres pleuraient – toutes avaient de belles robes et de longs cheveux brillants. À côté, dans le désordre, Dolorès découvrait de petits mobiles de Taviani, un nu assis de Pablo Carounis (sans doute un portrait d'Elvire Goulot), un inquiétant Johan Borg, une grande photographie d'Arpad Sarafian accolée à l'un des malades de Marion Minkowski (l'aphasique), un pastel de Bongrand, que Dolorès jugea assez faible, deux ou trois aquarelles de Corentin, un beau portrait de femme par Olivier Bertin, une esquisse de Moser, une encre de Berklinger, une Vierge de Berthold et un grandiose Heinrich Kürz.

L'éclectisme de la collection était déconcertant. Les pièces s'associaient sans queue ni tête, exactement comme si un fou s'était chargé de mettre en scène la chronologie d'un musée universel. Le majordome ne laissa pas à Dolorès le temps d'approfondir ses réflexions.

Dans de grandes vitrines plates, elle vit les burins préhistoriques, les parchemins enluminés et les chopes en verre soufflé, une collection de clés et de serrures, de beaux objets scientifiques, des miniatures perdues au milieu d'une série de fétiches en bois transpercés de clous et de lames rouillées.

Dans une imposante vitrine murale, une assemblée de reptiles naturalisés montrait leurs yeux de chat. Le python vert s'enroulait sur son bâton, un crotale diamantin lançait des éclairs, une vipère cornue zigzaguait sur le fond couvert de sable de l'aquarium. La vue des serpents, depuis toujours, fascinait Dolorès. Le fait qu'ils fussent articulés d'un seul tenant, souples en tout point de leur corps, le fait qu'ils pussent s'immiscer dans tout orifice et glisser dans n'importe quelle cavité, suscitait un mélange d'admiration et de dégoût. Dolorès ne put qu'apprécier de loin la violence de cette présence.

Assemblés autour du tapis de soie, on attendait l'artiste.

– Mon cher Allan, lança Garousse en se caressant les cheveux, je vous prie d'excuser cette effrontée. Même pas *fichue* d'arriver à l'heure.

Dolorès baissa les yeux. On ne sait ni où ni comment, Garousse avait pris l'habitude de parler des artistes qu'il représentait dans les termes les moins flatteurs. Garousse mettait une ardeur si venimeuse à envelopper de coups le pauvre petit être sans défense pris dans ses griffes, qu'on aurait pu croire qu'en lieu et place du gentleman civilisé vêtu d'un beau costume se tenait un spécimen égaré de la race des premiers hominidés, ressuscité au milieu d'un salon fleuri.

– Pour tout vous dire, Sainte-Croix, je pense que je ne l'ai jamais connue ponctuelle.

Dolorès eut son petit sourire gêné. Ses cheveux serpentaient le long de son visage en masquant son regard. Elle s'était glissée dans l'une de ses tenues favorites, elle avait assorti son rouge à lèvres à ses chaussures, gommé de sa peau le masque expressif de son front, le mouvement de ses bracelets en argent rappelait le motif de son châle moiré – mais on ne remarquait rien sinon son retard. Dolorès avait beau faire de son mieux, on finissait toujours par lui reprocher quelque erreur. Et, à considérer les choses en toute objectivité, la réalité était bien pire encore : comme si le simple fait de vouloir s'en prémunir provoquait la faute, Dolorès constatait que les petites bévues qu'elle n'arrivait pas à contenir brillaient d'autant mieux qu'elles étaient mises en valeur par le fond uniformément irrépréhensible de sa conduite. Les peines infinies qu'elle se donnait pour arranger son intérieur faisaient béer le petit recoin, inaccessible mais manifeste, qu'elle avait oublié d'épousseter dans la salle à manger, recouvert de miettes et de crasse, qui tiraillait sa conscience avec autant de vigueur que le pieu du bourreau qui torture la plaie du condamné, mais qu'elle n'avait plus le courage d'aller atteindre. Cette implacable règle était aussi vraie en ce qui concernait l'art noble du rangement que dans la pratique sanitaire qui permettait d'écrire un livre en noircissant des feuillets, que certains appelaient la littérature – ou dans les relations sociales, où les gens ne retenaient rien de vous, sinon le mot que vous aviez dit de travers. C'était à croire que la beauté en ce bas monde ne pouvait servir à rien sinon d'écrin à la laideur.

Dolorès devait pourtant reconnaître que le retard était chez elle une seconde nature. Enfant, elle avait marché avec difficulté, appris à parler après tout le monde et sa mère désespérait même de la voir quitter ses couches. À l'école, elle commençait ses devoirs le lendemain du jour où elle devait les rendre et plus aucun de ses amis ne se fiait à ses rendez-vous. L'appeler pour l'avertir était peine perdue : Dolorès ne répondait jamais, absorbée par des tâches d'autant plus importantes qu'elles eussent pu sembler accessoires. Lorsqu'un professeur lui faisait des remontrances, lorsque sa mère lui posait un ultimatum, lorsque son marchand entrait en colère et son amant se languissait, Dolorès se contentait de sourire sans rien faire pour se défendre – comme si subir ses fautes lui faisait plaisir (ce qui, en l'occurrence, n'était pas loin d'être vrai). Le matin en se levant, sous sa douche en se lavant, humble et contrite, elle se reprochait ses écarts de conduite – ses paroles déplacées, ses mauvaises reparties et sans doute, comme dans certains jeux où le sacrifice d'une pièce est consenti pour se donner une situation avantageuse, cherchait-elle aussi la faute pour alimenter encore cette machinerie vorace qui occupait l'esprit et procurait une honteuse satisfaction. Dolorès passait des journées entières, des semaines parfois, à se vautrer dans la médiocrité, incapable de faire quoi que ce soit qui ne fût avilissant, quoi que ce soit dont elle pût se dire fière. Elle restait au lit et, dans l'ombre de sa solitude, poussait jusqu'à l'extrême les raisons de se considérer avec dégoût. Chez Dolorès, la volupté de la mauvaise conscience avait des ramifications d'un raffinement exquis.

Allan-Bertrand de Sainte-Croix, en robe de chambre gorge-de-pigeon, baisa la main de son invitée. William Segal, le bras droit de Garousse, ne détourna pas les yeux du magnifique Carlos Schwab en face de lui. Le collier de perles de Mme Garousse se contenta d'un sourire froid.

– C'est un honneur, mademoiselle, de recevoir une aussi éminente personnalité en notre humble demeure, chuchota le maître des lieux, sur un ton formel qui masquait mal la réalité de son émotion.

Dolorès fit une chaste révérence et s'installa dans un fauteuil à décor d'oiseaux et de gibiers qu'on lui présentait.

– Allan !... s'écria Garousse en riant à moitié, laissez-moi vous avertir, en toute amitié… cette impertinente ne mérite pas tant d'égards. Il faut la rudoyer beaucoup pour en obtenir un peu. Comme vous l'aurez *sans doute* remarqué, continuait le galeriste – abusant à dessein des anticipations rhétoriques, non pas seulement pour se prémunir des effets de la déception, mais surtout pour insinuer dans l'esprit de son interlocuteur l'idée qu'il lui aurait fallu voir quelque chose d'indiscernable et ainsi le rabaisser implicitement –, je me suis toujours comporté comme un véritable père avec Mlle Klotz. Rendez-vous, aides financières, j'ai trouvé les collectionneurs, orienté ses travaux, j'ai paré au moindre de ses désirs. Pour tout remerciement, cette ingrate n'a rien trouvé de mieux que de pourrir mon existence. Mais regardez donc !… Regardez donc ce petit sourire ! Il n'est rien qui lui fasse plus plaisir que d'être prise en défaut, ajouta-t-il en riant. Ne vous laissez donc pas attendrir par ses jolis yeux de chat ! C'est le charme du diable !

Dolorès alluma une cigarette. Dans le grand séjour de l'appartement de Sainte-Croix, les rideaux étaient tirés. Pour être plus précis, les ouvertures, ici comme ailleurs dans l'appartement, étaient scellées par des panneaux, et la lumière du jour ne venait jamais vous chatouiller les yeux. Pas un nuage, pas un coin de ciel bleu. Le noir de la cave était sans fond. Dolorès, qui ne redoutait rien autant que cette vue plongeante sur la ville qu'on lui avait annoncée, était presque déçue de ne pas avoir à l'affronter. Agrippée aux accoudoirs, nouée à la gorge, elle étouffait en silence. Elle réclama un verre d'eau au majordome qui lui tendait une tasse de thé. Elle refusa les douceurs disposées sur la table et tira une bouffée sur sa cigarette.

Dans un coin de la pièce, sur une grande estrade, un lit moderniste couvert de soies fines et de voilages surplombait le séjour de quelques dizaines de centimètres. Allan-Bertrand de Sainte-Croix retourna s'allonger sur sa couche et but une gorgée de thé. Il croqua dans un biscuit et ferma les yeux. Son lit avait été commandé à Robert Kowalski, lorsque celui-ci acceptait encore de faire des sculptures à « vocation fonctionnelle ». Sainte-Croix ne recevait jamais ailleurs qu'installé sur ce chef-d'œuvre qui avait servi de pierre de touche à l'élaboration de toute la collection. Garousse, impatient, força son sourire et reprit le fil de ses idées.

– Figurez-vous que c'est moi… moi qui ai sorti Dolorès de sa fange… moi qui ai façonné son œuvre comme un bloc de terre glaise. On en revient toujours au même constat : donnez tout ce que vous pouvez à vos enfants, ils jugeront toujours préférable de vous humilier en guise de remerciement. Avant d'exposer à ma galerie, Dolorès c'était une miette, une rognure, un petit tas de cendres au fond du trou. Et voilà comment elle se comporte avec moi, en public…

Dolorès ignorait ce qui avait pu décider Sainte-Croix à s'enterrer chez lui. Jamais, pas même la nuit, elle ne fermait ses volets ni ses rideaux. Les yeux clos, il lui arrivait de faire des apnées. À force de chercher du sens, elle sombrait dans un puits, sans jamais toucher le fond. Ce pouvait être une noyade ou la bouche remplie de terre. Ses efforts pour être un nom, une infime petite ligne de l'Histoire semblaient voués à disparaître. Dolorès ouvrait les yeux, suffoquée. Puis elle allumait une cigarette.

En dessous du tableau de Carlos Schwab, sur une petite console en fer forgé de style rocaille, elle remarqua trois sculptures qu'elle n'identifia pas aussitôt. Dolorès avait presque oublié l'existence de ces travaux. Sainte-Croix en avait fait l'acquisition le jour du vernissage. La première œuvre, sculptée dans du marbre de Carrare, représentait un cendrier plein de mégots ; la seconde, une assiette en plomb recouverte des déchets d'un repas ; la troisième, les restes morcelés d'un vase en bronze doré. Dolorès ne savait plus la nécessité qui l'avait poussée à opérer ces rapprochements d'objets, et leur relation lui semblait aussi fortuite qu'un amoncellement de choses que l'on s'apprêterait à mettre aux ordures. Les trois sculptures ne dégageaient aucune puissance univoque, aucune énergie spirituelle. Tout laissait accroire que ces choses s'étaient retrouvées ici par hasard, au milieu de cette somme désarticulée de pièces que le goût changeant d'un homme avait conjuguées. Il n'y avait pas même la ressemblance extérieure, la secrète analogie pour sous-tendre cette relation fantôme.

Dolorès avait pourtant conçu ces œuvres comme une série d'autoportraits. Elle avait fait fondre et sculpter ses premières moutures par des professionnels, pour que le résultat fût irréprochable. Consciente de l'importance de la tâche qui lui incombait, elle avait lu une histoire du tabac, des ouvrages sur la pyromanie, quelques livres sur les rituels d'incinération, sur la respiration et la voix, elle avait lu sur la dématérialisation, les nuages et les masses d'air, elle avait lu sur l'inquiétude et l'angoisse, sur la folie et le suicide. Dolorès considérait sa passion pour la cigarette comme un élément consubstantiellement lié à sa nature ; représenter un cendrier en marbre blanc, c'était anticiper la pièce qui couvrirait sa sépulture. La terre cuite n'aurait eu aucun sens, quoique l'idée de cuisson lui plût beaucoup. L'assiette en plomb s'était imposée en quelques minutes. Dolorès avait un rapport équivoque à l'alimentation. Son corps dégingandé et maigrelet en portait la marque indélébile. La viande la révulsait, les légumes étaient insipides, tout le reste la dégoûtait. De façon générale, manger ne lui semblait pas suffisamment spirituel. À ses yeux, son propre corps n'avait guère plus d'importance qu'une mue de couleuvre vide. Choisir les résidus à présenter sur le plat n'avait été qu'une formalité. La difficulté consistait à les placer. Dolorès avait mis des semaines à composer le menu. La feuille de salade couvrait un haricot rogné, un noyau de pêche servait de tête au squelette d'une côte de porc, une mèche de pâtes serpentait en direction de la lame du couteau. Dolorès considérait en souriant cet amas de symboles et de métaphores mal régurgitées. Croyant associer en toute nécessité, faisant ses recherches pour justifier chaque geste, elle n'avait produit qu'un discours sans fond. Ces fruits n'étaient pas mûrs.

– Pour tous ces artistes, continuait le galeriste, jamais aussi volubile que lorsqu'il s'agissait d'étaler ses mérites, je suis le père, la mère, le grand frère et le banquier. Est-ce une raison suffisante pour se laisser marcher dessus ? Je n'ai rien fait, je suis bon avec eux, je les aime comme mes propres enfants n'est-ce pas.

William Segal écoutait d'une oreille distraite. De son point de vue, le discours de Garousse avait perdu toute efficacité. Ses longues jambes se repliaient l'une contre l'autre. Ses cheveux roux frisaient sur ses tempes et son expression gardait quelque chose d'enfantin. Depuis la création de l'Espace Garousse, il servait de bras droit au directeur. Il essuyait ses colères, résolvait les problèmes et sillonnait la ville à la recherche de nouveaux talents. Il découvrit Dolorès Klotz lorsque celle-ci exposait à la galerie de Léon Wencelius. Son œuvre était une critique explosive de la standardisation et du formatage du réel. William Segal avait aussitôt pris rendez-vous avec l'artiste. Il se rendit au dernier étage d'un immeuble insalubre qui servait d'atelier à Dolorès. L'espace de travail, trop petit pour contenir toutes ses œuvres, débordait sur le palier. Quelques mois plus tard, Garousse se targuait d'avoir découvert cette formidable artiste. La baronne de Richemont acheta une pile de gobelets en plastique moulés dans de l'étain, Gilbert Marquet un bouquet de fleurs fanées en pièces recyclées, Paul Monnier un trognon de pomme en bronze. À chaque fois, Segal trouvait les mots pour convaincre.

– Le jour où je lui présentai ma femme, reprit Garousse en tendant son doigt vers Dolorès, cette sauvage… cette effrontée… cette petite délurée… la prit pour ma mère ! Imaginez un peu… Pauvre Alice… Que d'efforts pour recoller les bouts ! Des nuits blanches et des nuits blanches. Heureusement pour moi, cette histoire ne prêta guère à conséquence et, tout compte fait, elle est assez drôle. Mais Dolorès fit des choses épouvantables, terribles, à la baronne de Richemont et son chien… J'ose à peine le répéter.

Alice Garousse, née Roach, avait quelques années de plus que Gabriel. Mais le formidable dilettante qu'était Garousse à l'époque de leur première rencontre n'hésita pas longtemps à se saisir d'une aussi confortable occasion d'accéder à un niveau d'aisance matérielle qu'il n'avait jamais pu connaître jusque-là. Ayant vite fait d'engloutir les quelques biens dont il avait hérité, ce mariage lui permit de se remettre à flot. Mais au bout de trois années de passion froide, la naissance de deux enfants contraignit le mondain bohème à profiter de sa fortune d'une autre façon. Familier des musées et des galeries où il passait ses heures creuses, proche des amateurs d'art qui peuplaient les réceptions, il décida d'ouvrir sa propre galerie. L'héritière Roach pouvait satisfaire toutes les excentricités du directeur qui ne savait à peu près rien du métier. En deux ans, l'Espace Garousse n'avait toujours pas trouvé sa clientèle. Seuls les efforts conjugués de Segal et de Mme Garousse aidèrent le directeur à remonter la pente – lui qui se souciait plus de savoir quelle paire de souliers vernis associer à ses éternels costumes noirs que de planifier un quelconque accrochage.

– Au fait, cher *Maître* ! J'allais oublier : *Bon anniversaire !* s'écria Garousse. J'ai été retenu par un salon, comme vous pouvez vous l'imaginer. Comment cela s'est-il passé ?

Pour ses soixante ans, Sainte-Croix, qui avait l'habitude d'organiser de fastueuses réceptions, fit appel à des chefs de grand renom. Pintade aux deux safrans et à l'essence de coriandre, turbot farci de lotte à l'écume de radis noir, canette et sa mousse de grenade sur sirop de thym, tortue de mer marinée aux écrevisses, jambonneau de fruits confits et citrouille au poivre vert, il fallait que la *party* ne ressemblât à rien de *déjà vu*.

– Je dirais que ce fut une réception « d'anthologie », si vous me passez l'expression.

Les orchestres avaient composé, dans des styles très différents, des airs adaptés à chaque moment. L'harmonie de la nourriture, des vins et des sons est une chose si délicate. Pour que l'ivresse eût une coloration particulière, Sainte-Croix, qui ne buvait qu'à de très rares occasions, avait lui-même imaginé des cocktails uniques.

– Mais qui était là ? coupa Garousse, imaginant avoir raté quelque client.

Le goût de Sainte-Croix pour l'excellence était sans faille. Il avait passé des semaines à trier ses invités. Chacun devait se sentir fier d'en être, personne ne devait être négligé. Il sélectionna soixante amis très chers. Et Sainte-Croix pensait ne pas avoir manqué sa cible. Plusieurs journaux avaient fait mention de l'événement. On loua l'organisation et l'orchestre, le menu et les conversations. Personne ne manqua de rien. Même les cadeaux furent à la hauteur. Seul, dans son fauteuil, il avait ouvert chacun de ses présents. Sainte-Croix était autant surpris par la délicatesse des attentions que par la précision dans le choix de ce que l'on lui destinait. Il était ému aux larmes.

– Mes invités, hélas, ne purent nous féliciter, ni nous remercier…

– Que voulez-vous dire ? Je pensais que vous étiez soixante.

– Vous n'y êtes pas mon cher… Il n'y avait personne !

– Personne ?

– Parfaitement. Cette soirée restera dans les mémoires comme la plus *select* de l'année. Le plus beau de mes anniversaires. Rendez-vous compte, personne n'a pu venir !

– Mais enfin ! C'est impossible ! s'écria Garousse au comble de l'inquiétude.

– Je ne laisse jamais rien au hasard, mon cher… les cartons d'invitation ont été envoyés le lendemain du rendez-vous.

Garousse se redressa, puis partit d'un éclat de rire retentissant.

– Rien ne m'écœure plus que ce genre de réunion. Ma solitude est bien trop précieuse.

Dolorès souriait tristement. Que son œuvre pût s'insérer dans une collection et servir de faire-valoir à un excentrique était pour elle une forme d'échec. À côté de ses sculptures, sur un guéridon en loupe de noyer, reposait un des objets agressifs de Bertrand Traoré. Une tasse en porcelaine rehaussée de décors fleuris et de scènes galantes dont les arêtes étaient aussi tranchantes qu'une lame de rasoir. Le rapprochement entre son vase fracturé et la tasse de Traoré pinça au cœur Dolorès qui ne s'attendait pas à perdre sa singularité si facilement.

– M. Garousse m'avait parlé de la vue depuis votre appartement comme de quelque chose de tout à fait époustouflant, risqua Dolorès.

– C'est très aimable à lui.

– Mais vous avez condamné toutes vos ouvertures, il me semble…

– Ce n'est pas tout à fait exact, fit-il en forçant son sourire espiègle.

– Il a raison, confirma Garousse.

En dessous de chaque fenêtre, un moniteur noir et blanc retransmettait des images animées. Certains écrans diffusaient le mouvement de la ville, d'autres les immeubles, les fenêtres des voisins ou le paysage lointain. On pouvait se faire une image fidèle du monde environnant en faisant pivoter les caméras grâce au système de télécommande.

– Lorsque nous sommes entrés pour la première fois dans l'appartement, justifia Sainte-Croix, la vue nous stupéfia. Je supporte hélas assez mal la lumière du jour. Ce dispositif vidéo nous permet de profiter de la vue nuit et jour.

– Et c'est une idée extraordinaire ! flatta Garousse. On devrait faire pareil à la galerie.

Sainte-Croix se couvrit les jambes avec un plaid.

– Ma chère Dolorès… dit-il avec emphase. Permettez-moi de

vous appeler ainsi… Dans l'intimité de vos œuvres, j'ai fini par vous considérer comme une amie véritable. Et j'étais si impatient de faire votre connaissance. Mais, pour ne rien vous cacher, vous êtes… ou plutôt votre œuvre est la cause du retard infini que nous avons mis à organiser cette petite réunion.

Le jour où Sainte-Croix acquit ses trois Klotz fut l'un des plus beaux de sa carrière – mais aussi l'un des plus tragiques. Content de mettre la main sur ce qui lui manquait, il lui semblait soudain impossible d'acheter quoi que ce fût d'autre – quoi que ce fût de plus – et ce n'était pas faute d'avoir essayé.

Sainte-Croix fixait la tenture de son lit à baldaquin. Dolorès ne s'attendait pas à ce que les choses prissent cette tournure. La voix du collectionneur jouait des accents les plus pathétiques de son registre.

– Ce fut une sorte de maladie. On m'envoya consulter des spécialistes. Et je vous tenais pour responsable, personnellement, de notre situation. Nous qui passions des semaines à la recherche d'une lampe ou d'un tapis… je me retrouvais du jour au lendemain sans inspiration. Rien ne m'allait plus.

Garousse ne put s'empêcher de fermer les yeux. Le retrait soudain de Sainte-Croix du marché de l'art lui avait fait perdre plusieurs millions. Dans un premier temps, le galeriste s'était figuré que la crise affectait les finances de son meilleur acheteur. Puis il imagina que Sainte-Croix, comme tout client déçu par son fromage, avait changé de crémerie et s'approvisionnait désormais chez K & S ou Stéphane Courtois. Dès qu'il apprit la réalité de la situation, Garousse espéra ranimer la flamme de Sainte-Croix comme le fait un vendeur de stupéfiant. Confidences, petits cadeaux, réunions avec les artistes, il joua sur tous les tableaux pour débrider la sobriété de son plus gros client.

– Mais votre collection est parfaite, caressa Dolorès, vos associations d'une telle finesse…

– Je vous remercie… La décoration de mon intérieur, précisa Sainte-Croix en se touchant la poitrine, passe en effet pour une œuvre inégalable. Imaginez seulement que cet homme y a consacré plus de dix ans de sa vie. Nous avons couru galeries et salons à la recherche de l'image vivante de nos visions. Dans cette lutte avec l'être difficile, exigeant et irascible qui remuait en moi, je ne dus mon salut qu'à ma générosité. Mieux valait acheter un objet en trois teintes, plutôt que de s'apercevoir, à la maison, que le bleu pâle d'une pâte de verre ne pouvait se marier au vert foncé de mon bureau. Au fil des ans, chacune de mes trouvailles conquit sa place définitive dans l'espace blanc et raffiné de notre appartement.

– Dites, interrompit Garousse, votre Oddson, il est pas mal du tout. Je l'avais jamais remarqué. Qui vous l'a vendu ?

– Stéphane me l'a « proposé ».

– Quel bel achat vous avez fait ! Ceci dit… Courtois n'a pas dû vous épargner…

Sainte-Croix eut un léger tressaillement.

– Je ne m'attache guère à cette sorte de détails, voyez-vous. La beauté est sans commune mesure avec l'argent.

– Et ce cadre-là, qu'est-ce que c'est ? grimaça Garousse, en pointant une feuille teinte.

– Mon Markus Broch.

– J'aurais dû m'en douter… Mais il est tellement *atypique*, appuya Garousse, que je ne pouvais pas croire que c'en soit un. Sans vouloir vous offenser – mais vous connaissez mon goût pour la sincérité –, votre Markus Broch n'est pas à la hauteur. Je lui trouve un air faiblard, ses couleurs sont *passées*.

Le marchand approcha son nez du sous-verre et décrocha le cadre.

– Mais qu'est-ce que je vois là ? Il est piqué ! Regardez-moi ces taches de rousseur. C'est affreux ! Vous devriez le vendre Allan, au plus vite.

– Sans doute avez-vous raison mon cher. Mais, que voulez-vous, sa valeur est sentimentale.

– Oh ! si vous saviez ce que j'en pense de la valeur sentimentale !

Que ce fût pour discuter les prix avec les artistes ou pour acquérir des œuvres plus anciennes, Garousse utilisait les roublardises du vrai négociateur. Ne jamais faire une offre avant d'avoir déposé les toiles dans la crasse et la poussière, ne jamais se prononcer sur la qualité d'une œuvre sans lui avoir trouvé une dizaine de défauts, remettre en doute systématiquement l'authenticité des certificats : le marchand savait s'y prendre pour acheter ce qu'il convoitait au quart de sa valeur.

Mais une fois chez lui, il s'empressait d'accrocher ses biens dans son salon. Il y avait de quoi être surpris lorsqu'on apprenait que cet homme, pour qui seul l'argent comptait, avait depuis plus de trente ans la même toile d'Olga Rist accrochée au-dessus de son lit (bien que son prix entre-temps eût été multiplié par dix) et que, de façon générale, il n'avait à peu près rien vendu de tout ce qu'il avait acheté pour « faire de l'argent » – hormis deux ou trois babioles dont il s'était débarrassé pour amortir ses coûts –, comme si, en définitive, le détachement qu'il affectait vis-à-vis de ses clients n'était qu'un voile pudique jeté sur un authentique et débordant sentimentalisme dont la puissance et la folie excédaient tout ce qui se pût imaginer et voir ailleurs.

– Sainte-Croix, sans rire, combien vous me le vendez votre Broch ? Dites un prix, je vous l'achète le double ! Réfléchissez, ce n'est rien d'autre qu'un bout de papier taché après tout, conclut Garousse en posant l'aquarelle à ses pieds, par déformation professionnelle.

Mme Garousse souriait en vain. Dolorès la regardait avec compassion. La pauvre Alice – lassée des pitreries de son époux.

– Ou alors je vous l'échange contre un Traoré. Vous n'y perdrez pas, je vous le garantis ; il me reste de très belles pièces en stock.

Mme Garousse secoua la tête. Le corps boursouflé, les bras ballants, oubliée de tous – Alice était pâle. Son époux attirait les lumières ; son époux aimait les femmes ; son époux était l'homme de génie qui découvrait les jeunes talents et donnait à l'art d'aujourd'hui un nouveau visage. Alice paraissait triste et fanée avant l'âge ; Garousse les cheveux tirés en arrière, la silhouette affinée dans son costume noir, éclatait de vie. Dolorès savait pourtant, pour avoir vu de l'intérieur le fonctionnement de la galerie, ce que le succès de l'entreprise devait à cette femme. Garousse avait beau mettre en avant ses amitiés, ses relations avec les directeurs de musées et de fondations, il ne faisait rien sinon tirer la couverture à lui.

Sainte-Croix se fit servir une tasse de thé, qu'il sucra lentement. Ses fines moustaches frisaient à la commissure des lèvres ; son nez pointu furetait à droite et à gauche comme le museau d'un petit rongeur.

– Finalement, reprit Sainte-Croix, ma collection ne connut qu'un seul défaut. Celui d'être achevée.

Son thé était encore trop chaud. Il humectait le bout de ses moustaches en soufflant sur son breuvage.

– Je me suis longtemps demandé pourquoi l'achat de vos pièces fut pour nous le catalyseur de cette tragique prise de conscience. Il ne me semble pas seulement que nous étions arrivés à bout de notre travail, mais je compris, en contemplant vos œuvres – si belles, si abouties, si nécessaires – à quel point ma recherche était vaine et désorganisée. Comme ces pies qui picorent ce qui brille pour l'accrocher à leur nid, le collectionneur accole ses images les unes aux autres, sans tisser de relation profonde. Éternel enfant, il associe ce qui se ressemble, mais n'avance vers rien d'essentiel.

Sainte-Croix pinça une petite friandise qu'il croqua délicatement.

– Cette prise de conscience me laissa sans force. J'errais, désœuvré dans mon intérieur, des journées, des mois entiers. Mes mains me semblaient superflues, mon esprit inutile. Parfois, je me portais acquéreur de quelques babioles. Faute de conviction, ce mince plaisir se révélait sans pérennité. Je me débarrassais de mes achats, plein de confusion. Il n'y eut guère que ces serpents pour me procurer quelque plaisir.

Dolorès ferma les yeux. L'impression que lui laissaient les reptiles du hall d'exposition s'était déposée en boule au fond de sa gorge. Dès qu'elle déglutissait, elle sentait le nœud qui compressait sa glotte.

– Les serpents, c'est le bonheur ! Une passion véritable.

Les yeux de la vipère, prête à attaquer, fixaient Dolorès. À travers ces prunelles jaunes, statiques, hypnotiques, Dolorès voyait refluer dans sa mémoire les images, beaucoup plus anciennes, qui l'avaient hantée toute son enfance. De modestes reptiles avalant de gros rongeurs, sans les mâcher ni les réduire. L'opération pouvait durer de longues heures. La bouche de l'animal se dilatait, comme n'importe quel orifice, et, la mâchoire totalement démembrée, le serpent faisait avancer la proie qu'elle humectait et lubrifiait le long du tube qui lui servait de corps. Dolorès se souvenait avoir pleuré en regardant ces films. La pauvre bête, enfermée dans le ventre du serpent difforme, progressait sans se réduire. Comme si manger n'était qu'une lutte entre totalités irréductibles, un jeu de contenant à contenu. À ce souvenir s'en superposait un autre, plus horrible encore, d'un serpent avalant un autre serpent. Le duel, silencieux, pouvait durer des semaines, peut-être des mois. Il y avait là une forme d'héroïsme. À raison de quelques centimètres par jour, la gueule du reptile ingurgitait le corps identique de son frère d'armes. Comme si le serpent se mangeait lui-même, comme s'il s'avalait pour renaître à neuf – nouvelle peau, nouveau corps –, comme s'il avait voulu se retourner de l'intérieur pour se sentir enfin lui-même. C'était une révulsante représentation de l'infini.

– Quelque temps après ma dépression, reprit Sainte-Croix, une étoile dans le regard, quelque temps après les serpents, nous eûmes une grande idée. La plus grande de toutes probablement.

De longs points d'orgue se prolongeaient dans les sphères les plus aiguës du registre pour clore chaque phrase de Sainte-Croix. La fragilité de sa voix contrastait bizarrement avec l'empire robuste qu'il avait su construire.

– La première fois, je signai un chèque pour racheter l'orientaliste qui siégeait au-dessus de notre lit. Impossible de se figurer la tristesse qui avait été la mienne lorsque j'avais eu à vendre l'un de mes plus beaux tableaux. Mais le nouvel acquéreur semblait tellement excité que je finis par accepter cette disparition. J'imaginais la surprise de notre entourage. Quelques heures plus tard, je rentrai, triomphal, à mon domicile ; j'ouvris le paquet sur une musique victorieuse. C'était un superbe Naz de Coriolis, datant de sa grande période orientaliste. Non sans hésiter, je décidai de l'accrocher au-dessus de notre lit… la place, après quelques heures, était restée libre. Ce fut une révélation, je le contemplai comme pour la première fois. Il y avait de grands palmiers, un rift sablonneux, l'étagement ombragé de la plaine et un enfant qui regardait une oasis. Jamais nous n'avions rien vu de si beau ; notre chambre était démultipliée par cette présence.

– Mais Sainte-Croix vous auriez dû me dire que vous cherchiez un orientaliste ! J'ai quelques très belles pièces à la maison. Il faudra que je vous les montre la prochaine fois. On trouvera toujours un moyen de s'arranger avec le Broch, conclut Garousse, rêveusement.

– L'expérience s'avéra tellement probante, continua le collectionneur sans même tourner la tête vers le marchand, que je vérifiai l'état de nos finances. Au prix d'une féroce négociation, usant de mille stratagèmes pour me défaire des marchands les plus habiles, j'arrachai un somptueux meuble en galuchat qui se trouvait justement dans notre petit salon d'hiver. Des heures durant, je dus monter les enchères pour forcer la main du vendeur récalcitrant. À court d'arguments, j'eus l'audace de lui faire croire qu'il s'agissait de la pièce manquante de notre collection. Le vendeur s'avoua vaincu. J'emportai le meuble sur-le-champ. L'espace vide de l'appartement fut comblé à nouveau par l'architecture subtile de ce secrétaire aux teintes si souples. Nous étions comblés, l'appartement était deux fois plus beau.

Sainte-Croix buvait enfin son thé. La satisfaction éclairait son visage.

– De fil en aiguille, je rachetais et recomposais notre intérieur, pièce par pièce, mur par mur, comme un archéologue mettant à jour la structure d'une villa enfouie sous la lave. Mes façades retrouvaient leurs fresques d'origine, mes plafonds leurs lustres d'antan, et mes vitrines leurs brassées de chefs-d'œuvre. Comme par magie, mes trésors se faisaient dérober pour retrouver leur place. Les nouvelles acquisitions dynamisaient l'ensemble, toujours plus beau, plus harmonieux. Cela vous fera sans doute rire, Dolorès, ajouta Sainte-Croix, dont l'œil pétillait de joie, mais je dois avouer que ma relation aux objets que je ne cesse de me racheter à moi-même se fait plus profonde à mesure que je les retrouve. Vos œuvres sont à moi des dizaines de fois – elles m'ont coûté une véritable fortune, mais mon plaisir de les avoir est d'autant plus nécessaire. Nous les comprenons mieux, l'accrochage est de plus en plus précis. Nous ne les possédons pas seulement, nous les pénétrons totalement.

Dolorès s'efforça de sourire. Dans le milieu professionnel, on louait la rigueur de Sainte-Croix, on vantait son exigence, la clairvoyance de ses stratégies. Il était craint dans ses bureaux, comme par ses concurrents. Mais tout le monde s'accordait à dire de lui qu'il était excentrique. Dolorès ne s'attendait pourtant pas à une telle débauche de moyens. La mauvaise conscience, sans doute, devait ronger Sainte-Croix au point de lui faire perdre pied. Dolorès découvrait l'âme d'un frère. Mais sa folie l'oppressait. Elle alluma une cigarette pour se rafraîchir.

– Votre décision est sublime, mon cher ami, et elle vous honore, affirma Garousse. Mais soyons francs, est-ce tout à fait viable ? Convenez que vous ne pouvez pas vous arrêter ainsi, *et à tout jamais*, de vous faire plaisir. Ce serait comme arrêter de manger ou de boire. Il y a là quelque chose de… Comment dit-on déjà ?

– Suicidaire ? suggéra Alice, du bout des lèvres.

– Mais non ! Ce que tu peux être idiote lorsque tu t'y mets. Il y a quelque chose de… Enfin, mais c'est évident… Aidez-moi… C'est celui qui fait toujours du mal aux autres, qui torture, qui fait souffrir, volontairement.

– Sadique ? Pervers ? tenta Segal.

– Oui c'est, ça ! « Pervers », ce mot m'échappe toujours. Votre comportement, Sainte-Croix, a quelque chose de *pervers*. On ne peut pas continuellement se refuser ce que l'on désire. Autant se tuer tout de suite. Vous vivez en vase clos. Il vous faut retrouver le chemin de la société et faire en sorte que vos désirs fructifient. Nous pourrions même continuer nos affaires si ce qui vous excite c'est le rachat. Imaginez un peu : vous me vendez le Markus Broch, à bon prix, et moi je vous le revends, quelque temps plus tard… un peu plus cher.

– Quelque chose vous échappe Garousse. Au fond, l'empire qu'exerçaient sur moi les objets nous dégoûtait. J'ai voulu me déprendre de la matière. Le rachat est un exercice spirituel.

Garousse secoua la tête, Segal bredouilla quelques phrases de pure rhétorique. Mais Dolorès comprenait ce que Sainte-Croix avait voulu dire. Elle occupait depuis quelques mois un appartement qui faisait la part belle aux choses. Son intérieur, loin de ressembler aux mises en scène soigneuses qu'exige l'idée moderne de confort, apparaissait comme un regroupement hétéroclite d'objets en tout genre, amoncelés sans régularité ni place déterminée. Elle ne pouvait se séparer de rien : le moindre bout de papier remuait en elle une foule de souvenirs qui la faisait sangloter. Elle récupérait des choses aussi bien chez ses vieilles tantes que dans la rue, elle trouvait du charme à n'importe quelle casserole, pourvu qu'elle semblât patinée par les ans, elle conservait comme des trésors ses livres cornés et considérait avec admiration une coupe ébréchée, pour peu qu'elle s'imaginât en faire une œuvre un jour. Sa garde-robe débordait de nuisettes sans âge, que Dolorès n'avait jamais portées et ne porterait jamais, mais qu'elle trouvait jolies et qui lui rappelaient la maison de ses aïeux. Ses vêtements de petite fille dormaient dans des pochettes en plastique, ses chaussures usagées garnissaient le fond d'un placard. À tout moment, elle pouvait reposer ses yeux sur la matérialisation concrète d'une part de son histoire et réussissait à surnager en se rattachant à ces bouées. Pourtant, à considérer les choses d'un autre point de vue, l'accumulation des objets avait un effet tout aussi pernicieux que l'épure squelettique des décorateurs avisés. Car Dolorès pouvait pleurer pendant des semaines après avoir cassé un verre en cristal de sa grand-mère. La couleur des gouaches qu'avait peintes son père, lorsqu'il était jeune, déteignait. Ses tapis perdaient leurs poils, les meubles se fendillaient, ses vêtements se trouaient. Cette défaite, cet amenuisement, plus que le brouhaha des voisins ou le plafond de sa chambre qui s'écaillait, usait Dolorès de l'intérieur, mais nourrissait aussi en elle le secret désir de se défaire de tout ce qui l'entourait, pour ne plus se sentir meurtrie dans son corps, dès qu'elle ébréchait un vase, et recouvrer sa liberté en affrontant le vide sans craindre de disparaître. Elle s'imaginait dans un appartement désert, où son univers serait réduit à l'essentiel. Son œuvre pourrait alors suivre cette pente, elle pourrait se loger dans la face obscure du monde, dans le revers aveugle de la matière et n'être plus rien sinon l'idée d'une présence. Elle ferait de toutes petites sculptures, très fines, très belles, qu'elle embaumerait dans du béton ou collerait sous un parquet, pour offrir à son œuvre une garantie contre l'effritement, le démembrement et la dislocation. Ce qui n'était pas une plus mauvaise façon d'affronter l'idée de perte que de racheter ses propres biens.

– Si je puis me permettre…

– Mais faites, Dolorès, je vous en prie.

– Je crois qu'une autre solution s'offre à vous. Ce matin, je suis allée dans l'atelier de Magnus Paoli. Connaissez-vous ce peintre ?

Sainte-Croix n'en avait jamais entendu parler.

– Auguste Griffin me l'a présenté. Ils collaborent ensemble à l'illustration d'un recueil de poésies « en trompe-l'œil ». Vous ne pouvez pas vous imaginer la force et la finesse de ses tableaux. C'est tout simplement magique. À côté, j'ai l'impression de n'être bonne à rien. En rentrant dans l'atelier, le sujet, disposé dans une boîte en sapin dont le fond restait obscur, m'a tout de suite interpellée. Il s'agissait d'un motif représenté, il y a fort longtemps, par Mortemart, dans l'une de ses rares scènes non religieuses. Seulement, là, entre l'œuf et le torchon réels, et l'œuf et le torchon sur le chevalet de Paoli, pas une différence. À peine un écart. C'est à peu près comme si le peintre avait réussi, avec ses propres mains, à tisser un véritable torchon et à pondre un œuf qui se pourrait manger. Magnus Paoli est d'une précision à vous faire tourner de l'œil.

Dolorès alluma une cigarette. Garousse lui lançait des regards furieux – le peintre n'était pas représenté par sa galerie.

– Faire une œuvre avec deux choses aussi différentes et fortuites qu'un œuf et un torchon, ne voyez-vous pas là la marque du grand génie ? Paoli a tout réduit à l'essentiel pour consacrer une union contradictoire. N'est-ce pas la clé de toute quête artistique que de vouloir et d'arriver à marier l'eau et le feu, la terre et les songes, le corps et l'esprit, la vie et le venin ? À une époque, j'ai moi-même cherché, quoique avec bien moins de succès, à produire des associations d'objets décalés. Mais je n'ai jamais réussi à atteindre la pointe de mon raisonnement. Une assiette, un cendrier, un vase cassé, où est le point de fusion ?

Sous le coup d'une brusque inspiration, Dolorès était passée d'un état de timidité révérencieuse, à une forme d'effusion lyrique et lascive. La métamorphose de son invitée semblait amuser Sainte-Croix.

– Avez-vous déjà été piqué par un serpent, monsieur ? Moi je rêve souvent qu'un serpent se glisse sous mes draps. Un gros, gras, bien luisant. Il enroule son corps autour de mon pied, étreint mes cuisses, monte le long de mon ventre, joue avec mes cheveux. Comme dans les sculptures antiques, l'introduction de la bête en moi éveille un mélange de peur et de plaisir. Cette coïncidence, voyez-vous, c'est l'union mystérieuse de la vie. L'union de la bête annelée et du corps rond de la femme. Ce dont on part et ce à quoi il faudra revenir. Car l'enroulement des choses sur elles-mêmes, ailleurs qu'en elles-mêmes, est la marque de leur nécessité. Rien de ce qui *est* ne vit sans se réitérer, se reformuler ou se répliquer, vous savez cela mieux que moi. C'est la respiration même de l'existence. Magnus Paoli, en grand primitiviste, arrive, comme le chamane, à éveiller l'esprit des choses et à mettre en scène leur nécessaire retour. Son raffinement a quelque chose de barbare au fond.

L'assistance était médusée. Dolorès parlait fort et agitait ses doigts fins. Entre deux mots, elle riait parfois. L'animation ne tenait plus qu'au fil ténu de la voix de Dolorès qui aspirait l'air de sa cigarette et parlait en recrachant sa fumée.

– Je pense que vous pourriez lui demander de faire le portrait des plus belles pièces de votre collection. Pour consacrer son éternité ! Je suis certaine que Magnus y excellerait…

Dolorès fixait le plafond, en cherchant ce qu'elle y trouvait dans sa chambre.

– C'est une idée, répondit Sainte-Croix, doucement, sans y mettre la dose de conviction qui aurait permis à Dolorès de penser qu'elle n'avait pas parlé dans le vide.

Dolorès, comme un volcan éteint, fumait, sans lâcher de lave. Cachée derrière sa chevelure, elle garda le silence. L'émotion était retombée aussi vite qu'elle était montée.

William Segal prit le relais. Sans s'éparpiller.

– Voyez comme elle est ! Toujours bouillonnante d'idées !

– Mais c'est un plaisir que de l'écouter ! fit Sainte-Croix en souriant.

– Sans doute. Mais elle a omis l'essentiel, précisa Segal. Les génies sont ainsi faits… ils ne peuvent se passer de leurs assistants. Dolorès n'en a encore parlé à personne… elle travaille à un projet nouveau…

– Mais c'est très intéressant ça.

Sans ignorer de quoi il s'agissait, Gabriel Garousse n'était pas certain de bien comprendre. Il prit un air de circonstance. Dolorès dévisageait Segal, sans dire un mot.

– Son projet est saisissant, quoique minimaliste. C'est parce que je sais combien votre espace est précieux que je me dois de vous présenter cette nouveauté.

– Mais oui… De quoi s'agit-il ? interrogea Sainte-Croix, d'un ton laconique.

– D'habiter l'envers des choses, mon cher. Le derrière, le dessous, le caché.

– Mais c'est passionnant ça…

Dolorès fermait les yeux. Elle aurait voulu disparaître.

– L'objectif serait de parasiter l'envers du décor. Derrière votre magnifique nu de Carlos Schwab, elle pourrait intervenir en apposant une petite étiquette. Une étiquette détournant l'œuvre de sa véritable destination ; une étiquette décrivant un tout autre tableau. Ou bien, sous votre tapis, ou même sous le parquet, nous pourrions insérer une plaque de métal notifiant un conte relatif à sa création et ses pouvoirs. Nous pourrions introduire un faux dans votre collection de perles, faire entrer un germe dans l'une de vos faïences ou des balles en caoutchouc dans vos armes anciennes. Rendez-vous compte, les possibilités sont infinies. L'objectif serait invisible, insaisissable, presque inexistant.

Garousse regarda Segal avec admiration, avant de s'engouffrer dans la brèche.

– Mais il faut vous dépêcher, Sainte-Croix. Savez-vous que Dolorès est sur le point d'intervenir sur les pièces de la collection de Taupière ? surenchérit le galeriste, sans se soucier d'être en contradiction avec son meilleur vendeur.

– Évidemment, vous pourriez avoir la primeur… nuança Segal.

Dolorès s'écrasait sur elle-même. Plus personne ne la regardait. Elle sombrait tranquillement dans ses abîmes. Elle avait beau fumer, les mêmes idées noires continuaient d'affluer par tous les trous. Dolorès se voyait anéantie, écrasée, ridiculisée. Le monde, de façon générale, était bien trop vaste pour qu'elle pût le contenir.

– Allan-Bertrand de Sainte-Croix… (Alice Garousse sentait qu'il était de son devoir de ficeler la proie.) Dans le champ du visuel, vous avez ce qu'il y a de plus abouti. Mais vous êtes dos au mur. Dans un cul-de-sac, si vous me permettez l'expression. Réfléchissez ! Nous vous *offrons* une porte de sortie. La seule manière de faire progresser cette collection, c'est de l'ouvrir à l'invisible. Vous serez le premier, et le seul, à savoir que vos merveilles sont le théâtre de nouvelles splendeurs, que le revers d'une tapisserie est la galerie d'infimes incrustations, le couvercle d'une potiche le musée minuscule de chefs-d'œuvre spirituels. Ce sera votre secret… à vous… et à vous seulement.

– Je n'y avais jamais songé. C'est vrai… Qu'en pensez-vous Dolorès ?

Sur son fauteuil couvert d'oiseaux et de gibiers, l'artiste aspirait les bouffées de sa cigarette. Elle toussa pour éclaircir son timbre. La violence qu'elle mettait à engouffrer la fumée dans son corps dessinait les traits du soulagement sur son visage – une sorte de pompe à morphine. À ceux qui l'observaient, elle donnait l'impression de ne respirer vraiment qu'en brûlant sa dose de tabac blond qu'elle coupait d'air pur, comme l'alcoolique ne boit de l'eau qu'à condition d'y mêler de l'alcool fort. Dolorès se disait qu'il lui faudrait à un moment ou à un autre cesser de se détruire. Elle imaginait les maladies, les souffrances, les difformités pour se convaincre de l'impérieuse nécessité. Mais entre l'idée d'allumer une cigarette – le besoin de respirer vraiment – et l'immédiate possibilité de se satisfaire, la distance était bien trop faible pour trouver le courage de s'interrompre. La cigarette écrasée, un ou deux gestes suffisaient à donner l'idée d'en allumer une autre. Aucune n'était assez longue pour étancher son désir d'être prise de l'intérieur.

Elle baissa les yeux.

– Qu'en pensez-vous Dolorès ? répéta Sainte-Croix.

– Pourriez-vous me montrer votre Elstir ? chuchota-t-elle.

– Pardon ?

– Pourrais-je voir votre Elstir, monsieur de Sainte-Croix ?

Le collectionneur écarquilla les yeux.

Dolorès, depuis sa plus petite enfance, admirait la peinture d'Elstir. Ses grandes impavides, le regard diaphane, éveillaient chez la jeune artiste une floraison de rêves heureux. Elle allait au musée contempler le portrait de Mme de Tailleferre au cachot de la prison du Carreau ou celui de la belle duchesse de Conti, installée sur sa méridienne, vêtue d'une robe de mousseline blanche, dans une pièce obscure. Tous les portraits d'Elstir avaient ce *quelque chose* de profondément mélancolique. Ses mains étaient sages, délicates, ses visages blancs sertis d'yeux noirs, la peau translucide, l'expression détachée. Sainte-Croix, qui de longue date habitait dans la tour Elstir, avait mis un point d'honneur à faire l'acquisition d'une des toiles de ce grand maître. Le portrait de la princesse de Guermantes, qu'il avait acheté une fortune, était célèbre dans le monde entier.

– Mais ce serait un honneur pour moi…

Sainte-Croix referma sa robe de chambre et mena la troupe vers son bureau.

La toile était là, dans un cadre doré tout neuf. Alice loua la beauté du regard, Segal la délicatesse de l'expression. Garousse voulait son jeu de mots.

– Elle n'est toujours pas partie ? Depuis le temps… s'empressa-t-il de préciser. Hé hé hé, Elstir, elle est partie, vous comprenez ?

Le pauvre homme semblait oublier que ce calembour avait perdu toute charge en quelques décennies d'usage. Dolorès resta coite. Elle connaissait cette toile pour l'avoir vue des milliers de fois dans des catalogues. Le tableau avait servi pour décorer des boîtes de biscuits, des cartes postales ; il illustrait des couvertures de livres ; on en avait fait des timbres. Dans le manuel de lettres de Dolorès, au lycée, ce tableau accompagnait la prose de Bergotte ; dans son livre d'histoire, il illustrait la page consacrée au grand monde. Avant de l'avoir jamais contemplé, Dolorès en connaissait chaque détail et aurait pu le dessiner de mémoire. Le boa gris qui tournait autour de la princesse, sa robe parme, chaque recoin lui étaient familiers. Elle s'attendait à ressentir quelque chose d'extraordinaire. Or là, dans ce bureau, entourée de son galeriste, de sa femme et du collectionneur, elle ne ressentit rien. Comme si le chef-d'œuvre avait perdu toute sa charge. Comme si la beauté de cette composition, à force d'avoir été vue et revue, s'était fanée. Dolorès trouvait à la pauvre princesse de Guermantes une expression niaise, une pose terriblement fade. La végétation autour d'elle était molle, sa robe sans relief. C'était ce que l'esthétique du Grand Siècle pouvait faire de pire.

Sainte-Croix, fier de son tableau, qu'il avait sans doute racheté plus de vingt fois, racontait les circonstances de sa première conquête. Acquis chez Boscato, qui lui-même le tenait de la famille Guermantes, le portrait n'avait pas changé de place depuis que Sainte-Croix l'avait suspendu dans son bureau. Garousse, qui aurait bien voulu acheter la toile pour étoffer sa propre collection, tenta une allusion au prix. Sans trouver le moindre écho.

Au bout de cinq ou dix minutes, un détail, que Dolorès n'avait remarqué sur aucune reproduction, attira son attention. Sur le front blanc de la princesse, un léger rayon de soleil, entre les feuilles de l'arbre, apposait une couronne céleste. Le fait que la lumière marquât précisément le front de la princesse était frappant. Son corps était à l'abandon, mais son regard profond et le sommet de sa tête auréolé. La peinture, craquelée à la surface, avait de fines ridules qui lézardaient la tache blanche. On aurait dit que le maillage parfait de la composition, aussi régulier qu'un pan de mosaïque, s'était effiloché. Tombés en morceaux, les abacules de verre opalescent, sortis de leur ornière, librement restaurés, sans référence aux rythmes et aux périodes qui structuraient l'ensemble du tableau, restituaient l'essence palpitante d'une peau vivante. La subtilité de ces glacis jaunes, orangés, roses et perlés qui ourlaient la bordure de la tache pour traduire le rayonnement de la lumière sur un front bombé, plongea Dolorès dans l'extase. Elstir avait passé des mois face à son modèle pour découvrir le mystérieux accord qui unifiait le rythme du drapé, les ondulations de la chevelure et le moutonnement vert des bosquets – et le faire rayonner comme un ciel souverain d'été. Chaque ruban était ciselé pour répondre au miroitement écumeux du visage de la princesse. Posée à sa juste place, avec la régularité ponctuelle d'un facteur d'orgue, l'enveloppe duveteuse des vagues de mousse dessinait une mer de grâce. Mais au-delà de cette maîtrise, laissant loin derrière la grammaire médicale du grand peintre, la seule chose qui palpitait, c'était l'amas confus et émietté de vie qui se fissurait sur le front de la princesse. Dolorès n'aurait pas su dire si cette faille dans la construction devait être considérée comme la finalité consciente de la machinerie savante qu'Elstir mettait dans la lumière, ou s'il s'agissait de la pièce manquante de son tour de force qui rayonnait malgré lui, par surcroît. Quoi qu'il en fût, il apparaissait que la nécessité d'une toile aussi bien maîtrisée se jouait finement de l'ordonnancement mathématique des couleurs, des formes et des rythmes, pour emporter le spectateur dans un au-delà où tout ce qui aurait pu sembler volontaire et décidé ne comptait plus.

– C'est fou comme elle peut sembler digne et heureuse ! affirma Alice.

– Oui, c'est la joie, le bonheur du Grand Siècle.

Dolorès n'entendait plus rien. Les secrets tombaient un à un. Tendue vers l'idéal, la princesse oubliait son corps sublime mis à distance dans le clair-obscur d'un sous-bois. Vieillie sans être vieille, elle avait un petit livre entre les mains, ouvert comme un beau fruit. L'essentiel de son existence semblait résider dans la relation aux choses de l'esprit. Son corps pouvait la faire souffrir. Son sourire en était la preuve. Partie à la conquête du savoir, tentant de combler le vide, la faillite encyclopédique la menaçait. Son apparente froideur était le raffinement le plus expressif de sa passion.

Dolorès vit la parenté secrète qui reliait tous les beaux visages qu'Elstir avait représentés. Tous avaient ce léger repli de la commissure des lèvres, des yeux en amande, un contour allongé et des paupières fines. En définitive, ce qui faisait l'unité de son style, l'idiosyncrasie de son génie, tenait aux quelques gènes en commun que partageaient tous ces visages. La singularité du peintre, loin de s'imposer de l'extérieur, comme une forme de coquetterie formelle, irriguait la chair de l'intérieur, coulait dans les veines et informait la structure des corps. Un grand peintre mettait au monde une grande famille – toutes ses œuvres s'inscrivaient dans un cercle séminal unique.

– Si vous voulez le fond de ma pensée… (La voix claire de Dolorès tranchait le ronronnement aimable du salon.) Je pense que vous n'avez plus d'autre choix que de vendre.

– Pardon ?

Alice baissa la tête. Garousse était sur le point d'éclater.

– Lorsqu'on arrive à un tel accomplissement, il faut tout détruire ou ne plus vivre. Mes « interventions invisibles » n'y changeraient rien. Vous êtes en train de vous épuiser, Sainte-Croix. Il faut vendre cette collection et recommencer à zéro.

Sainte-Croix resta interdit. Personne ne lui avait jamais parlé avec tant de franchise.

Au pied de la tour Elstir, un flux continu de voitures empêchait de traverser l'avenue. Dolorès, les jambes tremblantes, attendait son tour. La tête lui tournait ; elle sortit une cigarette. Les camions, en quatrième vitesse, faisaient voler ses cheveux.

Victoire Albanel

Corps défendant, photographies, procédures
Courtesy Espace Garousse

Victoire était dans l'atelier lorsque Iouri fit irruption. Il avait l'œil rouge, sentait le tabac froid et l'alcool des lendemains de fête. Victoire comprenait qu'il sortait à peine du lit. S'éloigner fut un réflexe. Iouri commença l'inspection des lieux. Il examina les papiers, ouvrit les tiroirs, dérangea la pile de livres, parcourut le courrier et vérifia l'état du lit. L'enquête préliminaire ne donnait rien. Il referma temporairement le dossier.

Victoire et Iouri s'étaient rencontrés lors d'un vernissage. La beauté virile de l'homme fit trembler le petit corps frêle de la jeune femme. Ils parlèrent de leurs recherches, elle souriait très gentiment et s'exprimait d'une voix flûtée. Sensible, charmante, fragile, la poupée fit fondre le colosse. Iouri disposait d'un studio dans le bâtiment A – elle séjournait dans un appartement du « B ». Habituellement, ils dormaient dans le lit double de l'appartement, pour déjeuner sous le soleil de la terrasse, faire l'amour dans l'atelier et nocer jusqu'au petit matin. Ils vécurent quelques mois de parfait bonheur. Mais Iouri, dont la passion dévorante pour sa fiancée faisait oublier l'art et les pinceaux, ne comprenait pas que Victoire, contrainte toujours par quelque lien, ne pût se soumettre à ses lubies sans aucune réserve. Cette différence irritait Iouri, qui devenait violent. L'instant d'après, rampant sur le lino, il recouvrait sa femme de fleurs et promettait de l'emmener au bout du monde.

Depuis des jours, Victoire Albanel tournait en rond. Elle avait essayé trois fois de modifier l'approche du problème qui l'empêchait de progresser. Après le vernissage de Marion Minkowski, elle avait révélé la supercherie mise en scène par la photographe au Grand-Hôpital dans un article cinglant paru dans *Le Quotidien du Prisonnier*. Marion Minkowski répliqua dans une tribune, en attaquant Victoire. Suspendu aux lèvres de ces deux femmes, le milieu des arts alimentait le différend, dans des articles exagérés. Victoire préparait les documents de la plainte qu'elle comptait déposer, pour l'honneur et la vérité, contre Minkowski, ses faux malades et ses douteux clichés. Mais elle peinait à trouver ses mots.

Iouri ne comprenait pas que sa femme pût consacrer son temps à l'offense d'une artiste aussi médiocre. Depuis que Victoire avait fait la *connaissance* de ce « con » de Wilkinson, Iouri ne laissait plus rien passer – surtout s'il s'agissait de personnes appartenant au même cercle que cette raclure. Il devait réagir. L'enquête fut longue et méticuleuse. Victoire subit l'épreuve sans défaillir. Son visage n'exprimait rien, figé comme une tête de poupée. Elle parlait avec concision, attentive aux moindres mouvements de cette montagne de nerfs qu'elle affrontait. Victoire prenait en même temps des notes sur son calepin.

Chef de file incontestée des artistes « procéduriers », Victoire Albanel est à l'origine d'une révolution originale et prolifique. Sans elle, des créateurs aussi divers que Patricia Lemieux, Christian Nguyen, René Mesnil ou même Vassilieff – en ce qui concerne sa dernière période –, ainsi qu'un groupe qui se fit appeler « les Nouveaux Cyniques », n'auraient tout simplement pas vu le jour. Petite, Victoire dessinait sur tout ce qu'elle trouvait ; plus tard, avec ferveur, elle s'exprima sur les planches de son collège ; puis fit du cinéma avec les amis de son lycée. Victoire était un être à part. Ce fut avec consternation que ses camarades accueillirent la nouvelle de son inscription en droit. Mais contre toute attente, les premières années se passèrent bien. L'idée, qu'un jour, elle pourrait être avocate ne semblait guère la rebuter, bien au contraire. Sa sensibilité trouva un nouvel exutoire dans la lutte acharnée contre l'injustice. Victoire voulait changer le monde.

C'est en poursuivant ses études qu'elle eut l'idée de rédiger ses premières plaintes. Les prolégomènes à son œuvre future concernaient ses voisins qui faisaient du bruit – fêtes intempestives, ébats sportifs, ménage, musique assourdissante, etc. –, les insinuations diverses qu'on pouvait lui faire, ses camarades qui s'habillaient mal ou des vêtements qui la dévalorisaient. Trois ou quatre fois par semaine, elle se rendait au commissariat de son quartier déposer ses textes, comme d'autres vont chez l'éditeur ou leur galeriste. Mais tout cela manquait encore d'unité et de suivi – Victoire concevait en effet ces premiers travaux comme un exercice supplémentaire destiné à aiguiser son sens de la critique.

Progressivement, son goût pour l'art prit le dessus et Victoire écrivit des plaintes plus inspirées. Lorsqu'elle grilla un feu, arrêtée par la police, elle prit des photographies et porta plainte contre les agents qui la harcelaient, le préfet qui avait installé une signalisation, le conducteur qui l'avait bloquée et son amie qui l'appelait lorsqu'elle avait commis son infraction. Sortie du commissariat avec ses plaintes, Victoire sentit qu'elle tenait quelque chose de consistant. Elle appela son œuvre *Au Quotidien*. Le lendemain, elle fit quelques mains courantes – contre le gardien de son immeuble qui n'avait pas nettoyé les marches et l'architecte qui les avait dessinées trop hautes ; elle se retourna contre le fabricant d'ampoules qui propageait cette lumière glauque dans l'escalier et le restaurateur qui répandait une odeur mauvaise dans le hall d'entrée ; elle porta plainte contre le propriétaire qui ne lui revenait pas et réclamait tous les mois des sommes exorbitantes. L'ensemble s'intitulait *Mon domicile*. Plus tard, Victoire intenta des procès contre sa ville pour le temps qu'il y faisait, les branches des arbres qui tombent, les clochers qui s'effondrent et la pluie qui salit tout. Chaque chose a un responsable, pour peu qu'on s'en inquiète. Elle appela cette œuvre *Les Avanies*. Ses premiers travaux furent exposés à la galerie K & S où ils rencontrèrent un succès d'estime – plus tard à l'Espace Garousse où les conditions étaient meilleures. Après plusieurs mois de bachotage, Victoire Albanel fut reçue au barreau de la capitale ; quelques mois plus tard elle adressait un dossier de candidature à la Cité radieuse où le Jury lui réserva l'un des meilleurs appartements du bâtiment B. C'est à cette période qu'elle rencontra Iouri, un soir de vernissage à l'Aquarium.

Iouri la regardait droit dans les yeux, il bouillonnait à l'intérieur. Les petites lèvres de sa Victoire étaient enduites d'un rouge cerise ; sa frange blonde découvrait des tempes sillonnées de vaisseaux bleus. Ses ongles étaient manucurés. Un cardigan enveloppait sa petite poitrine couronnée d'un sautoir ancien. Habituellement, elle affectait un air de docilité factice en baissant les yeux, toujours souriante, douce et serviable. Rien ne laissait transparaître la dureté de ses décisions, ni l'intransigeance de ses désirs. Iouri voulait faire l'amour, Victoire donnait des coups de pied sur le lino. Les premiers temps, elle avait apprécié la tenue un rien désuète de Vassilieff qui faisait dire à ceux qui le croisaient qu'il était chic – veste en laine, pantalon de velours, cravates mitées. Il portait ces chaussures au cuir fendu qui venaient d'un marché aux puces et dormait parfois avec. Les mois passant, Victoire aperçut l'usure, les taches, l'état des doublures, les teintures sales. Pour prendre les choses en main, elle tança Iouri – de sa voix de chaperon rouge, elle l'obligeait à faire peau neuve, sous peine de le répudier. Iouri fit la sourde oreille – et rien ne s'était arrangé depuis.

Le procès de Victoire Albanel contre K & S, sa première galerie, eut un retentissement considérable. Ce fut son premier procès d'artiste et, à ce titre, la confirmation de son talent. Sa plaidoirie attira les journalistes, qui perçurent la portée révolutionnaire de ce procès. Les juges, le public, les témoins, les pièces à conviction, il s'agissait d'une performance d'un genre nouveau. Victoire tendait simplement à identifier le rôle d'un artiste, dans notre société, à celui d'un *grand procédurier*. Sa mission, son sacerdoce, sa fonction première – que l'homme pensât, peignît ou filmât – serait d'enquêter, d'interroger, de questionner, de constituer des dossiers, de rassembler des preuves, de monter des charges, d'établir les responsabilités, de prouver la culpabilité et finalement d'infliger des peines et de mettre sous les verrous. Manuel Tiano comprenait que la démarche d'Albanel, aussi novatrice fût-elle, mettait en lumière les principes structurants de la démarche artistique depuis la nuit des temps. Le fait que Victoire Albanel se fût retournée contre sa première galerie n'était qu'un symbole, en soi anecdotique. Seuls comptaient le déploiement de ce mouvement, l'essence de sa démarche, son sens, son rôle, à savoir de pénétrer de l'intérieur, de renverser, peut-être aussi de phagocyter les institutions – et en premier lieu l'administration judiciaire.

Le verdict une fois rendu, les pièces du dossier, dûment signées par l'artiste, furent archivées et mises en vente lors d'une grande exposition à l'Espace Garousse. Le tapage qui avait accompagné le déroulement de ce procès déplaça les foules. Il y avait des juges et des avocats célèbres, des magistrats bien sûr, des enquêteurs, des commissaires et même le grand bâtonnier, accompagné par son équipe. Les pièces exposées, comme celles qui restaient dans les réserves, furent achetées d'un bloc par un certain M. Fabien. On apprit plus tard qu'il avait été mandaté par Flavia Kedon et Emmanuela Simoni, les directrices de la galerie K & S – qui prévoyaient de revendre une par une ces pièces qui concernaient l'histoire de leur galerie à leurs meilleurs clients. Garousse tenta de récupérer l'ensemble, mais se résigna lorsqu'il comprit que cette concurrence créait un stress sur le marché qui soutiendrait la cote de son artiste. Victoire Albanel avait soufflé l'idée à son amie Flavia.

Iouri n'aimait pas Garousse – pas plus qu'il n'appréciait Flavia ou Emmanuela. Iouri détestait les galeristes, les critiques et les marchands d'art en général, les amateurs divers, le public stupide – tous ces gens qui ne comprenaient rien. Le tapage promotionnel l'excédait, la réclame le faisait vomir. Ses mains étaient enflées. La rougeur sur son visage gagnait les parties les plus visibles de sa figure. Elle prenait des formes de cercles profus – des tourbillons, des nuées, des marécages – et ses cheveux retombaient en mèches épaisses sur cette géographie instable. Victoire regardait du coin de l'œil ce pauvre fou. Il n'était plus que l'ombre de ce qu'elle avait vu en lui. Mais il était beau quand même.

L'histoire d'amour de Victoire avec Iouri inspira ce qui, avec le temps, apparaît comme l'une des plus belles réalisations de la procédurière. L'artiste porta cent cinquante plaintes contre Iouri qui la faisait souffrir de plaisir. Elles étaient rédigées dans le plus pur style judiciaire. Ses cheveux, ses yeux, ses mains, son ventre, son sexe, son nez, ses pieds, elle porta plainte contre ce qu'il avait été, ce qu'il était, et ce qu'il serait. Au commissariat, Victoire Albanel se retourna contre sa gentillesse, ses attentions, la façon qu'il avait de lui faire l'amour, ses bouquets de fleurs, ses traits d'esprit et tout le reste qui la désarmait. Elle photographia l'ensemble – tout de son corps et de sa vie – et conserva les plaintes contre son homme, fou amoureux d'elle. Or c'est à cette période que Victoire fit la connaissance de Wilkinson.

Le choc fut irrésistible. Wilkinson la fixait du regard, il l'hypnotisait – il la posséda. Victoire s'échappait d'entre les bras de Vassilieff, pour glisser entre ceux de Wilkinson. Ils s'aimèrent comme des bêtes – et la situation devint intenable. Wilkinson menait une vie de débauché ; il lui arrivait de se ruer dans l'atelier, au beau milieu de la journée, au bout de la nuit. Iouri devint fou. Il cassa l'appartement, cria dans tous les bâtiments. Victoire porta plainte pour coups et blessures. Iouri fut jugé et mis en cage. Victoire souffrit alors du manque. Elle allait le voir dès qu'elle pouvait et leur passion se déchaîna à l'ombre des barreaux. Cet homme était à la fois son amour et le sujet de son chef-d'œuvre – son œuvre même, pour autant qu'elle l'avait fait emprisonner. Victoire le photographia mille fois, dans tous les sens et décida de se retourner contre l'établissement pénitentiaire dont les conditions l'épouvantaient. Ils faisaient l'amour dans la crasse, dans l'ordure. La campagne judiciaire fut acharnée. On parla de l'affaire sur toutes les ondes et lorsque Iouri sortit de l'ombre, Victoire exposa l'histoire entre les murs de l'Espace Garousse. Les premières plaintes contre Iouri, les premières photos ; le procès contre Iouri, les mois d'emprisonnement, tout fut encadré. Trois heures par jour, sur une chaise en bois, Iouri s'installait dans un coin de la pièce pour compléter la scène. Victoire Albanel intitula l'exposition *Corps défendant*. Sûre d'être tranquille, elle rejoignait Wilkinson pour quelques instants de grand bonheur.

Posée sur le bureau, l'ébauche de plainte contre Minkowski attira finalement l'attention de Iouri. Il se passa la main sur le visage, l'esprit brumeux. Des bouffées d'alcool remontaient de sa nuit de fête.

– La vie vaut mieux que cela, Victoire. Une plainte par ci, une plainte par là. C'est toujours la même histoire. Comment vas-tu faire pour te renouveler ?

– De quoi tu parles, grand singe ? Depuis que je te connais, tu refais le même tableau !

Le peintre s'affaissa sur une chaise. Les bras ballants, sa cigarette à moitié éteinte.

– Tu n'en as pas assez de ressasser les mêmes souffrances ?

– Mais les choses changent, Victoire… Je vais décoller…

Iouri cherchait sur le visage de son amour une réaction de peine ou de bien-être.

– Je mérite mieux… je mérite beaucoup mieux que toute cette merde. La peinture, les belles images, la jolie forme, c'est un combat d'arrière-garde… Tout ça, c'est fini ! Je vais envoyer balader ce bric-à-brac de ringard.

Victoire aurait pu tenter de le dissuader. Elle lui devait une forme de réponse ou de soutien. Du coin de l'œil, elle relisait sa plainte.

– Je vais arrêter de peindre, Victoire… Tu entends ? Je vais arrêter de peindre… Pour me consacrer à mon nouveau projet. Ce sera grandiose… Tu vas voir… Et si ça marche… en plus de nous apporter la gloire… nous ferons fortune !

Victoire ne prononça pas un mot. Elle se contenta de pousser Iouri Vassilieff vers la porte et retourna à son bureau.

John Wilkinson

Dead Zone, 35 sculptures, courtesy Espace Garousse

Le visage malingre, les yeux enfouis, mal rasé, la bouche noirâtre, John Wilkinson est repoussant. L'artiste a dépassé la quarantaine – mais son style de vie, sa consommation d'alcool, de drogues et de médicaments en tout genre, sa sous-alimentation chronique, son manque de sommeil laissent penser, à ceux qui ne le connaissent pas, qu'il a dépassé la cinquantaine et qu'il met le cap sur ses soixante. Le soir du vernissage, Wilkinson s'était réfugié dans le bureau du directeur de la galerie. Il buvait de l'alcool depuis cinq heures de l'après-midi. Allan-Bertrand de Sainte-Croix avait fait le pied de grue devant la porte, tout comme Gilbert Marquet, le président-directeur général de Luxor. Les deux hommes trouvaient l'exposition de Wilkinson sensationnelle. Alexandre Sorrus réclamait un entretien. Silencieux, méprisant, l'artiste les avait à peine salués. Il éluda les questions, il ricana aux compliments, les yeux fixes sur son verre vide. Wilkinson portait son pantalon de cuir noir, une chemise sombre et sa chevelure clairsemée paraissait grasse. À chacun de ses doigts, de grosses bagues, décorées de têtes mortes ou de pierres noires dévisageaient ces inconnus.

Sans le savoir, Wilkinson gagnait énormément à paraître aussi sale. Son galeriste soignait d'ailleurs ce portrait d'artiste maudit, rejeté de tous, critiqué par l'institution – et John Wilkinson frayait dans les milieux les plus *selects*, toujours invité aux soirées d'Evariste Marlon, le directeur de la FEA, où l'odeur de soufre qui émanait de sa personne faisait chavirer les têtes. Pour ne pas décevoir les mauvaises langues, Wilkinson provoquait de grands scandales, exposait des thèses d'un radicalisme douteux et malmenait ses admirateurs. Il n'avait pas son pareil pour paraître impertinent et déranger. On lui prêtait une liaison avec Victoire Albanel, mais aussi avec Marion Minkowski. De façon générale, les femmes qui gravitaient dans la sphère des arts plastiques se prévalaient des faveurs du créateur. Gabriel Garousse ne dupait donc personne en jouant sur les aspects les plus noirs de la personnalité de Wilkinson – il flattait simplement les collectionneurs et futurs acquéreurs de ses pièces, qui aimaient à penser qu'ils achetaient une œuvre *difficile*.

Mais dans le secret du grand bureau, Wilkinson faisait peine à voir. Garousse, pour le lui faire remarquer, poussait la porte de temps à autre. Un bon à rien, un fainéant, une pauvre loque – Wilkinson entendait à peine. Son galeriste ne se comportait jamais autrement. Garousse insultait ses assistants, humiliait ses domestiques et considérait chaque nouvel artiste avec condescendance – « Vous faites de l'art, mais comme c'est intéressant ! » –, s'il ne le rabaissait pas ouvertement. William Segal, l'assistant factotum, était son « paillasson », comme Garousse aimait à l'appeler – l'injurier constituant l'un de ses passe-temps favoris.

L'Espace Garousse marchait pourtant *on-ne-peut-mieux*. Ses stands dans les foires internationales étaient noirs de monde. Garousse avait les plus beaux, les plus grands – les plus chers de tous. Les cravates et les tailleurs se pressaient là avec l'espoir de repartir une œuvre sous le bras – s'ils ignoraient que tout avait été vendu avant même le vernissage. Les années passant, autant pour rationaliser ses ventes que pour aiguiser l'appétit de ses acheteurs, Garousse décida de mettre en place une liste d'attente, dont le galeriste se disait très fier – Segal, le pauvre, avait un jour eu le mauvais goût de se prévaloir d'une forme de paternité sur cette idée, erreur impardonnable qui lui coûta un bon mois de mise à pied. Ce système de vente était élémentaire, mais faisait merveille : tant que la baronne de Richemont ou Sainte-Croix, qui occupaient les toutes premières places de cette liste des préséances et jouissaient à ce titre de l'insigne honneur d'admirer et d'acheter avant les autres les œuvres qui leur étaient proposées – ce dont ils ne pouvaient s'exempter sous peine d'être déclassés –, tant que ces illustres collectionneurs n'avaient pas fait leurs choix donc, Gilbert Marquet ou Paul Monnier, et avec eux tous ceux qui étaient encore plus loin sur la liste, ne pouvaient rien espérer s'offrir et enrageaient en attendant que leur tour vienne. Ce petit monde vivait donc la main sur le téléphone, le désir d'acheter d'autant plus tendu que l'on n'avait de cesse d'ajourner l'assouvissement de leurs fantasmes, et les collectionneurs de moindre mérite, rabaissés, frustrés dans leur besoin d'art, constamment renvoyés à leur infériorité, rivalisaient d'esprit pour se faire bien voir du galeriste et de monter d'un rang dans le classement – tant et si bien que chacun finissait par acheter ce qu'on lui proposait, n'importe quoi, sans discuter, dans l'espoir d'adoucir l'intransigeante règle du galeriste. Taupière, huitième sur la liste, fatigué de s'entendre dire par l'insipide petite vendeuse « Hélas monsieur, je suis désolée, la baronne n'est toujours pas venue voir le *show*, pourriez-vous repasser la semaine prochaine ? » était dans un tel état de nervosité, qu'il aurait vendu femme et enfants si on lui avait permis d'acheter, sur-le-champ, le tableau ou la sculpture qu'il convoitait.

Esseulée dans ces grandes salles, venue très tôt dès l'ouverture du vernissage de *Dead Zone*, une femme de soixante ans qui entretenait le mythe de sa première jeunesse, grosse et froufroutée, arborait un chapeau coloré qu'elle avait assorti à sa jupe courte. Les mains chargées de sacs, pressée, sérieuse, elle courait de pièce en pièce suivie par l'une des quinze personnes recrutées par M. Garousse pour assurer les ventes et qu'il changeait régulièrement, pour qu'elles fussent toujours aussi belles, jeunes et agressives. En voyant cette dame au grand chapeau pousser la porte, William Segal, doué d'un sens commercial d'autant plus glaçant qu'il était parfait, avait pressenti que la petite Cécile, l'une des vendeuses les plus fines de la maison, serait parfaite pour contenter cette « femme » – et il l'avait précipitée entre ses pattes. La pauvre fille dans tous les sens, essoufflée, affolée par les petits cris d'extase et de surprise que poussait le chapeau dans sa course déréglée, bégayait des phrases de circonstance, semées de compliments, censées augmenter le désir d'acheter.

« Mais c'est magnifique ça », s'extasiait la dame devant ce grand bocal scellé sur une chape d'acier, qui devait contenir une souche de variole vraisemblablement mortelle. Un peu plus loin, face à la grande vitrine, elle resta quelques instants sans dire un mot. « C'est une œuvre décisive. » Une cinquantaine de petites fioles de laboratoire, contenant divers poudres, liquides et pâtes, étaient rangées derrière une grande vitre blindée. On détectait, dans l'ordre et le désordre d'un laboratoire, plusieurs plantes ou champignons rassemblés pour l'occasion. Il y avait l'aconitine des aconits, la strophantine des strophantus, la ricine du ricin, la conine de la ciguë, l'ouabaïne de l'acokanthera, la scopalamine du datura, l'atropine de la belladone et quelques pommes de Calabar – de fins copeaux d'amanite phalloïde, un émincé de cortinaire couleur de rocou, des bouchées de clitocybe blanc ou d'amanite muscaria. Dans la partie gauche de la vitrine, on goûtait à la batrachotoxine récoltée sur les grenouilles phyllobates et les ifrita, ainsi qu'aux nématocystes des savoureuses chironex fleckeri, des carukia barnesi et autres malo kingi, on ingérait la maculotoxine de la pieuvre aux anneaux bleus, la tétrodoxine tirée des ovaires du poisson globe, le venin du tityus discrepans, du synancée et des terribles cônes textiles et géographiques, quelques gouttes de la salive du dragon de Komodo, des extraits de cormidie de physalia, et du venin de la vipère de Russell, du cobra à lunettes, du bongarus caeruleus, de l'échide carénée, du taïpan du désert, du mamba noir, de l'enhydrina schistosa, de l'acanthophis et du serpent corail. – L'œuvre s'appelait *Pharmakon*.

Le grand chapeau coloré ne put retenir le soupir du grand frisson. La vue de ce grand recueil de dangers lui donnait le sentiment de s'élever très haut. « C'est une œuvre… comment dire ? C'est une œuvre très forte… *vraiment* très forte. » En cherchant aussi vite qu'elle put sur sa liste, la petite Cécile affirma de sa voix la plus douce que cette pièce « coup de poing » était « encore disponible ». Mais le chapeau était déjà loin. Un orgue à tubes de cristal semblait l'avoir envoutée. Sur des étiquettes de laboratoire, noté à la main, on lisait « chlore, tabun, soman, phosgène, papite, ypérite, VX, lewisite, adamsite, chloropicrine, trichloréthylène, trihydrure d'arsenic, monoxyde de carbone, acide prussique, sulfure d'hydrogène, éther carbamique de la choline ». L'ensemble s'intitulait *Engrais*.

Dans la même pièce, tout au milieu, deux gigantesques aquariums vides et scellés par une grosse plaque d'acier – l'un contenait de l'agent orange, l'autre du Zyklon B. Le diptyque s'intitulait *Eden*

Vert. En face, un énorme bloc de béton portait l'indication « sarin ». Protégé par ce bouclier, enfoui dans la matière, le gaz dans sa petite fiole ne présentait aucun danger. « Mon Dieu que c'est beau ! » La dame tremblait d'effroi. « Mon Dieu que c'est puissant ! »

Cinq minutes plus tard, le gros chapeau faisait face à Gabriel Garousse qui la toisait avec froideur. *Le Courant d'air* était une des plus belles œuvres de la série, et Garousse s'enquérait des intentions exactes de cette dame qu'on lui présentait avec respect. Un collectionneur authentique, un amoureux de l'art et des artistes devait être animé d'un désir immatériel et presque sacré de tendre vers l'éternité et de faire accéder sa haute vision du beau jusqu'à une forme pure et exhaustive. Le galeriste avait pour mission de s'assurer de la probité de ces acheteurs et d'assurer l'avenir des œuvres lorsqu'il leur cédait – cette dame pouvait-elle exprimer ce qui la tourmentait au point de vouloir acheter un Wilkinson ?

– Mais enfin, monsieur…

La grosse dame semblait ne pas avoir l'habitude d'être traitée de la sorte. Pouvait-elle justifier l'intérêt, pour un grand artiste, d'être représenté dans la collection de madame ? Si d'aventure il était possible de parler de collection, lorsqu'on achetait pour la première fois, ce qui, sauf erreur de sa part, était le cas de cette dame… Un grand artiste n'avait pas seulement besoin d'argent, mais d'apôtres pour diffuser son message.

Segal arriva à la rescousse. Il souffla un mot à l'oreille du directeur. Garousse était confus. Pour l'heure, il était dans l'incapacité de vendre *Le Courant d'air*, du moins pas tant que le directeur du Musée des arts contemporains n'avait pas visité le *show*. La baronne de Richemont – première sur la liste – s'éclipsa de fort méchante humeur.

Attendu par la clientèle d'industriels et d'hommes d'affaires qui se pressait là, Garousse se fit acclamer. Tiano avait fait paraître un article déterminant dans sa revue et sa plume semblait avoir remué les foules. Au-dessus des lois, habitués à se battre pour se faire valoir, investissant leurs fonds dans des œuvres de qualité, ces brasseurs de capitaux étaient en quête des valeurs montantes sur le marché. Marc

Taupière, malgré sa huitième place sur la liste de Garousse, avait fait fortune dans la télécommunication – il semblait excité par l'événement. Il tournait sa tête en toussotant, et fixait les acheteurs potentiels avec un œil de défi. Le patrimoine de ce riche entrepreneur était estimé à plusieurs dizaines de milliards et seule l'obsession de *transmettre* à ses enfants dans les meilleures conditions animait ce grand patron. Une grosse partie des capitaux occultes irriguait donc le marché de l'art. Entre les mains de ses enfants, ces œuvres seraient cédées sans droits de succession. Les pièces qu'il aimait moins, mais qu'il achetait pour faire plaisir à l'un ou l'autre de ses fournisseurs, Taupière en faisait don à l'État, moyennant un dégrèvement fiscal. Par déformation professionnelle, ou par goût pour les belles choses, l'industriel était par ailleurs grand amateur d'armes. Il avait des fusils d'assaut, un ou deux chars de première génération, des uniformes militaires et une collection d'armes blanches (essentiellement des sabres et des baïonnettes). Les marchands d'art militaire considéraient à juste titre M. Taupière comme l'un de leurs meilleurs clients. Il payait en liquide, sans discuter, et voulait tout ce qu'il voyait. En poussant les portes de l'Espace Garousse, il crut rentrer au paradis. L'œuvre de Wilkinson, dont il avait du reste fait la connaissance chez Evariste Marlon, était taillée à sa mesure. Il félicita d'autant plus chaleureusement le galeriste qu'il connaissait mieux que quiconque la règle de fer qui l'empêchait d'acheter le soir du vernissage. Gabriel Garousse continuait ses amabilités. Il trouvait somptueuse la tenue d'un homme sans goût et appréciait le regard d'une femme hideuse. Garousse avait des raisons de croire que l'exposition serait une réussite.

Taupière faisait le tour des salles comme un fauve en cage. Dans des coffres blindés, dans des chapes de béton, placés sur des sellettes, on pouvait deviner, plus que contempler, des virus inconnus aux effets ravageurs, des poudres blanches, des gaz paralysants et des poisons nouveaux, des armes secrètes et des virus bio-informatiques. La plupart des visiteurs contournaient ces œuvres que Gabriel Garousse proposait à la vente pour des sommes extravagantes. Taupière ne se lassait pas de les contempler. Une série de seringues stylisées, protégées par une armature en fer blanchi, avait été disposée sur une grande table. Chacune contenait une dose létale – le chlorure de potassium à s'injecter dans le bras, le bacille du charbon dans l'aorte, le cyanure à avaler, le phénol à piquer dans le cœur, la toxine botulique entre les deux yeux. On trouvait aussi le dernier *shoot* de l'héroïne, l'ataraxie de l'aspirine, le grand sommeil du zolpidem, le repos total du benzodiazépine, la fadeur de l'arsenic, la transparence du phosphore et l'ignoble thallium. Taupière frissonnait d'excitation. De l'autre côté de l'œuvre, Sainte-Croix n'était pas en reste. Il regardait ces noms, dont certains lui étaient étrangers, d'autres familiers, avec un mélange de crainte et de volupté. L'arrêt cardiaque, la paralysie généralisée, l'étouffement, les spasmes, les tremblements, les convulsions, les vomissements incoercibles, les souffrances atroces, Sainte-Croix voyait défiler les images de son propre départ. C'était cette seconde de plaisir, ce soulagement infini qui précédait le dernier souffle – d'après ceux qui avaient pu en réchapper. Mais Taupière imaginait qu'une chute, un accident de voiture, l'aurait débarrassé de ce vilain concurrent.

Henriette Coignard, la nouvelle conseillère de Taupière, marchait deux pas derrière le directeur. Cette spécialiste respectée travaillait pour le Musée des arts contemporains, au département des acquisitions récentes, et connaissait l'art et les artistes « sur le bout des doigts ». Elle lui montrait les capsules colorées, montées en colliers ou en bagues et qui contenaient virus et bactéries. Taupière – qui n'avait besoin de personne lorsqu'il s'agissait d'armes de guerre – ne quittait pas des yeux Sainte-Croix. Henriette s'extasiait devant les boucles d'oreilles de la fièvre pourprée des montagnes rocheuses, qu'une simple tique pouvait véhiculer, et le magnifique camée du virus Ebola. Ce conflit entre la beauté de la parure et la violence de la maladie la réjouissait. Saisies dans une résine incolore et résistante, quelques gouttes noires contenant le bacille de la peste. Monté sur une bague en or, le redoutable staphylocoque doré – ce pourrait être un beau cadeau pour la fille de M. Taupière.

L'industriel écoutait à peine sa conseillère : Wilkinson, sous l'emprise de l'alcool et des cachets, approchait de l'espace d'exposition. La salle était à moitié vide. On profitait de l'excellence d'un buffet de roi, dressé au milieu des œuvres toxiques. Wilkinson tenait à peine debout – il se retint à la veste d'un célèbre critique d'art. Mme Garousse, en bonne maîtresse de maison, pour insuffler vie et chaleur dans cette salle clairsemée, invitait les clients les plus éloignés de la table à prendre quelque rafraîchissement. Taupière semblait fasciné par l'artiste. Wilkinson devait connaître tout le monde – et Victoire Albanel lui fit un petit clin d'œil en guise d'encouragement. Verre en main, il approchait des détonateurs. Un silence se fit. Taupière serrait les dents.

– Nous vivons dans un état de guerre impersonnelle, s'écria l'artiste.

Sa voix était puissante, rauque et séduisante – mais ses accentuations décalées attestaient, comme s'il en était besoin, que l'empire de l'alcool accablait ses facultés. Gabriel Garousse frottait ses ongles polis sur la manche de son blazer. Il savait qu'il n'y avait rien à faire sinon attendre. À tout prendre, mieux valait le scandale que les applaudissements chastes d'une réception molle.

– Novembre ! Novembre ! Vous n'avez que ce mot à la bouche. Des gens se font sauter dans la rue, d'autres prennent le maquis pour égorger vos enfants. Sur chaque façade s'étale l'éclat des cervelles de nos concitoyens. Mais ce « terrorisme » – ce « terrorisme » n'est rien en comparaison du reste.

Henriette Coignard, à quelques pas de l'auteur, savourait les canapés à la crème et au saumon – en s'imaginant avec volupté que ces bouchées pouvaient être empoisonnées.

– Acharnés, anxieux, serrés, vous vous asphyxiez pour assurer votre propre misère – votre vie de misère –, vous aimez le luxe, vous adorez l'argent, vous partez travailler pour rentrer dîner. Le terrorisme, les missiles, les bombes, les ennemis, les barbares, tout cela c'est le scénario rêvé pour vous faire croire à la qualité de vos piètres vies.

En parlant, l'artiste faisait tinter ses grosses bagues sur les fermetures de sa veste en cuir. Depuis que Wilkinson avait pris la parole, il regardait une jeune femme au premier rang. Il la fixait droit dans les yeux, sans animosité mais avec le regard d'un charmeur de bêtes qui sait exercer son influence sur les êtres de moindre consistance. Cette jolie jeune fille était vêtue d'une somptueuse robe rouge – une pièce de grande qualité, sans doute faite sur mesure. Elle ne s'inquiétait nullement de cet honneur qui lui était fait.

– Avec le « terrorisme », tout le monde trouve un sens en accomplissant ses gestes quotidiens. On vous parle des attentats, des bombes, des ennemis, des méchants et vous croyez accomplir quelque chose de sain, de nécessaire et de vraiment libre en achetant votre pain, en prenant votre belle auto ou en baisant votre femme. Grâce aux bombes, vous nagez la conscience légère, votre environnement est sain, le monde est libre, vous êtes un démocrate. La vérité, c'est qu'on meurt à tout petit feu au lieu de se faire sauter la gueule.

L'assistance écoutait religieusement. Ce pouvait être une performance. Mais Wilkinson ne quittait pas des yeux la femme à la robe rouge. Avec une force tranquille, sans obscénité.

– La culture est là pour vous sauver… hein, c'est ça ? Vous croyez qu'elle vous confère le supplément d'âme qui vous élève. Quel sacrifice ! Laissez-moi rire. Avec vos petits yeux d'agneaux qu'on mène à l'abattoir. C'est vous qu'on immole sur le grand autel de la liberté ! Cette culture est faite pour vous abrutir, bande de lettrés…

Comprenant que la performance venait de prendre fin, le public applaudissait l'artiste. Wilkinson se dirigea vers la femme à la robe rouge. Il souffla deux mots. Elle souriait.

Garousse approcha de Taupière. Le galeriste se fit présenter la conseillère. Il s'empressa de féliciter le collectionneur d'avoir trouvé une experte si compétente.

– Ce qui est loin d'être la règle, croyez-moi. C'est *la* personne qu'il vous fallait, lui dit-il en lui passant la main dans le dos. Il vous faudra l'écouter, Taupière, parce que cette dame a un œil, voyez-vous.

On aurait pu croire que Garousse était un familier de Mlle Coignard depuis des années. Une main sur l'épaule de chacun, le galeriste entraîna le collectionneur et sa conseillère dans le bureau. Garousse voulait leur présenter quelque chose « d'exceptionnel » – un privilège réservé à quelques rares élus. Taupière, à demi conscient, trottait comme un enfant. Henriette n'avait pas encore goûté les entremets au fromage – ils devaient avoir un goût de soufre. Segal leur emboîta le pas.

Le tabac froid empestait le bureau. Quelques bouteilles vides traînaient. Une feuille en papier à côté du téléphone était recouverte de petites griffures noires que l'artiste avait ciselées en buvant ses verres. Posé sur une sellette, un grand cube en verre occupait le fond de la pièce. Taupière gardait le silence. Henriette Coignard restait interdite. N'y tenant plus, le collectionneur fit quelques pas en direction de la chose.

– Il s'agit d'une œuvre radioactive.

Garousse justifiait la mise à l'écart de la sculpture d'un ton douceâtre et cajoleur.

– Deux ou trois microns de polonium 210 sont fixés dans l'épaisse couche de verre qui les protège.

Henriette Coignard ne voyait rien – le cube lui semblait plus pur qu'un morceau de glace. L'experte s'écarta néanmoins pour débiter ses compliments. Taupière, absorbé par sa contemplation, mouillait sa chemise blanche.

– Marc… Mon cher Marc…

– Oui, chuchota Taupière en mettant sa main sur son chéquier. Oui, elle est à moi.

Henriette retint le sourire qui lui chatouillait le visage pour féliciter Taupière. C'était la première fois qu'il achetait un jour de vernissage, elle n'était pas peu fière d'une telle réussite.

Mais Segal approcha du marchand ; il lui fit un signe. Garousse prit soudain son air le plus grave. Il venait de comprendre.

– Mon cher ami…

Taupière fronça les sourcils. Il ne s'attendait pas à un revirement si brusque.

– Nous avons beaucoup réfléchi M. Wilkinson et moi. Nous avons réfléchi et je vais vous livrer le fond de ma pensée.

Pour la première fois depuis des années, Taupière n'était pas loin d'avoir peur.

– Écoutez-moi, Taupière… je vais vous proposer quelque chose d'unique dans la vie d'un collectionneur. Quelque chose que vous ne pourrez pas refuser, ajouta-t-il avec une gravité presque caressante. La plupart meurent dans l'espoir que cela puisse leur arriver. (Taupière sentait les larmes lui monter aux yeux.) L'œuvre de Wilkinson vous touche énormément. Je le sais. Vous faites corps avec elle – elle vous pénètre. Mais cela ne suffit pas. Non. Cela ne suffit pas d'admirer pour être à la hauteur. (Taupière tremblait d'émotion.) *Dead Zone* a été conçu comme un grand tout. C'est une machine de guerre en soi. Une œuvre unique. Détacher ses éléments serait une hérésie. Mme de Richemont, tout à l'heure, est venue pour acheter *Le Courant d'air*. Je n'ai pas pu me résoudre à le lui vendre. Pas avant d'avoir trouvé l'homme providentiel, prêt à tout pour défendre l'œuvre de Wilkinson. Cette personne, Taupière, cette personne je sais que c'est vous. Vous méritez… vous méritez la grande mission que je vous confie. Érigez ce grand temple qui manque à Wilkinson pour briller dans l'éternité ! Offrez-vous à l'ensemble, Marc. Soyez digne de vous-même ! Faites honneur à ce que vous avez de meilleur, répandez la bonne parole… et ne nous décevez pas.

Le milliardaire s'écroula sur sa chaise. Sa montre en or, piquée de diamants purs, faisait un bruit infime – un rien, un presque rien : le bruit d'un grain, le bruit d'une dent qui craque. Il soupira. Les deux aiguilles indiquaient neuf heures du soir. Son cœur battait très vite. Aucun banquier ne répondrait à cette heure, pas même le sien. Taupière chercha des yeux sa conseillère. Elle arborait une expression de franche confiance en mâchonnant une bouchée à la crème et au caviar. Son signe de la tête, simple et dégagé, lui fit gagner plusieurs millions de commission.

Quelques minutes plus tard, le bouchon du magnum fit jaillir l'écume blanche du vin de Champagne. Garousse leva son verre. Depuis son grand discours, l'artiste restait introuvable – tout comme la fille du collectionneur dont la petite robe rouge s'était évaporée. Taupière vivait le plus beau jour de sa vie d'esthète.

Alexandre Sorrus

L'Éternel Journal et *L'Improbable*, mensuels généralistes

Deux tables de bistrot étaient accolées au milieu du salon encombré de Romain Beaulieu. Auguste Griffin, le professeur, Marc Teuniaux et Jean-Baptiste Bracquemont, les directeurs de *L'Anémie*, Alexandre Sorrus, le fondateur de *L'Éternel Journal*, Iouri Vassilieff et Victoire Albanel, artistes plasticiens, ainsi que Dolorès Klotz, accompagnée par son frère Robert, se serraient autour de l'installation. Adrien Estève n'avait pas pu se libérer. Valérie Hornstedt et Mike Bromberg devaient arriver d'un instant à l'autre.

Prisonnier de sa cuisine, Romain dérogeait aux règles de l'hospitalité. Un bouquet de fleurs gisait par terre, Bracquemont n'avait pas osé saluer le chef en plein travail. Romain suait dans ces quatre mètres carrés où il préparait le repas. L'évier débordait de casseroles sales et de vaisselle. Au fond croupissait l'eau depuis des semaines. Des épluchures desséchées jonchaient le sol ; le carrelage, constellé de jus de viande, de lait caillé, d'œuf ou de confiture, collait aux semelles. Entre la gazinière et le mur, un affamé aurait fait un ou deux repas complets. Des croûtes rousses craquelaient à la surface de l'émail jauni. Seule exception : un livre de recettes neuf reposait sur le plan de travail. L'ampoule du plafonnier de la cuisine ayant sauté, Romain sortait pour aller le consulter. Rien ne serait prêt avant une heure.

Dans le salon de l'appartement trois cent cinquante-six de la Cité radieuse des artistes modernes, les places assises étaient précieuses. Certains invités avaient trouvé un tabouret, d'autres une chaise qu'il fallait partager. On emprunta le fauteuil chez une voisine. Vassilieff posa une fesse sur l'accoudoir. Les autres juchaient sur des piles de livres. Les mieux lotis avaient eu droit à quelques volumes d'encyclopédie ou un carton de vieux projets. Valérie et Mike s'assiéront là où ils pourront – chez Romain, il fallait arriver à l'heure.

Bracquemont cherchait une station sur le transistor. Vassilieff, replié sur son coin de fauteuil, peinait à se tenir éveillé. On attendait l'entrée depuis une heure. Chacun luttait contre la faim selon ses moyens – c'était une guerre sourde. On demanda des nouvelles des uns et des autres pour faire diversion. Une dizaine d'olives se disputaient le fond d'une tasse. On se jeta sur les derniers ragots comme sur un os à ronger. Teuniaux suçait une picholine. Les ventres gargouillaient, l'impatience était palpable. Griffin avait apporté un peu de fromage – mangé presque aussitôt. Un nuage de fumée auréolait l'assemblée. Personne n'eut le courage d'ouvrir la fenêtre – comment être sûr de retrouver sa place ?

Du coin de l'œil, on détaillait l'appartement. Avant l'arrivée des invités, Romain s'était astreint à un rangement en profondeur – ses vêtements en boule bourraient son dessous de lit. Une ou deux chemises dépassaient encore. Les centaines de bouts de papier, les piles de journaux et d'objets divers, sans fonction, parfois cassés, atterrirent sur le sommet de son armoire où ils dessinaient un petit tas sans grâce. Romain n'avait pas eu le temps de faire les carreaux, encore moins de passer la serpillière – la poussière sur le rebord de l'étagère, sous le radiateur, le long des plinthes décorait son intérieur. Une pendule en marbre noir reposait sur un meuble boiteux. Le cadran était vieilli, l'émail avait sauté. Ce pouvait être l'héritage d'une grand-mère ou le cadeau du vieil oncle – on n'avait jamais demandé. Romain collait dessus des petits mots, des rendez-vous, des choses à ne pas oublier. Le mécanisme fonctionnait peut-être, mais la pendule n'indiquait pas l'heure – ce qui augmentait la confusion des invités, qui voyaient approcher le moment de partir, sans avoir mangé.

Dolorès Klotz arborait son turban rouge et vert. Ses yeux se perdaient dans le désordre. La pendule l'intriguait beaucoup – on aurait dit un monument aux morts. Lorsqu'il lui avait ouvert la porte, Romain l'avait regardée de haut en bas. Elle sentait bien qu'elle ne faisait plus partie du premier cercle. Mal aimée, c'était à contre-cœur qu'on lui avouait l'adresse d'une fête. En apprenant que Griffin avait vendu la mèche à propos du repas, Romain dut se sentir obligé d'inviter sa cousine, qu'il appela à la dernière minute. Pour « noyer le poisson » il lui demanda d'avertir aussi son frère. Dolorès décela une pointe de mépris dans le regard de Romain. Ce turban, Dolorès le tenait pourtant pour l'une des plus belles pièces de sa collection ; elle le sortait pour les grandes occasions. Dolorès froissait ses longs cheveux dedans et faisait un nœud avec, pour ne plus penser à sa coiffure. Elle portait la bague dont sa mère lui avait fait présent le jour de ses seize ans, ainsi que sa robe moulante et violette qu'elle aimait tant ; elle avait enfilé des chaussures roses et un cardigan vert trop petit. Romain préféra ne rien lui dire. Le travail harassant, toute la journée, avait dû abolir le discernement de sa cousine.

À la cuisine par politesse, Victoire Albanel tenait compagnie à son ami Romain. Adossée au chambranle, elle cala son pied sur le montant opposé de la porte en bouchant la lumière qui tombait du plafonnier dans l'entrée. Romain, contraint de l'écouter, ne pouvait plus sortir de sa cuisine. Mais Victoire parlait mal et vite. Ses phrases, emportées par la puissance de son débit, déviaient du droit chemin en engloutissant les syllabes. De temps à autre, comme un plongeur aguerri, Victoire sortait la tête de l'eau pour prendre quelques rares mais très longues respirations. Ce devait être sa manière à elle de noyer la faim. Romain n'aurait pas pu dire de quoi elle parlait – jusqu'à ce qu'il entendît le nom de Garousse et le mot « vente ». Comme certains êtres primitifs, une amibe ou un protozoaire, loin de s'affaiblir en attendant leur pitance, Victoire redoublait d'énergie et battait l'air de ses paroles. Ce comportement paradoxal déroutait la plupart de ses amis. Dans le cas présent, Victoire, l'esprit obscurci par le manque d'air et de nourriture, ne s'apercevait sans doute pas que sa diarrhée verbale était contreproductive et que Romain perdait toute efficacité à la cuisine. Engluée dans les détails, ergotant sur tout et sur rien, elle avait perdu le fil de son discours. Elle ne savait plus l'heure. Romain, sur le rebord du plan de travail, mutilait les carottes et les oignons – ses larmes coulaient dans l'évier plein.

Installé sur le fauteuil qu'avait libéré Victoire, Vassilieff profitait de la situation pour déboucher une nouvelle bouteille. Sorrus tendit son verre. Le journaliste aimait le bon vin – surtout les grands crus, ce qu'il ne manquait jamais de préciser. Mais il savait aussi se contenter de ce qu'on lui offrait. Son visage ponceau, couperosé, tirant au pourpre, contrastait avec ses cheveux blonds et presque blancs. Il était adipeux, informe et mou. Sa voix rocailleuse couvrait les conversations voisines. Il laissait traîner ses phrases comme un vieil acteur, en balançant sa tête de droite à gauche les yeux fermés – il pensait se donner un air spirituel, sans doute. Arrivé en avance, Sorrus s'était installé sur la meilleure chaise et ne comptait la céder pour rien au monde.

L'ambiance flottante dans le salon ne permit pas à Dolorès de s'apaiser. Aucun recoin pour se mettre à l'abri. Mais quelle importance ? *De toute façon*, personne ne prêtait attention à elle. La boulangère lui avait tendu son paquet de pain, sans un sourire. La colère ne retombait pas. Une douleur au pied droit l'inquiétait depuis la veille. Dolorès avait tenté de se masser, elle avait passé des pommades, pris des cachets. La parole négligente de son galeriste, qui avait ironisé sur ses manies, l'empêcha de travailler. Elle avait oublié sa mère dont on fêtait l'anniversaire. Son père l'avait appelée pour le lui reprocher délicatement. Mais si tout le monde la rejetait, comment aurait-elle pu savoir ? Robert s'était permis de lui dire que, *de toute façon*, et c'étaient là ses mots, elle n'attachait aucune importance aux conventions et qu'un jour ou l'autre cela lui poserait bien des problèmes. Et il avait ri. Mais pour qui se prenait-il ? Sa réussite professionnelle lui donnait-elle le droit de juger les autres ? Auguste avait eu un regard bizarre. Elle ne le remercia pas lorsqu'il lui céda sa chaise. *De toute façon*, cette boulangère était mal élevée. Dolorès décida de changer de fournisseur en saluant d'une main négligente Marc et Jean-Baptiste.

À côté d'elle, Auguste présentait à Marc le livre auquel il travaillait. Il s'agissait de « sculptures ou de trompe-l'œil » sur papier – et Dolorès était bien placée pour le savoir. Teuniaux, dont le troisième numéro de *L'Anémie* venait d'être diffusé, écoutait à peine. Griffin voulait produire des identifications ou des décalages entre les choses décrites et la matière textuelle, qu'il appelait des « entités littéraires dynamiques ». Teuniaux écarquilla les yeux. Pour être plus précis, Griffin évoqua le poème dédié à l'escalier où l'enchaînement des vers donnait l'image d'une suite de marches, tout en produisant son idée ou son essence – à savoir : pouvoir être monté ou descendu. Inversement, le poème qu'il avait remanié toute la journée décrivait l'impression produite par une feuille de papier vierge, pour tendre à l'extrême le conflit entre la chose lue et la chose vue. Dans tous les cas, les poèmes se devaient d'avoir un *effet* sur le lecteur et de modifier sa perception de la chose lue. Teuniaux comprit qu'Auguste Griffin voulait publier dans la revue.

Magnus Paoli, le peintre de génie qui vivait quelque part dans le bâtiment, était chargé de l'illustration des textes – ce qui n'allait pas de soi. Les poèmes n'avaient-ils pas pour vocation d'être vus et vécus en eux-mêmes ? Teuniaux n'avait pas d'avis sur la question. La pile de livres sur laquelle on l'avait placé était instable – il fallait trouver l'équilibre avec la pointe de son coccyx. Auguste Griffin pensait que l'écriture avait à vous toucher, au sens propre du terme. Teuniaux étira la jambe droite sous la table. Il buta sur les pieds de Vassilieff qui somnolait à moitié, sursauta et se resservit un verre. La description d'un objet, d'une angoisse ou d'un plaisir, ne devait pas simplement *reproduire* leurs caractéristiques, mais *réaliser* dans le texte leur *manière* d'être. Le style avait pour vocation de propager les symptômes de la chose, et pas seulement d'en donner une image. En cela, une illustration serait une redondance. Marc Teuniaux s'appuya sur sa fesse gauche pour se dégourdir la jambe droite. Il n'arrivait plus à dissimuler ses borborygmes. On cria une ou deux fois pour savoir où en était le chef. Il fit le mort.

Romain ne faisait pourtant pas mystère de son goût pour la cuisine. Disposant rarement du temps nécessaire pour œuvrer selon les règles de l'art, il préférait improviser avec ce qui traînait dans ses placards. Un vieil os de porc, quelques patates sautées la veille, une boîte de pois chiches et les restes d'une salade de carottes se transformaient en ragoût bien épicé. Des endives macérées, une tranche de saumon oxydée, un fond de fromage blanc et une croûte de fromage faisaient une succulente tarte salée. Avec les ustensiles de cuisine, c'était la même histoire. Ses bols servaient de pots pour la confiture, son essoreuse à salade de passoire, ses cuillers de fourchettes, sa pelle à tarte de laminoir, un verre de pilon ou d'emporte-pièce. Mais ce soir-là, pour faire plaisir à ses convives, Romain avait décidé de prendre ses principes à rebours. Il avait acheté un livre de recettes et se donna tous les moyens pour réussir. Pourtant, la présence de Victoire dans la cuisine, la honte qu'éveillait l'état de son appartement et la peur de tout rater le crispaient terriblement. Il fit tomber les poireaux et se coupa à la main. Victoire ne s'en aperçut pas.

Fixée sur son verre plein, Dolorès avait noyé son regard flou dans le contour vague de la matière. Mais aussitôt que Vassilieff voulut la resservir, elle abrita son verre dessous sa main. Elle lui sourit, gênée, avant de regagner les profondeurs de sa vision. Dolorès avait pour habitude de boire très peu – l'alcool lui faisait un drôle d'effet. Pour donner le change, elle trinquait avec l'un de ses voisins mais n'avalait pas une traître goutte. Elle laissait faire les autres et voyait sombrer le navire.

Robert buvait le vin dans un petit bol ; Auguste dans une tasse à café. Dolorès ne trouvait de l'eau nulle part. Elle avait la gorge sèche et déglutissait sans parvenir à humecter ses lèvres fumantes. Son verre, flanqué de l'écusson d'une marque de bière, était échancré. Le fil de la moulure dessinait comme une couture sur les bas des dames bien mises. Elle imagina de belles sculptures en verre ou en cristal. Sous l'action d'une décharge électrique, les œuvres auraient pu varier de forme et interagir entre elles. La sculpture n'avait pas vocation à rester statique. Dolorès se souvenait que certains artistes avaient tenté de faire passer du courant dans des blocs de graisse animale, sans grand succès d'ailleurs. L'expérience serait tout aussi désastreuse avec du verre. Mais l'avantage de cette matière, c'était sa duplicité. Dolorès ne disposait hélas pas de quoi noter toutes ces idées.

Marc Teuniaux fit tinter son verre. Il voulait porter un toast à la santé du cuisinier. Mais personne ne l'entendait. Plein d'entrain, il avait forcé le geste et cassé son verre dont le contenu gicla sur ses vêtements. On entonna un air jovial pour saluer cette performance. Tout le monde fut resservi abondamment.

Rien ne bougeait à la cuisine. Bracquemont changea de station pour trouver une musique plus entraînante. Il imposait une danse surannée à l'assistance. Dolorès refusa la valse musette et fit chavirer la table en agitant ses mains nerveuses. Du reste, à chaque fois qu'un des convives s'accoudait, l'installation menaçait de s'effondrer. Vassilieff renversa deux verres sans même s'en apercevoir. Le cendrier tomba par terre. Bracquemont, du bout du pied, étala le contenu sans s'émouvoir. La simplicité du nettoyage faisait le charme des sols carrelés. On sourit par désarroi. Les noyaux d'olives roulaient dans toute la pièce.

Parmi ces artistes, Robert Klotz se démarquait sensiblement. Il était grand, bien mis et rasé de près. Robert Klotz travaillait dans une banque d'affaires et occupait l'un des tout premiers postes de l'établissement. Il allait chez la manucure et commandait ses costumes chez les meilleurs tailleurs. Été comme hiver, il portait son complet bleu nuit, une cravate et des boutons de manchettes en vermeil. Il était proche de sa sœur, qu'il chaperonnait comme une demoiselle d'honneur, mais condescendait rarement à l'accompagner faire ses mondanités. Il accepta l'invitation de son cousin ce soir-là pour faire plaisir. Tout en prévoyant de s'éclipser la première l'occasion venue.

À force de déglutir, Dolorès avait stimulé ses glandes salivaires. Fini la bouche sèche, fini le besoin d'eau – la marée montait. Elle sentit l'écume rouler sous sa langue. Des millions de petites bulles. Elle aurait voulu vider le trop-plein. Dolorès se noyait. Personne ne levait le petit doigt. Personne ne la regardait – si ce n'est Auguste, qui de temps à autre lui adressait un sourire douteux. Il y avait quelque chose comme du dégoût dans ce regard. On ne sait trop comment, Dolorès avait développé un sens extralucide pour lire et interpréter le mouvement des yeux qui l'entouraient. Le plus souvent, on regardait son ventre. Dans le bus, Dolorès remarquait immédiatement lorsqu'un homme la dévisageait. Elle lançait des regards noirs à ceux qui la jugeaient. Parfois, elle tirait son chemisier pour que le voile de coton dissimulât sa blessure. Elle souffrait tellement de ces bourrelets. Un jour, après avoir tenté de la rassurer, après lui avoir démontré qu'elle était mince, après lui avoir juré que si les hommes la regardaient, c'était parce qu'elle était belle et désirable, Auguste lui avait conseillé de ne plus faire attention aux regards des autres. Mais si Dolorès souffrait, il ne pouvait en être autrement.

– Le mieux serait encore de se pendre ! fit Vassilieff en guise de toast.

Un grand éclat de rire accompagna sa repartie. C'était sa manière à lui de détendre l'atmosphère. Il resservit tout le monde en grinçant des dents.

À la cuisine, gagné par la rage, Romain s'était décidé à ne plus répondre à Victoire. C'était le moment où tout se compliquait. Il avait manqué l'étape fondamentale de sa recette et désespérait d'arriver à un résultat comestible. La préparation de l'entrée brûlait. Romain ne trouvait plus de casserole propre pour recommencer. Victoire, impassible, commençait une autre histoire.

L'atmosphère devint irrespirable. L'odeur de brûlé inquiétait l'assistance. Un regard catastrophé fit le tour des convives. D'autres éclatèrent de rire. Iouri était sensible de la peau, de grandes plaques apparurent sur son cou, ses joues et ses paupières. Le pauvre avait déjà les mains qui se desquamaient, le voir marbré de la sorte faisait pitié.

En observant le frère de Dolorès, Alexandre Sorrus comprit comment il allait en tirer parti. Robert Klotz pouvait avoir vingt ans de moins que lui, mais Alexandre aimait la jeunesse. Ses femmes avaient toutes été de dix ou vingt ans ses cadettes, excepté la première qu'il épousa pour le prestige. Alexandre fit à Robert son plus beau sourire – ne manquaient qu'une ou deux dents. Puis il parla de son prochain journal. Avec grâce, avec délicatesse, avec passion. Ce journal devait voir le jour au plus tôt d'ici deux mois – « le vingt et un serait une date extraordinaire, vous ne croyez pas ? » –, au plus tard dans six ou dix mois – « la date d'anniversaire d'Anatole Weber ? » Au pire, on aviserait. Une fondation privée lui avait alloué des fonds et de bons amis soutenaient le projet avec ferveur. On se proposait de travailler gratuitement s'il le fallait. Une banque allait prêter de l'argent. Un ami offrait ses locaux, un autre du matériel. Il ne manquait presque rien pour démarrer.

– Il en va de notre responsabilité personnelle, en tant qu'être humain, de faire en sorte que les choses s'arrangent, ne crois-tu pas ? Il faut s'insurger, il faut lutter, il faut se battre, Robert. On ne peut pas accepter passivement cette horrible folie qui nous fout en l'air.

Dolorès connaissait l'histoire. Dès qu'il pouvait, Alexandre assurait sa promotion. Mais lorsqu'il parlait, comme un fleuve après de grandes pluies, sa voix charriait toutes sortes de choses. Qu'il fût à table ou ailleurs, qu'il lût à voix haute, vînt de déglutir ou d'avaler sa soupe, des glaires sonores obstruaient le libre passage des paroles à travers son organe vocal. M. Klotz, le père de Robert et Dolorès, connaissait ce genre de ronflement – le dimanche à table s'enroulait dans ses viscosités. La complicité familiale aurait été de mise. Mais Robert semblait ne pas être attentif à ces interférences, malgré les clins d'œil discrets de sa petite sœur. Dolorès, fascinée par cette liquidation de l'autorité de son père qu'elle entendait rejouée dans l'organe du journaliste, étudiait attentivement le roucoulement des syllabes dans le bourbier. Au bord des lèvres, un mot diffus arrivait à rayonner, un autre s'écartait, une phrase venait s'engloutir et tout grumelait dans la mélasse. Traînante, vaseuse, collante, invisible, inaccessible, cette matière grasse et colorée, c'était l'idée même de la sculpture dans toute sa plasticité. Lorsque Alexandre joignait l'entrain à son propos, on nageait en plein cauchemar. Pris dans les fils de ce marécage glougloutant, les bruits s'agglutinaient aux parois molles de la matière visqueuse et remontaient en crépitant comme une bassine bouillonnante de vase. Soit qu'un effet subit de contagion eût peuplé sa gorge de membranes visqueuses, soit que l'idée vague qu'une petite toux eût pu inciter Alexandre à en faire autant, Robert se racla la gorge de façon ostentatoire. Imperméable, le journaliste continuait de roucouler, poursuivant la course de son monologue de carpe.

– Tu sais, j'ai beau vivre comme un misérable, ma vie a beau être privée de tout, je n'en reste pas moins le premier, et sans doute le dernier des opposants. Ils ne m'auront jamais, tu m'entends, *jamais*. Je resterai toujours un adolescent de cœur et d'âme. Je n'ai jamais travaillé et ce n'est pas près d'arriver.

En quelques minutes et sur un coin de feuille, Sorrus avait esquissé les grandes lignes de son projet. Les rubriques inventées, le point de vue qui allait être le sien – poétique, politique et philosophique –, tous les gens qui lui étaient chers et dont il allait s'entourer : Alexandre détaillait le programme avec une détermination qui aurait fait fondre le plus sceptique des censeurs. De ses grosses mains, il serrait l'avant-bras de Robert lorsqu'une idée devait attirer son attention. Pour lui, un journal c'était bien plus qu'un moyen de partager des informations ; un acte d'amour fou, un geste révolutionnaire, une œuvre d'art collective, une manière de découvrir « l'intimité du monde et l'universalité de nos vies ». Puis il alignait les chiffres, mettait en parallèle le nombre de ventes et le prix du journal, le budget prévisionnel et le « point d'équilibre ». C'était une affaire sûre – impossible de perdre de l'argent.

Depuis la fondation de *L'Éternel Journal*, Sorrus disposait d'un public de fidèles lecteurs. En sept ans d'existence, entrecoupés de cinq ans d'interruption, Sorrus avait publié une trentaine de numéros qui avaient marqué toute une génération. Il s'agissait de faire germer la grâce au cœur de l'horreur, de faire luire l'intelligence et lutter dignement contre la machine qui nous brisait. Alexandre Sorrus écrivait très peu, laissant la part belle à ses journalistes et ses reporters. Il signait un édito de temps à autre. La deuxième série de *L'Éternel Journal* avait paru au plus fort des « événements de novembre ». Les positions radicales défendues par la rédaction eurent tôt fait de couper le robinet des investisseurs. C'était il y a quinze ans. Mais Sorrus gardait auprès de ceux qui avaient lu le journal et de ceux qui en avaient entendu parler, auprès de ceux qui avaient approché le génie et de ceux qui avaient eu la chance de travailler pour lui, un reste de l'aura magique qu'il avait habilement fait fructifier. Depuis cette fin tragique, dont il ne s'était jamais tout à fait remis mais qui n'avait pas soufflé la flamme de son idéal (*L'Éternel Journal* étant une parfaite carte de visite), Sorrus avait projeté et mis sur pied un ou deux journaux, assez confidentiels, qui pour diverses raisons cessèrent de paraître très rapidement. *L'Immonde* ne compta pas plus de quatre numéros ; *Encore et Toujours* à peine plus. Mais tous les six mois, avec la régularité d'un recouvreur de dettes, Alexandre Sorrus revenait avec un nouveau projet et recommençait le tour de ses meilleurs amis pour les faire rêver et vendre la renaissance de *L'Éternel Journal*. *L'Improbable*, c'était le titre provisoire qu'il donnait au dernier avatar de sa création. Ce serait une formidable aventure. Il était encore temps d'embarquer pour faire le grand voyage.

– Ce qu'il faut comprendre Robert, c'est que cette société doit être mise à nu pour que soient préservés les quelques rayons de beauté qu'il nous reste encore. Tout semble bien aller pour toi. Il faut que tu te révoltes si tu ne veux pas sombrer à ton tour.

Robert fronça les sourcils, il s'assombrissait. Robert semblait mordre à l'hameçon.

– Finalement, dit Robert sans esquisser l'ombre d'un sourire, la pire chose qui puisse nous arriver, c'est que tout aille pour le mieux.

Le visage d'Alexandre Sorrus s'illumina. Il aimait percer à vif les fragilités de ceux qui l'entouraient.

– Lorsque la chance nous sourit, continua Robert, comme hypnotisé, lorsque les dieux semblent nous être favorables, lorsque tout ce que nous entreprenons est couronné de succès, on ne peut s'attendre qu'au pire. C'est une simple question de logique.

– Oui, c'est ça. Si tout va bien, tout est potentiellement dangereux. Puisque personne ne va bien pour toujours. La réussite, en soi, est un mauvais présage. Tandis que dans l'adversité, il n'y a plus rien à craindre, on est au fond du trou. Il suffit d'agir au mieux, en rêvant, dans la quiétude de la vraie difficulté, à notre prochain retour en grâce.

La façon dont Alexandre avait réussi à entrer en empathie avec Robert était stupéfiante. Avec ses airs d'intransigeance rageurs, c'était son arme la plus efficace.

– La seule manière de s'en sortir, quelles que soient les difficultés financières, c'est de faire cap vers l'impossible ! Viens, Robert ! Participe au journal.

Assise à côté de la plante que Romain avait récupérée dans la rue pour égayer son intérieur, Dolorès n'avait pas prononcé plus d'un ou deux mots. Alexandre ne lui avait pas adressé un seul regard. Dolorès avait beau aimer la discrétion, son goût pour l'indifférence avait des limites. *De toute façon*, elle s'était lassée des gargarismes d'Alexandre, ces balivernes de raté, ces billevesées de beau parleur. Et les scrupules de son frère, c'était de la coquetterie. Elle préférait encore regarder la verdure en face d'elle. Mal fichue dans ce pot en plastique encombré de mégots, de bouts de liège et de trognons de pommes, la plante n'avait de vert que le nom. Isolée, seule dans son coin, elle faisait peine à voir. Dix ou quinze feuilles tenaient encore aux branches sèches comme des gouttes au bord d'un nez rouge. Une couche de crasse les recouvrait – quelques toiles d'araignées tissaient des ponts entre elles. Les restes morts du ficus se décomposaient au fond du pot. On aurait dit de la chair en putréfaction. Elle imaginait la chose recouverte de varices, de vrilles organiques et visqueuses, comme une longue choucroute montée sur pattes. Il y aurait eu des lianes entortillées, des matières glaireuses accrochées en grappes le long du tronc, des demi-mains squelettiques sorties d'un marécage, de la mousse détrempée, des tignasses de poils et de cheveux, de la bave en suspension dans le nuage épais des toiles d'araignées, du mucus séché entre les branches. Dolorès voyait une concrétion, une montagne complexe et imposante de racines, des protubérances mille fois ramifiées de fils mous prenant la forme de nids de monstres qui bougent. Cette inquiétante cathédrale végétale l'enserrait dans un piège. Dans la nuit noire, de petits fils brillants accrocheraient la lumière. La chose se serait ouverte comme une bouche, aussi vertigineuse qu'une forêt vierge, aussi dégoûtante qu'un sexe spumeux. Mais Dolorès imaginait pénétrer dans le ventre de cette chose. L'infernale plante carnivore. Elle vous aspirait, elle vous mangeait et puis tout se refermait sur votre passage. Vous aviez disparu ; vous étiez dans le cœur de la sculpture.

Valérie Hornstedt venait d'arriver. Elle posa sa veste au pied de la plante et Mike, son époux, ne sut que faire de la sienne. La dernière expérience de la journée avait été plus longue que prévu – Mike s'en excusait en ouvrant la fenêtre. Valérie haussa les épaules.

– Comment vas-tu, ma chérie ? demanda-t-elle à Dolorès.

– Mais très mal, répondit Dolorès, d'un rire suraigu. Je ne sais pas ce qu'il m'arrive, mais j'ai mal au pied droit depuis hier. Je suis vraiment inquiète, ajouta-t-elle sur un ton badin. Il va falloir m'amputer !

Incapable de démêler s'il s'agissait d'un trait d'humour, d'un signe de détresse ou d'un accès de cynisme, Valérie força un demi-sourire.

– Sinon, qu'est-ce que tu deviens ? Ça fait longtemps…

Valérie jetait un regard noir sur Mike, qui venait de faire tomber sa veste en agrippant le pot de confiture rempli de vin que Vassilieff lui tendait.

– C'est la déprime totale. Cela fait deux jours que je n'arrive pas à travailler. Mon pied me fait souffrir le martyre. Mais mis à part les problèmes, tout va bien !

– Mais ça va s'arranger, rassura Mike.

– Qu'est-ce que tu dis ? Parle plus fort, tu sais très bien qu'on ne t'entend jamais.

– Je disais : les choses s'arrangeront bien un jour.

– Sans doute jamais.

Dolorès se redressa pour regarder Mike, droit dans les yeux. Valérie soupira. Les plaintes de sa camarade l'avaient lassée. Elle s'approcha du Pr Griffin, qu'elle retrouvait toujours avec autant de plaisir.

Grisé, Teuniaux avait pris la parole. Sainte-Croix avait, dit-on, fondé une société d'abonnement pour jeux de hasard. On s'acquittait mensuellement d'une somme forfaitaire, avec un engagement pour deux ans par exemple, et la société, « pour votre confort et votre tranquillité », s'occupait du reste. Plus besoin de choisir un numéro, plus besoin de surveiller les résultats, ni de retrouver le ticket en cas de gain. Les indiscrets ne pourraient jamais vous importuner. La société, si par chance vous aviez tiré le gros lot, vous contactait directement.

Tout le monde trouvait le projet très astucieux. On promit de s'abonner. « Ce sera le collectif des sans-lot ! » cria Bracquemont, au comble de l'hilarité. Pour un peu, on en aurait oublié la faim.

Sortie de la cuisine, Victoire Albanel tentait d'alimenter cette vague de bonne humeur. Bracquemont voulut l'interrompre – Victoire s'imposa en force. René Mesnil, que tout le monde connaissait bien, avait sollicité un rendez-vous avec Bernard Lupu, le directeur du Musée des arts contemporains. René Mesnil entendait ouvrir une boutique de cosmétiques et de maquillage dans la galerie marchande du musée. L'idée était de grimer ceux qui le désiraient en « princesse Condamine » d'Elstir, en jeune éphèbe de Morelli ou en énigmatique beauté à la Léonardo. On pouvait transformer n'importe quelle caissière en effigie de l'histoire de l'art. Pour les clients moins ambitieux, on proposait une série de faux ongles. Moyennant quelques sous, pose comprise, on incarnait, un centimètre sur deux, les dix plus grands chefs-d'œuvre du musée sur ceux qui aimaient l'histoire de l'art jusqu'au bout des doigts. N'était-ce pas là une manière originale et ludique de mettre en valeur le patrimoine, de démocratiser l'art et de présenter son attachement au grand style ?

À travers la baie vitrée salie du séjour de chez Romain, la vue sur la cour du bâtiment A était sinistre. Dolorès ne la quittait plus des yeux. Il lui suffisait de sourire un peu pour penser à quelque chose de triste. Valérie riait avec Auguste. Dolorès crispait les traits de son visage, à la recherche d'une expression de joie. Pitoyable tentative. Son sourire avait toujours quelque chose d'artificiel. Une concession à la bonne humeur ambiante, un gage mensonger d'amabilité. Cela dit, les autres ne faisaient guère mieux.

Réveillé par la clameur, Vassilieff s'impatientait. Il avait lu la veille un portrait « sensationnel » de Jean-Claude Manago. Victoire Albanel connaissait l'histoire pour avoir lu *Le Quotidien du Prisonnier*. Mike avait entendu parler de l'homme – sa femme secoua la tête en signe de désapprobation. Sorrus le connaissait par cœur, puisqu'il l'avait écrit.

– Il y a trente ans, Jean-Claude Manago a fondé Supersurface, cria Iouri.

Les taches sur son cou et ses paupières ne s'étaient pas estompées, bien au contraire. Elles semblaient même gonfler, se déplacer, bouger comme des nuages.

– Ce marché fournit des produits de consommation courante comme n'importe quel magasin. Nourriture, appareils ménagers, boissons, petit électronique, cosmétique, installations sonores, vêtements et sous-vêtements, avec aussi un rayon presse et une librairie. La concurrence, féroce en ce domaine, obligea Manago à penser « plus vite et plus loin » que tous les autres. Il eut ainsi l'idée de multiplier les offres de services. Un *véritable* pionnier en la matière. La Supersurface ouvrit un comptoir pour les photographes et une agence de voyages. Vous partiez à l'autre bout du monde et votre magasin fétiche vous restituait vos images au retour. On vendit des milliers de séjours, on tira des millions de photographies et les millions affluaient dans les caisses de la baraque. Sans parler des cadres et des albums photos qui s'arrachaient dans les magasins ; un effet que le directeur n'avait pas *véritablement* anticipé.

Vassilieff avait la manie, qu'il partageait avec nombre de ses amis, de ponctuer chacune de ses opinions, chacune de ses idées, par des « véritablement » qu'il utilisait à tort et à travers. Cette stéréotypie, si elle était agaçante pour tous ceux qui y prêtaient attention, n'en demeurait pas moins révélatrice. Mike, debout près de la chambre, les comptait en silence. À chaque occurrence, il jouait à pousser la porte qui tournait sur ses gonds en faisant un grincement léger. Valérie semblait excédée par cette nouvelle manie. Elle lui fit signe d'arrêter, mais il ne dut pas la voir.

Dolorès fermait les yeux de temps à autre et penchait sa tête contre son épaule. Elle essayait de sourire le plus doucement possible. Elle se sentait exclue et hésita même à quitter la pièce pour se rafraîchir dans la salle de bains.

– Quelque temps plus tard, M. Manago mit en œuvre une série de projets qui furent *véritablement* déterminants dans le développement de son commerce. Il ouvrit un comptoir de location de véhicules et d'objets divers (des tronçonneuses, des moules à gaufres, des radiateurs électriques, des barbecues, etc.) et les ventes de couverts en plastique explosèrent aussitôt ; il proposa des aides à domicile (femmes de ménage, nourrices, gardes-malades, majordomes) et les ventes de livres et de magazines reprirent des couleurs. L'entreprise, par l'étendue des prises en charge, changea *véritablement* de nature. La Supersurface se mua en Hypersurface. Le magasin mit à disposition de ses clients, devenus grands consommateurs de services, des prestations pour assurer le suivi scolaire de leurs enfants et diverses activités ludiques, ce qui permit de vendre plus de tenues de sport. L'Hypersurface prit en charge le suivi médical, avec notamment des sages-femmes et des pédiatres pour que ses jeunes clients soient *véritablement* familiarisés avec l'enseigne.

Murée dans son silence, incapable de prendre la parole, Dolorès se rendait compte que le mode opératoire de tout regroupement d'hommes ou de bêtes était l'exclusion. Pour se fonder et assurer sa survie dans le temps, mais surtout pour agglomérer ses membres, souder les énergies et fédérer les forces, les clans devaient, presque rituellement, chasser avec violence l'un de leurs membres, ou l'une de leurs sous-classes. Cette exclusion, injuste en règle générale, était un spectacle nécessaire auquel les membres de la tribu avaient à prendre part, parce que la force du groupe était supérieure à toute velléité individuelle. Ce mécanisme aboutissait à la désintégration de l'ensemble, prouvant une fois de plus, comme Dolorès le notait dans son journal, que la force et l'énergie qui assuraient la survie d'une structure étaient en même temps celles qui préparaient et provoquaient sa disparition. Dolorès était la victime silencieuse et consentante de cette immolation.

– Manago débordait d'idées. Il mit en place un service postal et bancaire, en proposant aux clients des solutions financières *véritablement* innovantes. Les clients les plus fidèles bénéficiaient de taux préférentiels et tous, même les plus pauvres, pouvaient investir pour contribuer à la croissance du magasin. Cela permit de renforcer le lien affectif entre l'enseigne et le consommateur et de nourrir un sentiment d'appartenance. Arrivé à ce stade de croissance, l'Hypersurface se transforma en Omnisurface. Aujourd'hui, dans les centaines de magasins de Manago, fleurissent des annonces qui vantent les mérites du service de recherche d'emploi, les avantages du bureau des rencontres amoureuses, la discrétion de celui des séparations. Rendez-vous compte, on peut s'attacher les services d'un détective privé affilié à l'enseigne ! L'Omnisurface, pour ceux qui le désirent – mais comment refuser ? – organise votre temps libre, donne des idées pour refaire la décoration de votre appartement et offrir des présents au moment des grandes fêtes qui feront *véritablement* plaisir ; elle vous conseille dans la planification de vos menus, elle vous indique les moyens de réussir, de se reposer, d'échapper à l'anxiété quotidienne, d'organiser des fêtes mémorables mais aussi d'atteindre la sagesse en souscrivant à des cours de philosophie. Dans tout le pays, l'Omnisurface a créé des espaces de jeux pour les enfants et les parents, et des lieux de rencontre pour les gens seuls ou âgés. Les célibataires en quête d'amour véritable et les vieux à la recherche du second souffle sont les meilleurs clients. Dans ces grands lieux adossés aux magasins, on peut manger, dormir et vivre en toute quiétude. L'Omnisurface est votre partenaire fidèle et devenir client de l'Omnisurface, c'est engager une relation durable.

Quelques ricanements agitaient le groupe comme des ridules à la surface d'un plan d'eau. La tempête se préparait. Dolorès, après avoir soigneusement remis d'aplomb sa coiffure au turban, était concentrée sur ses ongles qu'elle frottait contre sa robe. Puis elle épousseta son cardigan, sans plus manifester aucun signe d'intelligence. Quelques cheveux morts s'étaient accrochés à la laine verte.

– Figurez-vous, mes chers amis, lança Vassilieff debout, les bras ouverts, figurez-vous que Jean-Claude Manago, le fondateur visionnaire de cette société prospère, vient tout juste de décider la construction d'un musée pour présenter sa collection d'art contemporain. Ce qui est un *véritable* impératif moral, convenez-en ! Un grand magasin se *doit* d'entretenir le niveau culturel de sa clientèle, n'est-ce pas. L'Omnimusée promet d'être absolument somptueux : il devrait réconcilier à jamais le peuple qui consomme au monde éternel de la beauté. Tous les grands artistes y seront représentés. Enfin, dernière idée en date, tenez-vous bien : Jean-Claude Manago, fier d'être le premier à proposer ce service qu'il considère comme la *véritable* consécration de sa carrière, gratifie ses clients les plus assidus de *points de superfidélité*. Qu'est-ce que sont les points de superfidélité ? Mais je vais vous le dire ! Ces points, patiemment cumulés au fil de votre existence de consommateur, donnent droit, en fin de vie, à de superbes obsèques, récompense bien méritée pour des hommes et des femmes qui avaient choisi de faire confiance à l'Omnisurface « à jamais reconnaissante ».

Autour de la table, il y eut un tonnerre d'applaudissements et de cris. On hua l'entrepreneur, on injuria l'Omnisurface, on promettait de brûler les deux magasins qui venaient d'ouvrir en ville. On criait au voleur, on insultait, on accablait le fasciste. Même Romain, ruisselant de sueur, sortit de sa cuisine pour dire sa haine et cracher sur les vendeurs de beefsteak. Il faudrait tous les achever, vider leurs tripes, prendre leur argent, les jeter dans un trou ou les pendre dans leur magasin. Les artistes qui iraient lui présenter leur production seraient brûlés ; c'était *véritablement* une honte pour la profession.

Seul contre tous, Robert Klotz prit la défense de Manago. D'après lui, l'Omnisurface était un « bien public ». Le fait qu'il s'installât en ville était un honneur. Ceux qui par complaisance affectaient une posture révolutionnaire à son endroit n'étaient que des imbéciles. Le monde devait croître, s'agrandir et s'élever. D'ailleurs, en plus d'être rentable, cette société rendait service à des milliers de citoyens et mettrait l'art à la portée de tous – contrairement à d'autres.

Ce fut une émeute. La terre faillit trembler. Comme sur un champ de bataille, plus personne ne savait sur qui taper, tant la clameur était puissante. Et si Victoire Albanel voyait dans le propos du banquier « du pour et du contre », les autres s'accordaient à traiter le frère de Dolorès de charogne. Il avait agacé avec ses grands airs, ses beaux costumes et sa façon de parler. On lui fit comprendre que c'était un minable. Un collabo, une pourriture, un rat crevé. Vassilieff voulut lui faire la peau. On le retint *in extremis*. Robert se défendit comme il put. Plus modéré, Griffin affirmait que Robert, juge et partie dans cette affaire si sensible – il ne faisait aucun doute que ce banquier devait financer l'entreprise mafieuse –, n'avait pas à intervenir. Alexandre Sorrus fut sans conteste le plus impitoyable. Il n'avait pas de mot assez dur pour dire l'horreur, la vulgarité, le cynisme, la vénalité de tous ces gens qui étaient aux affaires. « Le monde est gouverné par des gens assoiffés d'argent », devait-il dire avec gravité.

Robert estima qu'il était temps pour lui de s'échapper. Ce qu'il fit sans hésiter, saluant sa sœur du bout des doigts. Alexandre Sorrus tenta vaguement de le retenir – pour lui faire signer *un quelque chose* au nom de sa banque concernant *L'Improbable*. Il était de toute façon convenu qu'Alexandre ferait parvenir une lettre de souscription pour le journal si la banque refusait de lui prêter.

Dolorès ne bougeait pas. Ses mains, côte à côte, reposaient sur ses genoux. Comment pouvait-on encore s'enflammer pour des histoires aussi plates ? Elle ne vit pas son frère partir. D'un doigt, elle griffait le tissu de sa robe. Le rebord de son ongle était légèrement noirci. Machinalement, elle déroula le fil de sa journée. Dolorès frotta ses paumes sur son cardigan. Les rainures de ses mains gonflaient, maculées de choses qu'elle avait été contrainte de charrier jusqu'à son domicile. Elle voyait les gens, ceux qu'elle avait frôlés dans la journée, ceux qui, quelque part, avaient dû déposer une trace, une spore, une miette sur ses vêtements, ses souliers, ses poignets, ou son visage. Pollens et crachats immondes. Plus que visibles, ces choses se devinaient.

Le départ du frère avait calmé les esprits. Elle dévisagea Vassilieff. Ses mains étaient atrocement mutilées. Les plaques rouges n'avaient pas disparu. Il faisait mine de se couper les veines pour faire rire Valérie Hornstedt, que Romain courtisait galamment.

Dolorès approcha ses propres mains : il y avait là, dans le pli entre l'index et l'annulaire, quelques petites traces rougeâtres. Le début d'une infection, une légère urticaire. Le derme était enflé, le sang s'engorgeait à proximité. Dolorès se souvint d'avoir relevé le chapeau de son vieux voisin. Le « pisseur », comme elle l'appelait chastement. Il n'arrivait pas à se baisser pour rattraper sa coiffure. Dolorès s'était sentie obligée de la lui tendre. Ce faisant, la sombre moisissure du feutre avait pénétré ses pores et irrité la pulpe de ses phalanges à elle. Elle voyait son sang pollué, sa lymphe précipitée, ses tempes la martelaient. Ou alors – pire encore – des spores infectieuses, longtemps marinées dans l'appartement nauséabond du grabataire, avaient infesté ses muqueuses nasales. Sa température fit un bond. Elle regarda ses mains : les traces rouges brillaient encore. Dolorès se frotta le visage et inspira à pleins poumons. L'appartement de Romain était infect. Il fallait trouver un moyen de se laver les mains au plus vite.

Vassilieff avait en face de lui une assiette à dessert, Dolorès une assiette creuse. Bracquemont dut se contenter d'une cuiller. Tout le monde sentait que la situation allait se débloquer. Sorrus ne se gênait plus pour dire le mal qu'il pensait de ce « sale banquier ». Ce jeune prétentieux était un « sinistre employé de bureau de mes fesses », un mangeur de merde, une raclure de chiotte. Griffin lui rétorqua qu'il avait donc toutes les qualités requises pour servir de poire au nouveau journal. Sorrus ne comprit pas la plaisanterie.

Parmi les convives de Romain, tous avaient eu, à un moment ou à un autre, à répondre aux demandes pressantes de M. Sorrus. Malgré ses airs de poète révolutionnaire qui aimait la mer ou la grâce des fauves et vouait une haine sans bornes au monde de la finance, il passait ses journées, allongé sur son lit, à imaginer comment trouver des fonds. Il préparait les argumentaires, refaisait ses discours et s'endormait lamentablement. Mais, loin de ne rien faire, Sorrus qui n'avait jamais travaillé de sa vie et qui en tirait une gloriole personnelle – Sorrus qui prétextait de grands malaises pour ajourner ses rendez-vous, Sorrus qui parlait avec passion de ses livres qui devaient paraître incessamment, sans qu'il en eût écrit une ligne –, Sorrus n'avait pas son pareil pour passer de bureau en bureau et sillonner les couloirs de la Cram à la recherche de ces artistes qu'il savait toujours prêts à céder aux sirènes de l'idéal. Il leur parlait de la beauté du monde, de la force de l'amitié, de l'horreur de l'injustice et du rôle de l'art. Il proposait au photographe des publications dans le prochain numéro d'un journal qui ne sortirait jamais ; il louait les textes de celui qui pourrait à merveille compléter les rubriques littéraires ; il vantait les films, il aimait les tableaux, il adorait tous ceux qui pouvaient lui donner de quoi manger avec un air de belle intransigeance. Ce qui, d'ailleurs, ne l'empêchait pas de rouler ces pauvres gens dans la boue, pour peu qu'ils fussent absents. Cela augmentait probablement le plaisir qu'il prenait à les mystifier. Malheureusement, à soixante ans passés, Sorrus finissait par avoir fait le tour des petits ateliers et tout le monde riait de ses manigances de bonimenteur. Sans dire que la plupart de ceux qu'il arrivait encore à harponner étaient souvent les plus démunis et n'avaient presque rien à donner pour la bonne cause. Cela permettait toujours de parer à l'essentiel, en attendant une meilleure pioche.

Romain arriva enfin avec l'entrée. Pour faire plaisir aux deux directeurs de la revue de poésie qui promettaient de publier quelques-unes de ses tentatives, il apportait une tarte aux poireaux. Romain avait suivi la recette à la lettre. Mais son four était mauvais. La pâte était presque crue, les poireaux mal lavés et la crème avait caillé. On fit bien des compliments au cuisinier. Avec une telle faim, cette tribu de pique-assiette aurait pu manger un pneu ou un carreau de plâtre. Pour la plupart, ces gens ne mangeaient jamais plus d'une fois par jour s'ils n'étaient pas invités ici ou là.

– À propos, Marc, j'ai lu le deuxième numéro de la revue, affirma Auguste qui gardait son discernement culinaire et préférait changer de sujet. C'est tout à fait sensationnel.

– Merci, répondit Marc, un rien désabusé.

– Non, vraiment, cela me plaît beaucoup.

– Merci, cela me touche, répéta Marc qui terminait sa part de tarte en vérifiant s'il restait des miettes au fond du plat.

Marc Teuniaux, les ongles accrochés à son rêve, vivait de bouts de ficelles. À trente ans, tout le monde l'avait trouvé original. À quarante, on se mit à douter. À cinquante, il ferait pleurer. Il avait suivi de longues études, il était cultivé, mais personne ne jugeait utile de profiter de ses connaissances. La tête pleine, il errait, enchaînant les misérables petits métiers. Jeune, il fit caissier; un peu plus tard standardiste dans une société d'assurances-voyage; puis gratte-papier dans le journal de Sorrus; scribe dans une étude d'avocat; veilleur de nuit dans un hôtel de luxe, correcteur dans une maison d'édition. Son fait d'armes le plus notable fut de publier une revue de presse sur le traitement des maladies mentales; ses amis le félicitèrent chaleureusement. Il vivait d'allocations diverses. Un jury de spécialistes lui avait attribué un jour une bourse quelconque. Il mangea l'argent sans toucher à ses projets. Marc, comme Alexandre Sorrus, son grand mentor, rageait contre cette société d'écervelés, qui ne savaient rien sur rien et occupaient le devant de la scène. Il rêvait de l'époque où les philosophes conseillaient le politique, de l'âge d'or où les poètes étaient à la cour du roi. Aujourd'hui, les publicitaires et les vendeurs de crèmes raflaient la mise. Son appartement, une petite boutique transformée en studio par un propriétaire avisé, sentait le moisi. Ses livres et ses chaussettes aussi – il n'avait pas assez d'argent pour les parfumer. Entre deux courses, les habitants du quartier de l'ancienne gare ne manquaient pas de cracher sur sa vitrine – le logement, avant d'être transformé en studio, avait été une épicerie dont le patron, souvent ivre, avait battu sa femme à mort. Et le lieu gardait la triste mémoire de ce forfait. Marc disposait d'un coin cuisine, d'un bac de douche et d'un évier en guise de lavabo. Il comptait chaque miette de pain, sortait lorsque cela s'avérait tout à fait nécessaire et restait célibataire par peur des imprévus. Une ou deux histoires d'amour avaient embouti son quotidien. Pendant des mois, il rêva d'une petite voisine qui était actrice. Un jour, ils avaient été au parc. Marc n'osa pas la prendre par la main.

– Marc, tu sais à quel point je peux croire en la force de la littérature. Ce que vous faites avec Jean-Baptiste, c'est vraiment formidable. Contre vents et marées vous tenez bon. D'ailleurs, Jean-Baptiste, ton poème sur la guerre m'a beaucoup plu.

– Ah oui, lequel ?

– Celui sur la guerre !

– Tu ne comprends pas. Je te demande lequel, parce que j'en ai publié trois : un différent dans chaque *livraison* de la revue.

– Alors je voulais parler du dernier.

– Eh bien merci. Tu es bien le premier !

Jean-Baptiste Bracquemont n'était pas mieux loti que son comparse. Petit, les yeux fichés dans le crâne comme deux têtes de clous, des lunettes fines s'écrasaient sur son nez camus. Il avait un rire strident qui fripait une face sans grâce. Du matin jusqu'au soir, il lissait cette longue queue de cheveux bruns et gras que tout le monde considérait avec dégoût. Aussi cultivé que Marc, Jean-Baptiste avait été admis dans les plus grandes écoles, sans jamais forcer son talent. Il n'assistait jamais aux cours, mais son esprit s'adaptait spontanément à la forme académique. Parfaites, fines et intelligentes, ses copies étaient écrites à toute allure, rendues deux heures avant celles de ses camarades ; elles faisaient l'admiration de tous. De fait, il disposait de toutes les qualifications requises pour enseigner à l'université. Officiellement, il n'avait pas voulu des postes qu'on lui proposait. Mais depuis vingt ans, il usait ses nuits dans les fêtes les plus décadentes. Il buvait autant qu'il le pouvait et avalait toutes sortes de substances violentes. Jean-Baptiste dormait très peu. Il produisait des textes à peu près illisibles, qu'il concevait comme des expérimentations poétiques inspirées par ses nuits folles. Il s'était souvent promis d'arrêter et de reprendre une carrière normale. Au milieu de la journée, il avait des éclairs de lucidité qu'il formulait dans de saines résolutions. Il jurait à ses plus proches amis qu'il ne toucherait plus aux poisons. Pourtant, dès qu'on lui tendait un cachet auquel il n'avait pas goûté, il se vautrait dans la boue, comme un cochon satisfait de son sort, pour rentrer chez lui, accablé, l'esprit pétri de mauvaise conscience, qui est, comme chacun sait, le meilleur terreau pour la rechute. Jean-Baptiste se vantait auprès de ses amis en étalant ses succès de don juan avec des femmes perdues, alcoolisées et assoupies qui ne trouvaient plus la force de lui dire non. Parfois, il en prenait deux à la fois et la fête était plus folle. Rien ne lui plaisait sinon ce sentiment de liberté et la joie de franchir toutes les limites. L'excès, c'était sa vie. Marc le considérait avec envie. Mais Jean-Baptiste devait se lever tous les matins pour faire classe dans une école élémentaire de son quartier. De l'avis général, c'était un bon instituteur.

– Lorsque j'étais plus jeune, affirmait Griffin, j'eus un projet tout comme le vôtre. Mais le courage me manqua. L'université, les cours, les enfants à élever, bientôt je n'avais plus une seule minute à moi. Je pense, pour être tout à fait sincère, que je n'aurais jamais fait les choses aussi bien que vous.

Le troisième numéro de *L'Anémie* venait tout juste de sortir. Le précédent s'était vendu à cent cinquante exemplaires. Le second à cent quatre-vingts. C'était un bon début. Pour éditer ces trois premiers numéros, Marc et Jean-Baptiste avaient dû faire d'énormes sacrifices. Lorsqu'on les invitait, ils s'étaient donné pour règle de ne jamais rien amener. Pour le reste, plus de bières au comptoir, plus de café le matin, surtout pas de restaurant, jamais de cinéma. Tout devait profiter à la caisse de la revue. Bout à bout, ces économies leur permettaient d'acheter le papier, l'encre et de payer une graphiste qui consentait à faire la mise en page pour une somme symbolique. Les moyens étaient rudimentaires, mais ils voyaient les choses en grand. Chaque page devait être aussi belle qu'un vitrail. Ils appelaient la graphiste au milieu de la nuit pour faire quelques ajustements. Ils passaient des journées entières à se décider pour un texte. Mais lorsque le bruit courut qu'ils se lançaient, les deux amis reçurent des milliers de textes. Une véritable avalanche. De la poésie, des pensées diverses, des tentatives d'autobiographie, des aphorismes, des rébus, des récits de malheurs, des histoires d'amour, des vers dans le genre épique, de la philosophie. Il suffisait de pousser une porte pour tomber sur quatre ou cinq auteurs qui vous tendaient leurs textes. Le moindre petit agent d'assurances, le pauvre représentant de commerce, sans parler du professeur aux ambitions frustrées, avait des scrupules ou des malheurs d'enfance qu'il devait sublimer en tachant du papier. Tous avaient tant de choses à dire. Les deux éditeurs prirent donc une certaine importance. Quelques mois plus tard, au prix d'innombrables nuits d'insomnie, de doutes et de tortures, après avoir rendu folle la graphiste, qui faillit jeter l'éponge, quatorze de leurs amis, les heureux élus, virent leurs poèmes et leurs essais publiés pour la première fois, ou peu s'en faut – encadrés par les textes de Marc et Jean-Baptiste qui ne refusaient pas d'éditer leurs meilleures pages. Leurs noms, en lettres capitales sur la page de garde, ne suffisaient pas à combler leur besoin de reconnaissance. L'un dans l'autre, ils pouvaient occuper la moitié de chaque numéro. C'était la juste rétribution de leurs efforts. Tous les trois mois, ils déposaient une cinquantaine d'exemplaires dans les librairies du centre et récupéraient les invendus, tachés et déchirés. Ils vendaient des abonnements aux membres de leur famille, aux amis qui voulaient faire un geste et à chaque parution, ils se promettaient d'accroître leur chiffre d'affaires grâce aux proches de leurs auteurs. Le système était directement inspiré des méthodes de Sorrus, qui les aidait de temps à autre, lorsqu'il n'hibernait pas. Jusqu'à présent Marc et Jean-Baptiste étaient loin de rentrer dans leurs frais. Mais de toute façon, ils ne faisaient pas cela pour l'argent.

– J'aurais tant aimé vous faire lire quelques-uns de mes « trompe-l'œil ». J'en ai déjà parlé à Jean-Baptiste. C'est un projet original, je crois.

– Ah oui ?

– Auguste, enfin ! Comment peux-tu faire confiance à ces deux escrocs ? lança Sorrus, qui aimait la provocation lorsqu'elle ne coûtait rien.

– Envoie-nous quelques pages quand ce sera prêt, fit Marc, désinvolte.

Pour l'heure, le seul effet de *L'Anémie* sur la carrière des deux directeurs avait été d'inciter certaines connaissances à faire appel à eux lorsqu'il fallait remplir les pages de leur propre revue. Elles étaient en tout point comparables à celle-ci – mêmes thèmes, mêmes écrivains, mêmes préoccupations, mêmes orientations politiques, mêmes contraintes économiques. Mais ce débouché inattendu pour ses œuvres avait une répercussion paradoxale chez Marc. Soudain écouté, sollicité de toutes parts, attendu, il se sentait tout sec. Contraint d'écrire, il pouvait passer des heures à ne rien faire dans son arrière-boutique. Il achetait de petits magazines de mots fléchés, cochait des cases, reliait des points entre eux. Des après-midi entiers pouvaient se dissoudre en problèmes de calcul. Le mal s'était immiscé en lui. Et plus la conscience d'avoir à s'atteler à la tâche était forte, plus il fuyait dans l'étude de ces futilités. Ainsi, lorsqu'il entendait un ami lui parler de son œuvre qui progressait, il ne pouvait faire autrement que de feindre une agressive nonchalance pour masquer son dépit.

Du bout du doigt, Marc léchait les quelques miettes de tarte qui restaient au fond du plat. Il n'avait jamais cru à la théorie. Bracquemont, moins fermé à la philosophie pour avoir fait les grandes écoles, s'était pourtant détourné de la conversation et fait entreprendre par Victoire Albanel. Elle lui parlait d'une vente dont elle ne paraissait pas peu fière. Il faudrait bientôt fêter cette grande nouvelle. Bracquemont promettait d'en être, en trinquant bruyamment pour mettre un terme à cette pénible conversation. Ses cris effroyables résonnaient dans tout le bâtiment A. Lucinda Hernández, la voisine de palier, donna un grand coup de pied dans la porte. Elle était en robe de chambre fleurie, les cheveux ébouriffés, la mine défaite. La petite valse, les voix avinées, elle ne s'entendait plus respirer. Une odeur de canalisation sortait de sa bouche. Elle menaçait d'appeler la direction. Romain lui claqua la porte au nez. Il n'avait pas le temps d'écouter ses doléances. La suite du repas était prête. Il fallait servir tant que c'était chaud.

Dolorès eut l'honneur de se faire servir en premier. Ce devait être une blanquette de veau avec du riz. La sauce semblait plus liquide que de l'eau. Elle inonda son assiette et le tas de riz s'effondra. Quelque chose avait caillé à la surface de ce fluide blanc-crème et des plaques dérivaient en demi-teinte sur la porcelaine ébréchée, au-dessus des monticules de viande. Il y avait des éclats de carotte, des cheveux de poireaux, quelques poils de thym et l'œil d'un oignon. On poussait des cris d'extase, on se régalait. Chacun avait deux bouts de chair dans son plat. On criait, on buvait. Tout fut fini en quelques secondes. Du bout de sa fourchette, Dolorès poussa l'un des membres secs et racornis qui refroidissait dans son assiette. Le riz était carbonisé et cru à la fois, un vrai prodige. Le couteau déchiqueta quelques filaments décolorés. Dans sa bouche, ça grinçait comme du caoutchouc. Dolorès avait le sentiment que cette matière, qui gardait la mémoire de sa forme antérieure, reviendrait à son état initial, une fois que sa mâchoire aurait relâché l'étreinte. Dans les musées, il était interdit de toucher les œuvres. Pourquoi ne pas utiliser ce genre de matière ? Le public pourrait presser la sculpture, pénétrer un doigt, et la forme voulue, progressivement, reviendrait toujours, comme un chapeau melon ou un fauteuil bien rembourré. Dolorès repoussa son assiette et demanda de l'eau à son voisin.

Auguste était assis tout contre Valérie. Il badinait, il taquinait, il susurrait ; Valérie semblait heureuse. Elle avait gentiment vidé son assiette et buvait son vin. Romain respirait enfin. Il semblait même continuer à vouloir faire du charme à sa voisine en contredisant Auguste. Puis il alluma une cigarette et gratifia ses invités de son plus beau sourire. C'était un bon repas. Pourquoi gâcher ce moment de grâce en donnant les poèmes aux directeurs de *L'Anémie* ? Il trouverait bien un autre moment pour leur faire passer. Vassilieff débouchait une bouteille de vin. Sorrus tendit son verre. Romain porta un toast à l'amitié.

Dolorès se sentit seule. Le grumeau de viande lui avait fait mal aux dents. La baie vitrée ouvrait sur la vie sinistre des artistes ratés du bâtiment A. Tout le monde devait voir au fond d'elle. Sa mâchoire craquait lorsqu'elle voulait parler. Elle n'entendait plus. Elle prit son pouls. La veine gonflait à toute allure. Elle allait mal. La pièce tremblait de droite à gauche, de haut en bas. La plante, le petit tas d'objets, les chemises sous le lit, les bords de la table, le tapis, la fenêtre, les verres, les murs, tout vibrait comme une membrane de haut-parleur. Dolorès cherchait un point fixe où arrimer ses regards. Mais les invités trinquaient. Bracquemont et Teuniaux étaient captivés par Valérie Hornstedt. Loin de Mike, elle se passait la main dans les cheveux, en regardant Auguste ou Romain.

Dolorès se leva. Ses yeux firent le tour de l'assistance. Les gens qui l'encerclaient, Vassilieff endormi, Romain qui la regardait, Auguste perdu dans ses pensées. Elle vit l'affreuse pendule, mais aussi sa main tremblante. Rien ne servait de négocier. Sans saluer personne, sans rien expliquer, elle claqua la porte et courut dans le couloir.

Au milieu des rues, évitant les véhicules, Dolorès courut aussi vite qu'elle put. Son cœur battait, elle avait perdu son souffle. Il fallait faire vite. Elle s'éloigna de tout. Elle n'avait rien effleuré, faisait mine de ne rien voir. Elle longeait les murs ; elle marcha des heures. Elle fermait les yeux, elle les rouvrait. Il n'y avait pas de temps à perdre. Là-haut, au dernier étage, elle ferma la porte à double tour. Il fallait se calfeutrer. Elle mit un drap, étouffa les arrivées d'air, tira les rideaux. Elle se mit nue et jeta ses vêtements à l'autre bout de la pièce. Puis elle les enferma dans un sac. Elle prit une douche, se lava avec la brosse et se coinça entre les draps de son lit. L'épaisse couche des couvertures l'enveloppait comme le pansement d'une momie. Elle reprit son souffle. Ici, personne ne lui ferait de mal.

Adrien Estève

La Sentence, vidéo couleur, 4'30
Parole, vidéo couleur, 2'45 ; Jury de la Cram

Un dossier d'admission à la Cité radieuse des artistes modernes compose un ensemble volumineux de documents. Outre les pièces d'usage qu'il faut fournir – les coupures de presse, les lettres d'intention, les livres d'artistes, les lettres de recommandations, les projets en cours, les comptes rendus de l'enseignement suivi dans les écoles d'art, les images d'œuvres représentatives, etc. –, le candidat doit remplir un questionnaire détaillé concernant ses influences, ses goûts, sa manière de vivre et de travailler, ses expositions et tout ce qui a trait à ses revenus. Envoyés depuis le monde entier, quelques milliers de dossiers parviennent aux services administratifs de la Cram, les mois qui précèdent les deux séances annuelles d'admission à la Cité. Le nombre des places ouvertes au recrutement varie à chaque session et nul ne le peut connaître avant que les résultats soient proclamés officiellement – le *numerus clausus* étant quelque chose d'aussi secret que les bénéfices d'une banque. Entre les peintres, les sculpteurs, les cinéastes, les écrivains, les graveurs, les photographes, les dramaturges, les plasticiens, les numériciens, les conceptuels, les réalistes, les machinistes, les critiques, les politiques, les sociaux et les installateurs, les arbitrages sont aussi durs à rendre qu'il est difficile de bien suspendre une toile dont l'attache n'est pas centrée.

Adrien Estève, vidéaste prometteur, avait envoyé un dossier de candidature qui atterrit sur le bureau d'une des petites mains du service administratif. Aidé d'une grille d'évaluation, le censeur mit quelques minutes à le contrôler. Le vocabulaire, le style, la calligraphie, mille critères servent à établir la première notation suivant des données objectives – le libre arbitre du petit personnel n'étant jamais sollicité pour d'évidentes raisons d'impartialité. Le dossier d'Adrien Estève fit bonne impression. Vingt-sept ans, trois bonnes expositions à son actif – sa motivation artistique semble établie. Il s'exprime convenablement et le regard qu'il porte sur l'art contemporain paraît solide. Les quelques photogrammes de ses œuvres font preuve d'une certaine maturité artistique, d'une science du cadrage et d'un goût prononcé pour les couleurs, tandis que les synopsis de ses travaux trahissent un sens aigu de la critique sociale ainsi qu'un engagement politique assumé. Le censeur rédigea une note de synthèse en sa faveur qu'il fit signer par sa hiérarchie.

Les rapports préliminaires, collectés par la section supérieure des délibérations, permettent d'établir une première classification des dossiers. En tenant compte des « relations » mises en avant par les artistes, le supérieur écarte les candidatures qui requièrent une investigation plus approfondie et place sur le haut du paquet les fiches des artistes qui seront sélectionnés d'office. M. Adrien Estève a exposé dans de petites galeries, il ne semble recommandé par aucune personnalité de premier ordre. Son dossier est donc trop fragile pour être retenu d'emblée. Il fut néanmoins sélectionné pour passer les épreuves écrites – deux grandes dissertations sur l'histoire de l'art (un sujet général, un commentaire d'œuvre). Une armée de correcteurs, recrutée par la direction, résume, note et apprécie l'analyse conceptuelle des impétrants. Adrien Estève gagna des points à cette épreuve. Son style et ses idées avaient piqué la curiosité de ses lecteurs. Mais le jour du grand oral, Adrien Estève perdit tous ses moyens. Il fallait défendre son projet pour les mois à venir, assumer un point de vue dérangeant, revenir sur sa carrière, séduire les membres du « petit bureau des entretiens oraux », se projeter dans les dix ans à venir, définir sa place dans le paysage actuel – le champ des questions s'étend à l'infini. Les réponses formulées par M. Estève furent consignées dans le dossier, qu'il revenait aux six membres du Jury d'évaluer.

Chaque trimestre, cette commission reçoit les candidatures traitées par ses services ainsi que les bilans d'étapes en vue de l'arbitrage final, qui n'est sujet à aucune réclamation et n'est agrémenté d'aucun avis. Censés se réunir tous les deux mois pour préparer les séances plénières, qui ont lieu deux fois par an, les jurés n'ont hélas plus le loisir de se retrouver aussi souvent qu'ils le souhaiteraient – et les dossiers s'accumulent sans avoir été examinés. En conséquence de quoi, les séances plénières s'étalent indéfiniment et les admissions définitives sont ajournées la plupart du temps faute de consensus. Le fait est que personne, au sein de la Cram, ne dispose d'assez de pouvoir pour contraindre légalement les membres du Jury à travailler en temps et en heure – pas même le directeur, lui-même élu par ce Jury. Statutairement, les jurés ont un mandat d'une durée de cinq ans, renouvelable une fois. Mais, les divers avantages matériels afférents à cette charge (les somptueuses suites du bâtiment D, ainsi que leurs confortables indemnités n'étant que les privilèges les plus visibles de cette mission), cumulés au prestige incontestable dont jouissent ces censeurs expliquent que très peu de jurés aient pu se résoudre, depuis la création de la Cram, à céder leur place – tandis que les directeurs successifs de l'institution, mis en minorité au sein de leur assemblée, furent remerciés au bout de quelques mois. Le dernier en date, Pierre Duval – peut-être grâce à ses relations (le président étant un ami de longue date de Philippe Ixent, le ministre des Affaires culturelles), sans doute aussi par habileté politique – a réussi à s'imposer plus que tous les autres réunis. Les mauvaises langues déclarent qu'il fédéra le Jury, en jouant sur les instincts les plus vils de son assemblée, en faisant valoir comme personne ne l'avait fait jusqu'alors, le risque d'une faillite de la Cram. De fait, l'honorable institution publique a toujours considéré la Fondation pour l'essor des arts (FEA) comme un dangereux rival. Les capitaux considérables levés par Evariste Marlon dans le secteur privé ont vite transformé cette institution en acteur incontournable du marché de la culture. Bien des artistes ayant choisi de faire confiance à la FEA, plutôt qu'à la Cram, pour défendre leurs intérêts, quelques galeristes s'alliaient officiellement à Marlon et des rétrospectives de certains artistes affiliés à la FEA sont aujourd'hui en préparation dans les villes d'art à travers le monde. Pierre Duval sut mettre à profit l'ombre que projetait cette rapide ascension dans l'esprit des jurés de la Cité. Depuis, les six membres du Jury – Mmes Rastel et Kedon ainsi que MM. de Saint-Flour, Stein, Tiano et Lamarque – témoignent une confiance indéfectible à leur directeur.

Après avoir longuement voyagé entre les différents services de l'administration, le dossier d'Adrien Estève passa en séance plénière. Le Jury était réuni au grand complet – exception faite de Marcus Stein, qui se faisait porter pâle et chargeait Saint-Flour de le représenter. La journée touchait à sa fin. Il fut pourtant décidé que deux des vidéos d'Estève seraient visionnées.

Parole, le premier de ces travaux, dure moins de trois minutes. La scène figure un repas de famille – une sorte de cérémonie dominicale. La table est abondamment garnie. On mange en silence et seuls les bruits de dents ou de vaisselle rompent le beau recueillement de cette cène familiale. Les grands-parents président, les parents assistent leurs enfants. En quelques plans, l'ennui que génère ce type de réunion est traduit à l'image. Placé à côté de sa mère sur une chaise pour enfant, un très jeune garçon babille en recrachant sa bouillie. Un blanc grumeau plein de bulles et de salive dégouline le long de ses lèvres roses. Rivé sur sa propre assiette, on ne prête guère attention à cette scène. Mais soudain, entre deux informes mots, mâchonnés avec le reste du bol alimentaire, de façon très distincte et bien articulée, les quatre syllabes de la célèbre marque de boisson d'eau gazeuse sucrée résonnent dans la salle. En un instant, l'assistance, interloquée, se retourne vers le petit homme. Le silence est pesant. L'enfant derechef prononce la parole qui semble magique. Sur les visages sérieux de ces petits fonctionnaires endimanchés, de beaux sourires fleurissent – et quelques petits cris d'extase sortent de la bouche de la mère tout ébahie. Le père, fier comme au jour de sa communion, prend son enfant, l'embrasse sur le front et le repose. Le petit parle – le petit parle pour la première fois. Il a dit « Kalak », il veut du « Kalak », il sait parler, cet enfant ira très loin. Sa mère reprend la cuiller pleine de bouillie qu'elle lui enfonce dans la bouche. Le silence une fois retrouvé, le père entame un discours de circonstance, à peine audible, jusqu'à ce que le plateau de fromages ne vienne définitivement détourner l'attention de ses convives.

M. de Saint-Flour, qui n'avait qu'une seule mèche de cheveux rabattue depuis le côté gauche de son crâne pour couvrir le sommet de sa tête, prit la parole. Il trouvait ce film déplorable. Commissaire-priseur à la retraite, son fils ayant repris la direction de l'étude, il n'avait jamais su apprécier l'art des vidéastes. Le nom de Saint-Flour avait été proposé par Pierre Duval, voilà quelques années, pour remplacer François Demaison, le célèbre commissaire d'exposition, mort d'une crise cardiaque. Saint-Flour s'était fait élire en mettant en avant la clientèle très fournie de son étude.

– Ce garçon n'a rien fait, il n'a rien à dire, surenchérit Lamarque. Ça pourrait servir de réclame pour la boisson, à la rigueur, en aucun cas figurer dans un musée.

Flavia Kedon, cofondatrice de la galerie K & S, avait été touchée par la scène ; elle proposait de voir le second film.

Sentence figure une autre scène de vie familiale. Un père et son fils marchent dans la rue. La mère, silencieuse du début jusqu'à la fin, ne fait qu'assister à l'échange verbal du père et de son fils. Sans être pauvre, on sent que la famille n'est pas aisée et leur manière de s'habiller rappelle celle de ces bohèmes, éternels artistes, qui acceptent de vivre avec deux sous pour maintenir leurs rêves en vie. Le fils doit être âgé de six ou sept ans. Il parle d'une voix calme, posée, presque comme un adulte. Son père, quoique plus agité, donne l'impression d'être quelqu'un qui entend contribuer activement à l'éducation de son enfant. L'un et l'autre parlent affaires, finance, actions, retour sur investissement, grandes fortunes, capital, évolution du cours de la bourse – et le fils semble très à son aise. Il se réfère à la presse spécialisée, cite les meilleurs analystes financiers et détaille les prévisions trimestrielles sur les marchés internationaux. Il juge probable une sortie de crise avant la fin de l'année. La reprise, la hausse de la consommation, l'innovation technologique, le père sur tous les tons cherche à faire valoir ses thèses ; mais le fils, chiffres à l'appui, corrige ou nuance la pensée de son cher père. Le film s'interrompt lorsque la famille traverse la rue. On les voit s'éloigner sans plus entendre leur dialogue. De loin, ils ressemblent à une famille normale.

Saint-Flour ne se montra pas plus élogieux pour le second film que pour le premier ; Lamarque le trouvait plus convaincant. Flavia Kedon avouait s'intéresser à ce « travail », quoiqu'elle regrettât que la mère n'eût qu'un rôle secondaire. Mme Rastel fit remarquer que la mise à distance de la figure maternelle était cohérente dans un système éducatif bourgeois où le père, cœur économique de la cellule familiale, accompagne son fils dans son apprentissage des valeurs et des centres d'intérêt d'un certain milieu. Il s'agissait en somme d'une mise en question d'une organisation phallocrate du savoir.

Saint-Flour regarda Mme Rastel avec consternation. Elle avait travaillé un temps au ministère en tant que chargée de mission, avant d'être admise au Jury, sous les recommandations expresses du cabinet du président de la Nation, dont elle avait toujours été très proche. Du point de vue du commissaire-priseur, elle ne comprenait rien à l'art.

– Mais enfin, ce *travail* est tout simplement invendable. Qui va acheter ça ? cria Saint-Flour, excédé par la séance.

M. Tiano, enfoncé dans son fauteuil, ne sachant quoi penser de ce qu'il avait vu, plongea son nez dans le dossier d'Adrien Estève. Sur la photocopie de la pièce d'identité figurait le nom « Garousse » – s'agissait-il de quelqu'un de la famille du galeriste ? Rien ne permettait de l'affirmer. Mais « Adrien Estève » n'était donc qu'un pseudonyme. Tiano fit part de sa découverte à ses confrères. Lamarque, qui avait écrit plusieurs articles sur la question des signatures hétéronymes, se montra curieux d'en savoir plus.

– Parler autant de la famille et décider de passer sous silence le nom de son père, c'est pour le moins étonnant, dit-il avec un sourire très fin.

– Tout cela cache un évident problème affectif. C'est le meilleur des ressorts créatifs, ajouta Flavia Kedon.

Elle pensait qu'il fallait donner sa chance à ce jeune artiste. Pour dire vrai, Adrien Estève ne lui était pas aussi indifférent qu'elle aurait bien voulu le faire croire. Il l'avait contactée quelques mois avant le dépôt de son dossier. Avec Emmanuela Simoni – qui restait la seule présidente en titre de la galerie après que Flavia eut été nommée membre du Jury –, elles avaient reçu l'artiste dans leur somptueuse suite du bâtiment D. Adrien Estève parla d'un projet de « manège pour adulte » tout à fait passionnant et, avant de l'exposer dans leur galerie, elles s'étaient promis de tout faire pour aider le jeune homme.

– Ne voyez-vous pas comme ces deux films sont cohérents ? interrogea Mme Kedon. Ils participent d'une analyse critique de la parole et de son émergence. C'est là, me semble-t-il, une des questions les plus touchantes qu'il nous ait été donné d'entendre depuis des jours.

Par quatre voix contre trois, il fut décidé que M. Estève disposerait, six mois durant, du petit studio du bâtiment A laissé vacant par Knud Oddson, parti sans laisser de trace.

Avant de lever la séance, on évoqua le couple Hornstedt-Bromberg. L'un et l'autre avaient déposé un dossier d'admission. On ne sut comment démêler la situation. On résolut de traiter le problème en même temps que le cas de Iouri Vassilieff, qui ne peignait plus du tout, et celui de Traoré, qui souhaitait retrouver sa place au sein de la Cité.

Mike Bromberg

Chimères, sculptures vivantes, galerie K & S

Enrobé de son duvet, les oreillers en pagaille derrière la nuque, Mike avait distinctement entendu l'enveloppe buter contre l'abattant. Depuis deux jours qu'il pleuvait, Mike grelottait dans son cocon comme une vieille fille – la faim tiraillait son ventre. Il avait tenté en vain de lire, d'écrire et de dormir, mais une odeur de friture imprégnait l'appartement. Pour bien faire, Mike aurait dû se lever et aérer, mettre de l'ordre dans son placard et avancer ses travaux. Or, depuis que Valérie était partie rendre visite à sa famille, le téléphone sonnait, les voisins descendaient dire bonjour et les tâches s'accumulaient, sans que Mike osât bouger. Il grattait jusqu'au sang ses mains recouvertes de piqûres, en attendant des jours meilleurs. Son corps nu sous une carapace de plumes d'oie suintait comme un fromage. Reflété dans la baie vitrée, il détaillait le contour bosselé de son corps qui gonflait en respirant sous le duvet. Cette membrane de tissus incarnats, comme un organe parasite planté dans sa chair, lui montait sur le ventre pour filtrer son oxygène, boire son sang et croître à ses dépens. Mike aurait jugée criminelle toute tentative d'expulsion. Il fixait son abdomen de reine mère, immobile au cœur de la termitière, boursouflé de millions de larves et surmonté d'une petite tête noire servant de point d'ancrage à l'ombilic annelé, laiteux et luisant, qui semblait ne jamais devoir prendre fin.

La vitre de la chambre, maculée de pluie et de crasse, diffusait une lumière blafarde dans cette pièce aux murs jaunis. L'unique source de chaleur était cette toile de Magnus Paoli. Mike pouvait passer des heures à la contempler. Absorbé par ce fourmillement de matières transcrit par le pinceau du maître, Mike plongeait en lui-même. Ces heures de méditation constituaient la part essentielle de son travail et seuls les bruits venus de la cour pouvaient le distraire de l'attrait exercé par cette image. Avec le temps, Mike avait d'ailleurs fait de la vie de l'immeuble un sujet de préoccupation aussi grave que le problème de la faim dans le monde. L'impact d'un talon sur le pavé, la cadence d'une démarche ou le nombre de pas nécessaires pour atteindre l'escalier suffisaient pour qu'il identifiât les fournisseurs, pour qu'il sût si le patron de la friterie était de bonne humeur ou si Mlle Alexandra arrivait seule ou accompagnée. Précisons que cette habileté singulière de Mike fut renforcée, quoique incidemment, par Valérie, à qui les œillades du professeur du quatrième, les petits bonjours de Mme Soussi et les regards langoureux du second étage, donnaient la désagréable impression de servir de cobaye ou de vivre dans un aquarium, et qui décida d'aveugler leur chambre en plaçant un film opaque sur la fenêtre. Mike ne put qu'obtempérer à la demande de sa femme.

Malgré cela, il était sûr que la porte s'était ouverte ; il avait distingué l'ombre s'avancer, la main glisser dans le sac et entendu le jet de lettres remplir les boîtes. Le facteur avait commis son forfait – l'annonce, tant espérée, reposait quelque part au fond du casier.

Dans le milieu, Mike Bromberg et Valérie Hornstedt ont toujours donné l'image d'un couple épanoui. On raille leur fidélité, mais on jalouse leur énergie commune. Chacun semble vivre et travailler pour le compte de l'autre, dans un jeu de solidarité des plus touchants. Mais leur aventure a pris un tour nouveau, il y a quelques mois, lorsque Mike Bromberg et Valérie Hornstedt ont décidé d'adresser ensemble une demande aux services de la Cité radieuse des artistes modernes pour obtenir un de ces somptueux « quatre-pièces-atelier », promis aux artistes méritants. Vivre ailleurs, changer d'air et mettre à l'épreuve leur renommée – un mélange de vanité et de sens pratique inspire leur démarche. Valérie, de bonne grâce, s'est prêtée aux formalités administratives. Elle a réuni les pièces du dossier aussi nombreuses qu'arbitraires, rempli les questionnaires aussi absurdes qu'intrusifs et tenté d'établir les talents respectifs de son mari et de son humble personne. Depuis, elle planifie sa vie future. Elle imagine la décoration, place le lit, dispose les bibliothèques, achète de nouveaux rideaux et rêve d'une jolie salle de bains. Elle voudrait qu'une des chambres de l'appartement fût occupée par un petit inconnu – « rien ne dit qu'on remportera l'épreuve » se borne à constater Mike. La réponse de la Cram est donc attendue avec une certaine fébrilité dans le petit rez-de-chaussée et Valérie, pour fuir la nervosité de son mari et prendre un peu l'air, a jugé nécessaire de faire un séjour chez ses parents.

Fier et silencieux, Mike aurait préféré mourir plutôt que de rendre visite à sa belle-famille. Les sourires de la belle-mère, les confidences du beau-père, la cordialité des sœurs, la camaraderie des frères, toute cette comédie l'écœurait beaucoup. Allongé sur son lit, il dialoguait avec la toile de Paoli et pensait librement.

Le tableau, acheté sans réfléchir, régnait sur un vaste domaine qui allait des contreforts du lit jusqu'aux sommets de la pièce – entre la fenêtre et la porte d'entrée – et s'étendait même, en fonction des conflits internes résolus par la méditation, au mur qui faisait front à ce chef-d'œuvre. Toute chose, quelle que fût sa situation relative dans la pièce, semblait faire allégeance à l'œuvre du peintre, en se rapportant à l'organisation spatiale de la toile comme s'il s'agissait de son authentique matrice. Dans l'encadrement boisé qui justifie le format de la toile, un œuf brun, en équilibre à droite de la composition, offre une conclusion parfaite au grand fouillis de matières blanchâtres et presque écumeuses qui ressemble à s'y méprendre à une serviette de table. Sous la robe de chaque chose, Mike s'amusait à deviner les intentions secrètes du grand peintre qu'il avait eu la chance de rencontrer. Et derrière cette conjugaison intime des matières vivantes, Mike découvrait un faisceau essentiel, riche et fertile, dont les teintes nacrées giclaient hors du cadre, sur les murs et partout autour. Cette idée avait quelque chose d'excitant. Du plus profond de sa solitude, il imaginait le corps de son épouse, suave et charnu, celui de sa voisine, Alexandra, épicé et provoquant, puis celui de la fille croisée dans le métro, de la serveuse au bar et de n'importe quelle autre godiche, pourvu qu'elle eût quelques formes, un sourire coquin et un rien de soumis dans le regard.

Pour calmer ses nerfs, Mike alla chercher un verre de lait et deux ou trois friandises. Un grand cœur dessiné sur l'ardoise de la cuisine rappela à Mike combien sa femme pouvait être niaise. Valérie, encore une fois, avait parsemé l'appartement de petits mots doux et de phrases tendres. Le carnet que Mike utilisait pour griffonner ses idées était rempli de gentils poèmes, l'écran de l'ordinateur saturé de « je t'aime » et les murs infestés de papillons roses où les compliments pour « l'homme de sa vie » dégoulinaient d'affection. Mike se grattait les mains et les avant-bras. Certes – comme les chiens lèvent leur patte contre les arbres –, Valérie ne pensait pas à mal en laissant derrière elle ses marques d'affection. Ce qu'elle n'arrivait pas à comprendre, dans sa conscience de femme étriquée, c'est que les sentiments, lui, Mike, il s'en fichait. Tous ces mots doux, les « je t'aime pour toujours », les rêves d'enfant, les « je n'ai rien d'autre que toi », toutes ces niaiseries de bonne femme, il passa un coup d'éponge rageur sur l'ardoise et se resservit un grand verre de lait. Ce n'est tout de même pas difficile d'imaginer ce qui pourrait faire plaisir à un homme !

Mike commence sa carrière de biologiste dans l'un des plus grands laboratoires de biotechnologie au monde. Ses compétences, rares sur le marché, expliquent l'énergie avec laquelle plusieurs sociétés concurrentes cherchent à le débaucher. Son salaire est multiplié par quatre. Mais, lassé de cette surenchère et même de son travail, il consacre ses heures perdues à l'étude des insectes. Il commence une collection et parcourt le monde à la recherche d'espèces rares. Au cours d'un voyage, il fait la connaissance de Valérie Hornstedt, talentueuse et jeune photographe. Leur union a un charme spécial. À plusieurs reprises, Mike Bromberg dépose des spécimens inconnus à la Société d'histoire naturelle – ce qui assoit considérablement sa notoriété. Valérie et Mike emménagent dans un somptueux appartement ; le scientifique installe son propre laboratoire pour les insectes. Au bout de cinq ans, Mike fait sa mue et se consacre exclusivement à ses créations biologiques. Un sentiment de libération préside à cette métamorphose. L'étude assidue de l'insecte apporte une profondeur nouvelle à la vie de Mike. Le voir se reproduire et s'altérer, questionner sa nature et son identité, nourrit au quotidien une exaltation à rien d'autre comparable. Valérie est fière de son mari. Mais ses débuts sont difficiles. La conception d'une œuvre prend du temps, et coûte cher. Le couple vit sur ses économies et profite des allocations du jeune retraité. Valérie, de son côté, ne se sent pas prête à vendre ses travaux. Ces difficultés soudent le couple, qui fait front commun pour aller de l'avant.

Le bruit d'une guêpe avait tiré Mike de sa léthargie. Depuis, son esprit papillonnait. Des liens tissés entre les objets et les idées qui l'entouraient coloraient son univers familier. Il s'agissait d'un état mental que Mike recherchait pour mettre en branle ses forces créatrices. Or cette guêpe qui le réveillait en se débattant avec les fils de l'araignée provoquait une irruption d'idées dont Mike peinait à se saisir. Il imaginait un animal à deux têtes, avec une toile en guise de lit ; il voyait leur progéniture monstrueuse, un grouillant essaim de formes morbides ; il plongeait ce petit monde dans le chaudron d'huile du restaurant, pour rire de la mine déconfite des clients qui découvraient au milieu de leur assiette une abeille-araignée dans son cocon de soie servie avec des frites. Mike, qui avait déjà mangé quatre fois dans la journée, retourna vers la cuisine. Les envies de fruits épais, de viandes grasses, de desserts chocolatés ou de fromages coulants avaient raison de ses résistances à sortir du ventre chaud de sa literie. Il opta pour un yaourt avec du miel. Ce parfait mélange du dard et du pis apaisait ses instincts les plus voraces. Mais, pris d'une démangeaison soudaine, il fit sauter la carapace brune qui recouvrait le dôme de sa piqûre et le sang perla. Il frissonnait. Le yaourt avalé, Mike se replongea dans l'épaisseur de son lit.

La guêpe se débattait toujours – l'araignée empelotait sa proie aux ailes crissantes. Mike ne voulut rien tenter pour la sauver. Chaque été, après de longs mois d'hivernage, lorsque la famille retrouvait le chemin de sa villégiature, il y avait ce guêpier coincé entre les lattes du volet et la fenêtre, juste à la charnière, qui lui faisait tant peur. En un éclair, sa mémoire lui fit revivre la sieste raturée par les moucherons, la fourmi noyée, les barrages au fil de l'eau, les libellules impénitentes, les sauterelles sous le couvercle crevé du canif pubère, la limace éventrée du chemin de pierres et ce bourdon de mouche, au petit matin, le long des vitres, et le soir, à l'agonie, collé au serpentin pendu dans le salon. Un jour, dans son jus de pomme, une abeille le piqua. Sa grand-mère tira le dard et frotta la glace contre la lèvre. Son sourire bosselé se souvint longtemps de l'événement. Depuis, sans s'en apercevoir, Mike fuyait ces bêtes tout en raffolant de leur miel. Les pollens poudroyaient l'aube, les nuages d'éphémères, entre l'ombre et la lumière, traçaient un chemin suspendu jusqu'au ventre de sa grand-mère, où il épanchait ses chagrins d'enfant. Elle avait les mains propres et la cuisine rangée. En hiver, sur les radiateurs piquants du grand salon, elle laissait ses petits pots sous une couverture où les ferments proliféraient. Mike touillait ses yaourts jusqu'au ruissellement de la cuiller. Au milieu de la plage, les pieds lumineux de mer, il recherchait le petit grain, le germe singulier, la substance quelconque qui, au fond de la coquille, aurait expliqué sa présence au monde. Mike n'avait jamais connu son père.

Quelques mois après avoir démissionné du laboratoire de biotechnologies, Mike Bromberg fit la connaissance d'Evariste Marlon. Les deux hommes, quoique d'âges différents, se lient d'une amitié sincère. Marlon rencontre un artiste de talent – Mike considère le président de la Fondation pour l'essor des arts comme la chance de sa carrière. De fait, Marlon lui présente quelques collectionneurs ; il favorise certaines ventes et organise même une exposition dans une petite galerie. Mike gagne un peu d'argent, c'est-à-dire rien au regard des investissements consentis pour la création d'une œuvre vivante. Evariste Marlon invite son ami à ne pas se laisser décourager et l'introduit dans le grand bain des artistes. Ceux de la Cram, ceux de la FEA, des centaines d'esprits fertiles, promis à des succès aussi certains que leur talent. Il n'y a aucune raison que Mike échoue en si bon chemin. Pour lui prouver qu'il a choisi la bonne voie, Marlon organise une rencontre avec l'un des « papes du bioart », qui depuis vingt ans expose dans les musées – il figure dans les collections et il vend dans les meilleures galeries. Mike, qui pensait être seul au monde, se découvre une grande famille. Evariste Marlon, volontiers paternaliste, déclare que l'originalité ne compte guère et que seul l'approfondissement permet de marquer les esprits. Mike ne sait quoi répondre. Au bout de deux ans, Valérie Hornstedt et Mike Bromberg sont contraints de quitter leur bel appartement pour se loger au fond d'une cour charmante, à deux pas du laboratoire où Mike enfante ses monstres. Marlon l'avait prévenu – il appelait cela la « rançon de l'idéal ».

Après une nuit à se débattre, Mike, vaguement débarbouillé, enfila son nœud papillon, pensant masquer ses cernes de noceur. Sa voisine Alexandra devait dormir encore – un voile de dentelle rose bouchait la vue sur son intérieur. Mike frôla la boîte aux lettres sans même y songer. Ses mains sanguinolentes le démangeaient. Sur le chemin, il tenta de reprendre l'écheveau de pensées laissé en friche la veille au soir. Avant de s'endormir, Mike avait cette foule d'idées mobiles comme le peuple frétillant des germes sous la lunette du microscope. En général, leur mort était aussi soudaine que leur venue. Seulement, dans l'ombre de leur présence, certaines idées semblaient briller d'un éclat fécond. Résorbées comme les autres dans la masse flottante des choses oubliées, elles s'évaporaient en laissant derrière elles le parfum diffus de quelque chose d'inestimable – comme si l'immersion de ce continent de pensée libre avait fait disparaître à tout jamais ces associations singulières, bizarres et parfois même choquantes, qui semblaient marquées du sceau de la plus profonde originalité. Il restait quelques miettes de ses révélations nocturnes, des bribes désarticulées, en notes, sur un coin de feuille. Mais de fil en aiguille, à la recherche de la source ou de l'origine, Mike se laissait pénétrer par l'atmosphère qui avait présidé à l'éclosion de cette lueur et finissait par la voir affleurer.

Pour commencer, il y avait cette abeille qui n'en finissait plus de mourir. Il l'imaginait à l'air libre, au milieu d'un champ, butiner de fleur en fleur au gré du vent. Elle faisait miel de tout pollen et trouvait chaque chose bonne, pourvu qu'elle pût le mettre en bouche. C'était une piste à exploiter. En général, les idées qui frôlaient l'esprit de

Mike, au détour d'une lecture, d'un dialogue avec un ami ou d'une réflexion personnelle, se superposaient à ce qu'il tentait de créer, au point de transformer ses projets initiaux en une combinaison aléatoire d'éléments épars. Et ce flottement dans la genèse de ses productions renforçait en lui le sentiment que son œuvre, toujours fruit des circonstances, devait trouver sa place dans la série des productions du hasard plutôt que de la nécessité. Pour autant, le motif de l'abeille prise dans les fils de l'araignée lui semblait digne d'intérêt. La légèreté dont l'abeille faisait preuve dans sa sélection, l'indifférence quant au choix des fleurs, la parfaite adaptation de son projet aux circonstances, qui ne nuisait en rien à la qualité de sa production, ouvraient à Mike de nouveaux horizons. L'abeille transforme toute chose en moyen valable de son action, comme si la pleine volonté était toujours en conformité avec son environnement. En somme, au désir conflictuel qui souffre de ne jamais jouir de ce à quoi il aspire, le désir créateur offre une solution, en pensant l'état de fait comme la forme accomplie du devoir être.

Le laboratoire de Mike Bromberg comprend une pièce principale, réservée à ses recherches, ainsi qu'un petit bureau où les collections d'arthropodes – essentiellement des insectes et des arachnides – sont rangées à l'abri de la lumière. Au fil des ans, le brillant généticien développe un savoir-faire unique et, bien qu'ayant quitté ses fonctions, conserve assez de relations pour profiter librement, et dans les meilleures conditions, d'instruments trop coûteux pour être acquis par un particulier. Sur de grands carreaux de céramique blanche, une série de boîtes de Petri remplies de gélose, des cristalloirs couverts d'eau, des coupelles, des capsules et puis un grand aquarium, dans lesquels les individus sont mis en culture. Sans les capitaux alloués par les inconditionnels de l'œuvre de Mike Bromberg, ce laboratoire artistique n'aurait jamais pu voir le jour. Dans les récipients, à plusieurs stades de maturation, des œufs, des larves et des nymphes aux formes bizarres sont analysés, observés, mesurés par des stagiaires acquis à la cause de Mike Bromberg. Les œufs, de quelques microns à peine, donnent naissance à des larves rouges, plus ou moins longues, comparables à de petites chenilles segmentées, armées de crochets, qui se maintiennent à la surface de l'eau à l'aide de soies palmées et, tandis que certaines semblent munies de pattes, chacune comporte une paire d'antennes et un système masticatoire. Mike Bromberg, depuis qu'il s'est installé à son compte, applique le génie génétique à l'entomologie, sans plan préétabli. Ses premiers travaux avaient porté sur l'interaction moléculaire entre les espèces parasitaires et leurs hôtes.

Dans un aquarium, plusieurs nymphes flottent à mi-hauteur pour remonter à la surface prendre de l'oxygène, tandis que d'autres semblent s'être fixées sur les parois, à la limite des eaux. Elles tiennent à la fois de la chrysalide et de la pupe. Le scientifique n'aurait jamais pu progresser dans ses travaux, sorte d'hybridation entre la recherche de pointe en biologie moléculaire et la création artistique, sans les précieux séquenceurs de génome. Grâce à ce matériel, toutes les extravagances lui sont permises, pour peu qu'il s'arme de patience. Les spécimens de *Culicidae*, venus du monde entier, sont retenus dans des cages en tulle. Ils zigzaguent entre les parois transparentes et les cotons imbibés d'eau sucrée, placés au centre de la cellule pour les nourrir. Les recherches de Mike Bromberg se sont concentrées sur l'*Anopheles gambiae*, en raison de ses origines, de certaines de ses caractéristiques et bien sûr aussi parce qu'il compte parmi les principaux vecteurs de maladies tropicales. À force de recherches, d'études et d'essais infructueux, l'artiste franchit la barrière des familles puis celle des ordres d'insectes, en manipulant leur ADN. Dans de grandes cellules grillagées, des lépidoptères au stade adulte papillonnent sans se libérer. Ce sont des *Cymothoe aramis*, espèce rare des contrées forestières, et quelques *Cymothoe sangaris*, aux ailes couleur de sang. Les acclimater à nos latitudes ne fut pas la plus mince des victoires de l'équipe. Il fallut planter des Rinorea (*Violaceae*), plante hôte de la chenille, et surchauffer le laboratoire. Le projet de Mike Bromberg, entamé l'an dernier, commence tout juste à porter ses fruits.

De son bras nu, Mike transperce la cage de tulle où la femelle recluse couve ses larves. Deux ailes, rouge vif, entament une danse instable autour du membre du chercheur. Puis elles se posent sur l'annulaire de Mike. Déroulée d'un coup, la trompe pénètre sous sa peau et l'abdomen de l'insecte se gonfle du sang de l'homme. L'opération accomplie, la créature fuit à l'autre bout de la cage. La nervation de ses deux ailes rouge sang ressemble au système capillaire sous-cutané d'une fine paupière. Deux taches claires dessinent les pupilles de ces yeux pourpres, tandis que l'insecte, pris de mouvements convulsifs, palpite comme un pétale dans le vent. L'hybride n'aura besoin que de quelques heures pour nourrir sa progéniture avec le sang de l'artiste. Le papillon-moustique est désormais une réalité.

Depuis toujours, « l'art combinatoire » passionne Mike Bromberg. À l'âge où certains se contentaient de tirer les oreilles de leur ours en peluche, de jeter au loin leur crécelle et de fouler aux pieds leur théâtre d'ombres, le jeune Mike, soucieux de percer à jour le charme secret de ses joujoux, préférait les analyser à fond. Ainsi, les petites voitures que les amies de sa mère ne manquaient jamais de lui offrir finissaient à la casse, en pièces détachées, et les belles poupées, bourrées de chiffes molles, que son grand-oncle confectionnait pour les lui envoyer le jour de son anniversaire, étaient admises en urgence, viscères dehors, pour un séjour à l'hôpital des enfants malades. Il aurait suffi d'une clé magique et d'un fil doré pour tout remettre en ordre après avoir touché du doigt – dans la fente béante ouverte au cœur des choses – les mécanismes de leur présence. Mais la volonté de savoir a ceci de particulier que l'oubli constitue son unique conclusion, et les jouets cassés dans la chambre de Mike n'en finissaient plus de se disséminer.

L'idée d'union était le grand mystère qui animait la vie de Mike Bromberg. À l'école, il pensait par exemple que Marco Briquetti et Sidonie Cauchet, placés respectivement avant et après lui sur la liste de classe au cours élémentaire, étaient reliés à lui par un pacte secret presque aussi solide que les chaînes du mariage et que, leur position avancée dans le bataillon des élèves les exposant aux mêmes dangers, ils devaient nécessairement vivre des émotions comparables et se sentir solidaires, alors que presque rien ne les prédestinait à vivre ensemble. Pourtant, d'un autre point de vue, l'ensemble des « B » de sa classe (Baupel, Bissière, Blancpain, Bontemps…), constituait une sorte de confrérie spécifique, dotée de pouvoirs particuliers et d'aptitudes inconnues des malheureux « G » ou des pauvres « T », et dont Sidonie, malgré sa belle position sur la liste de la classe, devait être exclue à tout jamais. Ce fut donc avec une forme de soulagement que Mike lut « Matthieu Brottier » à la rentrée suivante sur la liste de classe – nom qu'il considéra comme le bras armé de la justice divine, soucieuse de redresser le tort qui lui avait été fait en le flanquant d'un horrible « Cauchet ».

Cette question se compliquait encore dans l'esprit de Mike lorsqu'il cherchait à s'expliquer la justesse du plan de classe décidé par son maître, qui par souci d'équité, plaçait ses camarades en fonction de leurs mérites respectifs et attribuait une position à chaque élève pour répondre à leurs besoins supposés ou pour rompre les affinités entre certains cancres, mais qui ne respectait en rien d'autres associations qui semblaient à Mike bien plus naturelles – comme par exemple la taille, la couleur des cheveux ou le sexe. Trouver une logique unique à ces ordonnancements pour rendre compte de la nécessité d'une association et bannir toute idée de cause fortuite, voilà ce qui occupait Mike le plus clair de son temps. D'ailleurs, comment expliquer que sa chère mère se fût unie à son père, si ce dernier avait disparu ?

Mike compulsait les dictionnaires à la recherche de leur justice. Il voyait avancer les « coquetteries », les « coquillages » et les « coquillards », au touche à touche, s'enlaçant et s'embrassant comme des monstres au fond des eaux. Plus tard, il éprouva la qualité de son manuel de conjugaison en analysant la logique qui présidait aux face-à-face entre les verbes d'une double page. Or, si l'assortiment entre « être » et « avoir » sur les pages droite et gauche de son manuel lui semblait naturel, si l'agencement entre « savoir » et « devoir » présentait des signes d'entente et si l'alliance entre « être aimé » et « se méfier », ou entre « valoir » et « vouloir » offrait des perspectives de réflexions infinies, en revanche, dans l'esprit d'un jeune adolescent, l'agrégation de « créer » et « assiéger », « boire » et « clore » ou « rire » et « écrire » faisait bruire des dissonances presque insupportables. Un jour, il détacha les feuillets de son manuel pour ne plus avoir à surprendre ces conjugaisons indécentes.

Installé à son bureau, Mike a fait place nette. Rien ne dépasse de ses belles piles de documents. Sa main, rougie par les piqûres, le démange autant qu'elle brûle. Il gratte autour de la plaie, de plus en plus loin de l'épicentre. L'idée de faire venir une de ses laborantines pour se délasser effleure l'esprit du créateur. La voir assise, une fesse sur le coin du bureau, trousser ses jupes, ouvrir grand son bas-ventre, le stimulerait dans ses recherches. Sa semence, disséminée sur tout son corps, dégoulinerait en roulant jusqu'au sol.

Face à lui, dans de grands présentoirs transparents, un coléoptère darde sa queue de scorpion. Des mouches à pinces rouges et des libellules carnivores attendent leur proie. Des frelons-forficules, sans oreille à percer, des fourmis sauterelles et des coccinelles bleues et vertes semblent sur le point de battre la campagne. Certaines de ces espèces repoussantes et inutiles, exhibées dans le bureau comme des trophées de chasse, ont eu le temps de vivre quelques jours – d'autres, quelques heures. Mike les contemple avec ce mélange de fierté et de découragement qu'éprouve tout génie, heureux d'avoir accouché d'une œuvre, mais conscient de tout le chemin qu'il lui reste à parcourir. Et comment ne pas comprendre qu'un homme, dévoué corps et âme à ses bêtes qu'il accouple pour multiplier ses progénitures, pour faire fleurir ses conceptions et repeupler la terre de ses visions, mais qui a vu mourir ses petits, agressifs et illogiques de leur vivant, désespérément stériles, comment ne pas comprendre que cet homme soit submergé par la mauvaise conscience lorsqu'il sent l'œil vitreux de ses créatures momifiées dans leur sarcophage de verre se poser sur lui ?

La croûte craquelle et le sang perle sur le dos de la main. Le papillon-moustique va effacer les échecs et les humiliations. Mike le sait. Ses larves croissent en se nourrissant de son sang fécond ; elles ingèrent son liquide vital et donnent naissance aux formes que son esprit a conçues. Imaginer son fantasme sur le point d'être exaucé redouble l'excitation de Mike. Des scènes d'accouplements bizarres, une orgie contre nature et protéiforme, où le chien veut l'ours, où des ailes poussent au ver de terre, envahissent la scène de sa conscience.

Au-dessus de cette faune bigarrée plane l'arachnide-hyménoptère entrevu la veille depuis son lit et que Mike monte, démonte et déshabille sans aucune pudeur. C'est le moment d'entreprendre une « recherche de compatibilité » entre l'araignée et l'insecte volant – étape longue et fastidieuse mais nécessaire pour passer de l'étouffant bureau des possibles au lumineux laboratoire des réalités. Mike pense spontanément à l'argiope frelon. Le *Catalogue mondial des araignées* confirme son intuition. Les zébrures jaunes, noires et blanches qui couvrent son abdomen et ses pattes, rappellent celles des guêpes et des abeilles. L'argiope frelon ou *Argiope bruennichi* mange principalement des sauterelles, des mouches et *des abeilles*. Quelle plus belle rencontre, que celle de la proie et du prédateur en un seul corps ? Comme bien d'autres espèces, l'argiope frelon se caractérise par un dimorphisme sexuel – les mâles étant plus petits et plus ternes que les femelles. Plus intéressant encore, les argiopes femelles pratiquent le cannibalisme sexuel et la polyandrie. Les mâles, dans la plupart des cas, se défont donc de leur organe génital après l'accouplement, le laissant dans la femelle pour fuir en s'assurant qu'elle ne s'accouple plus jamais. Familier de ce genre de pratiques (chez les arachnides et les insectes), Mike n'en est pas moins triste d'imaginer le sort de cette araignée émasculée, qui s'échappe, le devoir accompli, sans genre, à moitié morte, pour se protéger de la femelle prédatrice qui va donner naissance à sa progéniture. Mais Mike n'aurait pas pu trouver meilleure araignée pour assembler sa chimère.

À l'armée, lorsqu'il fit ses classes, un colonel sensible, conscient des aptitudes de sa jeune recrue, affecta Mike Bromberg à l'armurerie de la caserne. Au bout de quelques mois, l'aspirant montait et démontait en une poignée de secondes et parfois même dans le noir, n'importe quelle mitraillette, fusil-mitrailleur, fusil d'assaut, mitrailleuse ou arme de poing. Ce bruit de mécanisme bien huilé, cette compénétration des éléments enchâssés, cet organisme palpitant qui faisait corps avec ses morceaux, montés l'un dans l'autre comme s'ils ne formaient plus qu'une seule chose, lui procuraient un tel plaisir, qu'il croyait ne l'avoir jamais ressenti ailleurs qu'à l'armée, sauf en jouant avec ses chiffes molles. Mike, pour se détendre et faire peau neuve à son outillage, passait des heures à nettoyer sa collection. Il s'armait de brosses à dents, de cotons-tiges et d'écouvillons en bronze qu'il fichait dans le canon pour désincruster les résidus de poudre et désencrasser les dépôts de cuivre et de plomb, puis il imbibait un tampon de produit d'entretien et graissait les parties de son matériel. L'arme propre, lubrifiée et astiquée, il passait l'étoupe de laine dans le canon pour préparer le tir. L'exercice flattait l'orgueil de Mike. Il considérait obscurément sa manière de traiter les armes comme une preuve supplémentaire de son talent. Les beaux étuis, les lanières graissées, les visières, les baïonnettes, étalés sur le bureau, l'excitaient autant que sa panoplie de chimiste ou de docteur, de princesse endormie ou de fée Carabosse le jour de la Noël. Mike éprouva la permanence, en même temps que la plasticité de ce type de satisfaction, quelques années plus tard, en débutant ses recherches sur les pagures, lorsqu'il extrayait le parasite de sa coquille d'emprunt pour étudier son anatomie, ou plus tard encore, en découvrant les exuvies de cigales et les mues de serpents, sans savoir s'il s'était épris de biologie pour retrouver ses émotions d'artilleur ou si ces plaisirs pouvaient fleurir en lui à toute occasion, en dessinant des lignées de jouissances hétéroclites.

D'emblée, Mike choisit d'écarter les guêpes – leur régime carnivore nuirait à l'équilibre de sa construction. D'ailleurs, les guêpes ne fabriquent pas de miel. Le saignement du dos de sa main est trop abondant pour continuer à gratter. Mais de livre en livre, à la recherche de la bonne abeille, Mike découvre des recoins de peau vierge pour se soulager encore. C'est une vague étincelante, un plaisir profond qui se ramifie depuis son ventre jusqu'à sa nuque et sous sa langue, et l'oblige à fermer les yeux. Il existe les abeilles tueuses, issues d'un croisement entre plusieurs espèces, violentes et agressives ; Mike a chaud, il frissonne. Certaines abeilles sont dites « coucou », parce qu'elles viennent pondre dans le nid des autres. Sur sa cheville, il enfonce ses ongles et serre les dents jusqu'à l'épuisement de son plaisir. Il y a les mégachiles, coupeuses de feuilles et solitaires ; l'abeille euglossine, souvent appelée abeille à orchidées, qui ne fabrique pas le miel, mais voyage d'orchidée en orchidée à la recherche de parfums. Mike prend des notes sur l'abeille géante et l'abeille naine, sur les fouisseuses, creusant leur nid dans le sol. À un moment ou à un autre, il faudra bien ouvrir la lettre de réponse que leur adressait la Cram. On appelle cotonnières ces abeilles qui roulent en boule les poils et la laine qui recouvrent certaines feuilles pour aménager un nid ; les mâles de cette espèce sont agressifs. Mike découvre des piqûres en remontant sur ses mollets. Il y a aussi les *Osmia*, solitaires et pollinisatrices ; les abeilles masquées ou *Colletidae*, à la langue courte ; les *Xylocopa violacea*, aussi appelées abeilles charpentières, grosses et noires, qui installent leurs nids dans de longues galeries creusées dans les poutres en bois ; les abeilles des sables et des milliers d'autres encore. Les oreilles de Mike bourdonnent, son sang afflue aux tempes. À présent, la démangeaison se généralise sur ses membres inférieurs. Veut-il une abeille qui fait ses ruches dans le bois, avec des morceaux de feuille, dans les arbres ou sous terre ? Mike transpire, il imagine le pire. La langue trop courte, les mâles, ou les faux bourdons, ne sauraient participer à la récolte des pollens. Ils ne fabriquent pas de miel dans la ruche, ne sécrètent jamais de cire, pas plus qu'ils ne génèrent de la gelée royale. Sans dard, ils sont inoffensifs. Le poison, c'est la femme qui coule dans vos veines. En petit nombre dans une colonie, les faux bourdons sont haploïdes, c'est-à-dire qu'ils sortent d'ovules non fécondés et n'ont donc pas de père. Mike crut défaillir. Le rôle des faux bourdons se limite à la reproduction – ils meurent en général après l'accouplement. Il faudrait faire une pause – rentrer, se reposer à la maison. Ceux qui n'ont pas pu féconder de jeune reine, errent, désœuvrés, jusqu'à la fin de l'été – moment où les ouvrières commencent à leur couper les vivres et chassent ces êtres hors de la ruche où ils s'épuisent jusqu'à leur mort. Valérie doit rentrer bientôt. Que deviendra-t-il ? Une lassitude raidit ses membres. Mike se sent lourd.

Mike entendait souvent cette voix méchante et agressive lui rappeler qu'il ferait mieux d'aller ranger le placard de sa chambre, plutôt que de perdre son temps. Cachée derrière le lit, coincée entre quatre murs, la toute petite penderie où le couple rangeait ses affaires recrachait le linge par tous les pores. Mike et Valérie accédaient à cet « espace », comme des mineurs, tête recourbée, ventre rentré, pour passer la porte qui butait contre le lit, longer les étagères et enjamber les objets divers auxquels le lieu offrait asile – comme cet aspirateur immense dont le cou flexible, armé d'une brosse suceuse, faisait du pied au cul de la marmite. Du sol jusqu'au plafond, les sacs à main entre les costumes, des rangées de jupes au touche à touche avec les pantalons, les talons aiguilles sur les souliers cirés, les pyjamas faisaient de l'œil aux décolletés. Repassées à l'origine, les chemises en boule au fond du rayonnage, compressées par une pile de pulls mal disposés, le col à moitié relevé, avaient la main baladeuse qui coulait jusqu'à l'étage du dessous où les collants de madame faisaient les cent pas. Au beau milieu du tiroir réservé à son linge, Mike découvrait les jarretelles écartées, les bretelles des soutiens-gorge cravatées au cou de ses chaussettes informes et dépareillées. Les montagnes de linge grimpaient si haut que la lueur du plafonnier, chancelante et fragile comme une chandelle, aussi lointaine qu'une autre galaxie, ne pouvait atteindre qu'une infime partie du boyau d'espace libre où l'on cherchait, dans la quasi-obscurité, pour ne pas dire dans la pénombre, de quoi couvrir son corps.

Tout au fond, inaccessible sans vider la moitié du placard, il y avait une montagne de vêtements, posée au sol comme un fumier. Chaque fois qu'il passait la porte de ce réduit mal éclairé, Mike se crispait à l'idée de tomber nez à nez avec les vieilles affaires de sa maman, que Valérie avait récupérées par jeu, ou même avec les effets de son « père », que le fils n'avait jamais osé jeter, mais qu'il ne regardait pas et portait encore moins. Parfois à la recherche d'un veston ou d'une cravate, Mike trouvait un foulard ou une pochette en soie, qu'il croyait n'avoir jamais vu et, inquiet de n'être pas fixé sur son origine, incapable de raisonner, commençait à geindre et à transpirer, la larme à l'œil. Dans le tracé complexe du foulard, entre les lignes flottantes de la trame tissée par l'insecte, dans cette absence de mot, dans cet insaisissable nuage, flottait l'inadmissible indifférence.

Aux yeux de Mike, ce petit réduit ressemblait à une maison close de bas étage, où chacun venait se servir, sans jamais se soucier du qu'en-dira-t-on. Le pire, c'est que cette satanée penderie retrouvait son désordre habituel presque aussitôt après avoir été rangée, non pas par magie ou par malveillance, mais parce que choisir une chemise, une jupe ou un dessous, obligeait à tout déplacer – et, pour peu que l'on souhaitât faire un essayage et se voir dans la glace, tout finissait par terre. Il va falloir encore « ranger ce bordel », grognait Mike. Mais le faire, ranger ce placard où tout s'accumulait en silence, eût été facile, si ce grand effort n'eut été accompagné d'autant de honte, de regrets et d'angoisses que s'il s'était agi de n'importe quelle mauvaise action. Et Valérie ne s'occupait de rien d'autre que de le mettre en boule. De temps à autre, plein de bonne volonté et comme régénéré par une brise printanière, Mike quittait un dîner chez des amis, sûr d'arriver à quelque chose – il se réveillait en sueur, haletant et pétri d'inquiétudes, le ventre noué, conscient de ses faiblesses, de sa lâcheté et bouleversé à l'idée qu'il n'y arriverait jamais. Car, quoi qu'on en dise, travailler a toujours été une souffrance sans nom, que Mike ajournait par tous les moyens. Il lisait en ricanant les bêtises des jeunes artistes qui se répandent dans les journaux pour évoquer leurs fulgurances, leurs bonnes idées, ainsi que leurs saillies et mettre en scène la clarté de leur soi-disant génie. Mike n'a jamais cru à la simplicité de l'accomplissement. Selon ses propres termes, toujours pleins de sève et de verdeur en de pareilles occasions, « la création ne peut être résumée à un jet de sperme » et tous ceux qui prétendent le contraire ne « sont que des branleurs qui n'ont rien à foutre ». D'ailleurs, l'homme que sa mère avait connu sans que lui, Mike, ait jamais pu le voir, ne pouvait dignement prétendre au statut de père ; ce n'était qu'un géniteur dont la semence avait été avalée par une femelle en mal d'amour qui l'avait fait disparaître dans son ventre – comme une femelle d'abeille ou d'araignée. Car il faut du temps, beaucoup d'efforts, pour définir son idée, creuser son sillon et approfondir son projet. Il faut beaucoup de temps pour déposer la graine dans la matrice, faire pousser et élever convenablement sa chose. La semence, c'est la portion congrue du travail, celle qui laisse le moins de traces, et les mites, lorsqu'on remuait les vêtements, sortaient en nuage doré pour danser la Saint-Jean au-dessus du lit.

En débutant un paragraphe consacré à la piqûre d'abeille, Mike est au plus mal. Sous ses ongles, une croûte de sang rougit – il a chaud, il grelotte. Mike lit ce qu'il sait déjà : les piqûres ne tuent personne si ce n'est l'abeille, qui laisse son dard et sa poche à venin là où elle a attaqué, déchirant son abdomen qui se contracte pour vider le venin. Mike croit avoir de la fièvre, un poison coule dans ses veines. La lecture ne fait qu'envenimer les choses. Il se souvient de ces insectes parasites qui viennent pondre des œufs sous votre peau : certaines larves déposées par un moustique, certains vers, comme le sarcopte, responsable de la gale et qui creuse des galeries sous-cutanées – certaines mouches, qui pondent dans les plaies ouvertes et provoquent une myiase cutanée. Les œufs pullulent sous l'épiderme, les bêtes grossissent et se déplacent plus profondément, rejoignent une veine, se propagent dans le sang, gagnent le système nerveux, grossissent dans les viscères, s'enkystent jusqu'au jour où une mouche sort de votre peau. Mike se souvient que l'*Anopheles gambiae* – ce moustique qu'il a accouplé au papillon – est le principal vecteur du paludisme. Pris au piège, ne sachant où se réfugier, grignoté par l'immonde, il claque la porte du laboratoire.

Ses pas le mènent en somnambule jusqu'à la cour de son immeuble. Face à la boîte aux lettres, il tourne la clé d'un geste fluide, sans même y songer. Il décachette le pli et comprend à demi-mot qu'il ne servirait à rien d'aller dormir. Les rues fourmillent de monde. Malgré la pluie, le froid, on fait ses emplettes. Leurs gueules bouffies, les dents asymétriques, leurs rougeurs aux mains, les démarches boiteuses, leurs yeux globuleux et les abdomens gonflés d'air. Et ces mains crochues pleines d'ongles cabossés. Tout le monde a sa tare. Les immeubles futuristes de la rue des Prêcheurs ont déjà vieilli. Les vitres sont ternies par l'air acide, les revêtements luxueux ressemblent à l'habillage d'une caserne de province. À travers les parois de verre, on devine les ascenseurs monter et descendre. De grandes portes avalent et recrachent des essaims grouillant d'individus costumés, carapace noire, antennes grises, sabots cirés. Une termitière à ciel ouvert.

Au bout de la rue, Mike devine les eaux noires du fleuve. Cela brille comme l'œil obscur au fond du tunnel. Une fois sur la passerelle, on devine les poissons. Depuis des mois, Valérie voulait lui faire un gosse. Par touches insidieuses, par allusions subtiles, elle injectait cette idée dans l'esprit de son homme. Les poissons nagent librement. Au loin, le Théâtre du fleuve, visé par mille faisceaux lumineux, de jour comme de nuit. Puis, il se dit qu'une visite à son ami Romain Beaulieu lui ferait peut-être plaisir.

Valérie n'avait jamais aimé Marlon. Elle le trouvait fat et sadique. Méprisée par le directeur du FEA, Valérie imaginait qu'il voulait du mal à son couple. Or, tant que l'agent se bornait à présenter d'autres artistes à son mari – et même si cela décourageait Mike de prendre conscience de la qualité de leur travail et du nombre de ses concurrents –, tant que le mentor n'avait d'autre plaisir que d'organiser de médiocres expositions pour voir la déception se dessiner sur les traits de son protégé, Valérie ne pouvait rien dire. Dès qu'elle comprit qu'il cassait des ventes pour exciter ses sens, elle incita son homme à se défaire de ce parasite. Et Mike Bromberg se présenta sur ses conseils à la galerie K & S. Il montra aux deux galeristes son araignée mutante dont l'abdomen était muni d'une double paire d'ailes atrophiées – des ailes blanches, zébrées de fines bandes orangées, très proches de celles qui caractérisent les papillons *Callitaera menander* de Colombie. Son gros corps velu, ses longues pattes d'araignée vénéneuse avaient rendu son envol impossible. Clouée au sol, incapable de se nourrir, elle mourait. Flavia Kedon et Emmanuela Simoni tombèrent sous le charme. Ce petit être fragile qui leur présenta le reste de sa collection fourmillait d'idées. Les couleurs chatoyantes, les formes futuristes, les associations audacieuses, tout contribuait à faire de ces bio-créations des étendards de notre époque. On les vendrait comme des bijoux bizarres, violents et subversifs, dans de jolis écrins ou au bout de sautoirs en or massif. L'enthousiasme gagna Mike Bromberg, séduit par ces deux femmes. Elles lui promettaient un triomphe et l'agitation de la première exposition ne les fit pas mentir. La réputation de Mike avait enfin éclos, elle enflait terriblement – et chacun voulut son insecte auprès de lui, mort ou vif. Par couple, cela s'achetait dans des boîtes en bois ou dans des aquariums ; il fallait les gaver d'une nourriture spéciale et parfois, on avait alors le plaisir de les voir se monter l'un sur l'autre. Quelques collectionneurs passaient commande pour une abeille à carapace de coccinelle, un ver de terre aux reflets de scarabée, une libellule qui faisait la sauterelle, une limace à tête de fourmi. On disait des créations de M. Bromberg qu'elles faisaient violence au sens commun. Mike, qui n'en croyait pas ses yeux, lut dans l'article de Manuel Tiano : « Si l'art a pour vocation de métamorphoser la vie, M. Bromberg doit être consacré comme l'un des plus grands artistes de notre temps. » Le succès fut tel qu'il dut engager de nouvelles laborantines pour l'assister dans ses travaux.

Les couloirs du bâtiment A de la Cité radieuse des artistes modernes n'ont jamais été très agréables. Dans l'obscurité d'un jour de pluie, l'espace confine au sordide. Les murs de béton – maculés de graisse et lézardés par les fuites d'eau – font peur à ceux qui entrent pour la première fois. Au sol, le revêtement fait ce bruit strident de plastique frotté qui résonne jusqu'au bout du corridor. L'enfilade des portes donne le vertige. Derrière chacune, dans chaque cellule, un petit être solitaire, la tête rentrée dans les épaules, comme un hanneton ou un coléoptère, génère son individualité en grattant du papier et projette ses rêves d'enfant sur les murs trop étroits de sa cellule. Le numéro trois cent cinquante-six est le bon. À la jointure entre la porte et le sol, dans cet interstice nécessaire au jeu des parties, un rai de lumière diffuse une lueur éclatante qui bave sur le linoléum.

Mike frappe à la porte. Romain Beaulieu, le teint blafard, mal rasé et dépenaillé, lui ouvre la porte.

– Tiens ! Mike, comment ça va ?

Visiblement, on venait de tirer Romain de sa sieste.

– T'as l'air en forme, assure Mike.

– Je te remercie, j'avançais sur mon roman. Mais entre donc.

Dans le petit studio, rien n'a été nettoyé depuis des mois. Cela sent le renfermé, le tabac froid et des vêtements recouvrent absolument tout le mobilier. D'un grand coup de bras Romain dégage le lit de tous les livres qui l'encombrent.

– Vas-y, mets-toi à l'aise, mon pote.

– Je viens juste un instant. J'étais dans le coin…

Romain arrive avec un café.

– Qu'est-ce que c'est que cette histoire de roman ? demande Mike.

– Je t'en ai pas parlé ? Griffin m'a retourné la tête avec ses théories. Et je me suis remis au latin, pour écrire un roman contemporain.

– Formidable !

– Oui… Mais putain, qu'est-ce que je peux souffrir ! Plus j'avance, plus la fin s'éloigne. Cela fait six mois que je suis sur cette machine, et il me reste plus de pain sur la planche que le jour où je m'y suis mis. Mais toi ? Où en es-tu ?

– C'est compliqué en ce moment. Je ne vais pas très bien, je crois.

– T'es malade ?

– Non, c'est plus grave que ça… Je ne sens plus la petite étincelle. Je regarde les autres et ce qu'ils font me paraît vain.

Romain riait avec chaleur, sentant pointer une mauvaise nouvelle.

– Rien n'est plus comme avant. Partout, c'est la foire d'empoigne. Tout le monde crée et moi je ne sais plus où je vais.

– Tu vends moins bien peut-être ?

– Au contraire ! Je vends *très* bien. C'est juste que je n'arrive plus à voir où est le sens. Où est la nécessité, tu comprends. *À quoi bon ?*

Ce type de caprice a le don de faire enrager Romain – lui qui travaillait d'arrache-pied, sans jouir de rien. La réussite n'ouvrait pas le droit à la plainte.

– Mais enfin Mike, tu vends, c'est génial ! Profites-en ! Et ton dossier, au fait ? On va être voisins ? dit-il, avec un large sourire.

Depuis des mois, Romain ne craint qu'une seule chose : que Mike soit accepté.

– Oui.

– Ah ! Mais c'est génial ! Je suis tellement content pour toi. Quel bâtiment ?

– Le B.

– Oh là là ! Quel veinard ! Il va falloir fêter ça ! Le grand appart, le grand atelier, quelle chance !

– Le problème, c'est que je suis le seul accepté. Le Jury tolère la présence de Valérie dans l'appartement, mais elle ne touchera rien, elle n'est pas reçue en résidence. Son œuvre n'est pas reconnue.

– Oh ! le coup dur !...

– Je te le fais pas dire.

– Valérie doit se sentir terriblement humiliée…

– Je n'ai pas osé la prévenir. Elle croyait tellement à cette nouvelle vie. Je ne sais pas quoi faire.

– Tu peux lui dire que la réponse est négative pour vous deux…

– Oui, j'y ai pensé. Mais je ne crois pas que cela marchera.

– Pourquoi ?

– Elle n'est pas si stupide.

Planté face à une bouche d'égout, Mike regarde les blates grouiller autour d'un amas de détritus. Bien luisants, mobiles et frétillants. Ils trouvent à manger. Sans se poser de question. Avec un étonnant mélange d'individualisme et d'entraide, ils montent sur le tas, se marchent les uns sur les autres et cherchent à s'enfouir au milieu de la montagne de nourriture. Mike n'aurait qu'à voler de ses propres ailes. Que Valérie soit contente ou pas, ce n'est pas son problème ; il faut saisir sa chance, monter tant qu'on peut encore monter. Mike finira bien par trouver la faille, le jeu qui lui permettra de débloquer la situation ; ou de rompre, s'il le faut.

De retour à la maison, il appela Valérie pour lui annoncer les résultats.

Amin Carmichael

Tous les chemins, installation, région du Centre
Courtesy Galerie Brown Inc.

Il n'est pas facile de définir l'œuvre d'Amin Carmichael en quelques mots. Carlos Schwab, qui voulait que sa vieille mère l'accompagnât dans une exposition d'art, s'enlisa pour l'introduire à cette réalité nouvelle. À mi-chemin entre l'installation, la sculpture, le land art et l'aménagement du territoire, la production de Carmichael relève de l'éclectisme contemporain. Renouant avec les anciennes pratiques d'atelier, il n'aurait jamais pu concevoir ni réaliser son grand projet sans l'assistance technique et logistique d'une équipe aussi nombreuse que compétente. La vieille paysanne regardait son fils avec des yeux ronds. Ingénieurs, paysagistes, informaticiens, sans parler des nombreux ouvriers, chefs d'équipe et autres urbanistes, à peu près tous les corps de métier ont collaboré pour que *Tous les chemins* vît le jour.

Architecte de formation, Amin Carmichael s'est fait connaître en dessinant des plans de bâtiments et de villes fantômes. Maquettes, plans d'immeubles, organisation de l'espace urbain, tout était projeté avec esprit – défiant les lois de la mécanique pour la beauté d'une courbure –, mais rien ne fut jamais construit. Le public nombreux de l'œuvre de Carmichael rêvait en contemplant ces utopies. Sur de grandes feuilles de papier-calque s'étalent les façades des temples pour religions factices, les institutions publiques en devenir, des tours aux proportions folles, mais aussi des passages commerçants, des ponts géants, des routes pendues, des immeubles torves. Carmichael avait dessiné des villes publiques, où personne ne disposait du droit à l'isolement, sans recoin ni solitude – et des villes sans perspective, où tout n'était qu'ombre et souterrain, rues aveugles et angles droits, des villes où la rencontre semblait inexplicable.

Œuvres de pure fiction, ces cités aux noms étranges se nichaient dans des zones lointaines, sur des îlots déserts, inaccessibles et impraticables, comme pour se protéger de la rumeur du monde. Il fondait ses villes au sommet des chaînes alpines, éclatées entre les pics, sous la montagne, dans des galeries creusées à même la roche. Il inventa une cité tranchée en deux par un long gouffre, peuplée d'oiseaux, baignée d'un fleuve émeraude – il imagina une ville aux murs bleutés, sortie des océans, battue par les vents. Ces villes impossibles, ces urbanismes de l'au-delà, font aujourd'hui la joie d'un public passionné, qui projette son quotidien sur les couleurs futuristes de ces intérieurs.

Que Carmichael ait souhaité depuis toujours la construction d'une de ses visions, on l'imagine. Les collectionneurs de Carmichael l'espéraient avec ferveur. Sa galerie, la Brown Inc., faisait tout pour mettre la première pierre à l'édifice. Mais le chemin fut long et semé d'embûches. Lorsque *Le Moniteur des architectes* annonça le concours pour la construction de la Cité radieuse des artistes modernes, Carmichael envoya ses plans. D'une beauté irréelle, sa tour infinie mesurait plus d'un kilomètre. Trop fou, le projet fut rejeté. Sous une autre identité, il projeta l'adaptation d'un tableau d'Aimé-François Cormin. Bâtiment de style indéfinissable, noyé de lumière, entouré de bassins, il aurait permis aux artistes de vivre dans un authentique chef-d'œuvre de la peinture. Ce projet fut écarté sans plus de ménagement. La carrière institutionnelle était décidément sans issue.

Trois ans furent nécessaires à la réalisation de sa « route du désert », qu'un mécène accepta de financer. Entre deux montagnes, peuplées d'animaux seulement, la route encaladée ne venait de nulle part et ne menait à rien. Sur plus de quatre kilomètres, constituée de pavés de basalte extraits de la masse rocheuse, cette voie carrossable serpentait entre les écueils, épousait les dénivellations et les aspérités du paysage, pour se perdre à mi-chemin de la pente, avec les arbres, les rochers et les bouquetins. Une demi-journée de marche était nécessaire pour se rendre sur le site. Subjugués par le paysage et la beauté de l'œuvre, les rares visiteurs regagnaient la vallée comme on sort d'un rêve. Suspendu dans les airs, pris par les brumes, ce ruban de pierres transformait l'obstacle montagneux en voie de passage. Aujourd'hui encore, les collectionneurs de Carmichael s'offrent ces pavés de basalte brut, diamants noirs extraits des sommets alpestres, et transposent, bout par bout, dans leurs appartements de luxe, la route du désert, qui bientôt ne sera plus.

Comme il arrive souvent, c'est à la faveur d'une succession de circonstances heureuses qu'Amin Carmichael mit en route *Tous les chemins*. Lors d'un vernissage à la Cité radieuse, l'artiste fit la connaissance de Jean-Claude Manago. L'homme possédait des milliers d'hectares d'exploitation agricole dans la région du Centre. Tourner la page des « événements de novembre », tromper la terreur, conjurer la catastrophe, oublier ces tonnes de blé, de colza, de riz, de betterave, dont le cours n'en finissait plus de s'effondrer – Jean-Claude Manago considéra Carmichael comme un sauveur. M. Prote, président de la région Centre, voyait d'ailleurs d'un très bon œil le recours de l'art pour dynamiser son territoire. Évitée comme un trou noir, la région repoussait les estivants, qui préféraient rejoindre les rives riantes de la côte est, goûter aux charmes bucoliques des plaines du Nord ou grimper sur les raidillons des montagnes de granite noir – plutôt que de séjourner dans les plaines mornes que les souvenirs des « événements de novembre » transformaient en cimetière géant. Gilbert Marquet, autre figure de la vie locale, propriétaire d'une chaîne d'hôtels et de restauration, membre permanent du conseil exécutif de Robusta (société de construction cotée en bourse) proposa un soutien logistique à Carmichael. À cela s'ajoutaient l'aide financière du Musée d'art du Centre ainsi que celle de Paul Monnier, président-directeur général de Novea, connu pour avoir conçu et commercialisé une nouvelle génération de véhicules hybrides. En somme, toutes les conditions étaient enfin réunies pour qu'un des papiers-calque d'Amin Carmichael vît le jour sur la terre ferme.

Pour rejoindre *Tous les chemins*, on traversait des paysages catastrophiques. Carlos Schwab s'y rendit avec sa mère, par une belle journée d'hiver. Comme un paquebot échoué sur une côte, le squelette d'un haut-fourneau, noirci par le soleil, étalait sa gueule cassée sur le fond bleu. Un nuage, par ironie, zébrait l'azur au-dessus de la cheminée, mais rien ne brûlait. Le ciel, omniprésent entre les clochers et les silos, était ici plus grand qu'ailleurs – Carlos, les pieds dans l'herbe, affirmait que le ciel touchait la pointe de ses orteils. En hiver, la boue était plate et l'herbe grise. La trace des « événements », comme les fantômes dans l'ombre, surgissait entre les mottes retournées par le vent et par les bêtes. On se sentait gelé jusqu'à la moelle.

Arrivée à l'heure, l'auto stoppa dans un champ. L'ouvreuse déchira les deux billets. Carlos prit sa mère par le bras. Vingt-cinq artères principales et cent trente axes secondaires quadrillent les cinq mille hectares que recouvrent *Tous les chemins*. Ce maillage irrégulier relie toutes les régions de l'espace. Sur la Route n° 3, Carlos et sa vieille mère, depuis un champ boueux et raviné, à l'extrémité ouest de la surface, s'orientèrent vers le sud-est, puis au nord nord-ouest sur plusieurs kilomètres, pour finalement atterrir plein sud, au beau milieu d'un champ. Les limites entre l'œuvre et les terres en friche ne sont pas toujours très claires. En cheminant sur cet axe, ils admiraient l'herbe mal coupée, les sillons d'argile et, perdus au milieu de la masse agricole, comme des îlots sauvages dans une mer démontée, les dos bosselés des bosquets frileux. Ce milieu instable, raviné, presque fluide, contrastait d'autant plus avec le profil chantourné de la route que l'asphalte, comme un nappage sur un pavement irrégulier de fruits ou de légumes, semblait avoir été coulé à même le sol, en nivelant toutes ses irrégularités. Mme Schwab s'en amusa – son fils rit avec elle. La bizarrerie de ce réseau routier, construit comme une poche de civilité au milieu du vide agricole, était accentuée par le profil des routes qui serpentaient sans raison apparente de droite à gauche et de gauche à droite, comme si les tortueux chemins de montagne avaient été translatés sur un terrain plat. En réalité, les bandes d'asphalte évitaient certains écueils – un trou mal rebouché que la route contourne, un arbrisseau que l'on n'a pas voulu arracher, une pierre que personne n'a déplacée ou la carcasse d'une vieille machine décomposée. Le réseau, loin de s'imposer au territoire, s'adapte à la surface dont il met en exergue les particularités, comme le parcours entre les œuvres d'un musée permet de cheminer de merveille en merveille.

Carlos s'arrêta – les pieds humides, les mains gelées. Sa bouche crachait une avalanche. La brume décontenancée se perdait à peine plus loin, dans le paysage. La terre était grasse, collante. Carlos en tira une motte qu'il écrasa entre son pouce et l'index. Les éboulis marneux du champ marron avaient des nez cassés, des gueules sans dents, des crânes coupés. Carlos regarda les restes calcinés d'une vieille voiture. Les reliques des «événements», sur ce sol gorgé de sang, crevé d'obus, souillé par la chimie, imposaient leur monstruosité. Carlos avait les mains toutes noires.

Il fallut reprendre la route. Mme Schwab, vieille et impotente, avait mal aux pieds. Le fils, exalté, espérait atteindre au plus vite les sites marquants du grand parcours. On avança, on recula, on tourna à droite, puis à gauche avant de s'interrompre. Les jambes de la vieille traînaient – elle manqua trébucher. Carlos ne savait plus comment s'y prendre. Le nombre de voies ouvertes sur le terrain rendait les intersections systématiques. Carlos et sa mère ne pouvaient pas faire dix mètres sans avoir à choisir entre la droite et la gauche – et le dilemme virait à la torture. On prit la route 10, la route 24 et la 14. L'heure avançait sans apporter la délivrance – au contraire, elle semblait augmenter les distances. Carlos réfléchissait. Ce délai ne devait rien au hasard. Lorsque pour s'orienter, on ne dispose que de ses deux yeux, et que chaque chemin, loin d'ordonner la surface, démultiplie les routes possibles, on ne peut que s'éloigner en avançant. L'intensité de l'installation se mesurait donc au nombre de crampes. Du reste, les critiques d'art ne s'y étaient pas trompés. Ils s'accordaient à considérer la *déroute* comme l'une des modalités dominantes de l'approche esthétique de Carmichael – ce qu'ils firent d'autant plus volontiers que la plupart, non sans être de parfaits petits soldats, s'enlisèrent sur les chaussées tordues de *Tous les chemins*.

Schwab reprenait le fil de son parcours. Il regardait à droite, puis à gauche. Ces routes, tortueuses, ces passages, incalculables, qui reliaient les détails insignifiants du paysage, semblaient faits à l'identique. Carlos aurait pu disparaître là, entre deux virages et une ligne droite – comme son haleine dans le bleu du ciel. Aucune indication, aucun panneau : l'artiste interdisait les plans. Schwab échangea quelques informations avec d'autres spectateurs – il constata que l'expérience ne se partage pas. Sa mère s'effondra sur une carcasse. Le fils courut pour sauver son après-midi. Il revint en arrière, tourna sur lui-même, se frotta les mains – il réfléchit encore. La voie de chemin de fer ne menait à rien, le petit pont faisait le fou, la voie 6 zigzaguait sans avancer, le rond-point gravitait dans le vide. Tout ce qui semblait approcher du but ramenait en arrière, tout ce qui allait à gauche finissait à droite. Suant, excédé, il se tourna vers le ciel où le soleil s'était voilé. Carlos n'avait plus de souffle – sa mère était bien loin. Désespéré, il cria son nom. Elle agita ses bras en souriant à son petit.

Pour admirer les richesses qu'offraient *Tous les chemins*, Carlos et sa mère finirent par louer une petite voiture. Le grand parcours de Carmichael, en plus de désorienter ceux qui s'y aventurent, recèle de nombreux monuments dignes d'intérêt. Les visiteurs se déplaçaient pour les contempler. De beaux échangeurs, de superbes quatre-voies, des aqueducs magnifiques, mais aussi des tunnels, des bifurcations bizarres, des ronds-points et des parkings neufs. À quelques pas de l'entrée, Schwab et sa mère découvrirent la portion de voie ferrée. Traversée par les routes, protégée par des passages à niveau, elle chemine du nord au sud sans qu'aucun train ne la chevauche – ses barrières bringuebalantes montent et descendent au son d'une petite cloche. Mais après avoir visité un ou deux parkings, et emprunté l'autoroute centrale, ils se dirigèrent vers le grand pont central. Haute de douze mètres, cette arche aplanie court sur plus d'un kilomètre. Il s'agit, sans conteste, de la pièce maîtresse du parcours. Conçue par Carmichael pour être montée et démontée, le futur acquéreur pourra l'installer où bon lui semblera. Pour l'heure, le pont n'enjambe rien sinon une route en terre battue. Carlos et sa mère arrivèrent essoufflés au sommet de la construction. Mais les six cents marches ouvraient l'horizon sur des kilomètres. Les visiteurs ne s'y sont d'ailleurs pas trompés – le grand pont central, au fil des jours, est devenu le point de ralliement de ce dédale. Son ascension constitue le clou de la visite et les esprits malins, pressés d'aller à l'essentiel, empruntent les chemins de traverse, sans se soucier du mérite de ceux qui y sont arrivés par voie réglementaire. De là-haut, les routes sinueuses, les crochets incessants, les brusques revirements, l'embouchure des tunnels, les visiteurs qui s'y engouffrent et les virages sans fin s'exposent sans fausse pudeur.

Toutes sortes de gens se massent sur ce grand pont : des dames enroulées de fourrures, les bottes crottées, quelques enseignants des alentours, venus se faire une opinion, des enfants qui courent sur des routes qui ne mènent nulle part, de vieux couples qui s'aiment sans fin ni commencement, des familles qui avancent comme sur des rails, des romantiques qui tournent en rond, des ambitieux aux grandes enjambées et toute une foule d'anonymes désœuvrés. Schwab et sa mère, installés sur le pont, dans le vent, frappés par le soleil, attendent, comme les autres, l'événement de la journée. On est fébrile, on grelotte, les yeux riboulent. Il faut trouver le meilleur point de vue sur ce que Carmichael appelle le « grand spectacle quotidien ». En début de matinée, au milieu de l'après-midi, ou juste avant la tombée de la nuit, il met en scène un accident. Un banal accident de voiture, le crash d'un avion, deux cars lancés à vive allure. Parfois des dizaines de véhicules sont impliqués – parfois l'explosion d'une voiture piégée creuse la route. Sorties de nulle part, les équipes arrivent au pas de course, chargées de trousses et de brancards. Ils sauvent ce qui peut l'être. Les médecins ont l'air sérieux. Il y a du bruit, du feu, du sang. La main contre la rambarde, tout le monde assiste à la catastrophe, le cœur serré, la peur au ventre. Bloqués sur les sommets, les simples spectateurs échangent leurs points de vue et jugent la qualité de l'intervention. Les responsables sont montrés du doigt. Beaucoup prennent des photos, d'autres ont des jumelles – ils regardent le coup du sort, la bouche ouverte. Des traces de brûlures, des grands cratères, des bris de verre et des taches d'huile. Les carcasses s'amoncellent. Dès qu'une scène inspire Carlos, il sort son carnet pour un croquis. Les signes des accidents, progressivement, effacent les signes de novembre.

D'un point de vue financier, *Tous les chemins* s'avère être une opération rentable. L'œuvre, parce qu'elle est ludique, attire les familles pour une promenade, mais, parce qu'elle est belle et interroge les ressorts de l'âme humaine, elle fait se déplacer les amoureux de l'art. Pour une heure ou deux, on loue un véhicule de type *Monnier*. Les photos sont payantes – les spectateurs qui le désirent peuvent repartir avec une portion d'asphalte signée de la main du maître. La population que draine l'événement fait le bonheur de Gilbert Marquet. Ses hôtels et ses restaurants, proches de *Tous les chemins*, affichent complet. Le grand pont a été vendu. Certaines portions de route ont été cédées et Carmichael envisage la construction de quelques tronçons pour que le parcours reste praticable.

D'ici deux ans, *Tous les chemins* sera démonté. Les routes 12, 15 et 18 passeront aux mains de l'État – le reste, vendu aux enchères, remplira les caisses des investisseurs et garnira les jardins des amateurs de sculptures planes.

Dolorès Klotz

Éclipses et Cadres, courtesy Espace Garousse

Iouri Vassilieff, Romain Beaulieu et Adrien Estève sortaient du vernissage lorsqu'ils décidèrent de se rendre au Ménesse. Le club de nuit, fondé par Sébastien Adden, attirait une clientèle de riches héritiers, un panel de personnalités en vue, beaucoup d'acteurs médiatiques et les plus belles femmes de la ville se donnaient rendez-vous dans cet ancien bar à hôtesses rempli de miroirs, situé à deux pas de l'avenue de la Montagne. Sombres, taciturnes, les trois amis n'affectionnaient pas ce type d'établissement, mais les charmes du beau sexe les faisaient parfois renoncer à leurs principes les plus sacrés. Ils avaient averti Dolorès, retenue par ses admirateurs, qui promit de les rejoindre un peu plus tard.

En partant, Iouri avait chaleureusement félicité son amie, Adrien loué l'intelligence de son projet et Romain trouvait l'exposition déstabilisante – mais aucun n'osa dire à Dolorès ce qu'il pensait de son œuvre. Sur le chemin, les yeux encore gonflés par les peintures contemplées l'après-midi au Musée d'art ancien, les trois amis se livrèrent sans retenue, forçant à dessein la noirceur de leur jugement sur le vernissage. Le vin offert à la galerie leur permit de s'épancher d'autant plus ardemment que leur imaginaire était attisé par le feu de l'idéal que le spectacle des beautés anciennes avait ranimé. Romain s'insurgeait contre ce système de subventions inique, allouées toujours aux plus médiocres – et Dolorès, « comme par hasard », ne faisait pas exception à la règle. Iouri crachait sur cette vermine arrogante qu'il voyait parader, pleine d'argent, lors des vernissages – il aurait aisément pu étrangler l'un d'eux. Au musée, les gens avaient au moins la décence de « fermer leur gueule ».

Adrien avouait naïvement ne pas saisir le concept occulte qui fondait l'exposition. Les cartels explicatifs sortaient d'une langue inexpressive. Dolorès avait prononcé des paroles qu'Adrien trouva obscures. Ces pommettes hautes, la chevelure libre, le front bombé, la carnation de ces lèvres, les beautés flottantes du visage de Dolorès lui rappelaient bien trop de choses. Il repensa au portrait de la vicomtesse de Souvré devant lequel il était resté une partie de l'après-midi. Le pinceau académique de Gamelin, dans un moment d'inspiration, avait figuré le visage de cette femme en lui appliquant le flouté que la mémoire superpose aux choses qu'elle oublie. Il reluisait de bonté à travers ce halo. D'impalpables sympathies vibraient autour des yeux, plus encore aux commissures, et sous les lèvres de la noble dame, qui invitaient à la passion et à la paresse – exactement comme Dolorès pouvait le faire. Adrien avait lu sur ses lèvres, sans entendre ce qu'elle disait. Il avait remercié l'artiste pour ces merveilles, elle avait fermé les yeux en signe d'amitié. Elle avait fermé les yeux, puis elle eut ce sourire étrange, qu'elle rompit trop vite.

De jeunes gens, serrés par une barrière, patientaient devant la porte du Ménesse. On jouait des coudes, on chantonnait, tout était bon pour attirer les regards à soi. Les hauts talons défilaient en uniforme, les jeans s'appelaient légion. Certains costumes se saluaient de loin. Les bouches inquiètes s'enduisaient de rouge. On grillait une cigarette avant de passer au crible du grand cyclope qui tenait l'entrée. Après plusieurs minutes d'hésitation, Romain Beaulieu alla souffler un mot à l'oreille de ce molosse qui le scrutait de la tête aux pieds. Le pauvre Romain avait sur le dos ses habituelles guenilles. Mal rasé, Iouri paraissait sale et sa peau rougissait lamentablement. Adrien faisait peine à voir. Renseignement pris à l'intérieur, il fallut pourtant laisser passer ces trois minables. Romain avait connu Sébastien Adden, le patron, lorsqu'ils étaient au lycée et depuis, l'artiste entrait à l'œil dans ces clubs où ni lui ni ses amis n'auraient jamais été admis.

Mains dans les poches, les trois infortunés pénétrèrent dans la grande salle. L'espace, saturé de lumières rouges et bleues, paraissait tout étriqué. La fumée, diffusée par des machines, voilait les corps et les visages. Ici ou là, sur des écrans de fortune, s'écrasaient les rayons fluorescents qui étincelaient à travers l'atmosphère chargée de brume. Des images, mobiles comme l'eau, informes comme l'air, se couplaient aux rythmes de la musique. Une cinquantaine de verres, la mine défaite, se pressaient au comptoir. Les cocktails grelottant se bousculaient pour rejoindre l'infime piste de danse sur laquelle de jeunes corps, en équilibre instable, bougeaient leurs bras vers le ciel, en mimant une sorte de transe extatique. Sébastien Adden, à deux pas de sa caisse, offrait des bouteilles à ses meilleurs clients.

Dans l'œil liquide de Vassilieff, un écran blanc faisait miroiter les taches colorées. Le peintre s'attendait aux tenues des noces anciennes, aux vermillons piquants, aux brocarts tendus de fils d'or et aux robes moirées. Il voulait l'élégance des grands soirs, les visages grimés des fresques antiques, il espérait la grâce d'une allégorie, le mouvement d'une composition soignée, les profils vainqueurs, la patte d'un maître, le peuple d'un musée ou d'une fête galante. Mais comme si l'image avait quitté son cadre, les grands bals n'avaient plus lieu. Vassilieff trouvait à leur place cette douteuse copie qui s'imposait là où l'absence était originaire.

Un peu plus loin, entre deux silhouettes – même chevelure, mêmes épaules –, Adrien comprit que Dolorès avait passé une autre robe. Un taxi, sans doute, lui avait fait gagner du temps. Pétrifié par cette image, Adrien roulait les yeux derrière son masque pour trouver l'issue. Mais dès que la femme se retourna, ses membres se dégourdirent. Sa respiration se diluait. Il alla saluer Sandra Dupuis qui avait fait du Ménesse son quartier général. Elle était grise et criait à l'oreille de Vassilieff. Dans son sourire, à travers la mise de ses cheveux, là où son cou touchait ses seins, quelque chose rappelait pourtant l'image de Dolorès. Le charme du sexe, en somme, imposait une ressemblance à son idole.

Vassilieff évoqua l'exposition à l'Espace Garousse. Sandra se recoiffait dans le miroir – elle remit d'aplomb son soutien-gorge. Iouri n'avait rien vu d'aussi mauvais depuis longtemps. Une *véritable* gabegie, un trou noir, un étalage de fadaises. Sandra peinait à trouver la bonne place pour se regarder. Avec ça, Dolorès Klotz passait pour l'artiste *la plus prometteuse de sa génération*. Sandra ne connaissait pas. Elle se détourna pour commander un autre verre. Esquissant un geste obscène en direction de ses amis, Vassilieff lui emboîta le pas, dans l'espoir d'un *drink*.

Dolorès Klotz descendait en ligne directe de la famille Waldemar-Sachsman. Connue pour ses grands magasins, ses collections de belles robes, ses rayonnages de tissus, de parfums, d'articles de beauté et de perruques, la dynastie remontait à Samuel Waldemar qui avait fondé l'enseigne et dont les trois fils agrandirent l'empire, pays après pays. Jean, l'aîné, passionné d'art, en plus d'inféoder les terres vierges aux chaînes familiales, constitua une des plus belles collections de peinture qui se fût jamais vue. De chaque période, Jean Waldemar conservait des témoignages d'une incontestable valeur. Sa collection prenait sa source aux origines mêmes de la peinture (puisqu'il s'était offert une grotte couverte de fresques rupestres que l'État n'avait pas pu préempter), pour se jeter dans l'art de son temps, refléter les joyaux de chaque époque et de tout continent. Sa collection comptait les plus admirables peintures religieuses de Frenhofer, de Cornelius Berg, de Torrenterra, de Johannes ou de Tiburce, que Jean Waldemar acheta aux autorités cléricales lorsque celles-ci durent se restructurer. Il conservait deux portraits de Tebaldeo Freccia (sans doute le prince et son épouse), les seuls connus à cette époque, et trois Prospero Frescobaldi d'une finesse inimitable ; une sculpture de Rolla, sa plus belle, la plus connue, une autre de Juréal et un panneau de Pieter Van Huys, dont on doute aujourd'hui de l'authenticité. De la peinture galante ou de salon, on trouvait les témoignages les plus troublants, avec des Théobald Nolten d'une rare intensité, des Horacio Diaz et des Lantier de premier ordre. Mais si le prestige de la collection Waldemar reste imprescriptible, voire quasi mythique, c'est aussi parce qu'elle concentra tout ce que la peinture sensationniste fit de plus achevé. Jean Waldemar, proche de Naz de Coriolis, d'Olivier Bertin, de Léon Chenal, de Crescent, de Tibaille, de Richard Joseph ou de Lucien, qu'il avait sortis de la misère, Jean Waldemar donc, vit émerger ce mouvement et sut tirer parti de ces génies dont il acheta la meilleure part. Les plus belles toiles, les plus abouties, les plus audacieuses, il fallait aller à l'hôtel Boulanger pour les admirer. Du reste, Jean Waldemar ouvrait volontiers ses portes pour faire rayonner les lumières de l'esprit. La maison familiale regorgeait de splendeurs, de l'antichambre jusqu'aux greniers, mais ce qui arrêtait tous les visiteurs, c'était cette galerie de portraits, dont les regards cisaillaient l'espace et dévisageaient les spectateurs. Quelques Elstir, dont son magnifique *Autoportrait*, des visages de Basil Hallward, Tchartkof, Mesnilgrand, Joseph Lirat, Hippolyte Schinner, des Lora, des Titorelli, des Onophrius pour ne citer qu'eux. Leur présence était si forte, dans la lumière du matin, leur modelé si véritable, dans les lueurs du couchant, que Jean Waldemar avait fini par considérer ces augustes figures comme ses seuls et uniques compagnons. Il voyait au fond de leurs prunelles luire les signes de l'amitié véritable.

Les trois camarades trouvèrent un recoin près du comptoir. Il fallut crier pour se faire entendre. Naturellement, des gens mieux placés avaient droit au traitement de faveur – fauteuil confortable, verre rempli d'alcool. On commanda deux cocktails pour trois. Romain ne trouvait pas ses poches. Adrien s'acquitta de la plus grosse part. Vassilieff vida un verre. Il lui trouvait un arrière-goût d'arsenic – ce dont il se félicita en ricanant.

À l'autre bout du comptoir, deux blondes – fraîchement sorties d'un magazine de mode – surplombaient leurs voisins de trente centimètres. D'infimes « shorts » à « motifs camouflage » leur arrivaient en dessous des fesses en dégageant de longues jambes squelettiques. Elles avaient des visages sans charme, aux traits impersonnels, qui s'effaçaient presque aussitôt. Les deux grâces aspiraient leur paille en fixant l'alignement des bouteilles derrière le comptoir. Leurs prunelles mornes et leurs paupières mi-closes évoquaient l'énergie contenue des ruminants. La rumeur des lieux atteignait mollement la conscience de cet être biface. Même visage inexpressif, même frange blonde, même sourire glaçant, même façon de jacasser, même rire bête. Elles se ressemblaient tant qu'Adrien les prit pour des jumelles. Vassilieff n'était pas de cet avis. Selon lui, on avait affaire à deux inséparables, faites à l'image l'une de l'autre et qui, à force de se fréquenter, avaient adopté un style commun. C'était des copies sans fond, sans identité, sans caractère, comme notre monde en produisait à l'infini. Vassilieff ne put contenir le rire nerveux qui remontait du fond de son ventre en lui raclant le bas de la gorge. Les deux filles avaient sur la peau une couche de plâtre brun très épaisse, qui faisait un poudroiement duveteux d'autant plus gênant que leur bourgeonnement d'acné résistait à tout effort cosmétique. Conscientes de cet effet indésirable, elles avaient outré leurs attributs sexuels. Leurs maigres seins étaient compressés au centre de leur torse pour donner l'illusion d'un décolleté avantageux. La raie de leur short militaire serrait tant leur minuscule fessier en plongeant à travers la fente, que l'on aurait pu croire que leur derrière était charnu. Mais quelque chose en elles évoquait la rigidité du macchabée.

De jeunes hommes, la peur au ventre, contraints en vertu d'une loi immémoriale à s'offrir pieds et poings liés à ces déesses, comme d'autres au taureau du labyrinthe, approchaient par petits groupes et à intervalles réguliers des deux mannequins, en présentant, les mains moites, leur plein rideau de dents blanches. Les filles condescendaient à un regard vide – Vassilieff écumait en attendant son heure. Il voulait crever l'abcès – « tuer la bête ». Il donnait des coups de coude, il trépignait, il s'impatientait. Un nouveau « petit verre d'arsenic » lui aurait suffi à se lancer.

Mais un homme arriva. Très brun, presque aussi grand qu'elles, la chemise ouverte sur sa toison noire, il avait la mâchoire carnassière, le teint hâlé et semblait tout droit sorti de son yacht. Les deux blondes se mirent à glousser comme des bêtes de basse-cour. On commanda de l'alcool fort pour célébrer la rencontre. La fête pouvait commencer.

Vassilieff détourna la tête. Quelque chose de profondément méprisable luisait sur le visage de ces dindes. Comme l'œil d'un rat grouillant à travers la fange. L'une de ces « pouffiasses », sans doute un peu moins jolie (comparée à l'autre qui était la moins repoussante), assez mal à l'aise en présence de ce représentant du sexe fort, surjouait la pantomime de la femme en quête d'amour pour attirer sur elle les regards du mâle dominant. Celui-ci avait pourtant déjà pris son parti et tenait la main de l'autre blonde qui faisait mine de ne rien voir.

La comédie des amours offrait un tableau des plus consternant. Pas une trace des scènes galantes du Grand Siècle. La patte massive de Léon Chenal, les traits fins de Garnotelle, rien ne restait des lumières sinon l'affreuse teinte des néons mobiles.

Les toilettes firent office de havre de paix. On se repoudrait le nez. On se passait de l'eau sur le visage. Tout sentait l'urine et la moisissure. Une file sans fin de corps pressés attendait leur face-à-face avec la cuvette. Des couples inconnus enlaçaient leurs lèvres dans les recoins pisseux. Les coiffures asymétriques se reformaient, des robes fendues se rajustaient, le mascara sortait des sacs, les rires grinçaient. Vassilieff referma la porte sur sa cellule : numéros de téléphone, insultes diverses, messages obscènes. Des traits maladroits figuraient l'œil grand d'un sexe ouvert, des verges bien tendues, des jets de foutre et autres saillies primitives. Un trou mal rebouché dans la cloison lui fit entrevoir les vestiaires de cette maison de redressement où Vassilieff avait été mis sous les verrous juste avant l'adolescence. Un iris, des cils et des sourcils encerclaient la fente ouverte sur l'autre cabine. Vassilieff baissa sa tête à la hauteur de la cuvette, comme par réflexe, pour retrouver le parfum d'hier en un clin d'œil. C'était le quotidien de la pension : potage, étude, mitard et puis branlette. De cette époque, Vassilieff gardait quelques images. Des garçons plus âgés que lui glissaient leurs yeux dans cette fente et tentaient de voir son petit membre imberbe. Les sexes turgescents, les testicules ramassés sur l'abdomen, les poils follets, les glands rougis, humides et tout huileux, on se frottait la peau, prêt à éclater, en observant par le petit trou la bite de son voisin. Les membres de la pension étaient tous experts. Iouri risquait un œil, tentait de se cacher, niait son érection. Parfois une femme, aux poils blonds comme les fourrages, plaçait sa vulve devant les trous, glissait ses doigts entre ses lèvres et se tournait pour montrer son cul. Iouri, violemment excité, sortait pour revenir quelques jours plus tard, l'œil plus inquisiteur, sans prendre part vraiment à cette danse du diable fou. Son visage se couvrait de plaques lie de vin, qui encerclaient sa bouche, remontaient sur les bajoues et mangeaient toutes les paupières. On l'appelait « Peau-rouge » pour le charrier.

Il couvrait ses cahiers d'écolier de dessins infects. Dans les toilettes du Ménesse, les homosexuels devaient s'ébattre dans les cabines. Inutile de se baisser, on avait rebouché les trous.

Sur la grande piste mal éclairée, la foule dansante continuait sa parodie du rite initiatique. Aux murs, des tableaux et des photographies faisaient office de décoration. Sébastien Adden avait accroché ces affreux barbouillages et ces clichés de maisons en ruine pour donner une coloration artiste à son établissement. Le public leur tournait le dos. Au plus fort de la fête, les milliardaires juchés sur leur pouf auraient cédé la moitié de leur fortune pour une paire de fesses, pourvu qu'elle fût ferme et rebondie, certainement pas pour acheter une toile. Dans les moments critiques de l'existence, l'art était tout juste bon à faire joli sur les murs des sanitaires. Les créateurs pressentis pour ces fresques décoratives avaient pourtant dû croire à un conte de fées lorsqu'on leur apprit la bonne nouvelle. Sans doute avaient-ils travaillé le cœur léger, pensant leur fortune assurée. D'autres avaient dû souffrir, pleurer et crier, pour que le résultat fût à la hauteur. Las ! Vassilieff regardait la foule compacte d'hommes et de femmes se palper et se renifler ; tout cela puait le sexe et l'argent. Des cuisses fuselées dans des collants transparents gigotaient sous ses yeux – Vassilieff voyait des couples danser en simulant l'acte sexuel.

Il approcha des toiles que personne ne voulait voir. L'encadrement était formidablement laid – la peinture atroce. Mais l'œuvre de Dolorès était bien pire. Totalement vide. Tout simplement nulle. Avec tout cet argent, Vassilieff aurait repeint la planète entière, terminé son œuvre et coulé des jours tranquilles. Mais qui lui donnerait l'argent ? Où pourrait-il le trouver ? Lui qui n'avait jamais droit à rien. Qu'importe ! Il méprisait l'argent. Et dans le pire des cas, il pourrait toujours se suicider. Vassilieff ricana, la face rougie. D'ailleurs, si cette Dolorès voulait se mettre à la peinture, elle pouvait toujours prendre des cours avec lui. Il lui tendrait les pinceaux, il ferait couler l'huile et les pigments, il lui prendrait les mains et lui montrerait. Vassilieff se tourna vers Adrien et lui subtilisa son verre.

Geneviève, la mère de la trisaïeule de Dolorès, fille unique de Jean Waldemar, épousa Richard Sachsman. À la tête d'une fortune immense, le couple continua l'œuvre laissée par le père après sa mort. Or, si la peinture sensationniste suscitait leur admiration, Richard et Geneviève concentrèrent leur énergie sur l'art déconstructiviste qu'ils virent, pour ainsi dire, naître sous leurs yeux. Lily Briscoe et Julia Lundgren, principales représentantes de ce mouvement, comptaient parmi les habitués du salon des Sachsman et leurs œuvres n'auraient sans doute jamais connu un tel succès sans l'appui, l'enthousiasme et les moyens que les deux mécènes mirent à disposition de ces génies.

Après trente années d'efforts passionnés, le couple organisa une exposition au palais du prince. Plus de mille toiles furent présentées. On s'accorde à considérer cet événement comme la première grande exposition de l'ère moderne. Des gens venus du monde entier firent le déplacement. On admira pour la première fois les soixante-cinq tableaux peints d'après des sujets qu'un rhéteur antique avait imaginés et décrits pour apprendre à ses lecteurs comment voir une œuvre peinte. Le père Waldemar avait commandé cette suite de toiles à Paul-Élie Corentin pour décorer sa folie. Tous les jours plus compacte, la foule voulait assister à la résurrection de Narcisse, d'Hermès et autres nymphes antiques. Mais bien d'autres merveilles excitaient la curiosité. On parlait d'une œuvre de Lucien comme de la plus grande des réussites : le portrait d'une enfant et de son père. Le vieux était aveugle et dans ses yeux tremblait l'ombre du ciel qu'il ne voyait pas ; la fille était muette et ses pupilles exprimaient l'infinité des choses qu'elle ne savait pas dire. Les gazettes ne tarissaient pas d'éloges sur ce tableau. Dans une autre salle, les amateurs furent surpris de retrouver côte à côte le portrait d'un enfant mort par Pellerin (le peintre avait immortalisé le fils d'un de ses modèles) et celui que l'on devait au talent de Claude Lantier (qui avait représenté son propre fils sur son linceul). Il y avait aussi ce portrait d'usurier, au regard pénétrant, à propos duquel plus d'un spectateur s'écria : « Mais il me regarde, il me regarde avec des yeux d'homme », effrayé comme s'il avait contemplé le diable en personne. Les gazettes parlèrent de Meaume – l'aquafortiste défiguré, dont on admirait la suite érotique – et du grand *Pierrot* d'Anatole Bazoche, dont les spécialistes disaient qu'il recouvrait un *Christ humanitaire*, abandonné et invisible, sous les couches de peinture à l'huile. *Le Christ face à Pilate*, signé Mihailov, où Dieu semblait rayonner dans toute sa gloire, avait été accroché en regard du Bazoche et des baigneuses de Thomas Hudson. Quelques plaques d'ardoise couvertes de dessin à la craie ornaient la salle de bal du palais. On apprit que Tillsen et Nolten avaient participé à la réalisation de ces œuvres collectives, esquissées lors d'une fête que donnait la comtesse Constance. Les participants, tout en valsant, devaient à chacun de leur passage apporter leur touche à la fresque dont le sujet avait été imposé par la comtesse et que le public pouvait identifier à la fin de l'air. On prétend que ces œuvres, au style aérien, avaient inspiré une forme d'allégresse fougueuse aux spectateurs.

De cette extraordinaire réunion de chefs-d'œuvre, il reste un catalogue – qui pour d'évidentes raisons chronologiques n'avait pas pu être illustré, mais où étaient recensés les titres, les dimensions et le pedigree de chaque toile – et *Un guide de l'amateur d'art dans la collection Waldemar-Sachsman* publié par Sir Andrew Gregory Thomas Marbot, quelques mois après l'exposition. Une centaine d'œuvres marquantes y est décrite par le détail.

Ces deux ouvrages avaient servi de point de départ à l'installation que Dolorès exposait dans l'Espace Garousse.

Sous les néons, la foule compacte tremblait comme un épileptique. Certaines sirènes aux robes irisées mimaient l'onde des vagues, les bras collés le long du corps, tandis que d'autres, guerriers des temps modernes, caparaçonnés dans leurs vêtements de feu, forçaient les mouvements de leurs poings à droite et à gauche. Le tableau vibrait sans qu'aucun signe visible ne surnageât. Des êtres aux contours étranges défilaient. Ni hommes ni femmes, ni jeunes ni vieux, ni beaux ni laids, vêtus de costumes trop petits, de vestes à paillettes ou de chaussures grotesques, ils se frôlaient et se frottaient dans l'espoir d'être reconnus. La plupart des participants arboraient des vêtements signés Corpus, la marque de Sandra Dupuis. Adrien contemplait les gouttes roses et vertes qui liquéfiaient ces visages. Comme des derviches aveugles, ils tournaient sur eux-mêmes, bousculaient leurs voisins et se perdaient dans l'espace enfumé de leurs désirs. D'autres têtes, mangeuses d'ombres, observaient tout ce qui bougeait. La lumière humide se décomposait dans leurs yeux brillants.

Romain était accoudé au bar lorsqu'un homme se présenta. Romain dut se concentrer. Ni son nom, ni les circonstances de leur précédente rencontre ne lui apparaissaient. L'homme semblait pourtant bien le connaître. Il avait les yeux gris, les sourcils surélevés et une forme de lourdeur dans le bas du visage. Romain, qui parlait souvent de ses démons à ses amis, évoquait une lutte avec le « Grand Impersonnel », dont il ne sortait jamais vainqueur. Tout était interchangeable. Les visages, les histoires, les noms, au bout de quelques jours, ce que Romain avait vu ou entendu disparaissait. Et les chapeaux, les lunettes ou les barbiches n'y changeaient rien. Les gigoteurs gigotaient, les raseurs rasaient, les visages visibles, rien ni personne ne ressemblait à quoi que ce fût. Aussi, face à cet être liquide, fuyant et mollement représentatif qui lui disait bonjour, Romain pensa d'abord qu'il pouvait s'agir de Max Marco ou d'Alban Craven – il se souvenait de les avoir vus quelquefois – ou bien alors de Baptiste Renaudot. Romain identifia Claude Muller, le fils d'Auguste Griffin, lorsque l'homme se mit à parler de théâtre. Le souvenir du beau portrait qui flanquait l'article lu dans *Le Quotidien du prisonnier* ordonna les traits emmêlés de ce triste personnage. Le dramaturge avait posé en prenant son air grave, affublé d'un nœud papillon. Il avait des cernes, un regard bleu, une mâchoire solide et des sourcils épais – ce que confirmait la perception directe du personnage.

– C'est drôle, votre père est venu manger à la maison l'autre jour. Il m'a beaucoup parlé de vous. D'ailleurs, Dolorès est ma cousine…

En le fixant droit dans les yeux, Claude Muller demanda à Romain comment avançait son « travail ». Le poète bredouilla. Claude dévisageait la boule à facettes. Romain aurait voulu évoquer son livre, la passion, l'ardeur, qu'il y mettait. Mais Muller, qui entendait à peine le filet de conversation, profita d'une pause pour reprendre la parole. Il était temps pour lui d'entreprendre le récit de ses mésaventures au Théâtre du fleuve. Les répétitions interminables, l'acteur imposé par la direction, le différend avec le metteur en scène, ses problèmes avec la maison d'édition ; heureusement, tout le monde s'accordait à reconnaître la qualité de sa pièce. Jean Lamarque écrivait à son propos qu'il s'agissait d'une « œuvre posthumaine qui s'articulait sur la construction de l'absence » ; Sorrus la qualifiait de « postdramatique » dans la mesure où elle mettait en place « une dramaturgie de l'après-novembre rendant caduques les catégories habituelles du théâtre ».

Romain souriait.

Claude travaillait en parallèle à trois autres projets – notamment un récit mettant en scène un jeune dramaturge, qui luttait avec la direction et cherchait à faire paraître son texte en même temps que la première, tout en bâclant ses articles pour une revue de musique moderne. Il s'agissait, d'après l'auteur, de dénoncer la violence d'une société qui nous rend fous. L'autre texte, qu'il venait de terminer, racontait la vie d'un adolescent, découvrant son homosexualité. C'était assez réussi. On le publierait d'ici trois ou quatre mois.

La sympathie factice qui tendait le visage de Romain était sur le point de se fissurer. Depuis des années qu'il s'échinait à terminer quelque chose, depuis des années qu'il envoyait ses poèmes et ses ébauches de roman, il n'avait encore jamais rien fait dont il eût pu se dire fier. On lui proposait de reprendre ou d'écourter, jamais de publier.

Romain réorienta la conversation.

Au musée, il avait vu les portraits du Donnaiolo. C'était beau à en pleurer. Claude aimait beaucoup aussi. Romain s'enfonça dans la brèche. Le maestro plongeait dans les zones les plus obscures du monde visible. La manière unique qu'il avait de retranscrire la chair d'un visage et les sentiments faisait de chacune de ses œuvres une parfaite leçon d'écriture. Claude hocha la tête. C'était un océan de psychologie, une infinité d'observations fines et impalpables, qui vous atteignait comme les vagues sur le rivage. Le postdramaturge avançait sa mâchoire pour faire éclater les glaçons de son gin. Le visage du fils de Donnaiolo, représenté avec un pinceau à la main, était tour à tour ironique, amusé, grave, concentré, espiègle et attentiste ; il vous suivait du regard ou vous perdait, vous étiez le sujet de sa toile, le spectateur de son labeur et au fond de ses yeux, un tout petit brouillon blanc, indiscernable, représentait le germe de son sujet. « Jamais aucun écrivain n'y arriverait avec sa plume. »

Romain respirait fort. Ses yeux, cernés, dans cette lumière électrique qui balafrait son visage, lui donnaient un air fou et séduisant. Claude Muller resta muet quelques instants. Puis il redressa les épaules et rejeta la tête en arrière.

– C'est drôle que tu dises cela, parce que mon prochain livre sera consacré à la vie nocturne et aux tribulations d'un jeune homosexuel, écrivain, à la dérive dans une ville hostile – ses nuits d'alcool, monotones et répétitives, ses lendemains laborieux et vides. Mon éditeur est enthousiaste.

Romain baissa les bras. Quelques jolies filles fuyaient sans le regarder. L'écran sur lequel étaient projetées les vidéos faisait des saccades insurmontables.

– *Roman nocturne* sera le récit profus, illuminé, étincelant de notre génération d'artistes désabusés que la folie guette, expliqua l'écrivain avec une étincelle au fond des yeux.

Romain Beaulieu proposa un verre à son interlocuteur. Mais Claude, d'un geste ferme, paya la serveuse qui le regardait avec un sourire admirateur – elle semblait l'avoir reconnu. Romain protesta, insista mollement, puis rangea ses pièces au fond d'une poche.

En une seule nuit, et sans trace d'effraction, l'ensemble de la collection Waldemar-Sachsman fut dérobé. Malgré les moyens déployés par la police, pas une seule des mille deux cents toiles qui composaient la collection ne fut retrouvée. Cette disparition des chefs-d'œuvre ouvrit un trou béant dans l'histoire de l'art. Les visiteurs de l'exposition se sentirent comme orphelins. Des générations de peintres grandirent dans la nostalgie de ce continent perdu – Éden de l'art, quintessence du monde pictural – dont seules les copies, réalisées par des amateurs lors de l'exposition, et les lignes discrètes de Marbot, qui avait décrit certaines des œuvres dans son petit guide, permettaient de se faire une idée – quoique très fragile. De temps à autre, dans un beau Morelli, dans un grand Elstir, un Donnaiolo, ou un Crescent particulièrement réussi, on croyait découvrir l'une des pièces de la collection. Mais à chaque fois, une différence interdisait le rapprochement. De façon générale, les toiles de ces grands maîtres restées visibles (exposées dans les musées ou pieusement conservées dans des collections privées), semblaient, par comparaison avec les œuvres enfuies et sublimées par le souvenir, bien faibles ou de moindre mérite. En somme, cette disparition, en une seule nuit, ôtait tout prestige à ce qui dans le monde n'avait pas été volé. Les tableaux qui se pouvaient voir aux murs apparaissaient pour ce qu'ils étaient : des choses inabouties, morcelées, médiocres, comme s'il s'était agi de préfigurations maladroites des chefs-d'œuvre enfuis.

Les théories les plus folles circulèrent sur le destin de la collection Waldemar-Sachsman. On soupçonna Sir Inigo McGovern, en différend avec la famille, d'être le commanditaire du vol. Ses demeures furent fouillées, ses proches interrogés. Mais il fallut se rendre à l'évidence : si McGovern avait fait le coup, il était plus fin que tous les limiers. On imagina un lieu secret, loin des inquisiteurs, où la collection aurait été dédiée à quelques rares élus. Dans la manière de certains peintres, qui semblaient retrouver la force et la vigueur d'un Albarello, la vitalité d'un Lambrecht ou la délicatesse d'une Olga Rist, on voyait l'indubitable preuve d'une présentation occulte de ces splendeurs masquées – et les inconditionnels de l'œuvre du Virginal étaient d'ailleurs tous convaincus de la véracité de cette théorie (tant ses incandescents portraits semblaient faire revivre la fougue et la grâce des augustes antiques). Mais aucun chercheur sérieux ne porta crédit à la chose – est-il besoin de le préciser. On soupçonna alors le couple Sachsman d'avoir lui-même commandité le casse – hypothèse qui pour plus d'une raison occupa les journalistes pendant quelques années. Jusqu'au jour où l'on apprit que Mme Sachsman était morte de chagrin.

L'explication la plus tragique parut alors la plus plausible : tout, les dessins, les toiles, les cadres, tout aurait sans doute été détruit. Cette encombrante collection, invendable sur le marché, restée entre les mains de quelque receleur traqué par les polices du monde entier, aurait fini par lui brûler les doigts. Lacérée, carbonisée, la collection avait donc sans doute fini sa glorieuse carrière au fond d'une benne.

Aujourd'hui encore, on peine à imaginer les chemins empruntés par l'histoire de l'art si l'image de la collection Waldemar-Sachsman n'avait pas été volée.

Adrien, en tournant sur la piste, était tombé nez à nez sur son visage. Là où il n'y avait pas de tableaux, d'immenses miroirs accentuaient l'impression de profondeur et permettaient aux danseurs de s'observer. Les femmes lissaient leurs hanches d'un revers de main ; les hommes détaillaient la chute des reins, les fesses ou la racine de leurs cuisses. À contre-jour, Adrien se voyait mal. Il percevait les contours flous, la lumière rasante autour des oreilles, sur les bordures de sa chevelure et la pointe de ses pommettes. Ses yeux faisaient des trous noirs qui bougeaient à peine. On aurait dit de grandes carpes remuant au fond des eaux. Adrien avait remarqué un jour que Dolorès, du coin de l'œil, se contrôlait lorsqu'elle marchait en ville – sa tenue, ses cheveux, son sourire, elle vérifiait ses reflets le long des grandes vitrines. Adrien ne le faisait pratiquement jamais. Des journées pouvaient s'écouler sans qu'il pensât à son image. Et lorsqu'il tombait sur lui-même, sa gueule lui faisait mal. Sans s'attendre à rien, il était pris au dépourvu et passait ses mains au sommet de son crâne, dans l'espoir diffus de faire meilleure impression sur le spectateur impartial qui guettait au fond de lui. C'était donc cela que les gens voyaient. C'était cette tête, ces deux oreilles, ce rictus idiot. Il se souvenait du sourire de Dolorès, pressant ses paupières, étirant ses yeux vers les tempes : un sourire plein, un sourire juste, un sourire radieux. Autour de ses yeux pointaient les signes de la bonté du caractère. Mais le plus souvent, ce visage restait fermé. Son nez s'isolait, ses paupières étaient mi-closes.

La première fois qu'Adrien fit la connaissance de Dolorès, elle lui était apparue sans qu'il ne la vît. C'était une forme générique – assez quelconque –, une ombre imprécise, qu'il retrouvait à chaque fois sans s'attendre à rien. Adrien n'aurait pas pu dire à quoi tenait le souvenir charmant qu'il gardait d'elle. Pourtant, cette carapace connut une première craquelure lorsqu'ils échangèrent quelques paroles. Adrien avait vu les traits de la plasticienne secoués d'un léger frisson, ses expressions, sa manière d'articuler les mots et plus jamais il ne retrouva l'enveloppe première qu'il avait connue d'elle. Il y avait un nom sur cette ombre qui prenait désormais toute la lumière. Dolorès lui sembla réelle. Il voyait ses expressions, il pénétrait ses manières propres. À force de la voir, il se surprit même à emprunter certaines de ses mimiques, une façon de dire les mots ou de marquer sa déception en baissant les yeux, comme d'autres contractent une maladie ou un virus. Et puis un jour, le premier jour, un jour de printemps profus, le visage de Dolorès se métamorphosa encore. Ce fut une avalanche – un coup de canif dans une panse de bœuf. Entre deux phrases, tout à coup, dans une lumière changeante, la nuit passait, Adrien s'aperçut que tout tremblait. Dolorès n'était plus la même, comme si elle avait commencé sa mue, là, en plein jour, sous les yeux de tout le monde. C'était une autre, un autre être, une autre vie. Les références qui jusqu'alors avaient rendu possible la perception de l'enveloppe extérieure de son amie, toute cette série de médiations plus ou moins réfléchies qui servaient de voie d'accès à sa nature et qui conditionnaient la structuration d'une forme générale à partir de l'émiettement nécessaire des perceptions, toutes ces ressemblances fugaces ou lointaines avec une actrice, ce parallèle vague avec une autre amie ou cette façon d'être qui lui rappelait une cousine, tout cela volait en éclats. Sortie d'un moule, d'une carapace ou d'une montagne de bandelettes, la femme en face de lui, comme il n'en avait jamais vu – la femme qui ne ressemblait à aucune autre, à personne sinon à elle-même, la femme qu'il n'avait jamais vue nulle part et qui sans doute, quoique cela lui parût bizarre à cet instant précis –, s'appelait Dolorès Klotz. Pourtant, ce sourire qu'elle avait eu, lorsqu'il était venu prendre congé d'elle après le vernissage, Adrien ne le lui avait jamais connu. C'était un sourire triste, un sourire étouffé, peut-être amer. Elle lui faisait des signes. Elle avait quelque chose à dire.

Collé au comptoir, entre les fesses d'une géante aux regards verts et une veste à paillettes, Romain avait réussi à reprendre la parole. Depuis qu'il s'était plongé dans les œuvres complètes de Simone de Roquencourt, fasciné par sa phrase vigoureuse, il rebattait les oreilles de tout le monde à propos de l'unité de son œuvre. À son sens, les temps actuels n'étaient plus favorables à l'émergence d'individualités unies et hautement stylisées. Simone de Roquencourt incitait au contraire à s'éparpiller dans ses réalisations successives, aussi différentes les unes des autres que les formes qu'emprunte l'acteur pour éprouver l'élasticité de son moi. L'impératif était de se redéfinir, de se réinventer, de paraître nouveau à chaque apparition.

Claude hochait la tête. Dolorès Klotz était l'exemple même de ce genre de dévoiement. Elle n'avait jamais fait l'effort de rien développer, mais tentait de se décaler ou de se réinventer, comme le joueur qui mise sa fortune à chaque coup.

Romain semblait douter de la pertinence de ce qu'il entendait. Il ne dit rien. Mieux valait ne pas ternir le peu de crédit qu'il avait auprès de son interlocuteur. Dolorès, fatiguée et un peu ivre au milieu de cette foule d'hypocrites, avait ôté ses lunettes pour se frotter le visage à la fin de son vernissage. Elle dévoilait des yeux d'enfant – une fragilité, une douceur insoupçonnée ; une rondeur riante et sensuelle. Romain retourna à son verre.

La jeune serveuse, qui observait Claude Muller depuis un moment, s'approcha des deux écrivains. Elle s'appelait Magalie – Magalie Pandit-Suarès. Elle avait vingt-trois ans. Grise et beige, électrisée par les orages multicolores de la scène dansante, Magalie Pandit-Suarès paraissait toute petite, frêle et sans relief. Elle avait joué dans plusieurs courts-métrages, fait de la figuration dans deux « longs » et avait été pressentie pour tenir un second rôle dans une pièce de Samuel Abdala. Elle admirait énormément l'œuvre de Claude Muller. Passionnément. À perdre la raison. Elle avait vu toutes ses pièces. Magalie chantait, faisait de la danse et des claquettes, de l'escrime et du cheval, de l'alpinisme, de la course à pied et de la natation, en plus de jouer la comédie et de faire pleurer. Elle travaillait au Ménesse quelques soirs par semaine, pour assurer ses fins de mois. La tristesse dans le regard de cette jeune fille contrastait singulièrement avec son désir fulgurant d'être entendue et regardée. Claude écoutait à peine.

Le gros du bataillon des femmes qui circulait dans le Ménesse était formé par des actrices en devenir ou confirmées. Parfois des mannequins, le plus souvent des somnambules. Il y en avait des modestes, des fragiles, des arrogantes, des conquérantes, il y en avait de très jolies, des minces, des grosses, des « riens-du-tout » et des sublimes. Tout le spectre de la féminité était représenté dans ce peuple innombrable qu'un désir de monter sur les planches et de *réaliser* leur corps et leur être à travers l'œil d'un metteur en scène aiguillonnait. Certaines avaient de petits sourires gentiment séducteurs, d'autres étaient visiblement inhibées, mais manifestaient la violence de leur envie par des gestes exubérants qu'elles ne pouvaient réfréner ; certaines riaient fort, d'autres étaient maquillées comme des cantatrices un soir de gala, vêtues de taffetas rouges et de dentelles roses. Les plus désemparées erraient sur la piste de danse comme des corps à la recherche d'une âme. Elles recueillaient les traces de leur passage dans le regard des hommes.

Magalie Pandit-Suarès laissa sa carte à Claude Muller qui la rangea dans la poche de son veston pour se remettre à parler de sa pièce. La jeune actrice prit un air de circonstance. Romain Beaulieu constata que son verre était vide.

Iouri Vassilieff approcha du petit groupe. Sa présence produisit une forme de gêne. L'équilibre précaire qui s'était établi entre les trois individus ne pouvait résister à l'arrivée d'un aussi encombrant spectateur. Il souriait à Magalie en prenant son air terrible. Et très vite, il la tira par la main pour l'inviter à danser. Magalie refusa franchement. On l'attendait derrière le comptoir. Iouri, qui considérait ces manières comme une forme de politesse, redoubla d'ardeur. Les regards de détresse de la créature ne suffirent pas à convaincre Claude d'intervenir. Il fixait langoureusement Romain en lui proposant un nouveau verre. Sans rien comprendre aux œillades du dramaturge, Romain poussa Magalie par la taille pour qu'elle cédât aux injonctions de son ami.

Le couple frôla Adrien. Grisé par la danse, il contemplait les couples qui se formaient pour se déformer. Les corps, sur des airs de musique entraînés, gravitaient au rythme de la constellation pailletée des lumières. Adrien restait statique. Dans cette communion céleste où rien ni personne ne tenait à sa place, l'identité de l'être pouvait passer pour une fiction. Au sourire fin sur les lèvres d'une fille qui regardait son amant, aux jeunes filles qui dansaient en riant, au geste lointain qui semblait plein d'amour, répondaient dans le ventre d'Adrien des bouffées d'extase. Il ne désirait rien, ni personne, il était ailleurs, bien au-delà, très loin dans le ciel, de l'autre côté de la vie. L'ivresse, dans un élan de sympathie universelle, lui donnait le sentiment de faire partie d'une communauté souveraine réunie pour fonder ses droits et chanter ses dieux. Il pensait à Dolorès et se sentit prêt à étreindre la salle entière dans un geste d'effusion mystique. Il remercia le ciel de faire partie de ce grand tout.

La disparition de la collection de ses aïeux hanta Dolorès toute son enfance. Sur les murs de sa chambre, à la place des posters géants de chanteurs qu'affectionnaient ses camarades, Dolorès épinglait des photocopies de dessins anciens, presque effacés, figurant les torses ou des mains coupées. Comme sa mère, elle avait la phobie d'être dans le noir. Une veilleuse colorée l'aidait à s'endormir. Elle aimait les puzzles qu'elle recomposait en cachant le modèle. Elle repoussait les collections d'images de ses amies et refusait tous les échanges, préférant avoir des scènes en double plutôt que de perdre quelque chose. Dans la maison familiale, sans les nommer, on sentait ces choses. La décoration était minimaliste.

Dolorès chercha longtemps quelle serait sa voie – elle commença par faire l'actrice. Elle apprit des poèmes, récita des fables, composa des rôles. Mais, malgré des débuts flatteurs, une forme de crise la détourna de son chemin. Elle passa quelques mois dans une clinique, portes et fenêtres closes. À peine sortie, Dolorès décida qu'elle serait plasticienne. Elle avait toujours dessiné, elle aimait voir les expositions. Certains de ses amis la trouvaient érudite. Son œuvre partit dans toutes les directions. Parfois sculptrice, d'autres fois vidéaste, peintre ou installatrice, seule comptait l'idée qui imposait sa loi au style et à la forme. Entre deux œuvres de Dolorès, aucune continuité. Pas même l'image d'une harmonie. Il s'agissait d'une multiplicité d'éclats, qui scintillaient dans l'ombre.

Dolorès ignorait comment interpréter le vide laissé au cœur de l'histoire de l'art par la disparition de la collection de ses aïeux. Qu'y avait-il de plus grave : ne plus pouvoir contempler ces œuvres ou constater que l'on arrivait à vivre et à créer sans qu'elles fussent admirées ? Personne n'ignorait cette disparition, certes, mais on vivait tout contre, sans s'apitoyer. Les fils avaient été rompus, les lignes coupées, les trajectoires brisées. Dolorès se réveillait, sûre d'avoir vu les œuvres. Elle passait des heures à feuilleter l'inventaire des tableaux manquants. C'était une sorte de cimetière où les noms et les dates se serraient sous une croix blanche. Elle imaginait les toiles en lisant les titres, elle devinait les paysages qui s'éloignaient presque aussitôt. On avait les dimensions, le pedigree, mais rien de plus. Plus elle lisait les descriptions de Sir Andrew Marbot, plus la frustration lui serrait le cœur.

Sa rencontre avec Griffin fut capitale. Il avait été son professeur. Il lui ouvrit les yeux. Il changea sa vie. Peu de gens connaissaient leur histoire. Les parents de Dolorès croyaient leur fille avec un homme de bonne famille, qui n'était rien pour elle sinon un paravent.

Vassilieff n'aimait pas danser. D'un naturel entreprenant, il se lassait vite. Le sautillement désarticulé de la pauvre actrice le consterna. Dans ce bas monde tout était pourri. Pour qu'on vous trouvât digne d'exposer, il fallait accrocher des cadres vides sur un mur blanc. Magalie, pantomime de son propre rôle, le gênait avec ses os pointus. Iouri voyait à travers ses yeux un signe de faiblesse qui lui donnait envie de l'écraser. Il avait une passion pour les ratés, les gens à la dérive, ceux qui n'osent pas et qui souffrent. Cette fille, c'était pire que tout. Victoire, auréolée de gloire, l'avait lâché pour un autre – qui dialoguait avec le diable. Aux yeux du peintre, cette séparation était une sorte de réussite. Il passa la main entre les cuisses de Magalie qui ne résista pas. Elle était ignoble, elle puait la pisse, il avait besoin d'un verre. Adrien n'était certes pas très bon, mais Romain était sans conteste le plus raté de tous. Une véritable nullité. D'ailleurs, sa médiocrité suffisait à cimenter le groupe. Car, comme par enchantement, tout allait bien mieux lorsqu'on comparait sa vie à la catastrophe qu'était la sienne. Vassilieff repoussa Magalie d'un geste sec et fila vers le comptoir.

Un groupe de gens semblait s'ennuyer. Ils souriaient du bout des lèvres. Leur verre à la main, parfois même une cigarette, seuls les glaçons bougeaient. Comprendre ce qui les retenait ici n'allait pas de soi. Vassilieff vola un verre posé sur le comptoir. Ces gens-là, on pouvait leur cracher à la figure sans qu'ils rechignent. Il se mit en face de l'un d'entre eux. C'était un comédien. Vassilieff pensait avoir affaire à un homme qui réussissait – un vendu, un nul, un fasciste, une sale ordure qui profitait du système. Mais le timide comédien jouait dans un théâtre de quartier une pièce qu'il aimait et qu'un ami lui avait écrite. La salle était vide, on perdait de l'argent tous les soirs. Vassilieff lui ouvrit les bras. L'un comme l'autre avaient les poches vides mais le cœur plein. Vassilieff tendit le reste de son verre au comédien, qui le refusa très poliment.

De l'autre côté, la conversation entre Romain et Claude tournait à l'aigre. L'arrogance de l'auteur de théâtre avait vaincu les dernières résistances du jeune poète. Lorsque Romain tenta de lui expliquer pourquoi les subventions ne devaient plus être attribuées au mérite (les critères esthétiques, toujours subjectifs, ne pouvaient servir d'étalon indiscutable) mais, au contraire, partagées équitablement entre ceux qui créaient et tentaient de vivre de leur art, sans distinction de style, de qualité ou de renommée, Claude Muller partit d'un grand éclat de rire. D'un hochement de tête, Magalie, revenue de la piste de danse, donnait raison à Claude.

– Les gens de ta race, Romain, ont l'ivresse des profondeurs, comme d'autres ont l'ivresse de l'altitude. Mais ce que tu ne sembles pas comprendre, c'est que ta misère ne peut pas être comptée au nombre de tes mérites. On n'est pas meilleur parce qu'on échoue, susurra Claude à l'oreille du pauvre poète.

Lorsqu'il vit Romain rougir, quelques gouttes de sueur perlèrent sur son visage. Claude aurait tant aimé le pousser au fond des chiottes.

Le vernissage de Dolorès connut un franc succès. Dans la grande pièce de l'Espace Garousse, du sol jusqu'au plafond, Dolorès avait tapissé les murs d'encadrements vides. De grands cadres en chêne sculpté, de superbes frises de rinceaux fleuris, dorés à l'or fin ou polychromes, des feuilles d'acanthe moulées, des décors de personnages, de petites bordures guillochées en bois d'ébène, de grands ensembles de retable, surmontés d'ogives ou de tours festonnées, de jolies formes ovales couronnées d'armes ou de rubans bouclés, tous les décors – de superbes pièces d'époque pour la plupart – se détachaient sur les murs immaculés de la galerie. De la marine au paysage, du très grand au tout petit, on retrouvait tous les formats. Le plafond avait été habillé de ces rectangles vides, tout comme le reste de l'espace, où d'interminables toiles de nylon soutenaient des centaines de cadres dorés. Un étroit corridor serpentait dans la galerie pour découvrir la collection creuse. Sur chaque encadrement, un cartel mentionnait le nom d'un peintre, le titre d'un tableau, un format, ainsi qu'un pedigree que la mention « Collection Waldemar-Sachsman » concluait irrémédiablement, comme un avis de décès. Les sépultures des mille deux cents toiles de la collection avaient ainsi trouvé leur place entre les murs de la galerie. En réunissant la quintessence de l'histoire de la peinture, Garousse raflait la mise.

– Tu crois qu'elle va venir ?

– Qui ça ?

Jusqu'à présent, Adrien croyait attendre Dolorès. Il commençait à comprendre qu'il ne redoutait rien sinon son arrivée. Bien des fois, Adrien avait été au-devant d'elle, sur son chemin entre l'appartement et l'atelier. Il la regardait passer, derrière un arbre, incapable de lui dire un mot, de feindre la surprise et trop heureux de voler quelques images d'elle au milieu de la végétation du Mont-Ariel.

– Dis-toi bien une chose, Adrien… l'homme qui désire une femme *doit la prendre*.

Adrien baissa les yeux.

– Il ne peut en être autrement. Un fantasme, venu de l'ombilic des temps, commande à la femme d'être ravie. Comme dirait ce bon Canouris : « Pour aboir braiment une femme, il faut l'aboir enlevée. » Il te faut la voler sans laisser à quiconque la possibilité de s'interposer. Pas même l'objet du rapt – comme un sac de blé ligoté à la selle du cavalier. Si elle se débat sur la croupe de la monture, lorsque son maître lui fait traverser les steppes, que tu la bâillonnes ou la frappes, ta volonté sera loi. Dans sa chair, dans son silence, lorsqu'elle se plaint, elle réclame qu'on la soumette. À l'époque de l'indépendance, vois-tu, c'est encore à l'homme, avec férocité, de réaliser son désir, auquel la femme se soumet, de gré ou de force, mais en l'absence de quoi elle serait la première à se sentir frustrée.

Adrien grelottait. Dolorès n'était pas une femme comme les autres. Ne serait-ce que pour prendre sa main, il aurait fallu franchir une barrière aussi haute que le sommet de la terre. C'était le drame. Au supermarché, lorsqu'il faisait une liste, dans sa valise, lorsqu'il partait en voyage, Adrien oubliait l'essentiel. S'il tentait de dire ce qu'il pensait, cela tombait à l'eau. S'il s'expliquait, il manquait le plus marquant. Adrien n'arriverait jamais à la prendre par la main.

Iouri avait besoin d'une cigarette. Un petit espace au premier étage du Ménesse avait été aménagé pour les fumeurs. Quatre mètres sur deux, une trentaine de tabacomanes se relayaient pour allumer leur cigarette. Il suffisait d'ouvrir la bouche pour inhaler une bouffée de tabac lourd. Vassilieff s'y engouffra. « Défunts fumeurs, je vous salue ! » À chaque fois qu'il poussait cette porte, Iouri avait le sentiment de s'enfouir dans son propre caveau. Il remporta un certain succès en déclarant qu'il souhaitait que ses cendres fussent dispersées dans le fumoir après sa mort.

Il reconnut à sa droite une des deux blondes qui lui avaient échappé. C'était la plus vilaine. Abandonnée là, elle fumait sans défense. Son mascara coulait – son arrogance avait fondu. Personne ne la regardait. Iouri s'approcha d'elle. Elle lui tendit une cigarette. Iouri but dans son verre et dit quelques mots désagréables pour casser en elle toute assurance. Elle était à sa portée, prête à céder. Il la prit par la taille et fourra sa langue dans sa bouche. Cinq minutes plus tard, ils titubaient sur le trottoir.

Knud Oddson

Marée descendante, installation quotidienne
Plage du Toulgen

Ma chère Sandra,

Il y a longtemps que je n'ai eu de tes nouvelles. Là où je suis, tout arrive avec parcimonie. Le temps n'est plus tout à fait le même. Au bord de la mer, dans un hôtel à moitié désert, j'ai trouvé une petite chambre. L'idée d'habiter dans une station balnéaire passée de mode est un fantasme d'adolescent. Il y a cette modeste tragédie que je crois utile à la création. Comme à mon habitude, je cède ma place aux dames, je traverse aux clous, je salue ceux que je croise. Je bois mon café tôt le matin et prends mes repas à heure fixe. Les commerçants, les patrons des deux bistrots, les dames qui me regardent en coin, les pêcheurs à la retraite, je suis vite devenu le sujet de conversation préféré de cette population. On me considère comme un original. Cela ne m'inquiète guère. Je ne respecte pas la règle pour être bien vu, mais pour jouir de l'ordre établi.

La chaleur de midi est accablante. Sandra, le visage bariolé de soleil, ouvrit un œil. Personne n'avait pensé à fermer les volets. L'odeur du tabac froid venait du cendrier posé sur le chevet. Au pied du lit, quelques bouchons de liège se battent avec les bouteilles à moitié vides. Les amis étaient venus fêter Adrien. Même Magnus Paoli. On s'était couché avec le chant des oiseaux. La table sur la terrasse est pleine de verres et d'ordures. La bière éventée chauffe au soleil. Des paquets de cigarettes troués, des restes de nourriture, des tranches de fromage suintantes, l'odeur du vin tourné, le sorbet rouge fondu sur le plat rond. Sandra Dupuis ouvrit le frigidaire. Une tartine de beurre frais, un café, une place au soleil et le mal de tête. Elle décacheta la lettre.

Les premiers jours, mon occupation consistait à trouver de nouveaux sujets. Au bout de la digue, lorsque le soleil s'efface, un phare illumine la côte. Les oiseaux planent, le sable accroche mille couleurs. De vieilles familles que leur chien précède, des solitaires, des couples main dans la main viennent prendre l'air. J'apportais mon chevalet.

Les falaises surplombent la mer sur des kilomètres. De petits sentiers tournent et retournent au bord du gouffre. Je contemplais ce paysage tremblant. La mer et le roc dialoguent à perpétuité. La ligne qui les sépare, nette et affûtée, perdait de sa réalité à mesure que je l'observais. La chair rocheuse, assaillie par la mer, qui la bat et s'enfuit, mime le mouvement des vagues, comme si dans le marbre un sculpteur avait figuré cette masse froissée. Je crus perdre raison en tentant de présenter l'un de ces vertiges. Vivre au cœur de l'unité dynamique de ce couple me fit monter les larmes aux yeux.

Je restais longtemps à éprouver les variations de la lumière. Il suffisait d'une infime lueur – un rayon qui perce la carapace, un nuage qui estompe les ombres – pour transfigurer les irrégularités à la surface de la falaise en un tronc d'arbre, un ciel noir éclaboussé de lait, ou une peau rugueuse de pachyderme. Parfois j'imaginais le contraire – et la mer se faisait l'interprète de la partition déposée sur la roche, le nuage parlait de ces formes sur le littoral, le bois exprimait l'essence du schiste érodé, le ciel étoilé humait le monde. Je dus toucher ce qui serait la racine du visible.

Les jours de grand vent, la mer agitée bouillonne comme une casserole de lait. L'écume vole et le monde entier presse sur ta poitrine. Je me liquéfiais. Rien n'a d'importance – sa propre existence, comme le reste. Absorbé, tu te confonds avec une goutte d'eau en suspens, une petite pierre le long du chemin ou une plante folle balayée par les flux. On passe des heures à respirer au rythme de l'océan. Sous mes pieds, des masses molles explosaient. Les plans du paysage, pris dans la tourmente, se chevauchent et s'écartent sans se laisser recouper. Ce pouvait aussi bien être les grandes marées au fond d'un caniveau. Es-tu géant ou minuscule ? L'espace d'un instant, tu te transformes en colosse relatif et puis, écrasé par les volumes tentaculaires de la roche, je regarde la falaise éboulée dans la mer, l'avalanche de petits cailloux, sans savoir s'ils sont au fond du trou, dans le creux de ma main ou si c'est moi qui suis ramassé comme une miette à leurs pieds. Ceci mit des milliards d'années et moi j'étais là, incapable de dire un mot. En rentrant, je décidai de remiser les toiles blanches au fond de ma chambre.

Le mal de tête persistant, l'emphase de cette prose, l'ennui de voir ressurgir les fantômes, Sandra aurait eu bien des raisons d'interrompre sa lecture. Elle se contenta de terminer son café. Les larmes montaient.

De ma fenêtre, on peut voir le minigolf et la promenade déserte. Un réverbère éclaire un coin de la plage au sable froid. Hors saison, les cafés ferment avec le jour et les cinémas n'ouvrent qu'en fin de semaine. Lorsque je commande un dernier verre au bar de l'hôtel, dans les yeux de la femme de chambre, je sens les reproches qu'elle fait aux hommes sans moralité. Alors, de temps à autre, je perds une soirée au casino. Le bruit des jetons, les tics des joueurs, les lumières qui clignotent, les alarmes de la victoire, les glaçons qui cognent au verre, je m'installe au comptoir sans compter les heures. Lorsque j'approche d'une table, ce sont de longues minutes d'ennui. Mais tout retour me parut vain.

Sandra se souvenait des réveils avec Oddson. Petits pains, câlins et musique douce. Un matin, il était parti. Parti, enfui, disparu. Avec une autre. Il laissait le beurre et le pain sec au fond du frigidaire. La fille, c'était une amie à elle. Une amie, une connaissance – une traîtresse, pour être précis. Leur départ l'avait démonétisée. Longtemps elle avait saigné. Ses mains, ses bras, son ventre, ses pieds, sa poitrine, elle avait saigné partout. Son corps ne s'appartenait plus. Bizarrement, en quelques semaines, un sursaut, une appétence universelle la fit sortir du trou. Les premières collections, les premiers défilés. Elle se sentit libre. Cette solitude de Knud n'était pas imméritée. Christian et Amin dormaient au fond du lit.

Pour me divertir, j'observais la robe de débris que laisse la mer sur le rivage. Des bouts de ficelles, des morceaux de bois, des bouteilles ou des coquillages – des épines de raie, du verre poli, des semelles, des sacs, des boîtes de conserve, des jouets, parfois un tronc, des serviettes de bain, des crèmes solaires, des brosses à dents, des papiers gras. Échoués sur le sol malléable, ils impriment leur forme, à la surface, et sèchent dans le silence. Mais lorsque la marée monte, tout est balayé. Quelques heures plus tard, une nouvelle troupe peut entrer en scène. La débâcle miroitante de l'entrelacs des lames et du sable les sublime de toute façon. Je récoltai quelques-uns de ces objets. J'appréciais leur contour et leur justesse. Un jour, désœuvré, je les disposai au sol. J'imaginai une forme d'équilibre, une fresque abstraite et inutile. Le lendemain, la mer avait tout effacé. Les jours suivants, j'entrepris des installations plus ambitieuses – avec des pneus ou des ficelles, des tubes, des pierres, des pièces de bois et mille autres rebuts. Sans plan préétabli, en improvisant avec ce que je trouvais, je fis de grandes tours, de petites maisons, des formes de vaisseaux, parfois des chars militaires, et des centaines de formes de mon invention. Je fis des barques, des pirogues et des sous-marins. Naufragé volontaire, échoué sur une terre lointaine, tout servait ma fantaisie pour retrouver le monde perdu. Je fis des refuges, j'inventai des paysages, des histoires sans fin. Ces espaces pris sur la mer se transformaient jour après jour en chambre pour enfant – en galerie d'art, en magasin de luxe, en grandes limousines ou en salle à manger. Un jour, la mer m'offrit un grand mannequin de polystyrène. Je l'habillai, je le grimai. Il hanta mon théâtre un certain temps, nettoyé chaque matin par la marée montante. Ces œuvres-là t'étaient dédiées.

Les passants me regardaient. Avec dégoût ou bienveillance. Au gré des marées, un public se constitua et mon audience grossit avec. Il y avait les habitués et les nouveaux venus, attirés par la rumeur qui vous précède. Les enfants voulaient m'aider ou m'imiter. Certains adultes me donnaient conseil. Pendant quatre à cinq heures, qu'il pleuve, vente ou fasse soleil, des dizaines, parfois des centaines de spectateurs assistaient à la surrection d'un mobile aléatoire. Alors, lorsque la mer remontait, invariable, l'eau et le sable rendu instable précipitaient la chute, parfois fracassante, de mes constructions qui se dispersaient sur le rivage. Dans ces moments de communion tragique, où tout retourne à l'eau, le public applaudissait. Une fois, l'installation survécut au reflux de la marée. J'avais fait un radeau solidement ficelé, surmonté du chargement de fortune d'un fou à la dérive. Coquillages en colliers, sacs remplis d'algue, bidons chargés de tissus, quelques corps de poissons mal léchés. Une pelle en plastique. Le radeau gagna le large comme une bouteille à la mer.

Des journaux dépêchaient des journalistes. Les articles attiraient les bavards. Les artistes vinrent se faire une opinion. La belle saison approchait – je devins une attraction. On prenait des photos de mes monuments éphémères. M. le maire proposa d'ouvrir une salle.Les retombées de ces fantaisies étaient favorables à sa commune. On me sollicitait à tout propos. Je dus inaugurer une nouvelle crèche, ouvrir le bal, remettre une gerbe au vainqueur d'une course cycliste.

Je n'ai jamais cherché à laisser des traces, ni à vaincre quoi que ce soit. Certains disent que je suis un décadent. Peut-être. Chaque jour je dilapide ma fortune pour sauver des choses déjà mortes. Peu de gens comprennent le sens de ce pari perdant. D'ailleurs, le vent ne tarde jamais à tourner. On finit par me trouver hautain, froid, prétentieux. Les artistes moquent ma constance. Le public se lasse de mes histoires. Certains riverains se sont plaints du tapage et de la saleté. Le maire a récupéré la salle qu'il avait mise à ma disposition. La plage, depuis, est impeccable. On me laisse tout juste les coquillages, les galets et les bris de verre.

Mes promenades le long de la mer sont singulièrement plus calmes. Ceux qui faisaient mine de m'admirer ne me reconnaissent plus. Je mange à nouveau seul à la table de mon hôtel. Mais avec les galets, les coquillages et les bris de verre, les résultats sont plus précis. Je gagne à concentrer mes constructions. Même si la mer les disperse avec plus de rage.

De temps à autre, je songe à vous rendre visite. Mais mon œuvre est trop jalouse. Ce serait baisser les bras que de partir. J'appartiens à cette plage. Pourtant, l'idée que tu puisses souffrir me ronge.

Affectueusement,

Knud

Assise à terre, Sandra reprend ses esprits. Pour faire place nette : commencer par remplir les poubelles d'ordures. Ranger sommairement la cuisine et déverser les montagnes de vaisselle sale dans la mousse. En règle générale, une bonne heure d'ablutions suffit à effacer les traces. L'aspirateur, la serpillière, en tout, il y en avait pour deux heures – rarement plus. Amin Carmichael et Christian Nguyen, à moitié aveugles, pénètrent dans la cuisine à la recherche de leur café. À tour de rôle, ils s'approchent de leur maîtresse pour sentir sa peau. Le ménage terminé, Sandra irait faire un tour pour sortir ces poubelles.

Elle laissa choir la lettre. Inutile de retenir ce qui est voué à disparaître.

Iouri Vassilieff

Portraits d'artiste, huile sur toile, 27 cm × 22 cm
Bâtiment A, cellule 235

Vassilieff, titubant, s'efforçait d'unifier sa perception du téléphone. Depuis plus d'une heure, le monde, éparpillé sous ses yeux, miroitait sans produire d'image nette. La bouteille vide, le verre cassé, le cendrier foisonnant, la main trouble, le regard embué, les murs penchaient. Vassilieff était à peine capable de retrouver son visage. À deux doigts de sa main, le téléphone, décroché et dédoublé, s'éloignait sans trouver de numéro. Victoire n'est pas la personne à qui s'adresser. Iouri voulait être écouté et consolé – pas des remontrances, pas des bons conseils. Et d'ailleurs, comment pourrait-elle comprendre ? Comment pourrait-elle déjouer la conspiration, l'injustice et la malédiction qui le frappaient, lui, le malheureux, le pauvre, le mal-aimé ? Victoire Albanel devait même prendre plaisir à son échec. Qu'avait-il donc fait pour mériter ce sort ?

Sous ses pieds, les sentiers bariolés de son tapis de laine s'entrelaçaient. Des montagnes, des forêts noires ou des fleurs rouges, Iouri hésita, revint sur ses pas, changea de direction, reprit une gorgée d'alcool. Des sourires narquois, des yeux rieurs, des traits méchants, les visages modelaient leur profil pour se dissoudre presque aussitôt. Comme souvent, l'image rayonnante de Carlos Schwab s'imposa d'elle-même. Iouri avait appris à peindre sur les bancs de l'académie Fermat, où Schwab enseignait alors. Ils avaient sympathisé. Le professeur incitait Iouri à redoubler d'efforts ; il lui apprit à ne jamais complaire au goût du jour. Mais, vendant de mieux en mieux, Schwab quitta l'académie pour se consacrer à son travail. Les deux peintres se perdirent de vue et Iouri n'eut jamais le courage de contacter son maître. Figure tutélaire grandie par les ans, demi-dieu et fétiche inquiétant, l'image de Carlos Schwab accabla le pauvre Iouri. Au comble du désespoir, il agrippa son téléphone.

Le timbre de la porte tinta. Une violente lumière interdisait d'ouvrir les yeux. Langue pâteuse, lèvres collées. D'une main, Iouri inspecta les alentours. Il crut reconnaître son tapis. Sur ses épaules, il retrouva sa chemise en velours bleu nuit et ce pull à motifs géométriques qu'il portait la veille au soir. On sonna de nouveau. Iouri cherchait à se rafraîchir. Dans le miroir, un masque mortuaire – des cernes noirs, un teint blême et cet œil rouge qui le dévisageait. Il paraissait vieilli de dix ans au moins.

Derrière la porte, un tout petit homme aux lunettes rondes, le regard mobile. À peine changé, le bon vieux maître attendait sur le pas de la porte. L'élève, confus, s'empressa de faire le café, poussa en vrac les papiers et les tubes qui jonchaient la table, ouvrit la fenêtre et présenta une chaise à M. Schwab. Le revoir faisait du bien comme une douche froide. Entre les tasses d'une propreté douteuse, la gueule mal rasée de Iouri, les regards perdus ici et là, les bruits matinaux du voisinage, on peinait à trouver un sujet pour converser – comme si toutes ces années d'absence se solidifiaient en un silence. Le petit atelier de Iouri était un vaste chantier. Sa vie à cet instant semblait inadmissible. Il s'en excusa auprès de son maître, qui se contenta de lui sourire.

Le café terminé, Iouri se racla la gorge. Depuis des années, il n'avait pas vendu une toile. Aucun galeriste n'acceptait de présenter son œuvre, il n'avait plus d'argent, on le regardait bizarrement, le Jury de la Cram menaçait de l'exclure, sa maîtresse le trompait, et il ne savait plus que faire pour s'en sortir. Carlos Schwab demanda simplement si Iouri continuait de travailler.

Iouri prit un air grave. Dans la lumière du matin, les arabesques du grand tapis de laine scintillaient. Les rouges et les verts piquaient. Le tisserand, sur son métier, avait travaillé nuit et jour pour achever l'ouvrage. Tremblant, Iouri chercha la bouteille neuve pour se servir un verre. Une plaque rouge apparaissait sur son cou et remontait le long de sa nuque autour de l'oreille. Épaisse, nervurée, la tache avançait librement à la surface de sa peau. On aurait dit une concrétion séchée de peinture à l'huile. À sa naissance, la chose était sur sa poitrine, tout près du cœur – sa mère avait pensé à un angiome. Puis la tache avait pris des formes diverses. Elle glissa sur son dos, s'effaça, rejoignit ses mains, contamina de nouveaux continents, à géographie variable. On avait imaginé une sorte d'allergie, peut-être des ecchymoses, une maladie rare. La richesse des couleurs qui teintaient son épiderme en faisait une lanterne magique. Iouri passait des heures à regarder ses bras et son ventre. Les dessins pouvaient prendre des formes bizarres. Des ombres et des monstres, des enfants livides, des êtres morts, des masques grimaçants et des bouches noires. À la mort de sa mère, l'explosion des pigments sous ses poils ressemblait à une fresque nébuleuse. Son corps reflétait la honte et la peine. Depuis, la tache flottait sur sa peau au gré de ses humeurs. Un rien suffisait à la faire écumer. Les périodes de crise étaient hautes en couleur. Carlos Schwab ne lui en tint pas rigueur.

Entre les cloisons de la cellule, le fourmillement des artistes dans la grande ruche sonnait mollement. Ce brouhaha oppressait Iouri. Tout le monde avait son but, tout le monde se régénérait – Iouri stagnait. Jusqu'à présent, il n'avait eu qu'un seul projet, qu'il ne cessait d'approfondir. On loua ses premières toiles – ses amis, les gens de passage ; même Paoli l'encourageait. Schwab semblait curieux de voir une œuvre de son élève qui lui tendit l'une de ses dernières peintures. Incapable de présenter son œuvre, Iouri respectait par défaut le silence du maître qui tenait la toile entre ses mains. C'était un « trois figure » – le portrait d'un homme de facture classique, peint en grisaille. De loin, on aurait cru voir une photographie. La quarantaine tout au plus, l'homme avait le visage suranné d'un acteur passé de mode. Regard intense, peau lisse, cheveux ramenés en arrière, il porte une chemise blanche dont le col aux pattes allongées contraste avec son pull noir. Un des boutons de la chemise dépasse – c'est la seule fantaisie de composition.

Iouri se sentait épuisé. Ses cheveux longs faisaient des nœuds. Ses dents, noircies par le tabac, jaunies par l'alcool, grinçaient d'énervement. Il avait la bouche gercée, une peau plantée de dartres, mais gardait les traits d'un ange. D'un bleu profond, ses yeux ne quittaient plus son professeur. Les fines lèvres de Schwab, roses, nerveuses, surmontées d'un trait grisonnant de moustache, se crispaient pour se détendre presque aussitôt. Ce geste entraînait la partie inférieure du visage qui se figeait quelques instants en faisant saillir les nerfs de son cou. Son œil droit se plissait, il prenait du recul, esquissait un sourire puis penchait la tête sur le côté en avançant sa mâchoire. Iouri avait chaud et froid. Carlos Schwab retourna la toile contre le mur.

Visiblement, l'effet de vieillissement avait attiré l'œil du maître. Une corolle de glacis mangeait le fond obscur derrière le personnage – comme sur une vieille photo, un peu jaunie, attaquée par l'humidité et les champignons. Un continent fantastique aux contours bistre dessinait un rivage aride parsemé d'îles, pavé de petits points et de hachures grises ; les coins de chevelure s'effaçaient dans le ressac, comme une feuille délavée par l'eau. Cette dégénérescence de l'image qui rongeait le visage de l'homme et se superposait au grain de sa peau laissait penser que le sujet du tableau n'était pas l'acteur, mais l'irrésistible déformation imprimée par le temps sur l'image – le reste n'étant qu'un obscur jeu de figuration. Le conflit de ces deux surfaces, le contraste entre cet homme lisse, le regard profond de séducteur, figé dans son costume noir et blanc, et la décrépitude, l'écaillure du temps qui mine les chairs, produisait un effet macabre. L'œuvre, achevée dans ses moindres détails, semblait continuer son travail en silence. La matière pourrir sous nos yeux. Bientôt peut-être, le visage ravagé, il ne resterait plus que le moutonnement abstrait des champignons à contempler.

– Vous avez travaillé d'après photo ?

Iouri prit une nouvelle rasade. Une photo avait servi de modèle, oui. Mais cette toile faisait partie d'un ensemble plus vaste. Une grosse centaine de toiles en tout – que des portraits.

– Vous avez cent toiles de cette qualité et tout le monde vous refuse ? C'est à n'y rien comprendre !

Iouri était bien de son avis. Mais les galeries n'aimaient rien sinon la peinture abstraite. Le sensualisme était roi. Les gens voulaient de l'impression, du psychologisme, ils voulaient une subjectivité à l'œuvre.

– Ce que vous dites est intéressant, quoique je ne sois pas sûr de vous donner raison. Mais, dites-moi, qui est cet homme que vous avez peint ?

Iouri dut reprendre ses esprits. Il fallait boire encore.

L'homme qu'il avait peint, il ne le connaissait pas – pas même de nom. On ne savait pas s'il avait percé, s'il vivait encore – si ses enfants gardaient une image de lui ou si sa femme l'avait pleuré. Iouri n'avait d'ailleurs jamais cherché la clé. Inlassable piéton, il avait découvert une pile de photographies de cet homme dans une benne à ordures. Un rêve d'acteur jeté à la poubelle – l'image d'une jeunesse envahissante, le grand-père oublié, la fin d'une histoire d'amour, la mort d'un agent de comédiens, un simple besoin de place, tous les scénarios auraient pu expliquer la mise à l'écart.

Iouri invita Schwab à passer dans l'autre pièce. L'atelier baignait dans l'obscurité. Le maître ne voyait à peu près rien. Il trébucha sur une pile et glissa sur un papier. Les photos mises au rebut, l'acteur négligé, anonyme et sans doute mort, le récit de Vassilieff l'avait choqué. Mais Iouri ouvrit les stores. La lumière fit tituber Schwab. Il voyait double – il voyait triple. Ses yeux perdaient leur chemin dans l'encombrement de ces visages. Comme s'il avait trop bu. Des toiles, il voyait des toiles accrochées au mur. Il devinait des faces noircies par le contre-jour. Bizarres, difformes, grotesques, elles riaient, elles sautaient, elles grommelaient. Petit à petit, découvrant la centaine d'effigies qui tapissait les murs, le professeur se sentit mité d'effroi. C'était partout le même. Oui, partout le même acteur, le même costume, la même coiffure. Partout le même masque, le même fou, l'oubli, l'effigie mortuaire, l'image perdue d'un homme. Et ces yeux, cette guirlande de globules, la spirale, tout autour, inquisiteurs, liquides, rieurs, vous dévisageaient.

Pour garder la face – les sens ébouriffés –, il tenta d'unifier sa perception de l'œuvre de son élève. À première vue, il s'agissait de l'œuvre d'un fou. Obnubilé par un motif refait à l'infini, l'exercice avait tourné à l'obsession. Dans le détail, mille variations apparaissaient. Entre deux tableaux, les dégradations imprimées par le temps sur le visage de l'homme étaient à peine semblables. Les corolles d'humidité, arrivées à un stade différent de maturation, plus ou moins blanches, parfois larges et bien dessinées, baveuses, fondues ou amincies, délavaient les cheveux de l'homme de façon spécifique à chaque réitération du même motif. Là, une grosse tache trouait l'image, ici le visage devenait flou, mangé par les champignons, les rousseurs et piqué par la vieillesse. Très sombre, très claire, contrastée ou bien à peine, la palette des gris n'était jamais la même. Dans certains cas, la composition muait du beige au brun foncé. Chacune de ces toiles dans son conformisme apparaissait ainsi comme une œuvre unique. Le peintre s'était damné à la recherche de l'original perdu. Altéré par la variation des tons, ces yeux vous scrutaient avec une intensité accrue. Tour à tour pensif, volontaire, désespéré, intransigeant ou révolté, il ouvrait de nouvelles failles dans la conscience de son public. La tonalité des jugements que l'acteur portait sur vous épousait l'intégralité du spectre des possibles. D'une prise à l'autre, on aurait dit qu'il bougeait et se déplaçait dans son cadre et dans le temps. Il incarnait son personnage, il jouait sa grande scène, enfin, le rôle de sa vie, celui qu'il n'avait jamais pu décrocher. Il vous fixait de ses drôles d'yeux. Sans sommeil, éternel veilleur, sans âge, entêtant, son sourire léger froissait ses lèvres. Et il vous parlait.

Iouri expliqua qu'il avait commencé par une dizaine de toiles, pour les présenter ici et là. Sa peinture intéressait, on avait encouragé l'artiste. Il continua donc. Sans parler de l'aisance qui lui venait en recommençant, Iouri sentait qu'il approfondissait sa recherche. À chaque passage, une autre facette de son modèle apparaissait. La galerie fut favorablement impressionnée par ce changement. On lui conseillait quelques retouches – des faiblesses nuisaient à l'harmonie du tout. Iouri continua donc. Il fit trente, quarante et bientôt soixante toiles. Plus il travaillait, plus l'ardeur à continuer le travaillait. C'est alors qu'il entendit les premiers rires. « Iouri, ça fait deux ans qu'il fait le même tableau », « Iouri, tu as posé un nouveau sujet aujourd'hui ? » La galerie, elle-même, semblait se lasser. On était déçu – son travail n'évoluait plus. On voulait du nouveau ; on voulait voir du nouveau Vassilieff. « Il faut surprendre, vous comprenez, il faut nous épater ! Ne soyez jamais là où l'on vous attend, réformez-vous, soyez différent », lui disaient les galeristes. Un tel résultat prenait tout le monde au dépourvu. Le maître félicita poliment son ancien élève et lui conseilla de ne pas se laisser abattre. On finit toujours par trouver sa voie.

Schwab entra dans le premier bar. Habituellement sobre, Schwab commanda un autre verre. Le barman le dévisagea en servant la troisième tournée. Pudique, l'artiste changea de bistrot. Le regard des clients l'avait troué de part en part, comme si Schwab avait présenté l'intérieur de son propre corps. Sa mère morte depuis des mois, Carlos était tout seul. Il laisserait derrière lui une maison pleine de souvenirs. Il peignait dans l'obscurité, depuis des années. Il vendait, certes, mais n'était-ce pas au prix d'un abandon ? Lorsqu'il mourrait à son tour, qui s'occuperait de tous ses restes ? Le mauvais œil ne le quitta pas de la journée.

Rendu à sa solitude, Iouri s'installa devant sa table. Il avait la tête vide et les idées noires. Le fond de son café n'aurait pas pu noyer le corps d'une seule fourmi. Schwab n'avait pas aimé sa peinture – comment le nier ? Iouri fixa les veines de son tapis qui accrochait la poussière. Il fallait en finir. Au plus vite. D'un tiroir, il sortit une feuille de papier. Après quelques instants de réflexion, quelques gorgées d'alcool, il trouva ses mots. Plus rien ne le retenait. De son encre noire, il écrivit – il écrivit, sans travailler, sans s'attarder. Il décortiquait, pièce par pièce, la couche craquante qui bridait ses mouvements. Son visage prenait la lumière, il respirait fort. La tache rouge, sur son visage, se diluait. La feuille se couvrait de signes. Les lignes, comme lestées d'un poids trop lourd, se gondolaient en faisant des vagues. Iouri sortit une autre feuille. L'encre noire faisait des formes immondes, des taches, d'horribles insectes, des cris de bête.

Iouri recouvrit plus d'une vingtaine de feuilles. Sans se relire, vidant deux bouteilles. Lorsqu'il s'arrêta, le dessin de son tapis, ce complexe écheveau de rinceaux et de frises ornées de fleurs qui débouchait sur un motif central à peu près informe lui sembla clair. Alors, il mit sa veste et sortit rejoindre quelque bar pour s'achever définitivement. Il irait tirer les cloches de Victoire lorsque ça lui chanterait.

Amin Carmichael

Hôtel Fantôme, installation, friche de l'hôpital de la Pitié

Le lit de la Maleine oscille entre deux cents et deux cent dix mètres. Autrefois, à l'est de la ville, un ferry-boat faisait la traversée. Une route, bordée de pavillons, menait jusqu'au quai où les automobiles attendaient pour embarquer. Lorsque le bateau quittait l'autre rive, on regardait les collines vierges s'affaisser dans le fleuve. Au gré des courants, l'embarcation creusait sa trajectoire pour relier le port. Un léger clapot emportait le ponton flottant. Les oiseaux semblaient se recueillir. À la première sirène, le matelot lançait l'amarre qu'un autre enroulait à quai. On achetait son billet et les pièces ruisselaient dans l'escarcelle en cuir de l'agent de bord. L'air fouettait le visage, des tourbillons remuaient le fleuve et le paysage se jouait du ruban de brume sorti de la cheminée. Les premières vapeurs d'hiver solidifiaient l'atmosphère autour du bateau qui avançait au ralenti. Au loin, les méandres de la Maleine apparaissaient à peine, les îles sauvages s'étaient évanouies. Dès que les beaux jours réchauffaient les cœurs, le fleuve ouvrait ses bras. On courait se baigner, on allait pêcher et parfois dormir autour d'un feu.

– Mais la construction de ce fichu pont a tout détruit.

Robuste comme un arbre, gros et fort à la fois, Auguste avait une tête ronde fichée sur son tronc. Le crâne était rasé de près et fraîchement poli. Il portait une invariable chemise à carreaux rouges et noirs, un pantalon d'ouvrier bleu et une casquette en toile qui complétait aimablement cette panoplie de bûcheron. Ceux qui connaissaient Auguste savaient qu'il abattait un travail de forçat, sans se plaindre ni se vanter, et que ses tournures vestimentaires, loin d'être une affectation snob de dandy en mal d'inspiration, s'accordaient à son style et à son tempérament.

– C'est comme l'hôtel Conti. Un vrai massacre ! Je puis vous assurer que j'ai eu peine à le reconnaître. Sous le couvert de restaurer ce chef-d'œuvre, ils ont saccagé l'ensemble. Les sagouins. Et regardez-moi cet affreux théâtre qu'ils sont en train de dégueuler, là, juste au pied de mon immeuble ! C'est un furoncle sur berges. Et encore, tout en verre qu'ils nous le font ! Mais qu'ils aillent au diable avec leurs prisons de verre ! Les bureaux, les cantines, les maisons, les ministères, les gares, les aéroports, les musées, bientôt les églises – pourquoi pas les toilettes pendant qu'on y est ? Tout *doit* transparaître. Mais mon Dieu, je préférerais encore vivre au-dessus d'un cimetière, que d'avoir à subir cet abject dictat de la transparence.

Adrien resta de marbre. Vivant précisément au-dessus d'un cimetière, il n'éprouva pas le besoin de relever le sarcasme de son ami. Adrien avait rejoint Auguste pour visiter l'*Hôtel Fantôme* d'Amin Carmichael. Il connaissait suffisamment l'écrivain pour savoir que ce genre de débat ne menait à rien. Une à deux fois par mois, au fil du temps, c'était devenu comme un rituel, Adrien rendait visite à son vieil ami. Il l'écoutait, il lui parlait, riait parfois aussi. Pourtant, sans être explicitement faux ni parfaitement dupe, Adrien n'apercevait point l'économie réelle des désirs qui se jouaient en lui. Il devinait l'ombre gracile et mystérieuse de la femme de l'écrivain sans rien avouer. Entre deux portes, en chuchotant – il dressait un œil, tendait l'oreille, se levait chercher un verre. Mais personne, personne n'aurait pu lui en tenir rigueur – pas même Auguste.

– Pour moi, voyez-vous, ce mythe moderne de la transparence est la preuve éclatante de ce que notre monde plonge dans l'obscurantisme le plus total ! Nous ne reconnaissons plus aux choses le droit de vieillir, ni de traverser les siècles. Et c'est un tort, je suis bien placé pour le savoir.

De sa voix rustique et traînante, Auguste parlait en appuyant certains *a* et certains *an* plus que de raison, comme s'ils pressaient sur les parois de sa gorge ou s'ils venaient du plus profond de son système digestif. Ses *r*, très légèrement roulés, donnaient un charme suranné à ses discours. Dépaysé par cette façon de dire, Adrien associait l'enracinement terrien aux sommets de l'intellectualité. Et en un sens, ça le charmait.

– Voyez comme une feuille de verre se patine au bout de quelques années ! Si cela ne casse pas, un terrible jus de rouille pollue le tout ! Je vais vous dire, ce triste bilan est celui de l'« effet de serre » architectural. Oui, c'est ainsi que cela s'appelle. Les façades sont faites pour tenir cinquante ans – pas un jour de plus, pas un jour de moins. Après, on rase et on recommence. C'est désolant, mais il n'y a plus d'Histoire, Adrien ! Nous n'avons plus de passé, nous sommes condamnés à l'éternelle jeunesse, au perpétuel renouvellement.

Le costume douteux du jeune artiste jurait avec la tenue rustique, mais impeccable d'Auguste Griffin. Adrien le portait déjà depuis dix jours. Le pantalon était froissé, la teinture défraîchie, les manches reprisées et les mites avaient percé la maille. Adrien ne s'était jamais habillé autrement qu'en récupérant les vêtements que ses amis ou ses cousins avaient mis au rebut, sinon « aux puces », en achetant à des inconnus. Sa garde-robe était une sorte de grand refuge où tous les renégats trouvaient leur place. Ces parures hétérogènes faisaient le désespoir de son père, lorsqu'il le voyait – lui qui portait des costumes taillés sur mesure, et offrait à son fils des chaussures de luxe ou des pulls en cachemire. Mais Adrien se sentait chez lui dans ces souliers anciens que l'empreinte d'un autre avait déjà formés.

– Mais ce que je regrette le plus, voyez-vous, dans cette manie qu'ils ont d'« ouvrir l'espace », comme disent ces imbéciles, c'est la disparition des murs. Vous ne pouvez pas savoir à quel point cela peut me faire rager. Impossible de tenir à sa cloison, pour garder son intimité, cela couperait l'espace. Mais bon Dieu, les murs, c'est le fondement de notre civilisation ! C'est le socle de notre culture ! Sans murs, comment voulez-vous vivre ? Sans murs, comment voulez-vous méditer ? Imaginez donc, l'affreux montage de châssis poussiéreux, de toiles grises et de cadres vermoulus que l'on donnerait à voir dans la pièce adjacente si l'on entreprenait un véritable accrochage ! Dans ces cages de verre, vous n'avez pas d'autre choix que de faire état de votre ignorance et de montrer votre sale gueule de blatte hâlée en souriant à ceux qui vous observent.

Le bureau d'Auguste était assez étroit mais dense et tapissé de livres. Des centaines, sans doute des milliers, entassés par terre ou mis en vrac dans les rayonnages. Ailleurs, dans les corridors, derrière les portes, dans le salon, là où le parquet faisait ce bruit de vieille embarcation. La bibliothèque submergeait l'appartement de l'écrivain qui charriait quarante années de travail dans l'édition – quarante années d'études et de travaux universitaires, de passion pour la lecture, de promotions en tout genre, quarante années de cadeaux, d'héritages, d'achats compulsifs, quarante années de folie et de toquades. À certains endroits, là où le terrain s'affaissait sur ses appuis, les couches géologiques les plus récentes semblaient englouties par les socles plus anciens, et la puissante vague d'une étagère effondrée dans un recoin interdisait aux visiteurs d'approcher, sous peine de se noyer. Une nature morte à l'œuf de Paoli surnageait tant bien que mal entre deux piles de livres d'art.

Adrien, lorsqu'il s'ennuyait, parce que Dolorès ne devait pas venir ou n'était pas encore là, entreprenait la généalogie de ce continent de lettres. La poussière s'accumulait entre les doubles rangées, sur les tranches de tête dorées, ainsi que les petits objets rapportés de voyages aux confins du monde. Une classification, sans doute, avait été entreprise un jour, abandonnée, puis reprise encore, à moins que l'usage quotidien de ces livres et les visites régulières entre ces corridors tortueux du savoir n'eussent suffi à remuer les piles comme le soc de la charrue retourne les mottes pour que la terre soit ensemencée. Aux grands classiques joliment reliés, qu'Adrien était loin d'avoir tous lus, venaient se frotter les sans-grade, sortis de terre en grande pompe un jour de printemps, mais fanés depuis et dans un état de décomposition avancée dans l'espoir que la putréfaction organique des vieilles pages régénérât les vieux chênes du savoir. Aux chefs-d'œuvre méconnus venaient se coller les derniers textes à la mode, sans doute pour que la lumière factice des uns profitât à ceux qui attendaient dans l'ombre les premiers rayons de l'été pour bourgeonner dans l'air chaud de la reconnaissance tardive. Certaines piles semblaient cohérentes et Adrien voyait les noms défiler sans être choqué par l'addition des patronymes – tandis que d'autres prêtaient à rire. Des conjonctions grotesques ou malveillantes mêlaient les livres sur la chasse aux méthodes de comptabilité, les commentaires sur des poèmes sacrés à des manuels de mécanique céleste ou des plaquettes sur les maîtresses du grand-prince. Pourtant, là même où rien ne semblait justifier ces floraisons éclectiques, là où tout différait et s'opposait, Adrien voyait se dessiner une parenté secrète, une logique interne, le tracé d'une vie, pour le dire d'un mot, qui dans ses tours et ses détours s'était attaché successivement ou à la fois aux bombardements de la grande guerre, à la faune et la flore des hautes montagnes, aux poèmes d'Amédée de Brantôme et aux « événements de novembre ». À certains endroits, lorsque les enfilades de grands livres synthétisaient une sorte d'anthologie littéraire déconstruite, ce puissant maelström, qui n'avait d'autre limite que les murs de l'appartement, ouvrait de nouvelles perspectives sur l'Histoire et régénérait de l'intérieur la compréhension qu'Adrien pouvait se faire de l'ordonnancement de certaines choses. La *Terre des dieux* de Margile, *Les Mille-Pays* d'André Villemain, la *Messe à la cantine* de Robert de Balesteros et *L'Hêtre et l'Étang* de Marguerite Mazeau, collés les uns aux autres sur un coin de la bibliothèque, annulaient dans leur conjonction les dix siècles qui les séparaient en apparence, et les oppositions fantômes qui devaient les dissocier volaient en éclats, laissant entrevoir la formidable union de ces milliers de pages où les ultimes conclusions de l'un touchaient les premiers développements de l'autre. Par-delà les vies et les opinions, par-delà les critiques et les antagonismes, ce que personne n'aurait jamais osé dire ou penser s'imposait alors – les sommets de la littérature sortaient tous du même terreau.

– Et j'irai même un peu plus loin, reprit Auguste, les mains coincées derrière le crâne. En troquant la pierre et le bois contre le verre et l'acier, notre civilisation semble avoir définitivement perdu le sens, mon cher Adrien. Oui, *le sens*. Vous connaissez comme moi la Petite Cathédrale. Chaque recoin, chaque centimètre carré est saturé de symboles, de métaphores, de paraboles, d'ornements, de figures, de signes et de motifs qui se renvoient les uns aux autres. Les murs peints répondent aux vitraux, qui eux-mêmes récapitulent les chapiteaux, qui eux-mêmes dialoguent avec les marbres au sol, qui évoquent la chasuble du prêtre, la crosse de l'évêque et la culotte du pape. Aujourd'hui, on vend une architecture sans âme, certes lumineuse et transparente, mais dont la force symbolique s'adresse aux imbéciles. Les pauvres peuvent croire que notre démocratie a aboli la lutte des classes et les barrières sociales parce que les murs sont tombés, les simplets doivent s'imaginer que nous pénétrons dans le « siècle de la vérité » parce que rien ne leur est caché, les journalistes doivent écrire que nous appartenons à une société d'avenir parce que rien ne nous relie plus aux traditions. Diable, que cette époque est insupportable ! Si j'avais un peu plus de force et de courage, je crois bien que je me jetterais au fond de l'eau pour ne plus rien voir.

La Maleine, fleuve mystérieux s'il en est, prend sa source sur le plateau des Cimetiers dans la région du Centre, à plusieurs centaines de kilomètres de la capitale. Son cours est majestueux – ses crues dévastatrices. La grande plaine alluviale où fut fondée la ville est fendue en deux par les berges aimables qui bordent son lit. Historiquement, la rive droite, marécageuse, malsaine, pleine de fermes, d'insectes et d'exploitations agricoles, servit d'abri aux pauvres laborieux. La rive gauche, plus stable, légèrement déclive, concentra les habitations somptueuses des notables et des censeurs. Elle abrite encore la plupart des bâtiments de marque et des sites touristiques – comme les deux cathédrales, le palais princier ou l'hôtel Conti – ainsi que les ministères, les consulats et les grandes banques.

Une quinzaine de ponts relie les deux rives de la ville. Admiré quotidiennement par les touristes qui l'empruntent chaque jour, le plus célèbre d'entre eux est sans conteste le pont Nicolas-II. La légende raconte qu'il fut construit par l'impératrice Vivienne en hommage à son regretté père – c'est du moins ce que précise le panneau qui marque l'entrée du pont. Récemment refait à neuf, il brille de tous ses feux.

Depuis quelques années, le maire et le gouvernement ont mis sur pied un ambitieux programme de réhabilitation du patrimoine architectural de la cité et visionnaire. Les grands travaux ont été confiés aux sociétés du bâtiment – Robusta en tête. Ces projets, pharaoniques pour l'essentiel, s'imposaient de toute urgence. La plupart des édifices anciens étaient à l'abandon. Des quartiers « historiques », aussi beaux et riches que celui de la Feuille d'or, n'étaient plus que l'ombre d'eux-mêmes. Les anciennes enceintes se disloquaient – retarder les travaux nous aurait tout simplement coupé de nos racines. Les pouvoirs publics prirent les mesures qui s'imposaient et l'essentiel des demeures de prestige, comme l'hôtel Boulanger ou le palais des Piatti, connaissent aujourd'hui une seconde vie – transformés en palaces haut de gamme. L'hôtel Conti ne fit pas exception à cette règle, puisqu'il abrite désormais le somptueux siège administratif de Firmalux.

– Mon oncle élevait des bêtes et produisait des légumes. Il vivait à un jet de pierre du nouveau pont, en rase campagne. Un jour, des promoteurs immobiliers frappèrent à sa porte. Ils achetèrent ses terres et démolirent sa ferme. Fini les oiseaux, le cui-cui, la chasse et les petits pièges, fini les balades par les champs et les grèves… La zone commerciale s'étend sur des kilomètres. Caddies, *break* et *fast-food*. Pauvre oncle… Le chantier du grand pont l'a tué sur-le-champ, si je puis dire. Son dada c'étaient les armes à feu – surtout les vieilles. Il avait plus d'une centaine d'ouvrages sur les modèles utilisés par les pionniers de la guerre d'indépendance. Les livres sont là : je ne vous mens pas. Ce vieux fou s'était mis en tête de fabriquer un pistolet d'un genre spécial. Il voulait que les deux balles tirées simultanément depuis les deux canons viennent se ficher dans le même trou, à une distance de cinquante ou cent mètres… je ne sais plus. Il fit des milliers de croquis, des centaines d'essais. Et le plus drôle, c'est qu'il a réussi !

Les deux balles, les croquis, la réussite : Adrien avait probablement entendu cent fois l'histoire de l'oncle Griffin. Il força un sourire de bienveillance, sans masquer la lassitude de son regard. Auguste Griffin, malgré sa prodigieuse érudition, alternait entre une dizaine d'histoires qu'il reprenait, qu'il détournait, qu'il déformait, parfois pour dire la même chose, parfois pour démontrer une autre idée. Il y avait l'histoire de son père, détaillant de matériel agricole, celle de sa mère, qui cachait ses livres pornographiques derrière sa commode, celle de son fils qui se piquait d'écrire mais ne savait pas lire, celle de sa fille, qu'il n'avait pas revue depuis dix ans, stupide comme une vache, acoquinée à un crétin qui méritait une ou deux balles. Lorsque Auguste remit entre les mains d'Adrien l'arme de son oncle, il prit l'air impressionné mais ne réussit pas à faire bien mieux.

– Au fait !... Vous ai-je déjà lu la traduction de la *Terre des dieux* ?... Celle de mon regretté maître ? Non ? Je suis honteux ! Ce livre est explosif ! Vous allez voir. Mon professeur avait coutume de dire que pour retrouver la tradition, il fallait tout éradiquer. De fait, il a tué d'un coup toutes les traductions de l'antique Margile. Il a déblayé d'une main de fer le texte sacré de toutes les scories, il a rasé les emphases romantiques, les facilités modernes, les constructions trop conceptuelles, pour nous faire redécouvrir Margile, le vrai Margile, Margile en lettres d'or, dans sa pureté, comme pour la première fois. C'est bien simple, les autres me tombent des mains depuis.

En contournant le bureau tapissé d'une forteresse de papier, Auguste déplaça une ou deux piles, en retint une troisième qui s'effondrait comme un immeuble et refondait les parois d'un mastaba d'ouvrages sur lequel il devait grimper pour atteindre le rayonnage qu'il visait. Au bout de quelques minutes, il tira un épais volume qu'il tendit à son ami. Sur la couverture, l'image d'une belle mosaïque représentait un profil de jeune homme, la tête couronnée de laurier, tablette et stylet à la main.

– Je me suis arraché les cheveux à éditer ce texte ! Sans rire, ce ne fut pas une sinécure. Le manuscrit était aussi emberlificoté qu'une pelote de laine. Mais quel résultat ! Tenez, prenez ! Prenez une page, n'importe laquelle...

Adrien ouvrit timidement le livre. Il devait contenir dix ou vingt mille vers. Le papier était lourd, l'écriture serrée. Les mots à peine visibles. Une épaisse notice doublée d'un appareil critique accompagnait le texte. Adrien devinait une sorte de justification, de l'étymologie, des expressions oubliées. Il n'osa pas plonger dedans.

– Le Pr Descroix a travaillé plus de quarante ans pour restaurer dans notre langue sa puissance prophétique au verbe de Margile, authentique « langue des dieux » pour reprendre ses termes. Vous imaginez, quarante ans sur le même livre ! Mais il faut bien avouer que le résultat est incroyable ! Je vous en prie, lisez.

Adrien s'arrêta sur une page. Il lut quelques vers, en silence. Il les relut machinalement. Convaincu que quelque chose lui échappait, peut-être son esprit était-il ailleurs, il recommença encore. À la quatrième lecture, il fallut se rendre à l'évidence – sans doute était-il stupide ou mal luné, peut-être avait-il trop peu dormi ou n'aimait-il pas la littérature antique, quoi qu'il en fût, il ne comprenait rien. Adrien se contenta de quelques éloges généraux, qu'il ne sut, au juste, à qui adresser.

Auguste, impatient, lui reprit le livre des mains. Il secoua la tête, retint un grognement, puis il ouvrit la traduction – avec d'infinies précautions. Debout, devant son bureau, comme le prêtre face à son pupitre. Il allait lire quelques vers tirés du troisième chant. Le héros arrivait dans sa ville natale. La mine sombre, le regard baissé, la voix haute et pleine, Auguste leva le doigt au premier mot. Il ménagea une pause, il respira encore – puis il reprit et ricana de plaisir à la fin d'un vers. Chaque syllabe, chaque accentuation, il détaillait le fond du texte avec la ferveur d'un comédien en agitant l'index, flottant ou agressif, pour dessiner la ligne de crête de l'architecture sonore. Adrien tendait l'oreille, il se pinçait la cuisse. La page qui tournait siffla sur la veste d'Auguste – il ravala sa salive. Le regard plissé, puis les yeux clos, il prit une grande inspiration. Un léger sourire frissonna à la commissure pour accompagner la montée d'un vers que l'index scandait en déliant les sons. Adrien entendait une autre langue.

Pour lui, écrire, comme ranger un intérieur ou bien bâtir un mur, cela voulait dire mettre les bons mots au bon endroit. Entre les murs capitonnés de livres, là au milieu de ce texte, comme dans une ville inconnue, Adrien se perdit, il s'oublia. La voix d'Auguste, caverneuse, rauque, semblait sortir de l'origine elle-même. Adrien entendit les sonorités d'un vieux bouvier guidant ses bêtes. Il s'agrippa à cette pastorale pour se tirer du trou. Il devinait les siècles de paroles avares au fond d'une ferme, la méfiance chevillée au corps, les interjections monosyllabiques entre amis, accoudés au comptoir ; et ces mots inintelligibles, ces tournures archaïques qu'Auguste disait sur ce ton d'homme simple, faisaient un chant rustique qui traversait les siècles. Certains mots, dont les sonorités n'évoquaient aucune signification, sortaient de la bouche d'Auguste avec un sourire de volupté qui retardait l'éclosion du dernier son. Et Auguste était au paradis.

– Vous voyez ? conclut-il, le regard riboulant de plaisir. Vous voyez comme c'est génial, vous sentez la justesse de cette langue ?

Adrien hocha la tête.

– Ce bon vieux Descroix a une telle finesse, une telle légèreté… C'est tout simplement prodigieux. Figurez-vous que le vieil érudit a dû forger de toutes pièces cette langue nouvelle… faite de mots oubliés et d'archaïsmes… qu'il a comme remonétisée, si vous me passez ce barbarisme… en plongeant au plus profond des racines étymologiques pour déterrer une nuance et transcrire *au plus juste* une strophe du grand Margile. Je suis subjugué.

Adrien aussi. Adrien aussi était sous le choc. Mais Auguste s'arrêta soudain et regarda sa montre.

– Dolorès ?

Il referma le livre.

– Dolorès ? reprit-il en modulant le ton, comme entre les deux expositions d'un même thème dans une sonate. Puis, debout, sur ses courtes jambes arquées, fichées dans le sol, il fit tinter les trompettes de sa colère.

– Mais pourquoi diable cette jeune folle ne répond-elle pas ? Elle va me faire mourir à force d'attendre.

– Est-elle seulement là ? risqua Adrien.

– Mais oui ! Bien sûr que oui ! Mangée par son miroir. Moi, Moi, moi et moi. Je t'aime, je t'aime pas. Mais quelle maladie ! Je vous fiche mon billet qu'elle va réussir à nous mettre en retard avec ses histoires.

L'hôtel Conti, sis au cœur de la vieille ville, est l'un des plus vieux édifices de la capitale. Érigé quelques pieds au-dessus du niveau de la Maleine, il offrait à l'époque de son édification une splendide vue sur le fleuve et la campagne environnante. L'extension urbaine ayant dépassé les anciennes limites administratives, on ne voit plus guère aujourd'hui depuis le parc de l'hôtel Conti qu'un ou deux arbres en bordure d'une rue, les usines de retraitement, ainsi que les grands immeubles de la périphérie. Les plans du bâtiment furent dessinés par un jeune architecte. Sa seule contrainte tenait au volume de la bibliothèque où le marquis tenait à exposer tous ses trésors.

De nos jours, les historiens s'accordent à considérer l'hôtel Conti comme l'un des témoignages les plus marquants et des plus représentatifs du style réforme – caractérisé, comme chacun sait, par un exubérant élan de renouveau. Aujourd'hui encore, les spectateurs sont frappés par l'élégante modernité de l'hôtel Conti. Décorées de mosaïques aux couleurs vives et de bas-reliefs, de marbres et de bronzes dorés, les façades de l'hôtel, que l'on admire depuis les quais de la Maleine, sont un mélange déconcertant d'archaïsme stylistique, hérité des profondeurs de l'Histoire, et de lignes élancées qui préfigurent les développements futurs de l'architecture. Du reste, ce bâtiment, dans sa complexité, formule même, selon certains spécialistes, les canons esthétiques qui sont encore les nôtres. Les peintres de la cour furent mis à contribution, notamment Corentin, dont la fameuse fresque des Titans orne le plafond de la grande bibliothèque.

Composée au fil des ans, génération après génération, cette bibliothèque témoignait de l'universalité des goûts de ces princes de lettres et illustrait l'ancienneté de leurs titres de noblesse. Après l'édification de l'hôtel, le marquis chargea Amédée de Brantôme d'augmenter cette collection et mit à sa disposition des sommes extravagantes. L'acquisition du fonds personnel du cardinal Feltrinelli constitua l'acte fondateur de cette grande aventure. Sillonnant le continent, Brantôme racheta plusieurs bibliothèques à l'étranger. De grandes caravanes remplies de reliures anciennes déversaient quotidiennement leurs précieux chargements sur les berges de la Maleine. En cinq ans, le fonds comptait plus de vingt mille volumes. Dix ans plus tard, les rayonnages de l'aile ouest de l'hôtel Conti étaient chargés de soixante mille volumes, ce qui en fit l'une des plus importantes de son temps. Même grand-prince en prit ombrage.

Mais il y a cinq ans, pour préparer les grands travaux, Paul Monnier, président-directeur général de Firmalux, fit don de la bibliothèque Conti aux archives municipales de la ville où les volumes sont actuellement entreposés, à l'abri de la lumière.

– Rien ne m'énerve autant que le mythe du grand écrivain ! Non. Rien. Rien du tout.

Adrien, distrait, jetait un regard sur le pistolet de l'oncle. Après les ravages de la vie contemporaine et la bêtise de sa famille, la critique de « l'élite littéraire » constituait un des classiques d'Auguste. Tout compte fait, l'éloge de Margile était la surprise de cet après-midi.

– Avez-vous déjà remarqué qu'il suffisait, pour qu'un homme rentrât au Panthéon, qu'il eût écrit cinq ou six bons romans, sans pour autant qu'il fût mort et enterré ? On a installé un bon millier de *grands auteurs*, de génies incomparables, d'illustres intouchables, très haut dans le firmament, très loin au-dessus du petit peuple des mortels, et oublié quelques authentiques génies dans la fosse commune de l'Histoire, écrasés sous la coupole de l'Académie. Oui, des gens très méritants, je vous assure. Je ne sais si vous êtes de mon avis, mais je trouve quant à moi cette mystification absolument insupportable. Irresponsable même. C'est encore une de ces affaires de journalistes et de critiques en mal d'Histoire.

La passion d'Auguste pour les livres, au fil des ans, s'était muée en érudition. En plus de la littérature, dont il faisait sa profession, Auguste Griffin passait pour un historien accompli, spécialisé dans l'archéologie, pour un fin connaisseur des mythes anciens, des sciences occultes et de la vie politique en général. Ce savoir induisait chez le vieux professeur, quoiqu'il affectât une sorte d'indépendance à l'endroit de tout ce qui pouvait passer pour incontournable, une forme « d'esprit de référence ». À force de lire, de comprendre et d'admirer (et plus il critiquait, plus il admirait, et inversement), à force de tout savoir, de tout comprendre et de tout rapporter à sa source, Auguste Griffin s'était interdit, quoiqu'il eût toujours de très bonnes raisons de le faire, d'écrire en son nom propre, de prendre la parole sans se protéger derrière un grand auteur, pour le critiquer ou le réhabiliter, et de prendre une position sans se recommander de quelqu'un d'autre. Et toutes ces stratégies contradictoires, qui transformaient l'admiration en jalousie, et l'humble talent en génie méconnu, toutes ces dénégations, ces refuges, ces jeux de défense, avaient retardé année après année la publication des nombreuses pages qui dormaient dans un recoin du bureau de l'écrivain.

– Ces gens-là ne sont tout de même pas hors de notre portée ! Ils ne sont pas intouchables que je sache ! Quelle sera l'étape suivante ? Nous interdire de les lire, de les contredire, de les critiquer ? Ce sont des agents de police, j'en suis sûr, les yeux du système, la voix de la mauvaise conscience. Je crois que cette mise en scène diabolique est une façon subtile de décourager les gens de rêver ou d'espérer, mais surtout de leur ôter de l'esprit l'idée qu'un jour ils pourraient rivaliser avec ces « phares de l'humanité ». On veut faire de nous des mineurs, des poltrons, des minots, des enfants écrasés et pleurnichards qui écoutent la leçon de leur papa et répètent en courbant l'échine ce qu'a dit leur professeur. Villemain a écrit à plusieurs reprises qu'il fallait se fier au texte, mais toujours s'en défaire. Et je ne suis pas loin de penser comme lui. Au diable les auteurs !

Auguste Griffin avait eu trois enfants de sa première épouse. Entre ses travaux universitaires, la rédaction d'essais critiques, la préparation des colloques, les corrections de copies, la lecture de manuscrits, les traductions et la rédaction de son grand œuvre, le professeur et écrivain mettait pourtant un point d'honneur à superviser les devoirs de ses rejetons. Il comprit hélas bien vite qu'il serait difficile d'arriver à quelque chose de satisfaisant. Tous les expédients étaient bons pour se défiler. Tenant parfois la plume à leur place, Auguste pensait à raison qu'il n'aurait jamais rien pu faire de plus pour ses enfants. Sans surprise, ils ne réussirent à rien. Messaline, l'aînée, avait un poste dans une agence publicitaire et refusait obstinément de lui adresser la parole, Octave, le cadet, était un obscur employé de banque, tandis que Claude, le benjamin, prétendait écrire des livres. Auguste Griffin ne voyait pourtant pas ce qu'on aurait pu lui reprocher : sa bibliothèque leur était grande ouverte. Quelque temps après le bachot du dernier, Auguste se sépara de son épouse et refit sa vie en célibataire, rencontrant ici ou là des femmes touchées par ses façons. Dolorès Klotz, de vingt ans sa cadette, avait été l'une de ses étudiantes. L'âge venant, il avait fini par s'installer avec cette fille.

– Le pire, reprit Auguste, irrité par l'indifférence que semblait affecter Adrien, car dans l'horreur quelque chose dépasse toujours l'horreur, c'est cette manie nouvelle qui consiste à faire des « grands écrivains » des êtres malheureux. Mazeau parle de cela en permanence. Il *faut* que l'*Auteur*, en plus d'être incomparablement génial, ait, ou ait eu, de terribles crises d'angoisse, des phobies pathologiques, il faut qu'il ait été alcoolique, anorexique, suicidaire, schizophrène, hypocondriaque, maniaque, asocial et agoraphobe, épileptique, dépressif, asthmatique, d'une timidité maladive, paralytique, maniacodépressif, paranoïaque, il faut que ses parents l'aient battu, abandonné, humilié ou, mieux encore, il faut qu'il les ait vus mourir sous ses yeux, la bouche ouverte, assassinés ou torturés, il faut qu'il ait grandi en temps de guerre, connu la famine et la souffrance physique ou tout ce que vous pouvez imaginer de plus affreux, pourvu que cela justifiât l'idée suivant laquelle les écrivains sont des êtres à part, que leur vie intérieure est foisonnante, torturée, dense et insaisissable, et que leur existence est tout sauf désirable. Or dans cette compétition des mal-être, la distinction suprême, voyez-vous, le sommet des sommets, la récompense ultime, consiste à mourir par suicide. Alors là, mon petit père… alors là c'est la gloire assurée. Car si vous êtes suicidé, mon cher, quel que soit le mode opératoire, vous devenez génial… C'est automatique… vous pénétrez dans le saint des saints. Oh !... un poète mort noyé… Mais quel talent ! Oh ! un romancier mort écrasé… mais quel psychologue ! Auteurs sans renom ! Écrivailleurs de crottes ! Courage ! Tous à vos sabres !... Les autres… eh ben mon vieux… les autres, mes cocos… vous pouvez tripoter votre plume ! Même pas la peine d'espérer. Mais enfin ! Toute cette comédie est ridicule ! Pensez-vous un seul instant qu'Amédée de Brantôme eût souffert de crises d'angoisse ? Et moi… pour prendre un autre exemple… moi qui suis normal… moi et ma vie rangée, moi et mes enfants, moi et mon ancienne femme, moi et mon appartement, moi et mes parents que j'aimais et qui m'aimaient, croyez-vous qu'on me laissera le droit à quelque chose ? Une petite place ici ou là dans la Mémoire ?

Auguste, depuis des années, contre vents et marées, s'épuisait sur son grand œuvre. Dès qu'il le pouvait, il plongeait dans ce chantier, comme dans une galerie souterraine, dont personne ou presque ne soupçonnait l'existence. Aussi vaste qu'un océan, aussi haut qu'une montagne, ce manuscrit charriait des milliers de mots. Auguste le reprenait sans cesse creusant des saignées pour passer des canalisations, érigeant un monticule pour ouvrir une perspective, retournant la terre pour ajouter de la couleur, perçant une vallée pour faire couler un fleuve, aplanissant les côtes pour ériger une forteresse. Il travaillait comme un forçat, sans savoir jusqu'où ses efforts le mèneraient. Car s'il avançait, à sa manière, c'était sans plan préétabli et sans limites – Auguste ayant toujours refusé les brides, qu'elles fussent spatiales ou temporelles. Son seul impératif était de faire quelque chose de grand. Une cathédrale, un hôtel somptueux, un gigantesque château, il imaginait quelque chose d'extraordinaire. Pourtant, à l'exception de ses articles, Auguste Griffin avait mis un point d'honneur à ne jamais publier quoi que ce fût de « littéraire » – du moins pas sans que le résultat lui semblât absolument parfait. Personne n'attendait après son livre et les milliards d'humains sur terre avaient largement de quoi s'occuper, sans que le livre de Griffin pût leur manquer. Il n'avait donc d'autre rendez-vous qu'avec ses exigences et il ne considérait pas le terme hypothétique de son labeur, ou la publication de son œuvre, comme un objectif ayant valeur en soi. Il savait ce que le manège des milieux littéraires impliquait ; il n'avait pas l'arrogance, la vanité, le besoin vital d'être lu et admiré que partageaient ces bataillons de gens qui se disaient écrivains ou romanciers, les Max Marco, Alban Craven ou les Maria Montauban, à l'ego surdimensionné, assoiffés de renommée et qui vendaient leur bloc de papiers noircis à des centaines de milliers d'exemplaires. Non, il savait très bien que les meilleurs, comme son amie Isabelle Valentino, pouvaient écrire pendant des années sans jamais être admis nulle part. Il n'attendait donc rien de la publication et n'en rêvait jamais. Il n'espérait pas non plus voir son nom affiché sur les couvertures, il ne désirait pas lire les articles consacrés à ses ouvrages, il ne voulait pas faire des entretiens, ni voir sa tête sur les écrans de la télévision. Bien sûr, au fond de son être, quelque part caché dans son ventre, il y avait le petit œuf noir et dense de l'ambition qui insufflait dans ses veines les quelques gouttes de vanité et d'autosatisfaction nécessaires à la poursuite de son labeur, sans quoi il serait déjà mort de soif, au milieu du désert aride de l'inspiration. Mais il refusait toute autre concession. Il mettait son orgueil en quarantaine ; il l'affamait comme les bêtes fauves que l'on prive de nourriture avant de les jeter dans l'arène ; il le cloîtrait « au mitard », comme ces religieux contrits fouettant leur dos saignant ; il s'interdisait tout espoir d'horizon enchanteur. Ce qui ne voulait pas pour autant dire qu'il devînt pur ou qu'il fallût le considérer comme un ascète, un saint ou un anachorète. Certes non, et lui-même reconnaissait que le fait de ne pas publier, le fait de contraindre sa propension à être fier de lui, le fait de s'interdire à lui-même de s'admirer, de se complaire, de se vautrer dans la vanité, de faire une orgie d'outrecuidance et de crânerie, était le raffinement suprême de sa fierté. Comme celui qui admet que son comportement avec autrui n'est pas aussi moral qu'il eût voulu le faire croire et qui tire de cet aveu même, gage ultime de sa sincérité, de quoi flatter son amour-propre avec une profondeur nouvelle, l'œuf orgueilleux d'Auguste Griffin, dans sa négation même, était absolument rayonnant.

Il tapait nerveusement du poing sur la table. Il ne disait plus rien. Il attendait en frottant son crâne chauve. Adrien s'échappait dans le petit Magnus Paoli. L'œuf roux occupait le quart ou le cinquième de la surface. Le chiffon froissé un tiers. La totalité du tableau n'était pas plus grand qu'un livre.

– Elle ne va pas tarder, souffla Adrien. C'est sûr. Je sens qu'elle ne va pas tarder.

Parmi les grands écrivains qui vécurent à l'hôtel Conti, Amédée de Brantôme occupe une place à part, évidemment. La légende raconte que son « Ode à la Maleine », que les écoliers récitent la main sur le cœur et les amoureux écoutent la larme à l'œil, fut rédigée sous le grand chêne du parc de l'hôtel, là où la vue sur le fleuve était la plus dégagée. De fait, le poète hanta quelques années les appartements de la grande aile dans lesquels sa voix et ses vers semblent résonner encore. Une plaque commémorative, scellée sur la façade le long du fleuve, dûment photographiée par les visiteurs, rappelle ces événements. Pour autant, Amédée de Brantôme est loin d'être le seul écrivain à avoir profité de la splendeur des lieux. Les Conti, qui entretenaient des relations multiples avec ce que le monde des lettres comptait de plus brillant, hébergèrent les grands esprits du siècle et ouvrirent leurs portes à tout ce qui se pouvait admirer. De grands ateliers pour les bons peintres (Don Juan Roca passa là), des concerts sous la fresque des Titans, des ballets et des pièces de théâtre, presque tout ce que la ville connut comme poète ou romancier fit un pèlerinage sur les traces de Brantôme.

La disgrâce des Conti précipita pourtant la cession de l'hôtel au surintendant du prince, qui le vendit presque aussitôt aux Potocki. Ils donnèrent aux lieux un nouveau lustre et leurs bals restent légendaires. Le comte de Potocki entreprit d'ailleurs de grands travaux : une nouvelle aile le long du fleuve augmenta l'hôtel de quelques salons. Des historiens en mal d'histoires prétendent que des messes noires y furent célébrées. Rien de définitif ne permet de le confirmer. Quoi qu'il en soit, le bâtiment commença de se dégrader quelques décennies plus tard, entre les mains des Richtenberg. Le déclin s'accéléra lorsque le baron de la Peña en fit l'acquisition pour sa maîtresse. Des hommes peu recommandables trouvaient refuge dans l'hôtel, un monde de petite extraction se pressait contre les fresques centenaires. Rien ne fut épargné. Le dernier propriétaire avant la reprise en main de Firmalux divisa, sinon l'intégralité de l'hôtel dont le premier étage était classé, du moins les deux suivants, en petits appartements, qu'il loua à des stars discutables du music-hall, qui trouvaient chic de pouvoir dire qu'ils habitaient le long du fleuve. Le promoteur installa de mauvaises salles de bains, de vilaines cuisines et de terribles dégâts des eaux endommagèrent certains murs des beaux salons. Durant près d'un siècle, le bâtiment se dégrada de façon alarmante sans que personne n'eût l'idée d'intervenir.

L'entrée en scène de Firmalux fut providentielle. Les travaux de réhabilitation titanesques, décidés par Paul Monnier, ont tout simplement sauvé l'hôtel d'une mort certaine.

– Je vais vous dire une chose… Adrien…

Auguste se levait pour servir les *drinks*. Il prit les biscuits en même temps que les glaçons.

– On nous parle de culture du matin jusqu'au soir – de culture farcie à la crème, de culture à la ravigote, de culture aux petits oignons, de « perles » et autres « petits bijoux ». Mais savez-vous mon cher que ce que nous appelons « culture » est un cadavre ! Peut-être paré, plein de pierres précieuses et autres toisons d'or, mais un cadavre tout de même… mort, tout mort… une réalité éviscérée, vidée de sa substance, sans fonction organique, comme une carapace d'insecte, dont il ne resterait rien sinon les signes extérieurs ! On s'extasie sur le cadavre d'un prince, on applaudit quelque chose d'asphyxié, on photographie une tête décapitée et momifiée.

Adrien, de longue date, avait remarqué que son ami, pour peu que celui-ci fût un peu énervé ou tout simplement en verve, témoignait une appétence pour les termes morbides et que tout se transformait en squelette, en charogne, en cadavre ou en macchabée en fonction des circonstances. Adrien, avec son costume noir et ses idées tristes, s'imaginait aisément dans le rôle d'un fossoyeur. Le monde entier devenait cimetière.

– Culture ! Ce vilain mot cache tout ce que notre monde a tué et enterré. On croit le conserver dignement en le gratifiant d'un titre, comme la croix de guerre à un soldat mort au combat. Une ancienne route du sel, du thé ou de la soie, jalonnée de petits forts en ruine et de chapelles éclatées, est un *site culturel* – comprenez que cela ne sert plus à rien mais que c'est tout de même joli. Une collection de tableaux, ci-devant au prince, qui faisait la cour, la messe ou sa guerre avec, se transforme en *bien culturel*, dès lors que des milliers de vers se mettent à grignoter le corps glorieux de la peinture dans les allées sinistres d'un musée éclairé par des néons. *Culturels* sont les vieux immeubles – des anciens riches – où plus personne ne veut vivre et où plus personne ne va sinon les touristes, les vieilles églises où plus personne ne vient prier, sinon pour prendre des photos. Sont *culturelles* les anciennes pratiques, les anciennes danses, les langues mortes, les anciennes façons de faire à manger qui, pour le plaisir de quelques spectateurs en mal d'authenticité, de vieilles putes lassées de tapiner, sont perpétuées. Mais tout cela est mort, vous entendez ! Mort et enterré ! La culture est un ramassis de cadavres que nous maintenons en vie artificielle pour divertir des bataillons d'oisifs ! Vous voyez, vous voyez ce que je veux dire ?

Adrien, certes, voyait ce que son ami voulait dire. Mais cette fâcheuse habitude rhétorique qui consistait à s'assurer de l'assentiment de son auditeur, finissait par l'irriter. Auguste pensait-il réellement qu'on aurait pu ne pas le comprendre ? Croyait-il qu'Adrien était bête ou « dur de la feuille » au point qu'il faille s'y reprendre à deux ou trois fois pour lui expliquer les choses ? À force, Adrien se sentait même agressé. C'était une insulte, une insinuation douteuse.

– Mais que faire ? Comment faire autrement ? Notre monde a tant massacré, notre *civilisation* a tant détruit. Elle a rendu tant de territoires obsolètes, de villes, de continents ! Des continents entiers, Adrien ! Rendez-vous compte, des continents entiers sont *culturels* : désertés, ils ne vivent plus que par et pour le regard de l'appareil photo – ce culte visuel qui consacre la réincarnation de la matière morte, sous assistance respiratoire. Ainsi pour notre peuple, produire de la culture, constituer une réalité culturelle, l'entretenir, en faire la promotion, c'est la seule manière de sauver ce que notre idée du progrès a mis en crise.

Dans le bureau d'Auguste, comme dans toutes les autres pièces de l'appartement, l'odeur imprégnée au cœur des livres par leurs différents propriétaires, qui avaient fini par faire corps avec eux, diffusait un jus épais qui fermentait. Adrien imaginait l'odeur sure de la peau flétrie du regretté père d'Auguste, la fumée pourrie de son très-cher oncle, la moisissure du grenier de sa maison d'enfance, ou bien le fumet douceâtre de sa première femme. Les livres neufs avaient aussi leurs caractéristiques, quoique bien plus générales : certains sentaient la colle, d'autres dégageaient un parfum d'encre fraîche, comme les tableaux sortis de l'atelier le soir d'un vernissage. Certaines odeurs, plus entêtantes que d'autres, plus fines ou plus âcres, revenaient avec une insistance particulière, soient qu'elles eussent été la synthèse de toutes les autres, soit qu'elles eussent servi, avec ce mélange de pourriture et de décomposition qui les caractérisait, à signaler que quelque chose se passait mal. De petits insectes, d'informes mites, des acariens ou des araignées faisaient des tours entre les livres. Après quelques minutes dans le bureau, Adrien finissait par imaginer qu'ici ou là, tout près de ces monceaux de vieux volumes, sous une bibliothèque, entre deux pages, un être devait finir sa vie. La chair mollissait, des jus putrides coulaient et s'infiltraient dans le sol. Il imaginait les lentes, les vers et le lent travail de la mise à mort. Adrien, qui distinguait ces subtiles notes dégoûtantes dans le tout fondu de la bibliothèque, n'eut pourtant pas le courage d'ouvrir la fenêtre qui donnait sur le fleuve et le théâtre, condamné qu'il était à écouter Auguste.

– Mais à quoi bon s'échiner, Adrien ? À quoi bon parler de *culture*, si personne ne connaît rien. Regardez-moi tout ça… Ces milliers de livres. Certains me viennent de mes grands-parents, d'autres de mes oncles, de mes tantes ou de plus loin encore. Regardez ces meubles, ces tableaux, ces objets… J'aimerais bien savoir ce que tout cela deviendra. Mes enfants n'y connaissent rien !

Adrien prit un petit biscuit salé dans le bol où ils avaient été servis. Ils étaient mous, ils avaient pris l'air. Adrien gâcha les miettes friables à l'aide de sa salive. Avec le whisky, cela passait tout seul. Loin de le réconforter et en plus de l'humilier incidemment, le fait qu'Auguste précisât si souvent des choses qui auraient dû sembler évidentes, qu'il réitérât trois ou quatre fois les mêmes questions, dix ou vingt fois les mêmes histoires, avait tendance à morceler dans son esprit l'idée apaisante qu'il pouvait se faire de l'articulation logique et du bon sens. Était-il lui-même si sûr de connaître quelque chose ?

– Mes enfants ne savent rien… rien ne les intéresse ! Je leur propose de prendre des livres, au moins des livres… Mais ils ne savent pas lire, ils n'ont jamais rien lu, ils ne savent même pas parler. Leur langue leur sert tout juste à dire « Bonjour » et « Au revoir ». Des ignares, des analphabètes, de tristes membres de ce peuple d'écervelés. Ils se cloîtrent dans leurs petits appartements de verre, se meublent bon marché et ne veulent surtout rien de vieux. Au mieux, ils vendront ma bibliothèque. Ils vendront mes livres et mes peintures à un bonimenteur qui raflera le magot pour une bouchée de pain. Sinon, ils jetteront le tout dans une benne à ordures, vous m'entendez, ils jetteront le tout dans une benne à ordures !

Ils jetteront le tout dans une benne à ordures – Auguste avait dit cette phrase. Il avait dit cette phrase et les biscuits broyés collaient entre ses dents, sans craquer. Adrien ne pouvait pas s'en débarrasser. Il voyait les murs se lézarder, les plafonds se fissurer. Toute la langue menaçait de s'écrouler. Où donc auraient-ils pu « jeter » « le tout » ailleurs que dans une « benne-à-ordures » ? Dans le fleuve ? Sur le trottoir, depuis la fenêtre du bureau ? Sous terre ? Du haut d'un avion ? Comprenait-il vraiment ? Le contraire de l'évidence serait-il possible ? Les charpentes les plus élémentaires s'affaissaient, la façade du sens commun s'effritait, les vérités établies tombaient en ruine. La belle maison de l'être, logique et raisonnable, s'effondrait en quelques lettres.

– Le pire vous savez, c'est que je n'arrive même pas à leur en vouloir. Ces pauvres enfants ne pensent qu'à leur portefeuille, à leurs vacances, au programme de télévision et au film qu'ils iront voir un jour au cinéma. Tout ça est à l'image de notre société. Comment leur en vouloir ? Mon grand-père travaillait dans les champs. Mon père et moi, nous nous sommes battus pour nous élever au-dessus du bétail. Mes enfants retournent à l'étable, ils retournent à la porcherie, sans même s'en apercevoir. C'est désolant, mais c'est ainsi…

Auguste avait cette fâcheuse façon de parler qui consistait à tortiller autour du mot juste. Il y avait là quelque chose d'infernal. Ses phrases ressemblaient à des murs mal bâtis – ses discours à ses piles de livres ou des tours obliques. Du point de vue d'Adrien, le fait qu'il fût possible d'hésiter entre deux mots aussi proches que « vieux » et « ancien » ou « sombre » et « obscur », le fait que dans leur communauté de sens apparente une série de nuances sémantiques ou étymologiques ait été suffisamment puissante pour induire un balancement, et menacer le sceau de la signification, laissait entendre que partout où l'esprit pensait trouver un havre de paix se logeait un gouffre où le sens fuyait indéfiniment. Jamais aucun mot n'était tout à fait le bon. Il était possible de dire autrement, de faire autrement, de dire la même chose en changeant l'ordre et la forme des mots – sans arriver au but ou au bout. Tout, absolument tout, chaque livre, chaque chef-d'œuvre, chaque navet, chaque notice, chaque compte rendu d'assemblée générale aurait pu être écrit autrement. Et sans doute n'y avait-il rien d'aussi angoissant que cela – sans doute n'y avait-il rien d'aussi angoissant que cette contingence du lien, et les biscuits mous.

– Je suis universitaire, j'ai fait de l'édition, je n'ai rien contre les livres en général et la littérature en particulier, mais comprenez-moi, Adrien, il y a trop de livres ! Beaucoup trop ! Nous sommes saturés ! La maison brûle, nous courons à la catastrophe ! Chacun continue joyeusement de croire qu'en apportant son vilain petit pot de merde, il fera avancer le monde dans une direction meilleure. Mais laissez-moi vous dire une chose : une existence vouée à la contemplation des œuvres d'art, sans plus dormir, manger, ni rire ou baiser, ne suffirait toujours pas à voir, lire et entendre un milliardième de tout ce qui a été composé par l'homme ; notre ville, si tous ses habitants, soudain, avaient voulu vivre de la contemplation exclusive du beau, mettrait une ou deux générations à épuiser l'ensemble de notre production.

Adrien n'aimait pas le whisky. Il ne l'avait d'ailleurs jamais aimé. Entre les phrases, et parce qu'elles ne lui semblaient pas aussi nécessaires qu'elles eussent dû l'être, mais mises là, à la place de bien d'autres envisageables, Adrien sombrait dans l'épaisseur possible du discours dont le bourdonnement continu parasitait le développement et brouillait la signification. Auguste avait beau lui expliquer que le sens des mots s'était forgé à l'usage, et que le vide primitif qu'il avait fallu combler, en choisissant, comme au hasard, un son pour figurer la chose, était lui-même très souple, il avait beau lui dire qu'il était naturel que les termes, dans une certaine mesure, fussent interchangeables et que la dépendance des mots à la pensée eût été une catastrophe, il avait beau lui répéter que le fait d'employer un terme pour un autre était aussi fréquent que bénin et que cette dissémination sémantique faisait même la beauté de la langue, Adrien n'entendait plus rien de ce qu'on voulait lui dire.

Pourtant, au fond de lui-même, tout au fond de sa petite conscience, il reconnaissait que cette distance incompressible entre les synonymes n'était pas dénuée de charmes. Cette manière qu'avaient les noms qui tendaient à s'identifier, et semblaient se fondre l'un dans l'autre, de se tenir à distance, voire même de se repousser ou de s'exclure, était belle – non pas seulement parce que la découverte vertigineuse de la profondeur de la langue avait de quoi électriser un esprit angoissé comme celui d'Adrien ou parce que la prise de conscience du fait que parler (c'est-à-dire d'enjamber, sans y prêter attention, des trous en passant d'un mot à l'autre) n'était pas une activité sans risque – mais surtout parce qu'elle lui faisait comprendre que s'il devait y avoir du *sens pur* en ce bas monde, ce ne pouvait être ailleurs que dans ces failles qui se faisaient jour entre les mots. En cela, le travail de l'intelligence était comparable à celui d'un cosmologue qui, pour découvrir l'univers, pour remonter le fil de l'Histoire jusqu'aux origines, analysait la lueur noire entre deux étoiles. De l'« abysse » au « gouffre » et à l'« abîme », une force attirait les mots entre eux avec autant de violence qu'elle les écartait. Et cet équilibre magnétique entre les ressemblances et les différences devait constituer le fondement de toute union. Exactement comme dans un couple. Pour peu que l'on forçât la nature en réduisant cet écart nécessaire, les objets se mettaient à tourner l'un autour de l'autre, comme dans un manège, chacun allant occuper la place de l'autre. Ce qui expliquait aussi comment et pourquoi les choses qui semblaient si opposées pouvaient s'inverser et comment quelqu'un qui pendant des années pensait que l'argent était l'incarnation du mal absolu avait pu finir par faire fortune en vendant des machines à laver ou comment un anarchiste avait pu finir en promoteur immobilier. Et comment Dolorès pouvait être attirée par Auguste.

– Mais vous savez, mon cas n'est pas désespéré. Tous les jours, pour faire œuvre utile, je jette quelques poignées de livres sur les rives de la Maleine. Comme une offrande aux dieux de la création. Il est vrai que je reste sous l'eau. Il m'arrive plus de livres que je ne puis en jeter. D'ailleurs, pour être sincère, j'ai peur de finir écrasé sous ma bibliothèque !

La restauration de l'hôtel Conti nécessita cinq années de travaux acharnés. Le caractère exceptionnel de ce chantier impliquait la mise en œuvre de moyens considérables. Plus de trois mille ouvriers furent mobilisés. Quatre grues, des centaines de camions, des dizaines d'ingénieurs et plus de soixante-dix corps de métiers ont collaboré en vue de la réhabilitation complète de ce fleuron du patrimoine. L'hôtel fut désossé pièce par pièce. On démonta le toit pour reconstruire une charpente à l'identique. Une grande fosse fut creusée sous la cour pour injecter du béton et consolider les sols marneux sur lesquels reposaient les fondations, installer les machineries du système d'air conditionné, ouvrir une salle de sport, ainsi qu'une grande piscine. Les fenêtres, les bas-reliefs, les mosaïques, les sculptures et les fresques, furent expédiés dans des ateliers pour être remis en état. On fit sauter les boiseries, les planchers, les rampes, les coffrages, les dorures ainsi que les moulures pour dresser l'état des lieux. On débarrassa les murs et les sols des moquettes, des joncs de mer et autres linoléums qui encombraient ; on décolla les mauvais papiers peints, les tapisseries bas de gamme, les faux plafonds et les plomberies des salles de bains de fortune. On démonta portes et fenêtres. Ne restait plus que le squelette de l'hôtel qu'il fallut consolider, voire reprendre, lorsque l'usure des pièces l'exigeait.

Pour protéger la construction ouverte aux pluies et aux rafales, on installa un échafaudage de fer et de plastique absorbant l'hôtel comme une noix dans son écale. La couveuse épousait de si près chaque anfractuosité de la façade qu'une main aurait à peine pu se glisser entre les murs de l'hôtel Conti et ce dédale de tubes de fer, de passerelles et d'escaliers qui montaient à plus de trente mètres au-dessus du sol. À l'intérieur du bâtiment, des coffrages en bois, des bâches en plastique et des passerelles sécurisaient les allées et venues des ouvriers. On installa treuils et ascenseurs pour faciliter le travail des ouvriers.

Les blocs érodés de la façade furent déposés et remplacés par d'autres pierres, extraites de la même carrière qu'à la grande époque. Un spécialiste composa des mosaïques suivant les originaux, un sculpteur, historien d'art, produisit des bustes nouveaux d'après les anciens et en règle générale tout fut fait pour redonner à la façade son lustre d'antan. Les vieilles fenêtres furent remplacées par des doubles vitrages ; on refit les crépis de plâtre et les enduits de chaux selon les méthodes anciennes ; on déblaya les caves pour faire passer les machineries, les conduits d'eau et d'électricité. Ainsi, grâce aux efforts conjugués de centaines d'artisans, on donna une seconde vie à l'hôtel Conti, que les visiteurs admirent aujourd'hui avec la même émotion que ceux qui le découvrirent, il y a de cela quelques siècles.

De petites miettes de biscuits salés roulaient sur le costume ci-devant noir d'Adrien. Il aurait voulu s'en défaire. Mais elles s'accrochaient aux mailles du tissu. Fondues dans sa veste, moulées, incorporées à son costume, on avait beau souffler, le mal était fait.

– J'exècre tellement ce monde, Adrien, j'exècre tellement ce que je vois ! Nous n'avons rien, nous ne faisons rien ! Jadis, chaque période se distinguait en inventant de nouvelles formes qui s'agrégeaient au génie du temps. Regardez la Grande Cathédrale ! Regardez cet incroyable symbole de l'édification historique ! Sa construction s'est étalée sur plus de deux cent cinquante ans – tous ses portails ont été conçus dans des styles distincts, comme si le déploiement de l'histoire de l'art s'était fait à dessein, pour augmenter la puissance de l'édifice. À chaque fois, une nouvelle idée du monde, une nouvelle perspective, un autre système de valeurs. Et quelle est *notre* contribution à la cathédrale ? Je vous le demande ! Un préfabriqué, flanqué comme une verrue sur l'entrée ouest du bâtiment. Là où les visiteurs s'acquittent de leur droit de passage ! Vous allez rire, mais c'est là ce que nous savons faire de mieux… monsieur… des préfabriqués quatre étoiles, des chefs-d'œuvre préfabriqués, monsieur ! Autrement, on détruit, on désosse, on gratte, on fige, on vide et on remplit de merde ! Ça aussi nous savons faire, des façades sans corps, remplies de merde !

Adrien, malgré les dégâts sur son costume, reprit quelques biscuits. Tout compte fait, mieux valait ça que rien du tout. Au-dessus, tout autour, sur le petit bureau où Auguste travaillait nuit et jour à l'élaboration de son formidable chantier, des liasses de notes, de papiers et de photographies, s'accumulaient au point de le recouvrir. Seul un coin libre, près de la fenêtre, permettait d'écrire juste en dessous de la toile de Paoli. Sur ce fatras de documents, qui servaient à avancer ses recherches, surnageaient des photographies de la famille d'Auguste, de lui plus jeune, entouré de ses amis, ou seul, et prenant la pose, mille petits carnets de notes à moitié remplis, des bouts de papier, des lettres déchirées, des plans de la ville, de vieilles cartes postales des beaux quartiers et des villages alentour.

– À mon sens, Amin Carmichael a très bien compris ces mécanismes. *Tous les chemins*... vous vous souvenez de *Tous les chemins*... ces échangeurs qui tournaient dans le désert, ces routes qui reliaient des points irréels, ces croisements sans direction... C'était extraordinaire ! Ce qui me plaisait dans ce travail, voyez-vous, c'est qu'il ne se bornait pas à la critique. Certes, Amin tient un discours sur l'état du monde, mais sans le dire, masqué, contrairement à ces bataillons d'artistes, que notre société fabrique comme des petits pains, et qui pensait se distinguer en faisant de la critique. Non, ce que fait Carmichael est bien plus fin, je dirais. Ce qu'il a compris du monde, de notre monde, il le détourne en une construction poétique. Il fait des constructions poétiques à partir de toutes ces abominations. Il transforme l'horreur en sujet de contemplation méditative.

Sur le bureau, entre les piles, entre les liasses, entre les immeubles de livres branlants, il y avait une photographie de Dolorès. Elle était sérieuse, les yeux figés, comme ceux d'une bête traquée. Dolorès avait tout mis à distance. Au téléphone, si elle répondait, elle avait cette voix qui semblait venir d'ailleurs. Elle repoussait, elle écartait. En la voyant sur la photographie, Adrien ne put s'empêcher de penser à une forteresse vide – à un formidable et infini système de défense, ultra-perfectionné, protégeant un terrain vague, une zone désolée, triste et désertique. C'était ainsi. Au milieu des miradors, des fils barbelés, des portes blindées, il n'y avait rien – rien d'autre qu'un trou. Un formidable trou. Dolorès était la figurante, la silhouette sans intériorité qui errait dans ce trou, comme lui, Adrien, errait dans la ville où tout rappelait l'absence. Il n'y avait rien derrière la façade.

– Chaque année, des millions d'artistes sortent des casernes. Des bataillons, des armées de créateurs ! Quel est le sens de tout cela ? Je vous le demande. Quel est le sens de toute cette mascarade ? Il y a sans doute une raison. Une bonne raison. Une raison suffisante, comme disent les philosophes ! Pourquoi diable notre société ouvrirait-elle, dès qu'elle le peut, des maisons d'art et des centres culturels, pourquoi ferait-elle tant de festivals où les jeunes artistes et les vieux croûtons comme moi *rencontrent leur public* ? Pourquoi, si ce n'était en vue de quelque chose ? Je vais vous livrer le fond de ma pensée, Adrien. C'est pour donner crédit à cette *fiction de la liberté* qu'on nous vend à toutes les sauces.

Auguste termina son whisky en faisant craquer les glaçons.

– On demande aux artistes d'*être libres*, d'exprimer leur intériorité, leur vie intime, leur vision du monde. On leur demande de donner leur avis, de faire des choix, pour qu'ils façonnent une image positive du pouvoir en place, qui se veut démocratique – tout comme le prince ou le cardinal, il y a des siècles, demandaient aux peintres de figurer, suivant des canons classiques, l'éternité de leur autorité.

À deux pas de la Maleine, près des anciens docks, le quartier de la Pitié est traversé du nord au sud par trois rues qui charpentent ce dédale de boyaux et d'impasses. La rue des Trois-Vierges, populaire et commerçante ; la rue de l'Aumône, dont les cafés servent de points de ralliement à tout un peuple désœuvré ; la rue des Fleurs, « résidentielle », avec ses immeubles éventrés, gris et sales.

Il y a une quinzaine d'années, ce quartier oublié en bordure d'agglomération accueillait de modestes familles d'ouvriers ainsi que de nombreux indigents. Les immeubles insalubres furent détruits les uns après les autres. On voulait construire de nouveaux logements, des crèches et des écoles, des centres sociaux, des complexes sportifs et un commissariat. Mais les terrains vagues, ouverts dans le quartier comme les cratères d'une ville assiégée, trous béants au milieu de la trame serrée de l'urbanisation, restèrent désespérément vides, soit que le manque d'argent justifiât une telle dénégation, soit que ce genre de destruction d'immeubles n'eût jamais d'autre corrélat dans le discours des politiques que la promesse d'une contrepartie que tout le monde, les politiques en tête, savait impossible à tenir. En guise de cache-misère, la municipalité érigea de chastes palissades qu'on barbouillait d'insultes. Derrière les paravents s'amoncelaient d'immenses montagnes de détritus, sur lesquelles les enfants jouaient à s'enterrer lorsqu'ils n'étaient pas en classe. Les terrains vagues étaient le champ de toutes les guerres, la zone de tous les commerces, l'enclos de tous les vols. On s'y battait, on s'y tuait parfois aussi. Parmi ces espaces à l'abandon, celui dégagé par la destruction de l'ancien hôpital de la Pitié était sans conteste le plus important. L'activité y était foisonnante et l'un des groupes les plus puissants du quartier en avait fait son siège. On y préparait les mauvais coups, on y buvait, on y dansait, on y violait les filles. Le jour se levait sur des cendres encore fumantes et des corps cassés en deux.

C'est là, au cœur de ce quartier pittoresque, sur ce territoire incertain où l'un des plus grands hôpitaux de la ville fut érigé, qu'Amin Carmichael décida d'installer son *Hôtel Fantôme*.

– Et le Magnus Paoli ?

Depuis quelques minutes, manquant d'air, Adrien fixait cette toile encastrée dans la bibliothèque. Le Paoli semblait trouer le mur et ouvrir une nouvelle fenêtre au milieu des montagnes de livres qui encombraient la pièce. Là, tout était rangé. Il s'agissait d'un torchon blanc, froissé, et d'un œuf dans une piètre boîte en bois clair. On aurait dit un théâtre, où les objets, cloîtrés dans leur identité, obstruaient l'accès au sens.

– Magnus Paoli… c'est autre chose. Un travailleur, un artisan, un ciseleur de pierre. Il n'a jamais cherché à se singulariser, à faire valoir son originalité ou à être libre. J'aime cette modestie, ce respect, j'aime son allégeance à l'objet.

Certaines parties du torchon étaient retenues dans l'ombre, d'autres avançaient vers la lumière, comme les plantes qui par tous les moyens approchent du soleil. Incapable de décrire le mouvement du tissu dans l'espace, et de comprendre si ce coin blanc, avant de faire une volute à droite, montait ou descendait dans l'ombre, Adrien, face à ce mélange d'organisation désorganisée, restait interdit. Il ne pouvait se fier à ses seuls sens. La question restait entière de savoir si l'on était en présence d'une forme de mosaïque, sans unité organique et décharnée, ou si, à travers cette déconstruction visible de la surface, à travers ces signes éclatés de l'espace, il était encore possible de découvrir l'unité continue et parfaite d'un morceau rectangulaire de chiffon blanc. Mais l'alternative finissait par lui paraître absurde : la matière, éclatée à la surface du tableau, ne cachait rien sinon la trame de la toile sur laquelle l'œuvre avait été peinte. Il n'y avait rien derrière, rien devant, c'était un décor, sans fond, sans arrière-cour. Et tous ces bouts de tissu, comme coupés et recollés, tantôt dans la lumière, tantôt dans l'obscurité, s'ils ne donnaient pas toujours l'impression du volume et du mouvement, faisaient une forme de nœud au cœur de la toile, un nœud en forme de croix, qui à elle seule suffisait à donner tout son sens à l'œuvre.

– Je l'ai acheté à Magnus, il y a peu. Il fait de superbes dessins pour accompagner mes poèmes en trompe-l'œil. Bien plus enlevés, bien plus nerveux que cette petite huile. L'ensemble sera vraiment très beau je crois.

Sous le frou-frou des tirades d'Auguste, Adrien voyait gonfler l'œuf d'orgueil de son ami.

Adrien respira profondément. Sa bouche était vide, il n'avait plus de biscuits. Sa main tremblait, il la passa dans ses cheveux.

– Votre tableau est beau, Auguste. Il a quelque chose d'apaisant, là, au milieu de votre océan de papier. Dès que mes yeux reviennent dessus, j'ai l'impression de regagner la terre ferme. Sans perte, sans disparition, tout est là, en pleine lumière.

La voix d'Adrien était couverte par le voile léger de l'anxiété, mais rien de plus. Il articulait chacun de ses mots, avec lenteur. Derrière la porte, il avait cru entendre une sorte de froissement, qui annonçait l'arrivée imminente de quelqu'un dans le bureau. Mais personne n'entrait. Adrien se força à finir la dernière goutte de son whisky.

Auguste remarqua le drôle de costume noir de son ami. Il tombait mal sur ses épaules, des faux plis comprimaient ses gestes. Mais la façade émotionnelle d'Adrien tenait contre vents et marées. Auguste n'aurait pu que pressentir ce qui l'agitait.

– C'est exactement comme la Maleine, Auguste. À cette période de l'année le cours du fleuve est majestueux comme jamais. Des milliers de mètres cubes d'eau passent sous vos yeux, à chaque seconde. Et pourtant rien ne bouge.

Installé sur la friche de l'hôpital de la Pitié, l'*Hôtel Fantôme* d'Amin Carmichael tire son origine du chantier de réfection de l'hôtel Conti. L'artiste commença par dresser le plan de l'échafaudage immense conçu pour la restauration du bâtiment – il numérota pièce par pièce la superstructure parasitaire. Le chantier achevé, il récupéra la montagne de fer et d'acier et reconstitua, sur le terrain vague, l'empreinte intégrale de l'hôtel Conti, comme le moulage du visage d'un mort.

Observer ce spectre architectural est une expérience à nulle autre pareille. Il y a des sacs de ciment, des pyramides de sable, quelques pierres mal équarries, une benne remplie de moquette et de gravats. Mais rien qui puisse rappeler l'hôtel Conti. Le visiteur grimpe sur les coffrages qui protègent les degrés de l'escalier, tourne autour des façades disparues, sur des passerelles branlantes, plusieurs mètres au-dessus du sol – il surplombe ce qui devait être la toiture, contourne les murs qui ne sont plus et devient le passe-muraille d'un simulacre. Un vertige coupe le souffle des spectateurs. Car tout y est, sauf l'essentiel.

Les treuils à l'arrêt, les monte-charges immobiles, les câbles tournent encore dans le trou central – pris par les vents, les restes loqueteux de la chapelle de l'hôtel Conti, plusieurs pieds au-dessus du vide, semblent prêts à sceller une union fantôme. Les bras et les coudes de l'échafaudage esseulé grincent de haut en bas. Des salons et des boudoirs subsistent les poutrelles du squelette. La bibliothèque s'est évanouie. Les moulures évaporées.

Juste à côté, dans l'espace artificiel qui représente le fameux salon jaune, est exposée la bâche qui couvrait la fresque des Titans. Constellé de taches, usé, ce suaire laisse transparaître la vacuité de l'espace et l'oubli de la peinture – mais il embaume l'air des odeurs de vernis, de colle et de résine qui ressuscitèrent ce monument du style réformé. Fasciné par la relique, le spectateur attentif peut exhumer les lignes de force de la bataille qui opposa les dieux anciens à la nouvelle génération et voir réapparaître, en demi-teintes, les moulures, les bois dorés et les lambris, les coiffes, les tenues resplendissantes et les folies du salon princier. Cette architecture désincarnée laisse ainsi place, dans la béance qu'elle met en scène, à une cohorte d'images fantasques. Théâtre d'ombres où le public abrite ses songes, l'*Hôtel Fantôme* réitère avec force le renversement des valeurs qui caractérise notre temps. Préférant le voile à la chose même, privilégiant le futile plus que l'inestimable, l'invisible plus que le décor, Carmichael nous précipite dans un monde équivoque que chacun devra aménager à sa façon.

Cette installation, à n'en point douter, infligera une véritable leçon à ceux qui fustigent la tendance nihiliste de l'art contemporain.

Lorsqu'il vit la porte du bureau s'entrouvrir et Dolorès entrer avec un plateau chargé de tasses de thé, Adrien eut un haut-le-cœur. Elle avait ses yeux tristes, son chignon remonté et les mains blanches. Comment savoir ce qui lui avait traversé l'esprit ? Effacées les traces, estompées les marques – restait l'ombre d'une présence, le contour vide d'un état antérieur. Il aurait suffi de se lever pour s'enfuir avec elle. Retrouver la ville, retrouver la vie. Le long du fleuve, le long des berges, ils auraient mis un pied à l'eau.

Adrien tenta de dire un mot – il bafouilla. On but le thé. Auguste parla.

Quelques minutes plus tard, on partit pour l'exposition d'Amin Carmichael.

Carlos Schwab

Scène de Crime, huile sur toile, 260 cm × 325 cm
Scène intime, huile sur toile, 195 cm × 130 cm ; hôtel de Challonge

Passé le seuil du grand salon, le regard est aussitôt happé par le tableau. Il représente le séjour d'un appartement luxueux qui ressemble point par point à celui qu'il décore – le salon d'Evariste Marlon. Mêmes proportions, mêmes fenêtres, même parquet, mêmes aménagements, le tableau, fait pour refléter l'aisance de ceux qui y demeurent, pourrait, comme ces maquettes de musées ou de paquebots que l'on expose dans lesdits paquebots ou grands musées, faire figure de réduction du salon dans le salon. À ce détail près que les différences entre le modèle et la représentation, loin d'être marginales, semblent constituer le sujet même de l'œuvre accrochée au mur.

Sous un lustre dégoulinant de cristal s'effiloche la tapisserie d'une banquette envahie de baigneuses, où la paille dégueule de l'assise. Étalés aux pieds de la chauffeuse, les éclats d'une pâte de verre tressent leurs colliers opalescents ; écrasés contre les murs, les tiroirs de la commode ont délesté leur charge sur les franges du parquet. Au-dessus de la cheminée, le miroir brisé de la toile décompose mille fois les signes violents de cette dilution de l'ordre bourgeois.

Dans le tiers inférieur de la grande toile, immobile et rigide, repose le corps d'un adolescent. Ses cheveux sont blonds et bouclés – ses yeux bleus. Des traces de lacération auréolent le pourtour violacé de son cou, sa peau laiteuse recrache le fil de sang qu'absorbe le sol fleuri du tapis d'Orient. Une tulipe rouge s'épanouit sur sa chemise, ses paumes sont arrosées de sang. Au mur, face à la porte, et tout autour, là où dans le salon réel on pouvait voir tableaux de maîtres et photographies, se détachent, sur un fond plus sombre, de grands rectangles clairs – comme si le vol des tableaux avait révélé la marque du temps qui passe. Sur la cheminée, à l'extrémité droite du tableau, s'affichent les traces d'une pendule qui résonne dans le salon. Le regard mort de l'adolescent fixe une zone indéterminée, dans le coin gauche de la pièce, avec bonté et sans aucune forme d'inquiétude. Une femme d'une cinquantaine d'années, blonde, les yeux bleus, contemple le macchabée. Les mains autour du cou, ses ongles s'enfoncent dans sa chair, la bouche est grande ouverte – son cri crevait la toile. À côté de la dépouille, à portée de main, un sac de femme baigne dans le sang.

Seul rescapé de ce naufrage, un coquillage de nacre, sur un pied de vermeil, roule mille fois son œil dans la perspective fuyante de la toile.

– Mon cher Tiano… l'excellence de votre goût pour le modernisme ne vous interdit pas j'espère d'apprécier la *fraîcheur* de ce tableau.

Le grand salon de l'hôtel de Challonge était encore vide. Les chandeliers allumés, les tables dressées, les pyramides de verres attendent les premiers toasts. Assis sur le fauteuil à décor de femmes, Manuel Tiano contemple la toile. La commode est impeccable, la pendule marque l'heure. Pas de cadavre sur le parquet – les tableaux sont tous au mur.

Evariste Marlon, accoudé à sa cheminée, dévisage ce vieux qui observe sa dernière acquisition – un tableau de Carlos Schwab commandé à l'artiste. La réception, ce soir, est prévue pour célébrer l'événement.

– Je reconnais la force de la composition. Mais pour ne rien vous cacher, j'avoue faire tout mon possible pour justifier cette forme de « néoclassicisme », que je trouve en l'espèce… malvenue. La figuration, en tant que telle, n'est pas en question… Mais pourquoi diable refuser l'héritage des sensationnistes et des déconstructivistes ?

Marlon arborait son sourire le plus ironique. Tiano remettait d'aplomb le pli de son pantalon de flanelle grise.

– Carlos Schwab est un artiste habile, précisa Marlon. Son style, loin d'être « classique », participe de ce qu'on appelle le « hiératisme décadent ». Là, tout est propre et contourné, mais l'œil de la serrure ouvre sur un monde sale et obscène. Les images les plus crues – parfois les plus inavouables – dont notre voyeurisme obsessionnel se repaît, sont exposées dans des formats monumentaux, comme s'il s'agissait de tableaux d'église ou de palais présidentiel. Pour Schwab qui peint comme les grands maîtres, il ne reste plus guère que des histoires sordides à représenter. En ce sens, c'est le plus pur héritier de Juan Roca.

Tiano faisait tourner son alliance autour du bout de chair tout racorni. Ses mains avaient des taches brou de noix, ses ongles s'incurvaient en pénétrant dans sa pulpe. La veste grise du vieil homme, sa chemise blanche et son air componctueux, laissaient penser que son grand deuil n'avait pas pris fin. Un bruit de soie le fit se retourner. Ses yeux découvrirent le grand nautile sur la console en acajou. La lumière qui filtrait à travers la coquille avait des reflets irisés – bulle de savon prête à éclater, elle gigotait comme un ballon charnu.

– Je vous montrerai plus tard la toile que j'avais commandée à Schwab, il y a des années, conclut Marlon.

La machine festive se mettait en branle. Le majordome annonça Mlle Rebecca Strass.

Maquillée de la racine des cheveux jusqu'à la pointe des pieds, la jeune femme portait une robe dentelée pourpre et des bracelets d'or qui roulaient autour de ses poignets. Marlon tourna la tête dans sa direction. Les pointes des cils courbés de la jeune fille ployaient sous le mascara velu qui bavait sur ses paupières. Le contour des lèvres, précis, piquant, était chantourné au crayon gras et rose, pour souligner la bombeur charnue de cette petite muqueuse juvénile dont les ridules donnaient la chair de poule.

Marc Taupière, entré aux côtés de cette parfaite parure de femme du monde, ressemblait à un vieux canard dont le plumage d'éclipse faisait oublier qu'il était mâle. Il portait un smoking noir – sans fleur à sa boutonnière. De sa main droite, l'homme d'affaires tenait une paire de gants beiges en cuir souple, qu'il lissait de sa main gauche.

Tiano se leva pour saluer la demoiselle. Elle avait eu le temps de filer près du maître de maison. Marlon, la tête de guingois, chuchotait quelques mots aimables. Sourires galants. Gestes aimables. Le vieux critique se tourna vers M. Taupière, seul au milieu de la pièce. On échangea les politesses ; on trinqua pour meubler la gêne. Les deux hommes ne s'étaient pas croisés depuis la mort de Mme Tiano. Mais les yeux de l'industriel, électrisés par ce qu'il découvrait sur la cheminée, fuyaient derrière l'épaule du critique d'art.

Passionné par les armes en général, Taupière voyait un petit coffre blindé et transparent, qui faisait le tic-tac des vieilles comtoises. La chose, bardée de fils arc-en-ciel, pouvait receler un système explosif. Le petit réveil, collé au milieu de la façade, une par une, égrainait les secondes. Taupière en compta dix avant de réagir. Vérification faite, le cadran indiquait l'heure exacte.

– On ne se refait pas mon vieux Taupière ! lança le maître de cérémonie, en clignant de l'œil à sa jeune amie, lorsqu'il vit son invité avancer vers le foyer de la cheminée. Votre goût pour les armes est infaillible. Chacun est attiré par ce qui lui ressemble – chez vous c'est tellement vrai que cela en devient inexplicable !

Taupière se redressa, remit ses gants en place et continua son travail de lissage en louchant sur la machine.

– John Wilkinson… Vous connaissez ? Gabriel me l'a présenté. J'étais sûr que cela vous taperait dans l'œil, ajouta Marlon en passant la main dans le bas du dos du collectionneur. Il doit arriver d'une minute à l'autre. Je promets de vous le présenter.

Taupière s'approcha de l'œuvre. Mais, avec une sorte de prescience qu'ont en commun tous les prédateurs, il n'osa pas toucher la chose.

– John a créé cette pièce spécialement pour moi, précisa Marlon avec un sourire de bonasse. C'est une bombe à fragmentation de fabrication artisanale, complétée par une charge virale extrêmement puissante. Pour tout vous dire, c'est quelque chose d'absolument dévastateur. Et j'en suis totalement fou.

– Et le réveil ? demanda Taupière, après une courte hésitation.

– Rassurez-vous, cela n'a rien à voir. Le dispositif de détonation, situé à l'intérieur de la boîte, est beaucoup plus sophistiqué.

– Ah…

– J'ai demandé à Wilkinson d'ajouter ce réveil pour indiquer l'heure dans mon salon.

Taupière fit un pas de côté, discrètement, pour regagner une zone jugée plus sûre, quelque part entre le tapis et la commode Régence. Il chaussa ses lunettes au bout de son nez et approcha du nautile posé à côté de lui. Il passa son doigt le long de la fine bordure qui terminait l'ouverture de la coquille et, faisant tourner son œil dans la lumière rasante, s'assura que la paroi n'était pas fêlée avant de la prendre entre ses mains. Mais un jeune garçon au sourire angelot, le buste bien raide, les mains en arrière, filait autour du chapelet rompu des invités dans le salon et s'arrêta devant le collectionneur pour lui proposer une coupe jaune et pétillante. Taupière reposa le nautile sur sa console. Ici, le champagne était trop bon.

Une fois par mois, neuf à dix fois par an, on se pressait à l'hôtel de Challonge, carton d'invitation en main, pour profiter des largesses du président de la FEA. C'était une sorte de rite, le métronome de la vie culturelle. Par habitude, par souci de bien faire et d'honorer la réputation du maître, les employés de maison accomplissaient leur tâche avec un empressement qui confinait au ridicule. Mme de Richemont, qui venait à peine d'arriver, était prise à sa gauche par un homme qui tendait une coupe en baissant les yeux, serrée à sa droite par un beau plateau chargé de savoureux amuse-gueules, derrière par une jeune fille, les cheveux ramassés en spirale, le tailleur voluptueusement tendu, qui réclamait son manteau. Ce personnel innombrable, corps à têtes multiples, doté de mille bras, armé de mille pieds, élastique, impénétrable et permutable à l'infini, fonctionnait comme une machine huilée, dont les pistons distribuaient partout leur service, sans s'essouffler, avec ce bruit sec de mécanique infatigable. Discrets, légers, volatils, ces êtres étaient partout et ne s'imposaient nulle part. Ils épongeaient le panache liquide qu'un geste brusque avait fait gicler au sol, recueillaient les serviettes humides que les mains fiévreuses laissaient sur leur passage et tournaient comme des planètes pour répondre aux désirs de l'assistance. Lorsqu'un curieux voulait voir l'une des miniatures qui composaient la collection du maître de céans, le personnel ouvrait les vitrines, approchait de l'œil la petite image, épongeait les louanges, puis enfouissait la chose dans les frous-frous obscurs du secret profond. Pour Mme de Richemont (ou tout autre gourmande), ces serviteurs tiraient le bouton d'un tiroir, dont ils sortaient de charmantes serviettes roses qu'il lui tendaient pour essuyer ses lèvres entre deux bouchées – ces délicieuses bulles saumonées de laitance qui éclataient sur son palais, lui faisait pousser de petits gémissements, les paupières closes. « Diable que c'est bon, ces œufs qui vous remplissent la gorge ! » disait-elle en laissant traîner un doigt sur la nappe pour accrocher une ou deux miettes dont elle faisait craquer les grains entre ses dents. « Oh... ce que j'aimerais que ces bulles puissent se percer pour l'éternité. Garçon ! faisait la baronne, soudain plus ferme, apportez-moi un ou deux de ces paradis perdus. » Le personnel poussait une porte, dépliait un bras, tendait un doigt, fendait la foule et revenait se mettre à ses genoux.

Gabriel Garousse venait d'être annoncé. Le marchand d'art, sans en avoir l'air, avec le regard intégral de l'affairiste, radiographia les forces en présence. Il serrait les mains, poussait de petits cris de joie, frottait un dos, ouvrait grands ses bras et rejetait sa tête en arrière. Flanqué à sa droite, Wilkinson semblait bizarrement sobre à cette heure avancée de la journée. La jeune Rebecca Strass lui jeta un regard ardent.

Garousse identifiait Tiano, tassé sur la banquette, à l'autre bout de la pièce. Le galeriste se précipita dans sa direction en poussant Wilkinson qui traînait des pieds. « Ce type, là, c'est la pluie et le beau temps. » Wilkinson vida une coupe de champagne que lui tendait un serveur ganté de blanc.

– Comment allez-vous cher maître ? cria Garousse, à quelques pas de sa cible. Je voulais vous présenter cet animal. Je vous préviens, il est insortable, précisa-t-il en approchant du critique d'art. Vous devriez venir à la galerie, je vous présenterai son œuvre. Le moment venu vous aurez tout loisir d'en faire profiter vos lecteurs.

Le vieil homme prêtait une oreille distraite à ces histoires. Sa femme l'avait toujours mis en garde contre les flatteurs, particulièrement les galeristes, qui n'étaient jamais que de traîtres commerçants. D'un certain point de vue d'ailleurs – mais Tiano s'était toujours insurgé contre cette version des faits, mensongère et excessive –, on aurait pu dire que sa femme, à force de l'avertir, avait réussi à freiner la progression de sa carrière qui avait pourtant commencé sous les meilleurs auspices. En dépit de ses dénégations, sous les larmes de rigueur, sous sa tristesse officielle, Tiano se demandait parfois s'il n'avait pas vécu la disparition de sa compagne comme une libération. Le galeriste parlait, le galeriste flattait, riait, souriait, dansait – il était plein d'argent, arrogant et bête comme un pot –, et les yeux du critique, instinctivement, retournaient à la toile de Schwab. Il voulait revoir le visage de cette femme, reléguée dans le coin gauche de la toile.

Sa tristesse paraissait étrange – son expression n'était pas typique. Elle se lacérait le cou, là même où le jeune homme avait son auréole violette. Ce pouvait être la mère. Ils avaient les mêmes yeux bleus. Une mère pleurant la mort de son fils… comme une piéta. Les objets cassés, les tiroirs vidés, la pendule et les tableaux dérobés, tout laissait accroire qu'il s'agissait en l'espèce d'un cambriolage qui avait mal tourné. C'était une lecture possible. Mais pourquoi diable le jeune homme est-il étranglé *et* poignardé ? Un manque de professionnalisme – ou simplement une fausse piste. Et les yeux de ce jeune homme, bleus, lumineux, pénétrants… Pourquoi un regard si doux, torturé par des brigands ?

Evariste Marlon tira le petit homme de sa méditation. Le vieux se leva d'un coup. Il fallait serrer la main de Wallendorf, sourire à Lucinda Hernández et faire le baise main à Mlle Albanel. La célèbre « artiste procédurière », que Tiano rencontrait au sein de la Cram, était venue sans Vassilieff, son cavalier le plus fidèle. On lui présenta Jean-Paul Montesson, directeur des hôpitaux de la ville. Enfin, il eut la désagréable surprise de reconnaître Jean Lamarque, qui siégeait avec lui au Jury de la Cram. (Ce soi-disant critique d'art, assommant professeur de philosophie, écrivait d'une façon épouvantable et défendait les œuvres les plus ignominieuses dans ses papiers.) Mike Bromberg et Valérie Hornstedt restaient sur le seuil du grand salon. Tiano aperçut quelques collectionneurs. Bernard Lupu, le directeur du Musée des arts contemporains, évitait Henriette Coignard, la directrice du secteur des acquisitions récentes ; Pierre-Yves Montalbert, le conseiller du ministre des Affaires culturelles, parlait avec Bertrand Traoré. Splinetta, le directeur de l'office national des cimetières, était tout seul.

Une coupe de champagne, suivie d'un toast, et chacun reprit sa conversation. Garousse avança vers Albanel – il voulait lui annoncer que Sainte-Croix s'était finalement décidé pour l'une de ses plaintes. *Au Quotidien* s'insérait à merveille dans sa collection. Victoire voyait partir sa première grande réalisation avec un pincement au cœur.

Dos au marchand d'art, elle remarqua une ombre étrange qui buvait sans dire un mot. L'homme était laid, sale et édenté – mais Victoire n'était pas insensible à ce triste charme. Garousse, surpris d'apprendre que deux de ses artistes pouvaient ne pas se connaître, détailla le pedigree de Wilkinson.

On annonça Mme Minkowski – la protégée du président de la FEA. Marlon voulut la présenter. La photographie, au-dessus de la cheminée, était un autoportrait de Mme Minkowski. Debout, à taille réelle, elle exposait sa nudité au milieu du grand salon. Tiano avait à peine osé lever les yeux dans cette direction – l'ombre de sa femme planait encore. Il remarqua aussitôt que le visage de la photographe se conformait en tout point avec celui de la « mère » du jeune homme représenté sur la toile de Schwab.

Jean-Paul Montesson s'approcha de Mme Minkowski. Il la félicita et lui tendit un verre. Rebecca Strass, adossée à la cheminée, observait ce Wilkinson dont on lui avait tant parlé. Il vidait sa coupe pour en reprendre une autre. L'artiste regardait Montesson parader – et Marion Minkowski lui sourire aimablement. Ses mains se crispèrent – il se tourna vers Garousse. Il y avait là Victoire Albanel – Garousse fit aussitôt les présentations. Wilkinson fixait la femme. Victoire ne répondait plus que par syllabes. Courtes, aiguës, bizarres.

Un frisson parcourut le dos de Rebecca, bloquée contre la cheminée. Elle vivait cette scène comme un affront.

Tiano n'avait pas bougé. Les pieds l'un à côté de l'autre, il était installé sur la banquette dénudée qui faisait face au grand tableau. Pour une fois, il se sentait imperméable à toutes ces mondanités. Mais un bruit de pas lourds, une sorte de bonjour maladroit, ce timbre caractéristique de fausset – il comprit que Jean Lamarque s'installait auprès de lui. Tiano ne tourna pas la tête. Une grimace fit croire à l'importun que le dialogue intérieur du vieil homme lui interdisait de satisfaire au protocole exigé par la politesse la plus élémentaire.

Depuis des années, Tiano avait fait de Jean Lamarque son souffre-douleur le plus fidèle. Auprès des galeristes, des artistes ou des connaissances qu'ils avaient en commun, le vieux critique colportait les histoires les plus sordides au sujet de son confrère. Lamarque ne savait pas quel était le nom de tel ou tel musée, il ignorait que « gageure » se prononçait « ga*ju*re », il posait ses lèvres baveuses sur le revers d'une main de dame, il était « radin », il n'avait pas même de maîtresse, il manquait terriblement d'humour – d'une manière ou d'une autre, on trouvait toujours de nouveaux moyens d'allonger la liste des honteuses aventures de ce Lamarque. Tiano aimait à le faire souffrir autant qu'un fils aîné. C'était un jeu, un amusement, la juste rétribution de sa bêtise – la meilleure façon de ruiner sa minable réputation. Depuis que cet écrivaillon sévissait à l'*Art Revue*, Tiano avait vu son prestige s'émousser, mois après mois. On ne le sollicitait plus autant et ses jugements étaient discutés ici et là. Ce ramassis de crétinisme commençait même à marcher sur ses plates-bandes et à glisser des articles sur des artistes qui étaient « les siens » depuis des décennies. Or l'imbécile, par pure hypocrisie ou par opportunisme, faisait mine de s'intéresser à ce que pensait Tiano de tel ou tel artiste. On savait très bien ce que cela masquait.

Un serviteur tendit des boissons fraîches aux deux critiques.

Lamarque, pour briser la glace, évoqua la prochaine réunion du Jury à la Cram. Tiano répondait à peine – il savait où ce demeuré voulait en venir. À pas de loup, il avançait. Mais pourquoi ne pas y aller franchement ? S'il veut évoquer le « triste sort » de Sandra Dupuis, qu'on en finisse une bonne fois pour toutes ! Et qu'il s'en aille ! Depuis des mois, l'idiot faisait campagne sans panache pour que Sandra Dupuis obtînt une suite dans le bâtiment B. Tiano, qui s'expliquait à merveille le brusque intérêt de cet âne pour la belle, avait toujours bloqué ses tentatives. Il n'allait tout de même pas offrir un nid d'amour à ces deux-là.

– Ce tableau est absolument somptueux...

Lamarque changeait de stratégie – une fois encore, l'abruti se dégonflait. Il stridulait des inepties à propos du tableau de Schwab. Le sang sur les murs, sur la banquette, mêlé aux motifs bariolés du tapis, le couteau au sol, la beauté des carnations, les coups dans le ventre, profonds, le sang, épais, la souffrance de l'enfant qui ne lutte même pas pour survivre, se laisse mourir, charmé par sa propre déchéance, absorbé par la couleur qui jaillit de son corps. Quelle plaie ce philosophe ! Tiano tournait à peine la tête. Ne pas regarder l'ennemi.

– Je suis un inconditionnel du *travail* de Schwab, serinait Lamarque de sa voix de crécelle. Regarder un de ses tableaux, c'est aller de surprise en surprise. Un fin observateur arrive toujours à dénouer l'énigme en scrutant les petits détails. Avez-vous remarqué que Schwab avait fait poser Marion Minkowski ?

Le vieux ne répondait jamais à ce genre de provocation.

– Evariste a dû demander à l'artiste de la représenter sur la toile. *Mais bien sûr, quelle perspicacité ! Combien font deux plus deux, monsieur ? Je vous le demande.* D'ailleurs, poursuivait Lamarque, le jeune homme étalé par terre ressemble comme deux gouttes d'eau au fils d'Evariste. *Qu'est-ce que c'est que cette connerie encore ?* C'est tout de même étrange de placer le portrait de son fils mort dans son salon – qui plus est en face de sa « belle-mère », si l'on peut dire. Qu'en pensez-vous cher maître ?

Tiano n'avait jamais eu l'occasion de rencontrer ce fils dont il entendait parler – mais l'avouer aurait été une faute. Pourtant, cette découverte bouleversait ses premières réflexions. Le vieux critique avait d'abord imaginé un suicide du jeune homme – qui avait essayé de se pendre pour ensuite se planter un couteau dans le ventre. Mais, ne pouvant expliquer le désordre de l'appartement suivant cette hypothèse, Tiano avait conclu au meurtre du jeune homme par cette femme. En constatant que le sac de cette dernière baignait dans le sang et qu'elle-même semblait plus troublée par la découverte de cet oubli que par le mort allongé sur le tapis, Tiano avait pensé que la dame avait tué le jeune homme après lui avoir rendu visite, peut-être avec un motif passionnel. Dans un mouvement de panique, elle aurait maquillé l'homicide en meurtre, perpétré par des cambrioleurs, et emporté quelques toiles avec elle. Mais les choses se compliquaient dès lors que l'adolescent gisant au sol apparaissait comme le fils de Marlon – la belle-mère aurait tué le fils. Cette interprétation, en plus d'intégrer les différentes dimensions de la toile, avait l'avantage d'être corroborée par la situation familiale de Schwab. Le peintre vivait encore chez sa mère – on ne lui connaissait aucune relation sentimentale. Son Œdipe avait de quoi intéresser les meilleurs psychanalystes et cette toile pouvait ainsi être lue comme une allégorie de la castration.

– Une chose m'intrigue tout de même, reprit le philosophe. La pornographie, même à l'état latent, la pornographie sous sa forme la plus subtile, la plus insidieuse, la plus cryptée, est omniprésente chez Carlos Schwab. Elle infuse tout geste, elle se diffuse sur toutes les surfaces, elle irrigue toutes les perspectives. Sous les pinceaux de ce maître, un gant, un sac à dos, un rasoir, une clé, des couleurs, une montagne, une corde, un doigt, une brosse, un coquillage, sont l'occasion d'une sollicitation sexuelle. Figurez-vous que cet homme-là habite avec sa mère dans une vieille ferme ! Il a bien sûr un atelier, à deux pas de la Maleine, mais chaque semaine il rentre dormir avec elle à une centaine de kilomètres. La ferme n'a pas bougé depuis plus d'un siècle. Comment cette vie de moine reclus coïncide-t-elle avec la profusion de ces fantasmes d'animal sauvage ?

Tiano haussa les épaules. D'un naturel liant, sa femme réservait à son époux toute la complexité perverse de son caractère, lui refusant ses petits plaisirs, lui promettant ce qu'il n'avait jamais, le faisant mourir d'envie pour le voir souffrir. Tiano ne pouvait imaginer vie pire que la sienne. Il lui avait fallu ruser, mentir, trahir et inventer. Tout cela pour quelques minutes galantes qu'il égrainait comme un chapelet. Encore une fois, cet imbécile de Lamarque ne comprenait rien. Rien à la violence de la sexualité, rien à la densité de la débauche intérieure, infiniment plus puissante que n'importe quelle orgie. Comment cet homme pourrait-il comprendre que chaque image éveillait une appétence d'ordre sexuel, et qu'aucune ne pouvait être considérée avec des yeux chastes ?

Tiano regardait passer Marlon – le grand absent de la toile de Schwab. Son sourire carnassier s'adressait encore à Rebecca. Tout bien réfléchi, il pouvait aussi bien être l'assassin de l'adolescent que la dame qui se griffait le cou. On pouvait d'ailleurs imaginer, sans trop forcer la lecture, que le père, humiliant et méprisant, avait acculé son fils au suicide. En dernière analyse, l'enfant pouvait avoir été tué par n'importe qui, excepté le peintre, et encore. Tiano, comme un enquêteur dont les maigres indices ne servent qu'à établir son ignorance, tournait d'hypothèse en hypothèse.

Lassé par cet échange, Lamarque se leva pour prendre congé de son confrère – il serra le bout d'une main molle et récalcitrante. Un petit groupe d'amis, un peu plus loin, s'amusait beaucoup. Jean-Paul Montesson racontait une des péripéties rocambolesques qui faisaient le charme de son travail à l'hôpital – un homme arrivé aux urgences avait enfilé un collier de pois chiches dans son urètre qu'il n'arrivait plus à retirer ! Marion Minkowski riait aux éclats. Evariste et Rebecca se contentèrent de sourire. Dans un coin, Lamarque aperçut Sandra Dupuis, qu'il n'osa pas déranger. Elle parlait à Alexandre Sorrus, le fondateur de *L'Éternel Journal*. De l'autre côté de la pièce, Wilkinson avait capté l'attention de Victoire Albanel qui ne parlait plus depuis une bonne demi-heure. Le majordome annonça le buffet. Une rumeur de satisfaction s'éleva parmi les convives – et tout le monde s'engouffra à travers la porte.

– Chers amis… je tenais à vous remercier d'être tous ici ce soir. (La voix claire du mécène figea toute velléité gastronomique.) Vous savez sans doute combien je suis attaché à Carlos Schwab. Tout amateur d'art digne de ce nom possède aujourd'hui un « portrait » réalisé par ses soins. Je pense ne pas exagérer en imaginant y être pour quelque chose. Pourtant, pour les raisons que vous savez, nous n'avons jamais pu organiser une rétrospective à la hauteur de ce génie confidentiel – certains se plaisent à dire *underground*. Mais les choses sont amenées à changer. J'ai poussé Schwab à peindre dans une nouvelle direction. Je lui ai demandé de réaliser pour moi la scène que vous avez pu voir dans le salon. Je ne vous révélerai pas le détail du fait divers qu'il a bien voulu illustrer. Sachez seulement que toute ressemblance est loin d'être fortuite…

Quelques ricanements dans la grande salle.

– Carlos Schwab n'a malheureusement pas pu se libérer. Il travaille à un nouveau projet. Je voulais simplement que vous… vous qui êtes mes plus proches amis… je voudrais que vous puissiez apprécier cette toile « en avant-première »… pour que vous en parliez, pour que vous sollicitiez Schwab et organisiez quelque chose de grand. En tous les cas, merci encore d'être venus. Profitez de ce modeste buffet, buvez tant que vous voudrez – et n'oubliez pas, toutes les portes de la maison vous sont grandes ouvertes…

L'assistance, à mesure que la fin du discours se dessinait, s'approchait stratégiquement des tables du buffet. Lorsqu'on applaudit l'hôte, il n'y avait plus une place de libre. Poulardes farcies, poissons qui se mordaient la queue, gigots en gélatine, manchons de canard laqués, pigeonneaux flambés, bécasses à l'oseille, ris de veau aux agrumes, mille autres splendeurs encombraient la table. On s'arrachait les plats avec une avidité contenue, que le calme mondain peinait à masquer totalement. Les cris d'extase, les grincements de plaisir, les ronrons de surprise sonnaient dans toute la pièce. Il y avait les solitaires, dans un coin de la pièce, qui mangeaient vite, sans bruit, et prévenaient les visites importunes en jetant des brefs regards tout autour d'eux ; les petits couples qui oubliaient de se dire « je t'aime », en détaillant leurs assiettes réciproques. Puis ceux qui préféraient parler, ceux qui voulaient savoir, qui étudiaient les sauces et soupesaient les farces. Ils se réunissaient par grappes pour mettre des mots sur leur jouissance. Le vin, tiré dans de grandes carafes, était servi dans de beaux verres gravés. De l'avis général, il était généreux, suave, charnu et très viril ; il avait un goût de sous-bois, de lait d'amande et de truffe confite. C'était divin.

Jean-Paul Montesson avait profité de cette abondance de biens pour inviter Marion Minkowski à faire une exposition dans le grand hall d'un des hôpitaux de la ville – elle avait gloussé, sans oser dire non. Bernard Lupu redressait son nœud papillon en conversant avec la délicieuse Lucinda Hernández – et Garousse rôdait autour pour la présenter à un autre collectionneur. Victoire Albanel, les yeux fermés, suivait Wilkinson au premier étage. Marc Taupière bavardait avec Sorrus – depuis que Sandra Dupuis avait été prise à partie par Jean Lamarque. « La passion d'entreprendre, aussi puissante soit-elle, ne suffit pas à faire un homme, expliquait l'homme d'affaires. On a besoin de ce supplément d'âme qui vous transporte et vous fait traverser les siècles. » Sorrus attendait le moment propice où faire part du projet renaissant de son journal.

– Aujourd'hui, la chose la plus importante pour moi, assurait Taupière en finissant de mâcher un morceau de faisan truffé, c'est de transmettre ce goût de l'art à mes enfants. Je constitue une collection d'art qui, un jour, sera la leur. Dans la mesure du possible, je les associe donc à mes prises de décision, ils m'accompagnent aux vernissages, parlent avec les artistes… Ce qui est bien naturel, puisque tout cela leur reviendra après ma mort.

– J'ai remarqué que votre collection privilégie, et c'est tout à votre honneur, de jeunes artistes défendus par de grandes galeries. N'avez-vous pas peur de mal placer vos capitaux ? demanda Sorrus, que ses réflexes de journaliste n'abandonnaient jamais.

Le maître des lieux, accompagné de Rebecca Strass, alla chercher Tiano. Ils montèrent ensemble le grand escalier de marbre et entrèrent dans une chambre à coucher décorée avec soin ; il y avait des peaux de bêtes et des miroirs partout. Rebecca, la bouche maquillée, avait une boucle qui pénétrait dans le petit lobe rose et duveteux de son oreille. La robe cintrée faisait ressortir des formes souples. L'œil maquillé qui frétillait, l'ongle lissé et verni de rouge, les mèches têtues qui bondissaient et ondulaient au moindre signe, elle se regardait dans l'une des glaces qui faisait face au lit. C'était tout un océan de salive qui remontait dans la bouche. De haut en bas, elle détaillait ses formes et imaginait le regard des hommes qui la suivait, en se caressant le bras gauche de la main droite.

Marlon coinça sa bouche en soupirant. Il suffisait de l'imaginer se déshabiller, cette petite fille à papa, pour voir que derrière cette fausse pudeur, derrière ce calme apparent se cachait un corps complexe de désirs qui ne réclamait rien d'autre sinon des situations inavouables – et un sexe imberbe.

Au sol, Tiano reconnut le tapis de soie qui recouvrait une bonne partie du tableau de Carlos Schwab. Aucune tache de sang n'avait souillé la chose. Les rideaux étaient rouges, le couvre-lit fauve. Au-dessus du lit se trouvait le grand tableau que Marlon voulait présenter. Le critique d'art baissa les yeux. Sa femme avait toujours été pudique – et le sexe se vivait dans l'ombre, sauf au bordel où il était allé parfois, sûr de ne pas être démasqué.

Rebecca Strass s'approcha de la grande toile. Elle évoqua les similitudes entre cette œuvre et celle cachée dans la chambre à coucher de ses parents – Marc Taupière, dans le plus simple appareil, était représenté en train de copuler avec sa femme. Tiano n'en crut pas ses oreilles. Les parents de la fille avaient commandé cette toile à Schwab quelques mois après avoir appris que Marlon en avait une dans sa chambre à lui. À l'aide de plusieurs photographies, Schwab avait réalisé cette œuvre d'un réalisme cru. Rebecca Taupière, qui aimait se faire appeler Strass pour plus de discrétion, avait une passion pour cette toile que son père avait décidé de camoufler derrière un rideau noir depuis la mort de son épouse. Rebecca allait la voir souvent. Ses parents, ensemble, à taille réelle, prenaient plaisir avec dignité et presque religieusement.

Sur la toile de Marlon, c'était une autre histoire. Certes, la grandeur d'âme des personnages se lisait sur les visages – et Marlon, dominant cette jeune femme qui souffrait en madone sous ses coups de hanches, avait les traits fins et épurés d'un saint Georges triomphant du dragon. Mais tout était si violent. Les groupes dénudés qui s'enfilaient derrière avaient des accents rageurs. Par comparaison, les Taupière auraient pu passer pour un couple de retraités.

Tiano ne pouvait soutenir la vue de cette scène plus de quelques secondes. Il reconnut pourtant le visage de la madone souffrante pour l'avoir vu dans le salon. Marion Minkowski, à quatre pattes, le derrière rougi par les coups de son maître, avait les cheveux ramassés en chignon et grimaçait. Les autres personnes, que Tiano n'avait pas le courage d'identifier, copulaient aux quatre coins de la toile, au sol, sur des sofas ou même debout.

Au milieu de la toile, quelque part entre un sexe en fleur et une paire de fesses, le beau nautile de la collection de Marlon roulait son œil de nacre, en ouvrant la bouche à toutes les offrandes.

– N'est-ce pas là votre fils qui regarde la scène à gauche de la toile ?

Marlon sourit. Au fond de la pièce, en contre-jour, comme sur un

Tebaldo Freccia ou un Mesnilgrand, un petit enfant se tenait derrière une porte à demi fermée.

– Mon fils a toujours aimé sa mère. Il n'assiste à aucune de mes réceptions. Mais le portrait de famille aurait été incomplet si Schwab n'avait pas ouvert cette porte.

Tiano se sentit de trop. Il redescendit sans faire de bruit.

Depuis que sa femme était partie, en plus de la tristesse, en plus du remords et du sentiment de liberté, Tiano se demandait s'il n'avait pas souhaité qu'elle mourût pour le laisser en paix. En descendant les marches, il n'aurait pas pu dire s'il n'avait pas un jour visualisé cette scène. Cette scène où elle serait morte, morte au milieu de leur salon – morte avec du sang, morte étouffée, morte empoisonnée, ou morte par ses propres mains, ses mains à lui, Manuel Tiano, lui le critique d'art, lui le brillant génie, lui qui, dans le confort d'une insomnie, en entendant les ronflements de son épouse aimée dans la chambre matrimoniale, n'aurait pas pu dire s'il n'avait pas imaginé cette rupture de leur lien d'amour dans la mort de sa petite femme. Il avait vu son corps, tendu comme un sexe, étalé par terre, bouche ouverte, les rides crispées autour des yeux. Il avait rêvé, il avait rêvé ce passage, et il n'en avait presque pas souffert.

En bas, dans la fosse aux lions, la nourriture et les boissons remplissaient les têtes. Ceux qui avaient voulu quitter la pièce étaient partis, ceux qui avaient trop mangé étaient assis. Tiano agrippa une dernière coupe de champagne. Que d'affres ce pauvre Schwab avait-il dû vivre pour réussir… Mais le monde était ainsi. Ce qu'il fallait montrer, ce n'était plus le roi sur son trône, mais le fou dans sa folie. Le salon, à cette heure avancée, semblait clairsemé. Tiano ne retrouvait ni Marion Minkowski ni Jean-Paul Montesson. Pas plus qu'il ne voyait John Wilkinson ou Victoire Albanel. Lamarque discutait avec Taupière, qui avait oublié de surveiller sa fille, et pérorait devant le critique d'art qui ne le lâchait plus. Tiano reprit sa place devant le grand tableau de Schwab et tenta d'y voir un peu plus clair.

Knud Oddson

Poussières d'artistes, 6 m × 10 m, Aquarium de la Cram

Pour le quinzième soir consécutif, Bertrand Traoré retourne à l'Aquarium. Lorsqu'il résidait dans la Cité, Traoré avait eu lui aussi droit aux honneurs de la grande galerie. C'était quelques mois avant de quitter la Cram. Revenir à la Cité – retrouver le hall d'entrée, la mine défaite du gros concierge, les plates-bandes fleuries, l'odeur de vase venue du fleuve, cette concrétion complexe de souvenirs indémêlables plonge Bertrand dans un état affectif étrange. Bienheureux de goûter encore à l'atmosphère de ces lieux bénis, il s'inquiète aussi du défilé des têtes ressuscitées qui lui sourient sur le chemin : la monture noire des lunettes de Carlos Schwab, son costume vieilli, sa conversation glaciale – et cette ironie qui gerce son regard ; la chevelure blanche d'Alexandre Sorrus, toujours aussi pressé – vingt kilos en plus depuis la dernière fois –, qui court au vernissage de Marion Minkowski à l'Hôpital ; le malaise de Sandra Dupuis, bizarre, fuyante, gênée. À quelques mètres de l'Aquarium, la silhouette du vieux Tiano ressemble à une statue. Sa canne, figée par les ans, semblait plantée dans le sol. Mais il a ce sourire étrange lui aussi. Lorsqu'on évoque le bon vieux temps, les mémorables réjouissances, des amis disparus, il a les yeux qui s'allument – dès que Traoré parle de l'installation d'Oddson, Manuel Tiano change de sujet.

Le vent s'est levé – l'air gonfle la toile du pantalon. Les spots sur le jardin découvrent une pelouse couverte de feuilles et de détritus. Ce que la vie s'était chargée de mettre à l'abri s'extrait miraculeusement des abîmes. Les branches tournent comme des moulins – les nuages défilent sur le tableau noir. Pris dans la tourmente, devant la façade du bâtiment B, Traoré contemple les deux fenêtres de son ancien appartement – et celles de Knud. Vivant au même étage, leur proximité était si grande qu'ils signaient leurs travaux à deux. On parlait d'eux comme d'un couple d'artistes, une «paire de créateurs», un «binôme actif» voire même comme d'un «collectif». C'était heureux, on s'amusait.

Au Centre d'art contemporain, ils avaient conçu une installation appelée *Toilette*. Une gigantesque salle de bains. Lumineuse, propre et belle, de loin, elle aurait pu éveiller l'envie de se laver. Mais le savon, sur le rebord crapoteux du lavabo, était recouvert de restes capillaires. Un rasoir sanguinolent infectait le creux de la baignoire infestée de crasse, un gant de toilette puant séchait sur une patère en métal rouillé. À même les carreaux de marbre, une serpillière hérissée de poils dormait en boule ; dans un verre en cristal, une brosse à dents pleine de poussière avait la tête éclatée. Des cotons maculés de taches vertes, deux ou trois préservatifs pleins, une brosse à cheveux touffue, des serviettes intimes rougies, quelques rognures d'ongles, la moisissure fleurie sur les carreaux, la peinture écaillée, mille détails interdisaient l'accès à la salle de bains et, par là même, à son *propre* corps. Du décorum hygiéniste à la réalité vivante, Knud et Bertrand, habités par les mêmes obsessions, avaient pensé comme un seul homme.

En retrouvant ces fenêtres à la même place, Traoré serre les dents et avance vers l'Aquarium. On devine l'immense tas de fumier qui trône à l'intérieur de la galerie. Bertrand ne trouve pas d'explication à la gêne manifeste de Tiano.

Doté d'une hauteur sous plafond exceptionnelle et de parois de verre sur les cinq côtés, l'Aquarium était destiné à accueillir les œuvres monumentales. Les grands artistes en résidence dans l'institution ont tous eu l'occasion d'exposer là. Piotr Oubtchenko, durant la semaine qu'avait duré sa performance, avait détruit un avion rouge à la masse et à la lime, Sandra Dupuis organisé un «défilé de mode», Kurt Wallendorf s'était enduit le corps de crèmes cosmétiques pendant dix jours et Bertrand Traoré avait installé l'un de ses intérieurs piégés (en réalité une reconstitution de l'appartement où il avait grandi). En y repensant, cette exposition avait été le moment de la première rupture. Bertrand se souvient que Knud n'était pas venu assister à l'événement – un voyage en province servit de prétexte. Et tout avait dégénéré ensuite, lorsque Traoré avait rencontré son galeriste, Mateo Romany. Le succès de Traoré, les expositions, la hausse de sa cote et tout ce qui allait avec ne firent qu'envenimer les choses. Depuis quinze jours, Bertrand a décidé de reprendre le fil de l'histoire. Ils n'ont pas échangé plus d'un mot.

Le projet, intitulé *Poussières d'artistes*, n'aurait jamais pu voir le jour sans les autorisations de Pierre Duval, directeur de la Cram. Knud Oddson, pendant près d'un an, avait fait le ménage dans les bâtiments réservés aux artistes. Tous les jours, en quête de poils perdus, l'homme de service filtrait l'eau de son seau. La saleté, la crasse, cette marée de poussière, où se mêlent copeaux de bois, éclats de verre, bris de marbre et restes de toiles, projets froissés, rejets alimentaires, cheveux empelotés et boîtes de conserve éventrées, tout fut stocké par Oddson, à l'abri de la lumière. Il y a deux semaines, disposé en pyramide, l'ensemble de ces restes a pris place au milieu de l'Aquarium.

En approchant de la salle, le soir du vernissage, Bertrand avait été subjugué par l'ampleur du tas qu'il devinait. Plusieurs mètres de hauteur, bariolé comme une décharge, il remplissait l'enceinte jusqu'au sommet. Les visiteurs, dos collés aux parois de la galerie, contournaient le Léviathan en se serrant, pour ne pas frôler l'ignoble ventre de la chose. Le petit sentier qui faisait le tour du mont était plus étroit que le boyau qui menait à la falaise sur la colline du Calvaire. Prudents, les plus fragiles des spectateurs s'installaient à l'extérieur, sur l'herbe fraîchement tondue.

Ce que l'humanité produit, désire, achète et rejette après usage, comme l'affection galante après le coït – l'écorce du monde lui-même, son versant matérialiste – est compilé dans l'Aquarium. Engloutie par ce grand tas, la spécificité de l'artiste plasticien, son supplément d'âme, son génie éventuel, dont les reliques, de fait, sont rabaissées au niveau du commerce universel de déchet et de bêtise, se fondent dans la masse de saleté. En vrac, il y a là quelques esquisses de Paoli, des fusains, des gouaches inachevées, des dessins raturés ; réduits en boule, on imagine quelques poèmes de Romain Beaulieu, pour le moins ses bandes magnétiques ; des plaintes lacérées de Victoire

Albanel, des toiles trouées de Iouri Vassilieff, des planches-contacts, des bandes-test et des tirages ratés de photographes majeurs – une image de Valérie Hornstedt mise au rebut par un ami – un bout de cuir d'Isabelle Valentino. Knud Oddson prétend avoir enseveli un vêtement de Sandra Dupuis, un insecte brisé de Mike Bromberg et mille monstres sortis de l'enfer de la Cité radieuse.

Traoré, installé sur une chaise, face à la pyramide – il fume, il pense, il rêve. La nuit, les projecteurs dessinent des ombres sur les gravats et les grumeaux d'ordures. Le jour, le soleil blanchit les papiers et accélère la fermentation du bouillon de culture. Bertrand retrouve certains détails de sa vie d'avant. Dans cet océan de poussière, une bouteille de désespoir émerge ici, un peigne fortuné surnage là-bas, une chaise cassée, l'épave d'une paire de chaussures, une assiette ébréchée, le radeau de la misère flotte sans étendard. Entre un film plastique et un filtre à café, Traoré déchiffre les signatures des artistes à la dérive. Chassés au loin, reniés et embryonnaires, ces avortons reviennent des limbes et présentent leur face immonde sur un trône de fumier.

Un soir, Traoré avait été témoin d'une scène atroce. Iouri Vassilieff – peintre obscur de la petite section de la Cité, ancien amant de Victoire Albanel – découvrant au milieu du tas d'ordures le cadavre de l'une de ses toiles, exigea que la dépouille fût extirpée de la montagne et enterrée plus dignement. Non sans cruauté, Oddson remarqua qu'il s'agissait d'un privilège pour un jeune artiste de s'afficher dans une exposition de si grand renom – quand bien même ce serait en anonyme. Vassilieff entreprit seul l'ascension du tas de merde. Roulant dans les ordures, il provoqua l'effondrement d'un versant de l'édifice, sans mettre un doigt sur son ébauche. Sale et humilié, il avait fui en jurant de donner de ses nouvelles. Traoré était rentré chez lui la mort dans l'âme. Il travailla jusqu'au petit matin – pour oublier les yeux noirs d'Oddson. Il retourna pourtant à l'Aquarium le lendemain, et vit que la toile de Vassilieff, d'elle-même, avait retrouvé les couches les plus profondes de cette montagne amère.

Corps vivant, organisme débridé, le ventre mou de l'œuvre, en perpétuelle mutation, ondule à sa surface et fait paraître des formes qui s'effacent presque aussitôt. Retourner le voir, se disait Bertrand, c'est la promesse d'un voyage infatigable, dont les paysages, chaque fois défaits, renaissent transfigurés de leurs décombres, comme le jour sur une terre lointaine. Knud avait-il prévu cet effet-là ? Au fil des soirées, Bertrand s'interrogeait. Seule l'odeur pestilentielle de la montagne semblait justifier l'ouverture des parois de l'Aquarium à tous les vents – s'il en avait été autrement, peut-être le dôme n'aurait-il jamais roulé. Mais Bertrand aimait ces métamorphoses. Au gré des courants d'air et des éboulements, la masse s'étalait sur le sol de la galerie. Certaines coulées avaient condamné l'entrée de l'Aquarium, les pluies passagères, détérioré tout un flanc de la montagne. Le monstre par ses balafres pisse un jus marron qui file jusqu'au jardin. Au pied du grand volcan, les spectateurs reçoivent pleins d'effroi les débris crachés par le cratère. Ses mugissements, dans toute la Cram, inquiètent les grands nerveux. Légère, instable, la poussière s'envole vers le jardin, s'agglutine aux costumes et colle aux semelles. Elle ensemence la terre, fertilise les plates-bandes, regagne les bâtiments ou fuit avec le fleuve. Oddson balaye le sol et passe la serpillière tous les matins. Il remplit de petites fioles qu'il met en vente en les signant. Romain Beaulieu accrocha sur l'un de ses murs blancs une relique de la poussière qu'on avait dû prélever dans son studio. Adrien Estève s'acheta une concrétion de papiers froissés qui faisait penser à une sculpture de Bourguiba. Bertrand n'avait toujours pas payé son tribut à l'histoire de l'art.

Entre les deux hommes, comme une montagne infranchissable, se dresse un pesant silence, une tension muette, faite d'une accumulation hétéroclite de griefs en tout genre. Mais ce soir, l'Aquarium est déserté. La foule s'est déportée ailleurs ce mercredi-là – l'exposition de Wilkinson, celle de Minkowski, les choix sont infinis. Un groupe d'amateurs d'art, perdus dans l'Aquarium, erre sur la pointe des pieds pour ne pas crotter leurs souliers neufs. Le vent a chassé les nuages. Des pages de romans courent dans le jardin, les tourbillons déplacent des cahiers d'esquisses ou d'anciennes photographies. Les amateurs tâtonnent dans le noir pour arracher quelques pages à l'obscurité. Un bruit sourd retentit de temps à autre – c'est une avalanche sur le front nord, suivie par une réplique sur la face ouest. La coulée va jusqu'à la pelouse. L'odeur est infecte.

Vêtu de blanc, Knud prend des photographies. Officiellement, il garde des traces de l'érosion de sa sculpture. Il photographie surtout les mines dégoûtées, la crispation, les artistes effarés. Il filme la vie de la montagne, les oiseaux sur le sommet, les renards qui fouinent. Silencieux, assis dans un coin, Traoré malaxe deux ou trois billes de verre qu'il garde au fond de sa poche. Lorsqu'il était enfant, il jouait aux billes dans la cour de son école. Chez lui, il accumulait les précieuses perles dans une boîte qu'il cachait sous son lit. Il comptait et recomptait son butin, enfonçait ses mains dans le tas, malaxait longuement les billes, voulait plonger complètement, rêvait de les avaler et les faisait couler le long de son ventre. C'était, en lui, la racine de son goût pour l'argent. Là, nez à nez avec la montagne de projets inaboutis, d'échecs, de fautes, il sent qu'il fait corps avec le monstre. L'immense tas d'ordures le dégoûte de moins en moins, il en a presque envie. Il s'y verrait bien, sur le sommet, roi des artistes, Léviathan de l'histoire de l'art, grand juge, maître du temps.

Mais de honte, il ferme les yeux. Enseveli, étouffé, la bouche pleine de terre. Les trois billes roulent sur le sol. Nu, il est nu devant tout le monde. Les yeux ironiques de Schwab, l'air gêné de Tiano, la mauvaise mine de Sandra Dupuis, personne n'avait oublié ses échecs – ses échecs à lui.

Il fallait ravaler sa fierté, parler à Knud. Le supplier de bien vouloir tout effacer. Ne pas lui en vouloir, pardonner ses fautes. Mais l'animal savoure son plaisir. Avec la satisfaction rayonnante d'un bourreau intransigeant, Knud garde le silence. Au bout de quelques instants, il desserre finalement ses lèvres.

– Tu es une pourriture, Bertrand… Mets-toi à genoux si tu veux. Implore, crie, supplie… Tout reste là… Un peu plus visible… à chaque instant. Jusqu'au dernier jour, tu supporteras ce poids… le poids de ce que tu n'as pas réussi à enfanter. Les monuments ratés de ton ambition… On rira… on rira de toi, Bertrand. Tu seras seul, humilié, sale et triste.

Traoré jette un dernier regard derrière lui. Une quantité affolante de travail l'attend sur son bureau. Ce sera dur. Tête basse, il quitte l'enceinte de la Cité. Le lendemain, il retournerait à l'Aquarium. Et le jour d'après encore. Il n'y avait pas d'autre solution que de retrouver une place au sein de la Cité.

Dolorès Klotz

L'Aérostat, 5 m × 2 m, caoutchouc, cordes
Copyright Musée des arts contemporains

L'implantation du Musée d'art moderne au cœur de la vieille ville présente autant d'avantages que d'inconvénients. Elle remonte à une soixantaine d'années, lorsque le ministre en charge des Affaires culturelles avait réussi, au prix d'une féroce négociation avec le président, à imposer l'idée que l'hôtel Condamine – l'un des fleurons de notre patrimoine architectural avec l'hôtel Conti, l'hôtel Boulanger et celui de Challonge – devait servir d'écrin aux collections nationales d'art moderne. Les trésors des temps présents ne pouvaient qu'être sublimés par les fastes du siècle d'or. La Direction centrale des bâtiments anciens rejeta l'autorisation de décloisonner l'espace pour adapter le vieil hôtel aux besoins de la muséographie moderne, comme le réclamaient certains. Pour d'évidentes raisons de discordance chronologique, il fut en revanche impossible de préserver le cachet originel du lieu. Les moulures, les boiseries, les dorures et les miroirs furent camouflés – sans être détruits – et les tableaux pendus sur des paravents, des tentures ou des coffrages. Les portes en bois massif, ciselées et rehaussées de fils d'or, reposent encore dans les réserves de l'hôtel Condamine – les modalités d'un prêt au Musée d'histoire de la ville sont en cours de discussion. Depuis cette victoire du ministre des Affaires culturelles, des centaines de milliers d'amateurs d'art, venus du monde entier, se pressent au numéro dix de l'avenue des Artilleurs. Dans la capitale, c'est un des monuments les plus visités et sans doute faut-il admettre que la réunion d'innombrables chefs-d'œuvre de l'art moderne dans un lieu si chargé d'Histoire fait le succès du musée.

Pour autant, cette réussite incontestable ne laissa pas de nourrir une forme d'insatisfaction. La politique d'achat ambitieuse initiée par la nouvelle direction ainsi que les récentes dations qui, coup sur coup, ont enrichi les collections nationales d'un ensemble considérable de peintures de Markus Broch et du fond d'atelier de Violaine Bourguiba, obligèrent les acteurs en charge de la politique culturelle à envisager le déploiement du musée sous un jour nouveau. Philippe Ixent, ministre des Affaires culturelles, dut se rendre à l'évidence : l'hôtel Condamine, aussi beau et prestigieux fût-il, ne pouvait plus, à lui seul, répondre aux besoins de la création contemporaine. Un agrandissement s'imposait de toute urgence.

Kantorovitch, indétrônable pape de l'architecture contemporaine, auréolé de gloire depuis la construction de la Cram, remporta ce concours sans difficulté. Il transforma une ancienne usine automobile en musée ouvert sur le nouveau siècle. On abattit la moitié des murs d'enceinte pour libérer la lumière. On créa des niveaux et des demi-niveaux, d'immenses réserves à température constante, de somptueux escaliers, et de beaux murs blancs, crème ou gris clair. On creusa une galerie marchande pour les enseignes de luxe. On installa un système de surveillance ultra-performant, un grand espace servit de librairie d'art et toute la partie ouest de l'ancienne usine fut aménagée en bibliothèque pour ouvrir au public les fonds que plusieurs grands artistes avaient légués à l'État – et notamment celui, riche de cent mille volumes, que laissait Markus Broch après sa mort. Les œuvres récentes de la collection nationale sont désormais réunies dans cet espace dédié à la création contemporaine. Les volumes du nouveau bâtiment subliment la puissance des œuvres et l'équipe dirigeante, enfin dotée d'un outil d'exposition performant, peut restaurer son image et dignement répondre à sa mission.

Loin de l'idéal lettré que partagent, en général, les acteurs du milieu de l'art et socialement plus proche du monde des affaires et du luxe – Philippe Ixent ayant géré une chaîne de restauration rapide avant d'entrer en politique –, le ministre des Affaires culturelles n'a jamais été ce que l'on appellerait un érudit. Il n'en reste pas moins un homme de grand mérite. En politique avisé, il apprit à connaître les membres les plus éminents de ce bain culturel et peut aujourd'hui s'enorgueillir d'avoir noué des liens d'amitié avec ce que cette élite intellectuelle compte de plus influent. Les galeristes, directeurs de musées, présidents de fondations, d'associations, de festivals et autres directeurs de théâtres, d'opéras ou de chaînes de télévision, de cinémas ou de restaurants gastronomiques se pressent aux dîners que M. Ixent donne au ministère et se flattent tous de *bien connaître Philippe*. Gabriel Garousse, fondateur de l'espace du même nom, compte parmi les plus assidus convives de ces grand-messes. Les louanges qu'adresse le marchand d'art, formulées par l'un des tout premiers acteurs de la sphère culturelle, font plaisir au ministre, qui a conservé sa vanité naïve de bon enfant. Cette franche simplicité d'homme de terrain, associée à un sens aigu de la convivialité, son goût pour la bonne chère, expliquent d'ailleurs en partie la popularité d'Ixent, tout comme la beauté et l'intelligence de son épouse qui charme tous ceux qui ont la chance de la croiser.

Mises bout à bout, ces qualités ne suffiraient pourtant pas à expliquer l'extraordinaire longévité de Philippe Ixent au ministère des Affaires culturelles, réputé pour être l'un des plus difficiles. Car la réussite du ministre est indissociable de son avidité et de sa pugnacité. Au plus fort de la crise budgétaire, lors de la première décade du président, il eut en effet l'audace, le talent et sans doute même le génie d'entreprendre de grands chantiers qu'il mena à bien grâce à ses puissants réseaux. Firmalux, Ineso, Luxor, Lillialab, Robusta, Novea ou ManagerInch, parmi les premiers, apportèrent leur soutien au ministre qui échafaudait un système de partenariat inédit entre le secteur public et le monde du luxe. La fondation de la Cram ainsi que la construction de l'Annexe du Musée des arts contemporains sont les résultats les plus significatifs que l'on peut mettre à l'actif de cet étonnant ministre.

Friand de métaphores, Philippe Ixent aime les discours fleuris au sujet de la gestion de ses établissements. Un musée d'art contemporain, suivant ses vues, dans un régime libre comme le nôtre, peut être comparé à un gros gâteau. Sur le marché de la production nouvelle, sa vocation est d'absorber le plus original, le plus séduisant, le plus coloré, pour gorger la curiosité d'un public grossissant et avide de découvertes, mais qui sait de moins en moins vers quoi se tourner, singulièrement lorsque l'offre est si profuse. Un bon gérant met la diversité des talents artistiques à son menu, afin que les « envies de culture » soient alimentées, sans provoquer l'indigestion. Chaque couche de la société a droit à sa juste part de friandises. Le bénéfice d'un établissement culturel ne se chiffre pas seulement avec des courbes et des diagrammes : dans la mesure où la plus-value culturelle reste tributaire d'un objectif « clairement affiché » de croissance de la cohésion sociale, les portes du monde de l'art et de l'intelligence, comme celles d'un drugstore, doivent rester grandes ouvertes. Les productions artistiques sont prêtes à consommer, la révolution est digeste et savoureuse ; le génie se partage, la beauté se multiplie. Ainsi, assimilé par le plus grand nombre, l'art impose le bon goût comme norme universelle et sustente le désir de liberté qui anime tout citoyen.

Dans les musées, Philippe Ixent fait reposer l'entière responsabilité de cette mission sur le personnel en charge des acquisitions et de la gestion des stocks. Ils sont le fer de lance d'une lutte sans fin pour la reconnaissance de l'originalité. Les sens en éveil, l'esprit alerte, ils vont, sillonnant le monde, tendus vers la révélation, prêts à ouvrir les portes de l'institution dès que le grand frisson de *surprise* les transporte. Le commissaire n'a que faire de la règle ou de la convention – il s'en méfie comme du plus grand des maux. Seule la *révolution* le charme. L'art est fait pour choquer, l'art est fait pour déstabiliser ; radical, intransigeant, multiforme, il doit déranger, inquiéter, parce qu'il souffle un vent de liberté. Le commissaire, petit soldat de cette grande cause, apporte sa pierre à l'édifice. Sous chaque tendance, il décèle la révolution en marche ; sous les traits méconnus d'un artiste sans renom, il repère le génie qui tâtonne et ouvre, à travers les bruissements et la rumeur, l'authentique voie de l'avenir. Quelle cause plus noble peut-on imaginer pour un serviteur de la culture ?

Bernard Lupu, directeur-général du musée, Henriette Coignard, chef du département des acquisitions récentes, Chantal Rastel, membre du Jury de la Cram, proche collaboratrice du président et Pierre-Yves Montalbert, conseiller en charge de l'art contemporain auprès du ministre des Affaires culturelles, travaillent main dans la main depuis une dizaine d'années. Ils se connaissent et se respectent infiniment. La différence de leurs appréciations esthétiques fondait leur complémentarité. Car, si chacun plaide pour une certaine idée de l'art vivant, aucun d'entre eux, individuellement, n'a assez de pouvoir pour décider une acquisition sans l'aval des autres. Trouver un accord, une voie médiane, concilier les intérêts, choisir un artiste, une œuvre, trouver les fonds, constituer les dossiers, chercher les pièces manquantes, solliciter l'avis du ministre (bien qu'incompétent en la matière), tout cela ne peut se faire dans la précipitation. Mais quoi de plus naturel ? N'est-ce pas à cette condition que l'entrée dans l'Histoire revêt son sens pour un artiste ? Le Graal serait-il si convoité s'il était servi à chaque comptoir ? L'entrée au Panthéon serait-elle aussi prestigieuse s'il était possible, en deux jours, et par effraction, d'y être enterré, sans même être mort ?

Henriette Coignard nourrissait une passion dévorante pour l'œuvre de Dolorès Klotz. Elle la trouvait choquante, bizarre et novatrice. Ne pas l'avoir sur la carte du musée lui semblait inexplicable – peut-être même impardonnable. Boulimique de travail, Mlle Coignard adressa de son propre chef un courrier à la direction du musée et constitua spontanément un *pré-dossier*, comme on appelle aussi dans le jargon de l'administration ministérielle les « Requêtes préliminaires pour l'obtention d'un visa de mise en délibéré ». Elle envoya un *mémo* détaillé à Pierre-Yves Montalbert, au ministère des Affaires culturelles, ainsi qu'à Chantal Rastel, bien que cette dernière prît systématiquement des positions contraires aux siennes. L'argumentaire s'articulait en quatre points : *1° Si le musée décide l'achat d'une pièce de Bertrand Traoré, on ne peut décemment pas fermer la porte à Dolorès Klotz. 2° Dolorès Klotz vient de remporter le grand prix à la Biennale des arts et plusieurs musées l'ont déjà exposée. Son travail aiguise les appétits, le marché international s'arrache ses œuvres. 3° Si notre établissement nourrit l'ambition de rester à l'avant-garde, le Musée des arts contemporains se doit de faire rentrer Dolorès Klotz dans ses collections permanentes, avant que de se faire souffler la primeur. 4° La cote de l'artiste ne cesse de croître (mais le galeriste consentira une forme de geste commercial) – c'est le moment ou jamais de se décider.*

Pierre-Yves Montalbert, pourtant gourmand lorsqu'il s'agissait d'œuvres nouvelles, n'avait pas d'avis arrêté sur la question. Il envisageait la chose avec sérénité et ouverture d'esprit. Chantal Rastel, rassasiée des « bonnes idées » de sa collègue, goûtait ce pré-projet avec modération. La conseillère du président avait voracement appuyé l'entrée de Marcus Stein dans les collections, sans trouver le moindre écho du côté de Mlle Coignard – allez savoir pourquoi. Et c'était encore la même chose qui se passait avec Traoré – allez savoir pourquoi. Chantal Rastel ne voyait donc pas quel pourrait être son intérêt dans la bataille qui se profilait. Mieux valait attendre l'avis du ministre avant de prendre officiellement parti. Or Philippe Ixent, qui s'en remettait à sa femme et à son conseiller, Pierre-Yves Montalbert, voulait voir comment les choses évoluaient d'elles-mêmes.

Le premier lundi du mois, Gabriel Garousse invitait Henriette Coignard pour un déjeuner informel au jardin d'Artémis. Mets fins, vins spectaculaires, douceurs raffinées, ces deux esthètes ont pour habitude d'échanger leurs impressions sur les expositions en cours et les artistes émergents. Ils imaginent les tendances à venir et se font des confidences en charmant leur palais. Garousse déclame ses poèmes préférés – un Brantôme ou un beau Bergotte. Henriette, célibataire et sans enfant, l'écoute rêveusement. À cinquante ans ou presque, elle conserve une âme d'artiste. Ses cheveux gris, coupés court, forment une couronne de cendres autour de son front. Elle dissimule sa maigreur sous des coupes amples, dessinées par des créateurs. Ces vêtements de couleurs, qu'Henriette porte même par temps de pluie, sont pour elle une seconde peau. Le bleu lui fait du bien, le rouge lui insuffle la vie. L'invariable monture vert anis, massive et torsadée, qui repose sur son nez anguleux, lui sert de supplément d'âme. Elle aime s'évader, voyage beaucoup et part à la rencontre de l'Autre. Gabriel, avec tact, évite toute allusion à sa vie sentimentale. Car la directrice du secteur des acquisitions récentes se fait de l'amour une haute idée. Elle parle de passion fusionnelle, de rencontres improbables, d'amour fou et juge ses amants avec intransigeance. Gabriel sollicite en revanche son amie pour collaborer aux catalogues qu'il édite lors de ses expositions. Elle accepte volontiers, mais ne peut signer que sous un nom d'emprunt, pour d'évidentes raisons de conflit d'intérêts.

Henriette prend ce travail à cœur. Sa prose est stricte, fouillée et sans emphase. Garousse ne sait pas comment lui conseiller d'écrire un peu plus court. Il lui parle de ses projets les plus fous, de ses ambitions.

Le galeriste, depuis des années, soucieux de donner à son commerce plus d'ampleur, caressait le rêve de voir sa société cotée en bourse. Le fait que des firmes cosmétiques, des chaînes de télévision, des agences de publicité, des groupes agro-alimentaires ou des clubs sportifs puissent se financer sur le marché, alors que des structures qui intéressent réellement l'avenir de l'humanité en assurant la promotion de l'éducation, de la culture ou de l'art n'y arrivent pas, est, du point de vue du marchand d'art, un insupportable déni de justice. Une université, un musée, *a fortiori* une belle galerie ont autant besoin de capitaux pour se développer, prospérer et faire commerce de culture que n'importe quelle autre société. Pourquoi des investisseurs ne leur feraient-ils pas confiance ? Pourquoi serait-il impossible d'acheter leurs actions ? Du matin jusqu'au soir, Garousse ne pensait qu'à son projet. Et il savait que pour voir un jour sa galerie cotée sur le grand tableau, ses artistes ne pouvaient pas se contenter de se vendre cher entre les murs de sa galerie ou sur les cimaises des commissaires-priseurs. Il fallait faire date, marquer le cours de l'Histoire et conquérir ses lettres de noblesse. Les démarches du galeriste allaient en ce sens – et la plus folle de ses victoires avait été de faire de cette pauvre Henriette la conseillère de Taupière.

– Vous savez Henriette, Dolorès Klotz va beaucoup mieux ces derniers temps.

– Vous m'en voyez ravie, sourit Mlle Coignard, qui terminait son soufflé à la framboise. Vous savez combien j'admire *Dolorrressh.* Son indisposition m'a chagrinée.

La responsable des achats, depuis qu'elle officiait au Musée des arts contemporains, affectait de prononcer les noms d'artistes suivant une phonétique irréprochable. Elle la recomposait instinctivement, en imaginant les origines de ceux dont elle parlait – ce qui donnait lieu à des quiproquos et des fous rires généralisés. Lorsqu'on savait que Dolorès, par peur de l'avion, n'avait pas quitté plus d'une dizaine de fois sa région natale, il y avait de quoi sourire en entendant quelqu'un tenter de lui rendre l'accent d'un pays où elle n'avait jamais mis les pieds et dans lequel elle n'avait aucune attache familiale. Mais Mlle Coignard continuait de dire « Bertrand Traoré » en accentuant la première syllabe du nom de l'artiste, « Christian Nguyen » avec une parfaite intonation orientale et « Piotr Oubtchenko » comme s'il eût été baptisé suivant le rite orthodoxe – ce qui passait pour une bizarrerie de voyageuse aux oreilles de ces apatrides déracinés, qui considéraient le monde comme un grand continuum affranchi de tout particularisme local.

– Heureusement, cette jeune femme a sur qui compter, poursuivait Henriette Coignard d'un ton sucré. Vous vous occupez d'elle comme de votre propre enfant.

– Je n'ai pas pour habitude d'abandonner mes artistes, qu'ils soient dans la misère ou non, admit Garousse. Dolorès est fragile, elle requiert une attention de tous les jours.

– Mais c'est tout à votre honneur, Gabriel. À propos, comment va votre fils ?

Un silence gela les vestiges du repas. Henriette Coignard, sans s'expliquer cette règle de conduite, avait toujours évité les allusions directes au fils de Gabriel Garousse, qu'elle connaissait pourtant bien et dont elle appréciait le travail. Mais la situation, l'air détendu du galeriste et le délicieux dessert qu'on lui servait l'incitèrent, ce jour-là, à déroger à sa ligne de conduite. Le galeriste prit l'air préoccupé. Il se leva pour régler la note. Un serveur amena les cafés. Garousse regarda sa montre. Henriette Coignard comprit qu'il n'était pas lieu d'insister. Elle évoqua à tout hasard l'exposition de « Knud Ódd-zòn ».

– Oui, c'est vrai, rompit le galeriste, d'un air décidé. Parce que… je voulais vous demander où en était le dossier Klotz.

Henriette reposa son verre. Elle écarta les miettes qui colonisaient la table autour de sa main. Le manque d'à-propos de la question la surprenait. Le « parce que » de Garousse la déstabilisait. La phrase semblait tronquée de sa principale, restée dans l'ombre d'une réflexion que le marchand d'art menait avec lui-même. Garousse servit la dernière goutte de vin à son invitée, avec un empressement qui trahissait son impatience.

– Mais ça avance mon cher Monsieur, répondit Henriette. Vous connaissez comme moi les lenteurs de l'administration, je suppose.

Quelques mois plus tard, Gabriel Garousse sonnait à la porte de Dolorès. Elle avait revêtu sa plus belle robe – une robe ample, fluide, qui laissait respirer son corps. Depuis sa dernière crise, elle se sentait beaucoup mieux. Une sorte de confiance accompagnait chacun de ses mouvements. Garousse fut surpris de la voir si belle – peut-être avait-elle pris quelques rondeurs. Il ne put s'empêcher de la complimenter. Elle riait d'elle-même et tournait en dérision son épisode passé au fond du lit. Dolorès travaillait avec acharnement et, chose surprenante, semblait satisfaite de la gestation lente de sa production. Gabriel n'avait rien pu voir – ce qui, pour ceux qui la connaissent, n'a rien de surprenant.

Dolorès allait visiter pour la première fois « l'annexe des arts *conte* », comme on avait l'habitude d'appeler la partie neuve du grand musée. Le chauffeur déposa le galeriste et sa protégée au pied de l'institution – les proportions du bâtiment étaient époustouflantes. Dans le jardin, il y avait une petite cafétéria et une belle lumière décomposait les pétales de fleurs sur les plates-bandes. La peur au ventre, Dolorès emprunta l'escalier suspendu pour monter au premier niveau.

Garousse, venu à l'inauguration, avait un jugement mitigé quant au résultat – il ne fallait s'attendre à rien. Dolorès découvrit un accrochage aussi hétérogène qu'anachronique. Face aux œuvres contemporaines, des œuvres de maîtres anciens offraient des contrepoints fantasques. Les petits carrés rouges et verts de Murdoire répondaient à la profusion végétale d'un majestueux paysage de Crescent, d'un Lantier et d'un Elstir. Quelques autoportraits du Virginal faisaient retour sur leurs sources. Les tourbillons torturés de matières sortis de l'imaginaire débridé de Blaise Aubérieux défiaient des bustes de femmes taillés par Démétrios et les bronzes d'Amours de Prédolé. Les grands projets « concaves » d'Antartido A. Garay affrontaient une esquisse de Roderick Hudson ainsi qu'une puissante terre cuite de Mahoudeau qu'on avait ressortie des limbes. Dans l'une des plus belles salles du musée, une grande maternité de Frenhofer (son célèbre tableau préfigurant le portrait de la princesse Gilletta) et l'un des nébuleux paysages de Vladimir Lubovski faisaient face à un Franz Hütting datant de sa « période brouillard » (son « Bain turc ») et à une des toiles noires de Jose Enrique Tafas (le non moins fameux *Coucher de soleil sur le quartier de la Plata*).

À croire la brochure tendue à Dolorès en même temps que son ticket, ces galeries devaient décloisonner les œuvres et les périodes, pour relier les écoles – aussi différentes fussent-elles. Tout travaillait de concert, chaque tableau, loin d'être isolé sur lui-même, entrait en communion avec l'histoire de l'art. Rien ni personne ne sortait de nulle part. Dolorès touchait son ventre. L'artiste, au fond d'elle-même, était déroutée par tant de liberté.

Chez elle, recluse dans son « laboratoire » – comme elle appelait l'arrière-boutique occluse au fond d'une cour où elle dialoguait avec elle-même –, enclose entre ses murs ainsi que dans le ventre d'une baleine, Dolorès passait ses journées, seule et silencieuse, comme une sainte dans la tour de son château. Dolorès n'a pas droit au téléphone – la vue sur la rue lui manque à peine. Trois fenêtres borgnes ouvrent sur le cloaque nauséeux qui sert de cour. Elle imaginait l'immensité du ciel à travers le petit point de bleu, accroché entre les deux immeubles. Dans ces périodes de grand labeur, les promenades sont interdites – seules les bibliothèques qui tapissent ses murs, une ou deux plantes fichées dans sa jardinière et une carpette mobile qui couvre le centre obscur de son studio, hantent son domaine. Les toilettes sont sur le palier – mais elle n'interrompt jamais sa gestation, pas même pour griffer une pomme ou mâchonner un croûton sec. Crampes et gargouillis lui font une compagnie – la faim la force à continuer. Pour Dolorès, l'idée de claustration est le seul moyen de se sentir libre – le seul moyen d'extraire du bain de boue qu'on appelle influence les ressources nécessaires à l'enfantement. Comme certaines femelles s'échappent du monde pour mettre bas à l'abri des indiscrets, Dolorès, l'esprit gravide, bloque les ouvertures, ferme les loquets et calfeutre les chasses d'air, pour gonfler la voilure et prendre de l'altitude. Une porte dérobée dans sa forteresse suffirait à effriter sa volonté. Quelques esquisses, deux ou trois essais – une fois prête, l'idée est soumise à une équipe d'artisans dévoués. Seule compte la pureté de l'idée, qui s'élève, délestée de toute contrainte.

Au deuxième étage, Garousse et Dolorès pénétrèrent dans l'espace dédié à l'œuvre de Markus Broch. Tombée d'une verrière sommitale, la lumière blanche et laiteuse donnait aux pièces l'allure d'une salle de bains géante. Une cinquantaine de toiles étaient disposées avec goût. De grandes marges vierges rythmaient l'accrochage. Il y avait des témoignages de sa période figurative, influencée par le méchant style de Cyprien Tibaille, de superbes images datant de ses années irréalistes, dont la parenté avec l'œuvre de Frederick Tarr fut souvent mise en lumière, et bien sûr beaucoup d'œuvres abstraites. Digne héritier de Murdoire, Broch peignit avec de l'œuf, de la terre ou du sang, des larmes et de l'urine ; il colla du sable, de la farine, du charbon, du suif et de la chaux. Ses formes étaient régulières ou non, organiques ou déstructurées. Certaines œuvres étaient métaphysiques, d'autres fonctionnalistes. L'artiste, avec une aisance déconcertante, avait vogué entre tous les styles, toutes les tendances et toutes les aspirations. Il avait été l'émule de Gilbert Jonas, puis changea d'orientation lorsqu'il rencontra Martial Canterel, à la suite de quoi il se risqua à la sculpture d'inspiration scientifique. Et puis il y eut la période « littéraire » – en autodidacte accompli, Broch s'était formé dans les musées et avait fait des livres sa source première de réflexion, ce qui justifiait pleinement cette période dite « littéraire » et ses travaux communs avec le principal représentant de ce mouvement, le grand Irnerio, dont les empreintes de livres avaient marqué toute une génération. Broch, qui aimait aussi Lily Briscoe et Julia Lundgren, avait suivi leur enseignement déconstructiviste. Puis Martiboni devint son idole – il mit en boîte des centaines de comportements passés, enfermant dans de petits cercueils transparents les restes gelés du cérémonial du thé, du patriotisme ou de l'unité du style.

Markus Broch, en fait d'indépendance, était passé d'une source à une autre, incapable de générer *de l'intérieur* ses propres intuitions. Imaginer comment l'œuvre s'était développée dans des directions si différentes était aussi difficile que de rendre compte des états successifs d'une ambition. La solution de continuité dans l'œuvre de Markus Broch paraissait d'ailleurs à ce point systématique que Dolorès, qui connaissait bien l'œuvre de son illustre aïeul, considérait depuis toujours « l'éclat » comme l'objet même de ses recherches. Volontairement ou non, Markus Broch avait tout fait pour n'être jamais nulle part entièrement lui-même, mais dispersé à la surface, miroitant, baladé au gré des courants, étranger, dans l'espoir de se régénérer toujours, comme si un perpétuel printemps pouvait animer son œuvre. Finalement, des premières toiles jusqu'aux ultimes, en soixante ans de création, la seule chose qui n'avait pas changé s'incarnait dans la graphie des quelques lettres de la signature du maître. « MARKUS BROCH ». Pour un peu, on aurait pu croire à un décalque. Dolorès s'en amusa.

– Chacune de ses toiles s'arrache à prix d'or, maugréa Garousse. Rien que dans cette salle il y en a pour des milliards.

Garousse voulut préciser sa pensée, mais Dolorès quittait la pièce. Comme les enfants qui soulèvent leur part de galette fourrée pour savoir s'ils ont la fève, elle jetait de petits regards obliques pour ne pas paraître trop impatiente. Garousse, la veille, avait reçu un appel d'Henriette Coignard qui promettait une *grande-surprise*. Sans savoir à quoi s'attendre, Dolorès sentait sa poitrine gonflée. Dans la voix de son galeriste qui lui promettait la surprise, un *presque-rien* rappelait le bon sourire du grand-père lorsqu'il glissait une pièce dans la main de Dolorès – flux rituels de liquide que soldaient une invariable sucette et deux caramels mous, quand Robert, son frère, se transformait en gestionnaire et que la mère de Dolorès, en bonne économe, restait stricte et fonctionnelle dans l'attribution réglementée des petits sous. Garousse, sans conteste, aurait pu faire partie de la famille de Mme Klotz. Il ne donnait jamais rien – officiellement pour maintenir ses artistes dans un état de tension « bohème ». Mais Garousse ajoutait, sur un ton définitif, qu'il investissait tant pour assurer la promotion de ses protégés, qu'il ne restait rien pour « faire tourner la machine ». Les artistes auraient été bien ingrats de réclamer leur dû à un homme qui, sans relâche, se démenait pour l'illustration de leur nom.

Mais il était bien dur de déceler la fève dans la couche de frangipane. Une puissante nausée obligea Dolorès à s'asseoir quelques instants.

Garousse ne comprit rien. L'artiste fermait les yeux – elle respirait profondément pour retrouver le sentiment de la terre ferme. On lui promettait d'être sacrée reine, mais ni Henriette Coignard, qu'elle avait vue une fois ou deux, ni Bernard Lupu, dont elle se souvenait de la silhouette pour l'avoir croisé chez Evariste Marlon, n'était venu pour l'accueillir. Garousse, qui voulait materner sa prometteuse artiste, affirmait que Lupu, s'il semblait atypique, n'en restait pas moins un homme d'honneur – ce qu'elle eut peine à croire.

Directeur du Musée des arts contemporains, unanimement salué, admiré pour ses talents de gestionnaire, sa compétence et son grand flair, Bernard Lupu est considéré, non sans ironie, comme l'un des derniers vestiges de cette classe d'intellectuels qui portent le nœud papillon de jour comme de nuit. Lorsque Lupu ressert ses ailes de soie ou de coton, il est de bon ton de sourire discrètement en forçant du regard la complicité de son voisin. L'élégant entomologiste, à l'abri de la lumière, dispose d'une inépuisable collection de nœuds venus du monde entier qu'il assortit à ses complets de tweed à carreaux et ses chemises de couleur. Il porte du vert bouteille, un jaune moutarde très vif, du beige, de l'écru, un orangé tirant au rouille, du vermillon et un lie de vin passé. Son nez d'oiseau de proie, rouge sur les ailes, transparent de l'ourlet des narines jusqu'au cartilage qui déborde, toujours humide, plein de condensation et bien sonore, attrape les courants d'air et les rumeurs, plonge dans les potages qu'il déguste à chaque repas et pointe en spécialiste les tableaux qu'il apprécie. Été comme hiver, il promène sa cape de loden bleu nuit, qu'une chaînette en argent retient lorsqu'il marche vite. L'hiver est sa saison préférée, car il peut alors sortir avec sa cape sans craindre de souffrir de la chaleur. Bernard Lupu fume la pipe, arbore des verres épais et parle en zozotant. Sur sa lèvre inférieure, légèrement retroussée, bien rose et toujours humide, ses syllabes se chargent de vent lorsqu'il parle de désir, d'Éros, de passion et de sensualité. Car, paradoxalement diront les mauvaises langues, son défaut d'élocution, loin de freiner son goût des mots et des femmes, alimente ses discours qu'il déploie avec beaucoup de volupté. Mutiler les mots avec sa langue frétillant dans la faille de sa dentition semble même lui procurer un plaisir aigu. Aux femmes les plus jolies, Lupu adresse des sourires fins, plonge un regard charmeur au cœur de leurs courbures et tire sur sa pipe d'un air méditatif. Puis avec aisance, avec délicatesse, il évoque ses sentiments, loue l'extraordinaire douceur des yeux, s'émeut de l'exceptionnel ravissement qu'elles suscitent en lui et parle de son amour immodéré des prunes, des poires juteuses, des figues fraîches, des goyaves et des grenades roses – et son chant d'amour tourne au concert de chuintements. Mais la mauvaise conscience qui ronge ce saint homme limite parfois les appétits du vieux libidineux. Chaque matin, à l'église, il s'agenouille, se confesse, honteux et contrit et repart purifié rejoindre ses secrétaires.

Le directeur du Musée des arts contemporains connaissait Dolorès Klotz de réputation. Henriette Coignard avait beau insister, conseiller la visite du « laboratoire de *Dolorrrèsh Klœtschhh* », aux yeux du directeur, le fait que Gabriel Garousse se présentât comme son galeriste suffisait à se faire une idée fidèle de la production de cette *Dolorèfzch*. M. Lupu voulait d'autant moins faire plaisir à sa subalterne, qu'elle semblait nier que le repas mensuel au jardin d'Artémis en compagnie de Gabriel Garousse, ainsi que ses articles publiés dans les catalogues de la galerie, eussent quelque peu infléchi sa belle impartialité. L'entrée fracassante du galeriste dans le milieu de la culture n'avait de toute façon pas convaincu cet universitaire de formation et l'on pourrait même dire, pour être plus exact, que Bernard Lupu n'appréciait guère les façons, trop cavalières, de l'homme d'affaires. Garousse ne savait qu'en surface ce que la vraie politesse voulait dire. Ce n'était pas un homme du monde. Petit-fils d'immigré, admis par miracle dans le cercle fermé de l'institution, « Garousfzsche » ignorait tout du raffinement, de la distinction et du bon goût – « mais *Garrroussè* est un *visionnairrre* », corrigeait Henriette. Intransigeant, Bernard Lupu descendait d'une dynastie d'industriels éclairés. Il avait fait de brillantes études et suivi, à l'étranger, une formation de Direction culturelle. Il fit montre de ses talents dans diverses institutions à travers le monde et c'est très naturellement – Bernard Lupu ayant toujours fréquenté l'élite et notamment le ministre Ixent – qu'il fut pressenti pour assurer la succession du vieillissant Christian Austier à la tête du Musée d'art moderne. Il savait trop bien ce que l'art voulait dire, il savait ce qu'était l'avenir de la création, il comprenait les artistes mieux que quiconque – sa première décision en tant que directeur du musée fut justement de le rebaptiser en « Musée des arts contemporains ». Et il savait surtout, en termes peu diplomatiques, que Garousse était un con.

Lorsqu'il reçut le petit « mémo » qu'Henriette Coignard lui adressait, Bernard Lupu sut qu'il ne ferait jamais rien pour que l'œuvre de Dolorès Klotz puisse un jour rentrer dans ses collections – cette femme n'était tout simplement pas à son goût.

Les merveilles réunies dans le musée avaient de quoi faire perdre la tête. Il y avait une dizaine de sculptures de Martial Canterel, un fabuleux mobile de Taviani, de très beaux Michel Kraus, une série d'ombres de Sam, des Jonas, des Nat Tate, des Pavel Kagel, des Tarr, des Soti, des Klingsor, de superbes photographies de mannequins d'Étienne Milan, quelques ronds-points de Bertrand-Quentin d'Aumal, des Rimittenza, des Johan Borg, des Tonnerre, des Huffing, des Marlow, des Bracke, des Tortosa à ne plus savoir qu'en faire. Les pieds lourds, les yeux mi-clos, Dolorès revenait en arrière, tournait sur elle-même, puis s'éloignait encore – elle ne soupçonnait pas l'existence de la moitié de ces splendeurs. Il y en avait partout. C'était une avalanche, un désastre. Le bouquet de ces beautés lui inspirait un mélange de plaisir et de souffrance qui transformait cette visite en épreuve. Ce qu'elle pouvait imaginer de plus particulier dans son atelier était rogné comme le petit pull noir, enfermé au fond du placard. Sur les murs, mille fois, elle voyait déjà fait ce qu'elle avait encore le projet de réussir.

La direction du musée avait pourtant bien fait les choses. Pour éviter que le spectateur ne s'égarât, surtout pour qu'il pût se forger une opinion, de petits cartouches avaient été accolés à chacune de ces œuvres. Des éclaircissements d'ordre historique, esthétique et biographique multipliaient les « pistes de lecture » – les œuvres d'art sont parfois si hermétiques. Henriette Coignard était l'auteur de la plupart de ces placards. À l'entrée de chaque salle, sur la moitié d'un grand mur, se dressait l'arbre généalogique universel, le grandiose dessin de l'Histoire, qui croisait et décroisait la filiation des créateurs, les générations de bras et de mains fertiles, les fratries infidèles, les nobles lignages et les infâmes bâtardises. Précis jusqu'à perdre raison, les rédacteurs plongeaient dans les sciences sociales, la psychologie, la politique ou la sexualité pour éclaircir une particularité stylistique ou un trait de génie – la clarté devait s'imposer au visiteur, pour que sa perception du patrimoine fût citoyenne. Si la culture devait être réduite à une seule vertu, comme aimait le rappeler Philippe Ixent, on ne pourrait mieux la définir qu'en termes pédagogiques. Car il n'existait pas de meilleure manière de retrouver sa juste place dans la société que d'entrer en commerce avec ce que l'humanité avait produit de meilleur. L'homme cultivé respecte, vénère et juge dans les limites de la simple raison – ce qui est le rôle de tout citoyen libre.

Dolorès, autant pour s'instruire que pour se distraire, laissait traîner un œil sur ces fiches pédagogiques. Elle s'exaspérait parfois – elle riait souvent. Les aquarelles de Mouezy-Eon, gentiment figuratives, séduisants reflets du monde contemporain qui regorgeaient de détails futiles et parfois vulgaires, se transfiguraient, sous la plume de l'historien, en un discours outrageusement intellectuel sur le vide et l'organisation irrationnelle du postmodernisme ambiant, auxquels ces œuvres, ironiquement, étaient censées offrir un reflet critique. Henriette Coignard adorait les grands discours – elle en avait toujours la bouche pleine. Dolorès n'en demeurait pas moins affligée par le vide de ces aquarelles. « Une œuvre qui emprunte la forme superficielle du monde pour la dénoncer, n'en reste pas moins superficielle », devait-elle écrire, quelques heures plus tard, sur les lignes de son journal.

Dolorès s'attarda devant une vidéo. Une performance de Laurence Hartke, intitulée *Body Time*. Cela durait une heure – cela aurait aussi bien pu durer six ou sept jours. Chaque geste semblait s'étirer indéfiniment, se décomposer sous nos yeux, comme si le phénomène n'avait atteint notre conscience qu'après avoir traversé un esprit venu d'ailleurs. C'était beau, triste, mais souvent pénible aussi. La notice faisait de cette performance corporelle un discours sur la crise du capitalisme cybernétique mondial. C'était une critique de l'accélération du temps, qu'il fallait se réapproprier. Dolorès était subjuguée. Les mouvements lents et désarticulés, d'après l'historienne, produisaient une instabilité qui ouvrait la porte à un rapprochement universel des êtres à travers la vie et la mort, l'espace et le temps, et permettait de lutter activement contre la division structurelle qu'implique la marchandisation du monde. Et encore, la digression sur la lutte des classes lui était épargnée.

Avec les peintures de Victor Mons, le peintre des excès, le peintre de la folie, de l'horreur et de la surenchère visuelle, c'était encore une autre histoire. Dans une salle à part, une dizaine de ses portraits de monstres avaient été disposés. Des monstres sexuels, des monstres affreux, des monstres mythologiques, des monstres méchants. À ceux qui ne comprenaient pas, les petites notes explicatives précisaient que le peintre ne s'intéressait qu'aux choses effroyables. On décrivait, par le détail, l'origine de chaque composition et le titre de chaque pièce. C'était un catalogue sans fin. Du Cyclope aux Furies, en passant par la Méduse et autres horreurs des temps modernes, dans un foisonnant éclectisme sans queue ni tête, un rien démonstratif et exhibitionniste, tout y passait. Les Gorgones violentaient les enfants que des ogres mangeaient avec ardeur. Les démons roulaient des yeux rougis de haine. Avec leur foisonnant appareil critique, la monstruosité des textes redoublait celle des toiles – Coignard faisait étalage de toute sa science. Mais cette profusion de citations avait au moins le mérite de révéler, sous la toile, le savant réseau de références qui faisait de chaque œuvre de Mons un vibrant hommage à ses grands prédécesseurs et à l'histoire de la peinture en général. Dans la bouche saignante de tel monstre, on devinait la filiation d'un Lantier ou d'un Moser, dans tel corps dénudé, un modelé à la Nolten, une intensité directement héritée de Titorelli, une palette de Klingsor, la fougue d'un Boronali. Dans les toiles les plus violentes, on sentait la rivalité avec Erich Berg. Dans les plus belles, un amour immodéré pour Corentin ou Evariste Gamelin. En somme, chez Mons l'esprit de révérence avait annulé l'indépendance tératologique qu'il professait devant ses admirateurs. Pour se libérer et libérer son spectateur avec lui, il n'avait d'autre alternative que de croiser les sources, sans laisser transparaître ses citations, dans l'espoir sans doute vain que cette relation complexe provoquât quelque chose d'authentique et de fougueux – ce que Dolorès comprenait à merveille. Elle le comprenait, mais voulait s'en détacher.

Car certains jours, pleine de lucidité, Dolorès pensait en effet que le grand œuvre, loin de faire souffler le vent de liberté ou même de le rechercher, à l'image de cette cage où elle se tenait recluse pour travailler, n'avait d'autre fin que d'incarcérer son spectateur entre les murs d'un terrible pénitencier. Sans doute se laisserait-on prendre au piège des fioritures décoratives de la composition où les paysages pleins de charmes colorés faisaient croire à un havre de paix et les drapés fleuris à des plaisirs perpétuels – il n'en demeurait pas moins que la prison, aussi aimable fût-elle, nous subjuguait. L'œil du spectateur, même subtil, pris par les rets d'une implacable loi, sous les verrous des diagonales et des perspectives, derrière les barreaux chromatiques de la composition, de l'autre côté du cadre, subit la logique du peintre qui nous est étrangère, souffre la violence d'un pouvoir martial et peut même expirer s'il ne trouve pas les courants d'air ascendants. Les apatrides, souvent, croient trouver refuge dans ces œuvres closes – Dolorès pensait *a contrario* que jamais personne ne pouvait se sentir chez soi dans ces forteresses pleines, où l'artiste avait resserré jusqu'à l'étouffement les ligatures de sa vision, pour produire la nécessaire étincelle interne. Ces geôles n'étaient pourtant pas sans issue. Il arrivait même parfois, lorsque les choses étaient bien faites, au milieu de l'architecture fine de fer verrouillé, prise dans le réseau complexe de cellules de confinement, une faille (une inoffensive petite fissure, un tout petit trou, parfois pas plus gros que le chas d'une aiguille) qui fait un appel d'air – comme dans le portrait de la princesse de Guermantes par Elstir que Dolorès avait vu dans l'appartement de Sainte-Croix. Et ce trou, ce creux, loin de dégonfler le gros ballon, constituait la voie d'air nécessaire au fonctionnement de l'ensemble du système – le petit trou où les humeurs s'épanchent, la jointure libre où l'armure pivote sur ses articulations, l'espace infime où le vent pénètre dans la cave, et grâce à quoi toute la machine peut monter et prendre de l'altitude. Alors, cette cathédrale de rigueur et d'intransigeance, ces effroyables parois couvertes de griffures, d'appels au secours et de moisissure, ces barrières qui bouchent l'espace, semblaient se liquéfier pour filer au-dehors. Et c'était là l'essentiel – l'essentiel par où tout venait à s'échapper. Lorsque Dolorès s'enfermait « au laboratoire », dans sa cellule, lorsqu'elle tournait en rond et piétinait le sol, elle non plus n'avait pas de plus beau projet que de construire un inviolable système carcéral, où chaque geste et chaque mouvement obéiraient à un implacable code noir. Elle ciselait les plans de l'édifice dont personne jamais ne devait réussir à s'échapper. Elle voulait une œuvre autonome – lisse et close comme un œuf plein. Elle voulait le château, pur et chaste, suspendu dans les airs. Elle voulait générer une geôle céleste, un astre noir, un ballon serré, pour que la vie puisse éclore de ce tout petit rien qui contenait tout. Mais elle piétinait. Elle piétinait dans les considérations bibliographiques ; elle pataugeait dans les considérations biographiques. Elle prenait l'eau, elle étouffait dans l'espoir de s'élever vers les plus hautes strates de l'atmosphère.

Autour de Dolorès, les bataillons de spectateurs avançaient au pas de course. Pressés d'en découdre, ils approchaient des cartouches, et lisaient en lettres d'or les grands noms. Immobiles quelques instants, ils saisissaient les appareils qui pendaient depuis leur nuque, comme le joug ployant l'échine des bêtes, et dressaient l'œil sur leur viseur. Puis ils repartaient. Pour ce gros bétail, les tableaux venaient au monde pour être transposés en photographie. On savait d'avance ce qu'il fallait avoir vu, c'était écrit, c'était prévu depuis des mois, depuis des années et pour l'éternité. Sous peine d'avoir raté son déplacement, il était impératif de rapporter une image de Jean Critto, une autre de Jonas, de Berg, de Markus Broch et de Violaine Bourguiba. Certains traînaient des pieds, d'autres mangeaient ou buvaient du sucre. Où étaient-ils ? Où allaient-ils ? Que partageaient-ils ? Un peuple d'enfants dociles, qui mâchonnait sans y penser la révolte qu'on fixait aux murs de l'institution, et qu'il était pourtant convenu d'appeler « le peuple de la culture ». Mais ils étaient bien là.

Au fil des ans, à force de publicité et de coups d'éclat, les réseaux de Gabriel Garousse sont devenus tentaculaires. Collées à la vitrine, un verre à demi plein, des centaines de personnes se déversent sur le trottoir à chacun de ses vernissages. Pour inviter ses amis les plus chers, Garousse réserve un restaurant en face de sa galerie – on joue de la musique, on boit le champagne, on rit. Garousse apprécie le ministre des Affaires culturelles, qui lui fait souvent l'honneur de sa présence à la galerie et tutoie son bras droit qui vient prendre conseil auprès du grand marchand. Garousse, en audition particulière, a deux ou trois fois été reçu par le président ; il connaît les plus grands collectionneurs, les directeurs des fondations les mieux dotées et se targue de vendre l'ensemble des œuvres d'une exposition, avant même le vernissage. Garousse, avec l'aide bienveillante de son équipe, imposa des œuvres de Dolorès pour illustrer la couverture de livres et de revues, et, parce que Monsieur était un vieil ami d'Evariste Marlon, il fit en sorte que Mlle Klotz obtînt la bourse de la FEA. Pour augmenter la renommée de son artiste, Garousse avait décliné quelques-unes de ses pièces en version industrielle et inondé les supermarchés de l'art avec.

Au ministère, au Musée des arts contemporains, le galeriste ne se priva d'aucun moyen pour convaincre ses interlocuteurs que passer à côté de Dolorès Klotz serait pire qu'une bévue – un crime, une insulte, une honteuse preuve de conservatisme. « Son œuvre est radicalement neuve et tellement singulière » pérorait Garousse, sur les radios, dans les journaux, auprès de tous ceux qui voulaient le recevoir. En « digne fille unique de l'histoire de l'art », son œuvre fait table rase de toutes les vieilleries, elle réduit en miettes toute forme d'héritage, elle transcende les écoles, les académies et les traditions. La solution de continuité initiée par sa production interdit toute sorte de demi-tour. « Il y a un avant et un après Dolorès Klotz » affirmait Garousse, fier de sa tournure. Mais le galeriste, pour être rompu à ces exercices de présentations, savait aussi que l'attrait de la nouveauté ne pouvait à lui seul convaincre ses jurés. Aussi, pour subjuguer son auditoire, il insinua l'idée qu'une révolution, comme par exemple cette vague de nouveauté que projetait autour d'elle le talent de Mlle Klotz, ne pouvait se faire sans filiation tacite. Par là, il fallait comprendre que cette artiste, sans jamais se départir de son originalité proprement insurrectionnelle et de sa volonté farouche de refondre les canons esthétiques, entretenait un dialogue serré avec l'œuvre de Violaine

Bourguiba, qu'elle a toujours considérée comme son authentique mère. Cette parenté, quoique spirituelle, fait de Mlle Klotz la dernière-née d'une lignée de créateurs qui, à l'esprit d'avant-garde, sait associer le flambeau de la plus haute tradition. Klotz, c'était une Bourguiba qui repoussait plus loin les limites de la transgression, de la critique des modes de consommation et de l'aliénation sociale – avec violence, avec rage. Et si Dolorès faisait d'ores et déjà partie de l'Histoire, elle avait donc naturellement sa place dans le musée.

En réunion, le galeriste était écouté avec intérêt. On affectait une mine de circonstance – on prenait des notes, on hochait la tête. Mais les caisses étaient vides – désespérément vides. Garousse comprit qu'une main malintentionnée sabotait le fonctionnement normal de la machine. Un changement de stratégie s'imposait de toute urgence. La nouvelle philosophie de Gabriel Garousse se résumait en une maxime : l'institution, qui refusait d'acheter, ne pouvait interdire le don. Dans les mois qui suivirent, Garousse mit tout en œuvre pour qu'une dation augmentât les collections du Musée des arts contemporains.

Au centre d'une des plus vastes pièces du musée, fléchée depuis le grand escalier de verre, une sculpture attirait tous les regards. Récemment acquise, l'œuvre de Traoré avait donné lieu à une réorganisation des espaces d'exposition. Elle trônait dans l'obscurité voulue d'une scénographie calquée sur la muséographie des arts antiques. La sculpture, tirée de l'ombre par un faisceau de lumière feutrée, irradiait comme un objet sacré. Des cordons de macramé rouge, crochetés à des bornes en acier, empêchaient la foule d'approcher. Une hôtesse en tailleur gris souris, petit foulard en soie rose noué autour du cou, se tenait à deux mètres de l'œuvre. Il s'agissait d'un piano de concert laqué noir, le plus grand modèle – intact et rutilant – sans doute n'avait-il jamais servi. On se serait cru sous les feux de la salle Landreau. Agglutinés par petits groupes, les visiteurs murmuraient des paroles insaisissables. Ils se pressaient, se frôlaient, se grattaient la tête. Ils auraient voulu comprendre.

Avec une fixité sculpturale, l'hôtesse faisait son plus beau sourire. « Julie Broché – Médiatrice », le badge à son tailleur ne faisait pas mystère de son statut. Dès qu'une occasion se présentait, la messagère reprenait sa tirade qu'elle modulait en fonction des circonstances.

« Sans jouer de l'instrument, il est impossible de comprendre la visée sadique du *travail* de Traoré, disait-elle en souriant. Mais attention, je ne vous conseille pas d'y mettre la main, précisait la médiatrice un sourire malin au coin des lèvres. Comme toutes les réalisations de la première période, cette œuvre est bel et bien piégée. Le piano, flambant neuf, est recouvert d'une couche de poussière de verre. Les éclats lacéreraient les doigts des curieux. L'artiste questionne en profondeur la fonction de l'objet et renverse la notion de *bien d'usage*. »

La médiatrice susurrait sa réplique avec l'aimable grâce d'une actrice. Des éclairs de contentement passaient dans les yeux des visiteurs. Ils remerciaient l'hôtesse en s'éloignant vers d'autres réjouissances.

Dolorès ne passa pas plus d'un instant devant le piano de Traoré. Elle n'aimait pas « ce type ». On le présentait pourtant comme son « frère d'armes ». Mais elle n'avait pas de « frère d'armes », elle n'avait pas de famille – Dolorès était une célibataire. Les journalistes disaient toujours « Klotz et Traoré », « Traoré et Klotz », comme d'autres parlaient de « Nguyen et Carmichael ». Cette boue, ce verbiage des critiques lui sortait par les oreilles.

La tête décomposée, Dolorès s'installa sur le banc. La nausée la reprenait.

Au loin, un brouhaha, une rumeur désordonnée résonnait dans le bâtiment. Ce n'était pas le ronronnement habituel de l'extase contenue des visiteurs studieux –, mais des cris, des rires, des éclats de voix, des gémissements hideux qui remontaient depuis l'étage inférieur. On aurait dit une lame de fond s'approchant du rivage. Et Dolorès écoutait sans comprendre ce qui la menaçait – elle écoutait, comme on regarde le raz-de-marée qui bouillonne en montant vers vous, elle écoutait, comme son grand-père, assis sur sa chaise, face à sa maison, lors des grandes vacances. Il y avait les voitures, les furieux barbares, les cris imbéciles, la cohue des jours ensoleillés, mais l'océan n'était pas loin et dans le fond de l'air, quelque chose de l'iode marin flottait jusqu'à ses narines. La mère de Dolorès fermait portes et fenêtres – exactement comme sa vieille tante, qui avait froid sous un soleil de plomb. Grand-père savait toutes ces choses-là. Il composait de grands carnets, les pages tapissées de filaments noirs, tressés comme un chemin serré de dentelle fleurie, qu'il remplissait de dates, de lieux et de noms. « Qui est le grand-oncle du cousin de ta mère ? », interrogeait-il, intraitable, lorsque la petite robe blanche grimpait sur ses genoux. Dolorès, comme sa grand-mère, confondait les noms de l'infinie fratrie dans un plat froid qu'elle était incapable de digérer et subissait, ressortis de la bouche du patriarche, le morne festin des alliances familiales et la bouillie fade des légendes. Henri Crevard, son arrière-grand-oncle, avait eu la vie la plus folle qui se pût imaginer. Il tenait debout, comme un danseur de corde, plusieurs centaines de mètres au-dessus du sol, porté par les courants que son dirigeable mou traversait difficilement. Les photographies de ses exploits couvraient une grosse dizaine de pages dans le carnet de son grand-père, entre l'histoire de la collection Waldemar-Sachsman et les faillites de ses cousins. Henri Crevard : Dolorès, sur les genoux du patriarche, oubliait toujours le nom du fol aventurier. La pression tacite de la mauvaise conscience, la honte de ne pas retenir ce que son frère savait depuis longtemps n'y faisait rien, Dolorès oubliait tout. La digne héritière séchait.

Garousse, retardé par quelque connaissance, retrouvait Dolorès la tête entre les mains. Elle disait se sentir mal. Il évoqua la surprise qui les attendait – il fallait continuer.

– Gabriel, je ne vous ai toujours rien dit – peut-être l'avez-vous déjà compris –, Auguste et moi, nous attendons un enfant.

– Formidable. Fille ou garçon ?

– Nous ne voulons pas savoir.

Garousse fit une pause. Un Juan Pablo Castel lui avait échappé. Puis il se retourna.

– Avez-vous déjà rencontré mon fils ?

– Deux ou trois fois oui. Auguste s'entend assez bien avec lui, je crois.

– Vous savez Dolorès… L'éducation est une chose sérieuse… une lourde responsabilité. (Garousse était soudain fébrile. Il ferma les yeux.) De vous à moi, Dolorès, plus vite on apprend aux enfants à être tristes et résignés, mieux on fait son travail.

– N'exagérons rien Gabriel ! dit-elle en riant.

Son ventre avait déjà quelques rondeurs. Garousse le voyait maintenant.

– Je sais tout ce que mes paroles peuvent avoir d'excessif, mais dites-vous bien qu'il n'y a pas d'autre solution. Je prie pour qu'un jour, un scientifique découvre un médicament « à grandir ». En un ou deux ans, on passerait de l'enfance à l'âge adulte. Sans héritage, sans déformation, tel qu'il faut être. En attendant, nous n'avons pas d'autre choix que de dire « non » à nos enfants. Avec fermeté, avec rage, avec justesse, et presque sans raison. Pour qu'ils pleurent, pour qu'ils souffrent et apprennent ce que « vivre » veut dire. Comprenez-moi, Dolorès, ce n'est pas par cruauté que je dis cela, c'est un geste dont les enfants sauront vous rendre grâce un jour. Parce qu'ils seront conscients.

Dolorès aurait voulu partager son bonheur, rien de plus. Robert, son frère, lui avait fait la fête. Il avait acheté la moitié d'un commerce de jouets. Sa mère, pour influer sur le choix du prénom, ouvrait le grand livre des aïeux ; son père n'arrêtait pas de pleurer. Dolorès n'était pas préparée à un tel déferlement pédagogique de la part de son galeriste – lui qui ne voyait pas son fils plus d'une ou deux fois dans l'année.

– Vous devez les brimer, Dolorès, et casser en eux ce papillonnement constant de la volonté. Construire un homme, élever un enfant pour qu'il devienne citoyen, nécessite de grandes qualités, croyez-moi. Faire comprendre, au quotidien, qu'on ne peut pas tout avoir, ni tout vouloir est une tâche bien difficile, sachez-le. Apprenez-leur que la vie se joue dans l'espace restreint de la frustration. Plus ils seront déçus, mieux ils seront armés pour affronter le monde. En somme, il n'y a rien de pire qu'un petit enfant qui semble toujours heureux.

Dolorès se souvenait du jour où elle avait vu son frère pleurer pour la première fois. C'était dans le jardin. On avait contraint l'aîné à partager son avion bleu avec la belle robe blanche. Robert n'avait pas envie. On l'avait giflé. Elle vit les larmes de son frère rouler et prit le jouet pour enfourcher l'une de ses poupées sur la carlingue de l'avion tout cabossé.

– Mettez-lui quelques pièces dans sa poche, incitez-le à tenir rigoureusement son budget. Les premiers temps, il souffrira, c'est entendu ; il vous accablera de plaintes, d'intimidations vicieuses, de chantages affectifs, tout cela est inévitable. Mais la raison accomplira son œuvre, naturellement. Il se rationnera. Il se contiendra. Si le développement de votre enfant souffre quelque retard, n'hésitez pas : qu'elle soit massive ou subtile, physique ou bien morale, la punition s'impose. Dites-vous bien une chose, Dolorès, les moyens utilisés comptent infiniment moins que l'intransigeance que vous mettez à l'appliquer. Il faut que vous soyez absurde et bornée, comme la vie. Inventez des règles, des contraintes multiples et bêtes, posez des limites strictes. Et lorsqu'elles ne sont pas respectées, vous sévissez. Plus tard, les enfants vous remercieront. Car ils auront le sentiment de ne pas avoir été dupés, ma chère, ils auront le sentiment de ne pas avoir été protégés dans un univers douillet et artificiel. Tout le monde n'a pas la chance de grandir dans la vérité.

Dolorès ne put retenir son rire. Elle qui connaissait bien le fils de Garousse, savait à quoi s'attendre. Garousse n'était pas mauvais, mais complètement fou. L'autorité ne pouvait plus s'appliquer aujourd'hui comme elle s'appliquait hier. C'est au musée qu'on apprend aux enfants à être des hommes – au musée ou dans les galeries de la volonté foncière.

– Vous avez raison Gabriel. Mais avançons, si vous le voulez bien. Je suis impatiente de découvrir ma *grande-surprise* voyez-vous.

Chantal Rastel, loyale et ferme dans ses engagements, n'a reculé devant aucun obstacle pour faire rentrer Traoré dans les collections. Elle a discuté avec Henriette Coignard comme s'il s'agissait de sa meilleure amie et invité l'artiste au palais présidentiel. La conseillère spéciale a toujours eu des relations privilégiées avec le président. Journaliste de formation, elle avait suivi de près sa montée au pouvoir et lui restait fidèle depuis. Elle ne demanda rien, sinon une place de conseillère – puis une place au Jury de la Cram. Cette discrétion fit beaucoup pour son maintien. L'oreille du président lui est restée ouverte, elle accompagne et surveille le ministre des Affaires culturelles. Elle lui avait soumis une forme de pré-projet pour le discours inaugural de l'Annexe du Musée des arts contemporains, où elle ouvrait des pistes quant à la gestion de l'établissement. Les séances réservées aux enfants, c'était elle. Les comités d'entreprise, les soirées pour les dirigeants, c'était Ixent. Mais les « ouvertures sectorielles pour les *aînés* », les assistantes personnalisées et les clubs de discussions, les festivals pour les sourds-muets, c'était la conseillère. Chantal Rastel avait une vision plus large de l'importance des arts plastiques dans la société – en un sens, c'était une humaniste. Les négociations n'en restaient pas moins serrées au ministère.

L'entrée de Bertrand Traoré fut l'une de ses plus belles campagnes, une des batailles dont elle était le plus fière. Elle en avait fait une cause personnelle, parce qu'elle considérait cet artiste comme l'expression la plus pure d'une forme de désenchantement du monde contemporain. Elle usa de tout son tact pour arriver à ses fins. Des trésors d'intelligence, de ruse et de duplicité. Lupu, le directeur du musée, n'en voulait entendre parler sous aucun prétexte. Il préférait des Marion Minkowski, des Lucinda Hernández, des Sandra Dupuis – des femmes de caractère. Chantal Rastel revint à la charge plus d'une dizaine de fois. À demi-mot, elle fit comprendre au directeur qu'en cas de désaccord elle saurait trouver les moyens de le faire limoger. Lupu accepta sa proposition.

Dolorès avait voulu fuir le roulement des voix lancées à sa poursuite. Elle traversait plusieurs salles au pas de charge, sans même les regarder, pour venir se réfugier dans l'atelier de Violaine Bourguiba et méditer. Mais le tumulte, comme une vague universelle, menaçait de pénétrer dans ce sanctuaire.

Le lieu avait été reconstitué à l'identique. Dolorès, émue de retrouver les outils, les livres, les meubles, la lecture, de celle qu'elle considérait comme son admirable mère, contemplait chaque relique avec ferveur. L'architecte, comme un miniaturiste scrupuleux, avait poussé le réalisme à l'extrême en collant aux murs la même peinture bleue et délavée que dans le vieil immeuble où elle avait vécu ; les carreaux d'origine au sol ; la poussière qui coiffait son monde. Les fenêtres sales filtraient une lumière ouateuse. Comme dans une maison de poupée, Dolorès se sentait infiniment rétrécie. Il y avait, au cœur de l'atelier, l'œuvre ultime de Violaine Bourguiba. Un moule à fumée, pensé pour donner forme à l'air, quelques secondes avant de s'effacer. Elle y épuisa ses dernières forces.

Dolorès avait les larmes aux yeux. Quelques instants plus tard, la horde des barbares frappait aux portes de l'atelier. Et la digue céda d'un coup. Une classe d'impitoyables tyrans, de treize à quatorze ans, arrogants, fiers et vindicatifs, envahissait la place, encerclait l'ennemi et chassait les indésirables. Un professeur d'art plastique, débordée par l'énergie pétillante de ces têtes blondes, tentait d'éveiller leur sens esthétique et d'aiguiser leur curiosité pour l'art contemporain. Les enfants mettaient la main à tout, se frottaient aux sculptures, faisaient des grimaces, trouvaient tout bête et moche. Les uns criaient en slalomant entre les visiteurs, les autres menaçaient de renverser les sculptures. Leurs chants de guerre sonnaient outrageusement. Ils étaient heureux, débordants et victorieux. On ricanait, on se bousculait, on sifflotait. Les œuvres qu'ils approchaient étaient le sujet d'une infinité de rigolades. La célèbre copie de la *Tête de Méduse* que Violaine Bourguiba avait répliquée en mie de pain et qui se décomposait derrière la vitrine (« une pièce déterminante pour toute l'histoire de l'art », précisait l'enseignante, qui était émue de constater que l'idéal de décadence dans l'art pouvait atteindre le cœur de l'éternité), ce chef-d'œuvre de l'art contemporain, donc, avait sa place à la poubelle selon ces intrépides garnements. Pour amuser les décolletés naissants qui gloussaient par complaisance, un bambin faisait mine de manger les répliques de statuettes funéraires réalisées en gommes à mâcher de couleurs vives et les figures reliquaires en légumes rassis. D'autres faisaient les durs. Ces méchants démons défiaient les madones pulvérisées par les vers à bois. Ils avaient des blousons de sport, la casquette baissée sur leurs yeux bleus et des démarches de grands primates. Tout détruire, ils allaient tout casser, l'art, le musée, ces risibles horreurs. Les visiteurs craignaient de s'approcher – on n'osait rien dire. Quelques poltrons s'ennuyaient à suivre leur professeur. Mais, ils ne l'écoutaient pas ; personne ne l'écoutait ; la pauvre femme était inaudible.

– Ce qui est important chez Bourguiba, c'est sa relation au titre, tentait le professeur. Par exemple, les moulages de fruits séchés prennent des noms bizarres en fonction des formes qu'ils revêtent. C'est une manière de transfigurer le réel, vous comprenez ?

Dolorès s'échappa avant que les choses ne s'enveniment. Garousse devait être en haut, sur la terrasse, là où les grandes sculptures avaient été placées.

Lorsque Lupu ouvrit la lettre que Garousse lui adressait, il crut d'abord à une supercherie. Il n'avait jamais rien lu d'aussi mal tourné, ni d'aussi bête. Le galeriste annonçait au directeur du musée qu'un riche collectionneur, Allan-Bertrand de Sainte-Croix « pour ne pas le nommer », était prêt à acheter *L'Aérostat*, une des plus importantes pièces de Dolorès Klotz, pour en faire don au Musée des arts contemporains. Il s'agissait d'un hommage à Henri Crevard, l'arrière-grand-oncle de l'artiste, pionnier des dirigeables. Quelle blague ! Garousse avait joint une photographie à sa missive. Ridicule. Selon le galeriste, il s'agissait d'une œuvre de grande beauté, tout à fait déterminante, représentative de l'ensemble du travail de l'artiste et qui « questionnait en profondeur les fondements du monde contemporain ». L'œuvre représente un aérostat crevé, échoué au sol comme une baleine morte. Le caoutchouc, sur des mètres carrés, pouvait embarrasser toute une pièce. Une peau d'éléphant qui vous couvre, qui vous envahit. En dessous, le sentiment d'être absorbé, mangé. Les pieds s'enfoncent. Cela fait un bruit étrange lorsqu'on retire son pied. Des centaines de mètres de câbles, de bouts, de lianes, de liens, de cordes, de nœuds. Des centaines de mètres de toiles d'araignées faisaient une sorte de piège à bêtes. L'aérostat, les rêves, la vie, tout était plombé au sol. Un grand discours sur l'élévation.

Lupu comprenait que Sainte-Croix, voulant escroquer le fisc, s'acquittait de ses impôts grâce à l'œuvre surfacturée par le galeriste. Lupu se devait de réagir. Ces pratiques frauduleuses n'étaient pas dignes de son établissement. Mais il s'aperçut vite qu'il ne disposait d'aucun recours. Coignard, trouvant la proposition du galeriste très ingénieuse, s'était arrangée avec Rastel, « sa nouvelle amie », pour qu'elle la soutînt dans cette campagne. Segal, le factotum de Garousse, fit une cour assidue à Montalbert, le conseiller du ministre. Ixent voyait même d'un œil complice l'entrée de Klotz dans ses collections – sa femme appréciait la jeune artiste. Le service des dations n'étant pas placé sous l'autorité du directeur, tout se passait en interne, au ministère. Le bureau des acquisitions allait entériner ce qui, de toute façon, ne pouvait être refusé. Lupu se retrouvait pieds et poings liés.

Pour ménager l'effet de surprise, Dolorès refusa de consulter le plan du musée. Garousse, habituellement si impatient, avait jeté à la poubelle le descriptif du nouvel accrochage. Mais au bout d'une heure ou deux, entre les sculptures de Toledo, les installations de William Sellem, les arbres de Tihuan, les machineries de Canterel, les mouvements perpétuels de Kowalski, le trou noir de Fabien Salanque, l'éparpillement de Vladislav, on ne trouvait toujours pas trace de la sculpture de Dolorès. Sur la grande terrasse, là où toutes les œuvres en bronze étaient réunies, Dolorès, à bout de forces, prenait le soleil. Des gens se faisaient tirer le portrait à côté des gants de boxe de Peter Inch. Un groupe d'amis d'enfance posaient leurs mains sur les formes généreuses des nus d'Augustin Zoller, de Prédolé et de Stefano Balli. La plupart des visiteurs, l'œil morne, l'air hagard, avaient la tête couverte d'un casque qu'on fournissait aux ignorants – pour profiter librement de leur après-midi culturel. Dolorès avait mal partout. De petites douleurs fourmillaient le long de ses jambes. D'infimes contractions serraient le bas de son ventre. Mais le plus insupportable, c'était cette gêne au cou, pulsatile, un ganglion, qui la relançait comme une déchirure.

Sur la terrasse ensoleillée, un autre groupe faisait son entrée. Il était bien plus sage que le précédent – Dolorès comprit très vite pourquoi, un enfant sur deux était en chaise roulante. Les autres marchaient les pieds en dedans. Certains louchaient, d'autres avaient les dents à l'horizontale. Ils bavaient, poussaient des râles et communiquaient avec difficulté. Tous tremblaient comme des vieilles dames. Leurs doigts anguleux et torturés désignaient les pièces qu'ils admiraient. Un quarteron d'infirmières obèses escortait ce groupe handicapé. Les plus éveillés des grands malades prenaient des clichés de leurs pieds, du sourire de l'aide-soignante ou du socle d'une grande sculpture. Dolorès ne put retenir un ricanement. C'était l'instant de grâce de sa journée.

Bernard Lupu arrivait essoufflé sur la terrasse. Il portait sa cape bleu nuit, son nez suintait. Il tapota du bout des doigts une ou deux têtes baveuses – c'était encore une des brillantes idées de Chantal Rastel.

Le directeur était heureux de rencontrer Dolorès. Il la prit dans ses bras ; elle rompit ce geste d'effusion. Il la regarda droit dans les yeux.

– Fze que vous faithes est formidable, abfzolument ecfztraordinaire, fzenfzafionnel ! Ssfe zsui fzeureux de pouvoir enfzin vous le dire en fasze.

Dolorès avait dû voir Lupu une ou deux fois tout au plus – adipeux comme toujours. Mais son zozotement ne lui avait jamais semblé aussi parlant. De fines gouttelettes de salive flottaient dans la lumière rasante du soleil qui déclinait.

Garousse se racla la gorge pour que Lupu lui tendît la main.

– Cher docteur, fit Garousse, je tenais à vous féliciter pour l'accrochage. C'est tout simplement somptueux. Et le Traoré est… vraiment… c'est un choix très judicieux.

Garousse qui ne décolérait pas d'avoir laissé Traoré s'échapper de son écurie, fulminait de savoir son ancien poulain dans les collections nationales. Féliciter Lupu à ce sujet lui faisait plaisir comme un coup de poing dans le dos.

– Merfzi mon fzer.

– Mais dites-moi, docteur, nous n'avons pas encore trouvé *L'Aérostat* de Dolorès.

– Oui, fze n'ai pa fzeu le temps de vous préfzenir… Il nous fza malheureufzement été impofzible d'infztaller fze magnifique travail. Nous fzaffons fzu un problème d'afzuranfzse. Il y avait trop de fzofzse défzà, fze fzera fzans doute la profzaine fois. Je fzuis défzolé, ma fzère, lui dit-il en lui baisant la main. Mais voulez-vous que nous defzendions aux réfzerves ? Vou fzêtes entre deux Picomon et un Marty. Vous n'auriez pu rêver mieux, convené-fzen…

Dolorès descendait les marches en traînant la jambe. Une douleur honteuse irriguait l'intérieur de sa cuisse gauche. Spécialement le long de l'aine, en remontant vers le sacrum. Garousse était parti demander des explications à Mlle Coignard. Dolorès se faisait rattraper par ses démons. Elle s'arrêta quelques instants. Le foisonnement des visiteurs était vertigineux. Il aurait fallu tirer la sonnette d'alarme.

En face des salles d'exposition, un mur de verre délimitait l'espace de lecture. On aurait dit un aquarium, une bulle, un temple. Deux trois rêveurs, accoudés à leur pupitre, perdaient leur temps. Des rayonnages en bois, du sol au plafond, dessinaient des corridors étroits. Compacts, resserrés, la densité des alignements de livres ne laissait place à aucun élargissement. Des échelles grimpaient jusqu'aux sommets. Sur une plaque vissée à l'entrée, on pouvait lire :

Bibliothèque Markus Broch
Ouverture 10 h 30-12 h 30 14 h-17 h 30
Sonnez SVP

Le pas suspendu, Dolorès n'aurait poussé la porte sous aucun prétexte. Son point de vue resserrait la scène sans qu'elle se perdît – le lieu exact où l'anamorphose était lisible. Deux femmes en noir remplissaient des fiches avec application – une écriture d'institutrice. Chaque fiche détaillait le livre qu'elle accompagnait. Le titre, l'auteur, le nombre de pages, le nombre d'illustrations, les contributeurs et un traître résumé. Il y en avait des milliers, peut-être des centaines de milliers. Par liasses de mille, on les rangeait dans des meubles à tiroirs. La plupart des ouvrages traitaient d'histoire de l'art. Des peintres, des sculpteurs, des vidéastes, des installateurs, à peu près tous avaient été réunis là. Les grands noms, les petits, ceux qui avaient publié, ceux que l'on avait oubliés, des amis, des connaissances, des rivaux. Cent mille, deux cent mille, l'inventaire des artistes était en cours – retrouverait-on seulement la trace de sa présence à elle ? Il y avait des catalogues d'exposition, des monographies, des œuvres raisonnés, des essais, des biographies, des études, des numéros spéciaux de revues d'art, des coupures d'articles rangées dans des classeurs – avait-on consigné là les textes qui lui avaient été consacrés à elle ? Markus Broch accumula les livres tout au long de sa carrière pour donner corps à sa trajectoire. Si la fougue de ses dernières toiles ressemblait à une déclaration de guerre à ce que la peinture avait produit de plus noble, il ne faisait aucun doute que Broch accomplissait ses traits rageurs avec la conscience de ce qu'il profanait – un carnage qui héritait de dix mille ans d'Histoire.

N'était-ce pas là le dernier témoignage de Markus Broch, son meilleur sarcasme, son testament ? En substituant la feuille et le mot à l'œuvre et la vie des artistes, Broch semblait annuler l'espoir d'élévation. Si une existence acharnée de peinture et de souffrances pouvait être rapetissée dans un livre et ratatinée en quelques lignes sur une fiche bristol, à quoi bon tant d'efforts ?

Que le musée fût une excroissance grandiose de la bibliothèque (et donc la bibliothèque une matrice du musée) ou la bibliothèque une sorte de réduction de tous les musées, la compilation du savoir esthétique resserrée dans ces rayonnages recelait la totalité des choses possibles, mais classées et ordonnées. La bibliothèque, dans son éloignement même, paraissait donc plus robuste, plus compacte, plus harmonieuse, que toute production libre ; elle résistait au temps, elle réduisait les errements, elle ramassait les digressions, elle recentrait l'écart et redressait les torts. C'était l'essence, l'essence de l'art, sa substance, sa vérité même qui s'exprimait. Et la logique – la logique souveraine d'une histoire sans faute, sans perte – rayonnait là.

Dolorès quitta le musée sans un adieu. Son aérostat crevé avait trouvé sa place au fond d'une basse-fosse – d'autres n'avaient pas même cette chance. Il ne prendrait ni l'eau ni la lumière. Et sans doute était-ce mieux ainsi.

DEUXIÈME SÉRIE

René Mesnil

Sans titre, performances grandeur nature

Dans les mémoires, l'après-novembre reste associé au grand essor de la sphère culturelle. De fait, cette période contrastée, où l'exaltation des libertés retrouvées se doublait d'une conscience diffuse d'être encore en danger, sous surveillance, et de vivre une crise à l'état larvé, vit éclore sur les murs, les grillages et les portes, la luxuriante production d'une flore artistique bariolée et chatoyante, comme une terre brûlée par le feu se métamorphose en océan de sève et de verdure aux premières pluies. La culture germait partout, pour tous ; et chaque appartement, chaque consommateur, chaque voiture ou chaque magasin pouvait prétendre au statut d'œuvre d'art. Tout semblait possible, tout servait l'extase perpétuelle qui enchantait le cœur de nos villes. L'extravagance – accueillie avec enthousiasme par un public éclairé et exigeant, heureux d'assister au moment rare où la nouveauté s'épanouit, fier de reconnaître la valeur de ce quelque chose d'inconnu et d'audacieux qui venait au jour, consommant toujours plus de biens culturels pour s'épanouir et se distinguer, mais aussi capable d'oublier les succès d'hier dès lors qu'il s'agissait d'apprécier la grâce de l'actualité –, l'extravagance, donc, devint la norme sociale de ce monde en pleine reconstruction. La révolution perpétuelle des styles et des théories esthétiques, cette incroyable accélération de l'Histoire où chaque découverte artistique aussitôt exposée devait être abandonnée, était, certes, dictée par le besoin des plasticiens de se distinguer dans le bataillon grossissant des individualités créatrices (qui les contraignait à une surenchère de révolte, d'outrance ou de sincérité), mais elle était aussi encouragée à la fois par les très nombreux galeristes que comptait la capitale – dont le dynamisme ne pouvait se faire valoir que grâce à la découverte de nouveaux talents – par le vigoureux marché de l'art qui accueillait favorablement toute initiative pour peu qu'elle fût génératrice de valeur, et évidemment par l'État, enclin, par définition, à éclairer le peuple, en lui transmettant l'idée d'un horizon plus vaste que l'esthétisme – où la liberté créatrice serait matrice de toute vertu. Ainsi, en tout homme, l'espoir qu'éveillait la contemplation de l'art semblait comblé par l'augmentation continue de la capacité culturelle, c'est-à-dire par la multiplication sans fin des musées, des espaces d'exposition, des revues d'art, des festivals, des espaces alternatifs, des théâtres et d'une infinité de lieux aux fonctions diverses mais qui tous glorifiaient l'esprit de révolte, l'insurrection et l'anticonformisme. De fait, cette politique culturelle avant-gardiste étouffa pour un temps les soulèvements populaires qui jusque-là avaient traversé le continent. Ce débordement d'énergies fit de cette période un moment très excitant à vivre, ce qui explique sans aucun doute que l'on en garde une image si lumineuse.

Pourtant, ce serait se laisser éblouir par les faisceaux chatoyants de la renaissance que de ne pas voir ce qui, tapi dans l'ombre, sans charme et sans délice, peut-être même triste et sauvage, n'en reste pas moins le revers de la fable douce de l'esthétisme et de la démocratie culturelle. Toute lumière projette une ombre qui évoque en sourdine l'aveuglant effet des lueurs – l'oublier serait faire mentir l'Histoire en gommant le contre-effet pernicieux des lumières de l'après-novembre. Or, à cette époque, des cohortes sans forme de déclassés, de faibles et de pauvres, furent reléguées à des dizaines de kilomètres de toute vie digne, dans des zones déshéritées, infectes et puantes, où rien n'était fait ni pour l'art, ni pour la beauté – en termes réactionnaires, cela signifie conformisme de l'horreur à tous les étages. Des immeubles honteux sortirent de terre au milieu des champs de ruines, au cœur de zones industrielles désaffectées, pour que des hommes pauvres puissent vivre là. Ils avaient de l'eau, du gaz, de l'électricité, de la bêtise et du désœuvrement à ne plus savoir qu'en faire – mais aussi des centres culturels et des cinémas pour entendre la bonne parole. Les gens s'entassèrent par milliers, bientôt par millions, à des kilomètres de toute conscience humaine – ces hommes, venus de partout et débarqués dans le désert qui ceint la comète urbaine, amassés dans ce désordre grandissant qui provoquait leur rage et leur ôtait tout espoir, sombraient dans un état de sauvagerie à rien d'autre comparable. On oublia la langue, on oublia l'Histoire, les saisons et les arbres, on oublia les pays, on oublia les fleurs, le bruit de la mer, on oublia la beauté, les livres et les tableaux, on méprisa toute forme de connaissance, de culture, sans honte et sans désir, fier d'être ignorant – et l'on se voua corps et âme au culte béat de la technologie. Mais là encore, dans ce foisonnement de moyens nouveaux, dans cette augmentation du pouvoir de communiquer, une nouvelle culture – qui renaît partout de ses cendres – adaptée à ce public, relayant des messages virils de haine, de gloire ou de surpuissance, creusa un sillon dans les consciences en s'infiltrant au cœur des fils électriques et dans les câbles à haute tension, en s'affichant sur les écrans étincelants des consoles et des téléviseurs, pour constituer chez ces peuples déclassés une nouvelle vision du monde, faite de luttes et des guerres primitives, de courses et de batailles vaines, de conflits sans fin, de joutes idiotes, mais qui reliait l'ensemble des joueurs, des spectateurs et des consommateurs dans une communauté assombrie, mais presque universelle. À la politique des lumières se substitua le règne du néon.

Dans cet horizon social complexe, l'œuvre de René Mesnil apparaît à la fois comme un symptôme de son époque et un espoir entièrement tendu vers autre chose. À ce titre, René Mesnil doit être considéré comme l'un des artistes les plus marquants de sa génération. Adepte d'une dématérialisation totale de la production, *créacteur* selon ses propres termes, conscient du rôle ambigu joué par l'artiste, lucide quant à l'avenir du développement culturel et ses apories, René Mesnil s'inspira de démarches aussi diverses que celles de Christian Nguyen ou de Iouri Vassilieff et de son *Médiart*. Pensés pour épouser et mettre en mouvement le monde dans lequel il vivait, conçus pour nourrir l'envie d'un sort meilleur, ses travaux n'ont laissé aucune trace, sinon les mensonges que dépose le temps sur les livres d'histoire. Marqué par un engagement procédurier insatiable, René Mesnil inventa en effet un mode d'exposition renouvelé de ses œuvres, à mi-chemin entre la performance et l'événement médiatique, où tout est fait pour que la gestuelle apparente et illusoire d'un postiche soit prise pour un acte réel du jeu social et, à ce titre, digne de figurer ailleurs que dans une anthologie d'art. L'impressionnant corpus théorique qu'il lègue à la postérité, centré autour des notions de « mimesis sociale », « d'anarchie médiatique », de « scène globale » et de « nihilisme culturel » n'a pour autre fonction que de réanimer l'énergie politique qui veille en chaque citoyen. Aujourd'hui encore, l'héritage de Mesnil reste déterminant pour la jeune génération, obligée de s'en démarquer ou de subir massivement son influence. L'historien soucieux de retracer les dernières évolutions de l'art ne peut se passer d'une analyse approfondie de l'œuvre de René Mesnil.

Dernier-né d'une famille nombreuse de province, René Mesnil grandit dans un milieu petit-bourgeois, qui parle avec respect du « grand artiste » mais ne pourrait imaginer pire avenir pour son enfant qu'une carrière dans le monde de la culture. D'un naturel jovial, le jeune René apprend le théâtre au conservatoire, découvre les sciences avec passion et hante les salles de cinéma de sa petite ville. Ses professeurs gardent de lui une image contrastée : chahuteur et polisson, mais aussi vif et intelligent dès qu'un chapitre le captivait. Il entame des études d'économie à l'Institut supérieur de sciences économiques (ISSE) qui le destinent à une brillante carrière dans le conseil en entreprise. Mais après quelques tentatives infructueuses, René Mesnil, guidé par une sensibilité hors du commun, oriente sa carrière vers les arts et le théâtre. Ses premiers textes, aujourd'hui conservés dans une collection privée, témoignent de la prégnance des thèmes qui seront développés tout au long de sa carrière – nihilisme radical, révolu-fiction –, ainsi que de l'éclectisme de ses goûts. Mais *rien*, dans ces écrits, ne permet d'établir avec certitude la genèse de sa vocation. Il est en revanche certain que l'idée d'associer la pratique artistique à une stratégie de communication globale faisait partie de sa vision séminale. Mesnil n'espérait rien sinon mettre à jour un nouvel ordre.

Il serait vain d'expliquer la maturation de la pensée plastique de René Mesnil sans la replacer dans son contexte. Son premier fait d'armes lui valut une renommée naissante et servit de catalyseur à ses réflexions. Comédien en mal d'engagement, René Mesnil supportait difficilement que son art restât cantonné aux murs du « petit théâtre ». Son travail alimentaire dans l'administration du ministère de la Formation générale lui permit de s'ouvrir une nouvelle audience. Une manipulation informatique fit de lui un professeur – en gonflant tous les mois son compte en banque. Il s'inscrivit sur la liste des suppléants de son académie, pour enseigner la philosophie – discipline qu'il avait pratiquée à l'université. Il fut affecté dans le lycée d'une de ces zones de relégation sociale, où le titulaire, en arrêt maladie depuis des mois, souffrait de dépression. Le costume de professeur de philosophie était taillé pour les épaules de René Mesnil ; avec beaucoup de naturel, il prit l'air strict en déambulant dans les allées pour dicter son texte avec emphase. La classe était enchantée par son charisme – quoique aucun de ces vilains petits sauvages, les yeux rivés sur les moniteurs technologiques où leur esprit était externalisé, ne comprît un traître mot de la leçon. René préparait son cours, apprenait des citations et répétait les passages les plus difficiles devant sa glace. Parfois, pour intéresser ses élèves, il empruntait l'accent passionné d'un homme transporté par quelque chose d'infini et d'indicible, en évoquant, la voix tremblante, les grands noms de l'histoire de la philosophie, un doigt dressé vers le ciel. Il mit de bonnes notes et devint le professeur préféré de sa classe d'illettrés. René Mesnil corrigeait les copies avec adresse et notait d'une écriture peu lisible des mots complexes dans les marges blanches ; il remplissait les bulletins comme un artiste, encourageait les mauvais élèves et invitait les meilleurs à progresser. Il recevait les parents d'élèves avec componction ou enthousiasme et ses tirades étaient accueillies comme parole d'évangile. La salle des professeurs restait pourtant l'espace de jeu où il prenait le plus plaisir – un public d'ignorants, facile à berner, ne peut éveiller une satisfaction aussi pleine que l'exaltation, provoquée par l'admiration ou la jalousie qui brillent dans le regard d'un pair, après que l'on a réussi à jouer son texte avec justesse devant ce parterre de connaisseurs assermentés. René Mesnil passait donc ses heures perdues à s'entretenir avec ses collègues philosophes. Il évoquait les sujets techniques avec aplomb et assurance, il annonçait de profondes théories et voyait partout des symptômes manifestes de la grande décadence – sa lubie philosophique du moment. Lorsqu'il remarquait un sourcil froncé, il lui suffisait de hausser le ton pour que tout rentrât dans l'ordre. Son triomphe fut tel que ses collègues décidèrent d'en faire leur porte-drapeau lors d'une réunion générale des enseignants en fin d'année.

René Mesnil fut inculpé le jour où le Ministère public découvrit son imposture. Victoire Albanel, la célèbre artiste procédurière et avocate militante, eut vent de l'affaire et fit de la défense de René Mesnil une cause personnelle. Pour elle, il ne s'agissait pas d'une vulgaire histoire d'usurpation d'identité, mais d'un coup de génie transgressif qui mettait en question l'art d'enseigner, l'idée de compétence et la notion de savoir-faire. René Mesnil ne pouvait certes pas présenter ses titres de professeur, mais s'il jouait à la perfection son rôle et faisait progresser ses élèves, où était le préjudice ? Elle fit valoir le statut d'artiste-comédien.

Le jour de l'audience, les meilleurs élèves des classes de « monsieur Mesnil » passèrent à la barre – les anciens collègues, bons joueurs, le félicitèrent et le principal fit un plaidoyer en sa faveur. René Mesnil reçut une ovation. Cela ne suffit pas à convaincre l'institution pédagogique de l'opportunité de reconnaître le bien fondé de sa démarche. René Mesnil prit deux ans de prison dont six mois fermes et écopa d'une amende à la hauteur du préjudice subi par l'État.

Des voix s'élevèrent aussitôt. On parla de procès truqué, de censure, de régime autoritaire. René Mesnil devint le nouveau *leader* de l'« art procédurier », si cher à son avocate. Scandalisée par le sort réservé au comédien, Victoire Albanel entama une grève de la faim. Derrière les barreaux, René Mesnil lança un appel aux comédiens sans engagement pour partir à l'assaut de la société civile. Il fallait tout faire pour qu'un « théâtre enragé » aussi grand que la société se mît en place. Contrairement à ce que certains déclarèrent ici ou là, l'intention de René Mesnil ne fut jamais de « jouer la comédie » (ou de simuler un événement ou un geste), mais de *créer* une situation nouvelle, de faire advenir un autre état du monde par le jeu des forces en présence. En créant de purs événements, soigneusement conçus pour exciter la curiosité des journalistes et envahir la scène médiatique dans son intégralité, René Mesnil n'espérait rien sinon exercer une influence durable sur le cours des choses.

La réalisation suivante de Mesnil, si tant est qu'il nous soit permis de parler de « réalisation » à ce sujet, connut un succès plus discutable. Quelques mois après sa sortie de prison, toujours en probation mais libre de ses mouvements il invita une connaissance à son domicile. Dès qu'elle fut partie, René cassa un carreau et fit couler plusieurs décilitres de son sang sur le canapé. L'arme du crime laissée en évidence, le visage grimé, il partit se cacher dans un village lointain. La presse parla d'un meurtre, les journaux télévisés d'un terrifiant crime passionnel. La police retrouva la trace de celle qui avait laissé ses empreintes dans l'appartement. Patricia Lemieux, petite reprise de justice, affirmait être artiste et activiste. Tout allait contre la malheureuse. Elle fut placée en détention provisoire. Mais peu de temps après, la police reçut des lettres anonymes. Un illuminé prétendait être en lutte contre les dérives de l'art contemporain. Il affirmait être le ravisseur de René Mesnil. Les autres dégénérés de l'art n'avaient qu'à bien se tenir, s'ils voulaient éviter de se transformer en cibles. Ces lettres délirantes évoquaient en vrac la gestion des collections d'État, ces « pourritures » de galeristes qui « s'en mettaient plein les poches », les « imposteurs » en tout genre, le « marché de l'art truqué » et bien sûr la Cram, réclamant qu'elle fût réformée et que l'on vînt en aide aux artistes sans revenu, pour peu qu'on souhaitât revoir Mesnil en vie. Sa demande de libération sans délai de Patricia Lemieux laissa perplexes les enquêteurs. Les missives étaient adressées à plusieurs journaux, dont ce *Quotidien du prisonnier*, écrit par une poignée d'artistes mais auquel les plus grands amateurs d'art s'étaient abonnés. L'affaire prit une tournure polémique. Certains artistes s'alarmèrent de la situation. Le débat sur la place de la création dans la société intéressait tous les journaux. Mais la police, ne trouvant rien de solide pour expliquer la disparition de Mesnil, les médias se retrouvèrent à court d'argument et le dossier tomba dans l'oubli. Au bout de quelques mois, comprenant qu'il n'avait pas beaucoup fait avancer les choses, René Mesnil put sortir de sa retraite.

Les textes rédigés à cette époque font état des doutes qu'affronta René Mesnil. La coloration burlesque qu'il donnait à ces événements médiatiques lui fit remettre en question le bien-fondé de sa démarche. Il comprenait que celui qui tourne en dérision, parodie ou pastiche, souffre souvent d'une forme d'immaturité de caractère qui le fait douter aussi bien de la légitimité de ce qu'il pourrait être amené à dire ou à écrire que de ceux qui se sentent le droit et même parfois le devoir de prendre la parole en leur nom propre – comme l'amoureux déçu qui, dans un excès de nihilisme, préfère penser que tous les amours sont malheureux plutôt que d'avoir à supporter seul sa malédiction. René Mesnil, comme nombre de ses amis, était atteint par ce mal qui faisait perdre la foi en même temps qu'il interdisait de créer une œuvre – énième avatar du mal du siècle qui décimait tant d'artistes. La honte le prit à la gorge lorsqu'il se revit dans le costume de l'insurgé, montant des procès contre Philippe Ixent, ministre des Affaires culturelles, pour dénoncer sa politique d'acquisition. Il repensa à cette comédie inepte, lorsque, président d'un bureau de vote, il espérait lutter contre les dérives de la démocratie en bourrant les urnes de bulletins fantaisistes que son imagination troublée lui avait dictés. Ceci lui avait permis d'occuper le devant de la scène pour quelques heures – mais quoi de plus ? De fait, toutes ces mises en scène de petit activiste apparaissent aujourd'hui, au regard du reste de son œuvre, comme une simple préparation.

Peu après la réélection du président, René Mesnil se fit embaucher dans l'une des dernières mines de cuivre du pays, comme simple ouvrier. Sentant leur fin toute proche, les quatre cents mineurs votèrent la grève illimitée sans difficulté. Il était question d'action forte, de guerre, de lutte sans merci pour la survie de leurs emplois. Quelqu'un eut l'idée d'envahir les sous-sols de la capitale pour créer un événement à la hauteur de la situation. L'Assemblée générale étudia les plans disponibles et certains mineurs partirent en éclaireurs. Petit à petit, on descendit dans les catacombes de quoi tenir un siège – de la nourriture, des couvertures, de la lumière, des médicaments, et plus généralement tout ce qui rend possible la vie sous terre. On prévoyait de détourner le réseau d'eau potable et d'électricité pour que les conditions de vie fussent optimales. On aménagea plusieurs salles d'eau, des espaces pour se restaurer, d'autres pour se reposer. Profitant de la torpeur de l'été, au moment où la plupart des fonctionnaires étaient partis s'allonger sur nos belles plages, les mineurs, accompagnés de leurs épouses ou d'amis acquis à leur cause, s'installèrent en toute discrétion dans le sous-sol – seule une centaine d'employés resta à la mine pour l'occuper. Près de mille personnes se relayaient dans les couloirs de la ville souterraine, que l'on baptisa aussitôt « Infrapolis ». Quelques clichés pris par René Mesnil témoignent de l'intelligence de l'organisation. Chaque chose se destinait au partage, l'entraide et la lutte étant la règle pour tous. Les revendications étaient simples, les moyens d'action infinis. Les leaders syndicaux fixèrent un plan d'attaque. Le programme consistait à produire une désorganisation croissante à la surface. Un campement avancé avait été installé à proximité du palais de la présidence, sous le Musée des arts anciens. On coupa l'eau de façon intempestive. Personne ne s'expliqua l'origine de ces désagréments. Les services municipaux descendirent réparer les canalisations, mais les mineurs coupèrent alors gaz et électricité puis bouchèrent les conduits des eaux usées. La police ne s'expliquait pas l'origine de ces désordres – et si tout le monde pensait à un sabotage organisé, rien ne permit de l'établir. Ce n'est qu'au bout d'un mois que les insurgés communiquèrent. La population de la capitale, malgré les désagréments occasionnés par le siège militant, semblait comprendre les revendications adressées à la presse et aux médias. Il apparut aussitôt aux services de police que la méthode forte ne mènerait à rien. Les mineurs avaient pour eux l'avantage du terrain et personne n'aurait compris un assaut militaire aussi risqué dans les sous-sols. Comme gage de bonne volonté, les mineurs relâchèrent les membres du personnel municipal qui avaient été enlevés quelques jours auparavant et que l'on croyait perdus. Invités à s'exprimer sur les antennes, ces otages d'un jour, tout acquis à la cause de leurs frères des bas-fonds, parlèrent de la solidarité, de la détermination et de la générosité de ces hommes qui n'avaient plus rien à perdre pour sauver leurs vies. Les autorités publiques imaginèrent le parti qu'elles pourraient tirer d'une négociation habile avec ces insurgés. Une semaine plus tard, le président réélu gagna quelques points de popularité, bien utiles en temps de crise.

Peu de gens savent le rôle joué par René Mesnil dans cette révolte des mineurs. L'artiste, devenu adepte de l'*underground*, soucieux de fondre son art et ses interventions dans la masse sociale, ne voulut tirer aucun prestige personnel de ses « mises en scène », si tant est que l'on puisse définir ainsi cette pratique d'un nouveau genre. Il faut pourtant considérer cette œuvre comme la première et véritable réussite de René Mesnil, dans la mesure où l'événement, parfaitement mené jusqu'à son terme, a marqué durablement la vie sociale de notre pays, qu'il est étudié aujourd'hui encore dans toutes les universités et défini comme un tournant dans la lutte pour la défense de l'emploi – et qu'à ce titre, personne ne s'interroge sur son origine artistique.

Suite à cette insurrection, les paysans firent pousser du blé en plein cœur de la ville, déversèrent des montagnes de légumes devant les mairies, inondèrent les rues de lait et d'œufs frais. Les ouvriers du bâtiment construisirent des immeubles fantasques pour dire leur rage et leur désir de voir changer la face du monde. Des véhicules débiles sortirent des chaînes de montage de l'industrie automobile. Les chômeurs rejoignirent le cœur des cités pour installer des campements festifs et se réapproprier l'espace public. À chaque fois, les grévistes obtinrent gain de cause. Pourtant, aujourd'hui encore, rien ne permet d'affirmer que telle initiative soit imputable à René Mesnil et telle autre ne le soit pas. Le sens de la démarche de René Mesnil est tout entier contenu dans cette indiscernable différence entre l'Histoire, le social et l'art. Les « mises en scène » grandeur nature de René Mesnil sont faites pour traverser les siècles comme des monuments sans nom. Diffusées dans les journaux, puis dans les livres d'histoire, ses œuvres ont un statut ambigu qui fait de l'art une des parties les plus nobles de la lutte politique et inversement. Qui, aujourd'hui, ose encore parler du caractère superfétatoire de la création artistique ? Quel artiste espère encore figurer dans le catalogue d'une exposition ou se voir représenter dans telle ou telle collection d'homme d'affaires ? René Mesnil gagna une victoire définitive contre ces forces obscures, qui cantonnaient l'artiste au rôle de décorateur et lui conféraient au mieux des vertus de psychologue pour affiner le portrait de l'homme-parasite sans idéal qu'elles en faisaient. Mais cette refonte du statut d'artiste se fit au détriment du nom propre, que René Mesnil dut éclipser.

Quelques mois après le soulèvement des mineurs, Patricia Lemieux fut libérée de prison. René Mesnil la chercha à sa sortie et lui dédia sa dernière pièce de théâtre. Ils eurent une brève liaison, mais, acceptée au sein de la prestigieuse Fondation pour l'essor des arts, Patricia oublia l'activiste qui était en elle. René Mesnil organisa une dizaine d'autres « coups artistiques » et périt accidentellement lors d'un soulèvement « créacteur ».

Magnus Paoli

Grand Ménage, huile sur toile, 81 cm × 60 cm
Bâtiment A, cellule 422

La lumière du nord est la meilleure. D'égale intensité, elle éclaire le sujet sans déplacer les ombres. Au travail depuis deux jours, Magnus Paoli termine le dessin. Une brosse à poils durs, rongée par l'usage, couplée à une serpillière, sale et déformée, repose sur une table. La simplicité trompeuse de ce sujet, pour illustrer le triomphe de la paresse, laissait accroire que la servante avait déposé les armes.

Magnus passa des heures à planifier cette composition. Initialement, il avait pensé montrer la panoplie des grands ménages. Chiffons, plumeaux, balais, paille de fer et brosses à main, gants, produits, seaux, balayette, blouses à fleurs et sabots blancs – mettre en train cette mauvaise troupe le découragea. Magnus fit donc le ménage dans sa propre composition. Il ôta un à un les éléments anecdotiques, pour mettre en lumière la part essentielle de son idée. Une brosse et une serpillière – quelle meilleure métaphore du métier de peintre ?

Posée sur un chevalet, la toile, tendue comme un arc, caparaçonnée d'enduit, est aussi lisse qu'une lame bien affûtée. Elle est uniformément blanche, excepté les traits du crayon gris qui donnent une première idée du résultat. À l'aide de deux spatules, Magnus Paoli mélange en l'étalant une pâte vivante comme du mercure, fait des cercles en spirales, ramasse le tout sur la tête de son instrument, puis recommence jusqu'à ce que le mélange soit homogène. De temps à autre, pour ajuster la concordance des tons, il tend son bras, cligne d'un œil et pointe la spatule couverte de peinture en direction de l'objet qu'elle devra présenter sur le tableau. Montée au sommet d'un pied articulé, entre le sujet et la chaise du peintre, une lentille grossissante vise les milliers de poils de la brosse à récurer. À droite du peintre, rangées dans des pots de verre, les brosses, longues ou courtes, celles qui ont une langue de chat ou la pointe usée bombée, s'escriment contre les pinceaux à bulbe, les éventails, les traînards, les pointes d'amandes et les épées. Les touffes sont en poils de martre pour la plupart – mais la grande ménagerie des garnitures du peintre ouvre aussi ses portes aux oreilles de bœuf, à la soie du porc et aux blaireaux, parfois même aux chèvres et à la fourrure gris-bleu des écureuils du Nord. Allongés comme des couverts autour d'une table, les couteaux à peindre, propres et vifs comme des miroirs, déploient l'écurie fantasque du chirurgien de chevalet. Magnus Paoli tire de sa collection deux ou trois brosses blanches, pour appliquer une sous-couche de peinture à l'eau. Il s'agit de couvrir la toile, en donnant une première impression du contraste, des couleurs et des volumes. Il ne servirait à rien de pousser trop loin ce préliminaire. L'huile est bien plus fertile.

Depuis plus d'un an, Magnus Paoli dispose d'un atelier au sein de la Cram. Mais il peine à y faire son trou – ses choix, sa vision et ses préférences semblent décalés du reste de la communauté des artistes contemporains. Il doit sa place à la sollicitude de Chantal Rastel et de Jean Lamarque qui ont toujours cru en son talent. Le critique d'art, pour désigner son approche, parle indifféremment de « peinture exhaustive », de « réalisme explicite » ou de « concret total ». Carlos Schwab lui enseigna les rudiments de son art, mais l'esprit d'indépendance du jeune Magnus le détourna de l'académisme. Du reste, l'anticléricalisme du professeur glaçait les sangs de l'apprenti. Des années durant, il passa ses journées à copier des tableaux d'Église au Musée d'art. Ses prédilections allaient à Frenhofer, Johannes, Cornelius Berg, Langibout ou Garnotelle – pas un œil sur ce qui dans un siècle de misère se faisait appeler peinture. Il s'exerçait à la lueur des lampes, en tête à tête avec ses objets. Il s'échinait sur les rainures de son poivrier ou les méandres d'une lame de son parquet. À force d'exercice, sa vue baissa – et Magnus Paoli recourut au verre d'une loupe. Cette technique le fit basculer dans un monde infravisible. Ses sujets, plus ardus, mettaient à l'épreuve son perfectionnisme, son désir de fidélité et sa passion du détail. Les pommes de pin, les litchis, des tissus moirés, de fines passoires, la grande gamme des vanneries, des cages à oiseaux, les bobines de fil, il ne recula devant aucun supplice.

Sans recours à l'ellipse, son œuvre se présente comme une recherche de la représentation parfaite, où l'objet, plein, ferait rayonner l'unité de sa forme et de son essence. Suivant l'aphorisme bien connu de Paoli : « Pour suggérer la présence d'objet, rien dans sa présence ne doit être suggéré. » Pourtant, comme si le métier n'existait pas, comme si l'expérience s'effaçait, Magnus constate que chaque œuvre nouvelle produit autant de souffrance que les précédentes – peut-être même plus. « Le miracle est le fruit de douleurs toujours plus aiguës », affirmait son père. L'artiste ne saurait mieux dire. La peinture exhaustive, pour déjouer les frontières mondaines et transsubstantier l'état de la matière, doit réinventer continuellement les clés de sa délivrance. La nuance, le détail, l'ombre, la traduction à l'huile des marques insaisissables du champ visuel n'est le fruit d'aucun savoir, mais d'une expérience singulière qui ne se réitère jamais. Magnus Paoli, concentré jusqu'à se perdre, en tout voit et sent s'agiter l'insensible vérité de la nature qui fera la grandeur de son tableau. Mais à la fin de ses journées, aveuglé par ses visions, Magnus plonge dans l'autre monde. Il s'imagine sous terre, pioche à la main. Et sous terre, pioche à la main, il creuse d'interminables souterrains. Il creuse – le pauvre –, il creuse entre les couches. Il creuse sous l'épaisse armature qui fait le sol des expériences communes. Il creuse comme un ver, comme une taupe, comme un terrier. Il creuse d'intarissables tunnels noirs, et contemple de l'intérieur les sujets qui lui font face. Il creuse pour retrouver ce point – ce point où les seuils de visibilité se croisent et où la nature est une dans toutes ses manifestations. Par-delà les différences, par-delà les gouffres qui séparent les apparences, il creuse la matrice dont la matière est toujours chaude, tendre et bien humide. Il creuse cette matière vierge, unique et unifiée à la recherche de l'étroit passage – cet infime passage qui relie les différents seuils. Le risque d'étouffer là, sans bruit, sous terre, le risque de mourir dans l'ombre dont les racines ont fait leur source, à l'envers du décor, entre deux états du monde, entre l'être et la représentation, le risque de disparaître, dans ce monde saturé d'équivalences, réveille Magnus qui tremble dans la lumière du petit matin.

Éparpillés dans une grande boîte, les tubes écrasent une pâte huileuse sur un coin de sa palette. On trouve là le blanc de zinc, le bleu de cobalt et l'outremer ; le jaune cadmium et le jaune de Naples ; un rose de madère, un violet de manganèse, une laque de garance et un vermillon pur ; le vert émeraude, l'oxyde brun transparent et le noir de carbone. Paoli va commencer par sa brosse – une de ces brosses à poils durs dont se servent les ménagères pour récurer les sols. Posée sur un manche en sapin clair, sa tête semble avoir servi beaucoup. Entre gris et blanc, beige et jaune, vert et rose, sa teinte est un secret. Ses poils, coiffés par l'effort, ont la contexture des chevelures fauves – Magnus a toujours eu la raie rangée sur le côté. D'ailleurs, enlacés entre les tiges, regroupés en amas noueux, quelques cheveux se détachent dans la lumière venue du nord. Fixés au manche, derrière les premières rangées de poils, dans l'ombre portée de la serpillière, les deuxièmes lignes et les bataillons arrière s'avancent dans le désordre. Sur le dessus, les masses se fondent ou se distinguent, mais à regarder de près, chaque poil a une teinte qui lui est propre. Paoli a toujours eu le torse imberbe. Cette complexité est dure à appréhender. Poil après poil, il faut trouver la juste teinte, la bonne pose et le mouvement exact. L'enfer dans lequel s'enfonce Magnus est aussi dense qu'un mont de Vénus. Il s'arme de pinceaux fins comme les poils, d'une bonne loupe et d'une montagne de tranquillité.

Pour ne pas trembler lorsqu'il va peindre, Magnus, contre le chevalet, plaque une canne en bois dur sur laquelle il appuie sa main. Comme un alpiniste au-dessus du vide, il grimpe du bout des doigts et descend en rappel, assuré par sa rampe. Il applique un trait de couleur, il l'estompe, le fond dans la masse, gomme ce qui est trop saillant, puis blaireaute pour que tout reste bien lisse. À côté, sur la bordure extérieure du poil, là où le rai de lumière fait varier l'intensité du dégradé, Magnus appose un léger fil de couleur vive. Puis il l'estompe, étale, blaireaute.

Dans la jungle du réel, Magnus passe des heures pour progresser d'un centimètre. Au bout de quelques jours, s'il arrive à quelque chose, il doit poncer les irrégularités de sa surface avec un rasoir, enlever les poussières et les poils amalgamés à la couleur et reprendre une seconde fois. Cette superposition rigoureuse des couches est la clé pour parvenir au « réalisme exhaustif », c'est-à-dire ce moment mystique où l'impression picturale s'efface de l'œuvre pour laisser transparaître la chose elle-même, sans interférence, comme dans un miroir mental. Il n'y a plus de peinture, plus de peintre, pas d'artiste, mais une image absolue de la réalité qui vous force à méditer. En définitive, l'art de Magnus Paoli ne cherche rien, sinon à mettre à jour l'âme de la matière.

Le dimanche, Magnus se recueille dans le chœur de l'église. La communion dans le corps du Christ, l'impénétrable mystère de l'Eucharistie, les merveilleux vitraux, les images sublimes des saints martyrs et des madones en larmes sont aussi nécessaires à son épanouissement que les sorties entre amis le samedi soir. Il pousse le portail seul, après son tour du parc qui borde le fleuve. Il chante des chorals, écoute les sermons et suce l'hostie sur le retour. Il fait sa prière du soir et lit la Bible avant de s'endormir. Au sein de la Cram, personne n'explique sa dévotion – mais Magnus n'a jamais demandé aux autres de le comprendre. Lorsqu'il sort avec Adrien, Iouri ou bien Romain, ces sujets-là sont évités. Les amis vont au musée, sortent boire un verre ou marchent en discutant – Vassilieff change toujours d'avis, Adrien s'attache à ceux des autres. Ils regardent les femmes, ils parlent, ils rient – le monde ne cesse de roucouler. Puis Magnus se remet à la tâche.

Là-haut, dans l'atelier, suspendu dans les nuages, protégé par les murailles, son sujet n'a pas bougé. Immuable, incorruptible, chaque chose est à sa place. Les fenêtres fermées, il vit sans respirer. L'air est son pire ennemi. « La réalité ne trompe pas, elle ne vous décevra jamais », l'entend-on dire parfois à travers les cloisons minces de son atelier. « Elle persiste et persévère. » Celui qui s'offre à la nature, celui qui la peint avec ferveur, dans la fidélité, celui qui s'appuie sur elle comme s'il s'agissait de la chose la plus tangible, la chose la plus digne de foi en ce bas monde, sera toujours payé de retour. Il ne sert à rien d'imaginer ou de s'abstraire – tout est déjà là. Il suffit de retrouver les chemins de la présence.

Au bout d'une bonne semaine, la brosse commence à prendre forme. Le poil est souple, le mouvement trompeur – on pourrait presque l'utiliser. Mais quelques défauts subsistent – ce sont les plus durs à débusquer. Un contraste trop appuyé, une ombre incertaine, les lignes fuyantes, un ton mal accordé : une seule fausse note, à peine audible, compromet l'harmonie du tout – même si les gens ne remarquent rien. Le peintre, il est vrai, à force de regards, voit plus et beaucoup mieux que n'importe qui – ses yeux viennent d'un au-delà du règne sensible. Les années passant, Magnus a constaté d'ailleurs qu'il mettait plus de temps à parachever ses toiles – sa grande finesse l'astreignant à plus d'efforts pour accorder son œuvre à ses visions. Mais d'un autre côté, et de façon contradictoire, le temps nécessaire à l'objectivation de ces visions, va de pair avec une forme de lassitude, qui finit par aveugler l'artiste. Le sujet se brouille. Il ne voit plus, il ne sait plus. Ce sont les heures de désillusion. Le souffle de la vie s'envole. Tout semble faux, emprunté, maladroit. Dans ces moments, Paoli se surprend à dialoguer avec ses objets. Il imagine la brosse, les poils, son manche, sa tête qui le regardent, lui, le peintre, à travers le verre de sa grosse loupe. Ses yeux mobiles, son application docile, sa palette bien ordonnée et ses petites manies d'artiste – elle rit de tout cela. Elle rit de le voir souffrir pour reproduire ce qu'elle est naturellement ; elle rit de le voir analyser ce qui en elle n'est que nuance et tressaillement. Rongé par la mauvaise conscience, sa palette lui tombe des mains. C'est alors qu'il fait sa pause.

Lorsque le disque tourne sur la platine, pris par les coussins du canapé, cigarette en main, Magnus s'absorbe dans la mélodie. Il peint en musique et se repose en harmonie. C'est ce qu'il aime le plus au monde – ça et les femmes. Musique symphonique, musique de chambre, opéra, concerto, il écoute un peu de tout. Il aurait d'ailleurs pu être musicien. Ces masses abstraites, qui se tendent et se distendent suivant un ordre à quoi rien ne préexiste, le transportent au fond de lui. Ce sont ses plus grandes extases, les rares moments où il arrive à s'apaiser. Il n'entend plus la mauvaise voix qui lui parle des fautes et des faiblesses. Il vogue sur les masses d'air, les couleurs virevoltent, l'impression laissée par les objets s'efface. Il pense aux femmes, à toutes ses femmes – et il donnerait cher pour que l'une d'entre elles fasse effraction dans l'atelier. Magnus Paoli en a eu beaucoup – beaucoup et de très belles. Mais il ne s'y attache guère – la femme étant, en soi, un objet peu fiable. Peut-être espère-t-il surtout rester fidèle à sa peinture. Sandra Dupuis a beaucoup souffert de son intransigeance. Elle venait gratter à sa porte, elle le suppliait, elle implorait. « Ne soyez pas impitoyable », criait-elle à travers la porte. Magnus Paoli se contentait d'augmenter le son de sa stéréo.

Depuis son canapé, Magnus laisse traîner ses yeux sur les toiles qu'il a finies. L'accrochage est pour le moins baroque. Les clous, dispersés du sol jusqu'au plafond, obligent Magnus Paoli à suspendre sans logique ses tableaux. Incapable de les aligner, laissant de grands vides au milieu du mur ou collant bord à bord deux petits chefs-d'œuvre, Magnus Paoli – qui avait récupéré l'atelier d'Attila Battu, peintre abstrait de grand renom – ne s'était jamais résolu à faire place nette, par superstition ou par faiblesse, préférant cette série de clous mal disposés aux vilains petits trous que l'on peine à bien masquer. Il aurait fallu s'organiser, enduire les brèches, poncer les murs et couvrir l'ensemble d'une couche de peinture grise ou blanche – mais Magnus avait déjà tellement à faire. Alors, sans le vouloir, il héritait d'une organisation de l'espace, d'une vision du monde, d'un modernisme qui n'étaient pas les siens.

Entre celles qui ne sont pas parties à la galerie et celles que Magnus Paoli veut garder auprès de lui, il y a toujours une bonne vingtaine de toiles accrochées aux murs. On trouve la série de portraits d'objets familiers, déposés dans des formats carrés – le fameux poivrier, la vieille cafetière, le moteur de Solex, le fouet à manivelle, le pavé de savon de Marseille et la tasse remplie de pinceaux. Sans histoire, sans ornementation, sortis de leur contexte et sans autre fonction que d'être là, ces tableaux obligent le spectateur à méditer sur la nature et l'épaisseur de la matière. Accrochée aux clous mal alignés, on trouve aussi la série des œufs – de toutes formes, de toutes les couleurs, seuls ou en famille, adossés à une cuiller ou couverts d'un torchon – que Magnus Paoli ne cessera jamais d'accroître. Un de ceux qu'il a gardés longtemps – sans doute un des premiers de la série – confronte le duveteux coton d'une serviette blanche, à la chaleur solaire d'une coquille pleine. Auguste Griffin l'acheta en lui proposant d'illustrer le recueil de ses trompe-l'œil littéraires qu'il voulait faire publier. Le clou où il était resté pendu est encore libre. Autour, sur les murs mangés de l'atelier, on trouve des compositions florales, des consommables en tout genre, fruits, légumes, grains de riz, graines de tournesol, qui vont couvrir les murs de la galerie où ils se vendent comme des petits pains.

En partant de la droite, par petites touches successives, Magnus Paoli peaufine la réincarnation de sa serpillière. Elle a des milliers d'alvéoles déformées par le travail de l'ouvrière et la perspective fuyante des volumes. La trame du tissu est souvent grossière – quelques trous informes laissent apparaître, dans l'ombre du fond obscur, le retour complexe des filaments de coton crasseux. Sa couleur, à peu près indéfinissable, globalement grise, étale tout l'arc-en-ciel aux quatre coins de cet appareillage bizarre, fait pour sucer la saleté du monde. Sous l'œil de la loupe – comme un microscope de biologiste –, cette profusion de vie n'a pas de forme. Magnus Paoli, pour comprendre l'étalement abstrait de l'expérience de la serpillière, doit s'abandonner au rayonnement de la chose et se fondre dans son objet au point de le sentir vibrer en lui. Ce dessaisissement de son ego pourrait être la définition même de sa peinture. En sublimant le monde de la matière, Magnus s'allège, comme s'il quittait l'alcôve du confessionnal.

Mais la serpillière lui pose d'épineux problèmes. De loin, les nœuds qui la composent ne se voient pas, de près, ils sont flagrants. Ce type de contexture, ambiguë et conflictuelle, constitue à lui seul le point d'achoppement de tout son art. Si le détail, comme aime à le répéter Magnus, recèle les secrets de l'objet vivant, il semble aussi que son application à le débusquer transforme son œuvre en énorme faute de perspective. Plus il s'épuise à retranscrire les nœuds, plus il accentue la naïveté de l'expression. Cette déroute du fil narratif où la matière explicitée s'effiloche sous ses yeux, réalise le pire des cauchemars de Paoli. Alors pour noter sans trop faire paraître, Magnus Paoli applique la couleur et la retire. Il faut alléger, toujours alléger, pour retrouver la belle robe du naturel. Mais la veille, il a fait ce rêve terrible, qui le hante depuis. Il se voyait en train de peindre les reflets irisés d'un ruban de soie blanc avec ses pinceaux fins et toute la délicatesse dont il se savait capable. À la recherche de l'ondulation de la lumière sur cette toile froissée, il mettait du blanc, un peu de noir, du gris, des jaunes légers, une pointe de rouge, des bleus dans l'ombre, puis il remettait du gris, un grain de rouge, un sel de bleu et il estompait. Puis il recommençait. Il remettait un peu de blanc, un peu de gris, une pointe de noir. Des heures durant, il reprenait l'ouvrage et finissait par accéder au seuil de sa sensibilité. Il plongeait le pinceau dans la couleur, appliquait sur la toile, il se voyait reprendre de la couleur pour retourner vers la toile, mais le résultat lui échappait. C'était invisible, son travail, ses efforts, tout était invisible ! Les infimes variations des teintes, ses ajustements, lui-même ne les voyait plus. Ses gestes n'étaient plus accompagnés d'aucun effet ! Comme s'il n'avait rien fait – comme s'il ne pouvait rien faire – comme s'il était incapable de faire quoi que ce soit.

Magnus se réveilla, le souffle court, et mit une demi-journée à retrouver son chevalet. Oubliée l'euphorie des premiers jours, oubliés l'entrain, l'enthousiasme, oubliée sa joie d'avoir trouvé le grand sujet et réussi un bon dessin, oublié son plaisir de retrouver les belles modulations de la lumière entre les poils. Magnus tient d'une main le résultat irrémédiablement vicieux de ses espoirs.

Il faut poncer une dernière fois pour préparer la toile à recevoir les glacis – l'extrême-onction, la touche de vie avant la fin. Ce sont de légers reflets colorés, de petites taches superficielles, qui raniment le souffle de la lumière. La méthode consiste à noyer sa teinte dans un bain de médium. Les poils frictionnés à l'huile consacrée révèlent leur potentiel, la serpillière semble revivre, le bois ressusciter. C'est mieux, beaucoup mieux – mais pas génial. Pauvre pécheur, on ne se purifie jamais jusqu'à la racine. La toile ne vous absout de rien. Mais cela reste monnayable.

Magnus s'éloigne, retourne son châssis, le porte à la lumière. Sur sa toile, il y a une brosse et une serpillière. Rien de plus, rien de moins. C'est étrange de peindre si bien pour faire des brosses et des serpillières. Lorsqu'il y pense, Magnus reconnaît n'avoir jamais peint que des vanités. Ses objets, dans leur dénuement, semblent aussi fiers que des notables de province – mais l'effet indélébile du temps casse cette prétention. Quoi de plus plat que de redire que la fourchette a des pics, que le petit pain est rond ou que la soie a des reflets moirés ? Le peintre, à répéter ce que tout le monde sait déjà, imagine peut-être qu'il parviendra à ébranler le monde et à suggérer la présence d'un autre jour.

Magnus Paoli prend son pinceau le plus fin. C'est l'heure du décollement. Au bas de la toile, il appose les lettres cassantes de son patronyme. Puis il démonte son sujet. Magnus regarde son tableau. Il s'approche. Ce n'est pas si mal. Une couche de vernis cristal et, dans quelques jours, il accrochera la toile sur les murs libres de sa galerie.

Christian Nguyen

La Prison, installations, performances, vidéos, photographies
Courtesy galerie Courtois

Le jour du vernissage, il y avait un grand bureau, une pile de formulaires et une affiche. Elle notifiait les droits et les devoirs des prisonniers. Par voie contractuelle, ceux-ci s'obligent à consacrer un jour de la semaine à leur condition nouvelle. Le vendredi, le samedi ou le dimanche, selon les convenances, il est interdit de sortir de chez soi, de recevoir du monde et de communiquer. Le prisonnier volontaire reste dans une chambre, sans lumière ; il ne lui est pas permis de faire la cuisine ni de manger autre chose que du pain sec. Il lui est interdit d'écrire, de jouer de la musique, de dessiner ou de se divertir ; interdit de se donner du plaisir ou de faire l'amour. Son seul devoir consiste à lire *Le Quotidien du prisonnier* – journal conçu et édité par Christian Nguyen.

Dans un premier temps, les spectateurs se contentèrent d'observer. Mais, parce que les frais d'inscription étaient encore dérisoires et que la presse fit grand bruit de l'exposition, Christian Nguyen vit au bout de quelques jours les premiers prisonniers politiques se présenter à son bureau. Ils payèrent leur carte de dissident et signèrent les engagements propres à leur nouvel état. Les numéros de matricule 1 à 100 furent attribués en une semaine à peine. Nguyen offrait l'uniforme d'incarcération, ainsi qu'un exemplaire du journal du condamné.

Allan-Bertrand de Sainte-Croix fut l'un des tout premiers. Il aimait la liberté par-dessus tout et voulait que chacun le sût. Depuis, l'industriel, magnat de la presse, s'adonne à son devoir de lecture avec bonheur. Les articles de Nguyen sont irréprochables. Pas une faute de goût, pas une critique, les journalistes se bornent à répéter ce que tout le monde sait déjà. *Le Quotidien du prisonnier* est d'ailleurs aussi drôle que divertissant. D'abondantes pages économiques éclairent les prisonniers sur certaines questions ayant trait à la finance. Les résultats sportifs figurent en bonne place et les meilleures expositions artistiques, les spectacles de musique *à-ne-pas-manquer* donnent lieu à des recensions impeccables. Tout est si bien présenté que le déplacement semble superflu. Un travail de professionnel que Nguyen n'aurait jamais pu mener à bien sans le concours d'Alexandre Sorrus, le fondateur de plusieurs magazines qui marquèrent durablement les citoyens. Sorrus avait commencé par venir à l'exposition ; il écrivit un papier sur Nguyen, puis, convaincu de la pertinence de sa démarche, il prit sa carte de prisonnier. Il fallait vouloir l'impossible pour s'insurger. Ses remarques sur le mensuel du condamné convainquirent aussitôt Nguyen que la journée hebdomadaire d'incarcération de Sorrus pourrait être mise à profit à la rédaction du *Quotidien du prisonnier*. Et l'organe de presse se perfectionna.

Une carte de prisonnier politique, ornée du portrait de l'opposant, mentionne ses nom, prénom, date et lieu de naissance. Le motif de l'incarcération est laissé à la discrétion de l'opposant – l'acheteur étant seul juge du procès qu'il s'intente à lui-même. On compta quelques menteurs, des infidèles, des révoltés, des indignés, des désœuvrés, des libertaires et des philosophes, mais aussi des chefs d'entreprise, des hommes d'affaires et des traders. Sorrus passa des jours à mettre au clair la nature exacte de sa culpabilité. Il nota « écrivain » dans le coin gauche de sa carte d'opposant. Nguyen lui proposa donc de se faire tatouer son numéro de matricule. Cette option entraîne un léger surcoût, mais permet de témoigner avec plus de force de la nature de son engagement. Sorrus hésita peu avant de tendre son avant-bras.

M. de Sainte-Croix fut le premier acquéreur d'une séance de torture individuelle. Derrière les barreaux, l'interrogatoire n'était pas tendre. Nguyen, lorsqu'il s'agissait de faire valoir le droit à l'indépendance – et si son rôle l'y contraignait – se révélait être un redoutable interrogateur. Sainte-Croix avoua naturellement son goût pour le pouvoir et l'influence, et voulut qu'on le contraignît à expier tous ses péchés. À bout de forces, la conscience lourde, il livra les noms de ses complices.

Il avait forcé les membres de son comité de direction à prendre leur carte de prisonnier, pour se consacrer pleinement à sa journée de réclusion – son seul moment de liberté dans un emploi du temps chargé. Bourreau pour l'occasion, Nguyen prit de nombreux clichés de l'accusé. Bouche ouverte, cris de douleur, crise de larmes, au milieu de la galerie, rien ne lui fut épargné – Sainte-Croix avoua tout et signa une lettre de renoncement. Il ne dirait jamais plus rien qui fût contraire aux intérêts du régime.

Cette performance, créditée par un homme aussi célèbre, amateur d'art éclairé, fit forte impression. Un public nombreux vint à la galerie pour se forger une opinion. Certains crièrent au génie, d'autres au scandale. Mais l'antagonisme des réactions, la polémique, le conflit, Nguyen profita de ce contexte pour faire signer une pétition et remplit une cagnotte destinée à l'amélioration du quotidien des prisonniers. L'idée de liberté, coûte que coûte, creusait son sillon. On adressa une réclamation aux plus hautes instances, pour protester plus officiellement. D'autres amateurs d'art se présentèrent pour faire l'objet de photographies compromettantes et tous les jours de petits collectionneurs prenaient leur carte de prisonnier. Les murs de la galerie se garnirent de témoignages. Sous chaque photographie, l'artiste ajoutait une notice biographique mentionnant les principaux chefs d'accusation et les sévices corporels infligés aux opposants. L'exposition terminée, chacun rapporta chez lui les photographies dont il avait été l'objet. L'ensemble fut édité dans un catalogue des opposants. Et il y eut même un film.

Le fait qu'autant de gens se fussent soumis aux règles du prisonnier était un signe. Les contributeurs de cette expérience se transformaient de fait en militants, prêts à sacrifier leur autonomie pour alerter la population. Dans un premier temps, le dispositif de Nguyen ne cherchait qu'à fédérer les forces libres sous une forme décalée. Mais son cheminement intellectuel le poussa à aller plus loin encore. La deuxième exposition de Nguyen fut l'occasion de présenter un nouveau dispositif de surveillance.

Le spectateur entrait dans une sorte de prison réaliste, aménagée dans la galerie Courtois. Il y avait des geôles où les prisonniers se relayaient pour passer leur journée réglementaire. Ils lisaient leur journal, faisaient leurs besoins, mangeaient du pain, assis par terre, sous le regard des spectateurs. Les cellules étaient remplies de dizaines de volontaires, fiers de participer à l'une des manifestations les plus engagées de l'art actuel. M. de Sainte-Croix avait insisté pour figurer dans une geôle, entouré de son comité directoire. Au milieu de la galerie, le petit bureau des inscriptions tenait sa place. Nguyen, képi sur la tête, accomplissait les tâches administratives, assisté de son galeriste et de Sorrus, qui rédigeait les minutes de l'action en cours.

Certains des opposants politiques les plus influents étaient réunis le soir du vernissage ; mais pas tous – on dressa la liste des absents. Nguyen mettait à disposition de ses mécènes et futurs collectionneurs une paire de lunettes filmant les faits et gestes de ceux qui s'en munissaient – pour une durée allant d'une semaine à plusieurs mois, selon les modalités stipulées dans le contrat. Nguyen présentait cette œuvre comme une expérience sociale. L'artiste donnait à l'acheteur une chance unique de se mettre dans la peau d'un homme traqué, angoissé, inquiet – comme tout véritable opposant – pour participer, avec plus de force encore, à la critique de la dérive autoritaire. Le signal numérique enregistré par le boîtier, télétransmis au bureau central de surveillance, servirait la cause. Les mécènes, filmés en permanence, allaient vivre sous l'œil de l'artiste. On pourrait les localiser, entendre leur voix, savoir s'ils lisent ou s'écartent de la ligne. Il fallait éviter d'être mauvais ou violent, il était impératif de travailler, de se lever tôt, de respecter les institutions et de voter. Il était interdit d'évoquer le chef ou n'importe quel autre membre du gouvernement. Chaque faute serait répertoriée et, le cas échéant, sanctionnée par une contrepartie financière. La signature d'un autre contrat conférait à l'artiste le droit de surveiller les communications téléphoniques et d'étudier les relevés bancaires. M. Ixent, le ministre, voulut être le premier sur la liste des super-opposants.

La presse spécialisée parla beaucoup de l'exposition. Jean Lamarque supervisa un dossier d'une trentaine de pages dans la revue *Arts*. Son réseau fit des merveilles. On l'entendit sur les radios et les antennes de télévision. Manuel Tiano dut prendre le train en marche. Le spectacle carcéral de Nguyen devint le centre de toutes les conversations. Sa critique de l'autorité publique prenait de l'envergure. Des milliers d'opposants, vêtus de leur costume, clamaient leur indépendance en brandissant leur carte. Allan-Bertrand invita l'artiste à décliner sa prison dans les bureaux de sa société. Il voulait qu'un système performant ouvrît ses collaborateurs aux aspects les plus puissants de l'art d'aujourd'hui.

L'institution se devait de réagir. Bernard Lupu commanda à Christian Nguyen une exposition d'envergure. L'artiste s'était toujours demandé comment concilier l'aspect critique de son projet avec une éventuelle reconnaissance publique. Nguyen pensait qu'il lui serait moralement impossible de collaborer avec l'ennemi. Mais l'enjeu était tel, qu'il se résigna à trouver une solution. Et c'est ainsi que la consécration arriva.

Nguyen sollicita la réquisition d'un grand bâtiment désaffecté, en plein cœur de la vieille ville – coincé entre l'ancienne université, l'hospice délabré, la mairie d'arrondissement et l'observatoire municipal. L'espace, grand de plusieurs milliers de mètres carrés, avait servi de caserne avant la restructuration et la professionnalisation des services militaires. À l'origine, l'enceinte abritait des religieux et le couvent fut longtemps considéré comme l'un des plus grands centres de culte dans le pays. De style classique, l'édifice était construit en pierres de taille d'un rose tirant au violet, grossièrement équarries – et au milieu, les restes intacts de la chapelle ancienne étaient incrustés dans la caserne comme un coquillage dans une pierre fossile. Des barreaux garnissaient chaque fenêtre et, au-dessus du grand mur aveugle qui faisait le tour des corps du bâtiment, les rouleaux de fils barbelés n'avaient toujours pas été ôtés. Une chappe de silence enveloppait l'édifice. Mais des rumeurs folles circulaient. Le gouvernement avait songé un temps à reconvertir l'ancienne caserne en centre sportif, avec piscine et salles d'entraînement ; Philippe Ixent évoquait une fondation d'art d'un genre nouveau ; un délégué chargé des questions d'ordre social exigeait « du logement pour les défavorisés », tandis que Marc Taupière activait son réseau en vue d'une transformation de la caserne en palace cinq étoiles – avec bains bouillonnants et centre de bien-être. « Nous allons transformer la geôle en temple de plaisir », répétait-il à qui voulait l'entendre. « J'espère que les fantômes de ceux qui y sont morts, ceux qui s'y sont pendus, ceux qui ont planté leurs griffes de désespoir dans les murs, vont venir tirer les pieds de ceux qui y dormiront », déclarait un ancien militaire qui avait vécu entre ces murs (cf. *Le Quotidien du prisonnier* n° 34). Nguyen se contenta d'ajouter des caméras dans et autour de l'établissement. Il érigea des miradors et couvrit la cour centrale d'un filet géant. Les cellules étaient parfaites, les lits convenables, et les portes assez résistantes pour supporter les assauts des prisonniers. Le plus long fut de mettre en place un protocole d'incarcération.

Ceux qui souhaitaient participer à l'événement pouvaient résider dans le pénitencier d'une à quatre semaines – mais les billets d'entrée étaient très chers. Les cellules ouvertes aux opposants avaient une superficie moyenne de quatre mètres carrés. On abritait cinq à six cents volontaires et les repas étaient servis dans le grand réfectoire. On y mangeait du pain, des restes et de la compote quelconque. L'établissement afficha complet durant les six mois que durait l'exposition. Deux jours par semaine étaient consacrés aux visites – la prison de Nguyen, par souci de transparence, se devait d'avoir ses « portes ouvertes ». Les amateurs d'art venaient, parfois même de l'étranger, pour visiter les cellules et discuter avec les opposants – le samedi ou le dimanche. Le reste du temps, on travaillait. Les opposants choisissaient librement leur mode d'expression, mais aucun ne pouvait rester les bras croisés. L'impératif était de « faire œuvre ». Personne ne devait vivre dans la prison sans émettre des jugements et dire ce qu'il avait sur le cœur ou le révoltait. Certains écrivaient, d'autres faisaient des films, quelques-uns peignaient des fresques sur leurs murs. Sorrus fit un nouveau journal, Marion Minkowski des portraits, Amin Carmichael dessina des villes. Le ministre Ixent rédigea des lois. Vu le nombre de participants, une telle diversité d'aspirations et de critiques était très naturelle. Mais il y avait aussi des gens ordinaires, des employés de banque, des ouvriers, des vendeurs ou des paysans. Ils créaient selon leurs moyens, limant leurs chaînes ou criant leur peine. Les anonymes avaient leur rôle à jouer et chacun apportait sa pierre à l'édifice. Des matons, détachés dans ce Musée des arts vivants, surveillaient l'état d'avancement des travaux en cours. Les plus belles cellules gagnaient des indulgences. Les feignants étaient chassés.

Nguyen, depuis son grand bureau, supervisait l'œuvre d'une main de maître. Un « mur des caméras », où tout était retransmis, lui permettait de suivre en temps réel l'évolution de la situation. Il rédigeait des notes, peaufinait ses articles. C'était un torrent d'idées, un grand maître de la création. Sainte-Croix, qui avait tant fait pour que le projet vît le jour, croupissait dans le mitard. Stéphane Courtois s'occupait de vendre les œuvres réalisées entre les murs de la prison.

Après six mois d'exposition, le pénitencier dut fermer ses portes. On photographia les cellules ; ce qui pouvait être transporté fut remisé dans la galerie. Plus de cent mille visiteurs avaient sillonné l'établissement. Aujourd'hui encore, on s'accorde à considérer la prison des opposants comme un sommet de l'art participatif.

Dolorès Klotz

Traces, sculptures, Grand-Hôpital, chambre 34

La percée des masses d'air s'achève sans laisser de trace. Un nuage en perdition, l'aile d'un oiseau, les choses se déploient pour se dissiper presque aussitôt. Il faut un obstacle pour que le mouvement imprime sa marque. Et encore. Sur les murs blancs de la chambre d'hôpital de Dolorès, le soleil se levait et se couchait sans que rien lui survive. Les patients avaient-ils réellement vécu entre ces murs ? On nettoyait les sols à l'eau de Javel, on bouchait les fissures, on passait une couche de ripolin et le nouveau malade pouvait entrer en scène. Même le décor meublé semblait intact. Pas une scarification, pas un trait de vie, mais un éternel recommencement. L'Histoire ne faisait pas d'arrêt à l'hôpital.

Un des plus beaux poèmes d'Auguste évoquait une feuille de papier vierge. Sous l'apparente blancheur de la trame, il révélait l'infinité des teintes qui marquent la page. Insensiblement, au fil de la lecture, le texte contaminait le support sur lequel il l'avait inscrit. Dans la lumière tournante de ces journées de fin d'automne, les murs de la chambre donnaient la même impression. Des quarts de tons évanescents. On aurait dit une mosaïque flottante. Mais lorsque la nuit sombrait et que l'infirmière glissait sa main pour allumer le plafonnier, c'était encore une autre histoire. Le bain jaunâtre qui noyait les murs transformait la pièce en cellule de dégrisement. Une lumière rasante révélait les inflexions du mur et, en filigrane, sous la couche de peinture fraîche, l'auréole crasseuse de son prédécesseur. Dolorès imaginait son visage, ses mains, son corps dans ce lit où elle reposait. Peut-être était-il mort là.

Sur le guéridon, près de la fenêtre, les lys offerts par le frère de Dolorès dégénéraient dans la solitude d'un vase. Le pourpre des pétales se torsadait. Les pistils avaient fondu en petits tas de soufre sur la table en formica crème. Une puissante odeur de bain végétal avait contaminé la pièce. C'était toujours mieux que les vapeurs d'éther. Dolorès avait notifié à l'infirmière qu'il ne fallait pas retirer les fleurs tant que les pétales ne seraient pas tombés. Ce lent naufrage avait quelque chose de rassurant.

Dolorès refusait de toucher à la corbeille de fruits. Les vaguelettes sur la peau des pommes marquaient l'irréversible déchéance qui les mènerait jusqu'à leur mort. Deux poires, piquées de taches brunes, la chair talée par les revers, avaient l'allure blette des choses dont on ne veut pas approcher. Les pêches ouvraient de grands yeux bruns qu'un germe central, légèrement verdâtre, rendait plus inquiétants encore. Une toute petite clémentine, chétive, malingre, semblait momifiée avant le stade de maturité. La grosse orange avait commencé le travail sans le terminer. Ses pores suintaient de liquide – elle se vidait sans être pressée. Une flaque rougeoyante baignait les pieds des bananes qui, tigrées jusqu'à la trame, devenaient noires et molles. Un nid végétal, desséché, enrobait les cerises, craquait. Tout cela n'inspirait guère confiance. Dolorès, heureusement, n'avait presque jamais faim et l'idée que sa dent vînt au contact d'un noyau plein d'anfractuosités, l'idée qu'il lui fallût l'extraire d'entre ses lèvres, à demi mort, filandreux et chevelu comme un fœtus d'animal dégénéré, lui ôtait tout désir de porter à sa bouche une de ces douceurs.

Robert avait apporté une valise de vêtements propres – pour qu'elle se sentît belle. Dolorès ne l'avait pas ouverte. Au fond de son lit, sous cette robe de nuit infamante que l'infirmière l'avait forcée à revêtir, Dolorès sentait sa peau glabre et satinée qu'elle avait épilée, puis rasée, dans l'espoir que jamais rien ne repousserait. Depuis son arrivée à l'hôpital, quelques cheveux avaient pourtant reparu sur le sommet de son crâne. Mais on ne trouvait toujours pas trace de ses cils ou de ses sourcils, et sa végétation pubienne n'avait pas encore repris ses droits. Dans la transparence des couches les plus superficielles de l'épiderme, on voyait le poil noir en formation. Les jours passant, sur ses cuisses et ses avant-bras, Dolorès sentit des petites pointes du vouloir-vivre lui piquer la pulpe des doigts. Ce qui pour elle aurait dû permettre de rompre avec le temps, devenait le terrible signe des jours qui passent – et du gouffre qui la séparait des adieux.

Quelques livres avaient atterri sur son chevet. Elle démontait les piles un jour sur deux, sans conviction. Dolorès avait lu quelques pages du *Flux migratoire* dont Auguste lui avait parlé, puis elle feuilleta le dernier numéro du *Quotidien du prisonnier* – l'interview de Wilfried Honegger lui tomba des mains. Le cri des patients, le roulis des chariots, la mécanique médicale et le crissement des sabots sur ce linoléum triste. Pas moyen de se concentrer. Le plus réjouissant, c'était encore les conversations volées : des infirmières qui parlaient du programme de la veille, les familles doucement consolatrices, les discours incohérents, les délires contenus ou franchement exprimés.

Sur le sol lustré de la chambre, quelques traces indélébiles subsistaient malgré les efforts acharnés du personnel. Un arc strié imprimé par la porte sur la matière plastique, les empreintes circulaires des pieds du lit qui avait voyagé autour de la chambre au gré des envies d'évasion des locataires, des marques de pas, les coups de l'impatience, les crevasses du désespoir. À gauche de la couche, le pas des chaussons avait usé le revêtement comme une toile trop portée. Le personnel de l'hôpital, qui mettait tant d'empressement à effacer les traces de vie, n'avait encore jamais songé à refaire les sols à neuf. Sous le fauteuil du visiteur, Dolorès appréciait l'infime série de creux et de bosses inscrite par la canne d'un vieux mari ou le talon d'une femme nerveuse. Au pied de la fenêtre, les grandes balafres déposées par une chaise prouvaient le goût des solitaires pour le ballet des hommes à l'air libre. C'était le seul récit d'aventures de cette chambre.

Les bruits les plus inquiétants surgissaient au milieu de la nuit, lorsque la petite pastille avalée pour trouver le calme s'était dissoute. La rue, esseulée et endormie, chuchotait d'imperceptibles riens, mais le bouillonnement intérieur de la machinerie de l'hôpital produisait le vacarme sourd d'un navire en perdition. Dolorès prenait son pouls pour s'orienter. Mais la stridulation du système de ventilation sonnait comme une annonce fatale – elle se voyait aspirée de l'intérieur. Le sifflement de l'écran en veille, auquel répondait l'œil rouge du moniteur, ainsi que le ronronnement du réfrigérateur dans une pièce voisine, réveillait la bête infernale qui vivait et dormait sous son lit, infiniment prête à la saisir au ventre et à arracher ses entrailles. Les pas nerveux de l'interne, les semelles traînantes des infirmières, le râle d'un malade au désespoir, la torture d'une radio que l'on n'éteint jamais : ces signes maléfiques laissaient augurer l'imminence de la catastrophe. Mais l'infirmière faisait la sourde oreille. On avait beau dire, c'était une incapable.

La pauvre ne savait faire qu'une seule chose : apporter le manger à heure fixe. Un demi-pamplemousse, flanqué de son inoxydable sachet de sucre, l'assiette fumante d'une purée de flocons grumeleuse, une tranche de rôti grimaçante, deux feuilles de salades fanées – en somme, les classiques de la restauration industrielle, faite pour l'indigestion collective, venaient tacher ses draps au fil des semaines. Dolorès touchait parfois au fromage, tendre comme le caoutchouc, jamais à la compote. Pleine de bonnes intentions, l'infirmière proposait de couper la viande, dont la peau perlait d'effroi. Dolorès aurait volontiers étranglé cette imbécile fourbe et médisante. Seule la conscience que l'infirmière était probablement enceinte sauva cette femme d'une mort atroce. L'idiote regardait les petits enfants dans le couloir et repliait son avant-bras sur son gros ventre. Contre toute attente, depuis que Dolorès faisait partie du décor, la bedaine de l'aide-soignante n'avait pas bougé. Ce qui, bien réfléchi, n'avait rien de surprenant. L'infirmière était douteuse – comme le reste de l'établissement. Il était donc à nouveau question de la trucider.

Dolorès, un matin, eut la révélation que ce n'était pas toujours la même soignante qui poussait la porte. Mais le même sourire jovial fendait leur tronche. Deux ou trois filles se relayaient dans les coulisses pour déposer le glorieux plateau, faire le lit, planter les aiguilles, rapporter l'assiette et insuffler l'idée d'une variété dans l'ordonnancement protocolaire de la vie à l'hôpital. Quoi qu'il en fût, chacune abusait à sa manière de cet accent aigre qu'elles tentaient de rendre aimable en terminant leurs phrases par une inflexion chantante et ridicule qui rappelait les strophes scandées des comptines. Ce qui bien sûr rendrait vain tout effort de discrimination. « On va être bien gentil aujourd'hui, on va tout manger pour faire plaisir au docteur, hein ?... Sinon, il va dire quoi le grand frère ? Il va venir vous gronder ? » L'infantilisme généralisé des relations humaines trouvait son paroxysme entre les murs étroits de l'institution hospitalière. Le plus grand génie, de vingt ou quatre-vingts ans, entre les mains du personnel, devenait aussi brave qu'un vilain garnement de sept ou huit ans auquel il fallait appliquer une tape au derrière s'il n'était pas assez sage.

« Avez-vous été à la selle *aujourd'hui* ? » « Allez ! Maintenant on va se lever pour faire un petit tour. Regardez comme il fait beau *aujourd'hui*, ce serait dommage de ne pas profiter de cette magnifique journée. » Le répertoire ne comprenait pas plus de cinq ou six phrases qui toutes tendaient à réaliser la fiction d'une différenciation des jours de la semaine. Mais cette manière, répétitive, pernicieuse de préciser, chaque matin, qu'il s'agissait d'un jour différent, isolé, doté de caractéristiques particulières, d'une humeur ou d'un climat unique, cette manière d'hypostasier un moment, de le détacher de tous ceux parmi lesquels il aurait pu se confondre, pour en faire, au mieux un instant de plaisir, au pire une nouvelle perle à son chapelet de cauchemars, avait quelque chose d'insolent – non pas seulement parce qu'elle semblait vouloir battre la mesure de son existence, mais parce que toutes les phrases convenues de l'employée, qui croyait se rendre aimable en soulignant les nuances du temps qui passe, ne faisaient que renforcer la conviction que dans un jeu de répétition sans différences tout revenait du pareil au même. Le personnel, votre famille, vos amis, tous savaient qu'en rentrant à l'hôpital, vous mettiez les pieds dans un tunnel sans fin et sans contour, et que rien ni personne ne pourrait jamais vous convaincre – vous, enfermé dans les quatre murs de votre chambre – qu'une journée de pluie était douée de caractéristiques essentiellement différentes d'une journée de grand soleil, et vous donner l'illusion d'une quelconque dissociation chronologique.

« Comment tu te sens *aujourd'hui* ma petite chérie ? » demandait Robert, chaque matin, en rentrant dans la chambre. Il apportait le journal et une douceur – que Dolorès, aussitôt son frère parti, passait à sa voisine qui raffolait de ce genre de choses. L'invariable sourire du frère, ses caresses louches, ses paroles douteuses, avaient le don d'irriter sa sœur. Instinctivement, comme le personnel de l'hôpital, Robert tentait de souligner la beauté de l'arrière-saison : certains arbres s'étaient parés de leurs plus beaux costumes, les fruits tardifs avaient une saveur incomparable et la lumière qui tombait sur les façades avait de quoi réchauffer les cœurs mélancoliques. Dolorès, qui savait que les nuits tombaient plus tôt et que le froid rongeait ses os, faisait mine d'acquiescer pour abréger la comédie. Car Robert, à n'en point douter, poursuivait un objectif secret. Dolorès avait une théorie sur la question. La régularité de son retour, en lui-même, avait quelque chose de très suspect. On finirait bien par le démasquer.

Les rides naissantes sur le visage de l'infirmière étaient un signe supplémentaire. Pour prendre soin de son image, cette bonne dame allait une fois par mois chez le coiffeur – cacher ces affreuses racines qui, avec la régularité du grand balancier du hall de l'hôpital, pointaient leur triste mine (d'autant plus repoussante d'ailleurs, que cette femme s'acharnait à les cacher et que l'on découvrait, sous l'apparente toison de Vénus brune et chatoyante, le signe incontestable du dépérissement) – puis chez la manucure, dont elle revenait avec des ongles tartinés de rose. Les ridules autour des yeux, pour le dire vite, étaient plus voyantes que les balafres d'un corsaire – les crèmes qu'appliquait l'infirmière le matin, le midi et le soir sur les zones fragiles de son visage ne faisaient qu'accentuer l'ampleur des dégâts. Une autre fille, de quelques années sa cadette – que Dolorès voyait traîner dans la chambre sans fournir aucune explication valable –, cette fille, donc, avait pour sa part la peau toujours lisse. Les deux soignantes se toisaient lorsqu'elles se croisaient. C'était si drôle à voir. Le profil de la plus jeune semblait souverain, intouchable et presque fier – mais on voyait déjà les emplacements où le temps allait s'engouffrer et raviner la chair. Il y a des vallons et des replats qui ne trompent pas.

Dolorès Klotz fit part de toutes ses réflexions au directeur de l'hôpital dans deux courriers qu'elle lui adressa. Elle trouvait le personnel *globalement* adapté et les internes, à quelques réserves près, compétents, mais elle regrettait que tout ne fût pas mis en œuvre pour l'amélioration des conditions d'internement. Mlle Klotz suggérait donc quelques changements. L'usage de chaussures silencieuses en premier lieu. Elle préconisait par ailleurs des uniformes moins stricts (elle joignit à sa lettre une esquisse aux tons pastel) et une peinture jaune ou ocre sur les murs des chambres. Elle conseillait, en toute amitié, une décoration personnalisée dans chaque cellule, pour favoriser la convalescence. Dolorès imaginait aussi qu'un étudiant pourrait lire quelques pages de poésie chaque matin et insuffler un peu d'esprit, là où tant d'heures étaient perdues. D'ailleurs, un peu de musique de chambre dans le salon ne serait pas totalement vaine, sans vouloir abuser de la litote. Enfin, et c'était là son idée maîtresse, Dolorès envisageait la réforme générale de la relation du patient au médecin traitant. Les échanges devraient se fonder non pas sur de simples rapports comptables et normatifs, mais sur une certaine idée de l'espoir et de la démesure. Il fallait un mélange de respect et de circonspection, de la tendresse et de la spiritualité. Naturellement, Dolorès se tenait prête pour toute demande complémentaire.

Les jours qui suivirent, Dolorès rédigea une série d'amendements à son projet princeps. Tous les domaines de la vie en réclusion étaient abordés. Le directeur de l'hôpital, comprenant à qui il avait affaire, répondit avec l'amabilité que requérait ce genre de situation. Il viendrait recueillir les doléances de *madame* Klotz lorsqu'il en aurait le temps. Dolorès fut favorablement impressionnée par l'ouverture d'esprit de cet homme, qui honorait sa fonction, quoique sa politesse laissât à désirer.

Peu après ses lettres au directeur, Dolorès adressa quelques courriers incendiaires à son galeriste. Gabriel Garousse, selon elle, « avait une vision rétrograde de l'histoire de l'art ». Il ne comprenait « rien à la poésie, rien au temps qui passe, rien à l'usure et à la répétition ». Garousse mit ces discours sur le compte de la démence de Dolorès et n'y prêta pas plus d'attention qu'à sa femme, qui menaçait de le quitter. Mais lorsque Romain Beaulieu, qu'il n'avait jamais rencontré, pénétra dans sa galerie en déclarant être mandaté par Dolorès Klotz, sa cousine germaine, Garousse comprit que la situation était peut-être plus grave que prévu. Il l'éconduisit, mais ne put rien contre l'avocat et l'huissier qui exigeaient, sur-le-champ, la restitution des œuvres de Dolorès Klotz. Robert Klotz s'en était mêlé et Garousse abandonna son artiste fétiche à son destin. Cette rupture ne contenta pas Dolorès qui exigeait que l'on détruisît sa production, qu'on la supprimât, qu'on l'éradiquât, qu'on la liquidât du jour au lendemain, sans retour en arrière possible. Le « mouvement irréversible » était sa nouvelle lubie. Robert tenta de la raisonner ; Romain la pressait d'attendre. Fort heureusement, Dolorès ne put rien faire – Robert ayant tout remisé dans son garage.

Quelques semaines plus tard, Jean-Paul Montesson, le directeur de l'Administration centrale des hôpitaux publics (ACHP), annonça sa visite à Dolorès Klotz. Le Dr Montesson avait entendu parler de l'œuvre de *madame* Klotz à de nombreuses reprises et dans les meilleurs termes. Il était impatient de faire sa connaissance. Accueillir une pensionnaire d'un aussi grand mérite suffisait à asseoir la respectabilité de toute l'institution. Dolorès passa une robe à fleurs pour paraître un peu plus digne. Jean-Paul Montesson s'enquit de la qualité des soins qui étaient prodigués à la grande artiste. Dolorès ne jugea pas utile de rentrer dans les détails. Elle se caressait doucement le crâne et lui souffla quelques conseils pour mieux gérer son institution. L'entretien fut des plus courtois, seulement le Dr Montesson persistait à l'appeler *madame*. Il fit tout de même quelques efforts pour trouver un terrain d'entente : l'un comme l'autre avaient l'art comme passion commune. Marion Minkowski, dont le directeur de l'ACHP avait exposé les œuvres dans l'espace polyvalent du Grand-Hôpital, lui avait souvent parlé d'elle. Il proposa d'ailleurs, assez spontanément, à Dolorès Klotz d'exposer dans ce lieu que Marion avait justement inauguré. Dolorès réserva sa réponse, mais promettait de se décider rapidement. Elle salua *monsieur* Montesson.

Dolorès se demandait comment parler de la disparition, de l'absence et de la fin, sans sombrer dans le pathos. À cette période, elle contracta l'étrange habitude de frotter sa serviette éponge et ses draps blancs contre ses doigts, ses poings et ses coudes pour éprouver le sentiment de l'usure, pour imprimer la marque de son corps sur la chose et pénétrer dans la matière. Cela durait jusqu'au premier sang. Les infirmières lui retiraient ses chiffons auxquels elle s'agrippait comme d'autres à leur enfant. Dolorès remarquait d'ailleurs que toute personne qui se faisait appeler docteur ou qui était en passe de l'être, portait le même stylo rangé au même endroit de sa blouse blanche. La poche à cet endroit avait une légère déchirure. Ils tenaient des liasses de papier et leurs sacoches étaient gonflées de fiches. Contrairement au personnel infirmier, vêtu de cet affreux pyjama vert anis, les médecins gardaient leur « costume de ville » sous leur blouse. Des robes, des gilets, des pulls, comme des gens normaux. Cela leur survivrait sans doute. Dolorès se souvint que toutes les chaussures d'Auguste portaient les mêmes stigmates. Des plus vieilles aux plus récentes, quel que fût le modèle, deux sillons identiques fendaient ses souliers de droite à gauche en se rejoignant vers le milieu. Les talons, à différents degrés de maturation, s'usaient suivant la même inclinaison. Les semelles, labourées par les marches acharnées, récitaient le nombre des détours, les nuits de danse, les chemins de traverse, « par les champs et par les grèves », les grands coups de pied et les mauvaises chutes. Son corps tout entier s'était inscrit sur les habits. Les « bleus de travail » d'Auguste étaient béants aux coudes et couverts d'encre, ses gants déformés aux articulations, là où son arthrite le faisait souffrir. Son alliance en or avait des vagues douces lorsqu'on la tournait dans la lumière, comme un savon qui se creuse au ventre ou aux bords suivant la manière que l'on a de se laver avec. En compilant ces traces, on aurait pu se faire une idée précise de l'homme. Or la garde-robe d'Auguste Griffin finissait sa carrière dans un hospice quelconque.

Dolorès avait dû, parce qu'Auguste garda cette habitude de signer ses vêtements, sans doute héritée de l'enfance, ôter une à une, sur les vestes, les chemises et les pantalons, les petites étiquettes de coton blanc sur lesquelles son patronyme s'inscrivait en lettres rouges. Consciencieuse au départ, armée de ciseaux, elle avait fini par les arracher, et fendre la chair tendre des vieux tissus. Contre toute attente, cet harassant labeur procura un certain plaisir à Dolorès, qui gardait de ces efforts un souvenir libérateur. Une étiquette resta coincée entre deux pages de son carnet, les autres échouèrent à la poubelle. Dolorès redoutait plus que tout le moment où elle reconnaîtrait le coude pointu de son amour sur le dos d'un inconnu.

Le petit interne était assez bien fait de sa personne. Il n'était pas encore très sûr de lui. Il posait ses questions avec un aplomb un peu trop forcé pour être sincère. Sans doute timide et terriblement consciencieux, il sortait de la pièce pour vérifier ses fiches et rentrait avec un air serein. Dolorès lui tendait des pièges. Elle répondait bizarrement ou se murait dans son silence. Un jour, Dolorès glissa un petit billet de banque dans la poche de son interne. Il prit le geste pour une forme de reconnaissance, mais rendit aussitôt la rétribution.

– *Mademoiselle*, si vous voulez que notre commerce soit symboliquement encadré, je vous enjoins, pour tout cachet, à me remettre un timbre oblitéré à la fin de chaque séance.

– Mais c'est juste un tout petit billet pour vous acheter une nouvelle chemise, fit Dolorès avec douceur. Celle-ci est vraiment trop vieille.

L'interne, décontenancé, tourna les talons.

– N'oubliez pas de prendre vos pilules.

Dolorès lui aurait volontiers embrassé le cou à cet instant. Lorsque Mike Bromberg et Valérie Hornstedt lui rendirent visite, Dolorès fut prise d'une crise soudaine. Valérie ne buvait que de l'eau et ne fuma pas une seule cigarette. Elle tenait son ventre, elle avait déjà l'air d'une vraie mère. Ils offrirent une boîte de chocolats – Dolorès la fit passer à sa voisine. Dolorès tint des propos incohérents, parfois même déconcertants. Mike et Valérie s'en allèrent au bout d'un couple d'heures. On n'entendit plus parler d'eux.

Puis ce fut au tour de la grand-mère, que Romain accompagna jusqu'au chevet.

– Comment vas-tu, ma chère Marie ?

– Très mal Mémé, comme vous pouvez le voir.

Dire qui, de Dolorès ou de Mamie Jeanne, était la plus déréglée, n'allait pas de soi. La vieille Jeanne, de façon générale, employait les prénoms des étrangers avec beaucoup d'à-propos. Il était d'ailleurs assez surprenant de constater combien cette dame pouvait avoir de mémoire. Le moindre voisin, la moindre fille de commerçant, tout était gravé dans son esprit. Seulement il en allait tout autrement lorsque Jeanne s'adressait aux siens. Elle intervertissait les prénoms de ses fils ou leur donnait les noms de ses frères. Et si tout le monde s'était habitué à ces travers qui se corrigeaient d'eux-mêmes, on nageait en plein brouillard lorsqu'il s'agissait d'une branche éloignée de la famille. Et, comme par hasard, Jeanne confondait les prénoms de Marie et de Dolorès, qui ne s'occupait jamais de rien et qu'il fallait toujours secouer. Dolorès, comme pour rendre la monnaie à sa grand-mère, prenait un malin plaisir à forcer le trait. Elle se plaignait deux fois plus qu'à l'accoutumée et s'amusait à brouiller les pistes en se faisant passer pour sa tante. L'échange, à l'hôpital, fut donc des plus surréaliste. Jeanne, croyant avoir affaire à sa fille ou à une de ses petites cousines, posait des questions absurdes et Dolorès répondait en geignant. Romain, rebaptisé Romuald, se contenta de peler une orange à demi pourrie. Dolorès lui demanda avec humeur de jeter les écorces dans la poubelle, à droite dans le couloir. Jeanne remarqua que sa nièce avait mauvaise mine. Dolorès se renfrogna et la famille se retira sans demander son reste.

Une psychologue prit le relais quelques jours plus tard. Et ce fut une autre histoire encore. Quatre heures d'affilée, les yeux fermés, elle resta assise à son chevet, sans fleur ni sucrerie. Dolorès ne prononça pas un mot. Elle pensait la décourager. Mais la professionnelle était patiente. Dolorès, installée sur son lit, s'assoupit quelques instants. C'est alors que les choses s'envenimèrent. On chuchota des paroles indéchiffrables, ces sortes d'incantations magiques, rituelles, effrayantes. Dolorès, tout en discrétion, sonna deux ou trois fois les infirmières qui ne firent qu'entrouvrir la porte. Sans savoir combien de temps dura cette comédie, elle vécut un véritable cauchemar. On avait le sentiment que cette femme savait tout, qu'elle voyait tout, qu'elle sentait l'infinité de l'ondoiement des images infernales. Ses cheveux tissaient des liens jusqu'à son centre, pénétraient ses mains, enserraient sa gorge. Dolorès revit l'appartement vide, les traces aux murs. Les vieux papiers refluaient comme des cadavres. Des photos heureuses, des lettres d'amour, de douces attentions, des notes de restaurants, des nuits d'hôtel. Plus la montagne s'érodait et les murs s'effondraient, plus les lamentations ricochaient sur les angles et les arêtes saillantes de la pièce désertée. L'empreinte des années était aussi insupportable que les peintures blanches de la chambre d'hôpital. La trace des bibliothèques, des livres, des tableaux, des meubles… Il y avait quelque chose de révulsant à chaque minute supplémentaire passée avec cette femme. Dolorès frappait aux portes de la prison, implorait les dieux, amadouait la sorcière. Mais il fallut replonger. L'horreur des pertes rouges, l'horreur des poils écarlates, l'horreur du bain cramoisi. La chair inerte, la viscosité repoussante. L'affreux silence de cette naissance. Un cri strident traversa le troisième étage. Deux infirmiers prirent Dolorès en main. Le médecin fit son entrée et la psychologue fut congédiée.

Au bout de quelques semaines, Dolorès s'inquiéta de savoir comment elle allait vivre sans les ventes de la galerie. Comment paierait-elle ses factures, sa nourriture, la vie de tous les jours ? Les médecins prirent note de ces nouveaux sujets d'angoisse. Elle semblait sur la bonne voie. Dolorès s'enquit de la succession d'Auguste. Doucement, elle se réadaptait à la vie ordinaire. Les enfants avaient voulu que les choses aillent vite. Ils jetèrent et vendirent au plus offrant. Peu de tendresse, aucun sentimentalisme, l'égoïsme dont ils avaient été abreuvés, refluait aussi spontanément que la régurgitation d'un nouveau-né après le sein. Mis en vente, l'appartement d'Auguste avait trouvé preneur presque aussitôt. Dolorès pleura des jours entiers. On envisageait de la faire sortir très prochainement.

Les angoisses de Dolorès cristallisaient autour des manuscrits d'Auguste – ces milliers de pages dont elle était l'unique dépositaire. Mais le texte, à certains endroits, n'était pas lisible. Des pages avaient pris l'eau. Les originaux furent déposés dans un coffre-fort. Une copie à la société des auteurs. Ces garanties prises, la veuve rencontra tout ce que la place connaissait comme éditeurs. Benoît Pinçon l'avait à peine reçue ; Baptiste Renaudot promit de faire au mieux. Mais Dolorès voyait clair dans le jeu de tous ces maigres profiteurs. Comme une louve défendant ses petits, bec et ongles, elle protégea l'héritage. Et dès qu'un éditeur se réveillait pour publier une page ou deux, elle restait méfiante. Les charlatans de *L'Anémie* avaient tout simplement tenté de la flouer, en proposant un numéro spécial sans donner de garantie. Dolorès ne risquait pas de se faire spolier.

Lorsque le petit interne vint lui signifier qu'elle serait prochainement admise à quitter l'établissement, Dolorès se contenta de toussoter et lui glissa son numéro de téléphone. Deux jours plus tard, ses affaires étaient empaquetées. Robert se présenta sur le perron. Dolorès voulait passer par le bureau de Jean-Paul Montesson, pour lui dire au revoir. Il la reçut immédiatement.

– J'ai décidé d'accepter la proposition de l'ACHP.

– Quelle bonne nouvelle, madame Klotz !

– *Mademoiselle*.

– Pardon.

– C'est rien.

– Recevoir votre œuvre entre nos murs, *mademoiselle*, est un honneur…

– Merci.

– Puis-je savoir si vous avez une idée de ce que vous entendez présenter ?

– Absolument.

– Ah… Peut-être est-ce indiscret, mais qu'avez-vous l'intention de présenter ?

– Point du tout. Il est naturel que vous vous enquériez de ce genre de détails.

– Et ?…

– J'ai programmé l'usure de mon œuvre.

– Pardon ?

– L'usage que l'on fait des choses imprime un signe qui s'inscrit quelque part. Je veux ces traces, l'usure des choses, l'empreinte du temps, les restes de l'action. Ce sera une réflexion sur l'espace, le temps, la fusion des éléments fermés dans l'espace et la beauté du contact. Pendant toute la durée de l'exposition, je m'évertuerai à user, puis détruire toutes mes œuvres anciennes. Une porte ouverte sur l'irréversible, voyez-vous.

– Mais c'est extraordinaire ! La peinture involontaire, l'art involontaire ! Les traces, les restes d'une vie, les dépôts, les embus. Magnifique ! Je suis tout à fait impatient Dolorès.

– Oui. J'ai souvent eu cette idée en tête. Elle m'est revenue soudain… Mais il faut que je m'en aille. Mon frère m'attend. Au revoir, *docteur*.

Dolorès entra dans la voiture sans prononcer un mot. Que dire des sentiments ? S'usent-ils avec le temps ? Robert comprit qu'elle aurait besoin de repos et d'attention. Rien ne sert de se presser.

Wilfried Honegger

Interview, Le Quotidien du prisonnier, n° 56, p. 308-313

La presse spécialisée joue un rôle crucial dans l'économie de la culture. Les galeristes, les commissaires, les éditeurs, les promoteurs d'art, pour assurer le succès de leurs entreprises, se doivent de connaître, d'entretenir et d'apprécier les critiques d'art qui influencent l'opinion. Les artistes, dûment analysés, comparés à leurs illustres prédécesseurs, remis en perspective dans l'histoire de l'art, acquièrent une épaisseur nouvelle et semblent d'autant plus dignes d'intérêt que des penseurs au-dessus de tout soupçon tressent leurs louanges – cela va de soi. Gabriel Garousse, conscient de ces enjeux, avant même d'avoir fondé son espace, s'était constitué un solide bataillon d'intellectuels, d'écrivains et de journalistes connus pour l'impartialité de leur jugement, acquis à sa cause et qui, le moment venu, alimentaient le bal des contributions élogieuses dans les médias. C'est d'ailleurs sans conteste cette clairvoyance, qui a assuré et assure encore la réussite de la galerie. Depuis des années, l'amitié entre Manuel Tiano et le fondateur de l'Espace Garousse – indéfectible et chaleureuse, malgré les assauts répétés de tous ceux qui tendent à froisser le prestige du grand galeriste – est nourrie par des cadeaux, remerciements en tout genre et autres délicates attentions que le critique d'art expose sur ses murs. Les trois petites esquisses de Traoré, accrochées au-dessus de la commode, ont été offertes au critique d'art après qu'il eut publié la première monographie consacrée au grand sculpteur. Le « cadre vide » de Dolorès Klotz était une pensée amicale de l'artiste « pour l'esprit clairvoyant du grand critique ». Et le prototype de Wilkinson, un geste naturel après tant d'années de fructueuse amitié.

Art Revue, depuis toujours, est au cœur de ce système. Centre névralgique de toutes les batailles, la luxueuse revue constitue la bible des promoteurs d'art en général et les opinions qu'elle relaye une fois par mois ont valeur imprescriptible. Jean Lamarque, de plus en plus influent dans cette revue, aide activement Sandra Dupuis, les artistes de la galerie K & S, ceux de la Fondation pour l'essor des arts – et bien sûr un protégé quelconque de Garousse ou de Stéphane Courtois lorsque l'occasion se présente. D'après certains, l'éclatement des intérêts de Lamarque est à l'image de l'évolution du métier de critique d'art. En quelques années, on serait ainsi passé d'un système de fidélité patriarcal à une prolifération vénale tous azimuts. En quelques années seulement, les critiques d'art, autrefois si fidèles à leur intérêt, se seraient dispersés sans ligne esthétique claire, occasionnalistes, démembrés – à la botte des financiers. Mais d'un autre point de vue, force est de le reconnaître, cet opportunisme des critiques explique l'éclatement du marché autant qu'il en résulte – et c'est sans doute une bonne chose que les critiques soient capables d'apprécier autant de styles différents sans rester crispés sur une ligne esthétique, n'en déplaise à Manuel Tiano.

Sans être aussi lu ni respecté dans cette foire d'empoigne que représente le monde de la critique en général, *Le Quotidien du prisonnier* n'en reste pas moins intéressant pour certains galeristes. Alexandre Sorrus, par la force des choses, s'est donc transformé en critique d'art, et se prête souvent (par paresse plus que par principe) au jeu des questions-réponses. Le dernier numéro du *Quotidien du prisonnier* consacre un long et intéressant entretien à Wilfried Honegger. Une photographie couvre les deux premières pages de l'article. L'artiste porte un chapeau. Sa main droite repose sur l'épaule d'un des admirateurs qui l'entourent. Il fixe l'objectif. Son regard, brouillé par le grain du cliché, défie le spectateur. Le titre se détache en caractères gras, sur la masse des spectateurs : « Wilfried Honegger ou *l'impossible société* ».

*

Alexandre Sorrus : *Pour commencer, j'aurais aimé que tu reviennes sur l'origine de ta vocation. Tu as, je crois, grandi dans un milieu modeste et ta rencontre avec l'art est assez tardive.*

Wilfried Honegger : Ce n'est pas tout à fait exact. Aussi loin que je me souvienne, j'ai toujours dessiné et ma mère était douée d'une sensibilité hors du commun. Lorsque je me rendis pour la première fois au musée, tout m'était inconnu, et pourtant, quelque chose que j'avais pressenti me rendait ces merveilles familières. Ma mère, sans le savoir, fut mon premier maître.

A. S. : *Je vois. Tu as pratiqué la sculpture avant de réaliser les installations que nous connaissons tous…*

W. H. : C'est vrai. J'ai commencé avec du plâtre et de la terre. Puis, je me suis risqué au marbre. Dans notre monde, contrairement à d'autres époques où l'éternité était la forme propre de toute production digne et le but vers lequel tendait chaque individu, le périssable, le jetable et le transitoire jouent un rôle essentiel. Le paradoxe des choses conçues pour disparaître, constitua mon premier sujet d'étude. Je pris cette logique à rebours, pour la déconstruire. Je figeais des piles de gobelets en plastique, des cendriers pleins de mégots écrasés, des trognons de pommes ou des assiettes sales, des rasoirs jetables, des canettes de bière. Transformer des détritus en icônes ou en symboles, en sujets dignes et admirables, voilà mon premier combat.

A. S. : *Peut-on dire que ton abandon de la sculpture réponde à la prise de conscience de l'inefficacité de ce médium pour t'exprimer ?*

W. H. : Je dois t'avouer que l'*expression* n'a jamais été mon fort. D'ailleurs, à mon sens, l'artiste lui-même n'a rien *à exprimer* et ne tend qu'à construire, déconstruire, établir ou révéler l'ordre du monde. Penses-tu qu'une icône gothique soit *expressive* ? Tout ça, ce sont des balivernes… Pour être plus juste, je dirais que mon abandon progressif de la sculpture doit être rapporté à ma prise de conscience de la place nouvelle que l'artiste avait à occuper dans notre société.

A. S. : *Que veux-tu dire ?*

W. H. : J'ai constaté, avec dépit, que les artistes, malgré les innombrables changements de notre monde, restaient les producteurs de matière qu'ils avaient toujours été. Tu sais, cette fameuse pulsion de la subjectivité qui tente d'accéder au seuil de l'objectivité en s'exprimant. Les objets pullulent, s'amassent, s'amoncellent, on ne sait plus qu'en faire, mais on ne cesse d'en produire et d'en vouloir encore. Ce qui me surprend le plus dans cette histoire, c'est que l'artiste, homme de lumière et de génie, n'ait toujours pas réussi à se libérer de cette pulsion. Des centaines de milliards d'œuvres circulent, mais on en veut encore. Il faut se rendre à l'évidence : cette relation du créateur à l'objet relève du fétichisme marchand. Conscient ou non, l'artiste continue de fabriquer des objets parce que cela seul peut être monnayé. En cela, il ne se distingue pas du commun des mortels, quand bien même sa coquetterie voudrait le présenter sous les traits d'un démiurge. Ce sont tous des agents du *grand bazar*. C'est cette prise de conscience qui m'a incité à faire mûrir mon œuvre – ou mourir si tu préfères.

A. S. : *Quels sont ces « grands changements » ? Faut-il y voir une critique de notre mode d'organisation sociale ?*

W. H. : Des changements, il y en a beaucoup. Mais je ne crois pas mentir en affirmant qu'un seul phénomène résume à lui seul tous les autres. Il s'agit de l'aboutissement de cette névrose technologique que je viens d'évoquer. Sous l'effet d'un renversement commun dans l'histoire de l'humanité, notre civilisation, à force d'avoir voulu et d'avoir produit des choses en masse, a désiré un objet unique répondant à toutes ses volitions à la fois. Aujourd'hui, cet objet existe. Objet-universel, objet-absolu – comme tout dieu, partout là, à jamais insaisissable, il est proprement innommable – il permet à celui qui le tient entre ses mains, à celui qui le manipule avec art, d'assouvir ses fantasmes, de mettre le monde à sa disposition, d'approcher ce qui est loin, d'éloigner ce qui est près, d'apprendre, d'acheter, de communiquer, de lire, d'écouter, de publier, de rêver, de voyager, de chanter, de respirer, de se montrer ou de forniquer. Nous avons réussi à fabriquer le totem ultime où l'image de toute chose se retrouve comme en son sein, visible et intelligible. Et quoi que tu fasses, tu deviens le serviteur zélé de la grande toile que l'objet-total tisse entre les hommes.

A. S. : *Est-ce à dire que les avancées des sciences de la communication modifient le rapport de l'artiste à sa création ? L'invention de l'*objet-monde *a-t-elle déterminé tes orientations ?*

W. H. : Il y a deux siècles, toute peinture avait la prétention de contenir le monde – aujourd'hui toute peinture est contenue dans l'*objet-monde*. Ramassée en une seule phrase, cette équation fait froid dans le dos. Elle parle d'un renversement et d'un effacement de la transcendance artistique. Tout cela est fort complexe, j'en conviens. Mais il faut comprendre que la peinture, la sculpture, la photographie ou toute autre forme de production qui entend objectiver l'unité d'une vision originale, sont aliénées par l'objet-monde. Il semble que la fonction de l'artiste aujourd'hui soit d'alimenter cette grande boîte à images, comme des millions d'autres usagers. Mais quel est son privilège, dès lors qu'il s'est fait absorber par la masse impersonnelle et anonyme ? L'artiste n'a pas d'autre choix, pour retrouver son unicité, que de s'élever au-delà du monde des simples objets.

A. S. : *D'où l'orientation sociale ou sociétale de ton œuvre…*

W. H. : En effet. Si l'artiste ne veut plus produire d'objets, restent les relations, les modes de communications, les ordres, les *habitus*, les lois, les interactions et les espaces à interroger. Et si l'objet continue de m'intéresser, c'est en ce qu'il génère et alimente une réaction sociale. Par exemple, l'*objet-monde* ne m'intéresse pas en soi, mais en ce qu'il induit une solitude généralisée. Je constate que la communication, telle qu'elle est pratiquée, faite d'écrans et de voiles, de signes, de leurres et de simulacres, impose une distance partout où l'on parle de liaison. Tout t'écarte, tu n'es plus au centre de rien, tu n'es plus qu'une petite parcelle, un tout petit détail au sein du grand objet-total. En forçant à peine les choses, on pourrait considérer que l'individu n'a d'autre fonction que de servir d'intermédiaire pour assurer le bon fonctionnement de la machine. Associe à cela la rationalité et tu obtiens un monde où ta présence devient facultative. Tu n'es qu'un numéro de plus, ou de moins.

A. S. : *Ce que tu dis me rappelle « l'annexe » de ton exposition au Museum…*

W. H. : Oui… tu as raison. Il y a quelques années, j'ai réorganisé les sanitaires du Museum. Il ne s'agissait que de toilettes. Mais la porte blindée, qui se déverrouillait dès que tu avais introduit ta pièce et qui se refermait dès que tu étais passé de l'autre côté, suffisait à mettre en scène la solitude aliénante produite par tout protocole d'accueil. Le sol humide, arrosé par les jets répartis aux quatre coins de la pièce pour débarrasser les lieux des traces du précédent client, les murs ruisselants de détergent, aux parfums bas de gamme, te donnaient l'idée de la disparition prochaine de tes traces. Tu sais en poussant la porte de ces toilettes que le protocole qui t'accueille signifie à court ou moyen terme la disparition de ton individualité – ton éradication, ta suppression – et annule tout espoir que quelque chose puisse te survivre. Une voix énonce la marche à suivre – comme si tu ne savais pas déboutonner ton pantalon, comme si tu étais incapable de choisir entre les deux positions, comme si tu ne pouvais pas te relâcher, laisser sortir, te nettoyer et te rhabiller. Tu penses à cet œil, quelque part, qui doit te surveiller. Tu penses au jet de détergent qui va se déclencher si ton temps est écoulé… Mais je dois avouer que ceux qui m'inquiètent le plus sont ces visiteurs qui pissent sans s'interroger.

A. S. : *Mais ces toilettes, ou peu s'en faut, existent n'importe où ailleurs dans le monde. Tu n'as fait que les recontextualiser. Ton œuvre reproduit et accentue toujours des tendances déjà à l'œuvre dans la société.*

W. H. : Tu as raison. Je n'invente rien et n'ai d'ailleurs jamais rien inventé. Je ne suis animé d'aucun esprit pionnier. Être le premier, cela ne vaut rien, vanité puérile. Le sportif est fier d'être le premier, le faible est satisfait d'avoir défloré une vierge. Mais cela veut-il dire qu'il soit bon amant ? Le premier est-il toujours le meilleur ? Ce n'est pas ma vision des choses. Je tente, comme tu le soulignes, d'identifier des tendances, des lignes de force et de les restituer dans leur crudité. J'identifie mon travail à celui d'un sociologue ou d'un commissaire d'exposition. C'est à mon sens la plus noble tâche de l'artiste. Dit autrement, je transpose des objets sociaux dans des espaces fictifs pour les donner à vivre plus cruellement.

A. S. : *Tu utilises souvent le terme « protocole ». L'exposition qui s'est ouverte le mois dernier à la Banque nationale lui fait d'ailleurs la part belle. Il semble que cela soit un des concepts clés de ton approche.*

W. H. : C'est exact. La plupart de mes œuvres sont des protocoles. Mon œuvre tout entière est protocole. Mais ce type de production est aussi exigeante que n'importe quelle autre. La mise en forme du « protocole d'accueil » à la Banque nationale m'a pris un temps fou.

A. S. : *Quelles sont les difficultés que tu as eu à surmonter ?*

W. H. : Aucune situation n'est comparable à une autre, et c'est ce qui m'excite. Dans le cas que j'évoquais à l'instant, la difficulté fut de choisir une modalité d'accueil appropriée. J'hésitais entre trois possibilités. La première consistait à positionner un petit homme près de la billetterie – oreillette, brassard rouge, comme dans n'importe quelle exposition. Il se serait tenu droit devant ses deux cordons pour indiquer la marche à suivre : interdiction de passer par là, aller un peu plus loin, rejoindre l'autre ouverture, faire les zigzags entre les bornes. Mais l'entrée d'une banque appelait quelque chose de plus dense… Je songeais à ces athlètes, aux regards inquiétants, aux mains épaisses, chargés de fouiller et de palper les visiteurs. Certains spectateurs pourraient avoir la désagréable surprise de se voir mis à nu pour les besoins de l'enquête.

A. S. : *Dans les deux cas, il s'agit de dispositifs d'accueil tout à fait classiques.*

W. H. : Oui et j'ai finalement opté pour une solution plus inattendue… en choisissant un surveillant, paré à la dernière mode, plus habitué à gérer un lieu dansant qu'une banque. Impassible, il désigne ceux qui peuvent venir à lui et les spectateurs, par petites grappes, passent entre les mailles du filet. Dans un premier temps, nul ne comprend pourquoi une personne plus qu'une autre a le droit de franchir le seuil. Un peu de honte, beaucoup de jalousie et un sentiment d'injustice spectaculaire. Mais une fois dans le sas, une fois derrière la porte d'entrée, les élus s'apercevront qu'un détail, physique ou vestimentaire, les relie tous entre eux. Ce sont les lunettes qui les réunissent ou des chaussures en cuir, des vêtements de couleur vive, de vilaines moustaches, des femmes de la même taille ou du même âge… En fin de compte, toutes les personnes munies de billet peuvent pénétrer dans l'exposition, mais par vagues successives de ressemblance. Chaque visiteur arrive ainsi esseulé, associé à un groupe de gens à son image. C'est à mon sens la meilleure façon de faire vivre l'élitisme culturel.

A. S. : *La plupart de tes installations instaurent une tension au sein du public. Comme si ces dispositifs n'avaient d'autre fonction que de monter les gens les uns contre les autres.*

W. H. : La politesse et ses effets m'intéressent par-dessus tout. Toute ma dramaturgie est induite par les bonnes manières, ou par une certaine façon de s'acquitter de ces tâches. Je pense à ces sourires radieux dessinés sur des portes coulissantes qui nous accueillent à l'entrée des grands magasins, ou à ces « bonjour-bienvenue » écrits en toutes lettres sur le pavillon d'un sas d'entrée. Dans un monde industrialisé, la politesse est une donnée dont on s'acquitte de façon industrielle, parce qu'il est commerçant de le faire, mais cela coûte trop cher de payer quelqu'un. La politesse est ainsi ramenée à sa violence originelle : flatter, amadouer, profiter. C'est ce type de dévoilement que j'aime exploiter.

A. S. : *À ce propos, pourrais-tu décrire « Salut » ?*

W. H. : Il y a quelques années, j'ai réalisé la vidéo d'un homme et d'une femme se saluant. Ils s'avancent l'un vers l'autre dans une rue déserte, en plein jour, sans rien dire, sans même se regarder. Leurs visages se rapprochent, ils se font la bise. Une, deux, trois, quatre, cinq, six… On ne les voit pas s'arrêter. Ils se saluent, indéfiniment, pour l'éternité, au même rythme et avec ce même son – ce son si particulier du baiser que l'on fait sans même toucher la joue. Un bonjour mécanique, entêtant, conventionnel. Cette vidéo ne vaut rien en elle-même. Ce n'est qu'un moyen de crisper le public. Les inconnus dans la salle de projection, mêlant leur haleine sans se parler, isolés dans leur contemplation célibataire, se sentent d'autant plus gênés par ces images qu'elles rappellent un devoir de politesse, tout en révélant sa vacuité. La présentation du film fait ainsi rimer l'aliénation culturelle du spectateur avec l'égoïsme primitif de l'être humain.

A. S. : *Tu ne t'interdis donc pas l'usage de supports objectifs pour réaliser tes mises en scène de tensions sociales.*

W. H. : Je ne m'interdis rien en effet. Je me passionne ainsi pour les inventions technologiques. Elles imposent une marche à suivre et influent sur les comportements. Mais le plus intéressant avec ces gadgets, comme avec les médicaments, ce sont les interactions. À la Banque nationale, j'ai donc choisi de cumuler les effets.

On a mis à ma disposition une immense salle fortifiée. Les murs et le sol sont peints en blanc. Il n'y a pas de fenêtre et la lumière, artificielle, froide, tirant au vert, est faite pour calmer les ardeurs. Il faut s'imaginer le grésillement d'un néon, d'infimes variations de l'intensité lumineuse… Aux murs, il n'y a rien, sinon ce grain très fin de la peinture immaculée. Tout est fait pour attirer l'attention des spectateurs sur la voix de femme qui résonne dans la pièce déserte. Fragile, sensuelle, elle fait penser aux tons charmeurs des aéroports. Elle donne des indications. Polie dans un premier temps, elle te souhaite la bienvenue, décrit l'espace, t'invite à prendre ton temps, à ne pas t'inquiéter. Puis la voix devient de plus en plus dirigiste. *Assoyez-vous*, *levez-vous*, *merci d'aller à gauche*, *regardez ce coin du mur*, *prenez une photo*, *resserrez les rangs*. Une voix de velours pour te mettre en ordre… Quoi de plus sensuel ?

À cela j'ai associé cette invention formidable de l'industrie militaire : le boîtier insonorisant. Invisible, sa fonction est d'effacer les bruits venant de la salle, hormis les haut-parleurs. Impossible de parler pour échanger ses impressions. Tu imagines ? Le son des visiteurs, le frottement de ton corps, rien, tu n'entends rien, sinon la voix, et tes émotions qui résonnent dans le silence de l'enfermement.

A. S. : *Ton œuvre n'a de cesse d'interroger les luttes et les conflits…*

W. H. : *Pax romana*, une des réalisations à laquelle je tiens le plus, est dédiée à ces questions. Dans un espace gigantesque j'ai installé d'importantes quantités de terre et formé de petits tertres. Il y avait çà et là des arbres pastiches et un gazon artificiel donnait l'illusion d'un paysage, d'un territoire ou d'un champ de bataille. Je fis creuser des tunnels, des passages secrets, et élever quelques petits murets. Chaque spectateur se voyait remettre un casque, une veste de camouflage et une arme. On s'arrangea pour former des équipes et isoler des individus. L'objectif était de survivre. Il fallait courir, se cacher, tirer juste, éviter les balles et ne se fier qu'à son instinct. Parfois le mari devait viser sa femme, une mère son enfant. L'exposition, faite pour rompre les relations amicale ou amoureuse, présentait notre impossible société. Une charmante hôtesse, bien maquillée, prenait la main des vaincus pour les mener vers un buffet sans saveur.

A. S. : *Pour terminer, Wilfried Honegger, pourquoi te fais-tu si rare ?*

W. H. : Tu sais, j'aime le silence. Je me méfie du grand « bal médiatique » et le mot culture me fait tourner les talons.

Valérie Hornstedt

Contre-Jour, Rétrospective photographique
Fondation pour l'essor des arts

Valérie Hornstedt prit ses premières photographies à quatorze ans. Elle avait hérité du matériel de son oncle, photoreporter de guerre, mort à la fleur de l'âge. De cette période datent quelques images de passants flous, des immeubles désaffectés, des vues de chantiers et une série de façades illuminées par des bateaux longeant les quais de la Maleine. Une suite de vingt-quatre photographies couleur figurant des zones urbaines au couchant est aujourd'hui conservée à la FEA. Dans une lumière incertaine, la lueur des signalisations routières dispute le prestige bleu et orangé du ciel qui s'amenuise en se reflétant sur l'asphalte ; les immeubles, dans l'obscurité du contre-jour, collés sur l'éventail multicolore du crépuscule, laissent entrevoir, dans un recoin d'appartement baigné d'or, le déploiement d'un homme qui prépare le dîner de son garçon. Ces images, souvent mal cadrées, toujours hésitantes, témoignent d'une grande maturité émotionnelle. Malheureusement, soit que le temps se fût chargé de les disperser, soit que l'artiste eût elle-même décidé de les détruire, la plupart des essais de jeunesse de Valérie Hornstedt restent à ce jour introuvables.

Ses premières expositions datent de son entrée à l'université. À cette période, Valérie Hornstedt partit à la rencontre du vaste monde, fixer ses moments de grâce et de vertige. Seule, de ville en ville, les sens en éveil, année après année, elle allait un peu plus loin. En peu de temps, elle produisit quantité d'images, qu'elle exposait à deux pas de la résidence de ses parents. Elle avait une prédilection pour les zones désaffectées, les solitaires vus de dos, les façades décrépies, les arbres pleins d'ombres et les chemins noueux. Sans action, évitant le pittoresque, les images de la première manière, si mélancoliques, invitent à la méditation et au voyage. La série d'images qui ouvre la rétrospective, et qui date de cette période, exprime les obsessions de la jeune Valérie Hornstedt.

Ces petits tirages d'époque, réalisés par l'auteure, figurent des personnages isolés face aux périls ordinaires de la vie moderne. Dans le désordre, évoquons cette dame en surplomb dans la pente vertigineuse de l'escalier du métropolitain, ou ce jeune homme collé à un mur, comme absorbé par la pierre, ce vieillard à deux pas d'un cratère gigantesque, cette jeune fille scrutant le gouffre la séparant du sol à travers la fenêtre ouverte de sa chambre et, bien sûr, la coiffe laquée de la vieille dame qu'un bus, lancé à vive allure, semble venir percuter et qui servit de couverture pour la première monographie consacrée à Valérie Hornstedt. À mots couverts, le spectateur devine la peur, la solitude et la souffrance. Il s'agissait du premier ensemble d'envergure conçu par Valérie Hornstedt. À l'époque, ces petits clichés peinèrent à trouver leur public. L'œuvre de Valérie Hornstedt souffrait peut-être, aux yeux des instances culturelles, d'une forme de passéisme.

Au milieu de la nuit, dans la chambre obscure, les faisceaux de lumière inactinique, réfléchis sur les miroirs et les murs laqués, ondoyaient à la surface des bassines remplies de chimie. Une feuille, noyée dans le sang de la lanterne, voguait au rythme du ressac qu'imprimait la main de Valérie. Vêtue de son costume d'ouvrière, constellé de taches rouille, elle attendait pour sortir le tirage du bain de révélateur. La radio chuchotait une *Romance sans paroles*, quelque *Barcarolle* ou des *Images oubliées*, que la cascade du robinet couvrait de son débit. De fines vaguelettes projetaient leurs rayons sur les plafonds blancs. Les versions successives de l'image dont Valérie entendait parfaire le tirage, à peu près identiques, sans doute altérées à la marge – une zone assombrie au fond de l'eau, un profil mis en lumière au milieu de la foule des touristes – nageaient dans le lavabo qui évacuait son trop-plein avec un bruit de gorge qu'on étouffe. Les visages et les corps, figés dans leur dernière expression, cheveux à la dérive, montaient et descendaient de la piscine comme des cadavres mal lestés.

Dévisageant la feuille blanche dans le bain du révélateur, Valérie imaginait que les colonnades de marbre dont elle tentait d'améliorer le modelé depuis des heures, seraient davantage parlantes avec un contraste plus prononcé. Puis, entre une *Rêverie* et deux *Berceuses*, Valérie vit la fine architecture des sels d'argent émerger sur la feuille émulsionnée, telle une cathédrale engloutie. La blanche tempête des grains occultait les voûtes de l'espace souterrain qui, seconde après seconde, dans le feu du liquide, s'épaississait – jusqu'à basculer dans l'obscurité profonde et transfigurer l'image en une croûte noire et repoussante, quelques instants après avoir semblé parfaite, lorsque les arpèges furieux des mesures cinquante-quatre et cinquante-cinq, admirablement interprétées par son ancien maître, la transportèrent à deux doigts de l'extase. Valérie faisait les cent pas, remuait le bac, frottait le papier. Mais elle s'agitait en vain – dès lors qu'elles paraissent, les imperfections sont indélébiles.

Dans la pénombre de sa salle de bains, entre le bec du robinet et le pommeau de la douche, à la surface de l'eau dans la gueule de l'ampoule éteinte, sur le fer poli d'une lame de ciseau ou sur le miroir au-dessus du lavabo, Valérie détaillait les traits de son visage et les formes de son petit corps. Elle voyait ses rides naissantes, les crevures de sa peau, ces terribles rondeurs – terribles… terribles et terrifiantes – dont elle ne parvenait à se défaire que pour mieux les voir revenir. Quelle que fût sa tenue, Valérie se trouvait moche. Son nez trop long, ses cheveux ternes, ses jambes informes. Elle devinait la racine de son double menton, déplorait l'irrégularité de son sourire. Dans la rue, derrière le rideau des cabines d'essayage, partout où elle passait plus d'un instant, c'était la même histoire : on la négligeait, on l'oubliait, on la méprisait. Sa sœur, évidemment, n'avait pas à affronter ce type de problèmes. Seul l'appareil photographique permettait de s'extraire du champ de vision. Ainsi, à défaut de se trouver jolie dans le miroir, Valérie se résignait à faire de belles images. Mais, comme elle l'avait pressenti, le tirage qu'elle sortait du fixateur manquait de précision.

Pour gagner de quoi vivre, Valérie Hornstedt s'improvisa guide touristique. Aimant sa ville qu'elle sillonnait inlassablement, elle s'acquittait de ses nouvelles fonctions avec un certain talent. Cette expérience lui donna l'occasion d'approfondir sa connaissance de l'Histoire en même temps que d'entreprendre de nouvelles séries de photographies couleur. Discrètement, face à l'ancienne cathédrale, qu'elle redécouvrait, envahie de visiteurs, ou saisie par la brume – sur l'ancienne place Royale, saturée de mille teintes, au premier rayon de soleil, devant la fontaine des Vertus, où les enfants se baignaient aux fortes chaleurs, derrière la Grande Cathédrale, qu'elle aimait plus que tout –, Valérie Hornstedt photographiait groupes de touristes et voyageurs solitaires. Travaillant sans contrainte dans ces zones franches, dans ces temples à ciel ouvert consacrés à l'image, elle réalisa une série de clichés, éclatants d'ironie ; sur les travers du voyage de masse. Collés les uns aux autres, faisant mine de prendre du bon temps, guide en main, grignotant une pitance en sachet, soda au bout des lèvres, sacs à dos lestés, genoux rougis, chapeaux pointus, ce peuple cosmopolite passionnait Valérie Hornstedt, qui observait les spécimens comme un entomologiste décortique des carapaces. L'œil impertinent du photographe détaillait avec malice les bataillons de spectateurs qu'on baladait d'un monument à un autre, figés devant l'Opéra comme un champ de tournesols rivés vers l'astre, l'œil morne, les bras ballants, et réussit à révéler la richesse formelle d'un sujet *a priori* si peu artistique.

L'objectif de la photographe, au-delà de ces scènes grotesques, semble avoir été de mettre à jour et de décrire un monde étrange où chaque individu ne s'affirme qu'au sein d'un groupe, dans lequel le mimétisme et la ressemblance servent de faire valoir. Ces nomades, parce qu'ils ne visitent rien, sinon les quelques sites recommandés par leur guide, sont condamnés au stéréotype. Égoïstes, ignorants, ils bafouent les règles, négligent la souffrance et foulent aux pieds le délicat équilibre d'une cité. On peut dire, sans conteste, que la matrice des œuvres de Valérie Hornstedt est entièrement contenue dans cette série d'images, éditée il y a peu dans un magnifique catalogue.

Après plusieurs heures dans la pénombre, portes et vitres fermées, Valérie perdait toute notion du temps et de l'espace. Sur les consoles, dans de petits cadres dorés, dans toutes les pièces, sur tous les murs,

Annabelle, la sœur cadette de Valérie, avait fait étalage de son bonheur familial. Valérie, sur les carreaux de sa salle de bains, collait côte à côte les versions ruisselantes de son cliché. Il s'agissait pour elle de faire le point. Une paire de photographies des mariés sortant de l'église trônait sur la cheminée, ornée d'un magnifique miroir. L'amour, le chaste sourire, la robe somptueuse, Annabelle étincelait – comme toujours. La première épreuve était un peu trop sombre, la deuxième vraiment trop claire ; la troisième légèrement contrastée, la quatrième tout simplement ratée. Avec sa petite famille et ses deux chats, Annabelle, chaque été, partait deux semaines, sur les grandes plages du Sud, dans les villes exotiques du bout du monde ou au sommet des grandes montagnes. Annabelle envoyait des cartes postales ou des photos de ses enfants que sa sœur rangeait dans un tiroir. Heureusement, la cinquième épreuve plaisait à Valérie, qui la trouvait à ce point supérieure à la première, sortie de l'eau voilà une ou deux heures, qu'elle s'étonnait d'avoir pu la juger à peu près acceptable, alors qu'elle lui semblait maintenant sale et imprécise. Mais le sort s'acharnait sur elle – la naissance de sa sœur n'étant qu'un exemple parmi d'autres. Valérie avait appris à se méfier de ses premières impressions, de ses jugements à l'emporte-pièce. Une gentille caresse, un plus beau cadeau, une parole affectueuse, Annabelle avait attiré toutes les faveurs. L'œil encrassé par ses habitudes, satisfaite de ce qui se présentait, Valérie s'était fourvoyée une fois de plus. Les photos du mariage, sa sœur les lui avait commandées pour faire plaisir. Valérie s'était acquittée de cette tâche avec difficulté ; Annabelle, reconnaissante, lui offrit son bouquet de mariée. Dans ces moments de honte, doutant de tout ce qu'elle avait entre les mains, Valérie finissait par imaginer qu'un dixième tirage serait aussi éloigné du cinquième que le cinquième pouvait l'être du premier, et qu'elle était donc encore loin du but. Elle jeta le bouquet dans un coin de sa chambre. Consciente de ce qu'elle n'arriverait jamais à combler totalement la béance qui la séparait de l'idéal, elle passerait des heures à déjouer l'opposition des gris foncé et des gris clair dans un dégradé plus onctueux et à s'apercevoir que le tirage, trop contrasté à certains endroits, saturait un visage ou une zone d'ombre riche en lumières cendrées, sur les colonnades ou le ponton. Avec l'exigence du violoniste qui s'accorde ou du luthier qui déplace l'âme d'un instrument voilé, Valérie se remettait à l'ouvrage, pour imprimer les nuances imperceptibles de ses visions sur l'écran vierge des papiers émulsionnés. Adolescente ingrate, fuyant derrière ses lunettes disgracieuses l'œil intraitable du gros boîtier que le père dressait devant sa famille, Valérie avait forcé son sourire asymétrique, tandis qu'Annabelle respirait la joie de vivre et la santé. Ses fines mains de pianiste, entre l'objectif de l'agrandisseur et la feuille blanche, jouaient en virtuose de l'orgue lumineux qui sortait de son instrument. Là, sur ce clavier aérien, qu'elle seule arrivait à jouer, une touche de clarté, une note plus profonde, Valérie interprétait librement les valeurs indiquées sur la partition du négatif pour donner plus de corps à sa composition. Lors des réunions de famille, à Noël ou pour l'anniversaire de la grand-mère, le rituel voulait qu'Annabelle et Valérie jouassent des quatre-mains, acclamées par l'auditoire. Lorsque le contraste du négatif ne lui convenait pas, Valérie utilisait toute une gamme de filtres de couleur, conçus pour altérer la tonalité de la lumière. Les mains des petites sœurs se frôlaient sur le piano désaccordé – et la cadette faisait toujours les mauvaises notes. Cette coloration nouvelle, plus douce ou bien plus dure, régénérait l'image qui chantait d'autres harmoniques. Valérie bougeait ses mains pour retenir la lumière ou éclairer une zone trop blanche. Le métronome lui servait de repère, le compte-pose claquait la fin de chaque mouvement. Mais Annabelle avait eu les jolies robes et les cousins l'attiraient au fond des bois. Lorsque dans le bain, Valérie déposait une feuille, elle semblait aussi vierge que si on ne l'avait jamais prise en main. Déployant ses émotions de jeune fille sur le clavier de son piano, Valérie avait superposé sur les arpèges tristes de ses nocturnes les rêves douceâtres que sa vie de bonne famille s'était chargée de décevoir. Jamais sûre de son résultat, comme un compositeur sourd face à sa partition, la photographe devait prévoir sans jamais rien voir. Au conservatoire on l'avait encouragée ; à la maison on réclamait de meilleures notes. Dieu lui était hostile, personne n'était là pour la consoler. Le soir au lit, elle rêvait les visages de son public dans la petite salle de l'Opéra – elle avait imaginé les tenues pailletées, les sourires admiratifs et le beau jeune homme assis au premier rang. Bercée par l'ovation, elle avait aménagé le bel appartement où elle rentrait, tard dans la nuit, accompagnée des yeux de braise et des dents blanches, prise entre les bras fermes du premier rang. Sa mère la dissuada de se lancer dans une carrière de musicienne. Fière et arrogante, Valérie avait quitté à regret le monde enchanteur des lustres et des salons dorés en fermant l'abattant de son clavier. L'insensibilité des gens la désespérait. Dans le monde réel, elle considérait la différence entre le bon et le mauvais sur une échelle infinitésimale. Ne pas voir ces presque riens qui déterminaient tout, c'était passer à côté de la beauté. Les voir, c'était se condamner à la solitude. Dans cette quête sans fond où aucun œil lucide ne pouvait l'aider, Valérie était réduite à son jugement bancal. Annabelle s'était mariée très tôt ; elle trouva un emploi dans la finance et ses espérances furent comblées par une naissance. Valérie augmentait si fort la musique qu'elle s'entendait à peine penser. Elle criait, dansait, sautait, riait comme une baleine, prête à exploser, et passait des heures à distinguer deux nuances jumelles de gris clair pour savoir laquelle s'associerait mieux avec l'onde sombre des eaux souterraines. Secouée par l'ivresse des grands fonds, tombée de Charybde en Scylla, elle chantait un requiem pour l'enfant qui n'était pas né.

Valérie Hornstedt s'intéressa naturellement à la pratique du *photo-tourisme*. Elle observa ce rituel contemporain avec un mélange de curiosité et d'inquiétude, séduite par ces photographes amateurs, le plus souvent sans compétence, qui figeaient leur environnement et leur famille. Mais le narcissisme de ces foules de visiteurs, qui se photographiaient pour attester la centralité de leur présence, éveillait aussi en elle une forme de mépris qui confinait au dégoût. Le touriste, dans son égotisme, ne voit rien, ne découvre rien, ne pense à rien. L'unique objet de son désir est l'illustration de sa personne triomphant sur les hauts lieux de l'Histoire. L'éclat de l'individu que consacrait le réflexe iconographique poussé à son paroxysme, en ce sens, représentait une faillite du projet photographique compris comme recherche d'extériorité ou tentative de se libérer de soi-même.

Ces photographies, revenues au domicile, étaient présentées aux amis – pour faire plaisir – projetées à la famille – parce qu'elle le réclame – posées sur le bureau – pour affronter la mauvaise humeur du directeur – et utilisées comme fond d'écran – pour se convaincre du bonheur de son existence. Cette diffusion des images, loin de ressembler à l'iconographie mythologique ou religieuse – qui, pour élever l'homme à un seuil supérieur de dignité, superposait aux objets et aux façades les destins de grands héros –, cette diffusion des images de sa propre famille, donc, avait pour effet d'enfermer l'individu sur lui-même et sa propre histoire en forgeant sur les papiers jaunis des souvenirs de vacances une mythologie ordinaire du moi destinée à écraser toute velléité d'élévation. Chacune de ces photos apparaissait à Valérie Hornstedt comme une barrière, un mur, une colonne d'Hercule faite pour réduire le vaste monde à sa petite échelle. Mais sur les lèvres crispées des enfants sages, debout devant le palais princier, derrière la drôle de grimace du fiancé adossé au pont Nicolas-II, à travers le langoureux baiser des jeunes mariés, Mme Hornstedt voyait aussi se dessiner les signes indiscutables d'une quête métaphysique. À travers ce farouche besoin de préserver ses souvenirs dans la pleine lumière des témoignages visuels, elle devinait l'ombre des futurs morts aggraver ces scènes prétendument heureuses. Elle pressentait non seulement les malheurs lézarder les rires de façade, l'angoisse figer toute expression, la peur de l'oubli, l'espoir d'une rédemption, mais encore la solitude, la rivalité et l'envie de ruiner la grande et belle pyramide familiale.

Valérie Hornstedt réalisa de nombreux portraits de photographes en action, qui resserraient les rangs des enfants dissipés et déplaçaient la femme aimée dans l'axe de l'arc de triomphe. Elle concevait cette série comme un moyen d'interroger le geste photographique, dans un jeu de miroirs brisés, qui mettait en lumière la nouvelle religion des images. L'un des témoignages les plus emblématiques de cette série s'intitule « Autel ». La scène se passe au cœur de la vieille cathédrale. On y voit une femme, armée d'un appareil, visant son mari vêtu d'un tee-shirt à l'effigie de son chanteur favori, aujourd'hui démodé, et prenant la pose d'un mauvais garçon, les traits déformés par la lumière des cierges. Il s'est placé à dessein devant l'autel dédié à la vierge noire que des pèlerins viennent adorer. À elle seule, cette image résume toutes les autres. Sa pureté graphique en fait une icône de cette religion de l'appareil dont chaque individu se voit comme le prophète. « Prières », une autre de ces photographies, représente l'intérieur de l'église de la Résurrection, où plusieurs photographes font face à chacune des chapelles qui bordent la nef. Au centre de l'image, une femme, agenouillée devant le tableau d'un Christ, baisse les yeux en faisant glisser les perles de son chapelet entre ses mains. La mise en scène de ce conflit entre deux conceptions de l'image et de la foi, entre la religion des icônes véritables et celles des photographies, entre deux idées de la Résurrection et du Salut, donna une nouvelle dimension à l'œuvre de Valérie Hornstedt.

Après une séance de prises de vue, pour ne pas être trop dépendante des souvenirs qu'elle gardait de ses moments de vertige et juger les images avec plus d'objectivité, Valérie laissait passer plusieurs semaines, voire quelques mois, avant de développer les films. Lorsqu'elle jugeait le moment opportun, elle fermait sa salle de bains à double tour, capitonnait la porte d'une toile épaisse, allait chercher son matériel, éteignait toutes les lumières et, une fois dans l'obscurité, décapsulait la boîte d'aluminium contenant les rouleaux et laissait s'épancher la cohorte des images passées. Sa mère était morte en quelques jours, dans d'affreuses souffrances. Il ne fallait généralement pas plus d'une minute à Valérie pour enfiler le film dans une spire de plastique. Elle pleura beaucoup la vieille qu'on enterra près de son fils, face à la maison familiale. Valérie préparait ainsi une dizaine de films. Mais parfois, sans qu'elle sût pourquoi, la belle mécanique s'enrayait – un film se bloquait à un endroit de la spirale, et tenter de faire rentrer ce qu'il restait de pellicule était peine perdue. Sa mère n'avait jamais rien fait pour l'aider. Trouver une solution à ce type de problèmes dans l'obscurité du laboratoire tenait du prodige. Valérie suait – les mains moites, l'angoisse d'esquinter le négatif la tétanisait. Sa mère riait – elle riait de la voir en si mauvaise posture – elle qui depuis toujours pensait que l'aînée de ses filles n'arriverait jamais à rien.

La vieille lui répétait à loisir qu'avoir été inscrite dans les meilleures écoles, avoir bénéficié des services des meilleurs répétiteurs, suivi des cours de piano et participé aux bals dans le grand monde, pour se mettre à la photographie, c'était tout simplement idiot. De peur de causer des dommages irréparables, Valérie ouvrait la spirale et recommençait depuis le début. Elle fit tout pour détromper sa mère et lui prouver ses qualités. Parfois, elle ouvrait une autre bobine de film en espérant que le problème se résorberait de lui-même un peu plus tard – ce qui n'était jamais le cas. La vieille regardait ses photographies avec dédain, à part peut-être celles du mariage de sa fille. Les bobines une fois dans les spires, Valérie faisait couler ce mélange de poudres et de liquides qui tourbillonnaient en s'écoulant au fond de la cuve. Dans ce lieu aveugle où le visible prenait naissance, les particules actives de la solution chimique faisaient reparaître les lumières et les visages des inconnus, hommes oubliés, lieux à peine réels, qui se préparaient à revoir le grand jour. Valérie n'avait jamais voulu retourner sur la tombe de sa mère. Ses frères allaient régulièrement la fleurir et cette idée suffisait à la mettre en paix avec son histoire. Pour que le film fût parfaitement révélé, il fallait adapter la durée du bain à la température de la solution chimique et remuer toutes les trente secondes. Il suffisait de quelques instants d'égarement, pour que la solution saturât les sels d'argent ou lessivât la surface plastique et que l'image disparût à tout jamais. Mais à ce stade, rien ni personne ne pouvait voir ce qu'il se passait dans l'ombre de la cuve, sauf Dieu, ou l'œil intérieur de la conscience. Les erreurs, comme à peu près tout ce qui compte dans la vie, n'apparaissent jamais qu'après coup, c'est-à-dire trop tard.

Une photographie, présentée dans la rétrospective, explique à elle seule le choc qui ébranla la foi que Valérie Hornstedt vouait à son art. Des dizaines de touristes, serrés les uns contre les autres, l'œil rivé au viseur, cadrent un monument reproduit déjà des milliards de fois. Inconscient du ridicule, monade enfermée dans son champ visuel, chacun semble croire à l'unicité de son témoignage. En photographiant les photographes, Valérie Hornstedt pensa s'extraire de cette absurde situation. Cette série aurait dû la dissocier de la masse et protéger sa spécificité artistique. Mais la vanité de sa propre démarche lui apparut presque aussitôt. Présenter une chose, même sur un ton sarcastique, ne permet pas de s'en démarquer. Valérie Hornstedt était une photographe parmi des millions de photographes.

Elle comprit aussi que l'augmentation concomitante des photographies et du besoin d'images – vite produites, vite consommées – avait une portée tragique dans l'Histoire et mettait en péril l'édifice logique et élitiste qui plaçait au sommet de la pyramide des producteurs d'images quelques rares esthètes cherchant à vivre de leur art. Car, si ces centaines de millions d'amateurs produisent ensemble des milliards de photographies au quotidien, dont il était logiquement possible d'extraire plusieurs milliers de bons, voire de très bons clichés, il devenait de fait très difficile, pour ne pas dire impossible, de maintenir une différence entre le photographe professionnel et le simple amateur. Quand bien même il n'y aurait eu aucune volonté signifiante ni créative à l'origine de ces images, quand bien même il n'y aurait eu aucune régularité dans cette génération aléatoire et spontanée, ne fallait-il pas voir en cette production indéfinie d'images quelque chose de bien supérieur à toute démarche soi-disant artiste ? Débarrassée des problèmes liés au statut de l'auteur, à son autorité morale sur sa création et à sa volonté signifiante, la production de l'amateur aussi narcissique fût-il ne serait entachée d'aucune vanité esthétique et chaque spectateur pourrait se l'approprier aussi librement qu'un produit de grande consommation. Valérie Hornstedt, convaincue que seul pouvait monter au ciel ce qui resterait anonyme – comme les cathédrales, comme les œuvres des moines copistes, enluminant les textes sacrés sans laisser leur nom, comme les milliers de peintres qui réinventaient la chair, la lueur et la beauté sans apposer leur signature, comme à peu près tout ce qui dans le monde est sacré et touche au monde supérieur – Valérie Hornstedt, qui pensait que tout ce qui s'offre aux dieux se doit d'être pur et sans taches, comprit que tôt ou tard la photographie de masse, œuvre collective et anonyme, prendrait le pas sur tout le reste.

Impatiente de voir en négatif, vingt-quatre millimètres sur trente-cinq, les images dont elle se souvenait comme de quelque chose de réussi, Valérie perdait parfois la tête. Les bobines, déroulées comme des serpents d'eau, remuaient dans le bain clair de la cuvette et fuyaient entre ses mains. Alexandra, sa voisine, avait certes de jolies jambes, mais rien de plus. Ces anguilles luisantes qui s'entre-dévoraient dans le bassin, mêlant follement leurs corps enlacés, obligeaient Valérie à défaire avec vigueur les nœuds du maelström, au risque de rayer sa production. Elle tirait de l'eau la bête sauvage qui giclait en se débattant, et la serrait ferme entre ses doigts pour tenter d'y voir plus clair. Marion, sa camarade de lycée, avait réussi. Bien mariée, jolies formes, elle vendait ses photographies malgré la faiblesse de ses sujets. Les reflets sur le miroir, dans le lavabo ou sur les écailles luisantes du film, brouillaient l'image qui aurait dû paraître à travers ce corps souple, enroulé comme la langue d'un caméléon. Valérie plaçait le cliché qu'elle voulait revoir entre l'œil et l'ampoule pour comparer ce qu'elle devinait aux restes de ses souvenirs. Les succès de Marion, en grande partie, étaient dus à la générosité de Valérie. Mais Valérie constatait le plus souvent que le cadrage était médiocre, que le panache de fumée qu'elle croyait avoir saisi n'apparaissait pas et que, malgré la belle lumière de fin d'automne, le négatif semblait gris et terne. Comme toujours, on finit par se faire étouffer par ses amis. En règle générale, le cliché suivant était bien plus mauvais et celui d'après, plus raté encore – un visage coupé en deux, une mauvaise position du sujet principal, les yeux fermés de son enfant. Valérie se voyait dans le miroir de sa salle de bains, toute petite, mal fagotée, les cheveux secs comme du foin, la peau luisante. Elle se souvenait de tout, de chaque détail, de chaque mimique, de toute parole. Comment pouvait-on encore vouloir d'elle ? Dégoûtée, nerveuse et fébrile, elle passait en revue les autres négatifs. Rien de bon – les films, son désespoir, elle laissait tout détremper dans la vasque du lavabo. Au fond de son lit, elle essayait d'imaginer le visage de son enfant, la belle maison qu'elle pourrait s'acheter, ses succès futurs, la première petite amie de son fils. Mais qu'elle le veuille ou non, c'était toujours la mauvaise voix de sa mère qui résonnait à travers le brouhaha fantasque de ses dialogues intérieurs – puis les mensonges de sa sœur, la mauvaise foi d'Alexandra, ses problèmes de poids, les gens qui ne l'aimaient guère.

Quelques heures plus tard, armée d'une pince, elle égouttait ses négatifs. Elle les suspendait à un cintre au bout de sa chambre et les regardait s'enrouler sur eux-mêmes en séchant – comme ces pièges à mouches au plafond de la maison de campagne et les formes serpentines des cotillons qui pendaient partout dans l'appartement des lendemains de fête.

La prise de conscience du déclin programmé de la photographie, trop populaire pour rester un art, décida Valérie Hornstedt, quoique de façon progressive, à réorienter sa pratique. Ses considérations sur la notion de « droit à l'image » finirent par lui en donner l'occasion. Plus d'une fois, elle avait été surprise par le pathétique de certaines scènes où des figurants malheureux d'un cliché pris à la va-vite étaient venus réclamer la pellicule pour être sûrs d'effacer leur présence sur l'image. La peur d'être compromis ou dessaisi de soi-même, voilà ce à quoi le « droit à l'image », thématisé par les plus éminents juristes, permettait de répondre. Pourtant, cette apparente pudeur était toujours doublée d'une volonté foncièrement exhibitionniste de chaque citoyen, qui aspirait à être vu et reconnu, c'est-à-dire compter parmi les « grands », les icônes de la mode, de la musique, du cinéma et du cirque médiatique en général. Ce désir ardent, le plus souvent frustré, trouvait un exutoire au contact de ces célébrités autoproclamées, connues en raison de leur renom, que l'on pouvait voir et photographier à l'occasion de certains événements et parfois même approcher en leur tendant une feuille de papier dans l'espoir fou d'être pris à leur côté et de conserver de cette rencontre hors du commun une photographie qui trônera jusqu'à leur mort dans la salle à manger, fièrement exhibée à tout nouveau venu, à la fois impressionné par ce prestige et parfaitement envieux, pour rappeler à tous les habitués que leur hôte n'est pas le dernier des imbéciles. Cette analyse de l'image, dont notre société boulimique fait son aliment principal, inspira à l'artiste un certain nombre d'expériences.

Voilà quelques années, à la belle saison, Valérie Hornstedt mit en scène des séances de prises de vues sur les terrasses des cafés les plus fameuses de la cité. Avec quelques amis, munis de caméras et d'appareils photographiques, elle installait son équipe autour de la terrasse et étudiait la réaction du public qui pensait être pris pour cible des journalistes. Poitrines levées, lèvres pincées, les femmes prenaient la pose d'une biche effarouchée qui décroise ses longues jambes. Les hommes, au regard lointain, se donnaient des airs profonds, avec cette pointe de violence qui laissait penser qu'ils comptaient déjà parmi les grands. Même les enfants, conscients de l'importance du moment, se tenaient droits et souriaient à leur maman. Certains clients, plus modestes, cherchaient la célébrité pourchassée par la presse, tandis que d'autres, plus inquiets, se cachaient pour fuir la gloire factice. Grâce à ce processus expérimental, Valérie Hornstedt réussissait à mettre en scène l'obscénité du geste photographique dans son essence. Elle répéta l'expérience et présenta ses résultats à plusieurs marchands. Léon Wencelius, directeur d'une petite galerie, accepta de l'exposer. Ce fut une première réussite, quoique l'on parlât peu de l'accrochage.

La bobine de négatif une fois découpée, Valérie retournait au laboratoire faire une planche-contact. Enfant, elle avait passé des heures avec son oncle à apprendre ces rudiments du métier de photographe. Toujours invisible, il avait sillonné le monde à la poursuite des conflits les plus sanglants. Les grands journaux publiaient ses images. Sur une feuille photosensible, sous une plaque de verre, Valérie exposait ses négatifs quelques secondes à la lumière de l'agrandisseur. Cinq minutes plus tard, après une traversée des bassins magiques, la « photo de famille » voyait le jour. Tous les enfants, tous les petits-enfants, oncles, grands-mères et grands-tantes avaient leur petit portrait commémoratif exposé sur la cheminée de la maison familiale. Et chacun à sa manière – forgeant là son propre style et donnant une forme singulière à ce quelque chose en quoi consistait le signe génétique de la famille – portait autour des yeux la marque d'une infinie tristesse que rien ne semblait devoir effacer. Valérie avait accumulé des centaines de « planches-contacts » qu'elle scrutait à la loupe. En introduisant ces vieilles partitions dans le piano mécanique de sa mémoire, les airs familiers de ses plus beaux voyages envahissaient la pièce. Valérie fredonnait des ritournelles oubliées, dansait avec des spectres et rêvassait au croisement de deux clichés. La mort de son oncle avait ravagé toute sa famille. Il laissait derrière lui deux maîtresses et des centaines de milliers de clichés dont on ne sut que faire. Les archives acceptèrent le legs. À la recherche d'une merveille qui lui aurait échappé, Valérie envisageait et dévisageait chaque recoin de ses planches. Trouver sa place dans une photo de famille n'est jamais facile, mettre en lumière la valeur propre de chaque individu est plus dur encore. Sur les portraits de groupe, elle se faufilait au dernier rang, parfois derrière l'épaule de son grand frère et allait s'enfouir dans la cave de la maison de ses grands-parents pour fouiller les placards et se faire oublier. Elle s'émerveillait de n'importe quelle découverte, pour peu qu'elle eût semblé fortuite, et tentait d'approfondir ces concordances occultes en mettant à jour l'architecture dans laquelle elles s'inscrivaient. Au fil des ans, Valérie avait compris que l'essentiel – comme en optique où le foyer n'est pas au milieu du système – ne se situait pas au cœur de l'image, mais à sa marge, en dessous ou bien ailleurs, dans ce fond obscur où toute floraison prenait racine. La cave de ses grands-parents avait débordé des affaires de son oncle. Parfois, après avoir tout regardé mille fois et tiré certains clichés, après avoir tout effacé et tout reconsidéré encore, Valérie découvrait, perdue au début ou à la fin d'une petite bande, une image qu'elle avait survolée toujours sans la regarder jamais. Une musique inconnue résonnait sur la planche-contact. À peine sortie de l'enfance, ne sachant que faire pour pleurer la perte de son oncle, Valérie avait cru bon de prendre la place du défunt. C'était une manière comme une autre de profiter de l'aura du mort, pour éclairer l'obscurité de la petite vivante. Elle récupéra son matériel et installa son laboratoire dans la salle de bains de ses parents pour y travailler en paix. Riche, comme un vieux couple découvrant un trésor dans ses sous-sols, Valérie, grâce à son image ressortie des limbes, se voyait projetée au sommet du mont Parnasse. Elle gagnait, elle triomphait – elle tenait sa revanche.

Enthousiasmé par les recherches de sa protégée, Léon Wencelius incita Valérie Hornstedt à exploiter le second volet de son projet. Celui-ci se révéla infiniment plus complexe à mettre en œuvre. Valérie Hornstedt entendait produire une série de portraits d'elle-même, saisis, par inadvertance ou non, sur les appareils des hordes de touristes. Sujet principal, guide ou silhouette à l'arrière-plan d'une scène de groupe, elle devait figurer sur le plus grand nombre d'images. Valérie Hornstedt serait l'ombre de chaque famille, l'âme de tous les groupes ; elle serait la sœur de chaque enfant, la cousine de tout adulte, la bonne mère des grandes fratries et la gentille tante des égarés. Son espoir, en toute simplicité, était d'accroître et de diffuser sa présence au monde à grande échelle pour parasiter le fonctionnement autocentré de la figuration touristique en s'immisçant au cœur de la relique visuelle. Elle serait toujours là, quelque part, déformée, diffractée et sensiblement augmentée. Malgré les embûches et les complications, elle réussit à récolter une grosse centaine de clichés auprès des touristes volages. Tous renvoyaient à peu près la même image d'elle. Son corps vilain prenait une consistance paradoxale dans l'étalage tragique du bonheur plat des familles du monde. Valérie Hornstedt faisait les cent pas en second plan, souriait aux inconnus, ouvrait un trou noir dans toutes les photographies, prenait un air tragique lors des réjouissances, levait les bras lorsque tout le monde se tenait assis. Valérie Hornstedt put reconstituer l'une de ses journées, minute après minute, grâce aux documents récupérés. L'ensemble de ces images détournées donna lieu à une seconde exposition, « Valérie Hornstedt, portrait de famille », dans la galerie de Wencelius.

À la lueur d'une lampe, Valérie réunissait ses images deux par deux. Elle cherchait les meilleures combinaisons. Aucune de ses images, aussi forte fût-elle, ne pouvait survivre seule. Depuis toujours, elle espérait le grand amour. La solitude la condamnait au mutisme, au soliloque ou à la disparition. Comme tout ce qui vit, une image se nourrit de ce qui l'entoure et, dans une structure complexe où les visions se mêlent et se chevauchent, doit respirer un air diversifié. Quelques histoires, après des mois de rêves et de fantasmes, avaient avorté. Valérie cherchait les lignes de fuite et les contrepoints pour déjouer le cadre figé d'une image close sur elle-même et trouver la porte d'entrée vers une autre réalité. L'espoir, comme toujours, la faisait beaucoup souffrir. Les relations qu'elle voulait tisser devaient figurer du sens, mais rien de trop évident, ni de trop lourd. Il fallait qu'elles gardent quelque chose de la simplicité d'une belle rencontre. Valérie pensait son œuvre comme une refonte de la physique, où l'eau se mêlerait au feu à rebours des principes admis, et où l'air, chargé de sable et de vapeurs, reformulerait l'idée de paysage. Longtemps, la vision précise de son prince, de ses yeux, de sa bouche, de ses cheveux et de sa voix, l'enivrait au point de la faire mourir de plaisir. Minutieuse, Valérie expérimentait énormément. Côte à côte, un coin de ciel et le siphon d'un évier, un visage dans la pénombre et un fourrage au printemps : les images s'unissaient sans trop se ressembler – elles devaient s'attirer sans s'annuler. Que de fois les hommes l'avaient déçue ! Égoïstes, vulgaires, cyniques, ils ne pensaient qu'à la satisfaction de leurs instincts primaires. Or, placer sur un même plan deux images trop apparentées ne présentait aucun intérêt. Il fallait dépasser les oppositions factices et trouver, au cœur de l'antagonisme frontal des figures, des affinités secrètes, des renvois structurels ou des homologies subtiles. Il suffisait d'une ligne, que l'on voyait se poursuivre dans l'autre image, d'une relation infime entre la forme d'un visage et le profil d'une voûte, pour que l'union fût scellée. Dans tous les cas, un bon couple d'images, dans la somme des associations possibles, avait quelque chose de nécessaire, comme en amour. Et la rupture de cette harmonie aurait pris la forme d'un divorce.

Lorsque Valérie Hornstedt fit la connaissance d'Evariste Marlon, le président de la Fondation pour l'essor des arts lui proposa une résidence au sein de son institution. Une grande et indéfectible amitié les lia très vite. Valérie accepta les propositions d'Evariste et sa carrière prit soudain une autre dimension. Plusieurs articles de critiques aussi fameux que Manuel Tiano et Jean Lamarque, des tribunes signées par Marcus Stein ou Marion Minkowski commencèrent de lui apporter la renommée qu'elle méritait. Des collectionneurs tels que Jean-Paul

Montesson, Allan-Bertrand de Sainte-Croix, Marc Taupière ou Gilbert Marquet s'intéressèrent à elle. Les éditions *Liber Libri* publièrent une première monographie, préfacée par Claude Muller et la galerie Titus organisa une exposition de ses derniers travaux. Celle-ci, composée d'une centaine de clichés pris par des touristes et choisis par les soins de l'artiste, toucha un large public. Quelques détracteurs firent savoir, ici ou là, qu'ils ne comprenaient pas qu'un artiste puisse signer de son nom les photographies que d'autres avaient prises. Mais dans l'ensemble les critiques d'art s'accordèrent pour faire valoir la radicalité du point de vue de Valérie Hornstedt sur l'histoire de la photographie. Le corolaire de sa déception était l'abandon de l'appareil et le parasitage de la vie des autres. Elle prouva avec brio que la prise de vue n'était rien, que seule comptait l'édition et cassa son matériel pour le montrer. Dans un article resté célèbre, Manuel Tiano fit l'apologie de ce geste iconoclaste. La transgression des frontières qu'elle initiait entre l'art et le vulgaire ouvrait un espace nouveau de création. Se réapproprier les souvenirs, se recomposer une famille, ériger la vie des anonymes au rang d'œuvre en effaçant son propre point de vue sur le monde – aux yeux de Tiano, ce travail permettait de « déjouer les écueils de l'ère postindustrielle ».

La foule des grands jours emplissait les trottoirs devant la galerie Titus. L'exposition voyagea de capitale en capitale, rencontrant toujours autant de succès. Les badauds, attirés par le tapage – chapeaux colorés, tee-shirts publicitaires, lunettes bariolées, avides, hargneux ou passifs – se pressaient aux portes des galeries pour admirer les œuvres et se porter acquéreurs d'une image de la dernière étoile de la photographie.

Intriguée, comme il lui arrivait parfois de l'être, Valérie dut retourner dans son laboratoire. Un négatif avait attiré son œil. Verre à la main, le jeune homme lui souriait. Sortir l'agrandisseur du placard, puis les bacs, préparer les solutions chimiques, fixer la lampe rouge sur l'étagère, Valérie exécutait ces gestes sans y penser. Elle se souvenait de ce que cet homme lui avait dit pour l'aborder. Mais elle trouva difficilement le cliché dans la masse de ses archives. Il l'avait regardée droit dans les yeux en lui proposant de boire un verre. Elle l'épousseta méticuleusement avant de le glisser dans le passe-vue. La fête battait son plein. Les hommes rôdaient comme des prédateurs. Elle regardait la poussière, son intime ennemie, valser dans le rayon lumineux sorti de la lentille. Universels, paresseux, les grains flottaient, en attendant l'instant décisif – dans les gros volumes de lumière, ils dégringolaient en spirales les couches d'air volatil. Valérie avait accepté la danse. Il s'était aussitôt emparé d'elle. La lumière opaline venue de la tête de l'appareil était condensée par un complexe réseau de miroirs et passait à travers le négatif, pour ensuite être affinée par l'objectif qui projetait l'image sur une feuille de papier vierge. Il loua sa tenue, la beauté de son sourire et parla du plaisir qu'il avait de faire sa connaissance. Restait à identifier le format adéquat pour libérer l'image, sans noyer l'agrandissement. Cet homme était vigoureux – ses gestes bestiaux. Électrisée par cette énergie, Valérie s'était laissé faire. Rester ambitieux, sans être trop gourmand, profiter de l'image, sans outrepasser ses limites – l'équation était toujours aussi difficile à poser. Après la première nuit, ils en avaient eu une autre, puis encore une autre, au point de devenir parfaitement inséparables. Retrouver cette vision oubliée, dix fois agrandie, procura à Valérie une certaine satisfaction. Quelques mois plus tard, c'était le mariage avec les vacances en famille. Mais lorsque dans le bac, au gré du ressac et de la houle, progressivement, graduellement, l'image apparut sous les yeux de Valérie, une émotion lui serra le cœur. Les mains vicieuses de cet homme, ce soir-là, auraient aussi bien pu agripper Pascale, Michèle ou n'importe qui d'autre – elles ne s'en étaient d'ailleurs certainement pas privées. Ce que Valérie avait cru un temps trop clair devint trop sombre et elle ne sut que faire pour stopper cette affolante descente aux enfers. Sur le moment, elle s'était aperçue du caractère aveugle des mouvements de l'homme, mais avait décidé d'en faire abstraction, submergée par le plaisir d'avoir enfin quelqu'un pour elle toute seule. Elle approcha de la lumière rouge. Contre toute attente, les visages étaient pâles, les colonnades presque ternes. Valérie remua le bac. S'il avait été capable de la séduire, elle, Valérie, cela signifiait qu'il était capable d'en séduire d'autres. Le fait que cet homme eût abordé Valérie était la preuve qu'il était comme tous les autres – un vulgaire prédateur de sexes féminins – et qu'elle n'avait donc rien d'unique à ses yeux. À bout de souffle, elle plongea le papier dans l'eau, puis dans le fixateur, et alluma la lumière jaune de son applique. Qu'elle se fût laissé séduire par cet homme, l'emplissait de dégoût. Valérie se considérait elle-même comme la preuve vivante que son mari ne lui appartenait pas et qu'il ne l'aimait pas plus que les autres. Comme sous le coup d'un mirage ou d'une illusion d'optique, elle pressentit ce qu'il fallait faire pour que l'image fût plus parlante. Elle sortit du sac noir une nouvelle feuille émulsionnée, puis une autre et encore une autre, se jetant à corps perdu dans l'eau du fleuve. L'odeur des produits était aussi capiteuse que les alcools les plus forts. Elle n'écoutait plus la radio. La chaleur des lampes devint étouffante ; elle ruissela et perdit la tête, comme toutes les nuits.

Quelques mois après l'exposition, poussant toujours plus loin l'idée de déconstruction des images et des représentations, Valérie Hornstedt proposa des voyages organisés à ses clients. Ces « pérégrinations artistiques », comme elle aimait à les appeler, se faisaicnt sous sa direction et permettaient à un petit groupe d'élus de vivre sa quête d'une image meilleure du monde. Les participants, dans les pas de leur guide, voyaient à travers ses lunettes, plongeaient dans sa conscience et goûtaient l'extase. On visitait les merveilles du monde, on découvrait des lieux de rêve, des forêts au clair de lune, des jardins enchanteurs ou des oasis fleuries. Les participants étaient tenus de photographier. Assise au bord d'un lac, caressée par la brise brumeuse et pétillante d'une cascade, entourée d'autochtones, au milieu d'une foule, un grand chapeau pour la protéger, Valérie Hornstedt composait ses circuits comme des tableaux. Elle harmonisait les sons et les couleurs pour éveiller dans l'âme de ses suivants les sentiments les plus élevés. Bientôt, dans un avenir tout proche, pour que tout corresponde à ses visions, elle formerait des peuples et des ethnies, elle inventerait leurs cultes et leurs coutumes, composerait leurs chants, dessinerait leurs costumes, décorerait leurs intérieurs, elle déplacerait des montagnes, détournerait les fleuves et déformerait les monuments. Sur des routes qui longeront la mer, elle leur fera découvrir l'amour et la passion, l'exacte incarnation de la perfection sur terre – caressés par les vents, bercés par les palmes, enivrés par les chants de l'inconnu. Expérience de l'étrangeté, du dépaysement et de la perte de soi, Valérie Hornstedt concevait ses voyages artistiques comme des rites initiatiques, une authentique révélation de soi à soi-même. À leur retour, les voyageurs-photographes livreraient leurs images à Valérie Hornstedt, qui en ferait une exposition ou une publication.

Les papiers flottants bourraient le trop-plein du lavabo. L'eau déborda de la vasque, coula le long du siphon, frôla les câbles et mouilla ses pieds. Tirée d'un mauvais rêve, Valérie sécha le sol à quatre pattes. Elle étendit un drap dans son salon et aligna le corps grêle des nouveau-nés qu'elle avait sortis du lavabo. Avant de s'endormir, dans cette interminable épreuve, où la folie enflamma son corps, Valérie avait expérimenté la puissance du sentiment de confiance, fortifié minute après minute, au point de la convaincre qu'elle, la pauvre et inquiète Valérie, était géniale. Ayant toujours fantasmé sa vie, plutôt que de la vivre, elle s'enorgueillissait de chaque image pour peu que le chant et l'harmonie qui en émanaient parlassent directement à son âme. Il s'agissait cette fois-ci d'une prise de vue des catacombes, plus précisément des citernes du palais princier. Sortie du cœur des ténèbres, l'image était floue et nébuleuse. Quelques reflets accrochaient le regard. Entre deux séries de colonnades, une dizaine de visiteurs que l'on aurait crus marchant sur l'onde, avançaient sur un ponton.

Dans l'obscurité sanglante de son repaire, Valérie avait vu son ombre. Elle s'était vue dans l'eau, décomposée, virevoltante, de vague en vague. L'antre mystérieux, le centre de la terre, le point de toutes les convergences, la caverne où les eaux affluent, la mer souterraine, en un éclair, sans qu'elle sût pourquoi, cette image apparut comme la quintessence de ses recherches. Elle se vit plongée au cœur du complexe édifice optique, au cœur de la machinerie, dans ce lieu enfoui où tout se concentrait et d'où tout devait repartir un jour. C'était le point aveugle qui stigmatisait l'ensemble de ses visions et l'intégralité de ses inquiétudes. Valérie, lorsqu'elle avait découvert le cliché sur sa planche-contact, ne s'était pas souvenue l'avoir pris. Cette image, dans sa simplicité, lui avait semblé être le fruit d'une autre conscience, la vision d'un frère qui aurait posé là sa marque. Valérie avait toujours pensé prendre des photographies pour s'effacer derrière l'appareil – elle croyait écouler son moi vers le grand tout, comme le ruisseau de proche en proche rejoint la mer. Mais la récurrence de ses visions révélait une autre dimension. Ces solitaires, ces êtres désorientés, romantiques, qui affrontaient mépris et hostilité, ces zones obscures, cette impression étouffante, la rigueur de ces compositions : Valérie, son portrait, universel, était partout.

Le lendemain, revenue d'entre les morts, sortie indemne des limbes, ses quelques papiers gris en guise d'obole, elle reprenait ses essais en toute impartialité pour juger son résultat. Sur la table dégagée de son bureau, elle étalait la vingtaine de tirages du même cliché et tentait d'identifier la bonne version. Ni déçue ni enthousiaste, avec l'œil intransigeant d'une spécialiste, aucun tirage ne la satisfaisait.

À travers ses vitres mal lavées, le bleu obscur au-dessus des toits lentement s'altérait. Les oiseaux, sortis ensemble du sommeil, faisaient sonner le prélude à l'arrivée du jour. Les ombres nocturnes bataillaient avec la clarté diurne dans une lutte dont l'issue semblait incertaine. Cette archéologie matinale mettait un terme aux combats de Valérie. Elle devait voir ce basculement de l'obscurité, cette dissolution des ténèbres, elle devait voir ce moment précis où le premier rayon jaune-orangé venu du point le plus lointain de la Terre, traversant le premier carreau de la façade voisine, chasserait les dernières odeurs endormies – elle devait voir ce moment souverain où la nuit, transpercée et rognée de toutes parts, se métamorphoserait en jour. La couleur sortirait de son silence, les feuilles, ressuscitées, trembleraient à la première bise, les pierres s'animeraient, le monde sortirait de la terreur. Elle verrait les fenêtres s'illuminer, les portes s'ouvrir et les bruits du monde, dans la clarté de leur apparition, glorieusement résonner ; elle verrait le souffle, elle verrait l'amour, elle verrait la vie, prise dans les fils d'une énergie plus robuste à mesure que la chaleur s'élèverait, sortie des lueurs obscures de la nuit, tirée du négatif indéfini – la vie pleinement révélée sur l'épreuve sans faute du lendemain. Les hommes, un à un, sortiraient de leurs ornières, légers au cœur de la rue, baignés de lumière, charmés par le bleu du ciel, ils se rejoindraient en bataillons heureux, avanceraient dans l'espoir d'un jour meilleur et Valérie Hornstedt, écartant ses rideaux, comprendrait alors, elle, l'habitante souffreteuse et timide de la terre, elle la pauvre petite myope perdue au milieu de la foule, elle, toujours aussi seule, triste et épleurée – elle comprendrait alors qu'elle avait *comme les autres* la lueur en partage.

Iouri Vassilieff

L'Annonce, 356 annonces publicitaires
Messages radiophoniques

> Le non-lieu a été prononcé dans l'affaire qui opposait l'artiste Iouri Vassilieff au groupe audiovisuel Programme Premier. L'« artiste des médias » a immédiatement fait appel de cette ordonnance.

Adossé à la porte de sa cuisine, Iouri prépare le café. Il n'a pas dormi. Le *Quotidien de la République* est posé sur la table. Il se brûle les lèvres. Un rendez-vous avec l'avocat est prévu d'ici une heure.

Le sol propre de l'atelier, la disposition ordonnée des objets, les vitres scintillantes et les murs blancs : l'espace respire. Plus aucune toile n'obstrue les murs du petit atelier que Iouri Vassilieff loue au 12, rue de l'Évêché. Les outils du peintre sont remisés à la cave, les piles de papiers, de détritus et de magazines parties à la poubelle. Voilà quelques mois, le Jury de la Cram n'a pas renouvelé le bail de la cellule qu'occupait Iouri. Le jeune artiste semblait ne plus vouloir avancer.

Le cahier noir repose sur un petit guéridon. Ses pages sont recouvertes d'une écriture irrégulière. Les phrases ploient au milieu des lignes ; il y a des ratures et des taches – mais tout est consigné là. La feuille du journal *Capitale* réservée aux annonces payantes a été collée à la page quinze. Entre les propositions de vente de voitures, de machines à pain et autres promotions sur des chaussures, une annonce se démarque :

> *Portrait à vendre*
> Lundi prochain, venez m'acheter
> À 14 heures, dans les jardins de la Cité

Publiée le 12 novembre, cette œuvre, conçue par l'artiste en quelques heures, est un multiple édité à plus de deux cent mille exemplaires. Ce premier essai – tout en sobriété – servit à rompre avec sa vie de peintre. Iouri avait volontairement adapté le format de son encart à celui d'une toile de petite taille. Une centaine de personnes répondit à l'appel – une poignée de ses toiles fut cédée sur les pelouses de la Cram. Le reste fut vendu au patron d'une marque de vêtements qui repensait la décoration de ses magasins. Au-dessus des rangées de pulls, les portraits de Vassilieff se reflètent en mille miroirs.

Iouri tourne les pages de son cahier. Semaine après semaine, l'artiste avait travaillé comme un entrepreneur publicitaire – pour rationaliser son temps, anticiper les échéances et gagner des marchés. Comme une guerre éclair, le projet auquel il avait pensé, devait s'étendre sur plusieurs mois, et exigeait de lui la plus grande discrétion. Durant cette période, l'artiste continua donc de se présenter comme le peintre dilettante qu'il avait toujours été. Les soirs d'ébriété, grisé par la fierté, on lisait pourtant les signes de l'exaltation sur son visage.

Page dix-sept du carnet, Iouri relit le faire-part du *Quotidien de la République* :

Geneviève, sa femme,
Pascal, Romuald et Christiana, ses enfants,
Lili, Renzo, Michaela et Tom, ses petits-enfants,

ont la douleur de vous annoncer le décès de

Wilfried HONEGGER
Artiste plasticien

Il s'est éteint parmi ses proches, dans sa soixante-huitième année
Ce 1er Décembre

L'enterrement aura lieu dans la plus stricte intimité.
Merci d'adresser le courrier au 12, rue de l'Évêché.

Iouri Vassilieff reçut les lettres de condoléances. Jean Manguin, infiniment redevable, se souvenait que Wilfried Honegger lui avait tout appris. Gabriel Garousse, avec des mots touchants, évoquait ces longues soirées passées à deviser sur l'histoire de l'art. Fabienne Ouari, jeune galeriste, n'avait jamais eu la chance de rencontrer le maître, mais la lecture de ses essais inspirait ses recherches depuis toujours. Pierre de Saint-Flour, le commissaire-priseur, ne s'attendait pas à cette nouvelle. Toutes ses pensées allaient à la famille. Il se tenait à leur disposition pour toute estimation.

Le lendemain, les lecteurs purent lire dans les mêmes colonnes du *Quotidien de la République*, l'annonce de la naissance de Wilfried Honegger. Pascal, Romuald et Christiana ses frères et sœur, Geneviève sa mère, ainsi que tout le reste de la famille se portaient à merveille. Le tableau était des plus touchant. Quelques lecteurs attentifs envoyèrent au 12, rue de l'Évêché des lettres déconcertées. Iouri conserva ces témoignages, comme pièces à conviction de l'authenticité de son spectacle.

Dans *Achat immobilier*, on put lire l'annonce suivante :

> Maison du rêve, regarder à travers la lucarne. Voisinage paisible, aucun nuage à l'horizon. 07 744 222

Quelques lignes plus bas :

> Petite maison à regarder de près, surface sur papier, 2 centimètres. Prix à débattre. 07 744 222

Enfin, tout au bas de la page :

> Vous êtes entré dans mon immeuble. Pour monter à l'étage, regardez un peu plus haut. 07 744 222

Iouri reçut une centaine d'appels. Des femmes désespérées, des jeunes gens pour se loger, des agences immobilières, quelques originaux cherchaient un pair, des égarés déchiffraient un code. D'autres donnaient rendez-vous à Iouri – ils voulaient le rencontrer. Une semaine plus tard, tout était recouvert d'oubli. Iouri consigna l'ensemble sur son répondeur.

Dans *La Revue du médecin praticien*, des milliers de docteurs purent lire l'encadré suivant :

> Maladie de l'œil. Se propage au contact des mots. Attention, vous tombez malade en lisant les caractères de ce virus. Informations au : 07 744 222

Pendant deux jours, le téléphone de Iouri sonna en continu. Le numéro 1735 de *La Revue du médecin praticien* était en rupture de stock. Le chef de rédaction contacta Iouri pour réclamer des explications. Dans le numéro suivant, un long *errata* dut rétablir la vérité. Mais le mal était fait. Trois jours après, une autre annonce, parue dans *L'International*, relayait l'information. En une semaine, *Le Quotidien de la République*, l'*Information Matin*, *Le Quotidien du prisonnier* consacraient un article à ce sujet. Des spécialistes prirent la parole. Le répondeur de Vassilieff enregistrait leurs interminables doléances. Une semaine plus tard, la folie s'était essoufflée.

Iouri mena des campagnes plus discrètes dans *Art Revue.* Par exemple, le treize mars :

Carré noir sur fond blanc

Wilfried Honegger

Le quinze :

Tableau piège. Ceci est un leurre publicitaire.

, «

merveilleux

: ! bonheur

Achetez »

Wilfried Honegger, 07744222

Quelques artistes laissèrent des messages d'insulte – ils criaient au plagiat, au manque d'inspiration ou à l'imposture. Mais Iouri continua. À la page cinquante-quatre de son carnet, les petites phrases se succédaient. C'était le laboratoire d'idées. « Ceci est mien, mangez-moi », « Votre esprit est pénétré de mon nom », « Ce mot prend possession de votre esprit », « Jeune femme cherche mari, esprit sain(t) », « À travers les lettres et les signes, je lis ton âme, je te pénètre. » « Art sous pression », « Il faut payer pour avoir sa place. Payez pour être vu. »… Certaines de ces tournures trouvèrent leur place dans des revues – le reste dort dans le carnet. Un peu plus loin sur la même page, on lit ce passage énigmatique : « L'Ange sans sexe fertilise par son verbe, par le trait net de sa voix, le corps et de la vierge. Son verbe va droit au ventre. » Le vingt-trois, sur les ondes de la Radio Mouvement Vassilieff lisait une annonce iconoclaste :

> *Vous écoutez la voix de l'ange artiste. L'icône sonore qui illumine et fertilise votre intérieur. Vous êtes pénétrés de mon nom et de l'esprit créateur. Demain, jour de Résurrection, vous revivrez en moi. Ce sera le sacre de l'œuvre, qui s'annonce et grandit en vous.*
>
> *Wilfried Honegger.*

Le standard de la radio sauta aussitôt après. Des illuminés pensaient trouver leur guide, des orthodoxes étaient profondément heurtés, des laïcs insurgés. Le lendemain, pour la tranquillité de tous, la suite fut censurée. Vassilieff savait qu'il avait gagné.

Les pages suivantes sont recouvertes d'annonces parues dans les pages « Rencontres » des revues de chasseurs, de travaux pratiques pour femmes seules et de petits quotidiens régionaux. Vassilieff fit paraître quelques photos pleine page dans des magazines, accompagnées de la mention « Ceci est une œuvre d'art » ou « Ceci est une propagande artistique » et signées Wilfried Honegger. De très courts poèmes en forme de haïkus, des aphorismes, de petites répliques ressemblant à du théâtre, redéfinissaient l'espace dans lequel elles s'inséraient. Parler de la tempête des mots, d'une pluie d'encre ou de l'immense ville à l'horizon, c'est changer le regard sur une pauvre feuille de journal, qui devient la toile où le verbe se dépose. Iouri joua sur l'actualité – il fit des pieds de nez à la grande Histoire.

En quatre mois, Vassilieff fit paraître plus de trois cents annonces, une dizaine d'interviews, et reçut près de trente mille réponses à ses messages. Le premier avril, il déposa quatre-vingt-quatre plaintes contre les quotidiens, hebdomadaires et mensuels dans lesquels il avait fait paraître ses œuvres, et bien sûr contre Radio Mouvement pour prise illégale d'intérêt et détournement de propriété intellectuelle. L'ensemble était rédigé par une avocate de grand renom, Victoire Albanel. Iouri, ce faisant, apparaissait comme le premier artiste publicitaire.

L'ampleur de l'œuvre réalisée par l'ancien peintre éveilla une forme de respect dans le milieu. Ses vieux amis se rapprochèrent de lui ; une ou deux galeries le contactèrent. Et Victoire débordait d'enthousiasme. Pour faire valoir les droits de son artiste, l'avocate accorda des entretiens et publia des tribunes. Selon elle, tous ces journaux, grâce aux annonces de M. Vassilieff, s'étaient transfigurés en œuvres. Les coups de fil passés à son domicile étaient la preuve de ce que son œuvre avait eu des spectateurs. Et si ses œuvres étaient siennes, il devait, en toute logique, toucher une partie des recettes, au titre du droit d'auteur. Il reviendrait au juge de statuer sur la nature artistique de ces productions. Mais si le juge reconnaissait ces œuvres, leur prix aurait valeur légale. Et Iouri devenait riche.

Victoire et Iouri écrivaient là les plus belles pages de leur histoire d'amour.

La presse, avare et conservatrice comme toute corporation, était vent debout contre la partie plaignante. Le ministère des Affaires juridiques tenait pourtant à soumettre ce problème à la sagacité de ses juges. Pour l'exemple, il y eut donc un procès. Il dura trois jours. D'éminents avocats passèrent à la barre pour défendre les intérêts des groupes de presse. Le dossier complet, fourni par la partie plaignante, était composé de lettres en tout genre, de témoignages de soutien et d'enregistrements sonores. Alexandre Sorrus fut appelé comme témoin pour son entretien avec l'artiste publié dans *Le Quotidien du prisonnier*. Garousse avait voulu donner son avis. À la dernière minute de la dernière audience, Iouri Vassilieff se leva et tint ce discours :

« Tout créateur paye sa matière première, ses couleurs, ses pinceaux, parfois même son lieu d'exposition – j'ai acheté un espace publicitaire pour insérer mon œuvre en toutes lettres dans le flux quotidien des nouvelles du monde. Ce faisant, j'ai échangé la honte de payer en condition d'existence de mon œuvre. J'ai payé pour m'annoncer au public.

« Comprenez une chose, monsieur le juge. Il n'y a plus d'autre espace artistique que l'espace de la réclame. Tout projet artistique est orienté par et pour le marché ; il s'y livre absolument. Chaque geste doit être pensé à l'aune de cette société spectaculaire – par et pour elle. Si vous ne reconnaissez pas à mon *travail* le statut d'œuvre d'art, vous fermez la porte à l'expression de l'avenir. »

Le visage grave, il se rassit. Un mois plus tard, Vassilieff était débouté. Le juge faisait valoir qu'un autre artiste avait mis en place un système d'annonces comparable et qu'à ce titre, l'œuvre de M. Vassilieff ne pouvait prétendre à aucune originalité.

Victoire Albanel devait arriver d'une minute à l'autre. Il fallait préparer la stratégie des mois à venir. Iouri tremblait de rage. Dans tous les sens, il reprenait son carnet pour renouer le fil des événements. Au bas d'une page, il découvrit ces lignes prémonitoires :

Même si cela ne marche pas, si mon art n'est pas juridiquement reconnu, je serai gagnant. On aura parlé de moi. Je me serai fait un nom.
Dans tous les cas, conserver une centaine de numéros de chaque journal, les numéroter, les contresigner. Je pourrai les proposer à la vente dans ma galerie.

La porte tinta. Victoire arrivait – aussi belle que le jour de leur première rencontre.

Amin Carmichael

La Frontière du jour, 365 camions, colline du Calvaire, 6 h 30

Quelques mois après sa sortie de l'hôpital, Dolorès s'installa dans un petit appartement. Située à la bordure est du quartier de l'Horloge – un faubourg qui tenait son nom du campanile baroque, dont le bourdon fêlé émettait un carillon lugubre –, sa rue était fort sympathique. Dolorès se sentait bien dans ses trois pièces. Oubliés les tableaux, écartés les vieux meubles, abandonnés tous les livres, Dolorès se bornait à vivre sans presque rien. Présenté sur son chevet, le réveil qui venait de chez Auguste – l'un de ses rares vestiges – avait ce tic-tac délicat qui peuplait sa nuit. C'était un réveil de voyage dit « militaire » enchâssé dans un coffret de marocain rouge. Il sonnait jusqu'aux quarts d'heure.

Dolorès passait le plus clair de son temps sur son fauteuil, face à la fenêtre. La vue sur les toits filait jusqu'à l'Opéra – elle voyait la grande tour du Méridien, l'église du Saint-Sauveur et la Grande Cathédrale, quoique de très loin. La nuit, la Voie lactée l'enveloppait. Elle avait le sentiment de vivre dans une ville assiégée, derrière un mur d'enceinte. Au pied de l'immeuble, un café immense, où Dolorès venait passer les premiers moments du jour, faisait une sorte d'animation rassurante. Il était toujours fermé le soir – même lorsque les jours s'allongeaient, même lorsqu'il faisait bon profiter de la douceur de l'air.

Dolorès quitta son domicile vers quatre heures trente. – Pour une fois, elle partait à l'heure. Habituée à se décider à la dernière minute et aux retards, il lui fallait ranger un placard, terminer la mise au net de son journal ou reprendre ses essayages juste avant de devoir partir. Cette manie avait fait le malheur d'Auguste qui ne s'habitua jamais aux délais infinis que sa femme mettait à se vêtir. Mais cette fois-ci, la situation était tout autre. La performance d'Amin Carmichael devait débuter vers six heures trente et pour rien au monde elle n'aurait voulu la négliger. Dolorès décida pourtant de se rendre au lieu-dit à pied, pour profiter de cet après-midi avant la tombée du jour.

Vers quatre heures trente-cinq, Dolorès longeait l'ancienne gare, emmitouflée dans les échafaudages. Il y avait du soleil, certes, mais le vent, violent par moments, et les quelques nuages ne permettaient pas de dire qu'il fît absolument beau. Selon les gazettes, Traoré transformait la gare désaffectée en œuvre d'art. Pour l'heure, il n'y avait rien à voir. Juste des tas de gravats et la grande horloge dont les aiguilles arrêtées indiquaient un instant fantôme. Dolorès fit un détour pour éviter la fontaine des Vertus – elle procédait toujours de la sorte, même si cela lui faisait perdre un temps considérable. Son père, le dimanche, emmenait la petite famille en pèlerinage dans ce quartier qui était celui de son enfance. Là il avait joué aux billes, ici il mangeait des glaces : c'était l'image même de l'ennui et du temps perdu. Dolorès força le pas pour éviter les traces de ces souvenirs.

Depuis quelque temps, Dolorès avait mal un peu partout. Une douleur pulsative, insidieuse, du cou jusqu'aux orteils. Torturée par la souffrance, elle faisait des insomnies. La nuit précédant la performance d'Amin, elle avait d'ailleurs très mal dormi. Les volets battaient et le carillon sonnait ses trois coups à travers le ressac des feuilles de platane. Souffrant le martyre, elle avait cherché son réveil sur le rebord de son chevet. Il était quatre heures trente-cinq. Très précisément. Les minutes passaient sans qu'elle osât bouger, suspendue au mouvement de la trotteuse qui enroulait la fine paillette phosphorescente comme un œil noir autour de sa chambre. L'air de la nuit couvrait le souffle régulier de son chat allongé sur la couche. Dolorès respirait en même temps que lui. Dans le ciel, une étoile brillait plus que les autres et la pendule du salon s'accordait à la seconde près avec son réveil. Mais, vers quatre heures quarante-cinq, les deux montres se mirent à avancer en syncope. La première donnait les secondes avec gravité – la seconde répliquait au pied levé, un tout petit peu plus tard. Les deux machines continuaient pourtant d'indiquer la même heure. Dolorès aurait voulu prendre un bain froid pour soulager ce genou qui la lançait. Le matin en se levant, il lui fallait une grosse demi-heure pour délier chevilles et poignets.

En contournant la fontaine, Dolorès passa à proximité de l'immeuble de Mike Bromberg et de Valérie Hornstedt. À quatre heures cinquante-deux, elle marqua un arrêt sur le seuil de leur porte. Un immeuble sans fioriture, terne, presque sale. Elle se souvint du jour où Evariste Marlon lui avait raconté l'enfer que vivait Mike dans son rez-de-chaussée. La petite cour, fleurie et arborée, avait convaincu Mike qu'il vivrait heureux ici. Mais dans son jardin, parce qu'il était encastré au cœur de l'immeuble, Mike retrouvait les mégots, les crachats et les détritus de tout son voisinage. Il était obligé d'allumer ses lumières dès le matin et les gens sonnaient à sa porte pour un oui ou pour un non. Des coursiers, des facteurs, des commis ou de simples visiteurs. Selon son humeur, Mike induisait en erreur les importuns, leur criait dessus, les ignorait ou se montrait incohérent. Rien ne justifiait qu'il se comportât comme un gardien. « Mais peut-être monsieur pourrait-il tout de même donner à Mlle Alexandra ce colis urgent ? » Mike expliquait qu'il ne fallait pas mélanger les genres et claquait la porte. Dans l'immeuble, on le prenait pour quelqu'un de prétentieux. Dolorès riait toute seule. Sur le seuil de l'appartement de Mike, un paillasson souhaitait la « Bienvenue ». Les habitants de l'immeuble, comme les gens de passage, se décrottaient les pieds dessus. Car dans l'immeuble où vivait Mike, il n'y a pas de paillasson collectif. Ni au rez-de-chaussée, ni ailleurs. Son second paillasson ne comporta nulle épigraphe.

Vers cinq heures, cinq heures cinq, quelque part entre l'avenue de la Tour et le boulevard Tronçon, Dolorès était à la recherche de la petite rue Aimé-François-Cormin. Dolorès aimait cette rue. Elle l'aimait, non seulement parce que ce passage était calme et chaleureux et qu'il lui faisait gagner du temps lorsqu'elle le trouvait, mais aussi, et peut-être surtout, parce qu'il reliait, comme par enchantement, en coupant à travers les immeubles bas et biscornus, des quartiers qui dans l'esprit de Dolorès semblaient appartenir à deux ordres de temporalités totalement distincts, voire même inconciliables – le quartier de la Vieille Gare (auquel étaient rattachés tant de souvenirs d'enfance et tant d'images de sa reconstruction personnelle) et le quartier des Cinq-Angles, populaire, animé, grouillant de visages qu'elle considérait comme sa seconde patrie et qui, à certains égards, avait encore les charmes et l'accent si particulier du temps jadis, que l'on déchiffrait sur certaines devantures, sur certaines enseignes et partout où les façades n'avaient pas été rénovées. Emprunter cette rue, c'était aussi difficile à concevoir, et réjouissant à vivre, que d'imaginer pousser une porte secrète qui vous ferait passer d'une ville à une autre, d'un continent à un autre ou d'une période de votre vie à une autre. Or, si Dolorès arrivait à retrouver la rue, presque sans difficulté, en revenant des Cinq-Angles, la chose s'avérait autrement plus difficile depuis le quartier de la Vieille Gare. Tout se passait comme si, à cet endroit du monde, les lois de la réversibilité de l'espace avaient été abolies, et la rue Aimé-François-Cormin n'était douée que d'un seul sens ou d'une seule dimension. En venant de chez elle, dans le désarroi d'une organisation urbaine sans planification précise, la rue ressemblait à un cul-de-sac, très obscur, presque invisible, coincé tout contre la Butte-aux-Merles qu'elle permettait de contourner. Dolorès perdait de longues minutes à sa recherche – ce qui, tout en l'agaçant, ne laissait pas de la réjouir. Elle comprenait par là que sa connaissance de la ville, loin de tout épuiser, de niveler les recoins et d'affadir les couleurs dans un monde trop familier, ménageait de petites poches de résistance, où le secret et le doute restaient maîtres des lieux. Mais dès que Dolorès retrouvait la rue Aimé-François-Cormin, au prix de crises et de demi-tours rageurs, c'était une libération.

À cette heure avancée de la journée, la clameur de la foule multiple qui se donnait rendez-vous sur la place des Mariniers atteignait son paroxysme. Les visages épileptiques vibraient les uns contre les autres jusqu'au vertige. Il y avait des vendeurs à la criée, des bonimenteurs, les cafés au milieu d'une rue, des femmes en haillons, des réparateurs de vélos, des petits ouvriers, des flemmards, des fous chantants, des fous haineux, des femmes sans âge, des visages cassés et des beautés divines. Résumés en quelques pâtés de maisons, les odeurs et les costumes de cinq continents faisaient découvrir la Terre entière. Chaque pays avait son pré carré ; chaque nation ses étals de fruits exotiques et de mets étranges. Au milieu des caravanes, Dolorès voyageait en apatride. Comme dans une cité ressuscitée après des années d'oubli, elle reconnaissait le coin des rues et des immeubles enfouis sous les décombres de sa mémoire, et tournait à la poursuite de ce petit magasin de souvenirs qui l'avait tant amusée la dernière fois. Mais tout disparaissait, dans le tas rabattu des cartes à jouer. Les enfants s'ébattaient en criant ; la tête fendue dans la persienne, les mères réclamaient le calme. Dolorès tendit un bras, on lui servit un verre de café noir. Les voitures, lorsqu'il y en avait, hachaient la foule à coups de klaxon. Les immeubles tombaient en ruine. Des valises vides, des planches peintes, des oreillers salis, des poubelles dégoulinantes, des monceaux d'affiches, de l'urine et des crachats, des mégots et des rognures de fruits, tout ce que l'homme fabriquait trouvait sa place.

Mais à nouveau, comme par magie, les marques de ce quartier se dissipaient en quelques pas. La rue Saint-Janvier était un seuil définitif : d'un côté les bouges malfamés, les rues borgnes et les coupe-gorge, de l'autre, les rues commerçantes, les grands magasins, les beaux immeubles, les femmes en vêtements chic et les voitures de luxe. Cette frontière, tendue à l'extrême, sans zone tampon, donnait l'étonnante impression de traverser un décor ou de passer des coulisses à la scène, sans qu'il fût possible de dire de quel côté se trouvaient les machineries. Dolorès, habituée à ne plus y penser, traversait la ville en direction du fleuve.

Au croisement de la rue du Pilier et de l'allée de la Ronde, Dolorès atteignit l'un des rares vestiges de l'antique mur d'enceinte de la Cité : une muraille faite de pierres meulières, de blocs de marbre, de briques rouges et de torchis brun, épaisse de plusieurs dizaines de centimètres, traversait le quartier de part en part. La fortification avait dû faire dix à quinze mètres de hauteur. Au fil des ans, les architectes s'en étaient servis comme d'une carrière à ciel ouvert. Auguste avait étudié les sièges successifs de la Cité par le détail et Dolorès en avait fait les frais. Certains affrontements s'étaient étirés pendant des mois. On mourait de faim, on lançait les cadavres par-dessus bord, on tuait ses frères pour rester vivant. L'enceinte, détruite et restaurée une dizaine de fois, ressemblait à ces phrases trop vastes pour être bien tournées. Une plaque commémorative gardait trace de ces affrontements. Dolorès ne put contenir l'assaut des larmes lorsqu'elle la vit. Elle s'échappa rue du Regard et dégringola la rue de l'Étoile.

Une fois par semaine, samedi matin ou dimanche soir, Dolorès remontait le ressort de son réveil. Elle accomplissait le rituel avec une allégresse quasi religieuse. Mais elle en avait peur aussi. Avec ces vieux mécanismes, il suffisait d'un tour de clé en trop pour casser une roue ou l'un de ces ressorts dont regorgeait le cœur de la machine. Fallait-il d'ailleurs tourner de droite à gauche ou de gauche à droite ? Un horloger l'avait un jour mise en garde contre les dégâts qu'occasionnait un mauvais sens de rotation. Depuis, c'était avec crainte que Dolorès actionnait la clé, interrompant son geste après quelques tours seulement. Il lui arrivait aussi, de temps à autre, dans la précipitation d'une fin de semaine agitée ou même par paresse, de déroger à ses devoirs. Alors, au fil de la semaine, jour après jour, elle sentait filer le temps, minute après minute, jusqu'à l'arrêt total du mécanisme. Ce genre d'expériences et de décalages l'avait rendue méfiante : jamais tout à fait sûre d'avoir remonté son réveil, elle ne pouvait se fier à l'heure qu'elle lisait sur le cadran le lundi au lever. Il fallait viser les autres pendules ou chercher sa montre au fond du sac. Mais, dans la mesure où chaque mécanisme avait sa petite idiosyncrasie qui rendait unique sa façon de donner l'heure – la pendule du salon avait tendance à avancer, la pile de l'horloge de la cuisine mangeait des secondes ici ou là –, il fallait s'en remettre à la voix cristalline du poste radio pour en savoir plus.

Dolorès avait regardé sa montre : il était justement cinq heures. Justement cinq heures, s'était-elle écriée, parce qu'elle venait de les entendre sonner au sommet du clocher. Sur le chemin, la radio d'un commerçant avait indiqué l'heure. Ce présentateur dont elle n'avait jamais entendu parler savait pourtant qu'il était cinq heures sur une montre, perdue au milieu de la ville, précisément la sienne à elle. C'était là un sujet d'étonnement sans fond. Sur le chemin, partout, elle avait remarqué cette coïncidence des mouvements. Les horloges municipales l'avaient fixée d'un œil rond, les aiguilles au même endroit, comme si tout le monde s'était passé le mot. Dolorès demanda à un passant de lui indiquer l'heure. C'était encore la même histoire. Cinq heures, toujours cinq heures, à croire qu'on n'avait d'yeux que pour sa montre. Au milieu de la nuit, dans le sommeil universel, la douleur avait été insurmontable. À cinq heures dix, de retour devant le café, Dolorès avait attendu qu'il ouvrît ses portes. Le jour commençait à pointer. Les ouvriers sortaient de noir vêtus, leur besace sur l'épaule. Ils marchaient avec l'entrain d'un convoi funéraire.

En passant de l'autre côté de la rue Saint-Janvier, Dolorès avait le sentiment, quoique très diffus et contradictoire, de rentrer à la maison. De chaque commerce, elle pouvait détailler l'histoire, de chaque devanture, les mues successives. C'était là qu'elle était née, là qu'elle avait grandi, là où elle avait aimé et souffert ses premières romances. Pourtant, l'embourgeoisement des populations, l'uniformisation des modes de vie et des désirs, transformait cette partie de la ville en quelque chose qui lui semblait étranger. Il y avait des magasins remplis de femmes stupides qui se contemplaient dans les miroirs. Partout les mêmes horreurs, partout la même bêtise. Les bistrots avaient été rachetés par de grands groupes qui transformaient l'ancienne vie en zone impersonnelle. Il n'y avait plus rien d'unique, rien de singulier. Tout l'agaçait tant qu'elle préférait se mentir à elle-même en s'imaginant être parmi les siens chez les pauvres – là où les choses gardaient encore un semblant d'authenticité. La vérité, c'est que Dolorès avait franchi la ligne et que, comme toute personne qui est passée d'un état à un autre, elle ne savait plus au juste où se trouvait sa place, ni même si elle en avait encore une. Les frontières, aussi nettes fussent-elles, n'en demeurent pas moins abstraites.

Dans les avenues qui bordaient le fleuve, des enfilades de voitures, de camions et de fourgonnettes à l'arrêt donnaient à l'impatience du demi-jour une coloration mécanique. Et si Dolorès sentait que sa progression dans la ville la faisait continuellement passer d'un ordre déterminé de l'espace-temps à un autre, c'était désormais en traversant des barrières de voitures qu'elle voyageait. D'une rive à l'autre des boulevards, on zigzaguait entre les pare-chocs, on contournait les motos pour se défier des bicyclettes. Dolorès se souvenait qu'entre deux voitures, soit que le véhicule avant eût reculé, soit que ce fût le contraire, une amie de sa mère s'était fait sectionner les deux jambes. Dolorès ne pouvait plus traverser les rues sans craindre un châtiment. Or le boulevard de la Patrie, saturé de véhicules, fumait comme un chaudron. Il fallait venir à bout d'une dizaine de files pour arriver aux rives de la Maleine.

Vers cinq heures quinze, Dolorès traversa le fleuve. Les pluies des derniers jours avaient sensiblement accru le débit de la Maleine. Dolorès préféra le Pont-aux-Fleurs au pont Nicolas-II. Moins roucoulant, il offrait une perspective dégagée sur l'est de la ville sans les éternels amoureux pour étaler les marques indélébiles de leur affection. Au loin, elle devinait l'hôtel Conti, le Théâtre du fleuve, les bateaux à la dérive. Les paroles d'Auguste surnageaient encore. Elle continua vers le parvis de la Grande Cathédrale, pleine de touristes et de photographes – ces bienheureuses grappes familiales si chères à Valérie. À cinq heures vingt, Dolorès passa sous les fenêtres de l'ancien bureau de son frère où rien n'avait changé depuis son éviction.

Son histoire était terrible. Dolorès ne pouvait passer à proximité de la rue sans trembler d'effroi. Informaticien de formation, son cher frère avait monté un à un les échelons de sa banque. En quelques mois, il devint le cadre le plus jeune de toute la société. La confiance unanime qu'on lui témoignait était d'autant plus remarquable qu'il n'eût pas été surprenant d'assister, dans un lieu si concurrentiel, à une surenchère d'ingéniosité pour précipiter sa chute. Mais, loin d'aiguiser les jalousies, la maîtrise sereine et le savoir modeste de Robert suscitaient chez ceux qui le côtoyaient une saine émulation. Robert était devenu la pièce maîtresse de l'échafaudage informatique de la Banque. Dolorès était si fière. Doué de qualités hors du commun, il se fit à ses nouvelles prérogatives sans se sentir écrasé par la charge. Jamais arrogant, aussi humble et avenant qu'à l'accoutumée, il n'affectait aucune condescendance vis-à-vis de ses subalternes qu'il considérait comme ses égaux. Mais par un beau jour de printemps, un événement aussi surprenant qu'improbable survint dans la Banque. Robert, face à l'écran géant de son ordinateur, était dans l'incapacité de travailler. De longues minutes s'écoulèrent sans qu'il pût déverrouiller le système. Ses collègues, inquiets, tentèrent de le ranimer. Mais Robert n'était pas de mauvaise volonté. Il confondait les signes sur les touches, taper lui semblait contre nature. Aussi étonnant que cela pût paraître, son amnésie n'affectait que la région de sa mémoire ayant trait à son labeur. Des milliards étaient en jeu – les dirigeants se rendirent à l'évidence. En quelques heures, le sous-responsable de l'équipe fut nommé en lieu et place de l'indésirable. Robert partit chez ses parents. Dolorès, qui avait déjà du mal à se tenir debout, ne put rien faire pour le retenir dans sa chute.

Elle regardait les bureaux les bras ballants. Il s'agissait d'une de ces tours en verre, à peine fumé. On voyait les employés besogner comme des insectes. Il n'était pas encore l'heure de regagner son domicile.

À cinq heures vingt-cinq, Dolorès contournait la rue des Prêcheurs et rejoignit tant bien que mal l'avenue Mortemart, en direction du boulevard de Brantôme. Dans cet enchevêtrement de grands boulevards, elle avait toujours eu du mal à s'orienter. Chaque croisement était un sujet d'hésitations. Dans ce monde démultiplié à l'identique, tout avait la même allure. On aurait pu changer des blocs entiers d'habitations sans que personne s'en aperçût. Plus d'une fois, Dolorès s'était d'ailleurs perdue dans ce dédale de rues calmes et tristes. Chaque signe la renvoyait à une fausse piste, les démarcations étaient trompeuses et les habitants bougeaient comme des fantômes. Même aux plus belles heures du jour, les bourgeoises et les enfants des bonnes familles avaient au fond du regard cette marque profonde de désarroi qui vous engourdissait.

Dans la douceur de cette fin de journée d'automne, quelque chose illumina pourtant la conscience de Dolorès. Le bleu du ciel commençait à s'approfondir. Ceinte dans le voile ouaté d'un souffle tiède, la rumeur s'estompait. Les martinets tournoyaient en criant comme des fous. Les mouettes, plus haut dans les airs, ricanaient sur les courants d'altitude. Et le merle, perché sur un toit, entamait sa complainte amoureuse.

Dolorès voyait avec surprise les habitants du quartier profiter de ce moment fragile – elle les avait toujours crus « désaffectivés », utilisant par déformation ce mot qu'on lui avait appris à l'hôpital. Certains riverains s'installaient sur les bancs, pour sentir la brise légère leur lécher le visage. La lueur des premières étoiles pointait au-dessus des boucliers de tuiles, et la lune apparaissait entre deux antennes. Dolorès aurait pu s'oublier là. Mais une main, sortie de l'immeuble d'en face, déploya le bruit métallique du volet qu'elle refermait comme la grille d'une prison. Voyant le jour décliner, un homme, ou une femme, comprenant qu'il lui faudrait bientôt coucher les enfants, regarder la télévision et se mettre au lit, sans y penser, mû par une sorte d'instinct aussi vieux que lui, décidait d'en finir au plus vite avec cette journée.

Il était cinq heures quarante-cinq. Dolorès se souvint qu'elle avait rendez-vous avec Amin. Le cimetière n'était pas loin : il ne fallait surtout pas tomber sur Adrien. Dolorès pressa difficilement le pas. La marche aiguisait sa douleur.

La frontière entre la nuit et le jour excitait Dolorès depuis son enfance. Elle préférait manquer de sommeil que rater ce moment sacré. Le plus souvent, elle s'installait à la petite table, serrée le long de la vitrine du café, en attendant que le jour se levât. Parfois longtemps. Elle sortait son journal, couvrait les pages de son écriture fine et appliquée. Les étoiles s'effaçaient une à une, tandis que les rayons du soleil gagnaient en intensité. La grosse pendule au-dessus du comptoir égrainait les secondes. Toutes sortes de gens se pressaient là pour siroter leur premier café ou vider leur dernier verre. Dolorès, à cheval entre deux mondes, n'appartenait à aucun de ces deux univers. Aux équinoxes, la lumière du jour pointait aux alentours de six heures, six heures dix. Dolorès retenait son souffle. Elle attendait le premier rayon, en imaginant les progrès de la ligne d'ombre à la surface du globe. Chaque minute voyait le déplacement de cette impalpable frontière. Une fois le soleil levé, elle sortait du café et marchait une ou deux heures. C'était un océan de lumière.

Vers cinq heures cinquante-cinq, Dolorès traversa la rue Chasselas. Depuis toujours, elle ressentait une forme d'inquiétude lorsqu'elle passait à proximité de cette rue. Comme si rien de bon n'avait pu participer de ce lieu. Comme si l'ensemble des maux connus s'était concentré à cet endroit de la ville, sans qu'elle sût pourquoi. Il est vrai que le cabinet de son « oto-rhino » était situé au soixante-six et qu'il avait eu pour habitude de la faire souffrir terriblement sur son fauteuil en cuir. Mais les choses auraient aussi bien pu être considérées à rebours : ce diable à aiguille n'avait pu ouvrir son cabinet à cet endroit de la ville qu'à la faveur d'une sorte d'aura maléfique qui condamnait cette rue aux basses besognes. D'ailleurs, Valérie Hornstedt n'avait-elle pas habité au treize rue Chasselas avec Mike ? Une preuve de plus que le ver était déjà dans le fruit.

Dolorès avait fait la connaissance de la photographe à la faculté. Elles suivaient le cours d'Auguste Griffin et avaient sympathisé avec leur professeur. Ensemble, elles avaient fait les quatre cents coups. Mais leur rivalité pour attirer les faveurs d'Auguste avait quelque peu altéré leur camaraderie. Dolorès se souvenait du jour où elle avait appris que Valérie se séparait de Mike. Sur le moment, la nouvelle lui avait paru improbable. Dans son groupe d'amis, Mike et Valérie étaient considérés comme un modèle d'équilibre et de douceur. Discrets et attentifs, drôles et sereins, on ne les avait jamais vus se disputer. Leur séparation fit comme un coup de tonnerre dans un grand ciel d'été. Pourtant, quelque temps avant la séparation, Valérie, en larmes au milieu de la nuit, avait appelé Dolorès. Elle s'en souvenait comme si c'était hier et relisait souvent dans son journal les pages consacrées à cet événement. La conversation dura une bonne partie de la nuit. Valérie pleurait, criait en maudissant les dieux. Puis, entre larmes et hoquets, elle avait révélé à Dolorès le sujet de ses angoisses. La porte de sa chambre, ou plus précisément de leur chambre, ne fermait plus totalement. La chose aurait pu passer inaperçue. Mais pour Valérie, ce détail prit des proportions telles que plus rien n'arrivait à contenir les bouffées d'angoisse qu'éveillait en elle l'espace incompressible laissé béant entre la porte et le chambranle. Lorsque Valérie voulait se coucher un peu plus tôt, parfois sans rien manger, pour se retrouver seule, le fait de ne pas arriver à fermer la torturait. Les odeurs de cuisine la dérangeaient, la musique, les conversations et les rires l'accablaient terriblement. Valérie avait bien sûr essayé de raboter, de graisser, de forcer, mais rien n'y faisait, le petit espace, quelques millimètres tout au plus, laissait passer le jour. Au milieu de la nuit, au gré des courants d'air, la porte s'ouvrait parfois presque totalement – le parquet de ces immeubles n'étant jamais horizontal, le dénivelé entre le couloir et la chambre suffisait à faire pivoter les gonds.

La précision de ces détails avait laissé perplexe la pauvre Dolorès. Les paroles qu'elle risquait pour rassurer Valérie, les conseils qu'elle improvisait semblaient aggraver la situation. Valérie était hors d'elle. Au travail, elle pouvait encore se protéger derrière ses paravents. Avec Mike, elle perdait tous ses moyens. Car ce qui faisait le plus souffrir Valérie, c'était précisément le manque d'égards de Mike. De façon systématique, il laissait la porte ouverte en revenant des toilettes au milieu de la nuit – un léger sourire sur les lèvres, comme pour forcer Valérie, au comble de l'effroi, à se relever. Il riait lorsqu'elle lui demandait de bien vouloir bloquer la porte avec une chaise. Il la taquinait, avec insistance, avec lourdeur, sans comprendre que cette chambre, qui ne pouvait être close sur elle-même, l'inquiétait réellement. Mike n'avait jamais rien compris aux portes.

À six heures dix, Dolorès parvint aux confins de la ville. Les premières pentes de la colline du Calvaire montaient en douceur. Elle atteignit le sommet vers six heures trente. Le soleil approchait de l'horizon, mais le vertige interdisait à Dolorès d'apprécier le panorama. Elle s'enfonçait à travers les terrains vagues, en tournant le dos à la lumière. Poussées par la brise, les herbes hautes faisaient ce mouvement de pendule que les ombres démultipliaient. Cette image lui rappela un rêve qu'elle fit la nuit précédente, avant que sa douleur ne la tirât du sommeil. Le chemin gorgé d'eau conservait trace des promeneurs. Une centaine de pas frais trouaient l'argile et la glaise. On avait tourné en rond, dansé sans fin, imploré les esprits. Il était six heures trente-cinq ; Dolorès avait marché pour s'épuiser. Sur les hauteurs de la colline du Calvaire, l'atmosphère était plus sereine : une odeur de terre chauffée par le soleil et de feuilles en décomposition vous transportait loin. On se serait cru en pleine campagne. La soudaineté de ce passage de l'urbanisme aux champs, surprenait Dolorès, habituée à la déperdition progressive et quasi imperceptible de l'enchevêtrement de rues et de maisons, comme au nord du quartier de l'Horloge où la ville mourait, si lentement. Mais à cet endroit, trop grasse, trop fatiguée pour s'élever sur la colline, la cité s'éteignait sans un soubresaut. Le chant des oiseaux remplaçait les sirènes et les papillons venaient vous chatouiller le nez. Auguste avait adoré ce refuge. À la recherche des antiques remparts de la ville assiégée, il imaginait les batailles, les assauts, la résistance et les morts, empilés sous la colline. Ces derniers temps, les choses avaient pourtant changé. On avait retourné la terre. Des constructions nouvelles polluaient la vue et quelques hangars montraient leurs dents.

Une voiture klaxonna. Dolorès marchait trop lentement. Un parking sauvage était improvisé au milieu d'un champ. Dolorès approchait sans doute du lieu-dit. Des dizaines de voitures bordaient le chemin. Il y en avait partout. À côté des voitures de luxe, les chauffeurs assistaient au défilé des tenues de soirée. La pluie des derniers jours avait rendu le chemin boueux. En talons aiguilles et robe de soirée, il était à peu près impraticable. Le pied potelé de Mme de Richemont était sorti de son soulier (un superbe escarpin clouté de la maison Mulette), enlisé dans la gadoue, et la grosse dame avait couiné comme un canard avant de s'agripper à son voisin. Les chauffeurs durent accourir et la baronne, toute souillée, menaça de rentrer chez elle. L'attachée de presse faillit perdre ses moyens lorsqu'elle comprit que la baronne voulait qu'on lui apportât une nouvelle tenue.

La foule était massée au bout du chemin. De chaque côté de la route, les gens trépignaient, comme avant le défilé de tanks le jour de la fête nationale – mais les tenues de soirée rendaient cette ferveur si surprenante. À gauche de la route, plusieurs centaines de spectateurs arboraient des fanions jaune et noir ; de l'autre côté, de petits drapeaux bleu et noir. Les assistants d'Amin Carmichael les remettaient aux nouveaux venus en les répartissant autour de la voie de passage. C'était une fête bien organisée. On tendit un drapeau jaune et noir à Dolorès. Sans doute fallait-il qu'elle s'en servît comme ses voisins (ou devait-elle désormais dire ses concitoyens ?) « Vive les jaune et noir ! » criait une paire de lunettes, le verre de cocktail en l'air – « À mort les traîtres ! » une chemise à fleurs soignée. Sur certains visages, la haine féroce et l'envie d'en découdre pouvaient se lire, sur d'autres l'empressement mondain de ceux qui veulent faire des rencontres ou prendre du bon temps. Dolorès, étouffée par la foule, imaginait les indicateurs chargés de collecter les informations et de dénoncer les agents doubles. Elle feuilleta les petits prospectus qu'on lui avait remis. Il y avait les chants patriotiques des jaune et noir. Les contrevenants seraient sans doute traînés devant les tribunaux de la direction artistique. Autour d'elle, le chauvinisme se manifestait dans toute son indécence ; la clameur de la foule était unanime, quoique les invectives entre les factions opposées fussent de plus en plus violentes. Pour un peu, on aurait pris les armes. Dolorès ne sut que faire de son ustensile coloré qu'on la pressait d'utiliser. Malgré les risques encourus, elle le rangea dans son sac et inspecta le public avec attention.

Au sommet des gradins, installé un peu plus loin le long de la route, Manuel Tiano, le vieux critique d'art, regardait le déroulement des événements à travers ses jumelles. Dans le ciel, un nuage de fumée décomposait la lueur orangée du soleil couchant. Un ronron continu avançait vers l'assistance, comme un bataillon d'engins mécaniques. Entouré de deux jeunes femmes, Tiano faisait le coq. L'une était vêtue de noir et de jaune, l'autre de bleu et de noir. Chacune déployait des trésors d'ingéniosité pour attirer l'attention du maître. Quelques rangs plus bas, Dolorès reconnut Philippe Ixent, le ministre des Affaires culturelles, accompagné de sa fidèle épouse, de Chantal Rastel et de Raymond Splinetta. Tous trois avaient épinglé leur fanion sur le revers de leur veste.

À travers le paysage, on devinait une longue enfilade de véhicules motorisés. Plusieurs dizaines de machines roulaient au pas, chargés d'immenses blocs de pierre. Elles serpentaient sur les petites routes jusqu'au sommet du Calvaire. Des tourbillons de poussière voilaient l'éclat des premières étoiles. De plus en plus bruyante, de plus en plus imposante, la caravane approchait. On aurait dit une montagne mise en branle. Un mur fondait sur le public. Au loin, le lac Borgras scintillait comme une pièce d'argent.

Un des assistants d'Amin Carmichael entreprit de galvaniser les troupes. Il entonnait des chants sportifs fameux. Il fallait agiter les fanions et crier fort. On leva les bras, on sautilla, on se cassait la voix.

Dolorès traversa la route pour apprécier l'arrivée de l'œuvre. Elle fut copieusement sifflée par ses concitoyens. La puissante lumière des derniers rayons enflammait les arbres comme des torches monumentales. Les spectateurs, mouillés de couleur, avaient une grâce que seul le couchant parvenait à révéler. Carlos Schwab était à deux pas de Dolorès. Il agitait comme un dément son drapeau bleu et noir.

Dolorès approcha pour le saluer. Il parut gêné. Depuis la mort d'Auguste, Carlos n'avait pas fait un geste – pas une lettre, pas un appel. Officiellement, il ne trouvait pas les mots justes pour dire sa peine. En réalité, il avait oublié de le faire. Dolorès constatait que son costume était ridiculement petit. Le peintre, qui n'était déjà pas bien grand, ni très épais, semblait rétréci par ses vêtements. Sans doute Carlos avait-il cherché à bien présenter pour l'occasion. Mais on l'avait mal conseillé. Les manches lui arrivaient au-dessus des poignets, à chaque mouvement la couture dans son dos menaçait de craquer. Carlos, il est vrai, n'avait jamais su s'habiller. – Mais tout cela le rendait presque attachant. Dolorès lui trouvait un air mutin qui l'amusait.

– Trois cent soixante-cinq, lâcha Carlos.

– Pardon ?

– Trois cent soixante-cinq. Il y a très exactement trois cent soixante-cinq camions !

– Vous voulez rire ?

– Pas le moins du monde. Pour tout vous dire, j'avais été pressenti pour conduire l'un de ces trois cent soixante-cinq camions. On m'a finalement écarté, à la dernière minute. Je ne suis pas assez robuste à ce qu'il paraîtrait. J'ai pourtant fait mes preuves à l'armée.

– Je n'ai jamais douté que vous fussiez très méritant, fit-elle en lui touchant le bras. Je vous ai même toujours trouvé très fort…

Carlos Schwab rajusta sa veste qui le gênait à l'encolure. Puis il agita son fanion en criant aussi fort que son voisin.

Pour marquer le départ de son convoi, Amin Carmichael avait choisi une date particulière. La plus particulière d'entre toutes, puisqu'elle devait ne pas se présenter. Les astrologues, réunis en symposium, avaient en effet ordonné la suppression d'un jour du calendrier, pour respecter la concordance des révolutions célestes avec le temps sur terre. On allait passer du jour au surlendemain sans discuter. Un jour entier disparaîtrait, mangé par le ciel et les étoiles, absorbé dans l'oubli, sans voir le soleil se lever, perdu quelque part d'où jamais rien ne reviendrait. Amin Carmichael avait pensé qu'il ne pouvait y avoir meilleur moment pour annoncer le départ de sa frontière mobile dans l'espace-temps. Pour être exact, il semblerait même que son projet tout entier eût été dicté par cette lacune du calendrier.

Lorsque le premier camion approcha de la foule des spectateurs, un cri d'émoi retentit jusque dans la vallée. On agitait les fanions comme sur le passage d'un homme d'État. Arrivé à hauteur de la tribune présidentielle, le premier camion, chargé de pierres, de rocs, de dalles et d'immenses rochers, s'immobilisa dans un nuage de poussière.

La porte s'ouvrit.

La peau tannée par le soleil, les cheveux blanchis par les ans, Amin Carmichael descendit les quatre marches qui le séparaient du sol et grimpa sur une petite estrade ponctuée de micros noirs. Une salve d'applaudissements accompagnait l'arrivée de l'artiste. Sur le pupitre, on pouvait lire : « La frontière du jour », suivi de la date fantôme. Amin avait revêtu un splendide costume bleu. Il semblait aussi beau qu'un pilote de ligne.

À la municipalité, aux assistants, au ministère, à ses amis, venus si nombreux assister « au départ de la frontière mobile dans l'espace-temps », il était reconnaissant. Amin s'éclaircit la voix. Il semblait pénétré par l'idée de la tâche à accomplir. Les trois cent soixante-cinq camions qui composaient le convoi étaient partis à l'aube de la grande carrière de Morlac, située à l'est de la ville, chargés de blocs de calcaire ocre, lourds de plusieurs tonnes, pour rejoindre le point de départ effectif sur le sommet de la colline. Le voyage à travers les continents allait maintenant débuter. Il serait long. Très long peut-être. Pendant des jours, il faudrait rouler. Sans doute le convoi ferait-il le tour du monde et du calendrier avant de découvrir l'emplacement libre où ériger la frontière spectrale. C'était probable. Quel pays accepterait l'établissement d'une frontière sur son sol, même à des fins artistiques, nul ne le savait pour l'heure. Sept kilomètres de long, quatre mètres cinquante de hauteur, large d'au moins deux mètres, cette muraille, sans foi ni loi, avait de quoi déchaîner les passions. Ce déplacement, Amin le savait d'avance, occasionnerait des formes de conflits de limite (pour autant qu'il ne saurait être perçu autrement que comme un contre-pouvoir) auxquels seule l'expulsion de la frontière hors du territoire pourrait mettre fin. Son œuvre, apatride, transfuge, refoulée, allait donc errer dans les déserts sans nom qui bordent les pays. La démarcation artistique serait une mise à l'épreuve des lois de l'inhospitalité. Ne serait-ce que pour quitter le territoire national, il avait fallu de longs mois de négociation avec les autorités afin que le passage du « convoi exceptionnel », qui nécessitait la fermeture de certains axes secondaires, l'élargissement de quelques routes et le contournement de certains obstacles, fût acceptée. Mais Amin n'aurait pu imaginer meilleure entrée en matière : ce déploiement planifié et aléatoire de la frontière dans l'espace et dans le temps était l'objet même de ses recherches.

Le public, unanime, cria à l'artiste tout l'amour qu'il éprouvait pour lui.

Dolorès regardait Amin. Elle regardait ses mains, ses yeux. Elle regardait sa bouche. Toujours aussi grand, toujours aussi beau. Une fois – il avait tenté de l'embrasser. Une fois seulement, il avait posé sa main sur sa main. Dolorès, sauvage, violemment pudique, s'était enfuie. Quelques mois plus tard, elle lui avait préféré Auguste.

Perché sur son estrade, imposant le silence, Amin Carmichael demanda à Carlos Schwab de venir le rejoindre. Son ami le plus cher, son confident le plus sincère, ouvrirait la voie dans le premier camion – le temps pour Amin de boire un verre avec ses amis. Carlos

Schwab tremblait d'émoi. Il ne s'était préparé à rien. Il remercia l'artiste, fit un signe au public et s'installa derrière le volant dans un silence quasi mystique. Tout le convoi s'ébranla à sa suite.

Pendant près d'une heure, les camions, dans la lueur bleu et rose de la première veille, se succédèrent devant une foule rayonnante de joie. Sur chaque camion, un monticule de pierres et de dalles grossières tenait à un entrelacs de sangles. Certaines roches, l'œil triste, ressemblaient à des baleines ; d'autres, plus pures, présentaient l'éclat des façades propres. Dans la lumière changeante, l'ocre de la pierre prenait des tons fauves.

Dolorès contemplait l'étalement de la couleur sans faire de bruit. D'un côté, le ciel avait l'accent du soleil couchant, de l'autre il jouait la gamme complexe des teintes nocturnes. Cette fraction mobile de la voûte céleste, altérée par les vents et la fuite des secondes, s'opérait par degrés insensibles, sans révéler ce lieu où le continuum chromatique basculait du chaud au froid. Mais à mesure que le ballet mécanique poursuivait son œuvre, un drapé nocturne estompa ces différences, noyées dans un bain de bleu. Des millions de sels d'argent perforaient une maille acide sur la nappe céleste. Le défilé des colosses rocheux sur le dos de la colline, faisait croire à un démembrement du paysage, à une fuite de la montagne, pourchassée par l'escrime des phares.

On alluma de grands brasiers. Une allégresse incompressible contaminait la foule – la ferveur patriotique se muait en procession tribale. La robe longue des cheveux bouffants dansait dans les airs – les pieds blancs nageaient dans la poussière. Des torses frappaient les mains, des cris tisonnaient le feu. Les jambes sautaient les flammes – les poings faisaient la guerre. C'était une folie vraie, un rêve solide. Des hourras accueillaient les héros. Leurs feux clignotaient, les sirènes tintaient. Tête riante, bras dehors, ces fiers gladiateurs saluaient leurs partisans – les fleurs germaient, des mots d'amour, des cotillons, des notes frêles entonnaient la messe spontanée du départ de la limite sur le continent. Les camions, bénis par le public sur le sommet de la colline, redescendaient vers la vallée. Le gaz rougeoyant sur le ciel noir bouchait tout horizon.

Dolorès se leva. La masse étoilée explosait sur ses cheveux. Elle découvrit l'étoile qui surveillait son lit. Une lueur fragile, intermittente, qui virait du rouge au bleu, du vert à l'orangé. L'étoile de Dolorès n'arrivait pas à se fixer. Comme la couleur, se disait-elle – comme les choses véritables dont la vie déborde et crève les seuils –, comme la douleur, pensa-t-elle, la douleur qui transperçait ses membres. Tout semblait pâle à côté. Protéiforme, labile, étincelante, la torture s'apparentait à la hargne des coups d'épingle. Et le spectacle n'y changeait rien, bien au contraire. La douleur, plus profonde à mesure que les camions avançaient, s'étalait sur son corps avec le fracas des klaxons de joie. Dolorès sentait les ramifications de sa souffrance rouler sur ses membres. Depuis son genou, elle avait mal jusqu'au mollet, à la cheville et aux infimes articulations de ses pieds. Dolorès retrouvait la forme des nébuleuses dans son propre corps.

Lorsque le dernier camion s'arrêta devant la tribune, une foule incontrôlable fondit sur le véhicule. Certains intrépides escaladaient la roche en s'écorchant les mains. Leur chute faisait le bruit d'une gifle. Des fanatiques grattaient la pierre – pour conserver du passage de la frontière un souvenir précis. Les sages, quelques mètres derrière, photographiaient la fuite du jour qui ne s'était pas levé.

Au bout de quelques minutes, comme un troupeau d'éléphants chassant l'ennemi, la cohorte des véhicules poussa un cri d'alarme pour rappeler l'attardé. Amin Carmichael fit un signe et la foule libéra le camion. Des exaltés avaient réussi à grimper jusqu'au sommet du chargement. Ils restèrent la nuit collés à la roche. On les retrouva le lendemain, épuisés, assoiffés, à une dizaine de kilomètres de la capitale.

De grandes tables furent disposées autour des braises. Du personnel apportait la nourriture et les boissons. Amin Carmichael fit le tour des journalistes et des clients. Les flashes crépitaient, la radio avait dépêché des enquêteurs et les caméras s'entrechoquaient. On interviewait les collectionneurs, les spécialistes. Mme de Richemont n'avait pas de mot assez fort pour décrire son émotion. Même s'il lui faudrait pour cela attendre des mois, elle voulait l'une de ces pierres dans son jardin. La baronne signa d'ailleurs sur-le-champ une promesse d'achat pour le chargement du trois cent soixante-cinquième camion. Tiano, un peu plus loin, cherchait les caméras. Il parlait d'un choc titanesque, d'une reconstitution grandeur nature de l'enfantement du temps et de l'espace, une projection iconoclaste du pouvoir divin du créateur. Il fit une ou deux allusions douteuses à l'une de ses compagnes, puis on partit rejoindre le buffet.

Alexandre Sorrus approcha d'Amin. Le pauvre homme avait perdu quelques dents depuis le repas chez Romain Beaulieu. Sa langue butait sur la barrière immaculée de son dentier et il sifflait en susurrant ses compliments. Son journal paraîtrait d'ici un mois ou deux. Il était encore temps de souscrire. Bérénice, sa nouvelle petite amie, gloussait bêtement en guise d'assentiment. Amin hocha la tête. Il était près de neuf heures.

Après la première floraison des flammes, le brasier s'effondrait inexorablement. Dolorès était hypnotisée par cette mécanique macabre des bûches consumées. Des troncs cassés, du sommet de la pyramide, roulaient sur le gazon. Comme une structure mal embouchée ou un château sans fondation, le feu se disloquait en faisant ce bruit des choses qui ne reviendront pas. Déjà la joue droite de Dolorès était gagnée par la fraîcheur. Quelques téméraires voulaient relancer la machine en tapant sur les bûches. Un panache d'étincelles tournoyait avec le vent.

Neuf heures trente. Dolorès se demanda si l'heure fantôme indiquée depuis des années sur l'horloge de la gare désaffectée avait été laissée au hasard ou si elle répondait à une intention précise. Il n'y avait aucun moyen de s'en assurer. Il était neuf heures trente à sa montre et la façade de la gare, si personne n'y avait touché, si tout se passait normalement, devait indiquer la même heure exactement. Deux fois par jour, quatorze fois par semaine, soixante fois par mois, sept cent trente fois dans l'année, la pendule de la gare était à l'heure pendant une minute : à neuf heures trente précises. La semaine précédente, Dolorès avait noirci des dizaines de pages dans son journal en s'interrogeant sur le retour des aiguilles à leur place. Huit heures du matin, huit heures le soir, ces occurrences, à force, occasionnaient des confusions indémêlables. Du matin au soir, elle se sentait baladée dans les cercles temporels et ne savait plus où prendre appui. C'était dix heures moins le quart.

Dix heures moins le quart, se disait-elle – le moment où, perdue tout au nord de la ville, elle avait retrouvé la douceur suave d'une autre promenade. L'automne précédent, au lever du soleil. Une série de pensées vieille d'un an fondit sur elle. Ces faubourgs tristes et pauvres se métamorphosaient en un parc bienheureux et calme. Les enfants jouaient, la vie était douce. Auguste la regardait. Les choses se bousculaient toujours de la sorte : les moments de l'existence, les saisons, la durée du jour, les lumières spécifiques à certaines périodes de l'année étaient reliés par d'invisibles fils qui nous faisaient éprouver la circularité du temps. Amin, lui-même, bougeait ses mains de la même façon qu'il y a vingt ans – les mots ponctués par un ballet de phalanges écartées qui semblaient frôler ce qu'il tendait d'énoncer. Retrouver cet ami après tant d'années de silence produisait un tremblement continu dans les membres de Dolorès. Ses lèvres picotaient ; au bout de ses doigts, c'était un fourmillement diabolique, comme si le printemps, par tous ses pores, remontait à la surface. Dolorès n'en finissait pas de se resservir du vin. Elle s'écroula sur un banc.

Dix heures et quart : la foule se dispersait. On regagnait les limousines. Autour d'Amin, un groupe d'inconditionnels le félicitait. Dolorès grignotait les restes d'une assiette. Elle avait froid. Elle ferma les yeux.

Dix heures et demie. Amin allait prendre congé de ses admirateurs. L'impatience se lisait sur son visage. Il avait le sourire forcé des jours de vernissage. Il fit un pas en arrière, serra quelques mains et s'enfonça dans ce qu'il restait de public. Dolorès se demanda s'il n'était pas temps pour elle de quitter la fête. Percluse de douleurs, elle était trop fatiguée pour rentrer à pied. Une ou deux connaissances lui avaient proposé de la raccompagner. Mais quelque chose lui interdisait d'accepter. La déchéance du brasier la fascinait. Il craquait comme un navire dans la tempête. Dire qu'il avait été allumé pour s'éteindre aussi lamentablement. Sa splendeur avait précipité sa chute.

Amin s'assit à côté de Dolorès, sans même lui dire bonsoir. Ils trinquèrent d'un regard. Dolorès gloussait bêtement. Il était dix heures cinquante.

– Je connaissais ton faible pour les travaux publics, mais dis-moi, les arts mécaniques, c'est une nouvelle dimension de ton arsenal, non ? chuchota-t-elle.

– La poésie des temps modernes a ses charmes, Dolorès… Elle permet d'exprimer son lyrisme sans verser dans le pathos.

Dolorès embrassa tendrement son ami et lui caressa les cheveux.

– Cela fait plaisir de te voir, Amin. Mais tu as pris du ventre ! dit-elle en pinçant un semblant de bourrelet sous sa chemise. Et ta barbe ? Elle est aussi blanche que tes cheveux ! Cela ne te réussit guère les « grands travaux » et les « convois exceptionnels ».

– Je te remercie.

– Entre vieux amis… (Dolorès fit une pause pour se passer la main dans les cheveux.) Et les amours, comment vont-elles ?

Dolorès avait les mains posées sur les cuisses et bombait cette poitrine plate qui lui restait. Elle avait les jambes écartées et regardait son vieil ami avec une ironie féroce.

– Des amourettes ici et là. Tu me connais…

– Tu n'as pas ton pareil pour répandre le bonheur. Je comprends que les femmes succombent à tes charmes. Mais laisse-moi seulement douter de l'authenticité de tes élans.

Amin se servit du vin.

– Cela me fait très plaisir que tu sois venue, affirma-t-il. Et je suis tellement soulagé que tous ces *esthètes* soient enfin partis.

Dolorès eut un sourire blanc.

– Tu es tellement au-dessus de tout cela.

– Tu n'y es pas…

– Mais si, bien sûr, tu es supérieur, tu es inadapté à ce milieu limité. Personne ne sait la profondeur de tes propositions.

– Ce que tu peux être injuste.

Dolorès riait.

– Enfin Amin ! Considère les choses en toute objectivité, ton convoi, c'est une idée de génie. Tu as dû signer un partenariat avec le fabricant de camions, la municipalité qui a inscrit ses lettres d'or sur chaque véhicule et tous les plus grands groupes qui ont transformé ton projet en caravane publicitaire. Le ministre est dans le coup, il a rameuté ses bailleurs de fonds, les Firmalux, Ineso ou Novea. Le discours n'est pas inintéressant, mais tu t'es fait rattraper par le pouvoir temporel, je le crains.

– Cela fait du bien à mes finances, je ne le nie pas, Dolorès. Mais là n'est pas l'essentiel. Je ne sais pas si j'arriverai à t'en parler comme il se doit : mes pensées sur l'espace et le temps sont confuses à cette heure. Mais une chose est sûre : c'est le lieu, la densité du monde et le travail qui concourent à donner une première idée du temps. Là, ce soir, sur la colline, dans cet ombilic de la ville, refuge hors du temps, j'ai convoqué une foule immense pour consacrer la venue d'un jour fantôme. Une étincelle. Et j'ai généré du temps, grâce à cette foule, grâce à l'économie, grâce à ce lieu.

– Oh ! mais ta grand-messe est très réfléchie. Je n'en doute pas. Tu dois faire des ravages avec des discours aussi bien tendus, fit-elle en concluant d'un sourire glacial.

– Mais Dolorès, écoute-moi donc un peu. C'est sérieux !

– Et c'est bien ce qu'il y a de pire.

– Ne t'es-tu donc jamais rendu compte que chaque espace déployait une idée du temps spéciale. Dans une île, les minutes ne s'écoulent pas avec la même densité qu'au cœur d'une métropole, ou au milieu d'une tempête, dans une banlieue, dans un bureau ou bien chez soi. C'est l'activité qui produit le rythme : si tu ne fais rien, le temps s'espace, se dilue et tend à disparaître, au bord de l'éternité, même ta respiration serait de trop ; si tu bouges, si tu t'agites, la succession de tes mouvements redonne corps au sentiment temporel.

Les braises violettes contrastaient avec le ciel constellé de miettes froides. De temps à autre, le crépitement d'une bûche projetait les débris de charbon fumant comme des étoiles. Dolorès passa sa main sur la cuisse d'Amin. Elle voulait l'embrasser. Amin fit un geste de recul. Elle grinça en se recoiffant.

– Tu sais Amin, les médecins n'ont pas eu le courage de me le dire, mais depuis que je sais que je suis folle, les choses vont mieux pour moi. Je respire, je suis libre.

Elle avait les jambes totalement écartées. Le vent passait sous ses cuisses. Elle se colla contre l'épaule d'Amin.

– Oui, sans doute, fit-il pour se dégager. Mais tu ne pourras pas faire diversion aussi facilement.

Dolorès ne put s'empêcher de rire.

– Pour commencer, il est impératif de prendre en compte la variation d'échelle du fonctionnement du temps…

– Taisez-vous donc Amin ! Embrasse-moi, s'il te plaît.

Amin passa la main dans les cheveux de son amie.

Vers une heure et demie, peut-être deux, le corps baigné de rosée, les amants approchèrent du feu. Des brins d'herbe collaient à leurs cheveux. Ils descendirent la colline et se perdirent dans la cité. Ils ouvrirent les églises et marchèrent au bord de la Maleine. Sous les ponts, ils s'aimèrent encore. Amin caressait Dolorès, il disait des mots charmants.

Dolorès l'interrompit. Soudain sérieuse, elle se libéra de l'étreinte d'Amin. Elle voulait qu'on la laissât. Seule, tout de suite. Il fallait l'abandonner. Amin ne comprit pas. Elle lui demandait de la laisser seule. Il fallait la quitter, il fallait partir, retrouver son équipage, déguerpir et la laisser seule. Amin ne voulait pas comprendre. Il promettait de l'emporter avec lui. Dolorès fit mine d'accepter de venir le rejoindre à la prochaine étape du voyage. Les camions ne seraient pas loin, disait Amin. De proche en proche, leur amour grandirait, au bord de la frontière, là où le temps n'a jamais la même teneur. Dolorès ferma les yeux. Elle resta seule.

Assise sur son banc, Dolorès pensa que le soleil ne tarderait plus. Auguste avait toujours été ponctuel, quelles que fussent les circonstances. Sans doute était-il quatre heures. Tomber dans les bras d'Amin lui donnait l'impression d'avoir retrouvé Auguste. Elle erra quelques instants sur les grèves. Il était temps, c'était son heure. Dolorès remonta sur le quai et traversa le pont Saint-Esprit. Elle allait au plus court.

Les cafés de la rue des Prêcheurs étaient fermés. Les derniers ivrognes tournaient en rond. Dolorès courut le long de l'Opéra, elle reprit son souffle face à l'église Saint-Sauveur. Elle contourna la fontaine des Vertus, passa sous son porche et monta quatre à quatre ses marches jusqu'au dernier étage. Dans le salon, posée sur la cheminée en marbre, sa grande pendule baignait dans un rayon bleuâtre : il était quatre heures trente très précisément. Quatre heures trente sur le réveil de voyage. Quatre heures trente à peu près partout. Et le carillon sonnait la messe au milieu de la nuit. Dolorès n'eut pas le courage d'ouvrir son journal pour faire le récit de sa journée. D'ici deux heures, le soleil se lèverait de nouveau.

Lucinda Hernández

Calamités, Machine, 10 m × 7 m, parc de la Lanterne

Voilà une quinzaine d'années, Mme Taupière avait ébauché l'aménagement d'un vaste parc autour de sa propriété et engagé pour cela quelques paysagistes de renom. Sa mort soudaine laissa son projet en souffrance – et sa famille en détresse. M. Taupière, pour rendre un dernier hommage à son épouse, se devait d'achever ce chantier. Le parc, d'une superficie de cinquante hectares, compte aujourd'hui plusieurs centaines d'espèces rares et quelques arbres centenaires déplacés à grands frais – essentiellement de beaux oliviers, de grands chênes pédonculés, des tilleuls vieux et un merveilleux pistachier lentisque qui, malgré son âge vénérable, s'acclimatait fort bien à sa nouvelle demeure. Les brassées de fleurs qui peuplent ce continent, au gré des saisons, poussent à l'air libre ou sous la serre géante. Une butte artificielle, aménagée sur la partie sud du terrain, ouvre les perspectives sur le lac qui traverse le parc d'est en ouest. Les échassiers viennent nicher là ; des biches dans les bosquets vivent à l'ombre ; les canards tous les ans font une halte sur la route du soleil.

Grand collectionneur d'art, M. Taupière avait fait vœu de préserver ce sanctuaire consacré à la mémoire de son épouse. Mais ce jardin immense, qu'il jugeait parfois trop beau pour y vivre des moments heureux, le renvoyait à son veuvage avec insolence. Et son démon, progressivement, eut raison de ses belles résolutions. Peu de temps après que les travaux eurent été achevés, à l'occasion d'une grande réception que M. Taupière avait voulu donner en l'honneur de sa fille aimée, une première digue céda. Antonio Cheung, spécialiste des installations éphémères de jardin, réalisa d'étonnants mobiles avec des branches, des troncs d'arbres renversés, de la terre et des feuillages, qui firent grande impression à Rebecca. Six mois plus tard, la rupture était consommée : M. Taupière se portait acquéreur du grand pont de l'exposition d'Amin Carmichael pour enjamber le lac du nord au sud. Et lorsqu'il découvrit la carcasse éventrée du petit avion d'Oubtchenko, il n'hésita pas : on l'installa au sommet de la colline. Lorsqu'on lui présenta Lucinda Hernández, il n'existait plus aucun obstacle à l'installation de sa machine dans le jardin.

La mort de Mme Taupière avait ouvert de nouveaux horizons à son époux. Plus libre, conscient de sa propre finitude, inquiet de ne pas voir sa passion partagée par tous, il reconnaissait vouloir laisser à ses héritiers quelque chose dont ils puissent se dire fiers. Mais l'ambition de son sacerdoce était plus vaste encore. Prosélyte, il considérait sa collection comme un fil conducteur pour transcender les époques, éveiller la sensibilité de ses contemporains et élever les aspirations de l'humanité. Sans doute était-ce là un fantasme quelque peu excessif – mais qui n'a jamais eu le désir de marquer son temps et d'imposer ses choix pour fonder une norme universelle du bon goût ? M. Taupière, toujours débordé, n'aurait certes jamais pu s'acquitter de ses obligations sans l'aide de quelques grands experts. Pourtant, Taupière avait aussi mis un point d'honneur à jouir pleinement de ses prérogatives en matière d'achat. Car son goût, sans être infaillible, était sûr, et celui qui pourrait se prévaloir de lui « refourguer des croûtes » n'était pas né. Gabriel Garousse, son marchand attitré, l'avait bien compris. Sans cesse, avec admiration, il répétait au collectionneur combien ses jugements étaient fins et pertinents. Prévenant sans être dirigiste, il orientait ses choix sans jamais dépasser la ligne rouge. Garousse trouvait d'ailleurs stupéfiant qu'un homme de la trempe de Taupière, qui s'était forgé tout seul, ait pu développer un goût si raffiné en matière d'art. « Vous avez l'œil, monsieur Taupière, vous avez l'œil du connaisseur », répétait le galeriste lorsqu'il soumettait l'une de ses plus belles pièces à son client – un Dolorès Klotz ou un Bertrand Traoré. Sagacité, impatience, passion, Taupière avait tout du grand décideur. « Ce serait indécent de laisser passer une si belle occasion d'enrichir ma collection », dans sa bouche, signifiait qu'il allait signer un chèque dans les heures à venir et que Garousse n'aurait plus à bouger ses prix – tout au plus pouvait-il suggérer qu'en allant vite, *on* pourrait souffler la priorité au Musée des arts contemporains qui avait manifesté son intérêt pour la même œuvre. Pourtant, si l'homme se décidait sans idée préconçue, pour satisfaire ses goûts et refléter les tendances du moment, le collectionneur savait aussi anticiper les évolutions du marché. Ses grands Schwab, il les avait acquis juste avant le boom qu'avait eu sa cote, les Traoré, avant qu'il n'eût mis la clé sous la porte de son atelier et ses Sandra Dupuis pour faire plaisir à sa fille.

Il y a quelques années, Garousse avait invité Taupière à passer deux jours dans sa villégiature. La collection privée du grand galeriste était exposée dans un monastère, aménagé en musée moderne. L'homme d'affaires fut ébloui. Il n'y avait là que des pièces maîtresses. Lorsqu'il revint chez lui, même si la conscience de sa propre valeur lui interdisait de le reconnaître pleinement, Taupière était flatté qu'un homme aussi éminent que Garousse se sentît bien en sa compagnie. Avec le temps, parcourant les foires et faisant les quatre cents coups à l'occasion de vernissages, les deux hommes finirent par se dire amis. Et c'est naturellement que Garousse parla de Lucinda Hernández à *son très cher* Taupière.

La pauvre femme avait traversé d'épouvantables épreuves. Quelques mois aux confins de l'horreur. La vue des cadavres, l'odeur pestilentielle, la fermentation, le silence forcé, la vue du sang chaud, plus d'une fois elle s'était vue mourir entre les mains de ses tortionnaires. Elle erra seule dans les forêts – traquée, vulnérable, affamée. L'hiver lui fit perdre la raison. Elle se nourrissait de racines, de graines et d'écorce. Émaciée, livide, dormant dans les cavernes, apprivoisant les louves et les grands aigles, elle vit l'arrivée de la belle saison comme une révélation. Taupière écoutait ces récits terribles qui ajoutaient au prestige de l'artiste, dont il n'avait jamais rien pu admirer encore. Omettant de préciser qu'elle avait vécu des années tranquilles à la Cram, Garousse apprit au collectionneur que Lucinda était d'un naturel inquiet. « Elle est imprévisible, voyez-vous ses brusques sautes d'humeur rendent difficile toute communication », affirmait Garousse. Elle tenait de la bête sauvage, extralucide, susceptible et très jalouse. Elle dormait peu, travaillait beaucoup, et mangeait à des heures impossibles. Dans le noir, elle tournait en rond. Parfois, elle l'appelait au milieu de la nuit pour engager de profondes conversations. Bien malin celui qui comprenait ce qu'elle disait. Ses paroles, tirées d'une langue qu'elle ne partageait avec personne, étaient entrecoupées de rires intempestifs. Lorsque le galeriste présenta Lucinda Hernández à son client, Taupière resta sans voix. Elle avait la taille haute, les cheveux rouges, de beaux yeux noirs et des formes fécondes. Galant, l'industriel se contenta de lui ouvrir les portes de son domaine.

Force est de reconnaître que les sculptures de cette femme charmante avaient de quoi soulever l'enthousiasme. *Calamité*, son projet en cours, pensé jusque dans les moindres détails, nécessitait l'assistance d'un ingénieur pour valider les plans et confirmer la viabilité des mécanismes. Mais ses esquisses à elles seules exprimaient le génie de la jeune femme. Le mécène finança la réalisation de l'œuvre et diligenta une assistance technique pour sa protégée. Il fallut être astucieux pour mettre en œuvre cette ingénierie complexe et faire tenir dans un seul hangar les canalisations, les réserves d'eau, le système hydroélectrique, les grandes souffleries et les puissants systèmes de réfrigération. Gigantesque, l'œuvre trônerait au milieu du parc, comme une parure somptueuse sur la peau d'une princesse. C'était du moins dans cet espoir que Taupière avait accepté – car, s'il gardait un souvenir vif de son épouse, il n'en restait pas moins homme. Lucinda Hernández ne le déçut pas.

Dans la famille, seule Rebecca Strass avait hérité du goût de sa mère pour la nature. À la tombée du jour, au petit matin, elle digère sa rage le long du lac. Belle et pensive, sa robe à reflets d'azur traîne dans la rosée. Les grenouilles tachetées lui font des signes, les lapins bougent leurs oreilles, les coccinelles se perdent dans ses cheveux. L'accent traînant de la fontaine du bassin rouge l'agaçait toujours. Assise sous l'alizier blanc, Rebecca chantonne. Sa mère avait planté cet arbre avant de décéder. Et sa sépulture n'était pas loin : face à l'arbre aux cloches d'argent qu'on lui avait offert pour ses seize ans. Seule au milieu du parc, Rebecca faisait le point sur ses émois et la paix avec le monde. Aussi mélancolique fût-elle, la fille de M. Taupière avait appris très tôt à profiter des voyages de son père pour inviter ses amis à partager les plaisirs de la nature lors de fêtes organisées dans son jardin. Courues par une troupe de bohèmes qui gravite autour de la jeune fille, ces communions s'étalent sur plusieurs jours. Les mets fins, l'ambiance recherchée, les pas de danse, la chaleur, les baignades et les corps à moitié nus, tout était fait pour boire plus que de raison, s'allonger dans l'herbe et regarder le soleil accomplir son long déclin. Les petits sentiers bordés de frênes, de savonniers et de charmes d'Orient invitent au voyage. Les aventureux partent pour de grandes excursions au fond du parc – là où les futaies serrées, aux riches heures du printemps, sont habillées d'un tapis parme de jacinthes. Sur le chemin qui borde la roseraie, pieds nus, on découvre des recoins délicats où les regards se perdent. Les bosquets d'aubépines à pommes dorées, les branches bizarres des noyers cendrés font des formes fines et des ombres pâles sur la peau des belles artistes ou des jeunes galeristes. On cueille les fruits mûrs des prunus, les drupes acides du cornouiller sauvage. Les longues gousses du catalpa giclent au cou d'une déesse parée de fleurs. Les mûres rouges rassasient les gourmands, les involucres étoilés du colurna font divaguer les nostalgiques. Et, lorsque lassés des charmes orientaux, les naturalistes hardis cassent des rameaux aux branches des noisetiers, ils sont en quête des sources magiques de la passion. Dans les barques profondes, endormis sous les lianes des saules en pleurs, ils voguent, libres de l'étreinte qui les retenait au port. Au fil de l'eau, le long des berges bourdonnantes de libellules, au milieu du lac où les algues roulent sous les pales, du bout des doigts ils se caressent. Restés à terre, ceux que les charmes nautiques inquiètent, s'installent entre les racines du hêtre tortillard, pour effeuiller les pétales bruns et bleus des ancolies ou les langues orangées des dahlias fauves. Au loin, les érables jaspés de rouge empourprent les cèdres bleus pleureurs, les aulnes dorés caressent la toison rousse des bouleaux noirs. L'homme s'imagine chasseur, la femme tresse des nattes. Le vent frais caresse les cheveux, des blés sauvages picotent les genoux. Mais lorsque à travers les branches et les bosquets, résonnant dans les grottes comme dans une conque insulaire, le souffle de la cloche joyeuse signale l'heure du punch, les amoureux se retrouvent autour de la table pour voir la flamme bleue griller les arômes enivrants de la canne à sucre.

Rebecca Strass regarde ses convives se divertir. Elle boit des citronnades, fume des cigarettes et appelle un ami pour qu'il vienne la divertir. Pour une fois, Lucinda Hernández n'était pas là. Rebecca écoute d'une oreille distraite le bavardage de Garousse, venu profiter du beau temps dans le jardin. Le galeriste évoque un entretien lu dans *Le Quotidien du prisonnier* – Wilfried Honegger, un type « bourré de talent » « inconnu au bataillon ». Rebecca regarde la cime frémissante des peupliers. Un vent doux l'agace, le soleil la nourrit, cette chaleur la purifie. Les tulipiers sont en fleur – en pleine lumière, le cytise des Alpes a des grappes pendantes jaune d'or. Un aigle transperce les nuages. Ces histoires d'*objet-monde*, de videurs, de vidéos et d'impossible société bourdonnent dans l'esprit de la jeune fille. Elle aurait pu arracher la tête de cette maîtresse qui traînait avec son père.

Au milieu du parc, cachée derrière le bois jaune des virgiliers, Rebecca remarque une immense construction de tôle ondulée noire. Garousse continuait sa logorrhée. Être artiste, c'est l'un des plus vieux rêves de Rebecca. Sa mère, déjà, avait l'œil et le goût sûrs. Et puis grandir en présence de chefs-d'œuvre fortifiait sa vocation. Le problème, c'est le temps qui vous manque pour les réaliser. Depuis sa chaise longue, cette vilaine chose entre les branches ressemble aux grands containers de marine marchande. Le bâti sans âme, sans fenêtre, noir comme l'ennui, d'un de ces horribles hangars qui longent les autoroutes. Sa mère faisait des aquarelles – un peu de crocus, des roses anciennes, des lilas ou des myosotis –, elle s'était même essayée à la sculpture. Mais le mariage avec M. Taupière l'avait submergée d'obligations. Rebecca aurait voulu reprendre le flambeau. Mettre de la crème solaire, porter un chapeau et de grandes lunettes fumées, faire de l'exercice, acheter de quoi être admirée, passer entre les mains des spécialistes – rester la plus belle ne se fait jamais sans quelque effort. Finalement, entreprendre de grandes choses, ce n'est qu'une question de temps. Rebecca y arriverait un jour, si elle le décidait. En attendant, cette boîte noire au milieu du jardin lui gâche la vue – comme des cheveux rouges au milieu de la figure. Rebecca avait bien rencontré une ou deux fois cette vilaine gigue, mais son accent mettait mal à l'aise. De toute façon, Rebecca se passait très bien de ce genre d'entretien fumeux avec les artistes. Gabriel, assis sur le gazon, lui préparait une migraine d'enfer.

Dans la piscine, les invités barbotent. Pas un nuage, un vent léger. Le bleu éclate le ciel. Un picotis effleure les lèvres, la pulpe des doigts s'impatiente – c'est la sève qui monte, la chaleur qui dilate les pores. Les yeux brillent. Entre amis, on partage cette douce impression de renaître après les mois de grisaille, en aspirant, enivré, le sirop dans des pailles roses. Les couples se forment, la danse chaloupe. Rebecca profite seule de la douceur de l'air. Gabriel Garousse vient d'aller chercher à boire. Un buffet a été dressé. Les mains picorent, on échange des badineries, de petits ris étouffés, encore un verre, on replonge dans la piscine. Engourdie par ces heures de soleil, Rebecca se lève. Un rien triste. C'est sa nostalgie – sa poisseuse nostalgie qui remonte comme une nausée. Parfois, il suffit que tout aille au mieux, que la vie, sur tous les tons, lui fredonne l'air aimable de la paresse, pour que la lassitude la prenne à la gorge et que son tourment la pourchasse au milieu d'un parc où chaque recoin parle du plaisir qui se refuse à elle. Elle regarde les troncs. Les brins d'herbes la grattent, les bruits l'agacent. Rebecca se trouve bête. Sa vie est un enfer. Les garces se pavanent au soleil, ces profiteuses au bord de la piscine – le temps de retrouver de l'énergie, elle irait ficher tout ça dehors. Pour l'heure, de la tranquillité, du calme. Sa mère lui manque.

Garousse, en satyre expérimenté, fourbe et lâche dès que la situation l'exige, pose à terre ses munitions alcoolisées, pour partir à la recherche de sa jeune proie. Devant l'oliveraie, Rebecca ressemble à une tragédienne. Fine et gracile, ses traits tirés la rendent plus attrayante encore. Une ou deux paroles suffiront à raviver cette jeune princesse. C'est le printemps, ce divin moment où tout respire le bonheur, la nature est riante, le soleil souverain, la nature féconde, la vie allègre. Rebecca secoue la tête. Une peur sourde, une souffrance insaisissable. Elle regarde l'homme de la tête aux pieds. Torse nu, ses poils de bouc sont laids. Rebecca le repousse sans ménagement.

Un sentier étroit mène devant la machine de Lucinda Hernández. Rompu à l'exercice, le galeriste tente les présentations. Rebecca campe sur place. Garousse force le passage. Un immense mur de tôle noire stoppe les rayons du soleil. La température est plus fraîche à cet endroit.

Chaudement vêtue, munie de plans, d'instruments de mesure, Lucinda Hernández avait passé des semaines dans le jardin. Grand, central, l'emplacement devait permettre à la machine de se fondre dans la verdure. L'artiste s'allongeait, fermait les yeux, sentait les vibrations et poussait de petits cris « pour tester l'acoustique ». Cette Lucinda était une originale. Il fallait faire le tour de l'œuvre.

Garousse prenait un air fin. La machine n'avait pas d'autre fonction que de changer l'état du monde pour le mettre en adéquation avec l'état réel de nos âmes. Invention antistoïcienne, *Calamités* était faite pour produire des désagréments volontaires et absoudre ses péchés par une souffrance passagère. « Mais que c'est moche ! » Rebecca baisse les yeux. Des épines de pins lui chatouillent les orteils. Petite, elle avait souvent joué là, sous l'œil des gouvernantes.

Mais Rebecca remarque le bouton-poussoir de la machine. Un de ceux que l'on trouve sur les ascenseurs – bombé, rouge, cerclé de métal. Niché au milieu de la clôture de ferraille, on dirait un rubis planté dans l'œil d'un oiseau noir. Rebecca, incitée par le bon sourire du galeriste, aussitôt sur la pointe des pieds, presse son doigt contre le bouton rond. C'est la sucrerie, l'envie longtemps réprimée, qu'elle ne peut se refuser. Elle relâche la pression, lentement, comme une poignée de détonateur. L'éclat d'une volée d'oiseau, le souffle des branches agitées par une bourrasque – l'attente explosive des spectateurs découvre les symptômes factices d'une déflagration.

Au bout de quelques instants, rien n'est encore arrivé. Pas un mouvement, pas une surprise. La machine semble enrayée.

Rebecca s'attendait à quelque chose dans ce goût-là : rien de valable ne peut sortir d'une tête aux cheveux rouges.

– Mais le bouton clignote encore.

Rebecca ricane. Lucinda, cette folle, cette pute ! Le bouton qui clignote : c'est le regard désespéré d'une machine à l'agonie. Un mastodonte qui accouche d'une loupiote, un bouton moche comme une pustule !

D'un geste, Garousse impose le silence. À travers la carapace de tôle, venu du fin fond de ce ventre de ferraille : un cliquetis. Puis, le gargouillis, sourd, d'un volume d'eau – et la détonation franche d'un mécanisme qui se déclenche. Il y a l'agitation des mécanismes – cet engrenage des dents crantées, les roues en mouvement, l'action des poulies et la danse des pistons. Du sol jusqu'au plafond, la structure grince comme un vieux rafiot.

Rebecca a les jambes lourdes. Garousse s'allonge à ses côtés.

Les branches aux arbres s'agitent dans le bleu du ciel. Les feuilles, comme des mains, roulent sur le gazon. Garousse risque son bras autour de la taille de Rebecca – pour lui tenir chaud. Le vent souffle, des rameaux les fouettent – elle a la chair de poule. Rebecca repousse ce bras. Elle passe son chandail.

Garousse lève les yeux. Quelque chose a changé dans l'atmosphère. Le ciel est toujours bleu, le bouton rouge – mais les oiseaux volent se réfugier ailleurs. Un grondement soudain, une machination puis cette accélération. Le vent redouble. Une vraie soufflerie de lavage automatique.

Les invités paraissent si loin désormais. Le regard de Rebecca est embué. Une fumée dense, épaisse et un éclair qui zigzague.

Garousse la regarde.

Tout sombre dans le brouillard. Elle ne voit plus les arbres. On devine la masse noire de la machine. La peau de son visage ruisselle – Rebecca a les larmes aux yeux. Elle tremble, elle sursaute. Son cœur bat si vite, elle pousse de petits cris, c'est le tonnerre qui gronde.

Garousse s'approche pour la rassurer. Il fait si chaud entre ses bras. Mais de grosses gouttes roulent le long de son torse brun.

Elle préfère se sentir seule au monde, enveloppée dans cette gangue de givre qui fait bleuir, que de céder aux assauts mâles de cet être gluant.

Comme un jour de pluie, le gazon est trempé, la lumière glauque. Un orage d'été, et puis soudain le plein hiver. Rebecca grelotte, elle veut rentrer à la maison. C'est une douche froide, une pluie de grêle.

Garousse cherche à la retenir, il la serre fort pour la protéger. Rebecca finit par fondre.

Une chute de tension, des paillettes au fond des yeux.

Sur les cils de Garousse, les cristaux se désagrègent. Il semble frigorifié. Pas d'autre choix que de se lever – pas d'autre choix que de braver cette nature hostile.

Garousse droit comme un saint dans la tourmente. Son ombre se dessine, le doigt vers la machine.

Rebecca, au bord de l'effondrement, presque morte, plisse les yeux pour voir au loin.

L'impensable. L'impensable arrive. On est sauf ! Le bouton… le bouton rouge s'est arrêté.

Une légère détonation. Un clac dans la tuyauterie. Un nouveau cliquetis. Et la brume se dissipe, comme si le couvercle avait été levé. Le soleil perce à travers le pavement de gouttes d'une toile d'araignée.

Garousse a raison, la mauvaise humeur fond comme neige au soleil. Chaque fin de cycle ressemble à une libération profuse.

L'atmosphère. L'atmosphère est changée. La terre renaît, la nature sourit. L'odeur, féconde, de terre gorgée d'eau monte dans l'air. Les narines picotent et même la poitrine semble croître. Des pousses d'un vert tendre illuminent le sol. Rebecca entend roucouler les tourterelles. Sous l'arbre liège de l'Amour, dans un panache de pollens et de cendres que leur tumulte a levé – elle imagine, emmêlées, les ailes qui se frottent et les becs enchâssés, les deux bêtes en chaleur.

Garousse caresse ses courbes d'une main de conquérant. Un dernier frisson lui cambre l'échine. Rebecca s'abandonne au luxe printanier.

Bertrand Traoré

Supermarché et *Temple du temps*
Installations grandeur nature

Le front mouillé, le souffle court, Traoré se réveilla. Il avait poussé une porte. Grande, irréelle, presque inquiétante, la maison lui était inconnue. D'ailleurs, rien ne justifiait sa présence. Mais un étonnant sentiment de familiarité l'obligeait à avancer. Traoré s'assit sur le rebord de son lit. Une lumière bleue transperçait de grandes baies vitrées pour s'éparpiller en bouquets d'hortensias. La couleur, grasse, comme sortie du tube, débordait les jointures blanches des carreaux crème qui couvraient le sol. Les spectateurs, aveugles, déambulaient en foulant aux pieds cette rosace de lumières.

Les yeux clos, Traoré tenta un geste en direction de son épouse. Chacun suivait une ligne imaginaire. Ils se croisaient, tournaient, se dispersaient et se rapprochaient à nouveau, comme des somnambules. Traoré pivota vers la carafe. Les gens observaient les murs étroits – ils observaient sur les murs étroits du couloir des rectangles couverts de peinture à l'huile – qui ressemblaient, à s'y méprendre, à des tableaux. Les hordes de spectateurs avançaient derrière leur guide. Des sculptures dans le goût antique remplissaient les pièces. D'un geste brusque, sa femme découvrit ses cuisses. En marbre, en plâtre, ces copies de corps superbes, déesses sorties des eaux, chasseurs musculeux, semblaient tirées de l'atelier du grand sculpteur. On aurait dit des vrais. Au bout du couloir, dans la pièce ovale, ces choses reliées ressemblaient à des livres. Il y avait là de grandes tables et des chaises droites. Les figurants avaient été placés pour donner l'idée d'un accomplissement laborieux. Traoré se souvint avoir extrait un ouvrage au hasard, un ouvrage quelconque dans les rayonnages, pensant saisir une preuve supplémentaire de l'irréalité du lieu. Il découvrit des pages, fines et craquantes, recouvertes de signes lisibles. L'exigence du créateur était telle qu'il avait rempli de phrases, de paragraphes et de chapitres ces milliers de « livres » fantômes. Il avait été jusque-là pour donner l'illusion du grand tout. Que faire – que faire ? – sinon louer l'auteur de cette maison ? Bertrand se souvint avoir poussé une autre porte, qui ouvrait directement sur un magasin.

Quelques semaines plus tard, Traoré mit un terme à sa carrière de constructeur d'objets piégés. Depuis des années, il concevait pour les vendre des tasses trouées, des lits en pente, des draps qui griffent. Il avait réalisé des fume-cigarettes qui vous étouffent – des verres si coupants qu'on mêlait son sang au vin pour y tremper ses lèvres. Traoré avait créé une corde impropre à la pendaison. Un violon sans âme, un téléphone sans touche. Des fleurs sans couleur. Son œuvre visait la désintégration du pouvoir des objets – nuisible, au mieux inutile, son univers était hostile. Les collectionneurs ne pouvaient rien faire de ses œuvres, sinon les exposer au péril de leur santé. Le succès venant, Traoré réalisa des pièces grandioses, comme ces voitures sans moteur mais explosives, des installations de plus en plus complexes, comme ces intérieurs meublés mais invivables (piégés, glissants, malodorants, personne ne pouvait marcher sans chuter ici ou là). Avec plusieurs centaines de pièces vendues par an et des dizaines de galeries à travers le monde, son commerce était florissant. Mais son renoncement définitif.

En mettant un terme à la production de ses objets piégés, Traoré n'imaginait pas rencontrer tant de difficultés. Personne ne croyait en ses nouveaux projets cyclopéens. Après plusieurs mois de tractations, Firmalux, la société de prêt-à-porter, de cosmétique, de restauration, de culture et de luxe, signa un partenariat avec Traoré. L'artiste avait carte blanche pour ériger l'installation de ses rêves.

*

Au milieu de la ville, de larges portiques marquent le seuil de l'établissement et signalent la présence d'objets métalliques. Il faut se munir d'un panier, d'un sac ou d'un chariot. Une foule d'acheteurs déambule dans l'installation. Des hôtesses d'accueil surveillent l'évolution de leur vernis à ongles. Les rayonnages saturent l'espace visible sur plusieurs centaines de mètres carrés. Les visiteurs bougent avec l'assurance des professionnels devant leur caddie chromé. Biscuits, conserves, condiments, cafés, confitures, compotes, liquides, pains, pâtes, produits d'entretien, céréales, fruits, légumes, chocolat, crèmes, poissons et viandes, casseroles, verres, serviettes, œufs, farine, cacahuètes, chips, dentifrice, les étals regorgent de nourriture et de produits ménagers, ordonnés comme dans l'enceinte d'une bibliothèque. Tout produit est plusieurs fois représenté, existe dans différents formats et nombreux coloris. La succession des formes, des motifs donne le vertige. Certaines marques sont connues du grand public. Sur les étiquettes, le poids, la taille, le logo, la composition et le prix sont indiqués comme il se doit. Il semble possible d'acquérir ces biens. D'ailleurs, les acheteurs sillonnent l'espace à la recherche de produits notés sur de petits papiers. Tantôt pressés, tantôt rêveurs, ils avancent en famille, seuls, ou en couple. Certains se disputent, d'autres n'échangent pas un regard. Le bon parfum, la bonne quantité, la meilleure marque, on hésite entre deux pots. L'entrée des personnages, précise et chorégraphiée, laisse penser que rien n'est laissé au hasard. Tout paraît significatif, comme si le comportement de ces gens répondait à des règles établies d'avance. D'ailleurs des caméras au plafond tournent pour suivre les figurants.

Près des grands réfrigérateurs, il fait froid. On y entrepose les produits laitiers, les mets délicats ou les fruits de la mer. De petites mains s'agitent pour reboucher les trous dans ces murailles de produits frais. Pots de crème, bouteilles de lait, fromages et plaquettes de saumon, chaque visiteur a le droit de profiter de l'infinie production de la chaîne alimentaire en déflorant l'étalage, comme s'il était le premier homme.

Les fruits et légumes, organisés dans des bacs couverts de bâches, forment une composition appétissante où tout semble à sa place. Les fraises jouxtent les framboises, les groseilles, les mûres et les cassis. Un peu plus loin, les quartiers de pastèque lardés de pépins noirs stoppent l'avancée des oranges qui montent en pyramide ; dans la feuille de papier mauve qui garnissent le carton d'importation lointaine, les bananes découvrent leurs courbes à mi-cuisse – d'un œil noir, elles érigent leur tige vers les acheteurs. Les artichauts forment des bataillons furieux, prêts à gagner du terrain sur les aubergines ou à transpercer les tomates, rouges sans avoir pris le soleil.

Ces objets, ciselés et maquillés, font écho aux foisonnantes fresques champêtres qui recouvrent les plafonds. Un peuple d'hommes et de femmes, innocents et harmonieux, se baigne dans des ruisseaux de lait et de miel. Main dans la main, ils dansent autour d'un arbre qui ploie sous l'abondante récolte ou paressent au soleil en caressant des angelots qui roulent dans l'herbe. Un chariot chargé de gerbes de blé, de pommes et de roses est tiré par un bœuf caparaçonné de fleurs qu'un enfant aux joues dodues conduit en riant. Les papillons voltigent, les lions lèchent les pieds des femmes et, sous un bosquet d'ombre, un couple s'enlace sur une musique d'amour que le bras leste d'une fille sur son tambourin et la bouche rose d'un éphèbe dans le roseau adressent à leur passion. Des biches gambadent, le cerf n'est pas loin ; les colombes croisent leurs ailes. Assis sur un nuage, un visage riant, couronné de pampre et de rubans, les yeux pleins de vie, tend une corbeille de raisin aux deux femmes qui sucent une grenade, sous le regard charmeur d'un héros qui leur montre une pêche en souriant galamment. Les chèvres broutent au bord de l'eau ; le ciel est saturé d'oiseaux ; la mer si poissonneuse qu'elle interdit le bain. Un cygne mange dans la main d'une naïade. Son corps, drapé de bleu, couvert d'une peau de panthère, semble aussi pur que le plumage au long cou qui tourne sur son bras. Au fond d'une grotte, un forgeron donne des coups sur un bouclier. Tout semble paisible.

Une file d'attente bloque l'accès à la balance. L'employé, sorte de prêtre inflexible et respecté, tape sur sa machine le code qui permet l'identification de la chose à soupeser. Une vieille a deux pommes de terre, un couple porte une grappe de tomates, un ananas et une poignée de gombos, un travailleur n'a rien d'autre que son avocat, une famille dépose une igname, des patates douces et un fruit du dragon sur le plateau. La pesée une fois accomplie, on part rejoindre d'autres cieux pour la suite des opérations.

Au milieu de la salle des viandes et des poissons, une imposante fontaine apporte fraîcheur et poésie aux clients qui font la queue en attendant leur tour devant l'étalage des charcuteries. Sur le visage de certains acheteurs, on décèle une pointe de plaisir, parfois même de bonheur. Une vendeuse aux doigts frêles, l'œil humide, la bouche toute rouge, pose ses regards sur le dos rond des jambons blancs et frôle d'un air coquin les rondins de salamis, de rosette et de mortadelle qui débordent de l'établi réfrigéré. Derrière elle, une femme sculptée dans le marbre, ou moulée dans le plâtre, ouvre ses paumes vers le ciel, les bras légèrement écartés. Elle est coiffée d'une auréole magistrale et sur sa tête monte une couronne en forme de tour. Sa robe riche et fertile est couverte, sur la partie supérieure, de mamelons gorgés de lait qui font le tour de son buste sur plusieurs rangées et d'un troupeau de bœufs accroupis sur la partie inférieure de son vêtement. À ses pieds, deux moutons crachent de l'eau par la bouche dans un bassin dont le fond est tapissé de mosaïques pourpres qui représentent des monstres marins.

À côté des montagnes de choucroute et de saucisses, la vendeuse semble desséchée. Elle n'a que la peau sur les os, pas une couche de graisse, pas de fessiers, mais elle vend comme par magie. Quelques tranches de jambon ou une bouchée de mousse de canard : on est toujours content de les retrouver en rentrant tard le soir. Sa main est fine, sa peau si blanche que l'on voit filer ses veines à travers son maigre décolleté. Un client hésite entre une saucisse sèche et une terrine de campagne. Plus loin, il observe l'étalage du traiteur. Une salade de museau, bien persillée, dans un saladier blanc et rose qu'une fine feuille de cellophane recouvre, s'entoure d'un bol de céleri rémoulade, de carottes râpées, la frange riante et bien peignée, de betteraves, en dés réguliers, pour former l'arc-en-ciel mouvant que font vivre l'œil et la main affairée du professionnel replet qui bourre à tour de bras les petites barquettes qui ouvriront le déjeuner, tandis que les tripes ciselées, les ravioles crémeuses ou les tranches panées de porc à la purée excitent les grands gourmands. Les œufs en gelée, dans lesquels un persil flotte comme dans un aquarium, fixent des yeux ronds sur les enfants.

Les vigiles, entre les rayons, surveillent les acheteurs. Des agents de propreté, juchés sur leurs machines roulantes, avancent pour nettoyer les sols maculés de jus frais, de vin ou de coulis de tomate que parsèment les bris de verre. Les chariots pleins forment une masse compacte où les biens s'amoncellent. Pêle-mêle et sans raison, l'ensemble du magasin semblait réduit à l'essentiel dans le caddie. Chaque acheteur a ses manies, ses passions, ses lubies qui expliquent le charme spécial qui émane de ces moissons de produits individuelles.

Près de la sortie, une barrière de caisses retient les impatients. Un tapis roulant avance les marchandises. Les préposés à la vente sont en costume, polis et cravatés, d'autres ont la chevelure teinte et les seins qui pendent – tous dévisagent les visiteurs. Ils auscultent leur panier, soupèsent leur existence et imaginent leur repas. Aussitôt franchie la ligne, les produits sont rangés dans des containers pour regagner leur place dans les rayons. Les clients retournent à l'entrée pour prendre un nouveau chariot et recommencer leurs courses. Le visiteur pouvait quitter l'exposition.

*

Allongé les yeux fermés, assis sur son fauteuil, en plein soleil, au milieu d'une discussion ou seul dans la rue, Traoré voyait monter dans le ciel bleu d'une île lointaine un panache de poussière et de sable blanc. Le vent avait soulevé cette terre sur la route principale d'une petite ville coloniale. Le clocher pointu, les passants accablés par la chaleur, la tête couverte de ces chapeaux empesés, les redingotes noires et les robes à volants, les maisons blanches et la façade de l'administration centrale, en pierres de taille, entourée d'arcades et flanquée d'un drapeau clinquant, mais aussi l'air chaud, la mer qui le cernait et les palmiers pris par le vent, tout lui revenait en mémoire. Traoré avait peu voyagé, il ne vécut jamais ailleurs que là où il était né, et ce souvenir étrange qui fondait sur lui ne se justifiait en rien. Il faisait le tour du bâtiment colonial, devinait l'ennui administratif à travers les vitres, touchait les colonnes de la façade et courbait l'échine pour passer sous l'immense porte d'entrée dont une infime partie pouvait être ouverte. D'autres fois, au milieu d'un livre, surgi d'un mot, un intérieur émergeait dans son esprit – l'aménagement, le décor, le nombre de fenêtres et l'orientation des lumières prenaient relief, sans que Traoré parvînt à se souvenir de la ville ou de l'époque qui les avaient vus naître. Il revoyait ce jardin aux espèces rares, ce ruisseau au bout du chemin, la petite maison en rondins de bois, et la table d'ombres sous le grand chêne. Faire l'archéologie de ces espaces avait beau occuper Traoré, le résultat était toujours le même – peut-être avait-il rêvé, peut-être avait-il vu un film, peut-être était-ce une construction imaginaire, rien ne permettait de l'affirmer. Et puis ces architectures fantômes s'évanouissaient comme elles étaient venues, recouvertes par d'autres qui servaient à leur tour de décor à ses rêves, de carrefour à ses désirs ou de support aux histoires qu'il entendait.

Supermarché, l'installation de Traoré, resta en place un an sans désemplir. Suspendre son geste, rompre le lien qui va du voir à l'avoir, de la contemplation à l'obtention, du désir au réel, casser l'évidence fonctionnelle du lieu, rompre la communauté des visiteurs : la presse parla d'un « coup de génie ». Jamais on n'avait vu œuvre aussi vaste, aussi profonde, aussi audacieuse. Ce paroxysme de *mimesis* réjouissait les amateurs. Les pots de confiture étaient pleins de confiture, la viande était changée tous les jours, les fruits savoureux, la glace bien froide et le fromage odorant. Traoré avait pensé à tout – pour un peu, on avait l'impression de faire ses courses. D'ailleurs, le réalisme social de cette sculpture comportementale était si parfait, qu'il était impossible de distinguer les spectateurs de l'œuvre de Traoré des figurants mis en scène pour compléter le théâtre des achats. Et cette incertitude avait quelque chose d'éminemment crispant. Ne pas identifier votre voisin, ne pas savoir s'il pensait comme vous ou s'il vous observait, ne pas savoir ce qu'étaient ces objets en soi – ne pas savoir si vous pouviez boire, manger ou recracher, ce qu'en aucun cas vous auriez pu acheter –, retrouver tout du marché mais se sentir incapable de se comporter comme un authentique consommateur, déréalisait ce qui semblait par ailleurs si réaliste. Le visiteur, désœuvré, plongeait dans la plus grande des solitudes, il se débattait avec ses réflexes d'homme conditionné, qu'il ressentait sans pouvoir les satisfaire – comme le blessé de guerre sent sa jambe bouger mais ne la voit plus. Certains spectateurs, accablés de fatigue, pris de vertiges et presque en sueur, avaient eu le sentiment en ressortant à l'air libre de ne plus rien retrouver à sa vraie place. Ils marchaient dans un décor géant. La rue, les flux de foule canalisée sur les trottoirs, l'enseigne du petit hôtel qui clignote, les gens qui déambulent, ceux qui sortent, la lumière des façades, les rideaux, les fenêtres, et le magasin de vêtements où les femmes se changent, se regardent, les vendeuses se pressent, font un compliment, ajustent un ourlet : le monde apparaissait comme dans un mauvais film.

Paul Monnier, président-directeur général avisé de Firmalux et grand collectionneur des objets de Traoré, n'hésita pas longtemps lorsque l'artiste lui soumit son projet. Il imagina immédiatement le parti qu'il pourrait tirer d'un tel investissement. D'ailleurs, certaines connaissances au ministère des Affaires culturelles l'incitèrent à se lancer – car dans tous les cas, l'État se porterait acquéreur de la majeure partie de l'installation. Mais l'homme d'affaires n'en resta pas là et plusieurs centaines de contrats furent signés avec les groupes agro-alimentaires désireux d'être représentés dans l'installation de Traoré. Aussi, avant même la construction du bâtiment, le « projet Traoré » était irrentable. Un succès critique et populaire couronna cette entreprise hors norme et inédite. Traoré, qui de longue date cherchait à retrouver une place au sein de la Cram, fut accueilli comme un roi – une des plus belles suites du bâtiment C lui était réservée. De toutes parts, on exhortait l'artiste à mettre en place de nouveaux projets du type de son supermarché. L'hôtellerie voulait sa promotion, le prêt-à-porter sa publicité, le monde politique n'en demandait pas moins. En quelques années, on construisit une église sans prêtre, une banque sans argent, un musée plein de copies, une ambassade sans diplomatie, un hôtel au bord d'une route, une entreprise en modèle réduit, un casino sans gains, un ministère sans portefeuille et un gigantesque centre de loisirs, pour occuper son temps, être heureux, offrir du rêve et retrouver sa part d'innocence artificielle.

*

Quel que fût le temps, parfois même sous la pluie, battant le pavé pour ruiner ses problèmes, Traoré se devait à son petit tour. De longues heures, entrecoupées de quelques pauses, il dévisageait les façades, scrutait les passants et farfouillait les étals pour se distraire. Autour de chez lui, de l'église du Saint-Sépulcre aux cafés de la rue des Prêcheurs, l'itinéraire qui reliait la mairie au Théâtre des mille feux n'avait plus aucun secret. Lorsqu'il n'était pas inspiré mais qu'il voulait se dégourdir, il prenait la première à droite, la seconde à gauche puis encore à gauche, et retrouvait sa porte cochère sans avoir rien vu. Mais parfois aussi, la tête brumeuse et les idées confuses, s'il avait bu la veille ou travaillé beaucoup, trop dormi ou pas assez – parce que la lumière fulgurante d'un après-midi printanier ciselait chaque objet qu'elle enveloppait, révélant ses failles et dévoilant sa nature –, Traoré pensait plonger tout entier dans un bain de vérité. Sa solitude ne lui pesait plus. Mises à nu par cette lumière clinique, qui détachait les volumes, faisait saillir les arêtes, gonflait les courbures et cuisait la matière, les couleurs, de l'ombre à la pleine lueur, imposaient leur règne. Chaque chose que Traoré contemplait, par exemple un sac de provisions rose posé sur le macadam, ou un visage sans charme, balayé par des reflets chaleureux, un vélo accroché à une grille, dont le bleu griffé du cadre ressemblait à celui de la mer, un arbre couvert de fleurs que le soleil faisait éclater sur un ciel souverain, ou ce vieux pull rouge sur un banc couvert de chiures, chaque chose qui se présentait à lui donc, dans son imperfection ou sa trivialité, semblait belle en elle-même, comme si ces défauts devaient justement traduire la dimension spéciale de leur essence. Cette beauté universelle qui le poursuivait, et l'accablait d'une certaine manière, fortifiait en lui la conviction obstinée, mais sans parole, que les choses étaient *justes*. La foule qui piétine les rayons d'un soleil éclaté sur la route, les oiseaux qui s'égaillent au premier mouvement, ce n'était que bonté ; que cet homme payât son journal d'une pièce de dix ou que cette femme prît la lumière sur un banc, l'ordre régnait, chaque élément occupait la place qui lui revenait de droit dans le grand tout. Mais parfois, le long de l'avenue de la Montagne, en remontant le cours de la Maleine, Traoré était surpris par la concomitance de certains objets, placés l'un à côté de l'autre. En temps normal, ces choses lui auraient semblé banales ou bien fortuites, mais là, à cette heure précise, électrisées par ce rayonnement, les concomitances recouvraient quelque chose de leur signification originelle, sans que Traoré se sentît capable de traduire expressément cette idée qui bruissait en face de lui. Ignorant où il se dirigeait – les façades, les chantiers, les voitures ou les caractères sur les devantures des magasins, le nombre de poteaux télégraphiques, le passage d'un tramway –, les choses paraissaient se suivre en toute logique. Au plus profond de son cheminement, Traoré touchait du doigt la foisonnante façade de l'unique architecture du sens et du temps.

Mais à tout moment, ce monde visible qui bruissait de joie menaçait de s'obscurcir et le sentiment de comprendre pouvait s'accompagner de la conscience de se perdre. Traoré constatait d'une part que tout était à sa place, et répondait à sa destination, mais d'une autre, il sentait que tout était transfiguré et que rien ne suivait le cours normal des événements. Sous ses yeux, ce vitrail n'était plus un vitrail mais une essence ; cette femme n'était plus une femme mais un symbole ; l'homme qui hèle un taxi, un signe adressé au ciel et cette pendule au sommet d'une colonnade n'indiquait pas l'heure mais la fonction propre à tout monument, comme si du réalisme radical dans lequel Traoré était baigné ne pouvait émerger qu'une grandiose et dérangeante déréalisation de l'espace-temps, où les choses étaient déplacées, les fonctions réassignées et les projets reconfigurés. Dans cette lumière pleine d'acuité, tout glissait – les choses que Traoré voyait dans leur vérité, à force d'être interprétées, finissaient par disparaître, ou devenaient le verbe d'autres discours, le support d'autres rêves, l'arme d'autres guerres. Naturellement, Traoré aurait voulu figer ce qui lui apparaissait comme l'*état définitif*, garder pour lui ces objets étincelants, et ne plus jamais oublier. Or tout se déformait, tout s'inversait – la visibilité des choses n'étant qu'une trace ou le signe extérieur d'un mouvement plus profond et plus subtil, qui déjà semblait disparu. La perpétuelle métamorphose des choses en leur contraire, l'éreintante transformation du système individué, où tout paraît unique, indestructible, parfait, conçu pour lui-même, en un autre où toute chose et tout espace peut répondre à une autre fonction qu'à celle à laquelle elle semblait destinée finissait par tourmenter Traoré qui ne savait plus où donner de la tête.

Quelques mois plus tard, Traoré s'attelait à la construction d'une nouvelle œuvre. Monnier obtint les autorisations nécessaires en vue du rachat de l'ancienne gare du quartier de l'Horloge. Cette zone en voie de réhabilitation, malfamée mais chaleureuse, cosmopolite et très bohème, avait toujours plu à Traoré, qui passait des journées à déambuler ici et là, franchissant librement les frontières qui séparaient les quartiers aisés, de ceux qui restaient à l'abandon. La municipalité ainsi que le ministère des Affaires culturelles tendirent une oreille bienveillante. Les acteurs locaux et nationaux reconnurent assez vite l'intérêt que représentait la construction d'un tel projet. L'ampleur des travaux de réaménagement obligea l'équipe à s'adjoindre les talents d'un architecte de renom. Kantorovitch fit l'affaire. Il avait à son actif la transformation d'une ancienne usine en Opéra, d'une prison en résidence de luxe, d'un grand garage en musée des cultures premières, d'un prieuré en café dansant et d'une arène taurine en « môle » commercial. Mais ce chantier s'annonçait long et difficile.

*

Doré par la lumière, l'immeuble se détache du ciel zébré de nuages. De loin, la chose semble fermée, inaccessible et lointaine. Des piétons longent les murs sans même les regarder. De style néoclassique, ce bâtiment jure avec le reste du quartier. De longues lignes de refend rayonnent entre les bossages des façades, en dessous des corniches et au-dessus des plinthes. Des barreaux en acier protègent de grandes ouvertures. Au-dessus d'une porte, le long de la cafétéria, de petits carreaux de verre reflètent une image éclatée du ciel, de la rue et des passants – sur chaque carreau, la même scène, perçue d'un point de vue différent. Cette distorsion de l'espace dans un reflet mosaïqué de la croisée donne une idée plus complexe de l'écoulement temporel. Trois arcs structurent la façade principale ; les chapiteaux feuillus des colonnes supportent un fronton historié. Bordés de palmes, casque sur la tête, lance à la main, debout sur des chars, assis sur un trône ou adossés à une roue, les dieux se pressent les uns aux autres. Une grande horloge couronne la construction. Quelques marches grimpent aux portes qui tournoient dans la lumière.

À l'intérieur, sur toute la longueur du bâtiment, un immense hall accueille les spectateurs. Sur les murs porteurs, trois arcs aveugles sont flanqués de pilastres dorés. Quatre séries d'arcs supportent les coupoles géantes qui chapeautent l'espace. De facture classique, les parois de ces demi-sphères sont décorées d'alvéoles rectangulaires plus étroites à mesure qu'elles approchent du sommet qui ouvre l'œil sur le ciel. Des fers forgés protègent les baies vitrées ouvertes dans la façade, de telle sorte que la lumière, à travers ce réseau de croisillons, de détails hybrides et de motifs contournés, dessine des formes mobiles. Le sol est couvert de dalles en marbre lustré. Les motifs foisonnants s'organisent autour de trois étoiles noires à huit branches, semblables à des roses des vents, qui se détachent sur le fond clair des grandes sphères blanches qui les entourent. Venues des fenêtres grillagées, de ces portes à tambour qui diffractent en tournant les rayons du dehors et des bouches ouvertes au sommet des coupoles, les lumières et les ombres se reflètent sur le pavement poli, propre et reluisant du hall. Celui qui marche en contemplant ses pieds s'y voit grossièrement reflété.

Sous chaque dôme, des dizaines de fils d'acier, fixés à la circonférence de la coupole, se rejoignent au milieu de l'espace pour former de robustes cordons tressés qui supportent trois immenses sphères chromées. Chacune d'elles pointe le centre d'une des étoiles à huit branches qui couvrent le sol. À leur surface, l'ensemble du hall peut être contemplé, comme dans un miroir ou sur un plan d'eau, mais avec tant de fidélité qu'on hésite à dire si l'image sphérique est un reflet ou si le bâtiment est la projection de cette image. Ces pendules inamovibles, lourds comme des montagnes, pressent et balancent l'air qui les environne.

De chaque côté du hall, on accède aux pièces latérales par de petites portes historiées. Au sommet d'une de ces pièces carrées, une verrière filtre la lumière du jour que la dalle au sol reflète au gré des heures et des saisons. La verrière armaturée de plomb serré comme une toile d'araignée figure les blasons de plusieurs villes. Autour de cette coupole, les plafonds sont recouverts de fresques. Une femme que deux lions accompagnent, habillée d'un beau drapé bleu, tend à un ogre assis sur son trône une pierre entourée de langes. De sa main droite, le roi tient une faux et un sablier file inexorablement ; il s'apprête à avaler la pierre comme de la chair fraîche. Un peu plus loin, le même roi, servi par un jeune homme, recrache cinq enfants qui tenaient entiers dans son gros ventre. Sur un autre petit pan de mur, un dieu aux sandales ailées tient une lyre en écaille de tortue. Il attend, à la croisée des chemins, un groupe de voyageurs. Ailleurs, trois femmes d'âges différents suivent un être poilu, aux pieds de bouc, qui porte un bâton couvert de lierre et de pampre qu'une pomme de pin surplombe. Elles sont gracieuses, dansantes, elles ont les genoux nus, portent des bouquets d'épis de blé, des rameaux fleuris de vigne. De l'autre côté, un groupe de femmes s'affaire dans une pièce obscure. La première dévide, la seconde file, la troisième coupe.

Sur les bancs, des passants contemplent les fresques en attendant leur tour. Les guichets sont ouverts. Derrière les parois trouées, des employés sont installés pour répondre à toutes vos questions. Dès qu'un guichet se libère, une sonnerie tinte et le numéro suivant sait que son heure approche. Sur de grands panneaux, s'illuminent les horaires de départ et d'arrivée.

Le dernier espace est de loin le plus vaste et le plus lumineux. La gigantesque verrière divisée en deux nefs est soutenue par de grandes piles d'acier en forme d'« Y ». Les motifs structurels de la charpente, répliqués à l'infini jusqu'au bout du tunnel, se mêlent et s'entremêlent au point de paraître confus et désordonnés. Ces deux nefs incurvées, trouées de lumière comme une dentelle, ressemblent à un ciel étoilé ou à un front orageux. Au milieu de l'espace, une maquette sous un coffre de verre présente la réduction du bâtiment. On voit le sol du hall d'entrée, les fers forgés, les grands pendules et les frontons surbaissés ; on voit les fresques au plafond, les guichets, les pendules et les horaires. Sur le quai n° 3, le train n° 434589 attend un signal pour son départ. Les rails du chemin de fer, le long des quais, filent droit vers d'autres latitudes.

*

Chacun se donne du temps l'image qu'il peut – un lac bleu, la mer étale, une cathédrale, ou le sommet d'une haute montagne. Traoré le voyait entre les murs de l'ancienne gare. En deux ans, la réhabilitation était achevée. Kantorovitch avait fait un travail extraordinaire. La gare paraissait aussi belle qu'au premier jour – mais les trains restaient à quai et les voyages immobiles. En surplomb par rapport au quartier, il était impossible de ne pas voir cette installation. La gare formait un point de ralliement, une perspective unique ou une ligne de fuite universelle autour de quoi tout le paysage s'enroulait comme un tourbillon d'eau qui se déporte au fond du tube. Car cette gare, ceux qui l'observaient étaient forcés de le reconnaître, opérait une trouée « déraillante » dans l'ordonnancement du temps, comme si ce bâtiment, trop différent et trop dense pour être associé au reste, se tenait précisément en dehors de la trame, hors des gonds du réseau urbain et que le temps n'avait pas prise sur lui. De là à penser que cette structure étincelante générait le temps, il n'y avait qu'un pas – que Traoré franchit le jour où il découvrit la gare. Au loin, elle se détachait sur le fond bleu du ciel. On pouvait tourner autour, l'approcher, mais elle semblait inaccessible, protégée par cette gangue urbaine trop enchevêtrée pour être franchie. Impossible de dire si elle était proche ou lointaine. L'horloge indiquait une heure fixe – les rails, en quittant les quais, creusaient une grande courbe qui s'incrustait dans le paysage. Les passants pouvaient fixer l'horloge de la façade pour retrouver leur chemin.

Quelques mois plus tard, les anciennes manufactures en bordure des voies ferrées, transformées en foyers pour immigrants, trouvèrent un intérêt nouveau aux yeux des promoteurs. Remise à neuf des résidences, transformation des vieux cafés en lieux festifs, Paul Monnier orchestra la renaissance du quartier de l'Horloge. Une population nouvelle d'amateurs d'art, de publicitaires et de designers faisait son apparition dans ces rues au charme suranné. Bientôt à la pointe de la vie culturelle, la plupart des galeries d'art ouvrirent une succursale. Le « Temple du Temps », sorte de cathédrale moderne et passéiste, attirait une foule d'amateurs émerveillés.

Mais Traoré était ailleurs. Endormi, dans le corps sans fin du serpent géant, il traversait le dédale des rues à toute vitesse. À la poursuite d'un homme sans tête qui le guidait, Traoré arpentait les lieux avec la célérité d'un animal sauvage. Tout – il voyait tout, il savait tout. Mais à mesure que ses visions étiraient les faubourgs, les rues prenant forme, les immeubles sortant de terre, le nom ou le renom de l'architecte perdait en consistance. Traoré se sentait chez lui. Chaque chose faisait reflet d'une totalité. Tout chemin croisait les autres. Chaque passant était un autre. Il suffisait d'un effort infime pour survoler la ville. Il reconnut Amin ; un peu plus loin c'était Adrien ; Knud faisait les cent pas. Dolorès était partout. Au sommet de l'édifice, Traoré se réveilla. Dans le premier rayon du jour, il reconnut que sa cellule était la même.

Christian NGUYEN

Rubrique nécrologique, 40 concessions
Cimetière du Mont-Ariel

À deux pas du boulevard de Brantôme, sous les fenêtres d'Adrien Estève, l'ancien cimetière attise les convoitises. Le premier novembre est le moment fort de la saison. Une foule serrée, doigt sur le plan, part à la recherche des tombes illustres. Des fléchettes vous mettent sur la bonne voie – le « carré des artistes » se situe au centre du cimetière. On vient admirer le grand mausolée d'Amédée de Brantôme, où veille le glaive d'un ange assoupi, la sépulture de Markus Broch, noire et pure comme un plan de travail, celle de Violaine Bourguiba, débordant de fleurs. Elstir est là aussi ; Lantier, Frehnofer, tous les grands, enterrés ensemble. Autour, comme des enfants chétifs qui traînent aux pieds de leurs parents, les tombes des artistes oubliés encombrent le site.

« Débarrassez-moi de ces inconnus ! Place aux jeunes ! » s'écriait Raymond Splinetta, qui gérait les parcelles de ses cimetières comme un chef d'entreprise. Ces vieilles tombes étaient pourtant celles que préférait Adrien. Il descendait les marches de son immeuble, juste en face du cimetière, pour sillonner les routes du « carré magique », comme il appelait la partie du cimetière réservée aux créateurs. Les veuves emplissaient l'arrosoir, les familles tenaient des cellophanes de chrysanthèmes. Le cœur serré, Adrien imaginait ce que Lana Newstrom avait bien pu créer pour attirer sur elle, un temps, la chaleur médiatique – ou ce qu'on retiendrait d'Isabelle Valentino, ce que les passants savaient de Felix Young. Et qui viendrait se recueillir sur les restes d'Auguste Griffin ?

De temps à autre, Adrien remarquait un caveau fracturé. La concession, *arrivée à son terme* sans que personne eût eu l'idée de renouveler les droits de l'aïeul, une grue remontait la dépouille désossée d'un artiste, pour la déposer dans une fosse lointaine, à l'abri des indiscrets. Il ne restait plus qu'à détruire le mausolée et à afficher une nouvelle tête, *mieux connue* des amateurs.

De fait, Raymond Splinetta, le directeur de l'Office national des cimetières, se creusait l'esprit pour offrir de nouveaux trous aux artistes fraîchement trépassés. Il rêvait de faire payer les visiteurs et comptait, à terme, doubler le loyer des concessions. Mais vers mars ou avril dernier, il avait été contraint, malgré l'insistance conjointe de Bernard Lupu et d'Evariste Marlon, de refuser, « faute d'espace », l'entrée de Carlos Schwab entre les murs du petit carré des créateurs. La famille de Bruno Van Tysch, trop fière pour comprendre qu'elle devait céder leur place – aveuglée par les toiles humaines du chantre de l'art hyperdramatique qui venaient, crevées et écaillées, lui rendre un dernier hommage – refusa en bloc les propositions du directeur. Splinetta ne s'en remit pas. Au secrétariat, personne ne s'expliquait qu'il se sentît si concerné par la qualité du *spectacle mort* qu'il offrait aux visiteurs.

Adrien connaissait les allées du cimetière comme sa poche. Il avait ses coins favoris, ses passages obligés. Les branches touffues d'un romarin cachaient un nom, le médaillon d'un couple grinçait sur le fer forgé. « À mon époux et père regretté » – l'inscription l'enchantait à chaque passage. Mais au bout de ses pieds, les chaussures lustrées d'Auguste faisaient un drôle d'effet. Romain n'avait de cesse de railler ces « pompes funèbres » qu'il n'avait pas pu s'approprier. À force de marcher, Adrien constatait que toutes les tombes, comme les immeubles du centre, n'étaient pas entretenues avec le même zèle ; certaines, borgnes et édentées, semblaient rester là par témérité. Une mousse épaisse recouvrait tout, et la tempête de l'an dernier avait ravagé une partie des « dernières demeures ». Certains caveaux n'avaient plus même de toit. Entre une stèle chue et une vestale décapitée, Adrien remarqua cette inscription, sous une des croix de granit, préservée comme par miracle :

André Poirier n'est pas mort. À 69 ans, il boite certes un peu, mais continue son chemin. Accoudé au comptoir, il est pourtant décédé, des

suites d'un jugement du Tribunal de grande instance. Un document officiel établissait l'« absence » d'André Poirier, au terme d'une procédure initiée par sa famille. L'administrateur judiciaire qui avait mené l'enquête ne trouva pas la trace de l'homme. Pas même lorsque André Poirier réapparut dans son quartier, comme si de rien n'était, après des mois de pérégrinations. Suite au jugement du Tribunal de grande instance, les organismes sociaux lui coupaient pension, retraite, assurance maladie – et le pauvre homme se retrouvait sans le sou. Sur son acte de naissance, il y avait écrit « décédé ».
Pour instruire son retour officiel à la vie, André Poirier vient donc de mandater un avocat. Un jour ou l'autre, il sera ressuscité.

Pour Adrien, la ville avait sombré, du jour au lendemain. Chaque maison, chaque restaurant, les rues, les gens, les boulevards, tout était à sa place. Mais la mort de Griffin avait tout transfiguré. S'il avait été en son pouvoir de décider, Adrien aurait voulu qu'un cataclysme eût effacé ces lieux qu'ils avaient fréquentés ensemble. Comme Dolorès aurait sans doute préféré que les vêtements d'Auguste – ses objets, ses croquis, sa musique, ses souvenirs et ses chaussures – eussent disparu en même temps que sa dépouille, plutôt que de finir leur carrière dans la penderie de l'un ou de l'autre. Car s'il est une injustice plus révoltante que la mort, c'est l'obstination des objets – cette coque fendue de désespoir – à survivre au cadavre refroidi. La ville, comme un décor peint, en tout point conforme à son modèle, mais vidé de sa chair, ne ressemblait plus qu'au squelette d'elle-même. Plus la même saveur, plus le même style, plus la même folie. Les petits bars où ils avaient passé tant de nuits, ces petits bars où ils avaient ri, rêvé et chanté, tous étaient à la même place, avec les mêmes têtes et les mêmes tables, mais ce qui avait fait leur vitalité s'était envolé. Adrien se désolait de dîner partout avec le même fantôme. À chaque fois qu'il ponctuait d'une douce ironie le propos d'un de ses interlocuteurs, en mimant la surprise et l'étonnement, Adrien savait qu'il ne faisait rien, sinon emprunter le vocabulaire d'Auguste – qui le retraversait, le hantait et le taraudait. Et c'était la même chose lorsqu'il roulait sa cigarette entre les doigts pour mimer l'impatience, lorsqu'il croisait et décroisait ses jambes en faisant sonner ses talons, lorsqu'il riait en forçant les notes graves de sa voix – tout cela, il savait s'en être emparé, après la bataille, sur les membres raides de son ami. Pourtant, un jour, à n'en point douter, ces expressions – comme certaines tournures qu'Adrien voyait sur le visage de son père en se disant que, décidément, ce géniteur faisait tout pour imiter son fils, dans une sorte d'inversion qui n'avait de vrai que l'illusion d'être l'auteur de ce qu'on emprunte –, toutes ces manières héritées d'Auguste seraient fondues dans le corps d'Adrien, elles ne feraient plus qu'un avec sa carapace, sans qu'il pût dire d'où elles venaient.

À quelques pas de là, sur une autre tombe, comme dans certains jardins botaniques, il y avait ces phrases, qu'Adrien lisait sans expliquer leur provenance.

> La première fois, ce fut à la montagne. Au sommet d'une falaise. Il imagina sa chute – la chute de son corps. La plaisante souffrance du dénivelé traversa son esprit. Puis sa carcasse, dans l'éclair d'un fracas, se laissa pénétrer par les pics de roche. Il sentit la violence de la douleur, et le sol broyant ses os. Mais sa vie prit le pas sur le reste. L'avalanche des dossiers, la voix de sa femme, le volume des crédits, ses charmants, ses adorables petits enfants, comptaient bien trop pour se faire oublier. La seconde fois, sur un quai de métro, l'attaque fut plus profonde. Il n'y avait pas de train – pas encore. Il rentrait du travail. Le sillon, là, devant lui, l'inquiétait peu. Seulement il prit conscience qu'il était *possible* de se jeter sur un coup de tête. Sans avoir la tentation de le faire. Il comprit à cet instant qu'un geste, un petit pas de plus, aurait suffi à le réduire en poudre l'instant d'après. La locomotive approchait. Les roues entraient dans son corps, broyaient ses os, écartelaient sa chair. Alors qu'une pointe aiguë éclatait sa colonne vertébrale, son visage s'aplanissait sous le poids de la machine. Un frisson le traversa. Il prit le métro, et ouvrit son livre. Chez lui, sur sa terrasse, il se sentit proche du point d'envol. Rien à voir avec une envie de mourir. Il imaginait ce que la vie serait sans lui. Ses enfants, sa femme – leur tristesse, leur deuil. L'émotion une fois tombée, on trouverait quelqu'un pour le remplacer. Quelqu'un, qui, certes, ne serait pas aussi efficace dans le traitement de certains dossiers, mais qui saurait se comporter avec calme en toute situation. Sa femme trouverait cet homme digne

d'être aimé. Puis elle l'aimerait. Cette idée le fit sourire : « Personne n'est irremplaçable. Pas même toi. ».

Adrien ignorait le nom qui figurait sur la sépulture. Celui-ci – et tous les autres qui figuraient autour. Dolorès avait tenté de faire entrer le corps d'Auguste dans le sacro-saint carré des créateurs. En vain. Le jour de la crémation, on avait passé quelques airs tristes en guise de requiem. L'un d'entre eux tailladait la mémoire d'Adrien. Il y repensait, chaque fois qu'il allait relire l'épitaphe d'Auguste. En quittant le columbarium, vêtu de noir, seul dans les rues, les bras ballants, avec ses amis, les paroles de la chanson lui revenaient. Dès qu'il rentrait à la maison, il fallait faire jouer le vinyle, lacéré par le diamant, pour entendre et réentendre cet air. Adrien avait pris conscience de la fin de son éternité quelques mois après être entré à la Cité. La totalité n'était plus à sa portée. La mort d'Auguste n'arrangea rien. Compter, comptabiliser, décompter, planifier. Gestes de morts-vivants – qui savent que l'heure approche. Dans le métro, les panneaux affichaient les secondes. Dans les stades, les dixièmes de seconde, parfois les millièmes. Jamais l'éternité.

Les cendres d'Auguste logeaient derrière le grand mur des brûlés. Une plaque gardait l'urne. L'épitaphe semblait à l'étroit. Mais Adrien ne se lassait pas d'aller la lire.

CI-GÎT AUGUSTE GRIFFIN POÈTE ET PROFESSEUR
NÉ SOUS UN ARBRE SEC MORT À LA FLEUR DE L'ÂGE
AMIS PARENTS CONFRÈRES OU SIMPLES ÉGARÉS
VOUS QUI SANS SAVOIR PRENEZ LE TEMPS DE ME LIRE
SOUS CETTE FEUILLE DE GRANIT NÉBULEUSE NOIRE ET BLANCHE
REPOSE À JAMAIS MON CORPS ENFIN LIBÉRÉ
SCELLÉ DANS LA PÉNOMBRE DÉROBÉ AUX REGARDS
PARMI LES SABLES LES GRAVIERS ET LES LIMONS
UN LINCEUL NOIR DE LETTRES ÉPOUSE MA DÉPOUILLE
DERNIÈRE PAGE D'UNE VIE ENCHANTÉE PAR LES MOTS
CETTE ULTIME SCULPTURE PARLE DE MON DÉSIR
HOMME DE LETTRES ENFIN FONDU DANS L'ALPHABET
JE SUIS LE CORPS DU TEXTE OMBRE PARMI LES OMBRES
AMAS DE SIGNES SUITE DE CARACTÈRES
ENTRE LES MOTS ÉRIGÉS SUR LA PIERRE BLANCHE
LES COULOIRS SQUELETTIQUES DU DÉDALE SÉMANTIQUE
DÉROUTENT LES PLUS FIDÈLES DES PÈLERINS
À FORCE DE TOURS DE DÉTOURS ET DE RETOURS
ERRANT SUR LA VOIE DE L'IMMORTEL SECRET
LES VERS DU MAUSOLÉE SAGEMENT DÉBRIDÉS
VOUS ENLACENT VOUS ÉTOUFFENT ET VOUS OPPRESSENT
PRIS AU MOT FIGÉS DANS LE MARBRE LE LINCEUL
ENROBE TOUS CEUX QUI ME LISENT DE TROP PRÈS
DÉSORMAIS IMPOSSIBLE DE TOURNER LA PAGE
LA LANGUE SERA NOTRE DERNIERE SÉPULTURE

Comme tout haut fonctionnaire, le directeur de l'Office national des cimetières était féru d'art contemporain. Il s'acquittait de son devoir comme un enfant achève ses exercices de solfège. Raymond Splinetta traînait ses pieds dans les salons, parcourait les galeries et partait à l'étranger dès qu'une exposition pouvait permettre de briller. Il n'avait jamais entendu parler d'Auguste Griffin – pas question de le faire entrer dans le saint des saints du cimetière. Dolorès trouva Splinetta d'un sinistre hors du commun. Pourtant, quelque temps plus tard, la rencontre de Christian Nguyen sembla ramener le directeur de l'ONC parmi les vivants. Il imagina que *quelque chose d'autre* était possible pour son cimetière. « Des tombes, des tombes, encore des tombes… » Christian Nguyen écoutait le directeur de l'ONC d'un air rêveur. « Croyez-moi ! Le cimetière, c'est le terrain de l'avenir ! »

Splinetta lui fit faire le tour du propriétaire – ils ravivèrent la flamme de l'inconnu, le directeur se plaignit du manque d'initiative, l'artiste promettait de rompre le mauvais sort. Il avait entendu dire un jour que les concessions du centre-ville étaient de plus en plus chères, voire même excessivement chères. « Ce qui n'est pas faux », répondit le directeur. Il y avait donc de quoi faire de l'argent – peut-être même *beaucoup d'argent*. Splinetta ne répondit rien. Si certains tombeaux n'étaient pas entretenus avec autant de soins que d'autres, cela ne signifiait-il pas que les ayants droit omettaient de s'en occuper ?

Christian Nguyen partit à la recherche des négligents. Pour peu que ces personnes n'eussent pas de descendants directs, l'argumentaire coulait de source : en échange de ces quelques malheureux centimètres carrés on prenait en charge les obsèques des ayants droit. Les premiers entretiens furent encourageants. Les gens qui cédaient leur bien au créateur savaient que leur descendance, ne se préoccupant pas des vieilleries, serait incapable de respecter leurs morts. En peu de temps, Nguyen se retrouva à la tête d'une trentaine de tombes, qu'il décorait à son gré, ou laissait « dans leur jus », pour parler comme les antiquaires. Méthodique et visionnaire, l'artiste se constitua un solide réseau d'acheteurs, que l'éternité faisait rêver. Il leur cédait ses créations au prix fort. C'étaient de vieux tombeaux, de vieux noms, de vieilles légendes et de vieilles sculptures, que les collectionneurs voulaient à eux, pour greffer leur propre histoire. Ils traversaient le cimetière en se disant « ceci est mien », comme d'autres contemplent leur salon couvert de tableaux de maîtres. Ici ou là, Christian glissait quelques notices pour semer le trouble dans l'esprit des visiteurs.

Entre un fleuriste et un croque-mort, Stéphane Courtois ouvrit une succursale de sa galerie. Dans sa vitrine, s'étalaient les photos de ses plus belles tombes, accompagnées d'un descriptif évocateur et d'un prix. Têtes de morts, revenants et autres zombies, l'époque était au macabre et les œuvres de Nguyen se vendaient donc bien. Splinetta était aux anges.

Hélas pour eux, les choses se compliquèrent. Un certain M. Cratos, la quarantaine, le sourire carnassier, démarchait les héritiers des tombes en proposant de les leur racheter deux à trois fois plus cher que M. Nguyen. La concurrence était terrible. Seulement, par chance, pourrait-on dire, ce promoteur sans scrupules semblait porter son dévolu sur les concessions des bordures du cimetière ou à leur proximité immédiate – c'est-à-dire bien loin du carré des artistes, dont Nguyen cherchait plutôt à approcher. L'artiste avait d'autant plus de mal à s'expliquer le plan commercial de son concurrent que celui-ci s'obstinait à laisser ses terres en friche. Pourquoi – pourquoi cette fixation sur les sépultures « extérieures », qui plus est, pour ne rien en faire ? Nguyen tint son homme pour fou lorsqu'on lui rapporta que Cratos avait harcelé le détenteur d'un lopin de terre où sa femme reposait. Cratos proposa des sommes extravagantes pour le faire céder. Le veuf céda par réalisme. Deux semaines plus tard : les grues et les pelleteuses venaient rompre le mur d'enceinte et creuser une énorme fosse.

Au bout de six mois, en lieu et place des marbres et des croix, s'élevait un immense immeuble en pierres de taille, avec balcons, terrasses et bow-window, pour que les futurs propriétaires puissent profiter de la vue sur le carré magique – dont la surface avait doublé depuis la fondation de l'immeuble de Cratos.

Nguyen se sentit floué. Splinetta, qui jouait double jeu, sut lui faire entendre raison. Dans l'histoire, le plus malheureux était encore Adrien, qui du jour au lendemain perdit l'imprenable vue sur le cimetière qu'il avait depuis son salon. Griffin se serait bien moqué de lui.

Dolorès Klotz

Reliques, sculptures, formats divers, Espace Garousse

Le jour de ses sept ans, Dolorès avait obtenu le cadeau qu'elle espérait – un beau jouet, vu chez sa meilleure amie, auquel elle songeait depuis des mois. L'intérêt suscité par ce jeu avait convaincu Dolorès de prier sa mère de le lui offrir pour sa fête. Et, parce que l'objet était grand en lui-même et par sa finalité, parce qu'il devait se révéler très onéreux, elle doutait que sa maman se décidât à en faire l'acquisition. Mais le ciel intercéda en sa faveur: le papier rose auréolé de croix dorées l'en convainquit presque aussitôt. Son jeune cœur exultait de joie, son regard rayonnait d'amour. La maison de poupée de ses rêves, comme une apparition miraculeuse, se tenait là, sous ses yeux. Dolorès porta ce trésor dans sa chambre – sous sa fenêtre. De petits vitraux ciselés représentaient les figures de Pierre, de Paul et de Madeleine. Ils projetaient sur le sol damé de marbre un rougeoiement bleuté qui emplissait l'âme d'un sentiment de plénitude – tout comme l'encensoir dans la chapelle.

Dolorès alla chercher sa plus belle amie. Lili avait des cheveux roux qu'il fallait peigner et de grands yeux fiers. Sa robe écumait de dentelle. Dolorès la déshabilla. Lili était jolie, Lili était gentille. Dolorès couvrit son corps tout rose d'une jolie robe de batiste blanche ainsi que d'un veston de velours bleu roi – plus convenable. De petits souliers en cuir marron brodé de paillettes rouges et vertes complétaient sa ravissante tenue. Les perles de buis de son chapelet tournaient autour de son poignet. À l'entrée de la maison de poupée, un récipient creusé dans une pierre tendre recelait quelques gouttes d'eau. Dolorès trempa la main de Lili dedans pour qu'elle se signât, un genou posé au sol. Puis Lili, au fond de la chapelle, alluma un cierge et glissa une pièce dans le tronc. Un tout petit crucifix se mit en train pour répondre à cette première offrande. Tout était si beau. Des encensoirs ouvragés se balançaient depuis la cime des voûtes et couraient le long de la paroi de la chapelle. Les crénelures dorées s'éparpillaient en divines volutes autour d'icônes du Christ en croix, et brillaient de tous leurs feux dans le tourment souverain de la flamme. Un escalier d'ébène, richement sculpté, montait jusqu'au lieu solennel du sermon. Des signes obscurs dessinaient des chemins tortueux où l'œil se perdait. Lili regardait un serpent qui faisait face au miroir ; un peu plus loin, une femme aimante fixait l'azur en joignant ses mains. Dolorès voulait que les yeux de Lili fussent bien ouverts, parce que c'était encore plus beau que tout ce qu'elle aurait jamais pu imaginer. Lili contempla l'infime relique entourée d'un frou-frou de feuilles d'or et surmontée d'un petit buste de femme. Un vêtement, une fraction d'os, quelque viscère, une mèche de cheveux, elle ne savait pas ce que contenait le cartouche au juste, mais Lili se prosterna. Allongée sur le labyrinthe, en face des saintes reliques, son esprit était touché par l'aura mystérieuse du corps saint, ostensiblement présenté au fond de la chapelle.

Quelques années plus tard, Dolorès se lassa de la maison de poupée, que sa maman légua à ses jeunes nièces. Elle oublia son jeu favori et son rapport à Dieu se distendit. Elle qui, si souvent, rappelait à sa mère de l'emmener à l'église pour prier le petit Jésus, avait fini par s'habiller en noir et arborer toutes sortes d'étoiles dès qu'elle était seule. Sa pratique spiritualiste des arts plastiques, tout en lui redonnant le goût de ses rêves de jeunesse, l'éloigna encore un peu plus des croyances et des dogmes institués, quoiqu'elle continuât à penser que l'univers, pour exister, ne pouvait faire l'économie d'un principe supérieur. La rencontre avec Auguste, si elle lui révéla un monde nouveau, contraignit surtout Dolorès à conformer ses jeunes pensées aux manies du vieil homme, qu'elle admirait comme un dieu et plaçait très haut dans le panthéon des hommes illustres. Il n'abhorrait rien sinon la soutane et la prière, mais considérait avec un plaisir teinté de traditionalisme la beauté mystérieuse du rite. Sa mort, libérant Dolorès de son tuteur, ouvrait des continents sauvages de pensées et de désirs. Elle allait pleurer dans les églises mais ne songeait guère à s'incliner devant les os d'un saint. Seules ses journées de solitude sous la mansarde, face au campanile, firent remonter en elle les souvenirs de ces heures perdues à jouer avec la maison de poupée. Les coups du carillon – auxquels Dolorès se rattachait comme le mourant à son viatique, mais qui, loin de calmer, déroutaient la pauvre insomniaque, perdue dans ses calculs par l'entrelacs des sons longs ou brefs que les ponctuations silencieuses semblaient articuler, arrivant en fin de compte à des chiffres extraordinaires sans jamais se faire une idée approximative de l'heure qu'il était –, ces coups du carillon donc, en même temps qu'ils déréglaient son horloge intérieure, remontaient le cours du temps en faisant rejaillir dans l'esprit de l'adulte qu'elle était les plaisirs aigus de la petite fille lorsque la cloche tintait et que le Christ sortait de son réduit après qu'elle eut introduit sa pièce dans la fente de la machine. Dolorès, aiguillonnée par ses visions nocturnes, noircissait son journal à la recherche d'une image claire de son jouet et de sa poupée, qu'elle aurait voulu revoir ne serait-ce qu'une fois. Entre deux serpents, elle avait cru reconnaître sa belle compagne aux cheveux roux dans la collection de Sainte-Croix – chose impossible, puisque ses cousines l'avaient remisée dans le grenier de leur maison où la pauvre pécheresse avait fini sa carrière, écrasée sous une poutre.

Mais en fouillant dans les archives d'Auguste pour préparer le numéro spécial de *L'Anémie*, Dolorès découvrit une description étrange qui fit revivre, quoique d'une autre façon, la vieille maison de ses poupées. « Toute en longueur, les plafonds démesurément hauts, la salle rayonnera obscurément. De parfaites rangées de chaises chromées accrocheront une lueur bleutée. Des piles de verre soutiendront la voûte centrale. Un chemin de fibres rares couvrira l'alliage de marbre et de pourpre tapissant le sol. » Elle lut et relut ce texte qui programmait la forme d'une église à venir. Ce texte plaisait à Dolorès, non pas seulement parce qu'il semblait décrire la maison de Lili, mais surtout parce qu'il offrait une introduction parfaite à la vision catastrophiste de l'Histoire que défendait Auguste, sans jamais verser dans le pessimisme. Auguste, horrifié par la dictature de la contemporanéité, du renouvellement et de la révolution, considérait avec défiance tout ce qui se présentait comme neuf. L'injonction faite à tout citoyen, à tout artiste, à tout vendeur de jupons de se démarquer, de faire rupture, qu'Auguste interprétait comme la manifestation concrète de la « fin de l'Histoire », trouvait selon lui son effet le plus pernicieux dans ces « lieux de mémoire », qu'il voyait fleurir partout et où les souvenirs, censés s'objectiver, disparaissaient, enterrés sous un mausolée. Dolorès se servit de cette fantaisie comme d'un point de départ pour constituer le recueil qu'elle devait soumettre aux directeurs de la revue pour rendre hommage à son ami. En plus de cette église, elle agrégea toutes sortes de textes courts, de passages marquants, tristes ou bien bizarres, qui lui rappelaient ce prince de l'ombre auquel elle vouait un culte mémoriel. Puis elle envoya l'ensemble à *L'Anémie*.

Le texte qu'elle aimait le plus, bien qu'inachevé, était trop long, hélas, pour qu'elle espérât jamais le voir incorporé à la revue. Auguste, dans une benne à ordures, avait retrouvé des liasses de photographies, des piles d'albums jaunis et toutes sortes de reliques anciennes tirées de l'appartement d'une dame morte sans descendance. Au milieu des valises et des meubles fendus, ces visages fantômes, cette jeunesse enfuie, ces souvenirs désordonnés, furent une source d'inspiration pour l'écrivain, qui passa des jours et des semaines à imaginer la vie de l'inconnue. Il la baptisa Simone – Simone Cornu – et lui conféra date et lieu de naissance. Grâce aux visages de ces vieilles gens qui grimaçaient en tenant le bel angelot, grâce aux intérieurs, au mobilier, aux gestes et aux expressions, Auguste donna forme au milieu familial de la belle Simone ; il imagina la profession de ses parents, les lieux de villégiature, les jours de deuil, les fièvres et les peines, les frères et les sœurs, son travail et ses amours. C'était une image étrange que celle de cette femme-enfant. Sa beauté juvénile et grave avait fait chavirer les plus chastes des jeunes hommes. Elle paraissait rebelle, farouche et entêtée ; aucun homme n'avait voulu épouser devant l'autel les cheveux bruns, la peau mate et les belles formes de la grande Simone – et son sourire avait quelque chose de diabolique. Auguste se figura cette existence avec tant d'acuité qu'il entreprit de rédiger le roman de cette femme.

Dolorès était bouleversée par les pages qu'Auguste avait consacrées à une autre qu'elle, à qui, dans un monument, il promettait le paradis. Mais ce livre, qu'un universitaire sans renom, déjà oublié de ses élèves, avait commencé sans le mener jusqu'à son terme, ne devait pas déchaîner plus d'enthousiasme auprès des professionnels de l'édition que le reste des textes que Dolorès leur avait soumis. Son nouvel évangile sous le bras, elle fit le tour des chapelles éditoriales, comme un prêcheur dans le désert. C'est à peine si Benoît Pinçon reçut Mlle Klotz. Valérie Hornstedt écouta les doléances de sa grande amie, en avouant ne pas avoir de temps à consacrer pour l'édition de l'œuvre d'Auguste.

Au bout de quelques mois, Marc Teuniaux et Jean-Baptiste Bracquemont contactèrent Dolorès Klotz. Le numéro spécial de *L'Anémie* sortait des presses. Ils étaient « contents du résultat », « l'objet leur paraissait très beau ». Dolorès resta silencieuse. Les deux clowns se disaient fiers d'avoir honoré la mémoire du grand poète qu'avait été Griffin. Sans être totalement indifférente, Dolorès sentait que la nouvelle, comme ces plaisirs longtemps retardés, ne déclenchait pas l'effet voulu. Quelques phrases de circonstance suffirent à glacer l'enthousiasme de Marc Teuniaux, qu'elle jugeait outré.

Rendez-vous fut pris pour le lendemain.

Dolorès s'oublia dans l'élaboration de sa tenue. Il fallait paraître ni trop heureuse, ni désespérée (ce qui dans cette situation revenait précisément au même), sembler rafraîchie sans verser dans le jeunisme, être désirable sans trop aguicher – en somme, ce rendez-vous ouvrait un champ de problèmes infinis qui ne trouveraient de solution ailleurs que devant le grand miroir de la salle de bains, là où les séances de torture devaient avoir lieu, comme naguère dans le placard de sa chambre où Dolorès habillait et déshabillait ses poupées (ces pauvres poupons rageusement crayonnés, ces pauvres dépouilles dont on arrachait les cheveux, crevait les yeux et vidait les entrailles), autant pour éprouver leurs tenues que pour les voir nues et comprendre ce qu'elles avaient entre les jambes.

Par malheur, la salle de bains, vieille et décrépie, avait un effet néfaste sur l'humeur de Dolorès. Elle se trouvait trop grosse, beaucoup trop grosse. Tout la boudinait, tout la rétrécissait. Qu'elle mît une jupe ou enfilât un pantalon, elle retrouvait les mêmes défauts de silhouette, que ce fût à cause de sa ceinture ou de sa jupe cintrée qui collait aux plis de son « gros » ventre. Ses allers et retours sur le parquet n'avaient pas plus de logique que la fuite d'une bête traquée. Ses talons battaient la mesure d'une partition injouable. L'heure du rendez-vous approchait, le grand placard se vidait. Dolorès, d'autant plus exigeante qu'elle désespérait de découvrir la tenue parfaite, et s'agitait comme un condamné dont la tête roulait sous l'échafaud. Ses cheveux s'aplatissaient, chaque coup de brosse découvrait une poignée de cheveux blancs. Elle ressemblait à ces portraits d'aïeuls qui dans les bonnes maisons décoraient le couloir du vestibule à la salle d'eau.

Lorsque ses yeux tombèrent sur le trou qu'elle avait fait, quelques mois auparavant, dans la vasque du lavabo après avoir donné un coup au flacon en équilibre sur l'étagère, l'éruption des larmes sombra dans le siphon. Consciemment ou non, elle savait que ce trou n'avait d'autre fin que de la défier. Des insectes nichaient dans cette invagination crapoteuse de la faille et Dolorès, en fait de courage, n'avait que l'énergie de regarder les flagelles frétillants et serpentins barboter comme dans un étang, emmêler leurs corps en gestation dans cette eau bourbeuse recueillie sur les ourlets creux de la vasque qui sentait l'égout, et l'audace de les écraser d'un coup d'index, lorsque ces êtres malpropres, sortis de la caverne, métamorphosés en infernaux cauchemars ailés, venaient se coller contre son miroir, d'où ils la dévisageaient d'un œil torve. Triste victoire : les bords fragiles du trou s'effritant jour après jour, de grandes fissures balafraient son lavabo d'une veine jaunâtre. Elle-même sentait son corps devenir débris.

Ainsi, après avoir essayé les tenues les plus ambitieuses et tenté les associations les plus extravagantes, après avoir douté, s'être auscultée, après avoir changé un détail puis un autre, et recommencé, puis remis en hésitant ce que cent fois elle avait déjà porté, comme si le teint de sa peau, la forme spécifique de son corps ou son humeur en ce jour avaient pu faire considérer négativement ce qu'elle avait pourtant bien aimé la veille ou l'avant-veille, Dolorès s'était rabattue sur sa tenue la plus commune : une jupe assez lâche, assortie d'un chemisier blanc. Elle revêtit la petite veste noire des grandes occasions et chaussa ses mocassins quotidiens. Sur le revers de sa veste, Dolorès agrafa la broche en or qu'elle avait elle-même dessinée, et qui empruntait la forme d'une flèche. Un buste de déesse à l'abondante chevelure rousse, rehaussée de perles et de pierreries, avait été peint sur un médaillon ovale, entre la pointe et l'empennage. La déesse, d'âge mûr, se pinçait le lobe d'une oreille entre le pouce et l'index de sa main droite. Dolorès tenait à ce bijou plus qu'à tout.

Marc Teuniaux toussotait. La présence d'une femme dans les bureaux de la revue n'était pas courante. Par commodité, on appelait « bureaux » l'ancienne boutique, transformée en studette, dans laquelle il vivait. On avait fiché une tasse de thé bien clair entre les mains de Dolorès qui attendait la révélation. Son rouge à lèvres avait déteint sur la porcelaine fêlée.

La magnifique artiste impressionnait les directeurs de *L'Anémie*. Ils se souvenaient de la scène chez Romain, où elle les avait toisés. Marc en avait encore le cœur brisé. Elle semblait alors si forte, si sûre d'elle-même. Il se souvenait aussi de la manière qu'elle avait eue de le sermonner pour qu'il acceptât de publier les textes d'Auguste. Il ne pouvait oublier ses accusations démentielles lors des premiers pourparlers. Voir Dolorès, aujourd'hui si fragile, presque recueillie, donnait à Jean-Baptiste une idée nouvelle de son importance. Il la regarda droit dans les yeux. Et comme à son habitude, il lissait sa queue-de-cheval toute grasse.

– Tes cheveux sont vachement beaux, tu sais, lui dit-il en gage de sympathie.

Elle eut un ricanement nerveux. Son visage se renfrogna. Dans sa jeunesse, Dolorès avait été célébrée pour sa crinière. D'un châtain furieux – on parlait alors d'une véritable jungle –, les rêves amoureux s'y enlisaient. Mais avec l'âge, avec la peine, sa chevelure s'était assagie – « avachie », corrigeait-elle avec humeur. Chaque jour de nouveaux fils blancs trouaient sa chevelure. Un temps, elle avait espéré camoufler l'effritement de son corps, et faire valoir l'éternité de son âge, en sectionnant ces mèches à la racine. Les années passant, la vanité de sa démarche lui sauta au nez : il eût fallu se raser la moitié du crâne pour faire disparaître la cendre de sa tête. Dire qu'« elle avait *encore* de beaux cheveux », c'était, sinon un signe de désamour et d'ironie, du moins une preuve incontestable de ce que le désir s'était enfui. Jean-Baptiste, comme il le faisait avec sa mère lorsqu'il la voyait triste, avait naïvement imaginé faire plaisir à son amie.

Gêné par le silence, Marc tendit à Dolorès le dernier numéro de *L'Anémie*. Un sourire illuminait son visage. Dolorès ajusta ses lunettes. La revue, par souci d'économie, était imprimée sur papier recyclé extra-fin, grisâtre et mal lustré. Aux yeux de Dolorès, traduire les textes d'Auguste dans cette police étrange et cette mise en page douteuse rabaissait son génie particulier à la platitude bavarde des auteurs qu'elle avait lus dans ces mêmes colonnes. Elle comprenait pourquoi Auguste avait gardé le silence. Il faudrait payer de sa poche l'édition des trompe-l'œil pour que tout fût parfait ; paraître dans *L'Anémie*, c'était une profanation.

Page trente-cinq, Dolorès fut pourtant saisie de vertige. *En chacun de nous sommeille un célibataire.* Elle ne l'avait pas relu depuis des mois. Dans le silence de l'appartement, son cœur saignait. Les mots, la douceur des mots, ses phrases, ses phrases légères, la gravité de son ironie, la puissance de ses images, Auguste ressuscitait entre ses doigts. Dolorès admit alors, qu'à sa façon, à travers les lignes, c'était un bon début pour lui rendre hommage. Les yeux humides, elle reposa la revue sur le bureau.

Marc et Jean-Baptiste s'étaient replongés dans leurs travaux. Ils s'attendaient sinon à un coup d'exaltation, du moins à un accès lacrymal de l'héritière. L'un biffait les coquilles, l'autre classait des documents. Dolorès passa une main tremblante dans ses cheveux. Elle respira. Marc devinait la satisfaction de la prêcheuse se dessiner sur son visage.

– J'attendais ce moment depuis si longtemps, mes amis. C'est le prélude de la mise au monde de l'œuvre d'Auguste. Je ne sais comment vous remercier.

Sur son pliant, Dolorès avait croisé et décroisé ses jambes. Elle sentait l'odeur fermentée de vieux tabac, de sueur et d'alcool que Marc traînait dans sa barbe mal rasée, sur ses vêtements et jusqu'au cœur de sa chevelure crasseuse. Elle s'en voulut de lui avoir fait la bise pour le saluer. Pourtant, cette satanée nausée, cette exhalaison ignoble sortie de sa toison, avait aussi quelque chose d'émoustillant. Dolorès fixa les poètes droit dans les yeux. Elle eut ce petit sourire qui sema la confusion dans l'esprit ivre de fantasmes de Marc et Jean-Baptiste. Elle leur proposa de venir chez elle boire quelque chose et fêter la bonne nouvelle – pour éviter de croupir dans cet abominable bouge.

À l'âge de sa plus tendre enfance, bien des années avant d'avoir désiré la sainte maison pour ses poupées, Dolorès s'éveillait au milieu de la nuit, les draps humides, la main pressée au creux de ses jambes croisées. La plupart de ses culottes portaient les stigmates indiscrets de ces passions enfantines qui faisaient la honte de la mère lorsqu'elle reprisait les trous à coups d'aiguille. La pression des doigts de la petite fille à l'endroit délicat de sa constitution bouchait ses heures d'ennui lorsqu'on la faisait s'asseoir dans sa chambre ou le salon, au milieu de tant d'adultes. Les réprimandes de sa mère, qui lui répétait, dans cette langue stupide des parents croyant se mettre à la mesure de l'intelligence de leur enfant en employant un ton aussi niais que leurs principes éducatifs : « Maman pas contente. C'est sale ! Très sale ! Va-t'en te laver ! », avaient éveillé dans l'esprit de la jeune Dolorès la conscience diffuse que ces joies simples de la vie n'étaient qu'une pollution de son corps sacré, un comportement de mauvaise fille qui faisait le malheur de sa très sainte mère. Mais combien de fois, combien de fois la pria-t-on de se doucher au milieu de la nuit ? Combien de fois la priva-t-on de dessert pour qu'elle en fût absolument convaincue ? Elle arriva à l'âge de raison honteuse d'elle-même et de son propre corps. Sa chapelle de poupées ne fut qu'une maigre consolation.

Quelques années plus tard, il y eut les beaux yeux de Jacques, les fleurs de Louis et les grandes mains de Pascal. Mais toujours les yeux de maman fixaient la conscience de l'amoureuse. On se téléphonait, on se voyait, on se touchait les lèvres – jamais les frous-frous de la princesse ne furent mis au jour. Lorsqu'on l'invita au bal pour ses seize ans, maman lui offrit une paire d'escarpins bleus et une jolie robe de mousseline rose pâle, chastement décolletée. Dans un écrin tendu de soie, elle lui légua une alliance familiale que deux améthystes venaient fleurir. Jérôme la complimenta. Après le verre de punch aux fruits, il osa même l'enlacer. Dolorès conserva cette tenue comme un trésor dans son armoire. Elle la portait en cachette et dormait avec pour faire des rêves heureux.

Mais depuis la mort d'Auguste, tout allait à vau-l'eau. Soit que l'envie de l'oublier la poussât vers des excès contre lesquels tout la prémunissait jusqu'alors, soit que le fait d'accepter maintenant les plaisirs qu'elle refusait à son « mari » lui permît de retrouver la présence contrariée de son unique amour, Dolorès se jetait entre les bras de n'importe qui, insatiable, dévorante, vorace et vulgaire, pourvu qu'on lui fît des propositions indécentes, jamais aussi heureuse que lorsqu'elle sentait l'humiliation, le stupre et la luxure lui fouetter les sangs. Plus l'entreprise se révélait avilissante, plus sa jouissance se faisait aiguë et, dans cette gamme infinie de raffinements, ce que Dolorès réclamait avec ardeur aurait sans doute fait mourir de honte sa pauvre mère. Il s'agissait pour Dolorès du seul moyen d'aller au fond des choses, de pénétrer le saint des saints et d'accéder au cercle des connaissances sacrées. Ses entrailles étaient bafouées, vilipendées, maculées, dégradées, sans que rien la révulsât. Son besoin d'être souillée ne connaissait aucune limite – mais sa parure de jeune fille lui manquait tout de même comme l'armure au chevalier.

La revue entre les mains, Dolorès avait pensé faire évoluer les mentalités. Électriser les foules, éduquer les consciences, répandre la bonne parole. Elle constata bientôt que *L'Anémie* n'était dotée d'aucun pouvoir. Valérie Hornstedt trouvait l'ensemble parfait. Elle jurait s'être attelée à un petit livre qui regrouperait quelques-uns des portraits qu'elle avait tirés du maître. Mais elle n'était pas encore satisfaite. Dolorès se rabattit donc sur Messaline. L'aînée des enfants Griffin vivait avec un agent de change, qu'Auguste n'avait jamais voulu rencontrer. Sans doute connaissait-elle du monde, peut-être avait-elle quelque camarade dans l'édition. Débordée, Messaline eut à peine le temps de la recevoir. Son contrat dans une agence de publicité était soumis à renouvellement, elle cherchait un appartement. Ce n'était ni l'heure ni le lieu d'évoquer la postérité de son pauvre père. Aurélien, le cadet des enfants d'Auguste, exerçait dans une banque. Submergé de travail, il regrettait d'être dans l'incapacité d'honorer la mémoire de son père, mais de toute façon, il ne connaissait personne « dans ce domaine ». Claude, le dernier des enfants, restait injoignable.

De fait, la déchéance d'Auguste, dont la statue avait été renversée par ses enfants et le nom presque effacé de leur mémoire, faisait penser à l'antique condamnation des personnages publics, dont le jour de naissance était considéré après leur mort comme une date néfaste pour la Cité. L'égoïsme qui avait été sa marque de fabrique – quand bien même Auguste s'en fût gardé en terrorisant ses enfants à propos de leurs études, sans se soucier jamais d'apprendre ce qui les animait, et préférant transformer leur chambre d'enfance en une ultime annexe de sa bibliothèque aussitôt après leur départ du domicile familial –, son égoïsme, donc, se retournait fatalement contre lui par une sorte de loi de la nature qui veut que ce que nous infligeons aux autres se transforme aussitôt en punition à notre endroit.

Profitant d'un ultime élan, Dolorès décida d'aller supplier le dentier blanc d'Alexandre Sorrus. Son sourire aigre lui ouvrit la porte dans les locaux de *L'Improbable*. Dolorès bafouilla, tenta de retrouver ses esprits, déposa *Reliques* sur un bureau. Elle évoqua Simone Cornu (la belle inconnue du roman-photo d'Auguste) ses douze mille vies, les bribes de son histoire, la beauté inoubliable du style de Griffin et tout ce qu'il restait à faire pour honorer le génie littéraire à sa juste valeur. Son chef-d'œuvre ne pouvait décidément pas rester dans un tiroir. Alexandre sourit. L'équipe s'agitait en vue de l'édition d'un beau journal – qui devait surgir d'un jour à l'autre. Alexandre n'excluait pas de faire paraître un ou deux « papiers » du brave Auguste. L'idée semblait même le séduire. Mais on ne pouvait rien garantir pour l'heure.

Alexandre réorienta la conversation sur cette « splendide » broche en forme de flèche qu'il voyait agrafée sur le revers de la veste noire de Dolorès.

– Tu ne reconnais pas ? répondit Dolorès. Il s'agit de la déesse de la mémoire. Mnémosyne – elle a inventé le langage et les mots. Elle confère à toute chose un nom. Le dieu de tous les dieux l'a enfantée neuf jours de suite pour qu'elle mît les arts au monde. En somme, c'est notre déesse à tous.

Alexandre emprunta le masque de l'intérêt. Dolorès avait de ces idées… De toute façon, elle était à moitié folle, tout le monde le savait. Voulait-elle souscrire un abonnement, pour elle, ou bien son frère ? « Que devient-il au fait ? »

Le roman inachevé que Dolorès avait déposé sur un bureau à *L'Improbable* s'intitulait *Reliques*. Il connut un destin étrange. Auguste, après l'avoir rédigé intégralement, fut obligé de tout reprendre – lorsqu'il constata que son manuscrit s'était perdu. Dolorès n'eut pas la chance de lire cette première mouture. Auguste prétendait l'avoir écrite en une vingtaine de jours, avec la fougue de l'inspiration originelle. Le second jet fut laborieux. Les mêmes photographies, revues et analysées sous un jour nouveau, ne lui semblaient plus aussi limpides, ni aussi parlantes – ce qui rendit le travail d'Auguste plus difficile, sans parler de la lassitude qu'il éprouvait à recommencer ce qu'il avait déjà fini une fois – convaincu de passer à côté de tout ce qu'il avait réussi alors. Sans doute l'inachèvement du livre était-il à mettre sur le compte de cette forme d'autodépréciation qui avait torturé Auguste dans sa quête de la « bonne structure ». Auguste s'était tué à la tâche, aiguillonné par des préoccupations, qui loin de remplir le puits de ses exigences, révélait l'abîme qui le séparait du résultat.

Dolorès persistait pourtant à croire que la dernière version devait être la meilleure – et pas seulement parce que c'était la seule qui se pouvait lire. Ce qui la passionnait dans ce jeu d'enquêtes sans solution, c'était la manière qu'avait eue Auguste de mettre en scène l'émergence des souvenirs de Simone Cornu à partir d'une analyse d'images, où les questionnements, les doutes et les zones d'ombre constituaient le terreau d'un insatiable exercice d'imagination. De fait, pour arriver jusqu'à la vérité biographique, Auguste n'épargna rien à la jeune femme : chaque photographie fut autopsiée avec la méticulosité que l'on réserve aux victimes d'un crime. La place des invités autour de la table, le menu, le nombre de convives, les vêtements, la façon que l'on avait eue de les placer, le papier peint, le nom des fleurs, l'étiquette du vin, tout retrouvait sens et profondeur sous la plume d'Auguste. Pourtant, à mesure que l'écrivain plongeait dans les lacunes de cette existence, l'essentiel semblait se dérober. L'écart entre la vie de tous les jours, où les phénomènes ordinaires n'ont aucune incidence, et la construction narrative d'Auguste, tendant à l'extrême le réseau des significations pour que rien ne lui échappât, avait même quelque chose d'inquiétant – l'échafaudage paranoïaque soulignait par contraste le vide de nos existences. Mais selon Dolorès, la beauté du texte pouvait être résumée à cette discordance. L'incompressible écart entre la vie ordinaire et la logique narrative ouvrait l'espace artistique véritable, d'autant plus sublime qu'il semblait infini. Ce qui échappait à Auguste, ce que ses outils et son style ne lui permettaient pas d'atteindre ou de déceler dans, et à travers les images de la vie de Simone Cornu, brillait par son absence même comme la plus belle pièce de la parure. Jamais sans doute n'avait-il encerclé avec autant de bonheur la nécessaire vacuité de l'œuvre.

Une des images de Simone Cornu, à laquelle Auguste revenait toujours sans la cerner jamais, avait tant intrigué l'écrivain qu'il en fit le point de fuite de toute sa perspective. Sans doute âgée de vingt-trois ou vingt-quatre ans, Simone était entourée de deux jolis garçons en tenue de soirée. Elle portait une robe en mousseline violette et avait ce sourire mauvais qu'Auguste avait identifié sur une photographie d'anniversaire où on la voyait poser devant son gâteau aux fruits rouges, et sur une autre image encore. Ce sourire douteux, ce sourire intérieur, coincé entre le regard passionné du plus tendre des deux garçons et le rire écarlate de celui qui fixait une scène refoulée hors du cadre, forçait à considérer les courbes arrondies de la jeune femme au bas de son ventre avec circonspection. On devinait là, sous les couches de vêtements, gonflant la maille légère du chandail, lové entre les arcs de cercle amoureux, le germe d'une vie qui prenait corps. On le devinait, on le supposait – mais le ventre de Simone était-il plein sur cette photographie ? Était-elle grosse au tréfonds d'elle-même ? Le doute qui persistait à ce sujet était d'autant plus gênant que le sourire ironique, probablement involontaire, de Simone faisait pressentir une forme de coup de théâtre et le père supputé de la chose qui commençait de vivre dans les cavernes de la jeune femme, sans doute n'était-il pas celui que l'on aurait pu croire. Auguste considérait cette photographie comme la pièce centrale de la vie de Simone Cornu, la clé de voûte de tout son cheminement. L'enfant n'était pourtant pas né. Aucune photographie n'en portait la trace. Était-il mort de lui-même ? Avait-elle avorté ? Rien ne permettait de tirer la chose au clair. Mais Simone Cornu n'eut pas de descendance, Auguste était formel. C'était le coup de génie de cette jeune femme. Des milliers d'hommes, pas un seul enfant. Des millions de coïts, mais pas d'accomplissement.

Lorsqu'elle fit pénétrer les directeurs de *L'Anémie* dans sa mansarde, Dolorès avait dans l'idée de forcer sinon la publication de *Reliques*, du moins celle des *Trompe-l'œil* – la poésie c'était bien leur truc après tout. Elle leur réservait une fête à laquelle ils ne pouvaient pas s'attendre. Elle leur servit des verres et alluma un cierge sur la table basse. Dolorès voulait leur lire le plus beau passage de ses *Reliques* – le plus tragique, le plus poignant, le plus sincère – pour communier encore et honorer toujours la mémoire du grand Auguste. Marc et Jean-Baptiste seraient touchés par la grâce de l'écriture. Ce texte se plaçait en regard d'une photographie de Simone avec celui qui dut être son mari – durant une période courte. Les rapports de force, l'amour qui s'en va, la méchanceté qui s'installe – Dolorès avança ses meilleurs sièges et sonna les cloches de la grand-messe. Mais lorsqu'elle acheva le texte, Dolorès surprit des sourires gênés sur les visages de ses auditeurs. Sans être appuyés, ils n'en demeuraient pas moins étranges. Ils témoignaient d'une forme d'embarras ou de pensée secrète que Dolorès ne parvenait pas à dévoiler. Le texte était pourtant tragique – ce couple défait, cette femme carnivore, autoritaire, voire castratrice, l'effacement masculin, cette haine diffuse – et Dolorès ne voyait pas, elle ne voyait pas dans la cruauté de la situation, dans la nudité de cette relation d'*un* homme à *une* femme, ce qui pouvait justifier pareille réaction. Marc et Jean-Baptiste se ravisèrent et prirent une mine contrite.

Mike n'avait pas eu tant de délicatesse. Son ricanement résonnait dans la mémoire de Dolorès comme le souvenir cuisant d'une défaite honteuse et faisait grossir en elle, plus encore que s'il s'était agi d'un jugement porté sur l'une de ses œuvres, la longue liste des humiliations qu'elle égrainait en veillant sur son chagrin. Romain n'avait pas osé affronter le regard de sa cousine. Toute la soirée, il évita de parler du texte d'Auguste. Même Adrien, d'habitude si délicat, avait paru embarrassé.

Valérie Hornstedt ne se montra guère plus loquace – elle regretta seulement la disparition prématurée de son ami Auguste, avec une pointe de joie au fond des yeux. Mais Valérie avait toujours été ambivalente, Dolorès en était consciente. Ce n'était pas pour rien qu'elle refusait obstinément toute aide pour faire valoir le travail d'Auguste. Valérie voulut revenir sur les dernières heures du Maître, elle voulait sans cesse détailler les principaux épisodes de sa disparition et y mettait tant d'emphase, tant d'entrain, qu'elle n'arrivait plus à masquer le plaisir qu'elle prenait à l'écoute de ce récit. Dans sa tête, Dolorès faisait valoir la méchanceté de Valérie, dont elle connaissait la perfidie, pour expliquer cette réaction. Suite à la rupture de sa vieille camarade avec Mike, les sujets de discorde s'étaient multipliés entre les deux amies ; la foule des sous-entendus cruels que Valérie distillait au gré de sa conversation contribua à l'érosion de la confiance que Dolorès lui témoignait, comme si la sincérité de leur amitié, loin de prémunir leurs relations des aspects les plus noirs de la rivalité, l'avait au contraire minée de l'intérieur en faisant refluer chaque jour un peu plus la bile amère de la jalousie. La mort d'Auguste, qui aurait pu rapprocher, dans la communauté d'une affliction, ces deux amies qui s'étaient liées au séminaire du professeur, approfondissait au contraire le gouffre qui les séparait, sans doute parce qu'elle faisait de l'une, parée de toutes ses souffrances, l'unique veuve de l'écrivain et de l'autre la noire jouisseuse d'une tragédie qui mettait fin au bonheur de sa rivale. Comme d'habitude, Dolorès se retrouvait seule. Le monde était ingrat, personne à la hauteur, jamais « ses amis » ne pourraient comprendre ce que son amour avait été.

Enfant, à l'âge où sa chapelle occupait encore ses heures oisives, à l'heure où sa mère contait ses histoires douces, Dolorès avait assisté au déroulé de ses premiers poils dans son enclos. Avec un sentiment mitigé, elle décelait, sous sa peau, le tiraillement noir et bleu de la tige qui serpentait sous l'aine. Chaque jour, le duvet plus foisonnant alimentait en elle un mélange de crainte et de fierté. Car à mesure que ses poils poussaient, à mesure que sa peau disparaissait, prise d'assaut par les tortillons bruns des cavaliers barbares, sous les couettes chaudes du printemps tardif, dans les replis de son lit, les odeurs âcres de fruits murs qui remontaient lorsqu'elle remuait ses couettes d'un pied rageur devenaient plus entêtantes et le voile de coton blanc n'y suffisant plus, sa mère la décida de porter toujours un bas de pyjama en plus de ses dessous. Mais le jour de ses quatorze ans, Dolorès, sûre de son bon droit, entra chez un coiffeur et demanda qu'on lui coupât les cheveux comme à un garçon. Ce fut une victoire triste. Sa mère pleura cette vierge crinière, dont elle s'était mille fois parée dans ses fantasmes, retrouvant l'ombre de sa jeunesse lorsqu'à la lueur d'un feu, elle démêlait de ses doigts de fée les nœuds de soie de sa belle pucelle. Elle voyait là l'effet du Malin.

Lorsque Auguste fit sa connaissance, Dolorès avait retrouvé sa montagne de cheveux moirée. Elle les laissait flotter à l'air et leur vallonnement fantasque accrochait les rayons de la lumière. L'envie de les serrer, le désir de plonger ses mains dans ces vagues écumeuses, de se noyer dans les tourbillons de cette masse troubla le professeur de lettres qui n'avait d'abord rien vu dans le profil dégingandé de la bonne élève. Les années passant, les désirs étranges du vieux satyre, d'abord par de chastes et discrètes requêtes, puis avec l'insistance du fantasme qui gonfle, avaient tenté de convaincre Dolorès de raser son doux verger. D'abord elle ne comprit rien, puis elle se révolta. Ce geste représentait le sommet de l'impudeur. L'idée même lui faisait honte. Le fait qu'Auguste pût s'avilir à ce point, le fait qu'il eût projeté sur elle ces pensées lubriques, la désolait. Dolorès se sentit souillée. Mais bizarrement, après la mort de l'écrivain, assise en face de son miroir, un rasoir en main, elle fit écumer la mousse du blaireau de son homme et contempla dans toute sa nudité l'ouverture de son entrejambe.

Depuis sa sortie de l'hôpital et l'exposition qui s'en était suivie, Dolorès n'avait pas croisé son galeriste. Elle le regrettait très sincèrement. Sans doute comprendrait-il l'intérêt d'une exposition croisée de ses travaux récents avec les textes d'Auguste. Dolorès alla le retrouver à sa galerie, quelques jours après le vernissage d'une exposition de Victoire Albanel. Les critiques élogieuses qui avaient salué l'événement lui laissaient penser qu'elle trouverait Garousse dans de bonnes dispositions. Elle le vit diminué. Il avait les coudes vissés sur le bureau et se prenait la tête entre les mains pour se masser les tempes. Dolorès jugea plus adroit de ne pas aborder frontalement l'objet de sa visite.

– Mais Gabriel ! Cette coupe vous va à merveille ! Vraiment, ça vous rajeunit !

Garousse poussa un grognement.

– On croirait voir un tout jeune homme !

Garousse s'était fait couper les cheveux la veille ou le jour même.

– J'ai cru voir un cadavre dans le miroir.

Le différend entre Gabriel Garousse et les coiffeurs était de notoriété publique. Il s'en était ouvert à de rares élus et le bruit, très vite, s'était propagé dans le milieu. Pour Garousse, voir ses cheveux sur le sol de son coiffeur et rester les bras croisés relevait de la torture. Son père avait eu une forte calvitie, il était d'ailleurs mort presque chauve.

– Ne m'en parlez pas ! J'ai l'impression de voir une sorcière tous les matins dans ma glace ! répondit Dolorès en riant. On ne m'avait pas préparé aux ravages du temps.

– Vous êtes très belle, cessez vos enfantillages. Regardez ma calvitie. Mais regardez donc ! On dirait que je suis chauve. Je n'en dors plus !

Tous les matins, pour s'assurer de ne pas avoir trop perdu dans son sommeil, Garousse vérifiait l'état de sa couche. Sa méthode était spéciale, pour ne pas dire farfelue. Il relevait chaque cheveu à la pince et les comptait. Au commencement, ce macabre calcul l'avait dégoûté. Départager, dans le siphon glaireux de sa baignoire, ses poils de ses cheveux et dans ses draps, sa propriété de celle de ses maîtresses, lui inspirait un sentiment de honte que rien n'édulcorait. Mais, parce que son hygiène inquiète – se masser le cuir chevelu, se peigner sans trop tirer les mèches, se laver la tête aux moments réglementaires – l'avait convaincu qu'il n'existait pas d'autre solution que le dénombrement pour se maintenir en forme, Garousse s'acquittait de cette tâche comme s'il s'était agi d'un commandement sacré. Sa femme le prenait pour un dément. Jour après jour, il relevait, comptait et remplissait des colonnes, pour établir avec précision l'état de ses stocks. Pour y voir plus clair, Gabriel dressait des courbes et des diagrammes, qui dessinaient des tendances et révélaient des faiblesses. Il constatait, statistiques à l'appui, que son cours n'était pas stable. Gabriel avait aussi pu établir que l'état de son moral accentuait de beaucoup la tendance en cours. À certains moments, incapable de mettre ses comptes à jour, sa chevelure s'éparpillait librement dans son appartement. De petits moutons de cheveux noirs fuyaient derrière les portes et roulaient sous les tables accrochant au passage des montagnes de poussière, sans qu'il pût rien faire pour contenir l'hémorragie. Alors, pour éviter que ce genre d'incident ne se reproduisît, pour se garder du risque et de la peur de se démunir, il prit un jour la décision de mettre ses biens au chaud. Les cheveux qu'il récupérait au fond de sa baignoire, sur le sol de sa salle de bains, sur son peigne, sous son lit dans sa chambre, sur ses vêtements et dans ses draps, étaient reliés par liasses de mille et scellés dans des pochettes de dix mille. Le magot était rangé au fond d'un tiroir sûr et jalousement gardé, comme la pucelle au cœur de sa tour ou le coffre du vieil avare. C'était un témoignage des luttes passées qu'il contemplait les jours de désespoir – une relique attestant sa bravoure lorsqu'il avait besoin de se donner courage. Mais revenir de chez le coiffeur était toujours aussi violent.

– Je n'y arrive plus Dolorès ! Jamais je ne retrouverai ma chevelure d'antan !

Dolorès respectait la souffrance de l'homme et se borna à lui poser quelques questions. Garousse répondait à peine. Elle l'entendit grincer des dents, il tremblait de temps à autre. En discutant avec Mme Garousse, Dolorès apprit que le mal, sans être aussi grave qu'elle le supposait, n'en restait pas moins préoccupant : William Segal, le fidèle vendeur de la galerie, avait quitté ses fonctions ; K & S attirait une clientèle nombreuse et la mise en bourse de l'Espace Garousse semblait prendre l'eau. On but un verre ou deux, on plaisanta – tout fut fait pour détendre l'atmosphère. Mme Garousse semblait intriguée par cette broche que portait l'artiste. Était-ce une création de Sandra Dupuis ? Dolorès lui expliqua comment elle avait conçu la chose. Mémoire, écriture, amour, en quelques tournures habiles, elle insinua l'idée qu'elle avait un nouveau projet qui pourrait inverser la tendance à la galerie. Au fond du trou, Garousse n'eut pas la curiosité de relever la tête.

Quelques mois plus tard, Adrien Estève, Iouri Vassilieff, Romain Beaulieu, Valérie Hornstedt et tout ce que la ville comptait d'artistes, d'amateurs d'art, de critiques et de collectionneurs reçurent les cartons d'invitation pour la prochaine exposition de Dolorès Klotz à l'Espace Garousse. *Reliques*, c'était le titre de l'événement. Le dossier de presse évoquait la « question de l'objectivation des souvenirs ». On apprenait que « chaque souvenir, comme une épine, véhiculait toutes les souffrances » et que « les remontées acides de la mémoire étaient sans remède ». L'exposition devait croiser une vingtaine de plâtres de Dolorès Klotz et les textes d'Auguste Griffin. L'ancien compagnon de Dolorès Klotz était mort dans des circonstances obscures, et la majeure partie de son œuvre restait à ce jour inédite. Marc Teuniaux et Jean-Baptiste Bracquemont devaient profiter de l'occasion pour placer quelques numéros de la revue dans le célèbre Espace Garousse. Le galeriste, malheureusement, n'avait pas souhaité acheter ne serait-ce qu'un seul exemplaire du numéro spécial, consacré exclusivement à l'écrivain maudit. Les deux passionnés s'étaient vu proposer, comme par charité, un petit stand, dans l'une des zones les plus excentrées et sombres de la galerie, en réalité, la seule salle qui se trouvait au sous-sol – pour ne pas que leur fantaisie poétique fît ombrage aux œuvres exposées et ne surtout pas distraire le menu banc des collectionneurs, aussi sensible aux légères perturbations de l'atmosphère que les poissons qui s'enfuient au moindre bruit, en insinuant l'idée qu'il aurait pu suffire d'acheter un ou deux numéros de la revue pour s'acquitter de son devoir de bon mécène.

Le soir du vernissage, Valérie Hornstedt était accompagnée d'Alexandre Sorrus. L'intérieur de la galerie, parce que Garousse pensait que le lieu ne « faisait » pas suffisamment contemporain, venait d'être refait à neuf. La petite troupe des amis de Dolorès redécouvrait donc l'espace. Alexandre se demandait s'il ne fallait pas consacrer une partie de son journal à l'exposition. Il inspectait les lieux en enquêteur. Au sol, de grands tapis de fils métalliques avaient été tendus pour donner aux salles d'expositions une envergure nouvelle et une coloration futuriste. Mme Garousse avait fait appel au *designer* le plus en vogue pour adapter le mobilier aux grands espaces d'exposition. Des chaises chromées peuplaient la salle des conférences. On avait disposé du mobilier d'un genre nouveau, en verre léger ultra-résistant. Dolorès riait bruyamment. Valérie remarqua sa robe rouge et fuselée qui soulignait ses formes rachitiques, et cette broche fléchée, qui lui transperçait le cœur.

Étalée sur les murs, encadrée en regard des photographies qu'elle décrivait, l'écriture familière d'Auguste Griffin courait partout. Pour Valérie, il y avait là de l'obscénité, pour le moins de l'indécence, à exposer au grand jour ce qu'elle recelait dans le secret de son bureau. De la dizaine de lettres, passionnées et amusantes, qu'elle conservait de l'écrivain, Valérie connaissait chaque accentuation. Sans pudeur, n'aimant rien sinon étaler sa souffrance, Dolorès avait trouvé le moyen de mettre en scène son martyre, en se donnant le beau rôle.

Valérie se tourna vers l'un des plâtres de Dolorès. Celui-ci, comme tous les autres du reste, loin d'avoir été moulé et de représenter un objet familier, une partie d'un corps ou l'une des scènes mythologiques quelconques dont les académies d'art regorgeaient, avait été travaillé à mains nues, en prise directe avec la matière molle et flasque. Sur une cimaise, quelques tiges de plâtre irrégulières que de gros boutons crénelés et mal finis venaient terminer, étaient réunies dans un vase en cristal, comme s'il s'était agi d'un véritable bouquet de fleurs. Sur un petit cartouche blanc, Valérie lisait : « Souvenir n° 8 ». À côté, sur une sellette, une masse informe, dont émergeaient les bords mal arrondis d'une crosse et d'un fût, semblait s'être étalée comme un petit-suisse au fond d'un bol. Il s'agissait du « Souvenir n° 10 ». Sur un autre mur, l'artiste avait dû vouloir donner l'image du bois ou de quelque chose en marbre ou en tissu – suspendue à un cintre, la chose restait confuse. Une échancrure, doublée d'un ourlet baveux de plâtre, laissait voir, à travers l'épaisseur de l'œuvre, la blancheur du mur. Sous cet ensemble décomposé reposaient deux objets bizarres qui tenaient à peine sur eux-mêmes à force d'être asymétriques. On sentait pourtant que l'une et l'autre de ces choses auraient dû se ressembler, comme une main se regardant dans le miroir, et qu'au lieu de ces fourreaux, au lieu de ces deux petites piles mal équarries et fuselées, dont les pointes écrasées s'accrochaient au sol en s'affaissant, au lieu de ces paniers approximatifs, on aurait dû voir une paire jumelle d'objets. L'ensemble, incohérent, indéfinissable, n'était pas mieux décrit que les autres sculptures. C'était le « Souvenir n° 3 ».

Valérie retrouvait Sorrus, en pleine conversation avec Taupière.

– Je crois n'avoir jamais rencontré quelqu'un d'aussi intelligent que Dolorès Klotz.

Sorrus, qui parlait avec emphase en articulant à outrance chacune de ses syllabes (probablement pour détourner l'attention de ses auditeurs de l'affreux sifflement de son dentier) semblait faire de son jugement sur l'artiste un sujet de fierté, comme si le simple fait d'être en mesure d'identifier les « esprits supérieurs » permettait de se projeter soi-même au sommet de la petite coterie dont on tentait de dessiner les contours. Quoi qu'il en fût, Sorrus, sans jamais rien faire ou presque, se considérait comme un authentique génie.

– Excusez ma bêtise, interrompit Valérie, mais pour ma part, je ne vois pas où elle veut en venir avec ces tas de boue.

Alexandre resta impassible. La perspective d'avoir à donner une petite leçon d'esthétique lui faisait toujours autant plaisir.

– Valérie… tu n'as rien compris. Il s'agit d'un naufrage…

Sur un petit rectangle blanc, qui de loin aurait pu faire penser à un châssis entoilé, avaient été esquissées, à l'aide d'un burin ou d'un ciseau, en bas-reliefs très légers, des formes indistinctes, floues et irrégulières. Il aurait pu aussi bien s'agir du babil expressionniste d'un jeune enfant épris de peinture, que de l'évocation libre d'un des chefs-d'œuvre de l'histoire de l'art. Rien en tout cas qui fût clair et distinct.

– Cet effort désespéré pour redonner vie au souvenir est d'un tragique. On devine les traces approximatives du Magnus Paoli qui était accroché dans le bureau d'Auguste. On le devine, on le pressent, mais on mesure en même temps combien l'effort a manqué sa cible. La reconnaissance est le signe même de sa disparition. Et que dire du « Souvenir n° 9 » ?

La terrible débauche de plâtre qui avait été gâchée pour redonner forme à l'immense bibliothèque d'Auguste occupait une bonne moitié de la seconde salle d'exposition. Pour un peu, on aurait cru voir la caverne d'amour d'un jardin romantique. Les stalagmites annelées qui représentaient les montants des bibliothèques, dans leur flottement rocailleux, recouvertes de touffes et poussiéreuses, rappelaient les grottes secrètes des jardins romantiques plus que toute autre chose. On imaginait les labyrinthes, les bosquets, les haies, les tonnelles silencieuses, mais rien qui fît penser aux tourments du labeur, ni aux fourmillements de la recherche et de l'écriture.

– Ce que tu dis, Alexandre, n'est pas sans intérêt, reconnut Valérie. Mais je dois avouer que cela ne fait qu'alimenter ma déception. Si ces œuvres illustrent un raisonnement et tiennent aussi bien en quelques lignes, je préfère m'épargner le déplacement à la galerie.

Alexandre émit son petit rire qui signifiait autant le mépris pour ce type de raisonnement que son impossibilité à argumenter plus avant.

Dolorès Klotz, à l'autre bout de la salle, fendit la foule pour venir remercier ses amis. Marc Taupière lui fut présenté. Le petit groupe était rejoint par Marc Teuniaux et Jean-Baptiste Bracquemont, qui continuaient à faire la promotion de leur dernier numéro. Ils ne désespéraient pas de voir l'immense fortune de Marc Taupière rééquilibrer leur bilan annuel. Alexandre Sorrus félicita Dolorès pour le « Souvenir n° 10 » qu'il trouvait brillant. Le pistolet de l'oncle d'Auguste l'avait toujours amusé et Alexandre était heureux d'avoir eu l'occasion de s'en ressouvenir. Mais il s'empressa d'avouer qu'il jugeait le « pot à couverts » hors de propos et que le « Souvenir n° 3 » lui restait étranger. S'agissait-il d'un autre tableau, d'un paravent, d'une porte ?

– Vous avez une *bonne réponse*, mon cher Alexandre ! Ce n'est pas si mal. L'arme d'Auguste n'était pourtant pas l'énigme la plus facile. Pour le reste, vous êtes excusé. Le « Souvenir n° 3 » ne pouvait que vous échapper : il est lié à mon adolescence. Le jour de mes seize ans, ma mère m'offrit une robe décolletée rose et une paire d'escarpins bleus pour aller au bal. Le problème du plâtre, mais cela fait partie de mon *concept*, c'est qu'il ne connaît qu'une seule couleur. De fait la vitalité chromatique de la mémoire est écrasé dans ce continuum pâle, qui rend d'autant plus difficile l'identification des formes. Enfin, cela pose moins de problèmes pour le n° 1, puisqu'il représente l'une de mes petites culottes d'enfant ! fit-elle riant.

Ni Alexandre ni Valérie ne comprenaient de quoi il s'agissait.

– Quant au « Souvenir n° 7 », Alexandre, vous n'y êtes pas. « Un pot à couverts », vous voulez rire ? Il s'agit du bouquet de roses qu'Auguste m'offrit après notre première nuit. Je m'étais toujours doutée que vous manquiez de romantisme – mais à ce point…

Gabriel Garousse approchait de Dolorès pour l'avertir que Sainte-Croix la réclamait. Dolorès fila donc dans le bureau du marchand.

– « Manquer de romantisme »… elle manque pas de toupet celle-là ! s'écria Valérie. Je ne voudrais pas passer pour une langue de vipère, mais en fait de « romantisme », elle a tout de même poussé Auguste de l'autre côté ! Les chantages affectifs, les scènes à n'en plus finir, les caprices, la méchanceté, c'est cela qu'elle appelle le « romantisme » ? Si vous voulez le fond de ma pensée, cette exposition prouve que Dolorès a la mort d'Auguste sur la conscience !

Alexandre regarda Taupière. Son haussement d'épaules signifiait qu'il ne prenait pas au sérieux ce qu'il venait d'entendre. Taupière, de toute façon, avait l'esprit trop lent pour comprendre ce qu'il venait de se passer. Au bout de quelques instants, il regretta de ne pas avoir interrogé la *belle* Dolorès sur ce « Souvenir n° 2 » qu'il trouvait si intrigant.

En face de la porte d'entrée, ce souvenir, que certains identifièrent à tort à une partie de la bibliothèque d'Auguste, avait surpris la plupart des visiteurs. La sculpture était, il est vrai, très imposante. Il s'agissait de trois murs à peine lissés que surmontait un toit pentu. À l'intérieur, Dolorès avait placé une infinité de petits détails enchevêtrés et illisibles, qui rappelaient, dans leurs complications, ces gribouillis que font les écoliers sur leurs buvards ou ces vermicules de sable mouillé qui constellent le miroir glacé d'une plage humide. Des bonshommes de neige peuplaient cette étrange demeure, dont les ouvertures en ogive laissaient voir l'œil curieux des spectateurs recueillis autour de l'œuvre, qu'ils contemplaient comme une sainte relique. Au sommet de la construction, on identifiait une tour instable qui avait été creusée en son centre pour loger une forme indéfinissable. De loin, cette éminence évoquait un clocher ou un campanile. Dolorès avait sans doute voulu figer une scène centrale de son enfance, le recueillement de Noël devant une crèche, le carnage à une fête foraine entre cousins, où les alignements de pipes en terre faisaient le bonheur des chasseurs en herbe. Dans le doute, chaque spectateur, enfermé dans sa bulle méditative, faisait remonter ses propres souvenirs. La désertion de la maison ne laissait pourtant pas de provoquer chez ces spectateurs un sentiment macabre, comme si le fait de contempler cette trace soluble de souvenir (qui pour Dolorès devait représenter quelque chose d'unique et de précis), suffisait à alimenter l'irrémédiable sentiment d'avoir soi-même perdu une partie de son histoire. Autour de la chose, les gens tournaient. Les plus inquiets levaient le visage au ciel en fermant leurs yeux. Le dépit commun que suscitait cette chose, la transformait de fait en chapelle proprement religieuse où les visiteurs, assistant au retour rituel et détraqué de leurs propres oublis, pleuraient la fuite des ans et priaient pour une rédemption.

Dans le bureau, Gabriel Garousse tendait un verre de porto à Sainte-Croix qui ne buvait jamais d'alcool. Mais il venait d'acheter le « Souvenir n° 13 » (dont il ignorait tout) et ce temps passé sans augmenter sa collection lui donnait envie de fêter ce jour. On porta un toast aimable à l'avenir de la galerie.

– Finalement, la seule chose que je n'aurais pas pu faire figurer dans l'inventaire, c'est la mèche de cheveux d'Auguste. Mais comment pourrais-je l'oublier ? conclut l'artiste en touchant son bijou en forme de flèche.

– Vous me donnez une idée, grommela Garousse sans lever la tête.

Carlos Schwab

Mausolée, atelier d'artiste, région du Centre

Les grandes monographies rétrospectives dans les musées nationaux constituent le point d'orgue d'une carrière bien ordonnée. Aux créateurs trop longtemps cantonnés au stade, pourtant envié, « d'artiste le plus doué de sa génération », elles promettent le passage, infiniment plus gratifiant, à celui « d'artiste incontournable, qui fera date dans l'histoire de l'art ». Le créateur, hélas, est rarement là pour assister à ce brusque changement d'état dont il est l'objet. Mort et enterré depuis longtemps, son esprit flotte, mais la main du galeriste fidèle, rescapé des années de misère, gardien de la flamme, récolte seul, affaibli et souriant, les lauriers de la consécration, pour les déposer sur la cote de son regretté camarade – qui, comme chacun sait, est une stèle funéraire infiniment plus robuste que le marbre. Ce genre de cérémonies d'intronisation – comparable au triomphe qui transforme un pauvre général en demi-dieu ou à la métamorphose qui fait d'une larve un papillon – voit le défilé unanime des membres de la famille, sérieux, profonds et respectables, fondre en larmes à l'évocation des beaux souvenirs. Chacun dans leur registre, les discours évoquent les aspects les moins connus de la vie de l'artiste pour établir – comme un saint se laisse reconnaître au parfum de son cadavre – la postérité (ou faut-il dire la prospérité ?) de ses paroles. Juges impartiaux de cette canonisation laïque, les spécialistes trient les faits, organisent de grandes périodes, expliquent la genèse, approfondissent les motifs et rédigent les textes liminaires des catalogues raisonnés. Lorsqu'ils ne sont pas eux-mêmes membres de la famille héritière, affiliés à une galerie, à un musée, à une coterie quelconque ou à une société de vente aux enchères, ces spécialistes louent leurs services aux plus offrants. La vie d'un artiste suscite toutes sortes d'intérêts, pour peu que son œuvre soit incontestable.

La mort de Carlos Schwab éveilla dans la tête de plusieurs spécialistes des pensées qu'ils n'avaient pas encore eues de son vivant. Quelques mois après sa disparition, Evariste Marlon, Manuel Tiano et Amin Carmichael se rendirent ensemble à la ferme du célèbre peintre – Bernard Lupu n'ayant pas pu se libérer. Espérant enrichir la rétrospective du Musée des arts contemporains de quelques toiles inédites, ils avaient parcouru les quatre cents kilomètres qui les séparaient du village natal du peintre sans échanger un mot.

Rustique et fragile, la maison n'avait pas bougé depuis un siècle. Une odeur de moisissure imprégnait jusqu'au dernier recoin de la maison. La terre battue pointait à travers les fentes d'une feuille de linoléum. Les murs étaient poisseux, les vitres filtraient une lumière sale. Mais Carlos Schwab était né là. Dans ce terreau. C'était son décor et l'odeur qui lui avait été la plus familière. Sur la table rustique de la pièce centrale, il avait fait ses premiers dessins, quelque part dans le jardin, dans le cerisier ou sous le grand chêne, sa vocation avait mûri. Manuel Tiano peinait à croire ce qu'il voyait.

Jusqu'à sa mort, Carlos revint à sa ferme – pour s'occuper de sa vieille mère tant qu'elle était là, pour réfléchir, pour être seul. Il dormait sur une paillasse dégarnie au milieu d'une pièce envahie de livres et de papiers. Les visiteurs ne s'attendaient pas à découvrir un confort aussi rudimentaire. Carlos, de son vivant, n'avait jamais invité personne dans sa fermette. Voir le bureau où l'artiste avait travaillé émut Amin. Manuel Tiano, ébloui par la bibliothèque de Carlos Schwab, qui regroupait plus de quinze mille titres, se perdit dans la contemplation de vieux volumes consacrés à l'architecture, de superbes ouvrages d'érudition dédiés aux mythologies, à de grands livres d'histoire naturelle, de sciences économiques, de géographie ou d'histoire. Des étagères tapissaient les murs et meublaient les combles mansardés auxquels on accédait par une échelle.

Dans une cantinière en métal blanc, Amin Carmichael découvrit des liasses de feuilles manuscrites. Carlos Schwab avait fait son service militaire dans les colonies. Ses expériences étaient consignées jour après jour – ce qu'il avait mangé, les endroits visités, les gens rencontrés, les missions militaires, les lectures. La vie de cet homme représentait un vrai mystère. Pêle-mêle, un embrouillamini de photographies de l'enfant dans les bras de sa mère, courant dans le jardin, montant un âne, puis ses portraits en costumes d'écolier, devant le bus, le jour du départ pour une villégiature ; puis ceux du mélancolique jeune homme accoudé à la table de la cuisine, et du vaillant militaire, casquette vissée sur le haut du crâne, qui exprimait toute sa fierté. En réalité, personne n'a jamais connu Schwab.

Mangé par l'humidité, le plâtre tombait par plaques. Les visiteurs couvrirent la maison de traces poudreuses. Marlon ouvrit les volets de l'atelier – les murs étaient vides. Quelques cartons pleins d'esquisses traînaient dans un coin : des copies de maîtres, des travaux préparatoires, de petites études sans intérêt, des projets abandonnés. Marlon découvrit un petit portrait sous une épaisse couche de poussière. Une jeune paysanne avait posé pour l'artiste, sur un tabouret de traite. Il s'agissait d'une œuvre de jeunesse, mais on voyait poindre ce que les spécialistes s'accordaient à appeler l'« esprit Schwab ». La paysanne avait les mains sur les genoux et les cheveux ramassés en queue-de-cheval. Ses yeux avaient l'expression profonde de certaines génisses. La pudeur de cette jeunesse avait quelque chose de naïf, comparée aux outrages malsains des dizaines de couples embourgeoisés que Schwab avait représentés en train de copuler comme des bêtes. Marlon était un peu déçu – peut-être Bernard Lupu lui trouverait-il quelque charme.

À quatre pattes, Amin Carmichael fouillait un carton isolé à l'autre bout de l'atelier. Dans le plus grand désordre, il y avait là croquis, études, toiles de petites dimensions et esquisses préparatoires de ce qui semblait devoir être un grand œuvre. Certains dessins figuraient une foule de badauds observant le travail d'une équipe de premiers secours. Les pompiers découpaient les véhicules encastrés pour en extraire des corps meurtris. Le médecin, blouse blanche maculée de sang, ausculte les brancards chargés de corps inertes. Les chairs béantes d'un homme décomposé vivaient toujours. Des liasses de dessins représentaient le même motif vu sous un angle différent. La terreur figeait certains visages ; l'horreur, la compassion et la folie faisaient de cette succession de portraits une galerie infernale. Aucune figure rédemptrice n'émerge de ces études.

Au milieu de ce fouillis, Amin mit la main sur une enveloppe cachetée. « Pour Amin ». En ouvrant le pli, le destinataire découvrit une diapositive de grand format. Il s'agissait de la reproduction d'une toile d'accident. On y retrouvait les brancardiers, la foule spectatrice, les tôles froissées à la manière des drapés antiques et mille signes qui faisaient correspondre cette reproduction aux esquisses préparatoires contenues dans le carton. Amin comprit alors qu'il s'agissait des brouillons du grand tableau d'accident dont Schwab lui avait parlé lorsqu'il se rendait quotidiennement à *Tous les chemins*. L'artiste préparait un sujet d'une dizaine de mètres de long sur cinq ou six de hauteur. Schwab voyait en ce projet, le sommet de sa carrière, mais l'accomplissement du labeur devint sa croix. Personne n'avait jamais vu le résultat – pas même sa mère, morte entre-temps.

Marlon se saisit du carton et de la diapositive avec humeur. Dans toutes les pièces, dans tous les recoins, il espérait une trappe secrète ; dans les combles, derrière les étagères, au-dessus des plafonds, dans toutes les granges, il fallait trouver cette toile.

Insensible à l'agitation, Manuel Tiano consultait l'ensemble considérable d'ouvrages consacrés à l'art religieux. Carlos Schwab avait regroupé à peu près tout sur les icônes, la sculpture et l'imagerie de la Grande Époque, les madones orientales, les calvaires levantins et les saints méridionaux – il y avait les monographies de Ravinelle, Ispagnola, Courtret, ou Bocquerone. Mais en déplaçant les livres, Tiano aperçut, cachées derrière une étagère, trois toiles qu'il s'empressa de dégager. Sur la première, un voile bleu posé sur la tête, une femme aux yeux rougis regardait le ciel avec une expression de souffrance infinie. Derrière elle, on devinait le corps nu, inanimé d'un jeune homme, les bras ensanglantés. Dans la main de la mère, comme s'il s'agissait d'une très sainte relique, une seringue pleine de sang. Tiano comprit qu'il était en présence d'une tentative, certes maladroite, de constituer une iconographie hérétique sur fond religieux. La deuxième toile, dans le même esprit, représente un homme nu, allongé sur un lit métallique, les mains trouées et les flancs meurtris. Accrochée au mur derrière lui, une série de radiographies du jeune homme est éclairée par un panneau lumineux. Comme dans une salle d'urgences, on devinait fractures et traumatismes, décollement de la plèvre et autres complications. Deux médecins autour du corps tentent d'identifier les circonstances de sa mort. Sur le cadre, en bas, un cartouche doré sur lequel est écrit en belles lettres noires : « Résurrection. Vera Icon. IHS Veritas. Peint d'après Mortemart ». La troisième toile représente une descente de croix, de facture classique. Le corps du Christ, lourd et livide, est rattrapé par sa mère en pleurs. Il porte une petite culotte de dentelle blanche légèrement bouffante. Manuel Tiano posa ces toiles dans un coin de la pièce et continua son inspection de la bibliothèque.

Après maints efforts, Amin ouvrit une trappe tout contre la penderie. Marlon accourut pour rentrer sa tête. Amin tenait la torche. On exhuma sur la nappe le contenu du mausolée. Un ensemble considérable – deux séries d'œuvres inédites. Les portraits de Mme Schwab et les autoportraits de l'artiste. Le peintre, auprès de sa mère jusqu'à sa mort, n'avait eu de cesse de la représenter, avec une révérence amoureuse et presque cruelle. Schwab la fit poser un millier de fois dans le grand fauteuil – qui était là, encore, à la même place, recouvert d'un voile blanc. Marlon fit l'inventaire. Certains dessins dataient de la première jeunesse et le temps défilait avec les feuilles – la maturité, les premiers signes de l'âge, la vieillesse et la lente décrépitude. Mais la femme avait gardé sa pose, les yeux rivés sur la maille de son tricot qui n'avançait pas, comme si la récurrence de la construction devait mettre en lumière la déperdition – la naissance des rides, l'éclosion des cheveux blancs, le regard qui se ternit, l'apparition des rougeurs au nez, les dents qui se gâtent, les joues qui se creusent, l'approfondissement des sillons, le cou qui se tire. Schwab avait observé sa mère sans aucune forme de complaisance, ni de coquetterie, avec un art consommé du réalisme. Chirurgical, le peintre plongeait son œil et la pointe de son instrument au cœur du derme, remuant le corps de l'intérieur pour lui faire avouer ses menus secrets. La veine semblait palpiter – la couleur vive de la carnation, le souffle humide de la lèvre mobile, l'œil qui clignote, un nerf qui remue –, c'était le mystère de la vie que l'artiste tentait de révéler. À chaque fois, Schwab trouvait la formule nouvelle de cette alchimie apparente qui, d'une feuille de papier, faisait quelque chose qui existe. Mais on pressentait sous ces dessins fidèles la souffrance de celui qui figure ce qu'il voit s'effacer.

La série des autoportraits de Schwab, paradoxalement, avait été réalisée avec un appareil photographique. Suivant le même procédé que celui de sa mère, il s'était représenté un millier de fois devant son chevalet, dans son atelier, sur près d'une trentaine d'années. Mais Schwab avait poussé l'étude de son propre corps en fixant sur le négatif l'évolution de ses mains, de ses oreilles, de ses yeux, de son nez, de ses pieds et de son ventre, constituant un inventaire de l'effet de l'âge, morceau par morceau. On comprenait, en voyant ces images, que Schwab avait été incapable de tourner son propre regard sur lui-même pour peindre son corps vieillissant. Marlon fit remarquer que cette hygiène au quotidien avait permis à Schwab de faire dialoguer la peinture avec son frère ennemi. Carlos avait expérimenté toutes sortes de rendus graphiques et restitué la vie du corps avec de nouvelles couleurs. Cette déconstruction de l'anatomie du peintre en photographie était donc doublement édifiante. Amin hocha la tête.

Outre ces deux séries, le masque mortuaire de la mère de l'artiste fut extrait de la réserve. Marlon mit un certain temps à comprendre que l'œuvre en noir et blanc – un portrait d'homme plein de raideur – était une huile sur toile de Iouri Vassilieff que Carlos avait achetée pour encourager son ancien élève. Amin Carmichael se saisit des carnets de l'artiste, qu'il alla feuilleter dans le jardin.

Envahi par les herbes folles, le verger avait été abandonné à son triste sort. Les fruits maigres d'un côté, les branches mortes de l'autre, ces arbres bicéphales laissaient penser qu'une partie du jardin affrontait les rigueurs de l'hiver, tandis que l'autre vivait l'été. Les carnets de Schwab débordaient de petites notes. L'artiste évoquait pêle-mêle ses problèmes sentimentaux et ses projets picturaux, lardait le tout de croquis, de rendez-vous et d'idées personnelles sur l'art en général. On trouvait des embryons de recettes, des descriptions de situations grotesques, des numéros de téléphone, des listes pour les courses. Schwab avait une écriture déconstruite et enfantine. Mais quelque part, entre deux gribouillages, il y avait cette épigramme : « *L'art, c'est arriver à rendre nécessaire quelque chose de superflu.* » Un peu plus loin, connaissant la pudeur de son ami, Amin sourit en lisant ces phrases : « *Importance du motif de* Diane au bain *dans l'histoire de la peinture. Goût des peintres pour la nudité s'exprime paradoxalement à travers ce mythe qui défend la pudeur de la femme. Pour prouver peut-être que seul le peintre a le droit de voir et de présenter ce que nul autre homme n'a eu le droit de voir. Peinture expression ultime des fantasmes masculins. Impudeur essentielle de la peinture.* » Plus loin, par hasard, Amin tomba sur un petit paragraphe qui donnait le fin mot de l'énigme. « *Peindre un tableau qui ne serait que traces. Nulle part présent, on en garderait les restes à demi oubliés, des témoignages incertains. En ce sens, nous produirions un tableau purement intelligible, sans matérialité, mais à ce titre absolument parfait. Les tableaux disparus ont le charme de l'authentique perfection.* »

Amin referma le carnet. Des essaims d'oisillons piaillaient en s'agrippant aux branches mortes des pommiers. Ils explosaient sur le ciel bleu pour retomber quelques instants plus tard. Amin n'en revenait pas. Les esquisses, les liasses de croquis, les bouts de toiles lacérés, Carlos Schwab avait peint sa grande toile d'accident – jusque dans les moindres détails, pendant des mois, à s'en rendre fou – *pour* la détruire et n'en conserver que des traces. Amin se releva. Il fallait rentrer au plus vite. Rien ne servait de rester plus longtemps.

Mais Tiano continuait son étude des catalogues d'art. Il éprouvait une forme de plaisir à chausser les lunettes du peintre. L'œuvre raisonnée de Frescobaldi ne lui apprit rien. Celles de Beldame et Hallward guère plus. Mais le recueil des sanguines de Rolla l'intrigua plus. Ses grandes baigneuses, charnelles et rayonnantes d'impudeur, avaient quelque chose de différent. Tiano s'attarda sur l'une d'entre elles. Il n'avait encore jamais vu de baigneuses de Rolla en maillot de bain. Celle-ci portait un petit deux-pièces rose. Tout comme la suivante et toutes les autres. Pas un sein, pas un sexe, les nus avaient été consciencieusement rhabillés par une main chaste. Au stylo bille, au feutre ou à l'encre noire. Dans le catalogue Tibaille ou Naz de Coriolis, c'était les mêmes retouches ; les fameuses *Vénus* de Freccia portaient des soutiens-gorge ; les *Suzanne et les vieillards* recouvertes d'un voile pudique ; les *Diane au Bain* en petites culottes ; l'*Odalisque* de Mortemart en pyjama léger. Schwab, avec application, page après page, cachait la nudité du corps féminin en retrouvant la couleur exacte et le style adéquat pour que sa retouche passât inaperçue. Schwab, qui probablement n'avait jamais déshabillé une femme de sa vie, s'évertuait à les recouvrir le soir avant de s'endormir. Cette découverte jetait une lumière nouvelle sur l'œuvre du peintre pornographe. Il semblait indispensable de faire figurer en bonne place ces œuvres inédites dans la rétrospective.

Les merveilles chargées dans la camionnette, la petite équipe s'en retourna dans la capitale, pour empiler le butin dans les réserves du Musée des arts contemporains. Bernard Lupu serait sans doute ravi.

Adrien Estève

Carrousel, Ø 11,50 m, à l'Aquarium, courtesy galerie K & S

Tous les ans, à la même période et pour un mois, Flavia Kedon et Emmanuela Simoni prenaient leurs quartiers d'été dans leur villa. Autour de la piscine, des amis venaient les rejoindre pour passer quelques jours de grand bonheur. William Segal, l'ancien assistant de Garousse, était l'un des membres les plus assidus de cette coterie. C'est d'ailleurs à la villa qu'il fit la connaissance de Chantal Rastel (aujourd'hui ministre des Affaires culturelles), des membres du Jury de la Cram, des confrères galeristes, des directeurs de musée ou de fondations quelconques de passage dans la région et bien sûr les meilleurs critiques d'art. Leur renommée, leur carnet d'adresses, leurs artistes, Emmanuela Simoni et Flavia Kedon avaient en grande partie cimenté leur « réseau » grâce à cette petite institution estivale. Mme de Richemont résidait à deux pas de la villa Kedon. Cette grosse dame couverte de plumes et de fourrures se faisait appeler « baronne », parce qu'un pauvre petit noble désargenté l'avait épousée pour profiter de la fortune colossale de son père – un éleveur de poulets qui, au fil des ans, s'était métamorphosé en président du plus grand groupe agroalimentaire au monde, spécialisé dans l'élevage, le façonnage et le conditionnement de gallinacés qu'il vendait congelés à travers les continents. Le pauvre petit baron était mort d'épuisement quelques mois après le mariage et Mme de Richemont, toujours aussi fortunée – mais que les plus impertinents mondains, depuis la mort de son mari, s'évertuaient à appeler la « baronne cocotte », non en raison de l'origine de sa fortune, mais parce que le petit chien qui la précédait partout en faisant crisser ses ongles au sol, ressemblait à s'y méprendre à l'un de ces petits bipèdes blancs et qu'elle l'appelait toujours « cocotte » – Mme de Richemont donc, jouissait de ses million sans se soucier de rien. Elle s'était mis en tête de collectionner l'art et tenait des discours fumeux, qui avaient l'air de pensées personnelles, mais qu'elle empruntait en les tronquant aux rubriques culturelles des magazines féminins dont elle était une fervente lectrice. La plupart du temps, Mme de Richemont achetait des œuvres qu'elle regardait à peine – pressée par Gabriel Garousse ou Stéphane Courtois, qui rivalisaient d'ingéniosité pour s'attirer les faveurs de l'héritière – et dont elle faisait aussitôt don à l'État ou à un musée quelconque.

Flavia Kedon et Emmanuela Simoni étaient vite tombées sous le charme de cette femme spectaculaire, qui faisait ses visites à la villa Kedon pour raconter les mésaventures de sa femme de chambre ou entreprendre le récit sans fin de ses douleurs lombaires. Elles décidèrent l'une et l'autre, bien qu'elles ne l'eussent jamais avoué, de quitter leurs respectables emplois d'attachée de presse et de directrice financière pour ouvrir la galerie dont elles rêvaient, parce qu'elles imaginaient que cette grande amie assurerait grassement leur chiffre d'affaires. Hélas, soit que l'argumentaire des deux galeristes ne fût pas adapté à l'intelligence fine de la baronne, soit que la baronne, capable de tout avoir, ne sût jamais se décider, les deux femmes, en dix ans d'exercice, ne réussirent jamais à lui faire acheter rien d'autre qu'une ou deux babioles. Le soir du vernissage d'Adrien Estève, Emmanuela et Flavia attendaient donc Mme de Richemont avec un mélange d'impatience et de fatalisme. Adrien, gorge nouée, resserrait sa cravate.

Une immense clôture avait été érigée autour de l'œuvre. Les mailles, finement torsadées, renouaient un motif antique associant des étoiles à huit branches et des croix. Le personnel s'agitait pour porter une dernière main à l'ordonnancement de la réception. Adrien Estève regardait seul son tas de ferraille. Il n'avait jamais songé que ce soir-là, un jour, arriverait. Comme dans certains établissements pénitenciers, le sommet de la clôture était renforcé par un entrelacs serré de fils barbelés qui s'enroulaient autour des montants métalliques. Une porte en fer forgé ornée de motifs d'inspiration florale permettait aux visiteurs de traverser la clôture et de pénétrer de plain-pied dans l'enceinte de l'œuvre. Les premiers invités arriveraient d'ici une heure. L'ouverture était chapeautée par une enseigne en forme de banderole dans laquelle les lettres forgées creusaient une sorte d'invitation à l'enfance : « Que la fête commence ! » Quelques bancs en bois rustiques, adossés à l'enceinte torsadée, attendaient le départ du spectacle.

Flavia et Emmanuela prononcèrent quelques paroles. Adrien toussota. On lui passa une main dans le dos – tout irait bien. Il avait des picotements au bout des doigts et des crampes aux mollets. Emmanuela défit la cravate du jeune homme et Flavia, quelques boutons à sa chemise. On approcha une chaise – il réclamait un verre. Le parfum de l'alcool sembla le réanimer. Il respira profondément. Les images se bousculaient. Il voyait une foule, le bruit, l'agitation qui accompagne un événement de première importance. Pourtant, les bras ballants du garçon en livrée qui errait autour de l'œuvre ramenèrent Adrien sur sa pente naturelle. Il imagina le buffet intact, les bouteilles plantées dans la glace et les verres désespérément propres. Personne ne viendrait. Sous l'immense verrière, il resterait seul, toute la soirée. Flavia lui tapota la main. Tout en elle respirait l'hypocrisie. Il était si facile de deviner à travers ses yeux noirs les grimaces des spectateurs, leurs moues dubitatives et le manque d'intérêt. On se précipiterait dehors, la première occasion venue, pour profiter de la douceur du soir sans même regarder l'exposition. Marc Taupière venait de mourir dans un accident d'avion, le sujet de conversation serait vite trouvé. Le sourire niais d'Emmanuela lui rappelait ces éloges de circonstance que l'on se croyait obligé de composer un soir de vernissage. Quelle humiliation ! Les membres du Jury de la Cram, un à un, viendraient le féliciter. Une accolade, un bravo, une poignée de main moite et flasque. On voit ce que chacun pense au fond de lui. Flavia retira le verre qu'elle venait de donner à Adrien. Une galeriste de chaque côté, il fut traîné dans le jardin pour se rafraîchir les idées.

L'installation d'Adrien Estève, comme le corps d'une femme derrière son paravent, était cachée par une imposante fresque. Elle se composait de six scènes fondues ensemble dans un *continuum* circulaire où chaque geste et chaque événement fuyaient vers le panneau suivant – la dernière retournant vers la première. Comme dans certains décors forains ou dans certains théâtres de rue, les personnages avaient de larges mains, de grands yeux noirs, de grosses têtes rondes, du rose au bord des joues et de robustes membres. Quelques personnages s'agitaient dans l'obscurité d'une cave. Il y avait un conciliabule entre deux hommes et un colloque sentimental au bord d'un lac. Puis c'était le mariage. Ces scènes, d'où toute perspective était gommée, empreintes d'une naïveté touchante et peuplées d'êtres grotesques mais souriants, donnaient une idée de ce qu'elles dérobaient sans pour autant livrer le fin mot de l'œuvre. Ce qu'il y avait de plus déroutant tenait au mécanisme d'anticipation qui faisait de chaque scène de cette fresque une préfiguration totale et débordante de la suivante. Implicitement, cette construction bouleversait l'ordre et le sens de visionnage de l'œuvre qui paraissaient réversibles, pour ne pas dire incertains. Tout avait sa place mais, dans ce monde où la préséance et l'antériorité perdaient toute signification, affirmer que telle image devait être logiquement placée en amont ou en aval d'une autre relevait de l'impossible. Il n'y avait tout simplement pas d'ordre absolu dans le système. Les spectateurs auraient à tourner dans tous les sens pour se faire de l'ensemble une représentation fidèle – sans pour autant être sûr que tout pût coïncider.

Le soleil venait à peine de se coucher. Adrien suait. L'air frais lui fit du bien. Ibn Szell, dont on connaissait les contributions aux installations géantes de Traoré, avait réalisé la fresque dans la galerie. Le résultat, malgré tout, plaisait à Adrien. C'était une des seules choses qu'il n'avait pas faite de ses propres mains. Le contournement noir des silhouettes accentuait la vivacité de la lumière et renforçait l'impression de contraste entre les couleurs – avec l'agréable cachet des œuvres que nous avaient léguées quelques peintres amateurs pour chanter la vie, l'amour et le bonheur.

Adrien passa la main entre ses cheveux. Il avait remarqué, voilà quelques mois, que sa calvitie naissante, surveillée du matin jusqu'au soir (comme le cours en bourse des fortunés), devenait de plus en plus visible. Et il avait décidé – suivant en cela l'exemple de ces vieux beaux honteux de n'avoir plus que des reliquats de leur crinière – de laisser pousser ses cheveux pour dissimuler les trous que lui seul arrivait à déceler. En cela, Adrien s'était distingué de son père qui avait préféré la coiffure des malfrats en rabattant ses mèches de devant vers l'arrière avec une pommade luisante. Imaginer la texture de ce soin capillaire augmentait la nausée d'Adrien qui tentait de se figurer le visage de son père, en supposant qu'il daignât faire le déplacement, lorsqu'il découvrirait son fils avec les cheveux longs. Il serait impossible d'aller lui dire un mot. Son masque, sa froideur, son indescriptible distance. D'ailleurs, il irait aussitôt se mettre à l'abri en discutant avec l'un ou l'autre des spectateurs, pourvu que ce ne fût pas avec son père. Comment supporter le mépris et la morgue du spécialiste autoproclamé ? Comment accepter cette indifférence ? Adrien avait décidé, une fois pour toutes, comme il le fit avec ses cheveux, de ne jamais dormir près du mur, de se raser avec une machine électrique, de ne jamais manger de salade ni du poisson, de porter des vêtements bas de gamme, de ne jamais faire étalage de sa fortune, d'avoir des chaussures laides et mal cirées, de refuser l'emploi des ciseaux pour se couper les ongles, de ne pas faire appel aux services d'un traiteur et de se passer le plus possible des restaurants et de mille choses qui auraient pu paraître insignifiantes si ces résolutions, aussi impersonnelles qu'inutiles, ne permettaient à cet artiste, qui croyait s'être forgé tout seul, de se convaincre au quotidien qu'il ne faisait rien comme son géniteur. Ce qui, il va sans dire, était pure illusion. Et si, dans cette forme d'aveuglement qui le préservait de bien des insomnies, Adrien reconnaissait que le goût qu'il assumait pour la chose artistique, et qu'il pensait à tort être la seule exception à la ligne de conduite qu'il s'était choisie, lui venait au moins en partie de son père (ce qui déjà était une manière presque honteuse de diminuer les mérites très réels de son géniteur en la matière), il le faisait pour s'en détacher aussitôt en dressant du vieux un tableau mensonger à force d'outrances – ce qui est toujours le cas lorsqu'on cherche à s'affranchir de quelqu'un qui, dans sa négation même, et surtout dans ces moments-là, reste déterminant.

La mère d'Adrien, toujours dans l'ombre de son mari, viendrait, pour apporter quelque réconfort. Elle lui dirait deux mots aimables. Elle ferait de son mieux pour lui dire combien son manège était fort et novateur. Emmanuela secoua Adrien. Il fallait rentrer pour s'assurer de la présence de William Segal.

Fidèle du petit groupe qui gravitait autour des deux galeristes, l'ancien bras droit de Garousse était une pièce maîtresse du dispositif mis en place pour séduire Mme de Richemont. Il connaissait Adrien depuis sa naissance et lui avait souvent récité la fable de ses mésaventures. Plus jeune, William rêva de faire du cinéma, tenta plusieurs écoles, rata quelques concours. Il avait terminé un court-métrage, après trois ou quatre ans d'efforts, en abandonna six autres, puis rejoignit l'équipe de l'Espace Garousse en désespoir de cause, comme personnel d'accueil d'abord, comme vendeur ensuite et finalement comme bras droit du galeriste. Mais de son rêve d'enfance, il n'avait pas tout abandonné. Il allait au cinéma, il aidait certains artistes à réussir là où il avait échoué. Un essaim de jeunes idéalistes, fascinés par son demi-pouvoir, le suivait donc partout où il allait. Mais le plus surprenant dans ce jeu de dupes qui n'échouait pas toujours, était que William Segal, parmi les gens qui frappaient à sa porte pour solliciter son aide, choisissait presque toujours les plus médiocres, soit que la peur de les voir réussir le dissuadât à l'avance d'assister des jeunes gens talentueux, soit que la perspective de l'échec des plus mauvais l'eût réjoui ou que l'espoir de les voir triompher le motivât à redoubler ses efforts dans la mesure où cette réussite, justement, n'aurait pu être attribuée à personne d'autre qu'à lui – et c'est ainsi par exemple qu'il pensait jouir d'un incontestable pouvoir sur Dolorès. Au quotidien, le spectacle consternant de ces carrières rachitiques, de ces réussites infimes noyées dans un océan d'amertume, d'humiliations et de refus quasi systématiques, justifiées par un espoir démesuré et presque honteux de gloire universelle que William alimentait en distillant ses conseils et ses coups de fil, ce spectacle, donc, consolidait chez lui la conviction qu'il ne s'était pas trompé en renonçant à son œuvre de cinéaste pour prendre un emploi plus tranquille, se payer un appartement et élever ses rejetons. Emmanuela, qui considérait ce petit manège avec hauteur, ne disait rien – mais comprenait comme personne que si William avait abandonné ses rêves d'enfance c'était par orgueil.

Incapable d'affronter l'éventualité d'un jugement défavorable, il préférait rester dans l'ombre de ses protégés, vivant par procuration leurs réussites et leurs échecs par contumace.

William vit la vocation naître chez Adrien et fit tout pour lui donner corps. Il lui conseilla des livres et l'accompagna voir des expositions. Il loua ses premiers essais et l'incita à travailler encore. William Segal, bien sûr, savait tout, ou à peu près tout, des difficultés qu'Adrien rencontrait avec son père et était sans doute responsable du pourrissement de cette situation – pour autant qu'il assumait le rôle d'émissaire entre les deux membres de la famille. Quoi qu'il en fût, au bout de quelque temps, William Segal décida de présenter son protégé à Flavia et Emmanuela, qui l'adoptèrent comme leur propre fils. Elles le firent entrer à la Cram où elles lui obtinrent un petit appartement du bâtiment A et l'introduisirent dans leur cercle d'intimes, dont faisaient entre autres partie Amin Carmichael, qui fit forte impression à Adrien, mais aussi Mike Bromberg, qu'Adrien admira et bien sûr Traoré.

Il était temps de mettre la machine en route. Adrien approcha de la bâche qui masquait son installation. Le cordon qu'il tira fit un grincement de crécelle. L'intonation de la chaîne anticipait quelque chose du discours mal tourné qu'Emmanuela Simoni tiendrait à ses clients pour les appâter. « Vous savez, le *travail* d'Adrien Estève a beaucoup évolué. Avez-vous déjà vu ses premières vidéos ? Ce projet-ci remonte à des années. Ses appuis à la Cram lui ont permis de le réaliser dans les meilleures conditions. – De quoi s'agit-il au juste ? » répondrait la baronne, enfin arrivée.

En ouvrant le rideau, Adrien découvrit une installation qui de loin ressemblait à un manège de quartier. Il se sentit aussi creux qu'une coquille sucée par un gourmet. Un sourire statique fendait son visage blême. Une sueur froide, odorante, roulait le long de ses aisselles. Flavia n'osait plus lui passer la main dans le dos. Les parents d'Adrien avaient appris à leur fils comment masquer les manifestations trop voyantes de sa vie intérieure. Mais, à force de se taire, ou d'occulter ce qu'il aurait pu vivre, Adrien pensait que le vide s'était fait en lui. Emmanuela, qui réglait mille détails, poussa un cri de joie en frappant ses mains l'une contre l'autre lorsqu'elle vit apparaître les premiers sujets qui peuplaient les deux niveaux du Carrousel. Adrien restait impassible. Ce silence, systématique, structurel pourrait-on dire, chagrinait l'entourage de l'artiste, ses galeristes en tête, qui l'invitaient sans cesse à livrer le fond de sa pensée, à « échanger », à « partager » – ordre auquel le pauvre homme se sentait bien incapable de se conformer. Ce handicap le mettait dans des situations délicates et lui donnait le sentiment d'être un étranger, même entouré de ses plus chers amis, comme par exemple Vassilieff et Beaulieu, qu'il aimait comme ses propres frères. Il se confiait à eux, quoique très rarement, pour se rassurer autant que pour s'affranchir du tribut dont il pensait avoir à s'acquitter, lors de périlleuses cérémonies d'intimité fictive. Rien de plus facile que de donner le change à ses deux amis, sur le visage desquels il voyait se dessiner l'ombre d'un intérêt, mais qui l'interrompaient presque aussitôt pour terminer leur propre monologue – ce qui, pour le dire vite, ne gênait pas Adrien qui écoutait les confidences de ces gens avec autant de soulagement qu'il éprouvait de déplaisir à ce qu'on le sommât de s'exprimer.

Or là, face à son œuvre, il ne sentit rien. Les mains électrisées, Flavia étalait ses opinions sur l'œuvre – le masque de la curiosité autour des yeux. Par malheur, ces épanchements sirupeux, dans leur apparente sincérité, appelaient presque toujours une forme de réaction – de l'assentiment, de la compassion ou même de la critique selon les circonstances –, ce qu'Adrien remarquait à un je-ne-sais-quoi interrogatif dans le regard de son interlocuteur. En l'espèce, Flavia lui adressa une question directe. Quelques mots sortirent péniblement de la bouche d'Adrien. Il n'arrivait pas à maîtriser le flux. Il crut lui-même que ce charabia venait d'ailleurs, d'une autre planète, d'un autre esprit. Dire ce qu'elles veulent entendre, anticiper leurs critiques, parler avec leur langue, énoncer ce qu'elles pensent vrai, finalement, Adrien ne savait rien sinon complaire aux autres en leur servant la soupe. Il s'écartait toujours un peu plus de lui-même – incapable de saisir ce supplément d'âme qu'il aurait pu énoncer en son nom propre. Flavia l'écoutait avec attention, comme si ces paroles recélaient un sens et éclairaient le fond du problème. Lorsque, faute d'inspiration, Adrien s'essouffla, le visage qui lui faisait face semblait tendu par une indescriptible curiosité. Il était pris au piège par ce qu'il venait de dire. Comment des gens sensés pouvaient accorder crédit à son charabia ? Pour parfaire sa réponse, Adrien savait qu'il aurait fallu faire quelque chose de plus, un geste, un sourire. Mais rien ne vint.

L'heure approchait. L'artiste fit signe à l'employé pour qu'il baissât l'éclairage de l'Aquarium. Des lumières mobiles couvrirent les murs de rouge et de bleu. Des strass tournoyaient dans les faisceaux et des guirlandes clignotaient au sol en serpentant jusqu'à l'installation. Les bruits de sirènes, les alarmes stridentes, le limonaire qu'accompagnait une petite musique électronique, tout résonna sous l'immense dôme en verre comme un jouet pour enfant démesuré ou un club dansant d'un autre siècle. D'une seule et même voix, Flavia et Emmanuela poussèrent un cri d'extase – pour faire plaisir à Adrien.

Sur l'étage supérieur du Carrousel, une série de sujets en résine tournaient avec le reste de la structure. Sur un grand lit double, un jeune homme était assis. Cheveux longs et bouclés, il avait le visage d'un ange. Sa chemise était trouée. Il ne portait pas de pantalon. Ses mains étaient posées sur ses genoux qui saignaient à grosses gouttes dans l'aquarium sur lequel étaient disposés les pieds du lit. Il était rempli d'eau et de galets. De petits poissons suçaient les peaux mortes sur les jambes du jeune homme. Le montant de son lit, aussi richement décoré que des barreaux de prison, servait de repose-patte à un vautour. Le bec acéré, le cou et la tête sans poil, l'animal empaillé fixait de son œil noir le jeune homme. Autour de lui, sur les draps bleus et à la surface de l'eau de l'aquarium, des milliers de cheveux morts. Le passager, s'il voulait faire un tour de manège sur cette figure, devait s'allonger ou s'asseoir à côté du jeune homme, au milieu de ses cheveux, le long du mur.

Flavia Kedon et Emmanuela Simoni s'étaient rencontrées aux journées d'études organisées par Novea dans l'île de Sartagne. Elles y avaient passé cinq jours exquis, au bord de la plage, dans des criques isolées, nageant nues avec les poissons, rentrant au petit matin, après des nuits épiques au clair de lune. Flavia, toujours très liante, riant à tout propos, mais surtout des faiblesses de ses amis, volontiers piquante avec les inconnues, avait pris les devants, illuminée par la beauté tranquille d'Emmanuela, grande et lisse, les cheveux d'un blond cendré qui lui rappelait les étendues balayées par le vent à la fin du mois de juillet. Leur couple, bien sûr, avait connu des hauts et des bas, surtout lors de la création de la galerie et aussi lorsque Flavia décida de joindre le Jury de la Cram. Mais elles avaient traversé les ans, un peu plus vieilles et toujours aussi enthousiastes. Philip Kedon, témoin discret de leurs amours, qu'elles n'avaient cachées qu'un temps à leurs amis, les assistait comme il pouvait et, où qu'il fût, administrateur de biens publics ou directeur de cabinet pour le ministre, avait toujours fait en sorte qu'elles obtinssent ce dont sa femme et son amie avaient besoin. Mais l'absence de filiation était la grande tragédie. Flavia n'avait jamais pu faire d'enfant avec Philip et Emmanuela n'avait pas été plus chanceuse avec ceux qu'elle tenta de convaincre de l'opportunité d'un marché natal. La cinquantaine largement dépassée, Flavia, qu'on ne voyait jamais sans un masque épais de poudres, de crème et de maquillage – notamment autour des yeux qu'elle tapissait de noir, pour dissimuler ses cernes qu'elle avait très marqués –, Flavia avait entrepris de grands travaux de rénovation pour colmater les brèches et remettre d'aplomb les zones de son corps où la loi de la gravité avait trop étendu son empire. Ses ongles rouges, son bronzage carotte, ses cheveux colorés en blond, sa manière acerbe de reprendre les gens lorsqu'ils disaient quelque chose qui ne lui semblait pas juste, sa façon si détestable de regarder les gens lorsqu'elle se sentait en position de force, sa propension à parler d'elle à tout propos, des gens qu'elle avait côtoyés, des choses drôles qu'elle avait pu dire et qui lui semblaient très intéressantes, cette tyrannie multiforme, doublée d'une forme de méchanceté dont elle ne se départait jamais mais qu'elle dissimulait en surjouant un rôle de dame aux mœurs franches et familières pour continuer à paraître aimable – Emmanuela supportait docilement cette folie au quotidien, par amour peut-être, mais certainement parce qu'elle ne pouvait plus imaginer sa vie autrement que sous le joug de sa maîtresse, dont elle connaissait toutes les souffrances. Précisons, pour être impartial, que la douceur maternante d'Emmanuela n'était qu'apparente et que tous les petits protégés de la galerie, après s'être refugiés dans ses bras comme dans un port après la tempête, avaient fini par se sentir étouffés par les attentions excessives de cette grande femme qui mettait ses yeux partout et voulait superviser chaque détail. À bien des égards, la rencontre d'Adrien Estève fut donc providentielle pour ces deux femmes qui se réjouissaient d'avoir à s'occuper d'un pauvre petit poussin tombé du nid.

Il n'y avait plus rien à faire. Adrien, désœuvré, faisait le tour de son manège. Contempler ce qu'il ne pouvait désormais plus retoucher augmentait son désenchantement. Plus l'échéance approchait, plus le dégoût prenait corps. Le grand cheval, monté sur la plate-forme inférieure du manège, défiait l'artiste avec ses gros yeux rouges. Excessif et ridicule, de l'écume bouillonnait autour de ses lèvres. Il fallut des mois pour concevoir, dessiner et réaliser toutes ces figures. La selle en cuir repoussé, un maroquin rouge foncé, était couverte de motifs orientaux, qui reprenaient, en leur répondant, d'autres formes stylistiques auxquelles Adrien faisait référence dans chaque partie de l'œuvre. Qui s'intéresserait à ce manège dans le manège ? Qui serait suffisamment curieux pour s'y plonger ? Adrien avait été sage ; le bon garçon qu'on avait toujours connu. Mais la vie, la vie telle qu'il l'avait rêvée, la vie qui vous tourne la tête, les belles femmes et les grands voyages, ces rencontres improbables, les amitiés folles, les histoires à raconter, l'amour jusqu'au bout de la nuit, dehors, éclairé par une lune pleine, cette vie pleine ne lui arriverait jamais. Jamais, il n'aurait jamais rien sinon cette existence studieuse qu'il avait toujours eue et qu'il faisait tout pour entretenir, ordonnant son emploi du temps, respectant les rituels qui jalonnaient son quotidien et qu'il n'aurait sans doute pas modifiés sous la contrainte d'une mort certaine. Le beau cavalier qui montait l'animal – costume trois pièces, cravate en soie tilleul orné de feuilles d'acanthe, boutons de manchette en vermeil – portait une paire de bottines au cuir blond, couronnées de deux éperons d'or. Il avait une fine moustache et regardait le ciel avec dévotion. Derrière lui, un nain agrippait sa veste en grimaçant. Il était couvert de guenilles – bec ouvert, un infamant corbeau noir reposait sur son avant-bras.

Adrien grimpa dans la petite carriole que tirait un cheval. Le manège s'ébranla sur un air de bal musette. Adrien imagina les couples se former et la danse bousculer les corps. Le personnel disposait un grand bouquet de fleurs au centre du buffet. Dolorès viendrait-elle ce soir ? Adrien du reste se sentait bien incapable de tenter quoi que ce fût. Ses rapports avec les femmes, selon ses propres termes, étaient restés « fonctionnels ». Il avait rencontré quelques spécimens ici ou là, mais son apparente froideur, son rejet manifeste de toute forme d'ouverture et de partage, sa volonté farouche d'être actif et toujours en mouvement eurent raison de ses embryons de relations. Dans ce conflit entre le besoin d'être entouré de femmes, d'humains en général, et la nécessité de dire des choses à cette gent ultra-sensible – tandis que ce vide, en lui, glaçait les paroles, figeait toute tentative et l'éloignait de tout ce qui était vivant autour de lui – Adrien rêvait d'une relation silencieuse où les heures passeraient, assis sur une terrasse, à dévisager les autres.

À côté du lit, sur la plate-forme supérieure du Carrousel, une armure de chevalier – complète et rutilante comme une batterie de casseroles neuve. Une hallebarde dans la main du chevalier servait d'axe principal à cette aberrante articulation de métal, de cuir et de bois. Le masque facial du heaume était relevé. En regardant à l'intérieur, il apparaissait, comme dans certains manoirs où le châtelain voulait faire son effet, que la carapace de métal vide tenait debout grâce à un squelette d'acier qui maintenait les pièces ensemble. À côté de l'armure, un homme, en costume réglementaire d'employé de banque, serrait son quotidien. Il venait de quitter femme et enfants ou s'apprêtait à les retrouver. Dans sa main droite, un splendide bouquet de roses rouges. Sans doute devait-il rejoindre une vieille amie, une future maîtresse, ou se rendait-il à un dîner. Dans sa main gauche, comme un trophée de guerre, à la hauteur de son cœur, il tenait par les cheveux la tête qui avait été sectionnée sur le sommet de son propre tronc. Pas une goutte de sang – un travail irréprochable. L'expression du visage de l'employé, pareille à celle d'un Goliath, exprimait la déception d'une défaite imméritée. Plus loin, debout, comme dans un laboratoire d'anatomie, un écorché en cire, les yeux exorbités, les veines et les muscles saillants, portait sur son avant-bras, comme d'autres tiendraient leur par dessus, la masse énorme et adipeuse des tissus qui avaient été ôtés de son corps pour rendre visibles les structures profondes. Les boyaux, à la limite de leur orifice, bâillaient vers la sortie, à deux doigts des parties génitales qui oscillaient avec le tour de manège. Un chamane ou un grand prêtre, démêlant les fils de la vie et de la mort, comme dans un ciel dégagé, aurait fait les pires oracles. Une chaise vide permettait d'admirer le spectacle de plus près.

En même temps qu'il découvrait la galerie, Adrien fit la connaissance d'une série de personnages qui gravitaient autour. Ils se présentaient comme un groupe d'amis inséparables. En quelques mois, Adrien Estève fit office de confident universel. Il apprit avec stupeur qu'Amin Carmichael et Bertrand Traoré, qui se tombaient dans les bras l'un de l'autre à la moindre occasion et qui semblaient se vouer une admiration sans bornes, pouvaient, en privé, lorsqu'ils s'entretenaient en tête à tête avec Adrien, exprimer des doutes (pour ne pas dire des méchancetés) quant à la qualité réelle des travaux respectifs dudit ami, sur sa santé mentale ou la sincérité de ses relations amoureuses – sans d'ailleurs qu'Adrien eût sollicité de telles débauches de remarques acrimonieuses. Ces jugements sans concessions qu'ils s'adressaient indirectement semblaient pourtant aussi dénués de jalousie ou de rivalité, que le besoin de se rassurer et de trouver plus mauvais qu'eux, paraissait déterminant dans leurs choix amicaux. En somme, ces petites phrases, souvent loin d'être le signe d'une hypocrisie ou d'une inimitié quelconque, étaient le socle de leur relation ou, pour le dire avec plus de chaleur, la manifestation de l'amour qu'ils se vouaient l'un à l'autre – chacun d'entre eux ayant besoin, au sens vital du terme, de quelqu'un dont ils puissent se dire au quotidien qu'il allait plus mal qu'eux.

William Segal, doué d'un sens inné de l'intrigue, respirait librement dans cet univers où l'amour se mesurait à la quantité d'ignominies dont on était capable de couvrir en public l'un de ses camarades.

Parce qu'il ne se réjouissait jamais de rien sinon d'une brouille entre deux amis, tout en se donnant l'air de ne pas y toucher, il alimentait efficacement ces colloques sentimentaux, aiguisait les dissensions, et, en gage de sa moralité et de son indéfectible fidélité, rapportait les propos les plus blessants aux intéressés, qui n'avaient pas eu le plaisir de les entendre, faute d'avoir été présents. Il fut, par exemple, en grande partie responsable de la cabale fomentée contre Valérie Hornstedt, que tout le monde s'accordait à trouver hautaine et prétentieuse, bête et très méchante, alors que son mari était fort sympathique. Reine impartiale, Flavia Kedon ne pouvait faire autrement que de réunir le groupe des fidèles sans inviter le couple. On se livrait alors, en toute décontraction, à un lynchage extraordinaire dont l'intensité laissait penser que Valérie Hornstedt, pour susciter tant de haine, devait avoir des qualités bien réelles. Excité comme un enfant, William Segal s'empressait de prendre rendez-vous avec Mike et, feignant d'ignorer que son ami n'avait pas été convié la veille chez Flavia, prenait un air sincère et affligé pour lui dire que les réjouissances avaient été ternies par leur absence. Entre deux caresses, William distillait les propos malveillants qui avaient été tenus la veille sur Valérie et qu'il n'arrivait pas à prononcer sans que sa voix tremblât – ce que Mike, dans la naïveté de son humiliation, interprétait comme un signe de sympathie et une preuve de la réalité de l'affliction de son camarade. Le plaisir de William, comme on s'en doute, était autant lié à l'attaque malfaisante et perfide qui s'adressait à l'un ou à l'autre de ses amis, qu'au spectacle de la souffrance qu'il provoquait en rapportant les infamies, ce qui impliquait, pour ménager les deux versants de son extase, qu'il ne sortît jamais les armes en public pour déclencher ces lynchages dont il pouvait dès lors se présenter comme un simple témoin. Ainsi, ce fut en toute bonne foi que William Segal déclara un jour, sous les acclamations de l'audience, qu'il aurait été tout à fait indécent, d'un point de vue moral, de dire du mal de quelqu'un en face de lui. Adrien restait sans voix lorsque ce genre de rituel avait lieu en sa présence. Il était convaincu que de telles malveillances devaient le concerner en son absence ; mais Adrien savait que ce n'était là qu'une marque d'affection et le signe de son appartenance au groupe.

Installé dans sa carriole, à travers le vitrail multicolore qui servait de fenêtre, il voyait se déformer le terrain de ses supplices à mesure que sa tête lui tournait. La vitesse de son manège n'étant pas continue, les imprévisibles et indéfinissables variations de la carlingue, qui faisait un bruit peu rassurant de vieil avion décati lorsqu'elle accélérait, conféraient à l'idée de révolution une dimension nauséeuse qu'elle n'avait pas nécessairement ailleurs. Quelques serveuses semblaient potables ; dans ces conditions, il était à peu près impossible de fixer son attention sur l'une d'entre elles. Or Adrien avait besoin de les contempler longuement. C'était là une condition nécessaire pour qu'il ne souffrît pas de ces crises d'angoisse qu'il éprouvait lorsqu'il était entouré de gens, que l'air se faisait rare et qu'il sentait en lui son gouffre intime l'aspirer profondément. Adrien devait observer leur visage, leurs yeux et dire s'ils étaient de type « dense » ou de type « creux » selon une dichotomie qu'il avait lui-même conceptualisée, mais encore jamais dévoilée, et qui tendait à distinguer les choses en raison de la complexité de leur structure interne. Tout imprévu l'inquiétait, toute surprise le prenait au dépourvu et voir de nouveaux visages l'indisposait. Du reste, la vie d'Adrien, pour ceux qui ne le connaissaient pas, ressemblait à celle d'un dément. Il mangeait à heure fixe, passait la majeure partie de ses journées à remettre les objets que recélait son appartement là où ils devaient être, laissait ses radios allumées du matin jusqu'au soir, détestait les courants d'air et ajustait les boudins de porte qu'il plaçait dans chaque recoin de son domicile, mangeait face au mur, que ce fût chez lui ou dans les petits bistrots de son quartier pour éviter les regards apitoyés ou sarcastiques des voisins et des badauds, se passait la main sur le sommet du crâne avant de dire un mot, n'appelait jamais les gens qu'après avoir dix fois articulé leur nom de famille, ne pouvait pas ouvrir une porte sans vérifier qu'elle fût bien fermée ou poser un verre sans savoir s'il était vide, n'osait jamais regarder le ciel étoilé, de peur de perdre la raison, et mille autres manies, qui occupaient son esprit en lui laissant croire que sa vie, parce que son emploi du temps était écrit d'avance, se déployait de façon rationnelle et que son existence, parce qu'elle ne comptait aucun vide, était aussi assurée que le sol sur lequel il marchait chaque jour. Mais ces serveuses qu'il voyait en roulant sur lui-même ne lui inspiraient guère confiance. Elles étaient de type creux. Mauvais augure – il répéta trois fois « mauvaise augure ».

Puis il se retourna. Une décapotable rouge suivait l'attelage sur lequel il était monté. Assis sur les sièges avant de la voiture, deux mannequins en silicone, aussi parfaits que ces créatures qui s'étalent sur les pages des magazines – faites pour répondre à tous les désirs, sans les inconvénients – devaient attirer la gent masculine. Elles avaient les lèvres sang de bœuf – deux ventouses suceuses pour les gourmets –, des parures dégoulinantes et un petit nez fin qui les rendaient coquines. Leur sourire découvrait une parfaite rangée de dents blanches, franche et sympathique comme un joint entre deux carreaux de salle de bains. Adrien, sans le savoir, avait hérité pour son plus grand malheur de l'idée qu'un homme, en toutes circonstances, devait séduire pour arriver à ses fins. Mais cette notion s'était à ce point solidifiée dans son esprit que cet impératif supérieur, auquel il fallait se conformer sous peine de se voir précipité du mauvais côté de l'humanité, était dans sa conscience aussi douloureux qu'un kyste mal placé. Il se crispait lorsqu'il voyait les gens. Par peur de leur déplaire, il riait à tout bout de champ, ricanait bêtement lorsqu'il disait quelque chose de banal ou parfois, selon les circonstances, il se fermait, devenait dur et presque méchant. On prenait généralement cette gêne et ce manque d'aisance pour une forme de grossièreté ou de lourdeur, d'autant plus que son père n'était pas totalement exempt de ce défaut – bien que chez lui cette gaucherie du caractère fût tellement contrebalancée par son sens inné de la flagornerie, qui s'exerçait dès qu'il voyait une personne qui ressemblait à un client sérieux et parfois au moment même où il le violentait pour le décider à acheter, que l'on oubliait s'être fait secouer par les grosses mains pour ne garder qu'un souvenir ému de la douceur de ses manières. Pourtant, aussi flagrants qu'étaient les défauts du fils, personne parmi ses compagnons d'infortune ne lui tenait rigueur de ces maladresses, spécialement dans le petit groupe d'amis qui s'était formé à la Cram. Le succès d'Adrien dans le milieu des galeries, comme le prestige de son père qui excitait ces artistes en mal de gloire, éveillait une jalousie qui contrebalançait l'espoir d'une aide directe d'Adrien ou de son père sur leur carrière. Pourtant, repliés sur eux-mêmes, comme tous les gens dont l'orgueil est humilié avec la régularité du jour qui se lève, Vassilieff et Romain Beaulieu étaient convaincus de la réalité du talent de leur ancien compagnon d'infortune et de la fertilité de son imaginaire en raison inverse de sa réussite dans la galerie K & S. Aussi, quelles que fussent les aptitudes d'Adrien en matière de séduction, il n'en restait pas moins intéressant pour certains de ses amis. Adrien les voyait déjà, ces deux mauvaises bouches, un verre à la main, cyniques, taiseux, figés par la jalousie. Ils partiraient tôt, prétextant la fatigue, pour aller se finir ailleurs, comme des bêtes blessées vont cacher leur honte dans un fourré.

Flavia avait sauté sur le manège derrière les deux filles. Elle voulait s'assurer que tout fonctionnait normalement. Les membres du Jury seraient là, la télévision peut-être. On espérait la venue d'Allan-Bertrand de Sainte-Croix et de quelques bons critiques. Adrien se rongeait les peaux autour des ongles. Et, trop gourmand, trop pressé ou simplement frustré, il entailla sa peau et l'arracha d'un coup de dent nerveux, déclenchant l'hémorragie. Il supportait l'épreuve comme le chevalier en mal de princesse.

Flavia regardait les deux mannequins. Il y avait la blonde, sourire figé, dents blanches et regard vitreux, et l'autre blonde, sourire figé, dents blanches et regard vitreux. Une indéfinissable différence dans l'expression de sa sympathie stéréotypée les distinguait. Mais l'une et l'autre portaient la même robe, couverte d'imprimés militaires. Une des blondes déchirait le vêtement de sa voisine. Son torse était couvert de griffures. Flavia esquissa un petit sourire. Elle s'était changée pour la seconde fois depuis son arrivée. *Comme par hasard*, elle portait elle aussi une robe décolletée – avec des motifs camouflage. C'était la dernière collection de chez Corpus, la marque de Sandra Dupuis, dont tout le monde admirait le style.

Sur la plate-forme supérieure du Carrousel, un couple de mannequins dansait avec un mélange d'aisance et de raideur sur un air suranné de valse triste. Ils tournoyaient sur leur axe et décrivaient une ellipse en avançant puis en reculant. Un globe terrestre monté en lampe avait été installé, comme pour souligner le caractère orbital de leurs mouvements. La femme, chevelure noire et jambe galbée, avait un chignon en forme de spirale et portait une robe de soie bleu nuit constellée de pois blancs, de perles nacrées et de strass, dispersés en grappes et en amas de façon aléatoire sur toute la surface de son corps. La musique, atténuée par un fond diffus d'ondes sonores venu de très loin dans le ciel, hachurée d'interludes parlés, de présentations diverses, brouillée par des interférences stridentes, des bruits graves et des mots répétés en boucle, semblait provenir du landau placé à côté du couple de danseurs, comme s'il s'agissait d'un émetteur radio réglé sur une mauvaise fréquence. Les spectateurs pourraient voir qu'à l'intérieur de la poussette, dormait un beau bébé, joufflu et replet, bercé par l'interférence stellaire qui venait de sa couche ou de son ventre.

*

Chaque soir, entre vingt et une heures et vingt-deux heures, Adrien sortait faire son tour. Dans les rues noires de sa ville, entre les quartiers vides et silencieux, l'agitation foisonnante des veillées joyeuses provoquait en lui un mélange d'envie et de dégoût qui le poussait toujours à refaire le même circuit. – Sa peur du vide était décuplée par la foule autant que par l'absence et la voûte étoilée pouvait lui faire perdre la tête. Depuis son domicile, sur les hauteurs du Mont-Ariel, depuis la Cram lorsqu'il y restait pour dormir, il rejoignait l'Opéra, ses tenues de soirée, ses smokings et ses quartiers bourgeois, longeait le café des Sept Diamants où toute la jeunesse dorée se donnait rendez-vous, contemplait le fleuve quelques minutes, passait devant le palais princier, approchait les somptueux jardins de la Présidence, et redescendait en direction de la rue des Prêcheurs où toutes ses envies allaient se jeter. Ressassant les idées qu'il voulait chasser, Adrien, pour sortir de sa spirale, épiait les conversations, lisait sur les lèvres et pistait les couples qui lui semblaient intéressants. Tous les soirs, le goût de l'oubli et de la démesure menait dans cette rue pleine de cafés des milliers de jeunes. Ils déjouaient l'ennui en bavardant et buvaient dans le seul but de choisir un partenaire sexuel. Plus d'une fois, Adrien s'était surpris cherchant ses mots pour accoster l'un ou l'autre de ces étrangers qui trouvaient leur part de bonheur la tête au fond du caniveau. Il bégayait et, ne sachant par où commencer, sentait que ses paroles s'intriquaient dans un seul et unique magma grumeleux, qui, par certains aspects, rappelait aussi bien les puissants maelströms des mers du Nord qu'un sac d'aspirateur plein. Et si certains mots, irréductibles et insaisissables, surnageaient encore dans son esprit comme des bouées au milieu de l'océan, Adrien, qui les agrippait avec l'empressement maladroit d'un naufragé, se sentait aspiré en glissant dessus. Alors, à court de ressources, comme étouffé par les eaux saumâtres de l'indécision, l'ombre du mot « cosmos » s'accumulait au-dessus de son esprit. En six petites lettres, il suffisait à résumer tout l'univers. Face aux pauvres gens qui vidaient leurs tripes entre leurs jambes, Adrien voyait ses velléités de communiquer s'enrouler au fond des tuyauteries.

De retour à l'appartement, autant par fatigue que par plaisir esthétique, Adrien contemplait les étiquettes de ses vieux vinyles, dont Mike et Valérie lui avaient donné le goût. De toutes les couleurs, parfois bariolés, d'autres fois unis, les motifs apposés sur les doubles-faces étaient aussi variés que ceux des sous-bocks ou des boîtes à fromage. Emportés par la platine, ils révélaient un autre monde, mêlant leurs couleurs au rythme des musettes ou des tangos, ils viraient du violet à l'orangé, dans une danse envoûtante qui ne s'arrêtait qu'à la dernière note.

« Tout cela, disait Mike, tout cela n'existerait pas sans le trou central. » Ces paroles, prononcées au détour d'une conversation qu'ils avaient eue à bâtons rompus, ne tardèrent pas à prendre place parmi les références d'Adrien, sans qu'il se souciât de passer pour un suiveur. Il avouait tout simplement que sa carapace intellectuelle et esthétique, loin d'être le fruit de son esprit, n'était qu'un « produit de synthèse » et que, volant ici ou là idées et amitiés, il s'était vêtu sur le cadavre chaud d'un chevalier mort.

– Lorsqu'une idée m'échappe et que je tente de m'en ressouvenir, insistait Mike, chaque parcelle de mémoire parle de ce rien qui me fait défaut. Dans ces moments, j'ai le sentiment que mon idée perdue bruisse à travers tous les mots, comme si ce que mon esprit recèle entretenait une relation charnelle avec l'astre occulte, et qu'à cette place laissée vide pouvait être relié absolument tout ce qu'il m'est loisible de penser. On découvre une immense toile d'idées et d'impressions, jusque-là éparses et volatiles. Tissée au gré des circonstances, à partir du vide central autour duquel elle se redéploie pour le circonscrire (sans jamais totalement l'annuler), cette toile d'idées se révèle être mieux agencée que n'importe quel discours sensé. Tant que tout est plein, tant que les choses sont dans l'opulence, dans la plénitude de leur apparition et de la vie, sans ressentir le manque, l'absence, le vide qui nous constituent, comme une colonne vertébrale fichée au milieu du squelette, rien ne peut prendre corps. La parole, la pensée, vois-tu, sont filles de la frustration. Car le trou est l'objet de toute connaissance – c'est le fruit interdit.

Adrien, au milieu des inconnus, éclairé par les néons, devinait la faiblesse et l'ennui qui motivaient la vaine agitation de ces pauvres têtes qu'il voyait rire un verre en main. Il comprenait leur petit manège. L'être sans corps et sans nom qui s'ingéniait à tenir debout, malgré l'inconsistance, l'insignifiance de ses membres, malgré l'absence de contour, de contenu et d'épaisseur, lui donnait l'idée d'une charlotte étalée au fond du plat. Un jour, il expliqua à son ami Romain que ce qu'il voulait présenter au public et qui se logeait au centre de son œuvre, c'était « l'incompressible béance entre ses différentes aspirations ». Il entendait donner forme au trou. Romain Beaulieu, lorsqu'il entendait parler de vide, pensait instinctivement à l'*Hôtel fantôme* qu'Amin Carmichael avait présenté au public voilà quelques années. Passionné par cette œuvre, il rattachait tout ce qu'il voyait à cette nouvelle référence. Adrien préférait ne plus s'en souvenir.

L'idée qu'un gouffre sentimental – au cœur de sa propre vie – puisse être considéré comme un facteur valorisant sa production, ne suffisait pas à le consoler. Il aurait tout fait pour renverser la situation. Un soir qu'ils avaient dansé tous les deux sur une valse triste, Adrien avait pris la main de Valérie. Il avait senti son souffle chaud et le sol s'était dérobé sous ses pieds. Adrien avait oublié sa calvitie et fait des gestes de haute voltige, avant de fondre en larmes sur l'épaule de l'être qui le comprenait enfin. Il imaginait ses jambes nues dans l'herbe, au bord d'un ruisseau, la finesse de sa peau, la forme de son ventre. Il devinait ses souffrances et ses blessures. Il imaginait qu'un de ses regards lui était adressé et qu'elle l'appelait à l'aide. Valérie, touchée, ne sut que faire de cette avalanche de sentiments.

Adrien n'était pas à un paradoxe près. Quoique l'envie de rencontrer des gens, voire un ami, ne fût pas étrangère à l'insistance qu'il mettait à marcher le soir, Adrien, lorsqu'il reconnaissait quelqu'un au milieu d'une rue, spécialement s'il s'agissait d'une femme, mais surtout s'il pouvait le faire sans être remarqué, pivotait sur ses talons, comme s'il avait oublié quelque chose, ou changeait de trottoir d'un pas ferme et décidé. Si les circonstances interdisaient de tels subterfuges, par exemple s'il apercevait trop tard la personne placée à quelques pas de lui, il feignait d'être absorbé par ses pensées en masquant sa calvitie naissante, ou faisait mine de contempler une paire de chaussures dans la vitrine la plus proche, le cœur palpitant à l'idée d'avoir à jouer une comédie pénible si d'aventure l'opportun venait lui taper sur l'épaule pour prendre de ses nouvelles – voire s'il comprenait qu'Adrien tentait de l'éviter. Or, la veille du vernissage, alors qu'il regagnait le haut de la rue des Prêcheurs, Adrien avait reconnu Bertrand Traoré. Et Adrien avait aussitôt baissé la tête. Il espérait pourtant le voir à son vernissage. Mais là, au milieu de la nuit, il ne trouverait rien d'intéressant à lui raconter. Il aurait fallu prendre un air surpris, trouver toute une série de justifications pour expliquer sa présence dans le quartier, seul et sans rendez-vous – feindre la bonne humeur, trouver un ou deux bons mots et s'en aller d'un air serein. Mais Adrien, qui fuyait instinctivement, remarqua à un détail subliminal, que Traoré devait l'avoir identifié de son côté et qu'il faisait semblant de ne pas le voir. Puis, sans que rien le laissât présager, Traoré embrassa avec passion la femme qui marchait à ses côtés, quelques mètres devant Adrien, qui croisait le couple sans oser saluer le grand artiste. Sur le moment, Adrien ne comprit pas pourquoi Traoré lui avait joué cette comédie. Pourquoi ce manège, s'il avait promis de venir à son vernissage ? Avait-il honte de lui ? Traoré aurait tout de même pu lui faire un geste. Il aurait pu venir lui demander de ses nouvelles, spécialement la veille du vernissage.

Adrien se demanda s'il ne valait pas mieux qu'il revînt sur ses pas pour dire bonjour à Traoré. Mais un tel revirement ne serait-il pas interprété comme une bizarrerie ? Ne passerait-il pas pour un indécis ? Adrien rentra chez lui, décidé à ne répondre à personne si quelqu'un avait eu l'idée de lui proposer de boire un verre.

*

Le sommet du chapiteau était couvert d'une immense bâche noire et trouée. L'intense lumière qui provenait du cœur de la machinerie s'échappait à travers. Ces infimes ouvertures regroupées en forme de têtes de monstres, d'anneaux, de spirales, d'araignées, de tentacules ou d'animaux étaient en nombre incalculable mais suffisaient à peine à éclairer la grande verrière ouverte sur le ciel étoilé. Pourtant, l'œil expert aurait pu sans difficulté reconnaître les quatre-vingt-huit constellations, les nébuleuses d'Orion, de l'Aigle ou de la Tête de cheval, la Voie lactée, les nuages de Magellan, la galaxie du Tourbillon, d'Andromède ou les galaxies des Antennes, comme dans un miroir où l'univers entier s'étalait. Suivant les hypothèses les plus folles, le cosmos, quoique en expansion perpétuelle, tournait autour d'une masse obscure qui exerçait une attraction hors du commun. Mais personne encore n'avait pu voir cette chose. Au centre de la bâche, sur le sommet du chapiteau, là où l'axe du manège était arrimé et le système universel s'enroulait, on devinait un pôle, noir et diffus, nimbé d'un horizon rougi. Sur le sommet, cette figuration de la voûte céleste était la seule chose que l'on ne vît pas tourner avec le manège.

La salle était toujours aussi vide. Le manège venait de s'immobiliser. Avant de réaliser son Carrousel et de dessiner les figures destinées à l'habiter, avant de dessiner les vêtements, les objets et les décors, avant même d'avoir eu l'idée de créer cette œuvre, Adrien Estève avait pensé faire de l'occasion qui lui avait été donnée de présenter son travail une exposition de toutes les facettes de son univers. Il commença avec entrain, pensa à une série de sculptures expressionnistes, presque théâtrales, qui auraient figuré les différents stades de la vie adulte en société. Mais à cela s'ajoutaient ses propres démons qui remontaient sans qu'il s'en aperçût et qui donnaient à son œuvre une autre coloration. Il sollicita l'avis de ceux qui l'entouraient. Ses deux galeristes, mais aussi certains membres du Jury et ses amis artistes. Chacun eut sa petite idée. Adrien tira leçon de ces conseils. Mais chaque recommandation démultipliait les pistes. Chaque nouvelle direction soulevait de nouveaux problèmes, tout nouveau personnage décuplait les difficultés. Très vite, la question de l'unité de sa construction plongea Adrien dans d'insondables dilemmes. Parce que les parties de ses rêveries étaient filles de circonstances diverses, de mondes hétérogènes et de périodes de sa vie qui souvent étaient distantes d'années-lumière, qu'elles n'avaient de ce fait ni la même valeur, ni le même sens, et qu'entre les sujets intimes, les considérations cosmologiques et les groupes politiques aucune continuité ne s'offrait à lui, il aurait fallu pour harmoniser l'ensemble, sinon supprimer certaines choses, du moins reprendre, remanier, « scarifier ». Or c'était ce qui répugnait à Adrien, pour qui la simplicité n'était pas une qualité. Il eut alors l'idée d'articuler l'ensemble dans un manège, structure assez libre et ouverte pour que les choses se suivent et se regroupent sans que leur différence pose problème. La rotation et l'absence de place fixe sur le grand disque permettaient de déjouer le caractère hétéroclite des centres d'intérêt, de coordonner les éléments dans un tout sans chronologie. Le travail fut colossal.

Le manège s'ébranla à nouveau – le visage de Bertrand Traoré revint à l'esprit d'Adrien. Respirer par le ventre, fermer les yeux. Et faire le vide. Il s'imagina, l'espace d'un instant, sourd et muet. Les bruits de la salle ne parvenaient plus jusqu'à lui. Le corps hermétiquement scellé sur son secret, il ne voyait plus le sourire niais d'Emmanuela. Il ne sentait plus le parfum capiteux de Flavia. Il n'entendait plus le grincement de ses dents. Sa boule au ventre aurait disparu. Il imaginait ne plus pouvoir bouger, ne plus toucher, ne plus goûter. Il ressentait l'intensité muette de l'émotion qui aurait été la sienne s'il avait eu ce corps. Mais Flavia monta sur le manège pour secouer l'artiste. William allait arriver ; il fallait répéter la scène sans perdre de temps.

Dans le monde foisonnant des galeries, ce qui faisait la spécificité de K & S c'était l'amour de l'art et des artistes. Du moins, c'était avec des discours de cette nature que Flavia Kedon et Emmanuela Simoni pensaient se distinguer de Gabriel Garousse, leur concurrent direct, dont elles entendaient souligner le côté vénal – puisqu'il avait, et c'était le premier à avoir jamais tenté une telle aventure, décidé de coter sa société en bourse pour lever de nouveaux fonds. Non content de vendre des œuvres d'artistes dont il devenait de fait dépendant, il préférait, pour augmenter son capital, émettre des titres valorisés à la hauteur de la renommée de son écurie de créateurs. La greffe semblait d'ailleurs prendre et le cours de son action, après avoir végété les premiers temps, connaissait un frémissement. Flavia et Emmanuela vécurent mal cet événement – surtout Flavia dont l'agressivité, décuplée par ce nouveau sujet de mécontentement, trouvait des exutoires dans toutes les couches de son entourage, spécialement chez ceux qui de près ou de loin avaient eu à faire avec Garousse. William Segal, qui connaissait Flavia pour l'avoir fréquentée des années durant, avait tout le recul nécessaire pour comprendre les motifs réels des récriminations de la galeriste, qui lui reprochait tout et n'importe quoi, sans d'ailleurs se soucier d'une quelconque cohérence entre les griefs qu'elle lui adressait – parce que la mauvaise humeur préfère s'épanouir là où on ne l'attend pas, par pudeur ou par mépris pour l'objet réel de l'agacement. Sachant cela, William Segal n'en passa pas moins d'épouvantables soirées, au point d'ailleurs de renoncer à la villégiature des Kedon l'été qui suivit l'entrée en bourse de son ancien patron.

Pour ceux qui la connaissaient, l'agressivité de Flavia avait, il est vrai, quelque chose de déconcertant. La froideur avec laquelle elle assenait ses coups à ses victimes, parfois à ses meilleurs amis, donnait l'impression qu'elle était parfaitement mauvaise. Elle semblait fondre sur eux de façon aléatoire, par pur vice, comme la foudre qui s'abat aveuglément sur un arbre, alors que Flavia, extrêmement sensible, fière et, contrairement aux apparences, peu sûre d'elle-même, faisait des imperceptibles petits riens que lui adressaient ses amis (souvent sans même s'en apercevoir) des signes manifestes d'hostilité et un prélude à une forme de rejet qu'elle ne voulait et ne pouvait laisser impuni.

Emmanuela essuyait la majeure partie de ces brusques accès de panique ou de démence. La rage une fois retombée (et elle pouvait retomber très vite), Flavia adressait des messages mielleux à Emmanuela, qui les lisait déconcertée, la tête encore retournée par les monceaux d'insultes qui lui avaient été déversés sur la figure et auxquels elle n'avait rien trouvé à répondre. Avec le temps, elle finissait par se faire une raison et expliquait ces sautes d'humeur par la vie difficile de sa maîtresse et en faisait même, dans un suprême élan d'amour, le signe incontestable de la finesse de son intelligence. La réalité, pour peu que l'on puisse penser être capable de la formaliser lorsqu'il s'agit de matières aussi subtiles, était plus sombre et se résumait à une lutte d'influences. L'agressivité de Flavia était une manière pour elle de marquer les esprits, de soumettre les faibles, de les faire manger dans sa main, de gagner du territoire et Garousse s'était malheureusement mis en travers de son chemin. Il avait donc été décidé que la survie de la galerie K & S dépendait de la mort de celle de Garousse et qu'un tel projet, pour être mené à bien, impliquait une déstabilisation psychologique en même temps qu'une attaque frontale sur le terrain commercial. Tout ou presque passait par la « baronne cocotte » et par Adrien.

Sous le ciel étoilé du chapiteau, placé entre les danseurs et les trois figures fantomatiques, se tenait un mannequin figurant un roi, couronné d'un fil barbelé. Sa cape ourlée d'hermine était couverte de fleurs de lys qui alternaient avec des figures grotesques. Il portait des lunettes aux verres en cul de bouteille. Ce triste sieur découvrait une bouche sans dents. Vêtu d'un costume ancien couvert de fils d'or et d'argent, incrusté de pierres précieuses, ce roi tenait de sa main droite un sceptre-phallus et de la main gauche une paire de sous-vêtements. Installés à une table en forme d'anneau dont le roi occupait la partie centrale et qui tournait en sens inverse des révolutions opérées par le Carrousel, trois personnages mangeaient en riant. Il y avait deux femmes et un homme. La première ressemblait à une courtisane, les seins débordant du corsage. Elle tenait de façon ostentatoire son couteau pointu à la main tout en montrant du doigt le roi dont elle se moquait ouvertement. La seconde, plus réservée, plus petite, avait les yeux noirs et perçants. Sa méchanceté était intérieure. L'homme avait le crâne rasé et un costume de général. Il avait les dents pointues et s'intéressait à la petite femme. Une quatrième chaise, restée libre, permettait au passager de s'installer à la table du roi pour le voir sous toutes ses facettes.

Emmanuela arriva en catastrophe. La chenille avait un défaut. L'adolescent assis dans le premier wagon tenait mal sur son siège. La baronne pouvait arriver d'une minute à l'autre – il fallait absolument faire quelque chose. Flavia se perdait dans ses conjectures. Le ventre collé au buffet garni des petites pâtisseries, Mme de Richemont serait dans les meilleures dispositions pour écouter l'artiste. Les gâteaux, c'était son péché mignon, sa grande faiblesse. Plus d'une fois, elle avait fait ouvrir un magasin au milieu de la nuit parce qu'une envie de mille-feuilles ou de macarons de chez Lapalisse l'avait tirée du lit. Adrien devrait lui sourire, trouver quelque chose d'aimable à dire, avoir l'air honoré de sa présence, la resservir s'il le fallait. Puis partir, presque affolé, et feindre un entretien avec William Segal, diligenté par le ministère des Affaires culturelles. On ferait savoir à la grosse baronne que l'État se montrait intéressé. Ce genre de manipulation pourrait la faire se décider. C'est sûr, elle allait acheter.

Adrien regardait le visage de la femme installée à côté de l'adolescent dans la chenille endommagée qu'un esclave d'Emmanuela tentait de réparer. L'artiste avait donné à cette femme les traits de sa propre mère, lorsqu'elle était jeune. Très belle, maquillée avec goût, les lèvres délicatement peintes et une parure de gala. Elle s'en rendrait nécessairement compte. Sur la joue du jeune garçon, il y avait une marque de main rouge. Il regardait ses pieds, les mains rangées entre ses cuisses. Il fallait démonter le siège pour consolider l'assise du jeune homme. Cet incident n'avait rien de rassurant. Si l'avion se décrochait, si la navette spatiale tombait, comment ferait-on alors ?

La baronne de Richemont, née Mireille Salers, avait été une jeune fille charmante, habillée avec un soin modeste, mais beaucoup de coquetterie. Petite, frêle, voire fragile, son père la présentait comme son bijou à ceux qui la croisaient dans la demeure familiale faussement embourgeoisée, augmentée année après année, pour répondre à l'évolution sociale de son heureux propriétaire. Les blonds cheveux noués en tresse qui bordaient le côté gauche de son visage, les yeux bleus et le rouge à lèvres à demi vif, elle baissait le regard, paraissait timide et ne répondait que si son interlocuteur mettait de l'insistance à la faire parler. Mireille avait cette petite voix qui chancelle, menue et délicate ; elle faisait papillonner ses cils pour exprimer sa gêne et la plupart des amis de la famille la croyaient discrète. Son père, qui très tôt eut peur de sa fille chérie, savait la fierté de ce tyran domestique qu'il ne trouvait jamais le courage de contrarier. À propos de son mariage avec le baron, qu'elle avait rencontré quelques mois plus tôt, Mireille ne souffrit aucune discussion. Son père cherchait à lui faire comprendre que la faiblesse des ressources des Richemont pouvait, d'un certain point de vue, être un obstacle à cette union qui semblait n'arranger que ces nobles déchus en quête d'une nouvelle gloire. C'est à peine si M. Salers fut invité à l'église lors de la cérémonie. Mireille prit du poids à mesure que son pouvoir dans la famille devenait incontestable. Coup sur coup, son père, puis son mari décédèrent ; elle devint colossale. Les années passant, sa susceptibilité tatillonne se manifesta aux yeux de tous. Le moindre mot mal placé pouvait susciter des raisonnements sans fin et déclencher ses foudres. Les commerçants de son quartier avaient fini par connaître sa tournure d'esprit. Pour ne donner qu'un exemple, elle exigea un jour qu'on emballât ses verres avec du papier de soie fuchsia – sa couleur préférée – et que l'on séparât les tasses à café des soucoupes dans des cartons différents sans oublier de préciser « qu'est-ce qui était où » au commerçant qui, pour faire preuve de sa bonne volonté, ajouta avec un grand sourire : « Ce sera tout ? » « Que voulez-vous dire ? rétorqua la baronne. Vous pensez peut-être avoir quelque chose de mieux à faire ? Petit impertinent ! » et elle sortit sans demander son reste.

Flavia et Emmanuela savaient depuis toujours qu'il fallait manier la baronne avec beaucoup plus d'égards que le commun des mortels. Ce qui ne fut pas sans poser quelques problèmes dans le couple de galeristes, notamment lorsque Emmanuela tentait de faire comprendre à Flavia qu'elle avait des façons un peu trop directes avec la baronne et qu'en inversant chacun des compliments qu'elle lui adressait, on pouvait déduire précisément ce que pensait Flavia de la grosse Richemont. Ce que ne manquait effectivement pas de relever la baronne qui transformait tout compliment en une critique, et le reprochait vertement à celui qui, sans succès, tentait de faire plaisir. Il fallait trouver une voie médiane pour parler de ses vêtements à Mme de Richemont qui, sans être absolument sublimes, mettaient habilement en valeur sa silhouette, non pas imposante, mais de bonne vivante – car la vérité pour la baronne (et comment le nier ?) ne pouvait revêtir une autre forme que métissée. Cette finesse d'esprit qu'elle poussait jusqu'à son paroxysme, au point de se faire souffrir elle-même, quoique ce fût sans doute par goût de la blessure, cette passion pour les belles choses et les beaux vêtements qu'elle se faisait tailler sur mesure dans les meilleures maisons, s'associaient chez la baronne, aussi surprenant que cela pût paraître, à une vulgarité hors du commun. Il n'était, par exemple, pas rare de la voir au milieu de la rue, les bras chargés d'emplettes, sortir d'un petit sac en plastique une brochette de poulet dégoulinante de graisse, qu'elle mangeait à mains nues avec une indécence qui n'avait d'égale que sa goinfrerie. Ainsi, ceux qui dans les salons la voyaient discourir avec le plus grand aplomb sur les artistes et la nécessité qui leur était faite de critiquer, de contester et de remettre en cause l'ordre établi, ne pouvaient faire autrement que sourire intérieurement.

Adrien reboutonna sa chemise et resserra sa cravate. Rebecca Strass ferait son entrée. En grand deuil, elle bravera l'interdit pour se changer les idées. Aimanté par sa présence, Saint-Flour, en bon commissaire-priseur, lui tombera dessus, plus obséquieux que jamais. Seule héritière avec son frère, elle se retrouvait à la tête d'une formidable collection d'art dont elle ne saurait que faire. Saint-Flour lui dira de belles paroles. Rebecca évoquerait la mémoire de son cher père pour mieux se défaire de l'importun et rejoindre l'un ou l'autre de ses amants.

Le manège repartit pour un tour. Adrien eut honte en voyant passer l'homme nu, à quatre pattes, affublé d'un masque de cochon sur le visage. Que penserait Dolorès de tout ceci ? Sur le dos du jeune homme se tient une jolie fille, habillée en tenue de soirée très chic. Elle donne un coup de fouet sur les fesses ensanglantées de sa monture grotesque. Le pauvre amant, comme une bête, est en érection. La fille rit, elle s'amuse de lui. Quelques instants avant l'ouverture des portes, Adrien constata sa nudité sous un nouveau jour. Ce jeune homme lui ressemblait. Il eut envie d'annuler le vernissage. Une panne serait facile à prétexter – reporter la petite sauterie la semaine prochaine et remplacer le cochon par une fusée spatiale ou n'importe quoi d'autre. Mais prêter le flanc à la blessure et à la souffrance était la marque de fabrique des grands chevaliers. Victoire Albanel monterait sur cet attelage. On la prendrait en photo, on trinquerait à sa santé. Ce serait le clou de sa soirée – enfoncé dans la main droite d'Adrien.

Flavia reprit pour la centième fois le plan de bataille. Adrien contemplait maintenant le petit avion monter et descendre. Cigare entre les doigts, cheveux tirés en arrière, costume près du corps, chemise blanche, cravate noire, le pilote avait des boutons de manchette en or, sur lesquelles les initiales G. G. étaient dessinées en petits brillants. Une liasse de billets dépassait de la poche de son veston. Son visage, comme celui de certains automates, était articulé et changeait d'expression régulièrement. Sa bouche s'ouvrait en même temps que ses yeux se plissaient. Il était impossible de savoir si le conducteur riait à gorge déployée ou faisait une grimace. William, amusé par cette représentation de Gabriel Garousse, féliciterait Adrien.

On dirait du mal du marchand, et puis William irait trinquer avec Monnier. Lorsqu'il rouvrit les yeux, Adrien vit le petit train et le grand squelette en plâtre qui conduisait. Le spectacle de ses figures devenait insupportable. Les défauts s'enfilaient comme les perles à un collier. Quel abominable gâchis ! Petits sourires, clins d'œil, Adrien pressentait la condescendance de son public, parti à la recherche de ses failles psychologiques. Personne ne serait dupe.

La haine que Flavia vouait à Gabriel Garousse était inépuisable, dense, multiforme, aussi vaste et tourmentée qu'un océan amer, dans lequel elle se baignait quotidiennement, comme d'autres font leur balade après le dîner, pour garder la ligne et se sentir en bonne santé. Dès qu'elle le pouvait, c'est-à-dire à tout bout de champ, elle déversait des monceaux d'insanités, employant les mots les plus obscènes pour le rabaisser à un niveau inférieur à l'humanité, elle le vouait à toutes les gémonies, elle en faisait un animal immonde, un « balai à chiotte », c'était un demi-insecte mort, un misérable papier gras. Son sens esthétique si particulier trouvait là un terrain de jeu à la mesure de son imaginaire et lorsqu'on lui demandait à quoi tenait cette haine, Flavia trouvait toujours un nouveau grief, une nouvelle abomination dont elle pouvait le couvrir. Il aurait insulté tel ami, manqué de respect à tel autre, il se serait comporté comme un goujat avec Unetelle, sans que l'on sût à quoi attribuer cette inimitié sinon à une forme exacerbée de concurrence. Mais il en va le plus souvent de la haine comme du malheur. Car si l'on pouvait parvenir à faire la genèse des inimitiés entre certaines personnes, on se rendrait certainement compte qu'en deçà des reproches plus ou moins valables qu'avancent les protagonistes pour se justifier, se loge un tout petit fait, malheureux, insignifiant, parfois même involontaire, mais presque toujours irrationnel, qui a touché le point sensible et sur lequel se dépose tout le reste, comme pour lui donner une raison d'être, une justification, un peu plus consistante – tout comme le malheur d'un homme, souvent, loin de s'expliquer par un événement horrifiant comme on se l'imagine, relève d'une accumulation de petites contrariétés qui, une à une, prêteraient à rire, mais qui, mises bout à bout, rendent la vie impossible. Emmanuela, sans jamais rien faire remarquer à son amour, était excédée par cet éternel relent de bile de Flavia, qui s'approfondissait jour après jour sans trouver de forme. Elle avait fini par développer un talent particulier pour ne plus entendre ce que Flavia disait, en hochant la tête, en baissant les yeux. De toutes les façons, Flavia n'avait besoin que d'une présence physique pour extérioriser sa rage – qu'on l'écoute ou non ne faisait aucune différence. Parfois, elle ne parlait pas de

Garousse, elle ne paraissait pas même y penser, au moment pourtant où tout semblait se rapporter à lui (à l'occasion de la remise d'une décoration quelconque ou d'une exposition). Flavia ne voulait pas même utiliser son nom, comme si prononcer ces quelques syllabes suffisait à se salir la bouche. Mais mille petites choses l'agaçaient, elle s'énervait de tout, de la position des couverts sur la table, d'une assiette mal lavée, d'un léger oubli. Emmanuela reconnaissait sous l'éclatement multiforme des sujets d'agacement le noir Minotaure tapi au fond de la conscience de sa compagne, qui ne voulait plus voir le monstre dans les yeux.

Un escalier en double hélice allait du premier au second niveau du Carrousel. Lors de l'installation de sa sculpture, Adrien avait dû monter et descendre des dizaines de fois par jour. La tête lui avait tourné. Ce colimaçon le faisait maintenant vomir. Pendant des années, Adrien avait réussi à cacher qu'il s'appelait Garousse. Estève lui semblait plus chaste. C'était son secret, la preuve de la sincérité de sa vocation. Les « enfants de la balle » sont toujours taxés des maux les plus honteux. Pourtant, lorsque Adrien avait annoncé à Gabriel Garousse qu'il voulait faire l'École supérieure des arts contemporains, celui-ci l'avait regardé avec mépris. Adrien décida de couper les ponts pour se recentrer sur l'œuvre qu'il avait à enfanter. Segal, sans doute, avait-il fini par vendre la mèche à ses deux galeristes. Peut-être en avait-il parlé immédiatement. Elles s'étaient toujours comportées avec lui comme de bonnes mères. Adrien grimpa l'escalier du Carrousel une dernière fois, pour s'assurer que tout était en ordre.

Une grande horloge tournait avec le reste de l'installation. Elle indiquait le nombre de tours opérés par la machine. C'était une grosse machine aux mécanismes apparents, avec un cadran lunaire sous les aiguilles en acier. Adrien l'avait dégotée dans le grenier de sa grand-mère, et l'avait adaptée à son manège. La baronne, elle aussi, finirait par arriver. On lui dirait ce qu'il avait été décidé de lui dire. Elle mangerait ces pâtisseries qu'on lui destinait. Pour aiguiser son appétit, Flavia lui soufflerait l'histoire du ministère, le rôle d'émissaire joué par Segal pour acheter l'œuvre d'Estève. Un gros chien ne se décide à attraper la proie qu'à condition qu'un petit roquet menace de la lui voler. Ce vieux stratagème de commerçant marchait à tous les coups. Mais la baronne n'entendrait rien – Adrien le voyait d'ici. Trop lourde, trop grasse. Sa passion pour l'art n'était que surface. Ces tractations le dégoûtaient. Le pendule de l'horloge faisait un vacarme implacable. Il était presque sept heures – on avait fait vingt et un tours.

Une employée de l'Aquarium s'arrêta devant le petit tank qui roulait avec le manège. Vêtue d'une livrée rouge et noir, elle souriait très légèrement. De jolies jambes – elle avait du chien. Sur le canon de l'appareil militaire, un homme à califourchon, l'air triste, les bras ballants. Torse nu, il portait une jupe et une perruque, du rouge à lèvres, des faux cils, des faux seins. La fille ricana en apercevant le pauvre militaire. Le désastre serait total. Ils riraient, ils riraient tous comme elle. Ses images venaient pourtant de loin. Adrien aurait voulu se plaindre auprès du majordome. Mais comment stopper l'hémorragie ?

Segal ajouterait son grain de sel. Il sourirait en contemplant la baronne engouffrer ses douceurs. Il n'était pas sûre qu'il y en ait assez pour une femme si passionnée. Segal savait les mots pour faire plaisir. Doucement, il ferait tout pour irriter la grosse sangsue. « Pratiquait-elle, elle-même, l'art de la pâtisserie ? » La baronne ne répondrait rien. Puis, comme prise par une inspiration subite : « Non, je trouve cela trop difficile de bien les présenter. » Éclat de rire de William Segal. « Ça ne m'étonne pas. Vous êtes tellement perfectionniste ! » Adrien voyait d'ici la rage de la grosse cocotte et les deux galeristes tenter de la retenir. De toute façon, Adrien n'avait aucune envie de voir son manège chez cette femme. Il n'y a rien de pire que les clients – surtout celle-ci.

L'heure avançait. Chaque sujet tournait autour de sa place, infiniment – comme les gens, jamais tout à fait eux-mêmes. Emmanuela et Flavia portèrent une coupe de champagne à Adrien. Il fallait trinquer. Les deux femmes, assorties, échangèrent un langoureux baiser. Adrien se sentit un peu plus seul. Dans quelques minutes tout au plus, la salle serait pleine de pique-assiette. Adrien but sa coupe d'un trait en regardant le ciel étoilé de son chapiteau, puis cet homme au deuxième niveau, pelle à la main, presque enfoui sur le tas de sable qu'il remuait pour creuser un trou. Son trou. Le visage ruisselant de sueur, les mains rougies par l'effort, on distinguait le sommet de son crâne dégarni. Adrien s'effondra sur la chaise.

Le téléphone venait de sonner. C'était Segal. Un empêchement de dernière minute, il était dans l'incapacité matérielle d'assister au vernissage – et le regrettait très sincèrement.

Iouri Vassilieff et Romain Beaulieu furent les premiers à pénétrer dans l'Aquarium.

Marcus Stein

Chèque, Banque Rudy & Rudy, vente Taupière

La mort de Marc Taupière choqua tous ceux qui le connurent. Plusieurs immeubles, quelques usines, une société de finance, une entreprise de télécommunications, des parts dans deux dizaines d'entreprises cotées, trois yachts, une île privée, un théâtre, ainsi qu'une exceptionnelle collection de peinture classique et d'art contemporain : du jour au lendemain, les deux enfants se trouvèrent à la tête d'une fortune considérable. Rebecca Strass voulut garder la maison familiale, Germain Taupière la villa au bord de la mer – les autres propriétés furent vendues pour s'acquitter des droits de succession. Pourtant, les quelques mois qui suivirent les obsèques fastueuses organisées dans la Grande Cathédrale virent la situation financière de la famille s'assombrir singulièrement. De son vivant, Marc Taupière avait investi des sommes considérables dans une société spécialisée dans l'achat et la valorisation de terres arables dans les pays sous-développés. On installait des infrastructures modernes, on inondait la terre de semences à haut rendement, puis on synthétisait de l'eau ; les récoltes de riz, de blé ou de maïs sortaient de terre comme par miracle. Les pays manquant de matières premières s'arrachaient les centaines de milliers de tonnes de céréales produites par an. Hélas la chute brutale des cours, l'appauvrissement progressif des sols et l'instabilité politique des pays producteurs eurent raison de ce projet utopiste et firent perdre plusieurs centaines de millions à la famille. Ce regrettable contretemps occasionna une forme de gêne qui aurait pu rester indolore si par un malheureux concours de circonstances une autre crise ne s'était cumulée à la première. Marc Taupière, par philanthropie, avait investi une partie de ses fonds personnels pour la promotion et le développement d'un petit État pétrolier au nom imprononçable. Le pays offrait de solides garanties ; on construisit des stades, de gigantesques immeubles, des golfs pris sur le désert, des circuits automobiles, des hôtels paradisiaques, des centres d'affaires, de prestigieux musées ainsi que plusieurs centres de recherches sophistiqués. Le petit État se retrouva en cessation de paiements. On était à deux doigts de la faillite – et les pertes pour les Taupière étaient loin d'être négligeables. Enfin, deux enfants naturels, jamais reconnus par M. Taupière, réclamaient leur part d'héritage. Accablés par le chagrin, Rebecca et Germain estimèrent que la collection d'art de leur père pourrait être utilement mise à profit dans ces conditions. Et d'ailleurs, si Taupière avait tout fait pour qu'une fondation d'art contemporain portant son nom lui survécût, les enfants pensaient que le marché serait une bien meilleure façon d'assurer la postérité de leur géniteur pour les siècles et les siècles à venir. D'éminents experts furent donc sollicités. L'étude Saint-Flour présentait le projet le plus convaincant.

En six mois, tout était sur pied. M. de Saint-Flour souhaitait un lieu à la hauteur de cette collection : il loua la partie vacante de l'ancien palais ducal, dont le reste est occupé par un Musée national d'art. Les volumes permettaient d'exposer les plus grandes sculptures ; les ors princiers, les fresques murales et les marqueteries de marbre constituaient un écrin de choix pour ces chefs-d'œuvre. Saint-Flour édita un épais catalogue et supervisa une communication digne des événements culturels de la plus haute importance. La presse du monde entier relaya l'information. Des envoyés spéciaux furent diligentés des quatre coins du monde. On attendait la « vente du siècle ». La collection Taupière, constituée d'une centaine de tableaux de maîtres et de cinq cents lots d'art contemporain, attisait toutes les convoitises. Le total des estimations, inégalé jusqu'alors, faisait tourner les têtes. Fait exceptionnel, l'exposition des œuvres fut ouverte au public pendant dix jours. Le palais ducal ne désemplissait pas : des badauds voulaient voir l'une des plus belles collections d'art contemporain au monde, les amateurs contemplaient la peinture classique et les potentiels acheteurs s'affairaient entourés d'une nuée de conseillers. La queue à l'entrée faisait le tour du palais aux heures chaudes de la journée.

La collection Taupière ne comptait qu'une seule œuvre de Marcus Stein. Achetée à l'artiste par l'intermédiaire de Saint-Flour, cette rareté attisait les convoitises. Le commissaire-priseur, qui connaissait l'artiste pour siéger avec lui au sein du Jury de la Cram, était le seul à avoir eu la chance de présenter certaines de ses œuvres en salle des ventes. Par la force des choses, Saint-Flour avait fini par être considéré comme le spécialiste de son œuvre. Le lundi précédant la vente, Saint-Flour fit état à la famille Taupière du désir de Marcus Stein de voir son œuvre retirée de la vente. Il jugeait cette pièce peu convaincante et souhaitait qu'on l'oubliât. Après discussion, il s'avéra impossible de négocier un rachat à l'amiable de l'œuvre, dont la valeur avait décuplé en quelques années.

Artiste secret, Marcus Stein avait fait du jeu sur la signature, l'anonymat et le mystère, une de ses marques de fabrique. Sans jamais se montrer, il imposa sa renommée dans l'ombre, tirant les ficelles grâce aux deux fidèles intermédiaires qui le représentaient – son frère Anthony Stein, ainsi que Pierre de Saint-Flour. Marcus Stein avait réussi à se préserver des photographes ; il vivait dans un lieu secret et seuls quelques élus avaient eu le privilège de rencontrer le maître. Cette rareté alimentait toutes les ardeurs. On le traquait comme une bête, les photographes en embuscade devant la galerie attendaient leur gibier. L'absence faisait de lui l'icône iconoclaste d'une société qu'il ne cessait de pourfendre.

Comment se vendre – comment vendre ce que l'on fait, le fruit de sa main, de son corps et de son esprit –, l'œuvre de Stein interroge de l'intérieur la construction d'une cote artistique et soumet perpétuellement son nom et sa renommée à diverses formes de remises en question. De son propre chef, il fit circuler des faux sur le marché, qu'il reconnut plus tard comme d'authentiques copies et signa certaines de ses œuvres sous d'autres noms, alors même qu'elles portaient sa marque – on les intégra progressivement au catalogue raisonné, comme autant de constructions apocryphes. Chez lui, l'idée de marché, de cote, de signature, d'authenticité, d'achat et de vente perd toute signification et c'est sur cette dérégulation généralisée que se fonda son succès commercial. Il ordonna plusieurs fois l'enregistrement vidéo des enchères auxquelles le passage d'une de ses œuvres en salle des ventes donnait lieu. Il les présenta à la galerie Courtois pour exposer au public la lutte des volontés foncières qui tentent l'appropriation d'un fétiche du capital – signé simplement de la main de l'artiste. Ces vidéos, proposées à la vente, approfondissaient encore le questionnement.

Bien des légendes circulaient à propos de Marcus Stein. Certaines l'imaginaient monstrueusement laid, d'autres le pensaient atteint d'une maladie rare. Selon les circonstances, il était misanthrope, avare, méchant, timide, agoraphobe, muet, sourd ou extravagant. Cette mythologie contradictoire, sans doute alimentée par l'intéressé, faisait partie intégrante de l'œuvre de l'artiste. Elle enfla d'ailleurs tellement dans les cercles culturels que certains critiques mal intentionnés affirmèrent, preuves à l'appui, que Marcus Stein n'existait pas. Anthony Stein, son frère aîné, écrivit une biographie romancée de l'artiste, pour faire taire les mauvais esprits. Ce livre, passionnant à plus d'un titre, décrit avec plus d'humour que de délicatesse le quotidien d'un grand homme : il débusque les motifs génétiques de ses productions et détaille les aléas croustillants de sa vie sentimentale. Il évoque les dépressions, les tentatives de suicide et les périodes d'euphorie, sans jamais tomber dans le voyeurisme. L'admiratrice instable, qui sauta armée sur Marcus Stein, occupe une bonne partie du livre. La sortie tapageuse de cette biographie, le chiffre impressionnant des ventes et la qualité intrinsèque du récit, augmentèrent un peu plus encore la renommée de l'artiste. La cote de popularité de Marcus Stein avait progressé et, au bout d'une dizaine d'années seulement, le plasticien était présenté comme une valeur refuge sur le marché. On s'attendait donc à ce que son œuvre battît des records à la vente Taupière.

La grande salle du palais ducal était presque pleine lorsque Saint-Flour vit entrer Gabriel Garousse. Parfaitement habillé, le crâne poli, il ne passa pas inaperçu auprès de l'assistance. Cet homme d'une soixantaine d'années avait la réputation d'être « le plus grand marchand d'art au monde ». Ses dix galeries, ses hangars pleins de peintures, sa clientèle internationale, ses réseaux tentaculaires, il suffisait parfois que cet homme levât la main dans une salle des ventes pour que la cote de celui qu'il voulait acheter s'envolât avec. Il faisait les modes, ruinait les réputations. Sa présence – aussi nécessaire au bon déroulement de la vente que celle des esprits tutélaires à l'entrée d'une villa – confortait Saint-Flour dans l'idée que l'événement commençait sous de bons augures. On avait justement réservé une place au second rang pour ce génie subtil qui s'installa sur sa chaise, en toute simplicité, et ouvrit son journal avec beaucoup de naturel. Stratégiquement placé dans le coin au fond à gauche, Anthony Stein ne le quittait pas des yeux. Ses boutons de manchette, sa façon de tourner les pages de son journal, les mouvements infinitésimaux de ses sourcils, chaque signe pouvait permettre d'établir quelle serait la stratégie du galeriste pendant la vente, quelles étaient ses ambitions ou tout simplement ce qu'il était venu acheter. Stein se frottait les mains énergiquement. Les panaches sur les coiffes des amatrices d'art zébraient son champ de vue. À sa droite, quelques professionnels, rompus à ce genre d'événement, discutaient de leur soirée, adossés à une cimaise ; ils répondaient à leur téléphone ou bâillaient ouvertement – tandis que de discrets voisins chuchotaient la main devant la bouche en baissant les yeux. Ici ou là, les gents spécifiques qui faisaient vivre le marché de l'art au quotidien, se regroupaient par grappes ethniques ou par centres d'intérêt – les langues étrangères se superposaient sans se mêler. Une frontière infranchissable séparait les marchands d'art ancien des galeristes *contemporains*, qui semblaient vivre à des siècles différents. Certaines personnes, qui se connaissaient pour s'être croisées dix fois par jour pendant trente ans, et qui le plus souvent enchérissaient sur les mêmes toiles, s'ignoraient naturellement – parce que, officiellement, elles ne s'étaient jamais vues. Derrière, dans le couloir qui menait à la grand-salle, de petits conciliabules obscurs et chipoteurs se disputaient la primauté d'un intérêt, une commission ou une faveur. Les informateurs, venus consigner les résultats sur les pages du catalogue sans jamais lever la main, affûtaient leurs stylos sur une chaise d'encoignure. Des dames en mal de sensations occupaient les premiers rangs, fraîchement décolorées, gentiment poudrées. Les Taupière, frère et sœur, installés au centre de toutes les attentions, portaient des lunettes noires et masquaient tant bien que mal leur douloureuse affliction. Du coin de l'œil, ils fixaient les profils vilains des bâtards de leur père, accompagnés de leurs avocats véreux. John Wilkinson, assis à côté de Rebecca, avait mauvaise mine – il agitait sa jambe sans s'interrompre.

Saint-Flour monta finalement sur l'estrade. Pour une fois, son toupet était bien collé. Il portait un tweed clair et, tiré par deux fils invisibles subitement tendus, son charmant sourire rayonnait dans toute la salle. Pour se donner contenance, il mélangeait ses fiches d'un air grave, en plia certaines, prit quelques notes hâtives, et rangea le tout dans son carnet. Il souffla un mot à son assistante en mettant la main contre son microphone. À sa gauche, comme les anges dans les nuages autour du trône du Saint-Père, les comptables, les greffiers, les greffières et toutes ces petites mains de la confiance, attendaient les yeux rivés sur le maître. En contrebas de l'estrade, rangés comme les saints martyrs de l'Ancien Testament, les mains jointes et les bras croisés, une vingtaine d'assistants se tenaient face à leur téléphone, prêts à dérouler leur langue, pourvu que l'on voulût leur communiquer une enchère, et quatre ou cinq experts qui attendaient devant leur micro en chassant les restes de salade d'entre leurs dents. Il y avait de jeunes ambitieux, aux vêtements brillants et mal coupés, de vieux blasés, couperosés et avinés par le repas de midi offert par un futur acheteur, ces êtres frêles au teint hâve et presque invisibles que n'importe quel milieu ne manque jamais de sécréter et le décolleté marquant de la nouvelle stagiaire. Pompeux, pressés, saisissants, à l'étude Saint-Flour, on avait glosé toute la matinée sur les auréoles de la nouvelle. Les tailleurs chastes des secrétaires réglementaires s'agitaient en gloussant autour du commissaire qui cherchait son marteau au fond de son sac. La plus fidèle du sérail trouvait la nouvelle trop vulgaire. Le clerc de l'étude, d'un air si fat et agaçant, répondait à une question de dernière minute de sa voix perchée en visant loin au-dessus de la tête de l'importun venu l'interroger – ce n'était *vraiment* pas le moment, « on allait commencer d'une minute à l'autre ». Un homme à la crinière bien lissée ouvrit la séance avec le cérémonial d'un bonimenteur. « Mesdames et Messieurs, la vente se déroulera aux conditions habituelles, vingt-trois pour cent hors taxes, soit vingt-huit pour cent TTC. Les achats sont réglables par chèque, espèce ou carte bancaire. »

Saint-Flour se releva. Il voulait dire l'importance de ce jour dans l'histoire de l'art et fit valoir les qualités de son étude. Le marteau souhaitait une bonne vente à son audience et fit une sorte de geste, qui dans d'autres circonstances aurait pu passer pour une bénédiction ou un sacrement.

Deux commis aux gants blancs présentèrent alors le premier lot sur un chevalet. Visiblement énervés par une polémique quelconque sur un résultat sportif, ils avaient le visage carré et les yeux enfoncés des mauvais garçons. Leurs mouvements étaient si mal coordonnés qu'ils durent s'y reprendre à trois fois pour mettre le tableau d'aplomb sur le présentoir. L'expert en peinture ancienne, toujours lesté par l'île flottante de son dessert, rêvant aux voyages futurs sous les tropiques, précisa brièvement le pedigree de l'œuvre qu'on allait vendre en raclant sa gorge pour l'éclaircir. Chaque tableau dont il avait établi la fiche lui rapportait cinq pour cent du prix de vente.

La centaine de toiles de maîtres que comptait la collection Taupière fut dispersée en deux heures trente-cinq. Maurice Legrand, Jean Summer, Pierre Grassou, Elstir, François-Elie Corentin, Camille Velin-Ravelle, Lucien, Klingsor, Pellerin, etc., tout fut honnêtement vendu, excepté quelques œuvres dont l'authenticité était douteuse – notamment un Wyatt Gwyon, à propos duquel plusieurs experts avaient émis des réserves. Personne n'eut le courage de prendre un risque. Rebecca Strass se fit une raison. Les invendus iraient directement au Musée national d'art – ça ferait toujours plaisir.

Saint-Flour tenait le marteau avec un art consommé de l'emphase théâtrale. Il alternait les bons mots et les encouragements pour meubler les temps morts et faisait monter les enchères avec une oscillation de sa baguette, régulière comme un métronome, en laissant traîner la dernière syllabe des chiffres qu'il prononçait pour créer une forme de mélodie entêtante qui pouvait ne jamais prendre fin. Les enchérisseurs, hypnotisés par cette musique, levaient la main sans s'en apercevoir, hochaient la tête ou faisaient un clin d'œil pour entendre encore la voix du maître réagir. Le coup de marteau sonnait comme un retour à la réalité et certaines personnes, sorties d'un rêve en secouant la tête, se réveillaient avec quelques sueurs froides. Un superbe portrait de magistrat par Titorelli atteignit des sommets inégalés ; l'acheteur, dont les yeux pétillaient encore de la rage de vaincre, tremblant de joie, voulut partir aussitôt avec son nouveau jouet sous le bras – on le pria poliment de patienter un peu. Les trois millions du Naz de Coriolis furent salués par de respectueux applaudissements – le tableau avait quadruplé son estimation la plus haute, sous l'impulsion de Sainte-Croix qui entreprenait la décoration de l'hôtel particulier qu'il venait d'acquérir. Au total, la vente des tableaux de maîtres surpassa de trente pour cent la fourchette haute des espérances de la famille. L'expert pouvait rejoindre tranquillement son digestif.

La fin de la première partie de la vacation fut marquée par un entracte, qui permit aux comédiens de changer de décor et au public de reprendre ses esprits. Sur le tableau luminescent, qui relayait les enchères pour les moins attentifs, subsistaient l'image et le prix réalisé par le dernier tableau. Sept cent cinquante mille pour un grand Joachim-Raphaël Boronali – Wilkinson se figurait comment cette somme aurait pu changer sa vie. Rebecca, qui reprenait pour la troisième fois son sous-total, voulait s'assurer de la bonne tenue de la vente. Garousse, distrait par le profil d'une belle acheteuse, lissait la manche de sa veste. Saint-Flour était perdu dans ses papiers. Il avait griffonné partout des notes sibyllines que lui-même n'arrivait pas à mettre au propre.

La seconde partie de la vente commença par l'exceptionnel *Poussières d'artistes* de Knud Oddson. Pour d'évidentes difficultés d'ordre logistique, l'œuvre n'avait pas pu être exposée dans le palais et seule une grande photographie permit aux potentiels acheteurs de se faire une idée de cette œuvre qui avait fait date. Traoré, l'ancien ami de Knud, venu pour l'occasion, leva la main pour ouvrir l'enchère. Soixante, quatre-vingt-dix, cent, cent cinquante, il garda le bras en l'air jusqu'à deux cent mille – limite infranchissable qu'il s'était fixée. À mesure que les deux ou trois collectionneurs enchérissaient contre les téléphones, le visage de Traoré se couvrait de sueur. Hugo Bourg se révélait être un sérieux adversaire. Cet industriel avait fait fortune grâce à une entreprise de recyclage de déchets industriels. Son coup de maître avait été de financer la construction de plusieurs stades de sport en stockant, entre les couches de sédiments, des déchets radioactifs. Grand collectionneur de sujets mythologiques, Hugo Bourg était tombé en arrêt devant *Poussières d'artistes* qu'il voulait exposer à l'entrée du siège social de sa multinationale. À deux cent quatre-vingt mille, le chant hypnotique de Saint-Flour marqua une pause, en faisant retomber la dernière syllabe de son chiffre comme une plume sur de la porcelaine. D'un regard circulaire, il tenta de déceler les mouvements imperceptibles des corps tendus et des yeux rivés vers lui. Le moindre mouvement d'air pouvait être le prélude à une enchère.

– Deux cent quatre-vingt mille ! beugla la crinière lissée de l'étude qui faisait le va-et-vient entre la salle et l'estrade pour relever le nom des acheteurs et emprunter les cartes de paiement, qu'on appelait non sans raison « le crieur », et qui espérait sans doute que le choc produit par sa voix réveillerait un intérêt endormi dans l'assistance.

– Mais enfin, voyons, deux cent quatre-vingt mille, reprit le commissaire-priseur, une main tendue vers le crieur, c'est pour rien ! Un des Oddson les plus aboutis que je connaisse… Vous allez faire un heureux ce soir ! Monsieur, en rouge, une enchère et je crois que vous décrochez les étoiles du firmament…

La poésie de Saint-Flour laissa Traoré de marbre.

– Madame… vraiment… c'est sans regrets… ? poursuivait le commissaire-priseur en fixant Rebecca Strass pour gagner du temps, dans l'hypothèse d'un sursaut quelconque parmi les acheteurs.

– Attention ! Je vais adjuger…

Comme un chef d'orchestre à son pupitre, il fit tourner son marteau dans les airs, puis d'un coup sec rompit le silence de la salle des ventes. Hugo Bourg obtenait le Oddson pour une somme inférieure à ses attentes. Quelques mois auparavant, une exposition de jeunes artistes au musée Grigny avait présenté la sculpture d'une inconnue, qui avait récolté la poussière dans les locaux du musée et constitué un bon gros géant en agglomérant ces matières volatiles. Cette œuvre avait suffi à jeter une sorte de discrédit sur l'originalité réelle de la création de Oddson. Traoré n'était pas mécontent que le sujet de sa honte terminât vraiment à la poubelle. Il se leva et quitta la salle sans faire de bruit. Rebecca nota deux cent quatre-vingt mille au bas de sa liste de vendeur. Bon débarras.

Perdu au milieu de la foule, Jean Lamarque attendait en rêvassant depuis plus de deux heures le passage des costumes de Sandra Dupuis. Non qu'il désirât acquérir ce qu'il ne connaissait que trop bien, il souhaitait simplement savoir combien valaient les œuvres de sa compagne. On devait passer quelques robes et une dizaine de paires de chaussures. Or dès qu'on présenta la première pièce de Sandra Dupuis, Saint-Flour comprit que personne n'avait fait le déplacement pour venir l'acheter. À l'exposition, pas un client n'était venu les réclamer pour les apprécier de près.

– Vingt mille ! Vingt-cinq mille ! Trente-cinq mille ! Quarante mille !

Le duo bien rodé du maître et de son « crieur » faisait une mélodie harmonieuse, rapide et sans accroc, en modulant d'une tierce inférieure l'intonation de la seconde syllabe de chaque chiffre, pour donner vie et force à cette enchère qui ne reposait que sur du vide. Pas une main ne s'était levée, pas un téléphone n'avait sonné, mais pour meubler le silence, nourrir l'illusion qu'il se passait quelque chose, les têtes mobiles du commissaire et de son commis tournaient et retournaient en fixant de droite et de gauche des points imaginaires. Plus on allait vite pour faire grimper le prix, plus on faisait croire à la vivacité de l'intérêt.

– Quatre-vingt mille !

Le marteau claqua, Saint-Flour souffla un mot à l'oreille de son assistante et la robe fut remisée sans ménagement. Rebecca comprit qu'elle devrait repartir avec ces fripes. Lamarque illusionné par la geste parfaite du commissaire, imaginait le plaisir qu'il ferait à Sandra en lui annonçant que ses vêtements s'étaient très bien vendus.

Quelques numéros plus tard, les gants immaculés des manutentionnaires portaient l'arme nucléaire de John Wilkinson. Le coffre blindé ne faisait plus peur à personne. Récemment, on avait appris que toutes les œuvres, que l'artiste prétendait virales ou explosives, n'étaient que des leurres inoffensifs. Intéressé par cette pièce superbe, Hugo

Bourg était resté. Gabriel Garousse, galeriste de Wilkinson jusqu'à la tragique rupture du contrat qui les liait, attendait avec impatience l'enchère des Wilkinson qu'il avait vendus d'une main de maître à feu M. Taupière. Au total, quinze œuvres de Wilkinson étaient représentées lors de la vacation. Garousse comptait faire monter les enchères, sinon pour acheter les lots, du moins pour soutenir la cote de l'artiste dont il possédait un stock. Tout laissait croire que les enchères s'envoleraient. Mais un événement des plus inattendus enraya la douce musique de Saint-Flour, alors qu'il modulait les premiers chiffres. Écumant de rage, Wilkinson se leva pour crier à travers toute la salle. Il éclatait comme une bombe. Les cheveux blonds du premier rang tenaient enfin l'histoire à raconter. Garousse était une ordure, une saleté de mauvais payeur. Son galeriste avait vendu ses œuvres à Taupière mais lui, l'artiste, n'avait pas touché une miette. Garousse, dont les trous de trésorerie étaient légendaires, finançait ses grands événements et ses fastueuses réceptions, ses achats d'œuvres et son train de vie, aux frais de ses artistes. Lorsqu'il ne pouvait éviter les créateurs lésés, il tentait de les mystifier en glissant quelques sous dans leur poche arrière et déclarait à ses clients que la misère était pour un artiste le meilleur des stimulants. Wilkinson menaçait de mort son galeriste. Et la vente était une belle occasion de s'exécuter. Il approcha d'un air menaçant et Garousse promit de faire quelque chose. Deux gros bras se chargèrent du trouble-fête. Mais la salle mit quelque temps à reprendre ses esprits. Robert Falk ne leva pas la main ; Garousse, encore tremblant, ne sentait ni le courage, ni les fonds nécessaires à l'éventuel rachat du Wilkinson. D'un coup de téléphone, il interdit à son prête-nom d'enchérir pour lui. Hugo Bourg acheta l'arme et tout le reste de la collection. Taupière décidément n'avait pas fait une belle affaire en rentrant dans la galerie de Garousse.

Lorsqu'on approcha *Météo* de Lucinda Hernández, Rebecca Strass fit un tour d'horizon pour s'assurer que l'artiste, entre-temps, n'était pas arrivée. Dans cette première œuvre – achetée par M. Taupière alors qu'il venait de faire la connaissance de sa dernière maîtresse, Lucinda Hernández avait compilé dix années de prévisions météorologiques de sa ville natale, en y ajoutant ses appréciations personnelles. Le tout était présenté sur un très large panneau, recouvert d'écritures à peine lisibles. Ce tableau évoquait le temps qui passe, la prévision de l'avenir, l'oubli nécessaire des météores. Il suscita la convoitise de plusieurs enchérisseurs et créa la surprise en triplant son estimation haute. Rebecca esquissa un sourire. *Mauvais temps*, que l'on ne pouvait déplacer, était resté au milieu du parc de la résidence familiale – à charge pour l'acheteur de transporter l'œuvre monumentale. Les estimations étaient extrêmement élevées. Peut-être est-ce pour cela qu'elle ne trouva pas d'acquéreur. Rebecca Strass l'aurait pourtant cédée à n'importe quel prix.

Entre deux numéros, Saint-Flour vit entrer Stanley Rudy, héritier et directeur de la grande banque d'affaires Rudy & Rudy, fondée par son arrière-grand-père. Le commissaire-priseur tenta de reprendre ses esprits en s'humectant les lèvres dans un verre d'eau. La banque Rudy & Rudy gérait non seulement les affaires de l'étude de Saint-Flour, mais hébergeait aussi le compte d'artiste de Marcus Stein, lequel depuis plusieurs mois était quasiment vide. Toujours à sa place, Anthony Stein trembla en voyant s'installer le banquier.

Saint-Flour adjugea une carte routière de Jed Martin (assez bien vendue), une trentaine de dessins de Victor Cracke, une grande toile de Gaylor, une autre de Tom Soler, ainsi que quelques livres d'Isabelle Valentino. Une de ces œuvres, *Métamorphoses* d'Auguste Griffin, reliée dans la peau de l'écrivain selon l'expert, et augmentée d'une double suite d'estampes de Magnus Paoli, aiguisa l'appétit des collectionneurs. Elle fut adjugée à cent vingt mille, ce qui constituait un record pour l'artiste. Mais la Bibliothèque des lettres et des manuscrits nationaux préempta le livre. On passa ensuite aux objets piégés de Traoré. Sa cote était en baisse ; ils se vendirent mal.

Puis ce fut au tour de Marcus Stein. Il s'agissait d'un simple chèque de la Banque d'affaires Rudy & Rudy, daté et signé de la main du maître. Ni ordre, ni montant, le chèque était vierge. L'acquéreur pouvait librement le sortir de son écrin – un riche cadre en bois doré – le compléter à sa guise et le déposer à sa banque, comme le stipulait le catalogue de la vente. Cette œuvre était donc un placement sûr, quel que fût son prix d'achat. Le compte en banque de Marcus Stein chez Rudy & Rudy avait été ouvert spécialement à cet effet. On s'attendait à ce que ce chèque en blanc, objet de spéculation par excellence, battît tous les records.

Mais Saint-Flour, passablement inquiet depuis l'entrée de son banquier, interrompit quelques instants le déroulement de la vente pour faire une brève annonce. Avec une émotion certaine, il apprit au public la nouvelle de la mort de Marcus Stein. Un cri de stupeur retentit dans toute la salle. Marcus Stein était MORT ! On se regarda, on s'affolait. Antony Stein resta de marbre. Le commissaire avait oublié de préciser que Marcus Stein était mort, certes, mais depuis quelques années déjà – Saint-Flour et Anthony Stein s'étant entendus pour ne pas ébruiter la nouvelle et régler une ou deux affaires en attendant. Ils avaient consenti tant d'efforts pour faire monter sa cote, pour démentir les rumeurs de son décès, que les deux hommes voulaient profiter encore de son aura et faire évoluer son travail selon les besoins du marché. Il serait toujours temps d'annoncer sa mort le moment venu. La dispersion de la collection Taupière troublait leurs beaux projets. Car en un sens, cette nouvelle annoncée dans la précipitation annulait la valeur du chèque – et par là même celle de l'œuvre, dont le concept circulaire était grevé par la mort de son auteur. Sans dire que la présence de Stanley Rudy compliquait tout.

Mais la situation s'éclaircit d'elle-même. Robert Falk leva la main en premier, Stanley Rudy en second. Deux ou trois collectionneurs étrangers, par téléphone, firent monter l'enchère. Il y avait en tout plus d'une dizaine de personnes intéressées par le chèque de Marcus Stein. La nouvelle du décès de l'artiste, loin de décourager les acheteurs, excitait les convoitises. Une œuvre appréciée des marchés du vivant de son créateur prend mécaniquement de la valeur au moment de son décès, en mettant un terme définitif à sa production. Dès qu'Anthony Stein levait un bras, dix autres se remuaient à droite et à gauche de l'estrade. Saint-Flour aurait bien tapé le marteau pour protéger l'enchère de son acolyte. Il fut impossible de faire taire toutes ces mains. Le banquier se montra le plus ardent. Stanley Rudy acheta le chèque pour une somme extraordinaire, battant les précédents records de Stein. La salle applaudit cet exploit et Stanley Rudy se leva pour aller échanger son chèque en dur contre un chèque en blanc.

Au total, la vente des œuvres d'art de la collection Taupière rapporta à la famille de quoi couvrir une moitié de la part de l'héritage des enfants naturels. Il fut donc décidé de vendre dans les mois à venir la collection d'armes du père et de céder plusieurs usines. Le chèque de Marcus Stein, jamais déposé au guichet, trône au-dessus du bureau du directeur de la banque Rudy & Rudy, fier de montrer à ses clients qu'il a compté un si prestigieux créateur parmi ses clients fidèles.

Dolorès Klotz

Quelques grammes, bois, pierre, 34 cm et 12 cm
Symposium de la Cram

Tous les trois ans, à peu près à la même période, un grand symposium d'artistes était organisé par la Cram dans une ville nouvelle. Venus du monde entier, jeunes pour la plupart, les participants cristallisaient les espoirs de la scène contemporaine. Les bonnes années, ils pouvaient être dix mille – on n'en comptait jamais moins de sept mille. Pendant la semaine que durait l'événement, cette armée d'artistes dormait chez l'habitant, dans les écoles réquisitionnées, mangeait sous des chapiteaux et se réunissait en ateliers pour créer des œuvres collectives. Du matin au soir, dans les rues étroites de ces bourgades paisibles, les artistes, ébouriffés et mal rasés, vivaient au rythme de leurs tocades – on parlait, on criait, on chantait. Affalés sur les bancs, ils détaillaient le profil de l'autochtone. De grandes festivités s'improvisaient dans les cafés où la jeunesse locale prenait ses rendez-vous – ou dehors, sous les volets fermés des habitants. Au petit matin, les yeux collants, les cheveux mouillés, on se jetait à corps perdu dans le travail.

Subventionnés par le ministère et le mécénat privé, ces événements donnaient lieu à des tractations infinies pour élire la ville qui aurait la chance d'accueillir le symposium. Le dernier en date s'était tenu sur les rives du lac de Borgras, dans un joli village des environs de la capitale, en amont de la Maleine. Un château fort servit de quartier général aux réjouissances et un hospice ancien hébergea une partie des jeunes artistes. Invitée d'honneur, Dolorès Klotz s'éveillait chaque matin face à la splendide chapelle construite par l'architecte de l'hôtel Conti. L'espace accueillait des expositions à vocation culturelle, le reste de l'hospice servait de bureaux et de salle de réception. Au premier étage, la cellule de Dolorès était minuscule – son lit, sa table, sa chaise et son lavabo lui rappelèrent ses années de pénitence à la Cité. L'espace de vie ouvrait sur une grande galerie bordée d'arcades qui faisait le tour de la cour où l'édifice religieux rayonnait dans le soleil matinal. Sur une assiette blanche, on lui apportait un œuf à la coque et quelques rôties beurrées. Adrien lui écrivait une lettre par jour, qu'elle lisait en mâchonnant son pain. Encore en chemise de nuit, sa tasse de thé vide, elle reprenait la réflexion là où elle l'avait laissée.

Une chronologie rigoureuse de la carrière de Dolorès Klotz permettrait d'établir avec certitude que l'idée qui présida à la conception de *Quelques grammes*, pour peu qu'elle ne fût déjà contenue, en germe, dans ses tout premiers travaux (les cendriers pleins, les trognons de pommes, les vases cassés, etc.) et ne plongeât ses racines dans les eaux profondes de sa vie intime, apparut dans son univers conceptuel, et dans les pages de son journal, en même temps que le problème de la redondance, tel qu'Auguste Griffin l'avait formulé dans ses cours magistraux à l'université. Celui qui, quelques années plus tard, devait devenir son compagnon, considérait les mécanismes de répétition, de reproduction et de transcription, comme le moyen véritable de se libérer de l'emprise sur le monde de « l'état de fait » et provoquer l'avènement d'une réalité autre.

Autour du lac Borgras, avec son amie Valérie Hornstedt (invitée tout comme elle au symposium), Dolorès évoqua l'idée qu'elle avait projeté de réaliser avec Auguste. Le professeur fut plus séduit par l'allant et la faconde de sa jeune étudiante que par sa proposition. Dolorès imaginait une suite de pièces de théâtre qui auraient eu pour vocation d'être jouées *in situ* et de mettre en question la nature et l'authenticité des choses vues. Cette idée saugrenue, déclinée sous plusieurs formes, aurait donné à voir, dans une salle de cours, devant une classe composée de spectateurs assis à leur pupitre, une pièce d'une heure trente environ mimant le déroulement d'un exposé magistral, ou supposé tel ; dans une église, une pièce relatant le déroulement d'une messe ; dans une salle de cinéma, devant l'écran blanc, l'intrigue d'un grand spectacle ; derrière une longue table recouverte de banderoles annonçant le programme, une table ronde, un meeting syndical, politique ou un grand raout d'intellectuels ; dans une salle de spectacle, un beau concert ; dans un théâtre, une pièce de théâtre. L'objectif affiché de Dolorès, dans cette absurde réplication du même, était de rendre l'œuvre indiscernable et donc universelle. En parasitant la réalité, la création l'aurait rendue douteuse. Les deux amants ne trouvèrent hélas pas le temps de réaliser la chose.

Mais d'un certain point de vue, on peut considérer que l'exposition au Grand-Hôpital des objets usés par l'histoire était une première éclosion de ce projet abandonné, auquel Dolorès allait donner une formule plus personnelle avec *Quelques grammes*, imaginé dans la cellule de l'hôtel-Dieu. Car entre l'objet lui-même, intact et sans histoire, et la chose usée, trouée par le temps et peuplée de présences, que l'artiste exposait en son nom propre, il n'y avait qu'une différence de poids, tout comme les représentations de « pièces de théâtre » dans un théâtre auraient réduit à presque rien la différence entre la chose même et l'œuvre qui aurait dû la représenter. L'idée d'une infime différence, d'une présence discrète de l'art, l'idée que l'artiste, loin de devoir ajouter à la masse des choses préexistantes un élément supplémentaire, dût retirer, élimer, décharner le monde en lui faisant subir une cure d'austérité, n'abandonna plus Dolorès qui, depuis la reconstitution de la collection Waldemar-Sachsman, n'avait eu de cesse d'intenter des procès contre l'identité du réel.

Après l'exposition à la galerie de Garousse, où l'artiste reconstitua les « portraits-robots » des choses disparues qui avaient marqué sa vie, Dolorès Klotz travailla avec plus d'acharnement encore à l'idée d'un redoublement des choses, qu'elle entendait radicaliser jusqu'à l'unité d'un résultat. Ses efforts ne connurent aucun équivalent dans sa carrière. Pour résumer sa quête, elle se disait qu'elle ne faisait rien sinon tenter de produire un objet qui n'en fut pas un. Mais Dolorès, qui jonglait entre ces questions, ne comprenait plus comment elle en était arrivée là. Et l'éventualité de mettre un terme à son travail la tétanisait. Elle savait pourtant que c'était le retour de la question sur elle-même qui devait lui fournir la clé – ce qui impliquait de grands détours. Dans sa cellule, veillée par le carillon de la chapelle, Dolorès dormait de moins en moins, s'inquiétait de plus en plus, et souffrit mille maux, au point de ne plus arriver à démêler quelle pouvait être la racine de ses tortures. Ses articulations la lançaient et la maigreur de l'artiste, dont on devinait la chétive carnation sous chacun de ses mouvements, était de plus en plus inquiétante. Dolorès avait commencé à se faire maigrir parce qu'elle pensait apaiser ses douleurs articulaires en perdant quelques kilos. Puis cela devint une manière exquise d'exercer sa volonté. Dans ses moments d'exaltation, elle pensait que son corps devait disparaître, que ses membres, sa chair, ses organes allaient se résorber les uns dans les autres pour se laisser englober par sa volonté. Il fallait que son corps devînt tout petit. Plus de jambes, plus de ventre, plus de bras, plus de bas-ventre, plus de cuisses, plus de cou, plus de fesses et surtout pas de seins. Ce n'étaient là que des excroissances inutiles de son *moi*.

Valérie Hornstedt, pourtant habituée au corps menu de son amie, à son appétit d'enfant malade, s'inquiéta de la situation. Dolorès balayait ses mises en garde. Son goût des vêtements, dont elle ne put jamais se défaire, détournait son attention du gouffre dans lequel elle s'enfonçait. Les festons brodés de ses habits charmants épousaient le pourtour de ses poignets délicats, de sa nuque, rehaussée par les éclats lumineux d'un collier magnifique, de sa taille fine qui s'évanouissait, débordée sous les coups répétés des volutes mobiles de la toile précieuse qui dégringolait de son corsage. Son corps, dans un nuage de tissus moirés, ne laissait transparaître de ses volumes que le minimum pour donner vie à ses nobles vêtements. Son visage, lumineux, mobile parfois, tranchait sur le reste de l'ensemble : il était visible.

Sur les bords du lac, la liste des langues parlées était considérable – et le zaoum ou le volapük n'étaient certes pas les plus rares. Les buvettes le long des berges étaient prises d'assaut par les créateurs venus se détendre au soleil. Pierre Duval, ingénieur patenté de ces grands symposiums, accompagné d'une nuée d'interprètes, partait remuer la terre autour de ces jeunes pousses – car chacun sait que les plus belles fleurs paraissent rarement au milieu d'un champ. En fin de journée, les membres du Jury de la Cram, à l'ombre d'un platane, se réunissaient pour échanger leurs impressions et établir la liste préliminaire des futures recrues. Chaque participant était défrayé – les plus méritants avaient droit à un dédommagement supplémentaire, dormaient dans un lit moelleux et exposaient dans les grands espaces. Le tour du lac, aménagé pour l'occasion, était envahi de sculptures monumentales. Un éventail de prix allait couronner les réalisations marquantes. Les galeristes venaient faire leurs courses pour garnir de « nouvelles sensations » les murs de leurs stands dans les salons d'art – Garousse ne pariait plus que sur les artistes venus de pays lointains. Quelques grands noms étaient sollicités pour diriger des « master class », les critiques célèbres montaient sur les estrades et parlaient d'art. Le programme des réjouissances faisait une cinquantaine de pages – il y avait des projections de vidéos, des concerts, des performances. Pour peu que l'on manquât d'inspiration, il y avait de quoi meubler ses temps morts.

Dolorès avait pour habitude de faire le tour du lac dès qu'une difficulté stoppait sa quête. Éprouver les rives et les traverses qui contournaient l'étendue d'eau avait quelque chose d'encourageant – comme si le simple fait d'arriver à revenir sur ses pas était le gage d'une réussite. Lorsque Valérie Hornstedt n'était pas là pour l'accompagner, Dolorès traçait son sillon en broyant la terre qui s'élevait pour retomber sur ses souliers. Il y avait des bosquets, des arbres, des pelouses et des plages, où les corps rougis étiraient leur paresse. L'eau calme, la lumière aveuglante – de lentes traînées lui faisaient penser à une plaine enneigée. Mais la petite île, posée au milieu du lac, attirait ses regards. Un dôme ébouriffé de verdure – inaccessible comme la chapelle dans la cour de l'hospice – servait de refuge aux rongeurs troglodytes et aux oisillons usés par la chaleur. Les lianes dessinaient des piles sauvages et les lignes des arbres des formes de fronton. Une splendeur véritable dont l'éloignement renforçait le prestige.

Généralement, Dolorès bouclait le tour du lac en une heure, une heure et demie – pour recoller les bouts, renouer le fil. Mais de quoi faisait-elle le tour ? Elle tirait derrière elle des montagnes de tristesse – et son tourment semblait ne jamais devoir prendre fin. La main tremblante, elle ramassait des branches et des brindilles, de jolies pierres, des galets polis – parfois des fleurs, serrées en bouquets malingres – comme autant de trophées tragiques. Sa vie, son œuvre, rétrospectivement, elle n'y voyait pas plus clair dans sa propre histoire que dans une pièce obscure. Son existence tâtonnante n'avait été qu'une succession d'habitudes interrompues, de choix esthétiques instables. Pendant des années, elle avait passé des heures à se regarder dans le miroir – elle se fuyait désormais. Pendant des années, elle avait bu un jus de café chaque matin – elle y avait mis un terme. Il en allait de même avec certaines de ses souffrances, sur lesquelles elle s'était appuyée (comme d'autres sur leur canne) pour en changer, quelques jours après, sans même s'en apercevoir. Elle ne fumait plus, elle lisait différemment, elle voyait le monde sous un nouveau jour. Sans doute, comme l'érosion déforme un paysage sans déplacer les couches en profondeur, ces bouleversements esthétiques qui illustraient sa pensée d'une nouvelle manière, n'étaient-ils qu'un déplacement superficiel autour d'une entaille éthique inchangée au milieu de son corps. La difficulté dans ces circonstances consistait, à partir de la succession turbulente des époques, à partir de cette perpétuelle solution de continuité (quoique apparente), à se ressaisir d'elle-même, à se ramasser en un seul point, à se donner une idée nette de sa volonté, ou de l'identité de sa vision et de son parcours, pour terminer son œuvre.

Dolorès tournait autour du lac. Comme un hommage sacrificiel aux dieux, elle effeuillait ses fleurs dont elle dispersait les pétales en entonnant une ritournelle. L'île au milieu ressemblait à une grosse goutte qui projetait son ombre à la surface. Tout bien réfléchi, chaque chose reproduisait et réitérait partout ce qu'elle était – le chemin redoublait la circularité du lac que l'île rappelait encore, autant que la forme des barques, celle des galets, les visages des promeneurs, l'esprit insulaire des habitants ou le pétale noyé.

Gagnés par la force de persuasion des éléments, les rameurs s'enfonçaient dans leur sieste, quelque part, appuyés sur l'onde huileuse, tête-bêche derrière une radieuse ombrelle. Ils traversaient le lac sans laisser de trace. Un saut maladroit, une ascension fébrile, pas même les poissons ne transperçaient la torpeur de l'atmosphère. Quelques dormeurs plongeaient depuis le ponton. Leurs brasses dérivaient jusqu'aux bords du lac.

Distordue et légèrement verdie par le reflux, Dolorès voyait un corps tiraillé dans les reflets. Elle était comme démembrée, décomposée en petits troncs et en fragments détachés. Légers, ses doigts dessinaient d'éphémères auréoles concentriques où son visage se dispersait. Sa main tout entière entra dans l'eau. Ses pieds, ses jambes fondirent au même endroit.

Un vent frais caresse son visage. Mangée par le lac, Dolorès repense aux visages de ceux qui ont disparu. Elle voit leurs traces, floues, se déposer au fil de l'eau. Un corps à la dérive, le long des berges. Vert et translucide, le dos des vagues, rigoles à peine audibles, flux instables, découvre une forme de doigt. De petites mains potelées, en haut, en bas, deux jambes frêles emmêlées au pied des creux, des orteils coiffés sur la tête dentelée de l'écume. Une sorte de lémure grimaçant.

Un soir, Dolorès avait lu dans son journal qu'un homme avait été retrouvé chez lui, prostré dans son fauteuil. L'information avait quelque chose de révélateur. Il n'avait pas bougé pendant des semaines – il prétendait s'être « immobilisé en meuble ». Absorbé par la matière, devenu une partie intégrante du dossier et des accoudoirs, il arrivait à peine à lever ses avant-bras pour boire ou pour manger. Il affirma que sa volonté s'était effacée devant celle de l'objet. Selon les journalistes, l'homme était professeur dans le secondaire. L'alerte aurait été donnée par son lycée qui n'avait plus de nouvelles de son employé. Une pierre à la main, Dolorès sortit du lac pour se sécher. Ses recollections se terminaient toujours ainsi.

« Jusqu'à quel degré une pierre fait-elle corps avec elle-même ? » « Quel est le seuil à partir duquel un morceau de bois, une branche, une pierre ou un tronc se métamorphosent en autre chose tout en restant eux-mêmes ? » « Comment rompre l'identité de l'objet ? » Dolorès, en formulant ses questions, s'aperçut que ce qui interdisait la libre trajectoire de son art tenait à l'autosuffisance du monde qui l'environnait. L'implacable tautologie qui faisait d'une table une table, prête à être dressée ou débarrassée, d'une chaise une chaise, avec ses quatre pieds, son dossier et faite pour s'asseoir, qu'un stylo servît à écrire, une lampe à éclairer, circonscrivait un monde fonctionnel, englué dans sa silencieuse idiotie, où tout dès le départ était isolé et réduit à sa sclérosante définition – et Magnus Paoli l'avait parfaitement compris. En soi, cette ipséité autarcique et insulaire des objets était la muraille qui stoppait sa velléité créatrice, c'est-à-dire l'adjonction d'un élément nouveau. Dolorès comprenait ainsi qu'elle ne pourrait ficher son œuvre quelque part qu'à la faveur d'un geste de rupture quelconque dans cet univers d'objets. Il fallait réussir à casser, à rompre la fidélité de la chose à sa nature, à la fêler de l'intérieur, pour libérer un espace de création.

Une nuit que la pluie battait si fort, Dolorès s'éveilla dans les turbulences de la tempête. L'eau avait traîné jusqu'aux pieds du lit, le vent claquait les portes. Elle passa une veste et traversa les rues désertes. La rafale des gouttes trouait les mares qui se reformaient après chaque coup – les caniveaux débordaient, sa peau était liquide. Sur les murs, les trottoirs, les fenêtres, l'acné transparente reflétait en les déformant les lueurs de la ville. Un tourbillon d'air imprimait sa respiration sur le poumon que formait chaque flaque. Un fleuve universel lessivait l'asphalte. Des brindilles déportées par des rigoles, les papiers volants, le goutte-à-goutte sur le journal, les cascades tombées des toits – l'intégralité du monde s'écoulait dans ce puits sans fond. Dolorès dérivait avec le reste. Elle évita la bouche d'un égout, où la nuit transpirait son trop-plein. Avalé dans le noir, le glouglou constituait l'unique signe de cette fuite générale.

Une pente douce entraîna Dolorès vers les marécages. Un petit pont passait d'une rive à l'autre. Il n'y avait aucun abri. Mais l'armature grise au-dessus d'elle se morcela comme une banquise – la lune soufflait une lueur cendrée sur le corps spongieux. Les gouttes s'espacèrent, une ou deux grenouilles se répondirent. L'orage tournait de l'œil. Entre la terre et l'eau, des chemins étincelants tortillaient en direction du lac. Dolorès resta là. Suspendue dans les airs, osant à peine bouger – saisie par cette lumière paradoxale –, elle regarda ses bras, ses jambes, ses mains agrippées à la rampe du pont. Elle devait être au cœur de l'éternité. Chaque chose avait sa place, tout se fondait en une masse unique. Et elle était là – elle, Dolorès –, tout petit bout dans ce formidable corps, tout petit caillou mangé par ce grand monde. Le visage en l'air, exaltée et électrique, elle remerciait le ciel en serrant les poings. Le temps passait sans qu'elle s'en aperçût. Cette odeur de vase la ravissait. Les portes s'ouvraient une à une. De l'autre côté du lac, une étincelle clignotait comme une tête de cigarette. La lune traduisait son rayonnement au fond de la tourbière. L'esprit de la forêt ruait comme une bête. Dolorès arracha une pierre au sol qu'elle retournait du bout du pied. Son cœur furieux battait comme crient ces folles qui déchirent les corps des voyageurs qu'elles mangent en chantonnant. Prise de convulsions, Dolorès ferma les yeux et sentit les bouffées d'exaltation. Elle ne vit pas où la pierre tomba.

Astre occulte, Dolorès ne se mêlait jamais à la folie joyeuse du symposium. Elle s'excluait des fêtes, tournait le dos aux conférences, fuyait les rencontres, évitait les connaissances. Elle ne goûtait que la rumeur, en observant les résidus – et plus personne ne l'invitait. Une certaine disposition d'esprit pousse ceux qui se sentent seuls, tristes et abandonnés, à forcer le destin en leur défaveur. Ils tendent la joue, incitent les gens à les humilier et n'espèrent rien sinon une nouvelle déconvenue pour souffrir en même temps que jouir. Ramassée sur elle-même, réfugiée dans ce petit trou noir, renfermé et étouffant, où tout désir de connaître venait buter, mais qui contenait tout, Dolorès parlait seule, s'allongeait sur son lit et tournait en rond. Elle ne répondait ni aux lettres, ni au téléphone – Sainte-Croix l'exaspérait, Garousse la harcelait. Dolorès se terrait dans son silence lorsqu'on venait frapper chez elle. Le fait que l'on ne vînt jamais la voir, que personne n'eût l'idée de l'inviter à dîner et qu'on l'abandonnât à son sort, était en soi un plaisir bien trop aigu pour qu'elle acceptât de le bafouer si facilement. Cette fière solitude était l'admirable preuve de sa suprématie et de l'unicité de son destin tragique. Mais un jour, elle imagina derrière la porte le sourire figé d'Adrien, qui s'agrippait à son bouquet de fleurs pour ne pas se fissurer. Prise de pitié, mais déçue d'avoir à rompre son isolement, Dolorès avait ouvert sa porte. Sans lui laisser le choix, elle proposa d'aller au bord du lac.

Dolorès portait une robe panthère, Adrien tremblait comme un adolescent. Sauvage et mystérieuse, l'île se profilait au milieu du lac. On dénoua une barque pour aller fouler les ronces, sentir les fougères et contempler le cœur du lac. Adrien rama tout seul ; Dolorès plongea sa main dans l'eau en chantonnant. Le bruit du bateau berçait ce colloque muet. Dolorès posa son pied à terre tandis qu'Adrien se mouillait pour amarrer. L'île était vierge, ils étaient seuls. Plantés dans le sol, les dents des roseaux trituraient la rive comme des herses. Le lierre courait. On fit le tour de l'île assez lentement. Envahi par la végétation, le chemin obligeait à des contorsions bizarres. Adrien tenait les branches en éloignant les lianes. Dolorès le poussa contre un arbre. Elle fondit sur lui comme une sorcière. Son dos secoua les branches. Elle ouvrit la braguette de l'homme et ficha sa langue entre ses lèvres. C'était le bouc qu'on trucidait pour apaiser les dieux. En un éclair, la prêtresse tragique était nue et se tordait comme une démente. Dolorès n'avait plus de cuisses. Ses fesses étaient absentes, son regard avait quelque chose de fauve et d'extatique. Le masque noir autour de ses yeux fondait sous le coup de l'émotion. Le sexe imberbe qu'elle exhibait inquiéta l'artiste. Une odeur puissante envahissait l'île. Circonspect, Adrien toucha cette peau tendue comme un tambour. Dolorès éveilla son homme en guidant ses mains – puis elle s'adossa contre le tronc en fermant les yeux. Adrien hésita. Dolorès semblait danser avec elle-même. Elle poussa un râle lorsqu'elle se retourna pour ouvrir le bal. Elle donna des coups de reins pour accélérer le sacrifice. Une étoile noire s'offrait à l'homme. Ils montèrent au ciel en passant par le canal.

Quelques heures plus tard, sur sa table dégarnie, l'œuf coque s'ouvrit d'un coup. Une fumée lente s'enroulait à la lumière du jour. Dolorès creva le jaune avec son pain. Le liquide roula le long de sa coquille. Elle s'essuya la bouche pour boire son thé. Puis elle comprit. Elle comprit. L'œuvre ne pouvait être qu'un lent processus – un long processus de guérison. Arriver à supporter la mise à distance – l'unique fantasme de Dolorès consistait à se faire absorber, manger, sucer par l'œuf. Exclue, rejetée, la seule façon de faire éclore son œuvre serait de s'inclure dans sa réalisation au point de disparaître. De toute façon, disait-elle, de toute façon les grandes œuvres ne sont jamais vues. À la lisière, on reste à leur lisière, parfois très loin. Les grands romans sont illisibles, les bons films inaccessibles. Rien de plus rebutant que l'ipséité de la chose parfaite. Forteresse imprenable, leur nom éveille une admiration muette et généralisée, d'autant plus élogieuse qu'elle n'est fondée sur rien d'autre que l'excellence de la réputation et l'idée de sa valeur. Mais le chef-d'œuvre lui-même, enfermé, emmailloté dans ses qualités, résiste à toute lecture. À tous les échelons de son identité, s'affirmant plus qu'elle ne se diffracte, l'œuvre, comme un œuf, réplique ce qu'elle est, du plus petit au plus grand et ne contient jamais rien d'autre qu'elle-même.

En ouvrant la porte de sa cellule, Dolorès contempla le rayon de soleil qui caressait la chapelle au milieu de la grande cour. L'édifice religieux était de forme régulière, presque sans charme, et grossièrement académique. Jusque-là, cette apparence avait stoppé ses regards. Mais dans cette lumière chaude, Dolorès aperçut pour la première fois que le dôme de l'église, loin d'être circulaire et régulier, empruntait la forme d'un œuf. Un œuf cuivré, incassable, perdu dans le ciel et géant – mais un œuf malgré tout. C'était l'ovale central, à l'irrégularité primitive, auquel on vouait un culte. La régularité de la cour, des lignes, la perfection des proportions, la rationalité générale de l'organisation de l'espace servaient d'écrin à cette œuvre extraterrestre. Dolorès descendit l'escalier pour pénétrer dans la chapelle. À l'intérieur comme à l'extérieur, la forme ovoïdale imprimait sa marque à la construction. Mais l'enfilade des colonnes qui garnissaient la chapelle, prise dans la tourmente arrondie et écœurante de l'architecture, faisait d'autant plus tourner la tête de Dolorès que l'ensemble des décors donnait le sentiment que l'extérieur du bâtiment se trouvait à l'intérieur – comme un gant retourné, comme si la réalité, à cet endroit de la planète, venait se recueillir à l'envers de son endroit. Dolorès faisait face à un objet unique et conceptuel, une sorte de grand miroir concave, qui concentrait l'inversion du monde. Dans l'insaisissable formulation de ce théâtre, Dolorès perdait sa place. Était-elle à l'intérieur ou à l'extérieur ? À l'endroit ou à l'envers ? Sorte de rêve infernal où le sujet est sous la voûte du monde extérieur, les lignes fuyaient bizarrement, au point que la perspective elle-même semblait faussée. L'œuf stellaire du dôme ovoïdal transformait l'organisation rationnelle de la ligne et générait l'ordre d'un monde nouveau.

Lorsqu'il aperçut Dolorès déambuler au milieu de la chapelle, Pierre Duval prit les devants. Le directeur de la Cram voulait s'assurer que l'œuvre de Dolorès serait prête pour le vernissage. Dolorès le rassura. L'idée prenait corps, elle dessinait les plans, il ne restait plus qu'à réaliser la chose. Son équipe mettait tout en place. Pierre Duval était comblé. Valérie Hornstedt exposerait une série de photos sur le tour du lac, Paoli devait présenter une série de nouveaux dessins, Asie Manipoor ferait une performance – il y avait de quoi attirer les foules.

Trois jours plus tard, disposés sur des sellettes, deux objets éveillaient la curiosité des spectateurs. Bêtes sauvages, rites chamaniques, l'œuvre de Dolorès Klotz évoque la force des éléments, la violence de la nature et le génie primitif de l'homme qui transcende les catégories pour créer avec ce qu'il trouve. Un bout de bois entaillé, un silex cassé en deux – l'ensemble choque par sa sobriété. À côté de la branche, disposé en pyramide, un tas de sciure de bois ; à côté des morceaux de pierre, un tas de poussière ocre. Sur un placard, le concept qui avait présidé à la réalisation de l'œuvre se déployait dans toute sa simplicité. Ces objets, qui avaient la forme et la couleur d'objets naturels, étaient la réplique, d'un millimètre plus fins, des originaux qui avaient servi de matière première pour la réalisation de ces sculptures. Le contour de la pierre, érodée au laser, représentait ce qu'elle avait été lorsqu'elle fut plus grosse – et l'intérieur se projetait à l'extérieur. L'objet premier avait disparu – apparaissait un objet second, fait dans le corps du premier, qui le répliquait exactement, un peu plus petit. Toute chose dans l'épaisseur de sa nature, et pour faire le tour d'elle-même, n'avait d'autre contenu que sa propre image, reflétée, multipliée et annulée. Car il suffisait de répéter la chose pour qu'elle devienne autre – il suffisait de préciser l'évidence pour insuffler le doute. La différence entre l'objet naturel et l'œuvre d'art, invisible à l'œil nu, pesait *quelques grammes* et se résumait à un petit tas de poussière. Klotz imposait au monde une cure artistique radicale.

Deux femmes, deux pauvres femmes venues faire le tour de l'exposition pour se distraire, ricanaient avec méchanceté.

– Des tonnes ! Des tonnes, que je vais t'en ramasser des œuvres d'art ! Des bouts de bois et des cailloux, mon jardin il en est plein. Tiens, j'ai bien fait de venir ! Ce n'est pas tous les jours qu'on apprend qu'on est riche à millions !

Debout à côté d'elles, Sainte-Croix haussa les épaules. Ces dames avaient les affreuses robes des secrétaires pénitentes. Leur faire comprendre que pour métamorphoser le monde, il suffisait d'en avoir l'intention, était au-dessus de ses forces. Le raffinement de la similitude avait une puissance qui leur échappait. Il n'y avait rien, plus rien – le travail était annulé, l'effort effacé. Le résultat tangible tenait au fait qu'il n'y avait rien. Tout était réabsorbé, revenu au point de départ, revenu à l'état initial – ou à quelque chose qui n'est rien d'autre que ce qu'on a. Dolorès avait accompli un tour complet sur elle-même, une révolution exacte. Fondue dans son œuvre, trop grande ou trop lourde pour y tenir, la signature s'était effacée et le nom de l'auteur ne laissait pas de trace.

Sandra Dupuis

Corpus, vêtements, tailles 1 à 10, avenue de la Montagne

La fenêtre du bureau ouvre sur le fleuve et le théâtre. Mais les murs couverts de livres, d'objets et de souvenirs, invitent au voyage intérieur. Les jours barrés d'une méchante croix noire, le calendrier fait l'état des lieux. Sur les rayonnages de bois clair, quelques numéros de *L'Anémie*, des catalogues d'exposition, mais aussi les *Métamorphoses* d'Auguste Griffin, *Paranoïa* de Viviane Muller, la *Correspondance* de Félicien Marbœuf, *Manitoba Mort* de Claude Muller, une série complète d'*Art Revue* ainsi que *Le Quotidien du prisonnier* et le *Flux migratoire* de Bérénice de Lumeau, les ouvrages de Max Marco, de Maria Montauban, d'Alban Craven et d'Anthony Stein, un recueil de poésies signées par Romain Beaulieu, quelques classiques, les œuvres complètes d'André Villemain, celles de Simone de Rocquencourt, et mille autres livres aux titres impossibles. La tasse de café à moitié vide sur le rebord de la fenêtre, un cendrier encore plein sur le bureau, une paire de chaussons qui traîne sous le radiateur, quelques miettes au milieu d'une assiette vide : cette mécanique interrompue n'attend que son propriétaire pour se remettre en marche. Sur une petite table en bois, dans l'alignement avec la fenêtre, quelques pages tapées à la machine.

« Je n'eus qu'une seule fois l'occasion de rencontrer Sandra Dupuis. Mon père faisait d'elle l'une des personnalités les plus marquantes du milieu artistique de l'après-novembre, qu'elle connaissait mieux que quiconque et dont elle avait, dans une certaine mesure, servi d'égérie. Ainsi, lorsque j'entamai mes recherches en vue de la grande rétrospective que le Musée national des arts et de la mode me chargeait d'organiser sur cette foisonnante période de renouveau, c'est vers cette femme que je me tournai naturellement. Elle me donna rendez-vous à son domicile, avenue de la Montagne, dans l'un de ces vieux immeubles aux volumes imposants, tels qu'on les trouve dans les beaux quartiers du sud de la ville. En chemin, j'imaginais les nuits interminables qu'avaient passées Sandra Dupuis, Adrien Estève, Knud Oddson, Christian Nguyen, René Mesnil, John Wilkinson, Dolorès Klotz ou Lucinda Hernández, pour fêter ensemble la vie et l'amour jusqu'au lever du jour. J'avais une idée précise de ces réjouissances dans la mesure où l'appartement de mes parents leur servit parfois de théâtre. Le plus souvent sans rien prévoir, ils invitaient quelques connaissances et, de bouche à oreille, les désœuvrés alertant les désœuvrés, le salon, et bientôt tout le reste de la maison, se remplissait de gens inconnus mais parfaitement habillés, une foule sympathique d'architectes, d'artistes ou de créateurs de vêtements, de designers, de photographes, de graphistes ou de publicitaires promis à un avenir radieux et qui s'asseyaient dans la cuisine, parlaient sans s'arrêter et réenchantaient le décor de ma vie familière au point de le métamorphoser. Tant que ma mère tolérait ma présence entre ses jupes, intimidé et inquiet de retrouver bientôt l'appartement sinistre de cette voisine cruelle que l'on chargeait de recueillir le petit poucet pour ne pas gâcher les festivités, je contemplais, incrédule, ces scènes bizarres où des traînes de taffetas effleuraient en dansant les revers luisants de ces vestes trop petites, j'admirais en cachette les visages grimaçants qui s'amusaient de tout, je regardais ces femmes aux ongles rouges, la gorge déployée, qui d'un rire cinglant, la cigarette fumante, jetaient des yeux de braise sur une proie qui ne résistait pas. Mais au milieu de ce bal qui flotte dans ma mémoire, une tache brumeuse obscurcit certains détails. Était-ce le froissement de la dentelle, un maquillage trop appuyé que la sueur et les larmes avaient effacé, un corps pailleté pris par l'alcool ? Je n'allais pas chez Sandra Dupuis pour éclaircir ces zones d'ombre, mais dans mon esprit, les questions se bousculaient. Je redoutais de rester muet devant cette femme mythique qui avait tant à m'apprendre.

Depuis des années, Sandra Dupuis s'était enfermée dans une sorte de réclusion volontaire et personne n'avait pu ni la voir, ni la faire sortir. Par chance, cette grande dame me reçut avec une certaine familiarité. Je fus heureux de retrouver, sous ses traits vieillis, sous son embonpoint assumé, quelque chose de la grâce et la coquetterie qui firent sa réputation. Mais pourquoi nier ma surprise lorsque je découvris l'antre, figée dans le temps, d'une des artistes les plus violemment contestatrices de notre temps ? D'un geste mécanique, passant d'une pièce à l'autre à travers un dédale de vestibules, de couloirs et de dégagements, pour me mener jusqu'au bureau de son père, où elle aimait, devait-on me dire plus tard, à recevoir les inconnus pour les scruter avec les yeux de son regretté géniteur, la vieille artiste, tirant les rideaux aussitôt après les avoir entrouverts et jouant des va-et-vient de son système électrique comme le virtuose d'un violon sans âme, me laissa entrapercevoir cet appartement fantomatique, avant-dernier témoin d'une autre époque et d'autres luttes, de vieux espoirs et de causes effacées, baigné de remords et lesté de chagrins. La moquette rouge du bureau du Dr Dupuis, les murs recouverts de peintures démodées – mais ont-elles jamais été à la mode ? –, achetées au gré des rencontres et des ventes aux enchères, les bibliothèques vitrées, tout parlait de l'immense respect filial pour ce père, ce grand médecin, ce gynécologue que les plus belles femmes de la glorieuse génération de l'entre-guerre allaient consulter en silence. Cela faisait quarante ans que Sandra Dupuis demeurait dans l'appartement trop vaste de ses regrettés parents. Elle n'avait jamais touché à rien, par crainte, par devoir, comme si ce rôle de gardienne du temple lui apportait sa dose nécessaire de plaisir. Dans un coin du bureau, la blouse blanche du docteur, en lévitation au-dessus du sol, informe et flasque comme une mue de serpent, hantait encore les lieux. Des femmes, nues sur tous les murs, écartelées entre les bords dorés de ces cadres bourgeois, étalées sur des sofas, les bras en croix, mais souples et volubiles comme des lianes enroulées à une tige ou à un tronc, les seins lourds, voluptueuses ou finement ciselées, la croupe tendue vers les étoiles, affalées sur des chaises, les cuisses balbutiantes, debout devant un lac, les jambes chastement couvertes d'un voile, peuplaient l'appartement de leur chair rose et goulue, mais jaunissante, et parlaient du goût immodéré du Dr Dupuis pour la femme. Seule une toile de la salle à manger, à gauche de la cheminée, avait été décrochée et peut-être même vendue ; les fils électriques du système d'éclairage, au-dessus et en dessous du cadre noirci déposé par les ans autour de cette tache pâle que découvrait le tableau en disparaissant, sortaient du mur, dénudés, torturés, comme une plaie béante qui ne cicatrisera jamais. Pendant toute la durée de l'entretien que nous fîmes autour d'une tasse de thé, je pensai à cette place laissée vide sans oser interroger l'artiste à ce sujet. Sandra Dupuis tenait sur ses genoux un sac de croco beige, sanglé et cadenassé. Son profil grisonnant se détachait en contre-jour devant la fenêtre ouverte sur l'avenue.

Comme sorti d'un placard au premier signe de sa maîtresse, un homme tout froissé fit irruption dans le bureau. Il apportait un cake et du thé, il nous servit et vint s'installer tout près de nous. Il était pâle. Il avait la forme et l'allure d'un ectoplasme que les murs auraient expulsé. Sa peau dégoulinait comme un linge mouillé et ses cheveux hirsutes sur le sommet de son crâne lui donnaient l'air d'un fou. L'expression figée de ses bajoues laissait penser qu'il s'était adonné à la mine de dégoût avec bien trop de complaisance, ayant si bien joué le jeu de l'intransigeance esthétique tout au long de sa carrière qu'il en avait adopté le masque à tout jamais. Mme Dupuis m'apprit plus tard que Lamarque fut critique d'art et professeur de philosophie à l'université. Par chance, je me souvenais de ce nom, sans avoir jamais pris le temps de lire l'un de ses articles. Mais sur le moment, elle négligea les présentations.

Entre deux bouchées de gâteau, Mme Dupuis évoquait son enfance dans le milieu lettré qui la vit grandir. Entourée d'artistes et d'intellectuels, passant des bras d'André Villemain aux genoux de Simone de Rocquencourt, elle découvrit les charmes de la vie littéraire de l'avant-novembre ; Germain Barrias l'initiait aux beautés de la nature, tandis que Jean-Paul Bielle lui apprenait à lire dans des recueils de poésie. Mireille Dupuis, sa mère, professeur d'esthétique à l'Université des arts graphiques, spécialiste des procédés de calibrage et de recalibrage plastiques, connue pour avoir fait découvrir au grand public les peintures rageuses de Markus Broch, ainsi que les sculptures éphémères de Violaine Bourguiba, lui enseigna le goût des belles choses. Dès son plus jeune âge, Sandra Dupuis sut que sa vie aurait partie liée avec ce monde drôle et coloré, qui la faisait tant rêver.

Je l'écoutais d'une oreille distraite, fasciné par son étonnante manière de s'alimenter. De droite à gauche, elle jetait des regards de bête traquée chaque fois qu'elle reprenait une part de cake – réflexe contracté chez ces gens qui, trop longtemps, cherchèrent à fuir les regards pour se mettre à l'abri des jugements – et vidait son assiette comme par enchantement, profitant de mes rares moments d'inattention pour n'en faire qu'une bouchée. Je ne saurais dire si elle mâchait ce qu'elle ingurgitait ou non. Quoi qu'il en fût, tout laissait à penser qu'elle ne parlait que dans l'espoir de faire diversion.

Elle évoquait, sur un ton dégagé, son goût précoce pour les choses de la mode. Elle se souvenait des défilés d'Émile Malinca, génial avant-gardiste, totalement oublié, qui lui rappelèrent les spectacles explosifs de Roberto Balmani, les féeries lunaires de Johnny Wright, les shows d'Aurore Lee, et tant d'autres choses. À la belle époque, Sandra apportait beaucoup de soin à ses tenues et tout le monde dans le milieu copiait ses trouvailles. Chaque matin, habitée par ses visions, elle tentait de réinventer son corps devant la glace, pour se sentir plus belle, singulière et désirable. Je me souviens encore de ce tailleur en tweed gris, du petit carré en soie vert amande et de ces petits souliers à boucles que portait Sandra Dupuis et qui me choquaient tant lorsque je songeais que cette artiste, pendant près de dix ans, avait su imposer ses choix comme norme de bon goût dans un certain milieu qui faisait de la mode un art de vivre.

"Unique, il fallait l'être du matin au soir", devait-elle me dire avec un sérieux qu'elle n'avait pas adopté jusqu'à présent. "Se fabriquer une identité, être remarqué, jour après jour. Ne surtout pas passer inaperçu. Mais les doutes que vous éprouvez quand vous cherchez à savoir à quoi vous ressemblez, l'espoir douloureux de vous trouver beau ou belle transformait vite votre existence en cauchemar." Au détour d'un geste dont je n'arrive plus à me rappeler la signification – était-ce à ce moment-là de notre conversation ou un peu plus tard, je ne saurais le dire –, Sandra Dupuis découvrit ses avant-bras qu'elle avait ronds et potelés. Cette peau, sillonnée de fines cicatrices, polies par les ans, incarnait des récits, dont je cherchais à dérouler le fil. Je voyais les chutes à vélo, les souffrances de l'adolescente, la violence du corps qui grandit, un accident de voiture, ces désirs entêtants qui ne vous laissent pas en paix et j'entrevoyais la violence de cette idée de devoir qui dut la torturer. L'inquiétant voyage le long de ses bras découvrait des paysages tourmentés. Pas une fois Sandra Dupuis n'évoqua Knud Oddson. Elle rabattit ses manches et me tendit une part de cake.

Qui s'est un tant soit peu intéressé à l'histoire de l'après-novembre sait que le foisonnement culturel qui caractérise cette période de renouveau s'est aussi accompagné d'une explosion d'énergies festives qui s'exprimaient dans les centaines de lieux obscurs, à chaque fois différents, et pleins de surprises, que comptait la ville. La municipalité avait beaucoup fait pour encourager les initiatives privées, profiter des retombées politiques de cette démarche, et attirer les touristes grâce à cette débauche d'énergies. Sébastien Adden, le baron de la nuit, convaincu de la portée artistique des lieux qu'il mettait au monde, ainsi que Matteo Romany, génie de la fête, resteront dans les mémoires comme les artisans de cette multiplication des réjouissances. Ils rivalisaient d'ingéniosité pour transformer d'anciens théâtres aux moulures dorées, de vieux bars à putes aux banquettes pourries, des cliniques désaffectées, des salons bourgeois ou des abattoirs putrides en lieux de vie festifs, que courait une clientèle heureuse et désirable de petites gens en mal de reconnaissance, de relations et de jouissance. Sandra Dupuis connut l'un et l'autre de ces personnages, et vécut au cœur de ce monde bariolé où les artistes aimaient à se retrouver. Belle et séduisante, la jeune femme était admirée par ces génies en quête de muse qui hantaient les lieux. Tous ou presque se sont prévalus d'avoir *connu* Sandra Dupuis, et les mémoires des peintres et des vidéastes de l'époque regorgent d'allégations impossibles à vérifier à son sujet. Elle naviguait alors entre "Le Carillon", chef-d'œuvre nocturne créé par Sébastien Adden, installé dans un ancien campanile qui ne fermait qu'au petit matin, où Sandra aimait à manger et à boire en compagnie de ses amis du moment, effrontée, taquine, tyrannique et séduisante, et "Le Mécano général", organe syndical quelques années avant les "événements", transformé par Matteo Romany en établissement de nuit, où elle dansait avec indécence et insistance. C'est là qu'elle se frotta aux esprits fins, aux beautés mondaines et aux fortunes enviables. Elle pratiquait avec talent l'art de la réplique cynique et du port de tête altier, et mit sur pied un solide réseau pour assurer la promotion de ses réalisations.

Jean Lamarque, de ses yeux ridés, admirait sa reine manger le cake qu'il avait préparé pour elle. Après quarante années de concubinage, il gardait quelque chose de la fougue des premiers jours. Sa mâchoire se desserra : il voulait évoquer la passion dévorante que sa femme avait nourrie pour la philosophie. La vie de débauche, la vaine agitation, le commerce creux, cela finit toujours par vous dégoûter.

– Comprenez qu'après les « événements de novembre », le monde où elle avait grandi montrait son vrai visage – ce monde où chaque individu s'arc-boutait sur son droit de jouir et ne pensait à rien, sinon à construire et protéger son bonheur propre.

Le Pr Lamarque, grisé par la permission qui lui avait été faite de dire quelques mots, soulagé de constater à quel point son cake avait plu à sa maîtresse, semblait se libérer. La mastication nerveuse de Mme Dupuis faisait craquer son dentier.

– Quelques incidents avaient suffi à transformer cette société éparse de consommateurs hédonistes, de travailleurs besogneux et de parents aimants, en une armée patriotique et fervente de braves soldats (ce qu'ils avaient toujours été, de façon confuse, sans le savoir, notez-le) pleins de courage et intrépides, luttant pour la survie de leur mode de vie. Cela me donnait envie de vomir. Sandra pensa naturellement qu'il valait mieux tourner le dos à ce système, en s'adonnant à l'art et à la philosophie.

Le Pr Lamarque dut se sentir grisé par la chaleur de mon attention. Il évoqua sa rencontre avec Sandra, ses efforts pour que son œuvre fût reconnue, son amour pour sa femme et les écrits théoriques qu'il rédigea pour la soutenir. Comme un malheureux qui étouffe la promesse d'un jour heureux, le professeur se saisissait de chaque conscience qui l'approchait pour exposer les idées confuses qu'il ressassait dans son isolement. Nerveux comme un prisonnier qui retrouve le jour et touche le corps d'une femme pour la première fois, il avalait un mot sur deux, sautait du coq à l'âne, revenait en arrière, angoissé qu'on ne lui laissât pas le temps de terminer. Il m'expliqua, sans prêter la moindre attention à l'intérêt réel que je pouvais porter à son discours, que Sandra avait illustré à la perfection le concept de "structure aliénante" tel qu'il l'avait forgé quelques années avant de la rencontrer "pour décrire l'écartèlement moral et physique entre des aspirations contradictoires que notre société inflige à ceux qui la composent pour les rendre plus dociles". Mais à ce moment précis, il se passa une chose dont j'eus peine à me remettre et qui détourna mon attention de tout effort conceptuel. Car, lorsque Mme Dupuis réussit à ajouter une phrase pour dire sa passion de la philosophie, mâchant ses mots, constellant la nappe de miettes mal régurgitées, j'aperçus, sous le dentier labile resté coincé sur la partie inférieure de l'appareillage, une gencive rose et bien bombée, lisse et sans une ride, obscène dans sa nudité, crue dans son impudeur, qui me causa une émotion comparable à celle du petit voyeur qui, dans le vestiaire des filles, à quatre pattes dans les latrines, lorsque la collégienne qu'il aime et qu'il désire écarte sa culotte, voit apparaître les lèvres bizarres et informes de sa bouche silencieuse. Comment croire à la comédie des dentiers qui discouraient. Écartelée par ses désirs, le corps fendu par l'âge de Sandra Dupuis ne tenait en somme qu'à sa tenue de vieille grand-mère.

– Je vous conseille de vous rapporter à l'*Analytique du Mignon*, professa Lamarque, si l'œuvre de cette grande styliste vous intéresse. Il s'agit, voyez-vous, de la seconde partie d'un ouvrage plus ambitieux consacré aux topos de la vie moderne que sont le *pratique*, le *sympathique* et le *mignon*. J'y entreprends, mais peut-être connaissez-vous ce texte, une violente diatribe contre l'affadissement des valeurs esthétiques, et un déplacement généralisé des catégories du beau et du sublime vers ce que j'appelle la "dictature du charmant". J'eus cette phrase qui exprime, je crois à merveille, ce que Sandra a toujours cherché à montrer : "Sous l'attrait qu'exerce le mignon, couve l'effroi, l'angoisse généralisée de la mort, du sexe et du vaste monde." À moins que cela ne soit dans mon *Traité des similitudes*…

Mme Dupuis, lorsqu'elle ne mangeait pas, faisait glisser les perles de son collier entre ses doigts ou tirait sur les fermoirs de son sac qui reposait sur ses cuisses. Ces bruits réguliers, aussi agaçants qu'intempestifs, résonnaient sans déranger le professeur qui continuait son monologue. Au mur, une femme rose et obèse se prélassait sur le drap blanc de la toile. J'imaginais les corps des baleines échouées sur nos plages à certaines périodes de l'année. Les peuples du Grand Nord fendent leur chair pour en extraire un cœur ou un foie. Les mains rougies, visqueuses et fumantes, ils partagent ce repas à même la banquise et, assis en demi-cercle, les dents noyées par ce jus qui ruisselle entre leurs cuisses, arrachent leur survie à ces organes encore palpitants – laissant derrière eux d'immenses flaques de sang mêlées de glace. Incapables de rendre ces géants aux mers qui les avaient repoussés, paralysés par ces montagnes molles, écumeuses et essoufflées, nous n'avons pas d'autre choix que de les plaindre. Sandra Dupuis, considérée comme une splendeur par ceux qui l'avaient croisée jeune, ne réussit je crois jamais à se trouver désirable.

– Vous savez, renchérissait le professeur, les pantins que nous sommes oscillent continuellement entre le désir d'être à la mode et celui d'être soi-même ; entre celui de manger et celui de maigrir. Nous ne réclamons le droit à la différence que pour mieux sentir la norme ; nous voulons être désirables, mais toujours respectés ; tout faire pour être beaux, mais ne rien entreprendre pour se sentir exaucés ; attirer mais rester chastes ; révoltés mais fondus dans le moule… Toute liberté est prise en tenaille.

Ivre de parole, le Pr Lamarque s'enfonçait dans sa forêt. Il se lança dans un discours sans queue ni tête, obscène et vaseux, qui laissait penser que les revers de l'existence avaient étouffé ce pauvre pervers dans ses obsessions. Je garde le souvenir d'une vague histoire de « parallélisme entre le texte et le sexe », de quelque chose d'insensé faisant état d'un phallus théorique fiché au cœur de la matrice littéraire, qu'il étalait sans pudeur et détaillait jusqu'à satiété. Au bout de quelques phrases, en gage de mon plus profond assentiment et de mon respect le plus total, je hochais la tête avec gravité dès qu'une inflexion de la voix chevrotante du professeur lubrique me laissait penser que son raisonnement venait d'accomplir un pas décisif, incapable de démêler si mon incompréhension généralisée signait ma propre bêtise ou attestait la folie de mon brillant interlocuteur. Écoutant à peine, la vieille gourmande laissait les traits de la volupté lentement s'épanouir sur son visage. Je voyais l'étoile de la jouissance s'allumer au milieu de sa prunelle, mangée par les ans et déteinte sur les bords, tandis qu'elle enfouissait sous sa langue, avec toujours autant de célérité, une nouvelle part de sucrerie.

Depuis quelques minutes, une idée tournait dans mon esprit. Mais comme il arrive lorsque nous ne prenons pas le temps de l'arrimer, cette pensée sombra dans ma conscience, laissant derrière elle l'arrière-goût de ce qu'elle valait, mais rien qui me permît de m'en ressouvenir sur le moment. En quête de mon idée, convaincu d'avoir entraperçu ce que depuis des années je cherchais confusément, je regrettais qu'on ne m'eût présenté aucun des vêtements dessinés et réalisés par Sandra Dupuis. Les meilleurs souvenirs encombrent les placards. Ma requête flatta Mme Dupuis.

Sans un mot ni un geste, Lamarque comprit ce qu'il avait à faire. Le voir bouger avec tant de maladresse me fit penser que ce pauvre homme, dont la présence semblait à peine tolérée en ces lieux, ne s'était lui-même jamais considéré autrement que comme un intrus dans le temple familial, tant ces tableaux, ces meubles, ces bibelots et ces tapis qui l'observaient devaient lui rappeler, à en devenir fou, l'antique réprobation paternelle.

Dans la bibliothèque de mon père, un livre de Sandra Dupuis avait toujours excité mon attention. Cet exemplaire, enrichi d'un bel envoi, avait été offert par l'auteur à mon père qui, un peu gêné que ce livre lui fût adressé sans faire mention de son épouse, s'était empressé de le ranger dans un endroit à peu près inaccessible de sa bibliothèque. Pour ma part, j'aime beaucoup ce livre et je dois avouer qu'il m'apparaît *a posteriori* comme ce que Sandra Dupuis a fait de plus abouti. À l'époque, elle ne s'était pas encore plongée dans la création de modes, mais s'intéressait déjà de près au monde du luxe. Pour réaliser ce livre, Sandra Dupuis passa des mois dans certains des grands supermarchés de la mode et du luxe, aux Quatre Printemps, aux Saisons, au Grand Marché, mais aussi dans les complexes imaginés par Matteo Romany et les boutiques du centre où se pressent les coquettes, toutes celles qui désirent être recouvertes avant les autres de ce que les magazines spécialisés recommandent à leurs lectrices pour être plus jolies. Le livre contient une centaine de photographies – des portraits de vendeuses pour l'essentiel. Ces femmes, plus ou moins jeunes, ouvrières de la mode, dernier maillon de la chaîne de production pharaonique dont l'idée de beauté sert de fonds de commerce, qui passent leurs journées dans des enclos loués par les marques pour figurer en bonne place dans les magasins du luxe et sont payées pour vous donner envie de plaire et d'acquérir des crèmes pour le corps, un fard à paupières, le sautoir d'un joaillier, un pendentif en cristal, de beaux rouges à lèvres, une petite montre, des soins pour les cheveux, un bon parfum, ou n'importe quoi, pourvu que cela soit cher et utile à la beauté de la femme – ces vendeuses, donc, posent dans leur petit bout de magasin, au milieu du théâtre grotesque de leur vie quotidienne, doré, brillant et lumineux, couvert de panneaux publicitaires aux couleurs criardes, somptueux en apparence, mais fait de plexiglas, de carton-pâte et de stuc friable. Que leur visage soit beau ou non, leur corps jeune ou défraîchi, toutes, sans exception, pour faire plaisir à l'employeur, pour mieux vendre ou simplement pour se "faire belles", ont jugé utile de s'affubler d'une parure hétéroclite constituée de tout ou partie du stock dont elles sont censées donner l'envie. Le livre organise ainsi l'épouvantable défilé de visages grimés, de traits grossièrement empourprés, de bijoux voyants, de sourcils épilés jusqu'à la trame, d'ongles en résine aux couleurs saturées, de contours de lèvres rubis, de poudres fuchsia, de mèches en biais, de vêtements brillants, de décolletés ahurissants, de débardeurs honteux, un terrifiant cortège de corps, parfois jolis, de jeunes et moins jeunes vendeuses, serrés dans une jupe mal fichue, boudinés par des sangles faites pour appuyer certaines courbes, et massacrés à force "d'être mis en valeur".

Paradoxalement, ces pages font le triste récit d'une perte, d'une désappropriation de soi. La volonté affichée de se fabriquer une singularité se concrétise, semble-t-il, dans une désertification de l'être et des corps, subjugués par un ordre despotique qui décide, choisit et désire à leur place, alors même que tout s'organise pour donner l'illusion du contraire. Car comment croire à la liberté ? À l'individualité ? Comment expliquer que ce *je* puisse vouloir une paire d'escarpins hideux ou une petite veste ignoble en même temps que des milliers d'autres acheteurs, sans postuler l'existence d'une force aveugle et nécessaire, en nous et hors de nous, infiniment plus puissante et plus générale que n'importe quel moi – une force aveugle et despotique dont nous contribuons collectivement à asseoir la légitimité, à mesure que nous épuisons notre personnalité, en choisissant *pour nous* ce que tous les autres veulent aussi *pour eux* ? N'est-il pas logique en effet de penser qu'une personne qui ferait signe d'allégeance, qui reconnaîtrait et défendrait un certain ordre économique en revêtant sa toison ou sa livrée, abandonnerait du même coup toute prétention à la liberté, et au pouvoir de dire « je ». Pauvres bêtes ! Sans doute ne se rendent-ils pas compte du rôle qu'ils jouent, transformés malgré eux en armes de guerre, en vétérans d'une lutte sans fin pour la défense d'un territoire dont ils servent, en dernière analyse, et non sans ironie, d'épouvantail. De chaque côté de ces faces terrifiantes de méduses, zombies des temps nouveaux, des montagnes de pots de crème, rangés dans d'affreuses étagères, des corridors de rouge à lèvres qui tendent jusqu'à l'infini leur dégradant dégradé et des pyramides de savons aux tons pastel. Les photographies sont à ce point réussies, qu'elles exhalent jusqu'à la mauvaise odeur des parfums amalgamés qui aussitôt vous donne envie de ressortir des magasins.

Je me hasardai à parler de ce livre. Ayant terminé le cake, Mme Dupuis me pria de lui donner du feu. Les rides qui partaient de la racine de son cou pour gagner le pourtour de sa bouche, qu'elle avait presque en dedans, trouvèrent leur raison d'être lorsque je vis l'intensité de son geste pour aspirer de la fumée. La vieille dame tirait sur sa cigarette avec rage et empressement, comme s'il s'agissait de l'ultime plaisir d'une condamnée. Mais cette cigarette terminée, elle en prit une autre, puis encore une autre – et je dois d'avouer que lorsque je quittai l'appartement, quelques heures plus tard, Mme Dupuis n'avait pas pu se passer plus de quelques instants de cette tige de tabac brun qui fumait entre ses doigts jaunes ni de la brume épaisse qui baignait le fond de sa glotte.

– Le dimanche, le soir après le travail, le matin très tôt, en famille ou seuls, les gens courent aux magasins comme d'autres vont à l'église… Ils s'agitent avec componction ou ferveur, dans l'espoir d'être chaque jour un peu meilleurs, de sauver leur âme et de gagner leur place au paradis. La mode est une religion – la culture en est une autre.

Sandra Dupuis, qui aimait frustrer les esprits friands de théorie, n'a jamais été une adepte des longs discours – ce qui, soit dit en passant, pour un public qui aime les raisons suffisantes, cherche les éclaircissements, voire la paraphrase, et traque, en toutes circonstances, la parole de l'artiste pour être sûr d'avoir tout compris et quitter la salle d'exposition satisfait comme le bon père de famille qui pousse loin de lui son assiette bien léchée de crème caramel, en s'essuyant la bouche avec le sourire fin et l'œil vide de l'homme repu, ceci donc, peut être considéré comme une faute grave et expliquer, par contrecoup, le relatif désintérêt dont souffre l'œuvre de Sandra Dupuis depuis tant d'années. La cigarette à la main, elle joua donc avec ses perles, mais ne prononça plus un mot.

Sandra Dupuis s'était lancée dans la création de vêtements, par dérision, pour plaisanter, mais surtout parce qu'elle devait penser que la critique de ce monde superficiel provoquerait une forme de libération. Il s'agissait d'inventer des tendances, des modes fictives, farfelues et ridicules. Ainsi, lorsqu'il fallut choisir le nom de la marque, Corpus s'imposa de lui-même. La galerie K & S accueillit le projet de Sandra Dupuis avec enthousiasme. Elle présenta sa première collection, composée d'une trentaine de pièces, sur des mannequins en cire. De loin, la vitrine, la présentation, la décoration, la caisse, les petites vendeuses, tout ressemblait à un magasin de vêtements. Seulement, les costumes que Sandra présentait et qu'il était possible d'essayer en cabine pour se faire photographier avec, comme un mannequin ou une célébrité, souffraient chacun d'un vice de forme qui les rendait impropres à l'usage ou peu s'en faut. Certains grattaient, d'autres étaient rigides. Avec l'une de ces vestes sur le dos, impossible de bouger vos bras, encore moins de vous pencher. Les cols des chemises vous piquaient et les coupes choisies par Sandra Dupuis mettaient en valeur tous vos défauts. Instables et haut perchées, les chaussures serraient les pieds, cassaient les chevilles et obligeaient à adopter une démarche simiesque. Les jupes étaient « déconstruites », c'est-à-dire vilaines ou simplement vulgaires. Les tee-shirts tombaient en dessous des seins, les pantalons – difformes, asymétriques, troués, parfois tachés – serraient les parties génitales et l'on souffrait en supplicié pour peu qu'on les portât plus d'un instant. Tous ces mannequins étaient affublés de rosaires, de médailles de la Vierge ou de grosses croix en bois.

L'exposition à la galerie K & S connut un franc succès. Il faut dire que ce concept de vêtement iconoclaste avait tout pour éveiller la curiosité. On pouvait acheter tout ou partie de ces tenues et Sandra Dupuis dut produire plusieurs exemplaires des pièces pourtant destinées à rester uniques. Les tarifs prohibitifs – presque dissuasifs – augmentaient à ce point l'idée que l'on pouvait se faire de la qualité de ces vêtements, qu'il aurait été indécent, pour ne pas dire coupable, de ne pas acheter ce qui nous faisait de toute façon plaisir. De temps à autre, à une projection de cinéma ou au théâtre, Sandra rencontrait des hommes et des femmes qui souffraient à cause d'elle. C'était plaisant, parfois drôle, mais elle ne s'inquiéta guère plus.

Certains membres du collectif des « Nouveaux Cyniques » prirent contact avec elle. Ils décidèrent d'arborer la parure Corpus, offrant à Sandra une réclame inattendue. En quelques mois, elle obtint son appartement au sein de la Cram, tous les membres du Jury étant séduits par ses vêtements. Lorsque la presse l'interrogeait, notamment Jean Lamarque qui lui consacra un grand nombre d'articles, elle préférait évoquer sa théorie du corps, du naturel et de l'appropriation marchande des individus plutôt que le détail de sa collection. Ses parures servaient avant tout à remettre en cause l'ordre établi.

Pour radicaliser son discours, et sans doute aussi parce qu'elle ne croyait pas tout à fait à ce qui lui arrivait, la seconde collection de Sandra Dupuis fit des marqueurs visuels de type militaire un de ses thèmes centraux ; la prise de conscience chez ses acheteurs serait ainsi plus forte. Elle se réappropria les képis, les treillis, les étoiles, les insignes et les décorations, les vestes de pilotes, les tenues de parachutistes et les uniformes de marins ou de simples soldats encagoulés. Elle accompagna chacune de ses créations d'une arme factice qu'il fallait porter en bandoulière. On proposait des poings américains en or, sertis de brillants, des lames de rasoir en platine, des seringues en bandoulière et des matraques en galuchat. Une fois de plus, le succès fut au rendez-vous. La Cram mit à sa disposition l'Aquarium pour organiser un défilé. Les élégants avant-gardistes se donnaient rendez-vous à la Cité radieuse des artistes modernes pour acclamer la créatrice. Ce fut une consécration. On s'arracha la collection. Les cent exemplaires de sa décoration azur en forme d'étoile montée sur or, distinction d'un nouveau genre pour les férus de la marque Corpus, s'écoulèrent en quelques heures. Firmalux, le groupe du luxe, commanda à Sandra Dupuis quelques accessoires. Il y eut de pleines pages dans les revues de mode et des actrices célèbres portaient du Corpus sur les tapis rouges en traînant la patte, les seins à l'air. La femme du président, inspirée par Mme Ixent, portait du Sandra Dupuis le soir de la fête nationale – une très charmante mitraillette en cuir jaune.

Lamarque entrait enfin dans le bureau. Il tenait des boîtes en carton rose, à peine défraîchies, sur lesquelles les caractères effilés de Corpus s'étalaient en toutes lettres. Lamarque les déposa sur le bureau. Il me considérait avec un air de défi et une certaine gravité. Peut-être la découverte des travaux de Sandra Dupuis revêtait-elle l'allure d'un rite initiatique aux yeux du professeur. Mme Dupuis, impatientée par les manières de son compagnon, fit un geste lui enjoignant d'ouvrir. Il s'exécuta, avec la lenteur du vieux satyre qui manipule une innocente. La floraison ébouriffée de rubans roses et de frisottis de soie apparut au grand jour. Lamarque osait à peine les toucher. Il dénoua les liens avec la grâce d'une pâtissière qui porte la touche finale à son dessert. En écartant les papiers froissés, Lamarque ne put retenir un petit cri d'extase. Sandra Dupuis semblait surprise d'avoir sous les yeux ce qu'elle n'avait pas vu depuis tant d'années. Il s'agissait d'un bustier fourreau rose pâle, excessivement étroit, et sur lequel avait été fixées une centaine de petites mains en coton bourrées de chiffe molle. J'étais gêné. Depuis des années, les réalisations de Sandra Dupuis avaient excité mon imagination. Petit, j'en entendais parler comme de ce qu'il y avait de plus désirable, et je me couchais, l'œil humide de convoitise, la tête pleine de ces femmes, le corps gainé dans ces parures, qui dansaient bizarrement dans notre salon. Mais voir cette boîte, exhumée du placard aux trépassés, s'ouvrir sur un petit corps malingre et desséché me fit une impression désagréable. Avoir une idée et la mettre en image n'a jamais suffi à incarner une œuvre. Et je dois avouer que ces petites mains roses sur le bustier me semblaient ridiculement explicites.

Je fis remarquer que l'étroitesse du sous-vêtement devait transformer la chose en un redoutable instrument de torture. Lamarque me jeta un regard menaçant. J'imaginais que ces petites mains devaient bomber le chemisier – et faire saillir hors du vêtement ce qu'il était censé masquer. N'était-ce pas là une manière de tourner en dérision la comédie des dessous, qui pousse les hommes à voir ce que les femmes cachent et les femmes à cacher ce que les hommes désirent ? Je prononçai ces paroles par politesse, pour meubler l'accablant silence qui régnait dans le bureau. Lamarque, glacé par le regard de sa femme qui le tenait en respect, n'osait pas dire un mot – pas encore, devrais-je préciser. Crispée et déçue, Sandra Dupuis s'impatientait.

Lamarque ouvrit un autre cercueil. Avec tendresse. Il sortit une robe de dentelle noire si finement ouvragée que j'avais peine à imaginer comment elle pouvait couvrir le corps d'une femme. C'était à peine un voile, tout juste une matière, et le prendre entre ses mains pouvait rompre ce nuage. Lamarque sourit en découvrant l'œuvre. Il respirait, il exultait – Sandra s'enfonçait dans sa méchante humeur.

Je me souviens qu'en voyant cette robe-mantille, une odeur familière fit germer dans mon esprit une foule de souvenirs. Rien ne justifiait pourtant la présence de cette odeur dans le bureau et elle était sans commune mesure avec la situation. Peut-être avais-je chaud, peut-être ces émotions me faisaient-elles transpirer, peut-être était-ce Lamarque, quoi qu'il en fût, je reconnus le parfum de mon père. Cette odeur de sueur, mêlée d'agrumes verts et de jasmin, en été, lorsque j'étais à ses côtés ou sur lui, enfant, plein de soleil ou assis dans la voiture, saisi par la moiteur de ces jours chauds que mon père affectionnait tant, en train de marcher dans la ville ou le nez dans les poils de son torse, parce qu'il me serrait contre lui. Ce télescopage était d'autant plus surprenant que ce vêtement fin, transparent et sensuel constituait une quintessence du vêtement féminin – ce que la femme ne pouvait mettre sans révéler sa propre nature.

Le regard vide, Sandra Dupuis désespérait. Dans le contre-jour d'une lampe, sa tête tremblotait. Le jour déclinait. Alors, me voyant silencieux, le Pr Lamarque me tint un discours que je reformule ici avec beaucoup d'approximations, quoiqu'il me marquât tant que si je lui suis infidèle, ce ne pourrait être qu'en surface :

– Cette œuvre est l'une des plus abouties qu'ait jamais réalisée Sandra. Ce que vous voyez là est capital. N'avez-vous jamais remarqué que chez la femme, tout – les boucles d'oreilles, le maquillage, les lanières, les bagues, les petits chemisiers blancs, tout ce qui enrubanne, saupoudre et parfume, toutes les gaines, le contour des yeux, les bustiers, les jupettes, les robes et les frous-frous, les volants et les tutus, et même les chaussettes, les pyjamas, les chaussons et ce qui *a priori* sied bien peu aux formes sublimes de notre déesse – tout donc, absolument tout ce qui s'étale sur son corps sert d'extension à sa vulve ? Non, bien entendu ! Mais je vous le dis… Écoutez-moi… Caché, tapi au fond des bois, presque absorbé dans sa grotte aveugle, en dedans comme la langue d'un iguane, caché comme l'ermite dans son coquillage, qui déborde juste à la marge, le sexe, invisible nulle part, s'affiche partout, comme la plus petite des araignées qui tend sa toile sur tout ce qu'elle trouve pour étendre son règne au-delà de sa présence. Comprenez que le vêtement, quel qu'il soit, sert de moyen au projet hystérique, au sens où la matrice, grâce au voile, déborde sur tout le corps… Or, de quoi parle cette œuvre ? D'une femme, mobile, vivante ou dansante, qui, passant cette robe à fendre, cette robe découverte, n'aurait plus rien à cacher. N'est-ce pas extraordinaire, renverser la fonction du vêtement tout en l'exprimant en profondeur ?

La sueur perlait sur son front, il devenait rouge et sa voix puissante perçait les cloisons de l'appartement. Mme Dupuis semblait pourtant ne pas l'entendre. Les yeux perdus dans le motif de son rideau, elle était prête à s'assoupir. Un jour, au beau milieu d'un discours, entre deux bouchées de fondant, de charlotte à la fraise ou de mille-feuille, peut-être avait-elle rêvé d'un ailleurs. Un jour, peut-être avait-elle pensé qu'il eût été préférable de partir sur-le-champ, de quitter cet appartement où elle n'était qu'un décor parmi les décors, abandonner cette vie où Lamarque n'avait de cesse de la poursuivre, oublier ces hommes qui l'assaillaient, laisser là son œuvre qui ne la mènerait nulle part et ne plus rien faire d'autre que ce qu'elle aimait – “une seule fois ou toujours”. Mais elle resta assise. Elle resta assise et acheva son fondant, sa charlotte aux fraises ou son mille-feuille.

– Ce que l'homme a d'invisible, c'est sa force… En toute logique, il suinte de la puissance et de la virilité où il le peut, c'est-à-dire partout. Vous savez comme moi que l'image du phallus est universelle, ou je me trompe ? Comprenez, poursuivait-il, nous sommes générés par le sexe et sortons d'un sexe, il est naturel qu'il affleure à la surface de toute chose. C'est notre famille, notre terre d'asile, notre refuge, notre mère patrie. Enfant ou adulte, le sexe est notre ogre. Qu'il fasse l'animal doux, qu'il se cache derrière de la dentelle, sous une couleur mignonne ou se parfume, c'est lui qui décide, lui qui dirige, lui qui commande. Je vous le dis, cette robe ne parle que de cela, du désir, du désir frustré, du sexe qui nous obnubile et de cette soif que l'on ne pourra jamais étancher.

Sandra Dupuis, d'un geste de dégoût, interrompit Lamarque qui se tut comme un animal dressé. Ce discours avait effrayé l'artiste – comme si son goût de la provocation sexuelle, qu'elle avait affecté tout au long de sa carrière, n'avait été qu'apparent, et que, l'âge venant, sa véritable nature reprenait ses droits. Alors, pour ne pas paraître trop docile aux yeux d'un visiteur inconnu, le Pr Lamarque cita, avec un geste malicieux, ce qui ressemblait à l'extrait d'une pièce classique :

– *Le portrait de celui que vous cherchez en tous lieux Pourrait-il par la vue épouvanter vos yeux ?*, ma chère ?

Une colère sourde électrisa les yeux de Mme Dupuis. Elle s'alluma une cigarette. Lorsque, ayant tout oublié des passions, des efforts et des luttes suscités par la mise en œuvre de certaines choses que l'on gardait cachées, pensant détenir de quoi réchauffer son amour-propre lors des longues nuits d'hiver où de toutes parts les vents froids balayent et transpercent la conscience, pensant conserver un capital, un socle sur lequel s'appuyer en toute confiance si les circonstances l'exigent, lorsque les yeux devenus impartiaux se posent sur cette somme d'espoirs pour parer au désespoir, bien souvent, à toutes ces merveilles que promettait le souvenir se sont substituées un tas de poussière, une épaisse moisissure, un fouillis de nullités mal fagotées. Sandra, effondrée, venait d'apprendre que son œuvre, au fond du hangar censé l'abriter, avait été rongée, brûlée, moisie et mangée par les rats. Elle demanda un verre d'alcool.

– Ceux que certains appelèrent les "Nouveaux Cyniques" entreprirent un beau jour une campagne diffamatoire, expliqua-t-elle après une courte gorgée. Ils brûlèrent mes vêtements. Mes ventes chutèrent presque aussitôt. En quelques jours, Corpus était passé de mode. J'eus beau dessiner de nouvelles collections, faire un tapage de tous les diables, remuer ciel et terre, plus personne ne voulait de moi. Ce qui me parut inexplicable. Tout ne pouvait tout de même pas tenir entre les mains de ces quelques activistes mondains…

Elle fit une pause et regarda ses vieilles mains, jaunies par la fumée, et ses cicatrices qui couraient sur ses avant-bras. J'avais froid dans le dos, j'osais à peine la regarder. Pour me divertir, je contemplais la collection du Pr Dupuis. Une petite nature morte, accrochée au-dessus de la bibliothèque vitrée, paraissait si chaste dans cet ensemble compact de nus de femmes. Entre les cuisses rousses d'une superbe madone aux formes généreuses, la cascade ondoyante de cheveux blonds d'une sylphide pleine de grâce et les tons cristallins de cette chair délicieusement ferme de naïade plongée dans l'eau, une petite boîte de sapin clair encastrée dans un cadre noir servait de fond à une composition anodine. Perdus dans ce labyrinthe de corps charnus, mes yeux n'avaient de cesse de retomber sur cette scène sans charme apparent. Certaines choses m'apparaissaient. Un œuf de poule presque orangé dialoguait avec un torchon de cuisine froissé comme une cervelle, gélatineux comme du ris de veau, tellement écumeux et voltigeant que je l'imaginais sorti de la coquille fendue dans une casserole d'eau bouillante. Voir le monde avec un tel degré de précision, reproduire l'objet avec un trait si sûr, comme s'il s'agissait non de le copier mais de le recréer, ce goût de la perfection poussé à un tel degré d'achèvement qu'il semble s'effacer, en un mot, l'engagement de ce peintre à la recherche de sa propre disparition me bouleversait.

– Lorsque je repense à tout cela, disait Sandra, il me semble aujourd'hui que quelque chose en moi s'était déjà éteint… Vous savez, je crois que la seule chose qui vous pousse réellement à travailler, la seule chose qui vous pousse à affronter cette vanité en quoi consiste la production d'une œuvre, c'est-à-dire de quelque chose de superflu, et qu'il vous faut *coûte que coûte* rendre nécessaire, c'est le désir d'être unique. Le désir de ne pas être confondu, la peur d'être assimilé à la masse, l'angoisse d'être indifférencié dans le nombre… Moi, voyez-vous, je n'ai jamais rien désiré d'autre que d'être à la pointe, moderne et avant-gardiste… Malheureusement, je n'ai jamais rien réussi sinon à être *perçue* comme "moderne" par mon public – "être à la mode", si vous préférez – et encore, pour quelques années tout au plus. Mais se défaire de l'exigence de contemporanéité, pour cheminer seul, est certainement la plus grande des maturités… Je ne l'ai jamais acquise. Sans cesse rattrapée par l'Histoire, avant même que ma chute ne fût effective, je dus comprendre que jamais je ne parviendrais à être unique.

L'œuf suspendu au milieu des corps de femmes nues me troublait. D'un point de vue stylistique tout opposait ces toiles – d'un autre, rien ne semblait plus cohérent que ce rapprochement. Sandra Dupuis n'avait pas eu d'enfant. Je pense que toute personne l'observant avec attention aurait pu le déduire de ses gestes, de l'énergie qui émanait d'elle. Pour ne pas la déranger, absorbée qu'elle était dans ses souvenirs, je m'enquis auprès de Lamarque du nom de l'auteur de cet œuf. Le vieux philosophe, qui semblait ne guère apprécier "cet exercice de premier de la classe", cette "vieillerie de peintre réactionnaire", cet "académisme de fasciste", m'apprit qu'il s'agissait d'un Magnus Paoli, dans l'appartement depuis des années, passé du salon à la chambre et de la chambre au bureau du père, sans aucune explication valable. Un Magnus Paoli, bien sûr ! Que ne l'avais-je déjà reconnu ? Dans le musée familial, la toile de Paoli semblait être le seul élément mobile et, sur le moment, je pensais qu'une liaison entre Magnus et Sandra aurait pu expliquer, à elle seule, l'itinéraire sentimental du tableau dans l'appartement et la mauvaise humeur soudaine de Jean Lamarque, dont le désir rageur d'homme qui trop longtemps avait été éconduit ressurgissait lorsqu'il songeait à cette œuvre. Mais il fut impossible de me mentir plus longtemps à moi-même : cette toile avait aussi appartenu à mes parents.

– C'est à l'époque de mon naufrage que je fis la connaissance de votre père, me confia Sandra en plongeant soudain ses yeux dans les miens. Peut-être un peu avant, peut-être un peu après, je ne sais plus… C'était un homme extraordinaire, je ne vous l'apprendrai pas. Plein de fougue, passionné, drôle… Il a été d'un immense secours lorsque j'allais mal… Il m'a tiré du gouffre, je crois… Ensemble, nous avons vécu des moments inoubliables… Il m'offrit ce petit tableau.

La carrière de mon père s'était interrompue du jour au lendemain – comme celle de Sandra Dupuis. Je n'étais pas bien vieux lorsque ma mère partit s'installer ailleurs. Celui que j'avais connu si entreprenant, si gai, dévoué entièrement à ses créatures et aux moyens de les voir se perpétuer, au fil des semaines et des mois qui suivirent cette séparation, s'effrita morceau après morceau sous mes yeux impuissants. La volonté a ceci de particulier qu'elle peut un jour être tendue vers un objectif, à la poursuite duquel elle met en œuvre toutes ses ressources, et le lendemain, sans que rien l'ait laissé présager, ni que rien puisse tout à fait l'expliquer, s'enrayer à tout jamais. Ce qui nous permettait d'avancer nous fait stagner – ce vers quoi nous tendions avec joie nous lasse. Dans le cas de mon père, les choses semblaient claires : tout ce qu'il avait construit ces dernières années s'effondrait sous le coup d'un choc dont il aurait sans doute été le dernier à imaginer la violence. Il demeure néanmoins possible de penser que sa carrière s'essoufflât d'elle-même, naturellement, comme de l'intérieur, sans qu'aucune autre force interférât. Quoi qu'il en fût, rien ne permit à mon père de retenir sa chute. Il trouva un nouveau métier, para comme il put aux besoins quotidiens, mais ne songea plus jamais à défier les muses. Ma mère, rendue à sa liberté, prit son envol. Tout le monde louait son talent, on présentait ses œuvres un peu partout et bon nombre de ses projets virent le jour après la séparation.

Sandra Dupuis, comme allégée d'un poids, s'alluma une cigarette et but une gorgée d'alcool. Lamarque ne tenait plus en place. Il ouvrit des tiroirs, tira des liasses de papier, remua des dossiers, feuilleta des carnets. Il voulait m'offrir l'un de ses livres.

– Comprenez-moi bien, cher enfant, me dit-elle enfin en guise de conclusion, toute chose… toute chose à laquelle vous vous consacrez, passionnément, à corps perdu, une œuvre, une histoire d'amour ou un livre, toute chose dans laquelle votre âme entière s'est investie, comme si votre vie en dépendait (et le "comme si" est de trop je pense)… toute chose dans votre vie peut être comparée à la préparation d'un grand repas. Vous travaillez, vous luttez, vous vous échinez, vous souffrez, durant des heures, parfois des jours, des semaines ou des années, pour que tout soit parfait, pour que tout soit beau, pour que tout soit admiré… À l'heure dite, vos invités pénètrent dans votre salon. On parle, on boit, on loue la beauté de votre intérieur, la sûreté de votre goût… On les prie de se mettre à table. Vos invités vous applaudissent lorsque vous apportez le plat… Ils le mangent en poussant de petits cris… Vous avez droit à de beaux compliments, à quelques *bravi*… En dix minutes, un quart d'heure tout au plus, il ne reste plus rien. Tout a été mâché… prêt à être recraché. Quelques heures plus tard, en partant, vos invités vous remercient encore… Le lendemain, on vous reparle de vos merveilles… "La perfection, vraiment, c'était très réussi… j'en ai encore l'eau à la bouche…" Vous passez même pour une excellente cuisinière… Deux jours après, comme si vous n'aviez rien fait, tout est oublié. Il ne reste plus qu'à recommencer.

Dans l'immense escalier de l'immeuble de l'avenue de la Montagne, je ne pus retenir mes sanglots. Ne pas pouvoir échanger mes impressions avec mon père fut la cause d'une terrible souffrance. Il était mort, quelques mois avant que l'idée d'exposition ne germât dans mon esprit. Sa présence, sa douceur me manquèrent tout au long de l'élaboration de ce projet.

La rétrospective eut lieu deux ans plus tard. J'y présentais quelques vêtements de Sandra Dupuis, aux côtés des Traoré, des Minkowski, des Wilkinson, des Klotz, des Carlos Schwab, des Adrien Estève et plus généralement de toutes les œuvres qui avaient marqué cette foisonnante période de l'après-novembre. Il fut malheureusement impossible à Sandra Dupuis de faire le déplacement pour fêter le vernissage. Elle accepta de prêter son magnifique Paoli que je récupérai après sa mort et qui depuis ne me quitte plus des yeux. »

Table

PREMIÈRE SÉRIE

DEUXIÈME SÉRIE

RÉALISATION : PAO ÉDITIONS DU SEUIL
IMPRESSION : NORMANDIE ROTO IMPRESSION S.A.S. À LONRAI
DÉPÔT LÉGAL : AOÛT 2015. N° 118824 (1501912)
IMPRIMÉ EN FRANCE